Données de catalogage avant publication (Canada)

Gagnon-Thibaudeau, Marthe, 1929-
   Le mouton noir de la famille
   Suite de: Pure laine, pur coton.
   ISBN 2-920176-86-2
   I. Titre.
PS8563.A36M68 1990   C843'.54   C90-096608-4
PS9563.A36M68 1990
PQ3919.2.G33M68 1990

© Les Éditions JCL inc., 1990
Édition originale: septembre 1990
Première réimpression: décembre 1990
Deuxième réimpression: septembre 1992

    Tous droits de traduction et d'adaptation, en totalité ou en partie, réservés pour tous les pays. La reproduction d'un extrait quelconque de cet ouvrage, par quelque procédé que ce soit, tant électronique que mécanique, en particulier par photocopie ou par microfilm, est interdite sans l'autorisation écrite des Éditions JCL inc.

À Jeanne,
En hommage cordial.
Marthe Gagnon Thibaudeau.

Le MOUTON NOIR de la famille

Mars 97.

Éditeurs
LES ÉDITIONS JCL INC.
CHICOUTIMI (Québec) Canada
Tél.: (418) 696-0536

Conception visuelle
ALEXANDRE LAROUCHE

Photo page couverture
CAROLE BRISSON

Révision linguistique
PAUL RIVARD

Technicienne à la production
JUDITH BOUCHARD

Distributeur officiel
LES MESSAGERIES ADP
955, rue Amherst
MONTRÉAL (Québec) Canada
H2L 3K4
Tél.: (514) 523-1182/1-800-361-4806
Télécopieur: (514) 521-4434

Tous droits réservés
© LES ÉDITIONS JCL INC.
Ottawa, 1990

Dépôts légaux
3e trimestre 1990
Bibliothèque nationale du Québec
Bibliothèque nationale du Canada

ISBN
2-920176-86-2

MARTHE GAGNON-THIBAUDEAU

Le Mouton Noir de la famille

éditions

DE LA MÊME AUTEURE:

Sous la griffe du SIDA
ROMAN, Chicoutimi, Éditions JCL, 1987

Pure laine, pur coton
ROMAN, Chicoutimi, Éditions JCL, 1988

Chapputo
ROMAN, Chicoutimi, Éditions JCL, 1989

À mes frères et sœurs.

PARTIE 1

Chapitre 1

Jean-Baptiste Gagnon, sa fille Yvonne et son petit-fils s'étaient réfugiés à leur maison de campagne pour échapper aux menaces qui pesaient sur leur tête.

Yvonne n'avait pas saisi tout le côté tragique des événements et son fils n'avait pas été en âge de comprendre. Seul Jean-Baptiste connaissait l'étendue du drame. Les mois de l'affreux cauchemar qu'il venait de vivre le faisait encore trembler. Sa nature, foncièrement pacifique, aggravait la situation, la lui rendant plus insupportable.

La jeune femme ouvrit toute grande la porte de l'armoire où s'entassaient des jeux disparates qui font le bonheur des enfants et le jeune Mathias s'y donna à cœur joie. Le plancher de la salle familiale fut bientôt jonché de balles, blocs, crayons, soldats de plomb et bientôt le vacarme ajouta au désordre.

Yvonne n'entendait pas: elle se tenait bien droite, les bras posés sur la table, le regard perdu dans l'infini. L'inquiétude la subjuguait.

Jean-Baptiste, assis sur les marches du perron, les coudes appuyés sur les genoux, cachait son visage dans ses mains et tentait de mettre de l'ordre dans son esprit traumatisé. Voué à l'attente dans l'incertitude, conscient de son impuissance, Jean-Baptiste ployait sous le joug de la souffrance.

L'horrible tragédie qu'il vivait aujourd'hui était la conséquence directe d'une erreur bêtement commise presque un demi-siècle plus tôt.

Aurait-il pu soupçonner, alors, que sa belle-sœur, Fabienne, était déjà la maîtresse du voisin? Naïvement, il avait prévenu son frère de ce qu'il croyait être une amitié naissante. Connaissant le tempérament belliqueux de son aîné, il aurait dû réfléchir aux conséquences éventuelles de sa mise en garde. Et l'inévitable s'était produit!

Jean-Baptiste croyait avoir chèrement payé pour son étourderie ce jour où Louis-Philippe monta sur l'échafaud en expiation de son crime: le meurtre de l'amant maudit.

Tout au long des années qui suivirent, il prit soin des membres de sa famille, victimes directes du terrible drame et l'aîné des enfants passa sous sa tutelle. Il aima Onésime comme il aurait aimé son propre fils, pourvut à ses besoins, matériels et autres. Il paya ses études et tenta par tous les moyens de le bien protéger jusqu'au jour fatidique où, une fois de plus, la marque indélébile laissée par le meurtre commis par Louis-Philippe déclencha un autre drame.

Onésime caressait le rêve d'accéder à la prêtrise et ce, sans l'assentiment de son protecteur. Lorsqu'il apprit la nouvelle, Jean-Baptiste piqua une colère noire. En présence du directeur du séminaire, il laissa tomber les mots terribles: «Toi! le fils d'un pendu». Les mots cruels n'avaient pas sitôt franchi ses lèvres qu'il les regrettait déjà. Mais il était trop tard, le mal était fait. Le clergé n'admettait pas dans ses rangs le fils d'un pendu!

Onésime disparut, rompit tout lien avec sa famille. Il ne devait réapparaître que plus tard, beaucoup plus tard, portant dans son cœur ulcéré, une soif maladive de vengeance.

Que de questions sans réponses! Pourquoi Onésime avait-il refait surface après une aussi longue absence? Se pouvait-il qu'il eût mijoté sa haine pendant toutes ces années? Le temps n'aurait donc pas réussi à amenuiser une rancune trop profondément ancrée? Serait-ce qu'il aurait été incapable du sentiment sublime qu'est le pardon? Aurait-il entretenu cette soif de vengeance dans un repli de son âme?

Un autre point obscur obsédait Jean-Baptiste: comment Onésime l'avait-il repéré, lui, et sa famille? Yvonne détenait peut-être la réponse, mais il serait maladroit de la questionner maintenant; ça ne pourrait manquer d'éveiller en elle des soupçons, lui indiquerait qu'ils s'étaient connus, autrefois, ce qui ne ferait qu'envenimer la situation.

«Pourquoi tous ces drames? Pourquoi? Grand Dieu! J'ai aimé les miens sans réserve, je les ai tant aimés! Et par ma faute, Yvonne, la plus vulnérable de toutes mes filles, subit un traumatisme psychique qui pourrait perturber à jamais ses réactions émotionnelles. Il faut que tout cela cesse avant qu'il ne soit trop tard! Fasse le ciel qu'elle réussisse à surmonter l'épreuve! Saurai-je la protéger contre mon mécréant de neveu? Saurai-je lui redonner confiance dans la vie, dans les êtres? Pourrai-je l'entourer de toute la sécurité nécessaire? Aurai-je le tact et la patience requis? Et l'enfant? L'enfant!»

Jean-Baptiste, prostré, sanglota. Il se sentait si foncièrement coupable, si démuni, si désemparé!

Il se remémorait les événements qui marquaient le début du drame depuis le jour où sa fille Yvonne lui confia qu'elle attendait un enfant dont le père portait le prénom de Mathias.

Celui-ci, lorsqu'il fut informé de la grossesse de la femme disparut, se complut d'abord à informer Jean-Baptiste du rôle qu'il avait joué dans cette histoire morbide; un coup monté, une vengeance, un acte bas et vil porté par son neveu Onésime qui avait choisi d'atteindre le père, en se servant de sa fille naïve. Dès lors débuta un calvaire effroyable qui ne devait pas de sitôt prendre fin.

La jeune mère ne s'expliquait pas cette disparition et faisait des recherches pour retrouver son amant. Un jour fatal, elle eut la maladresse de mettre son jeune fils en présence de ce père dénaturé. C'est alors que s'opéra, dans son âme noire, un revirement dont il ne se serait pas cru capable.

Onésime, qui avait parcouru le monde, affronté des durs, flâné dans les bas-fonds, remué des foules, déjoué la justice, jonglé avec le danger, Onésime, à son grand désarroi, sentit surgir en lui quelque chose de nouveau, d'insolite, d'alarmant. Quelque chose qu'il tenta de vaincre, de surmonter. Incapable de donner un nom à cette force qui radiait de son fils, il crut d'abord qu'il s'agissait d'une faiblesse passagère. Son âme combative et haineuse ne sut saisir la grandeur et la pureté de cette émotion troublante qui, il lui fallait l'admettre, ne cessait de le hanter. Il aimait ce fils, même s'il ne parvenait pas à se l'avouer. Il aimait ce fils et plus les jours passaient, plus son désir de le mieux connaître et de s'en faire aimer, grandissait en lui. Il voulait ce fils, la chair de sa chair. Il n'épargnerait rien ni personne pour l'avoir bien à lui.

Son esprit diabolique lui inspira des manœuvres aberrantes. Confiant dans l'idée que sa compagne le seconderait dans son plan, il n'hésita pas à se révéler. Le jour où les deux hommes furent confrontés, Jean-Baptiste hurla sa colère. Alors sa fille Yvonne lui lança un ultimatum: Jean-Baptiste devait accepter la présence d'Onésime, sinon elle fuirait avec lui en emmenant son fils!

Jean-Baptiste s'inclina, il renonça à la lutte, fit mine de s'avouer vaincu. C'était le seul moyen de surseoir à un plus grand drame. Il crut qu'en temporisant ainsi il pourrait, avec le temps, ramener Yvonne à de meilleurs sentiments. Il accepta donc Onésime sous son toit, car c'était le seul moyen à sa portée de pouvoir protéger ses enfants.

De nature paisible, Jean-Baptiste tenta de concilier

les situations. Il prit beaucoup de temps à comprendre que son manque de fermeté avait ouvert, toute grande, la porte au malheur; Onésime avait gagné la première manche de son pari; il avait réussi à imposer sa présence à l'oncle tant détesté et ce, depuis sa tendre enfance.

Il ne lui restait plus qu'à assouvir sa vengeance: il s'emparerait des biens de la famille, se débarrasserait de l'encombrante Yvonne et alors il aurait auprès de lui, et de lui seul, le jeune Mathias, son fils.

Yvonne, aveuglée par l'amour, ignorante des liens qui unissaient les deux hommes n'aurait pu imaginer être la victime d'une aussi sale intrigue.

L'enfant aima d'emblée ce père qui sut l'amadouer. Onésime, pour la première fois de sa vie, rencontrait plus fort que la haine, ce seul sentiment qu'il ait jamais connu: les grands yeux du bambin purs et doux, le firent vibrer d'un sentiment tout nouveau: l'amour.

Affable et doux avec l'enfant, dur et cruel envers sa mère, Onésime inventait toujours plus d'humiliations et de déchirements qu'il imposait à Jean-Baptiste; sa nature cruelle, son âme torturée se complaisait dans le marasme et le poussait de plus en plus à de vives cruautés. Il espérait ainsi asseoir plus vite sa domination et son emprise sur ses victimes.

Jean-Baptiste s'apercevait, chaque jour d'avantage, qu'il n'y gagnait pas à temporiser; au contraire, l'emprise que son neveu exerçait sur sa fille et son petit-fils ne faisait qu'accroître le danger. Après avoir mûrement réfléchi sur la situation, il décida de s'adresser à la justice afin d'obtenir la protection nécessaire à sauvegarder les siens. La cruauté mentale d'Onésime s'étalait au grand jour: maintenant Jean-Baptiste avait peur!

Un enquête fut faite et on découvrit qu'Onésime était de fait, recherché par la police; le nombre d'antécédents du chenapan dépassait de beaucoup tout ce que Jean-Baptiste eût pu imaginer comme crapuleries.

Un soir, profitant de l'absence du mécréant, Jean-Baptiste prit avec lui sa fille Yvonne et son petit-fils Mathias et alla se réfugier dans sa résidence d'été. L'arrestation d'Onésime n'était plus qu'une question d'heures.

***

Le retour vers la métropole fut long et pénible. Le visage triste d'Yvonne, ses traits crispés, son regard toujours baigné de larmes affolaient son père. Le jeune Mathias, on le sentait, souffrait lui aussi. Trop petit pour comprendre, ses regards allaient de sa mère vers son grand-père et il demeurait silencieux.

Enfin, la voiture emprunta l'allée qui menait à la maison. Jean-Baptiste remarqua tout de suite l'automobile où se tenaient des policiers, qui semblaient attendre son arrivée.

«Mathias devrait aller dormir», se contenta-t-il de dire à Yvonne. Il invita les policiers à passer au salon. Il prit place dans un fauteuil et attendit. Un frisson le parcourut à la pensée qu'il avait dû dénoncer un membre de sa famille et qu'en ce moment même, il attendait le verdict. Il leva la tête, résigné à tout entendre, sauf peut-être la terrible vérité: Onésime, poursuivi par les policiers avait plongé dans la rivière au volant d'une voiture, une limousine immatriculée sous un faux nom, à une adresse inexistante, ce qui n'aidait pas l'enquête.

Les jours qui suivirent furent d'une grand tristesse, l'attente ajoutant à l'angoisse. À chaque appel téléphonique, ou dès qu'une visite s'annonçait, on sursautait. Parfois Mathias réclamait son père, mais comme Yvonne s'empressait de détourner le sujet, l'enfant cessa de s'enquérir au sujet de son absence. Nul ne prononçait plus son nom. Un silence lourd pesait entre le père et sa fille. Le malaise rendait la situation étouffante:

«Onésime avait plongé dans la rivière, au volant de sa voiture et on recherchait son corps. Il était présumé noyé.» Rien de plus ne fut dit à la jeune femme, qui se morfondait pourtant pour en savoir plus.

Après plusieurs jours d'une attente vaine, Yvonne apprit que certains vêtements de son fils et des jouets manquants avaient été retrouvés. La jeune femme comprit l'ampleur du danger qui les avait menacés. Cette révélation lui expliquait les silences et les réticences de son père à exprimer ses pensées; elle lui était maintenant reconnaissante de n'avoir pas dénigré Mathias et de ne l'avoir pas accablé de reproches, car elle se sentait responsable de l'avoir attiré et de s'être laissée bêtement séduire.

Peu à peu l'idée que sa disparition soit définitive se fit un chemin dans son esprit; elle se sentait libérée d'un poids terrible, elle frémissait à la pensée qu'il aurait pu lui enlever son fils! Par contre l'ascendant qu'il avait eu sur elle troublait son âme; son cœur souffrait. Ces tiraillements la laissaient perplexe et la gardaient réveillée la nuit.

Jean-Baptiste l'entendait soupirer, il connaissait son amour pour cet infâme. Alors il évitait tout commentaire, espérant que le temps mette un terme à son agonie de femme déçue. L'atmosphère qui régnait à la maison n'avait rien de réjouissant.

Mathias se repliait de plus en plus sur lui-même, passait de longues heures seul, renfermé dans sa chambre. Jean-Baptiste n'aimait pas ça. L'enfant avait tout mis sens dessus dessous pour retrouver son toutou rose et sa chemise ornée de cow-boys; inconsolable, il refusait tout substitut.

— Dis donc, fiston, mes vieilles jambes ont besoin d'exercice, viendrais-tu tenir ma main, je voudrais faire une promenade.

L'enfant, affichant un air indifférent, haussa les

épaules. Le grand-père insista. Lorsqu'ils quittèrent, Yvonne ouvrit la bouche pour offrir de les accompagner, mais ne dit rien. Sitôt après leur départ, elle courut vers l'entrée et tira le verrou puis se précipita vers la porte arrière et fit le même geste. Surprise de sa réaction spontanée, elle s'arrêta et s'exclama:

«Ma foi mais... j'ai peur! J'ai vraiment peur!» Elle se rendait compte que, pour la première fois depuis la disparition de Mathias, elle se trouvait seule à la maison, et elle était effrayée. Se laissant tomber sur une chaise près de la table, elle enfouit sa tête dans ses mains et se mit à pleurer puis à sangloter; des spasmes la secouaient, les larmes ne semblaient pas vouloir s'arrêter. Elle appuya sa tête sur ses bras posés sur la table et donna libre cours à son chagrin.

***

L'aïeul et l'enfant se rendirent dans un centre commercial. Mathias refusa la glace aux fraises, sa préférée. Plus rien ne semblait l'intéresser. Mais devant la vitrine d'une animalerie, il s'enthousiasma pour un joli serin qui, du haut de son perchoir, fier dans son manteau jaune or, donnait un tour de chant.

Le cœur de Mathias eut le coup de foudre.

— Qu'il est beau, qu'il est beau, ce moineau!

— C'est un serin, écoute-le chanter; c'est un serin mâle. Regarde celui-là, il est huppé, c'est un canari vert.

— Qui a trop de plumes sur la tête! Celui-là est beau!

— Tu l'aimes beaucoup?

L'enfant fit signe que oui.

— Viens, allons le voir de plus près.

Le chemin du retour fut parcouru plus hâtivement et surtout plus joyeusement. L'enfant tenait précieusement le carton ajouré qui contenait un serin alors que l'aïeul trimbalait une cage dorée remplie d'une large variété de graines qui avaient mille propriétés, goûts et couleurs différents, des bâtons de miel, des biscuits vitaminés, de l'eau distillée, du gravier et tout ce qui était en mesure d'améliorer la vie du chanteur. Le grand-père avait peine à suivre le garçonnet qui allait presque au pas de course.

Mathias grimpa sur la galerie en criant: «Maman, maman». Ne voulant pas déranger l'oiseau, il frappait la porte de ses pieds. Mais Yvonne n'arrivait pas, ce qui surprit Jean-Baptiste. Soudain, l'homme prit peur. Il eut si peur qu'il sentit ses jambes se dérober. «Si Onésime était revenu!» Il laissa tomber son fardeau et sonda la porte qui était verrouillée. Voilà qui était étrange, anormal. Sa peur quintupla, il fouilla ses poches, sortit la clef de la maison, que, heureusement, il avait sur lui. Ses mains tremblaient. Il ouvrit enfin et courut vers la cuisine.

Sa fille dormait. Autour d'elle, les multiples tissus souillés dénotaient la peine qui l'avait affectée. Mathias s'avança et murmura: «Maman!» Celle-ci leva la tête, ramassa le gâchis et s'affaira à préparer le goûter. Devant son embarras, Jean-Baptiste sortit et revint avec les trésors.

«Viens vite, fiston, il faut libérer ton ami de là.»

La belle humeur était revenue sur le visage attristé; la cage fut placée sur le guéridon près de la fenêtre; l'oiseau ne se fit pas prier et prit son envol dans son nouveau domicile.

— Il ne chante plus!...

— Donne-lui le temps de s'habituer un peu; il est dépaysé. Prends patience.

Mathias avança la grande berceuse, s'installa tout au fond, la tête appuyée, les jambes tendues, car elles n'auraient pu atteindre le sol. Ses mains bien en place sur chacun des bras de la chaise, immobile, il gardait les yeux rivés sur le serin, il observait l'oiseau. Jean-Baptiste s'affaira à préparer le festin du nouveau venu. Celui-ci piaula, puis s'empiffra devant un enfant émerveillé. Lui-même n'avait pas faim. Alors sa mère posa près de lui la collation.

Jean-Baptiste trempa son biscuit dans le thé. Yvonne, gênée de s'être laissé surprendre, semblait embarrassée.

— Cet oiseau, il faut lui trouver un beau nom, lança Jean-Baptiste, tout en faisant un clin d'œil complice à sa fille.

Mathias sursauta.

— Oui, oh oui. J'ai trouvé...

Il courut vers son grand-père.

— On va le nommer Jo...

— Chut! Chut! murmura Jean-Baptiste en posant l'index en travers de sa bouche pour imposer le silence. On doit faire un concours. Pensons-y sérieusement. Dans deux jours, chacun de nous énoncera trois choix de noms. Ensemble, nous choisirons.

L'oiseau choisit cette minute précise pour faire entendre son chant mélodieux. Les yeux de Mathias s'émerveillèrent.

— Dis-moi, Yvonne, connais-tu le nom du plus grand chanteur de tous les temps?

— Bien sûr: Caruso.

— Oui, Enrico Caruso, célèbre ténor italien, l'homme à la voix d'or.

Jean-Baptiste surprit le regard que le bambin jeta vers l'oiseau. Il sourit devant la réaction de son petit-fils. Au fond de son cœur, il se réjouissait, il avait compris que son petit-fils avait été sur le point de suggérer le nom de Jojo, ce surnom détestable qu'Onésime avait donné à son fils en le voyant pour la première fois. Le mécréant! Yvonne précisait: «Mathias, son nom est Mathias.» Il avait éclaté d'un rire démoniaque, que sa fille ne s'expliquait pas, mais que lui, le père, comprenait.

Il ne voulait pas que ce nom stupide fût repris, il faisait partie des mauvais souvenirs à effacer.

Le dimanche suivant, Mathias se leva très tôt et dressa le couvert. Alors, on en vint au concours. Yvonne suggéra d'abord:

— Coco, c'est très joli, Isabelle...

— Pouah! C'est le nom d'une fille et... lui, c'est un mâle.

— Bidule, alors.

— Non! hurla presque Jean-Baptiste.

— Pourquoi? tu sais ce que signifie le mot bidule, papa?

— Oui, et je sais que c'est un nom que l'on donne à un chat.

— À un chat?

Jean-Baptiste venait de se faire rappeler la chatte, la maudite chatte, qui, à l'île d'Orléans, allait toujours se réfugier chez ce voisin, l'amant de sa belle-sœur, le père véritable d'Onésime. Il avait blêmi.

— Bon, insista Mathias; que suggères-tu, grand-papa?

— Euh! j'ai pensé à Coucou, Pinson et Pompon.

— C'est maintenant mon tour.

Les yeux de l'enfant pétillaient de malice.

— Alors, je vais vous dire mon choix: Caruso, Caruso, Caruso. J'ai gagné, j'ai gagné. Trois votes pour Caruso.

L'enfant se leva, courut vers la cage, «Bonjour, Caruso». Pivotant sur ses talons, il revint vers son grand-père, l'embrassa, se colla un instant contre sa mère et retourna vers son ami.

Grâce à un cœur généreux, à un amour attentif, un enfant venait de reprendre goût à la vie, de se réconcilier avec elle, de réapprendre à aimer. Ni le père ni la fille n'osèrent expliquer leur réaction respective. On continuait de vivre, murés dans un silence troublant.

Chapitre 2

L'hiver apporta un certain répit à l'inquiétude qui régnait chez les Gagnon. On n'avait pas retrouvé le corps de l'homme. Jean-Baptiste redoutait que les eaux ne rendent qu'au printemps le corps qu'elles auraient charrié vers l'embouchure de la rivière. Il avait déjà vu ça, autrefois, lorsque des draveurs perdaient pied et s'engouffraient dans l'eau pour se perdre sous les billots. Mais le temps passa et, d'Onésime, on demeurait sans nouvelles. Peu à peu, la crainte s'estompa; Mathias ne reparaîtrait pas.

De son passage dans la vie de la famille, on gardait le souvenir d'un homme vaniteux, imbu de sa personne, qui aimait s'écouter parler et qui tenait des discours ronflants.

Yvonne et son père le connaissaient mieux. Ils le savaient capable de méchanceté, voire de cruauté. Mais on lui avait tout pardonné par amour pour l'enfant qu'il avait fait à Yvonne.

Celle-ci était déjà enceinte quand Jean-Baptiste découvrit le drame qui devait le torturer si profondément! Il n'avait d'autre choix que de se taire. Yvonne ignorait toujours qu'elle avait été séduite par son cousin germain.

Le ciel avait été généreux de ne pas permettre à sa femme, Marie-Reine, d'être le témoin de ces mois affreux vécus auprès d'un dément. Elle avait tenu son petit-fils dans ses bras avant de fermer les yeux à jamais. Pour elle aussi, le calvaire avait été long et terrible: cette grossesse en avait causé des tourments! Jean-Baptiste ne pouvait y penser sans tressaillir.

Onésime avait plusieurs noms d'emprunt, dont

Mathias, celui sous lequel il s'était introduit auprès d'Yvonne.

Yvonne décida donc de donner ce prénom à son fils. «Mon fils portera le prénom de son père: ce sera de lui la seule chose qu'il possèdera jamais», avait-elle dit. Personne n'osa s'y opposer.

Jusqu'à ce jour, Jean-Baptiste n'avait pas révélé à sa fille le secret maudit. «Plus tard, plus tard, se disait-il, quand elle aura tout oublié, que la paix sera revenue dans son âme.»

Mathias s'avéra un rayon de soleil. L'enfant enjoué et doux apportait beaucoup de joie à sa mère et à son grand-père.

Ce n'est qu'après avoir appris, de la bouche même d'Onésime, qu'aucun lien du sang le liait à Yvonne, puisque sa mère Fabienne l'avait enfanté de son amant, mais non de son frère, que Jean-Baptiste avait trouvé le courage d'écarter ce monstre de leur route.

À la suite de cette confidence, il regarda son petit-fils Mathias, d'un tout autre œil. Il avait eu si peur! Il se sentit si coupable de n'avoir pas le courage de tout avouer à Yvonne ou à sa femme. À l'avortement, il avait souvent pensé; mais c'était contre les principes de la famille. «Là, ne cessait-il de se répéter, est l'excuse.» La raison profonde de son silence résidait dans le fait qu'il aurait fallu révéler le côté macabre de ce drame terrible dont il était, à l'origine, le seul responsable. Alors il s'était tu, avait laissé le temps courir. Quelle torture, il avait dû subir!

À deux reprises, tout au long de sa vie, il avait parlé trop et trop vite: tout le mal provenait de ces deux erreurs. Jean-Baptiste étant la franchise même, les situations fausses lui répugnaient. Plus tard, il se reprocha la joie ressentie lorsqu'il apprit la noyade de cet indésirable; mais maintenant que tout était rentré dans l'ordre, il se consolait. Il aimait tant les siens, avait été amoureux fou de sa femme. Sa famille était toute sa raison de vivre!

Et voilà que le destin faisait en sorte que son nom fût repris par cet enfant même qui l'avait jeté dans une si grande consternation: Mathias Gagnon, son petit-fils, reprendrait sa lignée. La vie, tout de même, a parfois des façons déconcertantes de faire les choses.

Ce soir, il se rendrait chez sa fille préférée, sa Monique, son pinson, et Mathias l'accompagnerait.

***

Demeurée seule, Yvonne prit un goûter, prépara un café, et se rendit s'étendre au salon. Le silence qui régnait dans la grande maison l'impressionnait. Seule l'horloge le rompait, en répétant inlassablement son tic-tac, sec, régulier.

Elle s'étendit sur le divan et laissa errer sa pensée. Sa sœur ainée lui avait proposé de rencontrer Fernand, un ami. Elle avait acquiescé. Maintenant, elle s'inquiétait. Devrait-elle tout lui raconter? Comment la jugerait-elle?

«Une nouvelle occasion m'est offerte de refaire ma vie. Saurais-je la saisir? J'ai passé la moitié de mon existence à m'inquiéter des autres, des on-dit. J'ai toujours eu peur, peur de ce qu'on disait ou pensait de moi, peur d'être trop maigre ou trop grasse...» Et le souvenir cuisant d'une phrase méchante prononcée par l'une de ses maîtresses d'école, lui revenait à l'esprit: «Vous, la grande insignifiante...» Elle avait traîné cette remarque dans un repli de son âme et n'avait jamais pu l'oublier!

Sa mère parlait avec tant d'amour et de fierté de sa tante religieuse, qui avait fait l'honneur de la famille en entrant au couvent à l'âge de dix-sept ans! Elle avait pensé trouver là, la solution à ses problèmes. La bure cacherait ce corps laid et insignifiant, lui conférerait dignité et respect. Elle n'avait pas réfléchi davantage et avait fait part à sa mère de sa décision; Marie-Reine s'y était opposée, pour la forme, sans fermeté. Alors, Yvonne avait cru qu'elle ne la croyait pas digne du saint-habit! Il n'en fallut pas plus pour qu'elle se rebiffât et qu'elle s'ancrât davantage dans sa décision. À sa grande surprise, son père s'était montré récalcitrant, lui, qui, habituellement, respectait l'opinion de ses enfants. Bien sûr, elle ne le questionna pas, ne chercha pas à comprendre ses motivations profondes, mais comme elle ragea et tempêta quand il fut question de sa dot, qu'elle jugeait médiocre: on avait dépensé plus pour la noce de Marie-Anne! Cette humiliation, elle l'avait enfouie du fond de son cœur, avec tous ses autres motifs d'être amère: elle n'aurait de repos que dans son couvent.

Là aussi, elle déchanta: elle n'avait pas l'âme soumise nécessaire à la vie religieuse. Le bonheur ne semblait pas se trouver là plus qu'ailleurs. Quand Sa Sainteté Jean XXIII décida que le saint-habit serait remplacé par la tenue laïque, elle riposta, s'offusqua. Peu de temps après, elle suivit le mouvement populaire, quitta la communauté et revint vers sa famille. Et rencontra Mathias!

Comme elle l'avait aimé! Elle connaissait enfin des heures douces; amoureuse, ardente et sincère, elle crut en lui. Et ce fut le drame. Il disparut, l'abandonna, enceinte et désarmée.

De toute cette histoire affreuse, elle ne retenait qu'une chose: la présence de son fils, son fils, devenu sa raison de vivre. Il grandissait, il dénotait des belles qualités de cœur, il était bon, intelligent; que pouvait-elle souhaiter de plus? Avec le temps, elle se soucia de moins en moins de ce que l'on pensait, de ce que l'on disait. Elle entretenait parfois, au fond de son cœur, un sentiment de reconnaissance envers le père de son enfant; c'était lui, en somme, qui lui avait permis de faire tout ce cheminement. Alors, elle cessa de le haïr, pardonna tout. Ce revirement lui faisait espérer un retour possible! Aurait-elle le courage de lui résister, s'il lui tendait à nouveau les bras?

Et elle pleura, elle pleura sur cet amour déçu; elle pleura sur elle-même, sur son fils, sur son père qu'elle avait fait souffrir. Quand elle parvint au bout de ses réflexions profondes, quand elle comprit qu'une fois encore elle errait, refusait d'envisager la réalité, elle dut admettre que ses rêves étaient des chimères, que la vie, c'était autre chose. Et Yvonne décida de regarder bravement vers l'avenir. À partir de ce jour, elle s'efforcerait de bannir Mathias de ses pensées. Elle devait à tout prix oublier cet homme qui n'avait su que semer le désarroi dans son âme et dans sa vie. La proposition de sa sœur ne l'engageait à rien. Elle rencontrerait cet ami de son beau-frère. Et s'il portait en lui des promesses de bonheur pour elle et pour son fils, elle l'aimerait. Oui, elle aimerait cet homme, si ses intentions étaient droites. Elle, Yvonne saurait être honnête et bonne. Elle le ferait pour son fils, elle le ferait pour elle-même.

Lorsque Jean-Baptiste rentra, ce soir-là, qu'il vit sa fille endormie, roulée en boule sur le divan du salon, la vaisselle qui traînait encore sur la table, il comprit qu'elle avait souffert. Il se prit à espérer qu'elle ne retombât pas dans le marasme où l'avait plongée sa longue épreuve.

«Chut, petit, sois sage. Laissons dormir maman.»

Jean-Baptiste laissa tomber sur sa fille le carré de mohair dont sa femme se couvrait autrefois, lors de soirées fraîches, quand ils veillaient sur la galerie. On l'avait toujours posé là, sur la même chaise, depuis le jour où on l'avait offert à la grand-mère Imelda.

Jean-Baptiste, songeur, tendit la main à son petit-

fils et ils montèrent l'escalier pour aller dormir.
— Bonne nuit, grand-papa, murmura Mathias.
— Bonne nuit, petit.

***

Le lendemain, on parla surtout du souper qui avait réuni toute la famille, chez Monique. Yvonne, sereine, vaquait à ses obligations avec un renouveau de vitalité, semblait-il.
Il fut question d'inscrire Mathias à l'école, «Déjà!», s'était exclamé Jean-Baptiste. On parla du tambour à installer pour l'automne. Yvonne suggéra qu'on le remplaçât par une véranda, plus pratique. Et, comme ça, sans que rien dans la conversation n'explique le pourquoi de l'allusion, Yvonne jeta: «Je crois que je vais accepter la suggestion de Marie-Anne».
— Qui est? questionna Jean-Baptiste.
— De rencontrer l'ami de son mari. Après tout, s'empressa-t-elle d'ajouter, ça n'oblige à rien!
C'était donc ça, pensa son père, c'est ce qui la tracassait. Il ne dit rien et sortit faire sa promenade habituelle.

***

L'idée d'une véranda pour remplacer le tambour chagrinait Jean-Baptiste. C'était une autre tradition qu'on laisserait tomber. Tout changeait si vite, trop vite et il n'avait plus la force d'autrefois pour faire tous ces travaux d'entretien. Les enfants avaient discuté du projet. On faisait des plans. Jean-Baptiste avait surpris les regards échangés entre Marie-Anne et son mari: il y avait anguille sous roche. Finalement, Marie-Anne laissa tomber le gros morceau: Fernand viendrait, lui-même, s'occuper des travaux.

Il n'en fallait pas plus pour que l'inquiète Yvonne recommençât à se torturer. Quel genre d'homme était-il? Lui plairait-il? Mais surtout: saurait-elle lui plaire?

Le jour tant attendu arriva enfin. Elle fouillait dans sa garde-robe, se regardait dans le miroir, changeait de coiffure. Elle avait le cœur en fête, comme une petite fille de quinze ans qui attend son amoureux.

Elle fit reluire la cuisine, ferait du sucre à la crème. Il n'y a pas un homme qui soit indifférent à ça. Non, elle ne vernirait pas ses ongles, ce serait plus discret. Soudain, elle eut froid dans le dos; s'il fallait qu'il la questionnât sur le père de son enfant... elle n'avait jamais été mariée. Pis encore, elle avait été religieuse... méchant mélange de vertu et de vice! L'inquiétude la reprenait. Son passé faisait d'elle une indésirable. Bien sûr, elle avait parlé à Dieu, mais Il semblait ne pas vouloir lui répondre. À la messe, elle ne ressentait plus l'extase qu'elle avait connue autrefois dans la petite chapelle, chez les religieuses. Quelque chose de merveilleux s'était brisé en elle, irrémédiablement, à ce qu'il lui semblait. Que deviendrait sa vie? Serait-elle destinée à finir ses jours seule avec son enfant, sans qu'un autre amour enchantât ses nuits?

Mathias avait éveillé en elle des choses qui, parfois, la tenaient réveillée. Elle ne savait pas quel nom donner à ces émotions, mais elle savait qu'elles lui manquaient. Sa conscience et son corps étaient en constante contradiction. Cette fois, elle ne ferait pas l'erreur d'aimer sans que le mariage fût béni par l'Église. Elle se le promettait, elle en avait assez de vivre à l'encontre de ses convictions profondes. Elle devait ça à son fils aussi. Sa condition faisait d'elle la tache de la famille! Toutes ces considérations avaient mis un frein à son enthousiasme. Yvonne était en proie à une tristesse intense.

Elle avait enfin terminé le nettoyage. Elle restait là, plantée, debout, les mains sur les hanches. Oui, la cuisine reluisait. Le carillon de la porte d'entrée avant se fit entendre. Elle lissa nonchalamment ses cheveux, glissa les mains sur le tablier et alla ouvrir.

— Non, mon père n'est pas là. Je l'attends d'une minute à l'autre. Désirez-vous l'attendre?

Oui, mais en attendant il irait, avec la permission de madame, inspecter les lieux. Il devait s'agir de l'ouvrier dont avait parlé Lucien, son beau-frère.

— Suivez-moi.

Ils traversèrent le salon, l'immense cuisine. Sans un mot, il sortit.

Elle retourna à ses noires pensées, heureusement que Marie-Anne et son mari seraient là lors de cette première rencontre; ça simplifierait les choses...

Jean-Baptiste utilisait presque toujours l'entrée de la cuisine. Il fut surpris de se trouver en présence d'un homme qui mesurait à l'arrière de sa maison. Il se présenta, on se donna la main.

De la fenêtre, Yvonne les voyait gesticuler, discuter, mesurer. Puis, ils s'éloignèrent et prirent place sur les marches de la serre. «Ils attendent sûrement l'arrivée des autres.» L'ouvrier tournait le dos, Jean-Baptiste lui faisait face. La conversation devait avoir pris une tournure plus personnelle: voilà que Jean-Baptiste riait, mouchoir à la main. «C'est bien papa, pensa-t-elle. Il s'entend avec tout le monde, s'adapte à toute situation et trouve toujours le tour d'être de bonne humeur!»

Les deux hommes revinrent vers la maison. Ils s'essuyèrent les pieds et entrèrent.

— Aurais-tu du café, Yvonne? Je te présente Fernand Robichaud, un ami de Lucien.

Embarrassée, Yvonne balbutia:

— Bonjour, Monsieur Fernand...

Alors, c'était lui!

Yvonne crut déceler un brin de moquerie dans l'œil de son père.

Ça la fit rager. «S'il pense que je vais flirter sous son regard espiègle, il se trompe» pensa-t-elle. Elle ôta son tablier. Elle réalisa sa mise négligée, pensa à ses cheveux défaits. Et l'armoire à balai qui était béante, quel laisser-aller!

Marie-Anne et Lucien avaient, sans doute, jugé plus habile de laisser Yvonne seul à seul avec l'homme. Elle leur en voulait!

Elle sortit un plateau sur lequel elle déposa des galettes, ses plus dorées, ses plus dodues, qu'elle plaça à portée de la main, sur la table.

— C'est vous qui réussissez ça, madame Yvonne?

Elle rougit de fierté. «Je n'ai pas fait inutilement mon sucre à la crème», pensa-t-elle. Elle en prépara une assiettée, qu'elle servit en même temps que le café.

— Noir?

— Non, sauf le matin. Crème et sucre.

Elle ne savait plus si elle devait se joindre aux hommes ou les laisser entre eux. Heureusement son fils arriva. De ses deux poings, il frotta ses yeux bouffis. En voyant l'étranger, il s'arrêta, surpris. Yvonne prépara son goûter.

— Presque aussi bon que celui de ma défunte épouse, dit Fernand, en croquant dans un carré de friandise.

Yvonne rougit.

— Bon, assez abusé de votre hospitalité. Demain, un camion viendra livrer tout le matériel nécessaire. Ce sera fait en un temps, deux mouvements.

Et, se tournant vers Yvonne:

— Serait-ce présomptueux d'oser espérer avoir l'occasion de vous mieux connaître, madame Yvonne?

Elle se contenta d'un mouvement de la tête pour faire comprendre qu'elle ne s'opposait pas à une nouvelle rencontre.

Il tendit la main, une large main solide et franche.

Jean-Baptiste, moqueur, sourit. Mathias, l'enfant terrible, dit tout à coup:

— Pourquoi, maman, rougis-tu?

Yvonne aurait voulu l'étrangler. Jean-Baptiste fit un clin d'œil à Fernand.

Après le départ de celui-ci, Jean-Baptiste revint vers sa fille.

— Qu'en penses-tu? Pas mal, hein?

— Il ignore tout de moi, il désenchantera quand il saura...

— Il saura quoi? Il sait déjà, il veut te revoir pourtant.

— Il ne sait pas... tout.

— Il n'a pas à connaître tous les secrets de ton âme.

— Je ne parle pas de ça. Je parle d'avant...

— En temps et lieu, ma fille, en temps et lieu. Après tout, avoir porté le voile ce n'est pas un déshonneur!

— Quelles sont mes chances d'être heureuse, papa?

— Ton avenir est de plus en plus prometteur, ma fille. Je te regarde vivre, tu t'épanouis de jour en jour. Tu as fait un très long cheminement. L'épreuve fut cruelle, mais je sais que tu t'en es sortie. Tes chances sont celles de toute jeune fille qui veut le bonheur.

— Je saisis toujours trop tard! Sur le moment, je ne comprends rien aux autres, à leurs besoins, je suis comme enfermée dans un monde à part.

— Autrefois, peut-être. Mais tu t'es prise en main, depuis. Malgré tout le mal qu'il t'a fait, Mathias t'a ouvert les yeux à la vie. De façon brutale, c'est vrai. Mais il t'a forcée à franchir très vite plusieurs étapes. Sois franche, avoue-le.

— Papa...

Elle ne continua pas.

— Viens t'asseoir, ce n'est pas une conversation

qui se tient debout, comme ça, au milieu de la cuisine.
Il prit sa main, qu'il garda dans la sienne.
— Je t'écoute, ma fille.
— Papa...
— C'est donc si difficile?
— Au lit...
— Je suis content que tu attaques ce sujet. Je n'aurais pas osé. Ce que j'ai vu, cette affreuse nuit-là, n'est pas normal. Tu dois le savoir, au fond de ton cœur. Chut! ne réponds pas: Mathias était perturbé, anormal. Oublie tout ça. Ça ne se passe pas ainsi entre deux êtres qui s'aiment. Tu te rendras compte, quand un homme t'aimera vraiment, que douceur et tendresse font partie intégrante du sexe. Les unes n'empêchent pas l'autre; au contraire, elles le complètent. C'est une belle chose, une très belle chose. Ça aide à oublier tous les problèmes. L'oreiller est l'endroit idéal pour se confier, échanger, se pardonner au besoin. C'est un peu comme... le confessionnal où nous avouons nos fautes pour en sortir rassérénés. Fernand a été marié. C'est un bon garçon. Il saura te comprendre, t'aimer, te respecter. Rends-le lui, c'est la plus belle recette de bonheur. Vivre à deux signifie l'un près de l'autre; ni en avant, ni en arrière, mais côte à côte, en parfaite harmonie.

Il se tut. Le beau visage de Marie-Reine s'imposait à lui.

— Je sens... que ta mère approuve mes paroles.
— Tu l'as beaucoup aimée.
— Je l'ai adorée, choyée. Elle fut ma femme, ma fille, ma compagne des bons et des mauvais jours. Parfois, c'était moi, parfois c'était elle qui donnait du courage. C'est ça, la vie de couple. Tous les jours, il faut se remettre en question, surtout en période d'épreuve, sans crise, sans tempête, mais avec du dialogue, beaucoup de dialogue.
— Il te plaît?

— Qui? Fernand? Oui, il me plaît. Cet homme semble loyal et avoir bon cœur.

La conversation avait pris une toute autre tournure, mais Jean-Baptiste savait qu'Yvonne continuait de ruminer.

Une heure s'était passée quand soudain, tout à fait sans préambule, elle s'arrêta net, le regarda et demanda:

— Comment, papa, pouvez-vous vous prononcer ainsi en faveur d'un homme avec qui vous n'avez pas jasé deux heures?

Il continua de se bercer, sourit.

— Quand tu auras atteint mon âge, ma fille, que tu auras fait le tour de mon jardin...

Yvonne replongea dans ses pensées, Jean-Baptiste laissait vagabonder les siennes: quelle force, la famille! Il avait vu naître, de lui et de sa femme, six filles: le noyau. À celui-ci, vinrent se brancher des inconnus, aussitôt acceptés et aimés. De nouvelles cellules s'étaient formées. La lignée était établie, avec sa puissance, ses devoirs, ses obligations; d'elle dépend la survie: les naissances succèdent aux décès. Entre les deux, se situe la rage de vivre. Tous oscillent pourtant, ignorants du fait qu'ils ne seront pas éternels. Posséder la jeunesse fait ignorer la vieillesse. On atteint celle-ci à petits coups: un membre qui fait mal, un cheveu qui blanchit, une ride qui se dessine, un genou qui craque, un estomac qui se rebiffe. Peu à peu, on cesse de s'inquiéter, on accepte plus aisément, on cesse d'en parler. Les plus chanceux choisissent d'en rire.

Jean-Baptiste se redressa, glissa sa main sous son genou, aida sa jambe à s'étirer. Il en était là...

***

Fernand téléphona. Le lendemain, il viendrait rendre visite à Yvonne: un bon soir, le samedi soir.

— Ça va coûter cher de savon, taquina Jean-Baptiste.

***

Il accueillit chaleureusement celui qu'il considérait déjà comme son gendre. Le salon illuminé brillait comme un sou neuf, mais moins que les yeux d'Yvonne.

Fernand était entrepreneur en construction. Ses affaires étaient florissantes. Il discourait à tout propos, ce qui plaisait à madame Yvonne qui buvait ses paroles.

Jean-Baptiste s'excusa. Il n'avait pas eu le temps de lire son journal... Il se dirigea vers la cuisine.

— Je suis content, madame Yvonne.
— Pourquoi, monsieur Fernand?
— Vous n'avez pas eu la maladresse d'allumer la télévision. Je déteste cette boîte à doctrines qui remplit la tête d'idées toutes faites. C'est à croire qu'on a attendu jusqu'en 1952 pour savoir que les dents blanches, c'est beau, que le shampooing savonne les cheveux, que l'eau de javel blanchit le linge.
— Si vous voulez ma façon de voir les choses, c'est bon d'avoir les nouvelles en images et j'aime les films de Walt Disney.
— Vous aimez la nature?
— Oui, l'espace, le grand air. Petite, j'adorais la campagne. Je rêvais de voyager.
— Le voyage, quelle merveilleuse façon de s'évader... Depuis quelques années je profite de mes vacances annuelles pour visiter des pays différents.

Il sembla à Yvonne que l'homme se sentait tout à coup très nostalgique. Elle hésita un instant, puis demanda:

— Racontez-moi, parlez-moi de vos séjours à l'étranger.
— C'est très difficile; dire ce qu'on a vu est une chose, exprimer ce qu'on a ressenti est plus facile.

— Vous avez sûrement vu des choses extraordinaires, connu des situations passionnantes.
— Beaucoup.
— Qu'est-ce qui vous a le plus frappé?
Il hésitait, fouillait dans ses pensées.
— Je ne sais pas, je pourrais vous citer des tas de monuments historiques. Le Colisée de Rome, par exemple si plein d'histoire pour un chrétien, le Parthénon qui surprend par sa splendeur, son architecture et son âge, le monument des Invalides, plus loin encore, le Taj Mahal. Mais comment décrire ces lieux? La magnificence dépasse l'imagination. Il faut avoir vu, de ses yeux vu. Décrire tant de splendeur est au-delà de ma faculté descriptive. Si ça vous intéresse, je peux vous offrir mieux que des mots, la projection de diapositives, qui vous feraient parcourir le monde grâce à l'œil de mon appareil photo.
— Comment se sent-on quand on revient d'un voyage?
— On retombe sur terre. Au début, on se sent dépaysé, perdu, on s'ennuie. Mais le quotidien refait vite surface. Alors, on se contente de rêver à un nouveau départ.
Un instant, un bref instant, Yvonne se revit dans la garçonnière de Mathias, où les murs étaient ornés d'images de lieux enchantés.
— Un café, une beigne tout frais que j'ai fait ce matin même?
— Volontiers.
Yvonne se leva et marcha vers la cuisine. Tout fut prêt en un tournemain; elle avait préparé un plateau qu'il ne lui restait qu'à garnir.
La fille marchait sur les nuages. Ses peurs se dissipaient peu à peu. Son père avait raison: Fernand, c'était du bon pain blanc. Elle reprit la conversation là où elle l'avait interrompue.

— Parlez-moi encore de voyages. On dit que beaucoup de monde trotte partout sur le globe. Qu'ont-ils en commun, ces gens-là, selon vous?

— Bonne question. Le goût de l'évasion, la curiosité peut-être, ou la soif de connaître. J'ai souvent observé les touristes. Pour moi, il y a là matière à surprise. Je suis toujours étonné de voir qu'il y a autant de réactions qu'il y a d'individus. Pourtant, dans l'ensemble, les visiteurs, plus on les observe, plus on se rend compte qu'ils se ressemblent tous: dès qu'ils s'approchent de l'entrée d'un impressionnant temple, d'un château ou d'une église, le timbre de la voix décline, les mots meurent presque sur les lèvres. Un sentiment de recueillement semble les envahir. Une fois parvenus à l'intérieur, celle qui chausse des talons bruyants se déplace sur la pointe des pieds, tente de glisser sur les dalles plutôt que d'y marcher. D'instinct, tous relèvent la tête vers le dôme comme si l'on espérait, comme si l'on sentait que c'était de là-haut que provenait le sentiment de grandeur. Les yeux s'écarquillent, un murmure à peine perceptible glisse dans les rangs. Les hommes décoiffés, collent leur chapeau le long de la cuisse, les femmes serrent fort leur sac à main sous le bras, histoire de se donner une contenance. De temps à autre, on entend un oh! d'admiration. Tous alors regardent dans la direction d'où la voix est venue et, distraits, entrent en collision avec une colonne ou... un autre visiteur. Certains effleurent, du bout du doigt, le marbre froid, le métal précieux ou la pierre chatoyante: prise de possession momentanée: «Je n'ai pas que vu, j'ai touché!», diront-ils plus tard. D'aucuns sortent par l'endroit le plus éloigné, afin de découvrir un coin non zieuté par les autres, fournissant ainsi une dimension nouvelle à la conversation. Presque tous laissent leur imagination recréer des personnages qu'ils ont connus par les livres d'histoire, les font revivre ici en pensée, réincarnés dans leur décor: des mètres de voiles flous, de galons dorés, de brocart et de satin déroulent alors dans les cerveaux, qui se régalent, moussant le goût du beau, à travers l'irréel. C'est recueillis, dans une attitude pieuse, qu'ils sortent enfin, ne sachant plus si c'est l'humidité du temple ou l'émotion intense qui les transit. Dès l'instant où ils se retrouvent à l'extérieur, ils restent un instant encore émus, bouleversés, haussent les épaules, comme pour se débarrasser d'un poids, aspirent profondément, histoire de laisser s'échapper l'émotion intérieure, puis... enfin, selon la personnalité de chacun, ils reprennent contact avec la réalité. Ils se regardent les uns les autres pour saisir et vérifier leurs réactions. L'homme au cœur froid grogne: «On visite trop de ces ruines!» À celui-là, quelques-uns jettent un regard significatif pour lui souligner son imbécillité. D'autres allument une cigarette: ce sont les plus sentimentaux. Les femmes ont tendance à tout résumer en quatre mots: «Que c'est beau!» Rares sont les fois où l'on n'entend pas quelqu'un s'exclamer: «Mon fils ou mon ami architecte donnerait tout pour voir ça.» Les philanthropes se scandalisent: «Combien d'hommes sont morts, ont payé de leur vie pour bâtir ça?» Les avaricieux sont horrifiés: gaspillage, luxe dégoûtant. Les artisans, les vrais, s'émeuvent et rêvent. Les prostitués des deux sexes se secouent pour se libérer du sentiment de repentir qui les a étreint quelques minutes. Les jaloux ont trouvé mesure à leur envie. Les paresseux n'ont pas tout vu, c'est trop d'efforts à soutenir. Les amoureux se serrent la main: ils partageaient l'amour, ils partagent maintenant la beauté. Les enfants soupirent et regardent leurs parents: ça les dépasse! Les mères s'attendrissent et félicitent le père d'avoir permis à ses enfants d'avoir vu ça... Je ne devrais pas oublier les snobs, qui ne manquent pas de dire assez haut pour être entendus de tous: «C'est la énième fois que nous passons ici...

— Ça manque d'originalité.
— Bah! Il faut de tout pour faire un monde. Ce sont les différences qui font le charme. Mais je suis là à parler, parler, comme un moulin à paroles et il est tard déjà.

Il s'arrêta, joua avec son jonc.

— J'ai aimé aussi ma soirée, j'aimerais vous revoir... Mes idées sont droites: soyez à l'aise. Je suis habile quand je parle de charpente... mais quand vient le temps de m'adresser à une femme... Pardon, c'est fou ce que je dis là. Enfin, vous me comprenez? J'ai perdu le tour de jouer les princes charmants...

Yvonne tendit la main.

— Je vous attends, à votre heure. Nous sommes... je veux dire: je suis toujours là.

— Je vais saluer votre père...

Jean-Baptiste avait parcouru le journal en tout sens. Il en était aux mots croisés, chose qu'il ne faisait jamais...

Yvonne avait le cœur chaviré. Elle se hâta d'aller s'enfermer dans sa chambre pour penser, à tout ce qu'il avait dit, la fin de la conversation surtout... C'était presque une promesse! Elle eut peine à s'endormir!

Pendant qu'elle ruminait tout ça, s'efforçant de concilier son passé et ce présent prometteur, rêvant d'un avenir plein d'amour et de bonheur, son père, lui aussi, voyageait dans le temps.

***

Dans la chambre des maîtres, Jean-Baptiste reposait, étendu sur le dos, du côté du lit où dormait autrefois sa femme, Marie-Reine.

La lampe de chevet projetait une lumière tamisée sur les objets qui paraient la pièce, leur donnant un air mystérieux, les étirant par le jeu des ombres.

Le sommeil ne semblait pas vouloir venir. Jean-

Baptiste ne luttait pas: il rêvassait; ses yeux larmoyaient, non pas d'émotion, mais par l'effet des années qui minent jusqu'au regard de l'homme!

«Il faudrait que j'examine la couverture de tôle à baguettes, les chevrons, que je donne une couche de peinture aux contrevents en lattes avant que ne vienne la giboulée.»

La giboulée: neige et pluie mêlées, ce mot l'avait toujours fasciné faisant tout à fait terroir, il exprimait bien ce qu'il signifiait; un mot doux à l'oreille, à résonance poétique.

Depuis son arrivée au Canada, Jean-Baptiste s'était inlassablement efforcé de se mettre au diapason de son pays adoptif: il en avait étudié l'histoire, ne cherchait jamais à établir de parallèle avec la France, sa patrie: être né là-bas était l'œuvre de la nature, vivre ici était un choix. Il était heureux de ce choix. Ce pays qui était rempli d'émotions fortes, exigeait beaucoup de ses habitants de par ses hivers froids qui ne pardonnent pas, les obligeant à bien s'abriter pour survivre, d'où la nécessité de travailler aussi pour se bien vêtir.

Autrefois, le port des manteaux de fourrure lui avait paru un grand luxe, de même que l'automobile que tous se faisaient un point d'honneur de posséder: la plus grosse possible. Avec le temps, il comprit. Les distances étaient grandes, les familles aussi; il fallait se rendre visite, vivre intensément pendant les saisons plus clémentes qui, elles, étaient courtes. Ces «luxes» étaient des nécessités. Le peuple canadien était vaillant, avait le cœur à l'ouvrage.

Il avait aussi été étonné de la possibilité qui était donnée ici de pouvoir accumuler des biens. Sa fortune personnelle et celle de sa femme étaient rondelettes.

Était-ce à cause du bon voisinage avec les États-Unis, d'où venaient tant de nouvelles inventions, ou était-ce dû au climat qui plaçait les humains en face de difficultés qu'il fallait résoudre pour survivre?

Il se souvint de Piton qui s'ébrouait souvent, en lutte, lui aussi, avec le froid, les mauvais chemins. Quels changements depuis! De longues et belles routes bien asphaltées qui serpentent en tous sens et sa docile Oldsmobile qui obéit au petit doigt!

L'évolution, c'était ça! Marie-Reine avait tant eu de difficultés à accepter les idées nouvelles véhiculées de par le monde, jusque chez elle, au sein de sa propre famille! Elle luttait pour conserver intactes les vieilles traditions que ses filles trouvaient vieux jeu!

Les traditions... des présents au moment où nous les vivons: le sapin de Noël, au salon, dans ce coin même où reposait Théodore à leur retour de voyage de noces.

Un jour, sous l'arbre, il avait trouvé un joli paquet enrubanné qui contenait une chose mystérieuse: un machin muni d'une fiche qui servait à se raser sans savon, grâce au miracle de l'électricité. Il avait froncé les sourcils. Ça lui paraissait trop prometteur, il doutait du résultat. Comment si petit objet, réussirait-il à remplacer son beau rasoir droit, à lame d'acier trempé, qu'il affûtait sur une lanière de cuir, suspendue près de l'évier? Cet instrument saurait remplacer son rasoir à lui, qui savait contourner son nez, glisser sur les rides de son cou, qui rasait de si près les poils de sa barbe drue, emprisonnée dans la mousse du doux savon odorant, pendant que lui, Jean-Baptiste, tirait sur sa peau, la bouche tout de travers pour lisser le menton? Non, ce truc-là ne pourrait jamais entrer en compétition avec une science acquise à force de répétition! De plus, ça menaçait de faire crever de faim les barbiers, les manufacturiers de blaireaux, les vendeurs de bâtons à aseptiser qu'on utilisait quand on se coupait. Non, Jean-Baptiste garderait l'ancien système, le bon, celui de tout mâle, mâle! Pas de rasoir électrique pour lui, pas de lotion après rasage, pas d'eau de

Cologne; un tantinet d'alcool à friction lui suffisait: ça resterait comme ça! Et le rasoir moderne fut abandonné dans un tiroir.

Une autre tradition se perdait; celle du tambour qui serait remplacé par une véranda. Que de souvenirs disparaissaient en même temps que lui!

Dans le temps du jour de l'An, le tambour était si plein qu'on avait peine à y trouver passage, il servait d'entrepôt aux mets préparés d'avance.

Le matin de l'Épiphanie, tous allaient à la messe, sauf Marie-Reine. Et pour cause, car elle dressait la table des grands jours: la tourtière était placée sur des plateaux à pattes, les cretons, cuits à point, se dressaient sur des assiettes de cristal et ravissaient l'œil avec leur dessous de gélatine dorée. Devant chaque couvert, trônait un verre de vin rouge qu'on lèverait après le cérémonial qui précéderait le repas.

La veille du jour de l'An, une corbeille était placée sur le guéridon; chaque enfant y déposait une lettre de souhaits, de promesses et de bonnes résolutions, écrite à l'intention des parents. Marie-Reine les déposait sous l'assiette de Jean-Baptiste, comme autrefois Imelda plaçait la sienne sous le couvert de Théodore.

La messe finie, la famille rentrait au bercail, fringante, affamée. Les quatre portières de la familiale s'ouvraient et la marmaille se ruait vers la maison.

Arrivés dans le tambour, on secouait les pieds, si bruyamment que la mère ne pouvait ignorer l'arrivée des siens. Marie-Reine jetait un coup d'œil au miroir, lissait ses cheveux, ôtait son tablier et ouvrait la porte toute grande.

«Bonne année, Maman!» criait-on en chœur. Et c'était la bousculade. Tuques et mitaines gisaient partout: le laisser-aller était permis, ce jour-là.

Chacun prenait sa place autour de la grande table. Jean-Baptiste à un bout, portant veston et cravate. À l'autre bout, Marie-Reine, heureuse à craquer; à sa droite Imelda, puis, tous les autres.

Alors que dehors, la nature était froide, le sol glacé sous la neige folle, au foyer, les cœurs brûlaient d'amour mutuel, enveloppés du chaud manteau de la tendresse.

Jean-Baptiste toussotait: le silence se faisait, on se recueillait un instant. Yvonne rougie par la gêne jusqu'à la racine des cheveux, se levait, allait vers son père:

«Papa, veux-tu, s'il te plaît, nous donner la bénédiction paternelle?» La phrase, au début, était prononcée d'un ton clair et net, mais l'émotion étranglait bientôt la voix. Jean-Baptiste se levait. Toutes, sauf la mère et la grand-mère s'agenouillaient: Jean-Baptiste marmonnait une prière dont ils ne comprirent jamais les mots, puis solennellement, il levait le bras droit et, de sa main, traçait le signe de croix, sur la tête des siens, puis, sur la table. Du pouce, il traçait aussi la croix sur la miche de pain chaud, enroulée dans une serviette de toile blanche.

Et, c'était l'échange des bons vœux. On s'embrassait. À voix basse, les filles les plus âgées se souhaitaient mutuellement de beaux cavaliers, en clignant de l'œil. Grand-mère Imelda pleurait doucement.

Jean-Baptiste plongeait son regard dans celui de sa femme, l'étreignant à lui faire mal, et, dans son oreille, il ne murmurait que deux mots: «Ma femme!» Elle ne répondit jamais autrement qu'en sortant son éternel mouchoir de dentelle, qu'elle avait pris soin de dissimuler dans l'encolure de sa robe; de ce mouchoir, elle s'essuyait les yeux...

Dans la chambre, la lampe de chevet avait perdu son importance: l'astre du jour se faufilait dans la dentelle des rideaux et envahissait la pièce. Jean-Baptiste sentit qu'une larme coulait sur sa joue. Il l'essuya du revers de la main et s'endormit.

Chapitre 3

L'amitié qui unissait Yvonne et Fernand allait grandissant. La jeune femme resplendissait de bonheur. Les semaines passaient, l'idylle se poursuivait. Sans que l'un ou l'autre ne sût comment, il fut question de mariage, comme d'une chose qui allait de soi.

Le jeune Mathias semblait lié à Fernand, mais ne lui témoignait pas la même affection qu'il avait eue pour son père. Une certaine distance s'était créée entre eux. Peut-être que Fernand faisait trop sérieux, trop sévère tandis que son papa, lui, savait l'amuser et s'intéressait plus à ses jeux.

Un soir sur la galerie, l'un et l'autre discouraient:

— Tends les bras, expliquait Fernand, la main droite du côté où le soleil se lève, la gauche du côté où il se couche, devant toi se trouve le nord et derrière le sud.

— Et si je suis en pleine forêt?

— Alors, tu observes la mousse au pied des arbres, elle t'indiquera le nord, car elle pousse dans cette direction.

— Et si je suis tout au nord, en Alaska?

— Alors tu devras te fier à ta boussole!

«Et la boussole?», faillit demander Jean-Baptiste, qui les écoutait. Il se contenta de sourire et dit tout haut:

— Grand-maman Marie-Reine serait fière de toi; elle aimait les enfants qui posaient des questions sensées.

— Où est grand-maman Marie-Reine?

— Au ciel, avec les anges.

— Pourquoi tout le monde gentil s'en va-t-il au ciel, avec les anges, comme mon papa?

Yvonne frissonna. Depuis bien longtemps l'enfant

ne faisait plus allusion à son père. Fernand ressentit le malaise de la mère. Il enchaîna:
— C'est dans l'ordre des choses, fiston, nous sommes tous, ici-bas, en pèlerinage.
— Qu'est-ce que c'est un pèlerinage?
— Une longue route, une très longue route, répondit Jean-Baptiste, d'une voix pleine de nostalgie.

Jean-Baptiste dit bonsoir et monta à sa chambre. La tristesse qui l'étreignait ne devait pas inquiéter les siens, encore moins assombrir les jours de ces trois êtres qui connaissaient la paix et tissaient leur future vie de famille jour après jour, bribe par bribe.

L'enfant venait de lui prouver qu'il n'avait pas oublié son père: ça s'efface difficilement, un passé. Le sien avait ressurgi brusquement, après des années de paix et de bonheur. Parfois, bien sûr, des remords cruels l'avaient assailli. Il n'était pas sans reproche. Mais sa vie de ménage avait été si heureuse! Tout laissait croire que le passé était enseveli. Et voilà qu'un jour, sous les traits d'un garçon déçu, devenu un homme cruel, se dressa devant lui l'étape oubliée. Cette fois, il avait été menacé dans ce qu'il avait de plus cher, l'une de ses enfants. Onésime l'avait atteint à travers sa fille.

«C'était pour sa sécurité à elle et celle de son petit-fils que j'ai dû me résigner à avoir recours à la loi. C'était le seul moyen possible de couper court à ses desseins diaboliques.» Cette pensée le faisait tressaillir.

Jean-Baptiste était honteux de la joie qu'il ressentait du fait que le démoniaque était mort, bel et bien mort, à tout jamais! Tout portait à croire que son souhait était exaucé.

La paix était revenue. Yvonne, forte de son expérience malheureuse, reprenait goût à la vie, petit à petit, aidée de son père. Jamais, elle ne discuta les faits entourant ce décès, jamais elle ne posa de questions relatives à l'accident: c'était, pour elle, une délivrance et, comme autrefois, quand elle avait déposé le voile, elle ferma la porte sur le passé.

L'amour qu'elle vouait à Fernand n'avait rien de la grande flamme qu'avait allumée en elle ce Mathias tour à tour ange et démon. Mais voilà qu'aujourd'hui, son fils avait parlé de son papa, en des termes affectueux, pleins d'amour. Ainsi, l'enfant se souvenait de son père; ce qui réconforta Yvonne fut le fait que l'enfant l'eût exprimé sans amertume. C'était bien ainsi, car elle n'aurait pu, et surtout n'aurait su, comment susciter en lui de si bons sentiments.

Fernand serait un excellent compagnon de vie. Il était joyeux, serviable et respectueux avec tous. L'harmonie régnait entre eux quatre: on eût cru volontiers que Fernand faisait, depuis toujours, partie du décor, tant il s'était vite assimilé aux autres et avait su s'adapter au rythme de vie de la famille Gagnon.

Les bonnes relations avec Anne-Marie et Lucien avait permis cette heureuse rencontre. Les soirées intimes, empreintes de bonne humeur et enrichies d'agréables conversations, les parties de cartes amicales, tout aidait à cimenter l'amour du couple. «La force des liens de la famille», pensait Jean-Baptiste. Sa femme n'avait jamais cessé de le répéter: «On peut se heurter de front, se faire souffrir, se piétiner à l'occasion, mais, si, à la source, le respect persiste, l'amour de la famille sort vainqueur, car il est plus fort que toute embûche.»

Ce ne fut une surprise pour personne lorsque Yvonne annonça la date de son mariage. Jean-Baptiste se contenta de fermer les yeux, mais son visage exprimait sa joie profonde.

— Vous ne dites rien, papa?
— Je me réjouis intérieurement, ma grande. Je suis convaincu que vous ferez un très bon ménage et que la vie vous réserve de grandes joies.

***

Jamais Yvonne n'avait pris autant de décisions qui lui semblaient toutes plus importantes les unes que les autres. Elle nageait en plein bonheur. Le choix de sa robe de mariée fut un tourment. Ses sœurs la secondaient en tout. Jean-Baptiste restait en retrait, écoutait ces dames discourir et discuter. Il se sentait heureux, la vie se faisait clémente envers sa fille. Il en remerciait le ciel.

La grande maison revivait, des éclats de voix, de la gaieté, de l'enthousiasme, comme aux jours d'autrefois, alors que la marmaille grandissait, emplissait l'air.

On nettoyait, on organisait. Parfois, Fernand tenait compagnie à son futur beau-père et n'en finissait plus de s'émerveiller de l'unisson qui régnait au sein de la famille. Pour un fils unique, il y avait là de quoi s'épater.

— Tu n'as pas peur de toute cette meute? demanda Jean-Baptiste?

— Non, puisque je n'en marierai qu'une, riposta Fernand en riant.

La seule invitée de Fernand, le jour du mariage, serait sa mère. Jean-Baptiste hasarda une question, qu'il regretta par la suite, devant le trouble que manifesta Fernand.

— Tu n'as pas eu de famille lors de ton premier mariage?

L'homme ne répondit pas tout de suite, semblant chercher ses mots. D'une voix très basse, il murmura:

— Je... nous fûmes mariés très peu de temps... Voilà, monsieur Gagnon, ce qui explique peut-être mon attachement à... au fils de... enfin, à Mathias.

— Qui sera ton fils aussi...

Un lourd silence suivit. Ni l'un ni l'autre n'osaient le rompre.

Jean-Baptiste sourit à Monique qui s'était approchée. Il tira sa fille vers lui, la forçant à s'asseoir sur ses genoux, comme autrefois.

— Regarde, dit-elle, les yeux rieurs, c'est la liste des achats d'épicerie à faire; si tu veux, nous irons ensemble.

Fernand proposa un traiteur. Yvonne se scandalisa.

— Avec toutes ces femmes expertes en cuisine!

La soirée se termina joyeusement. Chacune jouerait un rôle bien spécifique. Les jours seront trop courts, il y avait tant à faire!

***

Fernand et Lucien étaient voisins de palier. Une amitié discrète lia d'abord les deux hommes; avec les années, les relations devinrent de plus en plus étroites sans être devenues intimes, car Fernand semblait fermé aux confidences. Jamais il n'évoquait son passé. Par contre, il savait être de bonne compagnie et n'hésitait pas à se montrer utile, à rendre grands et petits services.

Les enfants lui vouaient une affection sincère, avec eux, il témoignait de beaucoup d'affabilité et de tendresse. Mais l'homme se liait peu. On ne connaissait aucun membre de sa famille. Il vivait en parfait solitaire. Le travail et les voyages semblaient le passionner. En somme, il était sans histoire.

Il plut d'emblée à Anne-Marie qui réclama son aide le jour où l'un de ses enfants eut un accident de bicyclette. Il s'occupa d'accompagner le jeune garçon à l'hôpital et fit tout pour seconder la mère, dont le mari était absent. C'est ce jour-là, précisément, que germa, dans l'esprit d'Anne-Marie, le projet de le présenter à Yvonne, sa sœur aînée.

Les rénovations à apporter à la maison paternelle s'avérèrent l'occasion toute trouvée pour nouer les liens. Anne-Marie consulta Fernand, spécialiste en construction domiciliaire; les lois du cœur firent le reste, les fréquentations se firent assidues et l'on parla mariage.

Lucien, le beau-frère, servirait de témoin au marié.

Anne-Marie invita madame Robichaud à venir passer chez elle les quelques jours qui précéderaient la cérémonie. Mais la dame déclina l'invitation: elle se rendrait directement chez les Gagnon; cette décision étonna d'abord Yvonne, puis elle pensa que sa future belle-mère voulait lier plus ample connaissance avec sa famille.

Fernand évita tout commentaire. Il ne dit pas qu'il aurait aimé que sa mère se montrât plus discrète et qu'elle habitât chez lui avant le grand jour.

Jean-Baptiste taquina le futur gendre: «maman aurait donc encore emprise sur son grand garçon?» Il regretta sa taquinerie innocente, car il ressentit le malaise de Fernand. Tout ça paraissait banal mais semblait cacher quelque secret. Il se garda bien de faire un commentaire, tout en se jurant de garder l'œil ouvert.

L'activité était au plus fort dans la grande cuisine, toutes s'affairaient à préparer les bons plats qui seraient servis à la fête. Un monticule de dinde dépecée occupait un grand plateau, la laitue se crispait sur des glaçons, la salade de fruits recevait une dernière attention et la carcasse de volaille additionnée d'herbes salées mitonnait sur le poêle, parfumant de son arôme toute la maison.

Jean-Baptiste, de sa berçante, tenant son éternelle pipe éteinte entre ses doigts, observait ses filles aussi actives que les abeilles de la ruche; et il souriait, l'âme en fête.

Monique alignait les verres qu'elle faisait briller, donnait un dernier coup de fer à repasser à la grande nappe immaculée et Yvonne s'affairait à faire rutiler l'argenterie. La bonne humeur régnait et les éclats de voix firent que personne n'entendit le carillon de la porte d'entrée.

Madame Robichaud attendit un instant, puis entra, traversa le salon et se dirigea vers la cuisine. Jean-Baptiste la vit, se leva et vint vers elle.

— Madame?

Une à une, les têtes se levèrent, le silence se fit. Madame Robichaud promenait son regard de l'une à l'autre; on entendait plus que le tic-tac de l'horloge. Madame Robichaud tendit la main à Jean-Baptiste.

— Vous êtes le père d'Yvonne, je présume?

Yvonne sursauta, indignée. Elle ouvrit la bouche, allait parler mais Monique, sous la table, posa son pied sur le sien.

— Tiens, essuie tes mains, c'est assez de travail pour toi, aujourd'hui.

Yvonne se ressaisit et Jean-Baptiste prit la situation en main. Il présenta la future bru à la dame qui tendit une main, poliment, mais sans chaleur. Et le trio se dirigea vers le salon.

— La vieille chipie! s'exclama Monique.

— Yvonne a de la patience d'endurer ça. Moi je l'aurais foutue à la porte!

— A-t-on idée d'agir ainsi?

— Heureusement qu'elle habite loin!

— Comme gibier de potence...

Jean-Baptiste parut dans la porte, toussota pour attirer l'attention de ses filles, fit un clin d'œil et ferma la porte derrière lui. Toutes s'esclaffèrent d'abord pour s'inquiéter ensuite. Aurait-elle entendu? Heureusement qu'au salon la radio jouait.

Madame Robichaud refusa le thé. Elle regardait Yvonne, la scrutait, pendant que Jean-Baptiste faisait péniblement les frais de la conversation qui languissait. Il lui semblait que madame Robichaud n'avait pas agi inconsciemment, que son arrivée soudaine était motivée. Il hésitait à laisser ces dames en tête-à-tête: quelque chose le retenait, comme une intuition.

— Yvonne, conduis madame à sa chambre, elle doit être lasse, après ce voyage.

La dame ouvrit la bouche, mais ne dit rien.

— Fernand sait-il que vous êtes là?

— Non, dit-elle simplement. Je tenais à vous connaître...

Jean-Baptiste prit la valise et se dirigea vers l'escalier, suivi des deux femmes. Lorsque Yvonne descendit, elle tremblait de colère.

— Tu n'épouses pas la mère, ma fille.

— Elle n'aurait pas pu téléphoner?

— Préviens Fernand, au plus tôt.

— Pourquoi ne s'est-elle pas rendue chez lui d'abord? Je ne l'attendais pas avant demain.

Les commentaires allaient bon train dans la cuisine. Cependant, devant Yvonne, on fit preuve d'indulgence et toutes se hâtèrent de terminer leur tâche. Soudain, madame Robichaud reparut, en robe toute simple et, comme un majordome, s'imposa: elle prenait la situation en main et suggérait que l'on nettoie, que l'on dresse la table à l'avance, que l'on arrange le décor pour faire plus de place. Et, sans qu'on s'en rende compte, on obéissait. Jean-Baptiste fut prié de passer dans l'autre pièce, de se faire petit. «Quel revirement!», pensa celui-ci.

La porte s'ouvrit, Mathias entra en trombe. Le remue-ménage l'émerveillait. Soudain, il vit l'étrangère, s'arrêta et alla se coller contre sa mère.

— Mon fils, dit Yvonne.

— Votre fils?

Madame Robichaud le regarda intensément, presque émue.

— Quel âge as-tu, petit?

— Six ans, presque sept.

— Six ans, répéta la dame, six ans.

Elle semblait bouleversée. Yvonne prit peur: s'il

fallait qu'elle la questionne sur son mari, sur sa vie passée! Mais elle n'en fit rien et se contenta de dire: «Cher petit bout de chou!»

On en était là, quand Fernand arriva. Lorsqu'il vit sa mère au milieu de toute la famille, qui s'activait à qui mieux mieux, il sembla si étonné qu'il en faisait pitié. On se moqua de lui.

La mère embrassa froidement son fils et lui dit: «Tu en as de la veine, tu entres dans une famille en or, comme il ne s'en trouve plus».

Et madame Robichaud s'occupa de tout, en personne expérimentée. On lui pardonna son intrusion.

En aucune occasion, elle ne questionna Yvonne et elle évitait de parler de son fils. Il semblait qu'entre eux deux, il y eût un malentendu grave qui les séparait.

Jean-Baptiste fit promettre à sa fille de ne pas questionner son fiancé mais d'attendre qu'il en vînt lui-même aux confidences.

Pourtant dès qu'il se retrouva seul, entre les quatre murs de sa chambre, il sentit grandir en lui l'inquiétude. Il revécut le jour malheureux où il avait prévenu son frère Louis-Philippe de l'infidélité de sa femme, il se remémorait les conséquences de ses aveux; parce qu'il n'avait pas su se taire, il y eut meurtre, pendaison, deuils terribles, bouleversement de plusieurs vies. Alors, il admirait cette femme qui avait eu le courage de réfléchir, de peser le pour et le contre, puis de s'être tue. Il se pouvait, en somme, qu'il s'agisse d'une chose sans grande importance; et si c'était sérieux, ça ne regardait qu'eux deux. Jean-Baptiste mit du temps à s'endormir; il pensa à Onésime, dont il se reprochait parfois la mort, là-bas dans la rivière des Prairies. De loin, peut-être, mais cette fin était reliée à sa trahison! Pour Yvonne, maintenant, il s'inquiétait.

Sous son toit, on avait connu le bonheur; il n'avait rien épargné pour que les siens fussent sécurisés, connussent la paix et l'amour. Malgré toute sa bonne volonté et celle de sa femme Marie-Reine, le destin avait semé la panique et il s'en était fallu de peu pour que ça tournât au drame. «Nos actes nous suivent», gémit-il. La cruauté d'Onésime le lui avait prouvé. Chaque être humain joue un rôle important, parfois à son insu, mais jamais en vain. Ce n'est qu'après les rebondissements que l'on peut comprendre et saisir la portée de nos actions. «Si j'avais su, s'exclame-t-on parfois, si j'avais pu prévoir!»

***

Lorsqu'elle ouvrit les yeux ce matin-là, Yvonne fut étonnée de se rendre compte qu'elle avait pu dormir; sa joie était telle, la veille, qu'elle avait craint de fermer les yeux de peur que son beau rêve ne s'envolât. Enfin! il était venu le grand jour, plein de promesses! Elle s'étira, heureuse, émerveillée.

Des bruits lui parvenaient, des murmures de voix; on s'activait chez les Gagnon. La noce serait toute simple: seuls les membres des deux familles étaient conviés. Yvonne se leva, se sentit émue, à la vue de sa robe de mariée, suspendue là et qui semblait attendre l'heure magique. Elle s'attarda à se faire belle.

Marie-Anne frappa timidement à sa porte.

— Bonjour, grande sœur. Je t'apporte un bon jus d'orange froid: il te faudra être forte et belle aujourd'hui. Yvonne sourit et pointa un doigt en direction de sa toilette.

— Tu veux m'aider?

Marie-Anne pensa à leur mère, Marie-Reine, qui aurait tenu ce rôle avec tant de bonheur. Elle s'approcha de sa sœur et murmura: «Tu seras très heureuse, je le sens, là, dans mon cœur».

— Papa est réveillé?

— Oui, et Fernand a téléphoné. Il se dit très nerveux. Je crois qu'il avait peur que tu changes d'idée... ajouta-t-elle, taquine.

Lorsque Yvonne descendit le grand escalier, ses sœurs eurent une exclamation d'admiration.

Jean-Baptiste vint vers sa fille, l'embrassa affectueusement, mais ne sut pas trouver ses mots.

— Papa...

Il tenait sa main et attendait qu'elle poursuive.

— Merci, merci papa. Toi seul sais! Merci aussi de l'attention que tu porteras à Mathias, en notre absence. Je t'aime, papa.

Mathias accourut, vint embrasser sa mère. Tout le va-et-vient, l'atmosphère de fête qui régnait enchantaient le bambin. Yvonne se pencha, ajusta la première cravate que portait son petit bout d'homme.

— Maman, je vais te dire un secret: tu iras en voyage avec Fernand. Eh bien! moi aussi, je partirai avec grand-papa. Il m'a promis.

Yvonne regarda Jean-Baptiste qui plaça un doigt sur la bouche. Il lui expliqua plus tard que l'enfant boudait, qu'il était très malheureux de savoir qu'elle s'absentait. Alors, il lui avait promis un voyage.

— Où irez-vous donc, papa?

— Vers Québec, sans doute, histoire de revivre certains souvenirs...

— Tu penses aussi à maman, n'est-ce pas? Ce serait si merveilleux qu'elle soit avec nous.

— Ne sois pas triste, elle voit tout de là où elle est. Sois heureuse, ma grande fille.

***

Lorsque l'orgue fit entendre la marche nuptiale, Yvonne s'avança au bras de son père. Très souvent, il avait franchi cette distance jusqu'à l'autel depuis la toute première fois, le jour de son propre mariage. Aujourd'hui, son âme souffrait: elle, sa Reine n'était plus là. Il dut faire un effort pour secouer la peine qui l'étranglait. Yvonne le sentit et appuya lourdement son bras sur celui de ce père dévoué qu'il était. Il tourna son visage vers elle et, à travers ses larmes, lui sourit.

Pendant qu'Yvonne et Fernand échangeaient les serments, il se perdit dans le temps et revoyait en pensée sa femme, belle et fière. En ce moment, ce n'était pas à Dieu qu'il confiait le bonheur de sa fille, mais à son épouse bien-aimée. «Protège-les, ma Reine, veille sur leur bonheur.»

La dernière fois qu'il l'accompagnât à l'église, sa femme chérie reposait là, sans vie, sur l'espace présentement occupé par sa fille et son nouvel époux. Cette pensée lui fit mal, puis le réconforta: la vie doit continuer, c'était grâce à leur amour et à ses fruits si la présente union avait lieu.

Il leva le regard vers le maître-autel. Dieu, dans sa clairvoyance, orchestre la vie des humains. L'officiant consacrait le pain. Jean-Baptiste sentit descendre en lui une paix intense. Jamais, il n'avait ressenti une telle ferveur.

***

On servit le repas dans la grande cuisine de la maison ancestrale. Ça ressemblait beaucoup plus à une fête de famille qu'à un banquet de noce. Fernand avait eu la délicate attention de faire parvenir des fleurs pour décorer les tables et le salon; la porcelaine, les nappes damassées, le cristal fin, les couverts en argent, rien n'avait été épargné pour souligner le grand jour. On eut même droit au gâteau froid traditionnel, qu'on ne servait habituellement qu'à la fête de la Nativité.

Yvonne rayonnait, tous admiraient son jonc d'or

vert, serti d'émeraudes, qu'elle ne cessait de caresser. Elle était presque belle, tant le bonheur illuminait ses yeux et rosissait ses joues.

On la pria de faire un discours; elle n'y parvint pas, elle fondit en larmes. Fernand se leva, prit un air solennel et déclara: «Vous, de la famille Gagnon, je vous aime bien, tous. Mais, et il entoura les épaules de sa femme, je vous préviens: à partir d'aujourd'hui, je vous interdis de faire pleurer mon épouse».

Yvonne s'était un peu ressaisie au début de l'exposé de son mari, mais lorsqu'il prononça les mots «mon épouse» qu'elle entendait pour la première fois, elle éclata à nouveau. Le jeune Mathias vint se coller auprès de sa mère. Il ne comprenait rien à ces événements qui faisaient un instant rire sa mère, pour la faire pleurer ensuite.

La mariée, rose de bonheur, les yeux brillants et humides laissait percer sa joie. Appuyée contre l'épaule de Fernand, elle ressemblait plus à une jeune fille qu'à une femme d'âge mûr.

La noce, véritable fête de famille, était égayée par la présence de tous les enfants et petits enfants. Jean-Baptiste était au comble du bonheur. Une seule ombre au tableau, l'absence de l'être aimée, la mère; le nom de Marie-Reine fut maintes fois mentionné.

Près d'Yvonne, son fils Mathias, fort amusé par l'air de fête qui régnait, se faisait câlin et tendre. Après le dîner, Fernand saisit Mathias et le lança dans les airs pour le rattraper ensuite de ses grosses mains et alors qu'il lui froissait les cheveux, il entendit sa mère qui, penchée vers Jean-Baptiste, s'exclamait: «Quel changement dans l'attitude de mon fils! Votre petit-fils doit l'avoir charmé.»

Jean-Baptiste se demanda un instant si cette phrase méchante n'avait pas été prononcée pour être entendue de Fernand, qui, un instant, sembla fort embarrassé. Heureusement, Yvonne n'entendit pas, mais le grand-père s'inquiéta. S'agissait-il d'une mise en garde? Pourtant, tout le temps qu'avaient duré les fréquentations, Fernand s'était toujours conduit de façon impeccable, et ce, envers tous et chacun, y compris le bambin. Peut-être avait-elle tout simplement voulu souligner la gaieté et la gentillesse de son fils, en mère jalouse?

Madame Robichaud embrassa tendrement Yvonne avant le départ des nouveaux mariés. Elle lui dit gentiment à l'oreille: «Vous me plaisez beaucoup. Soyez heureuse.» Yvonne sourit, ravie.

Après le départ du jeune couple, on s'affaira à remettre de l'ordre dans la maison. Jean-Baptiste et ses gendres jasaient au salon pendant que les épouses jacassaient, tout en travaillant. Les vieux murs, les vieilles boiseries avaient, une fois encore, entendu vibrer les âmes qu'ils abritaient.

Madame Robichaud déclina l'invitation à dormir et quitta la famille sur des mots gentils.

Après son départ, les commentaires allèrent bon train: d'emblée, on la jugea solitaire et on plaignit Fernand, qui avait dû ne pas avoir une enfance facile auprès d'une mère à l'allure aussi autoritaire.

***

Les couples quittaient un à un; la marmaille rouspétait: on aurait voulu que ça dure, qu'on danse ensemble, comme autrefois! Monique partit la dernière, après avoir mis le jeune Mathias au lit. Son père l'avait serrée sur son cœur, ils s'étaient regardés et ni l'un ni l'autre n'avaient ressenti le besoin de parler: ils s'étaient compris. Celle qu'il appelait tendrement son pinson savait qu'enfin seulement, son père pourrait trouver le repos: le secret d'Yvonne s'estompait et elle serait dorénavant protégée contre la vie, contre elle-même et ses faiblesses.

De son côté, Jean-Baptiste sentait que Monique aurait aimé savoir; autrefois, il avait pensé devoir l'informer de la vérité sur toute cette sale histoire, mais puisque l'enfant n'était pas son neveu, il ne pouvait honnêtement confier les secrets de sa fille aînée. Surtout qu'Yvonne, ne connaissait pas tous les dessous du drame terrible qu'elle avait involontairement provoqué.

Dans le calme de la nuit, comme chaque soir, il éteignit pour aller là-haut dormir. Au moment de passer près de la berceuse, il s'attarda un instant, s'assit, appuya sa tête sur le dossier. Les doigts sucrés des enfants avaient laissé des traces sur les accoudoirs de la chaise; ça le fit sourire. Il ferma les yeux.

Le calme de la nuit s'harmonisait avec le sentiment de paix qui emplissait l'âme de Jean-Baptiste. Parfois, le bois sec de la maison craquait, rompait le silence dans la grande demeure: il aimait, goûtait cette sérénité enveloppante. Il restait là, à rêvasser, laissant se prolonger ces minutes de douce béatitude.

Chapitre 4

La veille du mariage de sa mère, Mathias s'était enfermé dans sa chambre et avait sangloté si fort que Jean-Baptiste était accouru. À travers ses larmes, l'enfant expliqua que sa mère le quittait, partait avec Fernand. Alors, le grand-père avait promis qu'eux aussi iraient en voyage, seul à seul, entre hommes.

Le jour suivant, commencèrent les préparatifs du départ; il fallut confier Caruso à une tante qui dut faire mille promesses à Mathias, qui s'inquiétait déjà pour son oiseau. «Souviens-toi, ma tante: un serin qui manque d'eau plus d'un jour, meurt». Il frissonna, ne savait plus s'il devait aller en voyage. Il fallut le réconforter.

Ils partirent de grand matin. Tant et aussi longtemps que l'attention de l'enfant était captée par l'activité de la ville, que l'on traversait par ses grandes artères, qu'on emprunta le tunnel, Mathias s'émerveillait et demeurait sage. Mais lorsque la monotonie de la route qui traversait les campagnes se fit sentir, Jean-Baptiste dut se servir de son imagination pour le retenir assis en place, en lui racontant des histoires ou en lui enseignant à compter.

L'homme se surprit à regretter qu'on ait contourné les villes et les villages qui, en plus de distraire les voyageurs servent de points de repère. Le ruban d'asphalte n'en finissait plus de se dérouler: «On y gagne en temps pour avoir redressé les courbes et permis la vitesse, mais on y perd en intérêt, on se sent seul sur ces grands chemins. Je suppose que la courbe à Brochu a dû être éliminée comme toutes les autres» pensa-t-il. Et sa pensée chemina en sens inverse, allant de sa vieille Chevrolet à son vieil ami Piton.

S'apercevant du silence de son petit-fils, il regarda celui-ci. Il s'était endormi. Décidément, c'était plus aisé d'être le grand-père d'un enfant que le père de toute une ribambelle comme au temps, pas si lointain, où ses filles occupaient deux voitures! Ils approchaient de Québec, lorsque le bambin se réveilla en se tortillant.

— Je veux faire pipi, grand-papa. Je veux faire pipi!
— Oui, oui, mais il faudra d'abord arrêter la voiture.

Voilà un détail qu'il avait oublié: ou les enfants ont faim ou ils veulent faire pipi. Il sourit.

Dès qu'il vit une station de service, il s'arrêta. Mathias se dandinait.

— Va là.
— Mais il n'y a pas de murs pour me cacher!
— Et alors? File, petite peste!

Mathias fit trois pas, s'arrêta pile, sortit son zizi et arrosa la chaussée. Le pompiste s'esclaffa. Jean-Baptiste pria celui-ci d'excuser son petit-fils.

— C'est naturel, ça arrive tous les jours.

Et, se tournant vers l'enfant, il lui demanda:
— Quel est ton nom, jeune homme?
— Mathias Gagnon, répondit fièrement l'interpellé.

Jean-Baptiste grimaça: bien sûr, il connaissait ces noms, mais il ne les avait jamais entendus prononcés à haute voix, liés l'un à l'autre. Que le prénom Mathias soit accolé au nom Gagnon l'avait un instant déconcerté. Il sortit de la voiture, fit les cent pas pour se dégourdir les jambes. Ses jointures étaient fatiguées, pour avoir tenu le volant pendant ces quelques heures. «Je me fais vieux», pensa-t-il avec amertume.

Bientôt, le pont de Québec se dessina à l'horizon. Mathias recommençait à poser sa litanie de questions, jusqu'à ce qu'une idée fixe s'implante dans sa tête.

— Tu m'as promis une glace...
— Tu aimerais ça manger une glace sur un gros bateau?

— Un bateau? Avec des canards qui suivent dans l'eau?
— Sans canard.
— Tu veux échanger l'auto contre un bateau?
— Non, je vais mettre l'auto sur le bateau.
— Tu racontes des mensonges et c'est vilain. Maman dit qu'on ne doit pas mentir, jamais!
— Et elle a raison.
Mathias réfléchit un instant puis pouffa de rire.
— Qu'est-ce qui est drôle? Puis-je savoir?
— Si tu mets l'auto sur le bateau, vlan! tout va couler à pic au fond du lac.
Jean-Baptiste s'étonna de cette réplique. Ils étaient seuls depuis quelques heures seulement et se découvraient mutuellement. Le bambin était discret, franc, simple. Le bambin s'agita, s'étira, détendit la ceinture, se roula en boule et la tête sur la cuisse du grand-père se rendormit. Tant et si bien que Jean-Baptiste dut le réveiller quand ils eurent pris place sur le traversier.
— Viens, bambin, c'est l'heure de la glace au chocolat.
— Et le bateau, alors?
— Nous y sommes déjà.
Mathias, émerveillé, courait en tous sens. Il allait d'un basting à l'autre et s'exclamait gaiement.
— Maman ne me croira pas! Nous sommes en auto, en bateau, dans l'eau.
— Sur l'eau, Mathias.
— Dis, tu m'emmèneras encore en voyage?
— Bien sûr!
Les liens qui unissaient le vieil homme et l'enfant se resserraient, prenaient une autre dimension, ce qui réjouissait le cœur de chacun.
Jean-Baptiste revoyait sa femme, qui s'extasiait, il n'y avait pas si longtemps, devant ce même décor. Il prit la menotte du bambin dans sa grosse main et lui suggéra le retour vers la voiture.

— Tu es gentil, grand-père, dit le marmot. L'homme soupira.

«Jean-Baptiste Gagnon et son petit-fils qui se baladent sur les grandes routes de la belle province: trois générations... cet enfant sera reconnu, sans l'ombre d'un doute, comme un véritable Pure Laine».

***

Jean-Baptiste emprunta la route qui reliait Québec à Montréal, sur la rive nord du Saint-Laurent. On fit une halte à Trois-Rivières. L'enfant questionnait sans cesse.

— As-tu hâte de rentrer, Fanfon?

— Pourquoi me nommes-tu ainsi? Fanfon et Jojo n'existent plus, s'exclama brusquement Mathias. Ça, c'était... avant!

Jean-Baptiste eut un haut-le-cœur, le ton de l'enfant le piqua au vif. Ainsi, il n'avait pas oublié son père, ni tout ce qui le concernait. Il regarda l'enfant, qui lui tournait la tête: il collait son front contre la vitre. Il souffrait, le grand-père le sentait. Il cherchait des mots pour tromper son chagrin. Si petit et déjà si bouleversé!

— Tu as raison, ce sont des surnoms qu'on donne aux bébés et toi, tu es devenu un homme, un grand bout d'homme.

— Tu te souviens, toi, de papa.

— Oui, bien sûr.

— Moi pas, je cherche son visage dans ma tête, il n'est plus là.

— Mais, il est dans ton cœur et c'est ça qui compte.

— S'il est au ciel avec grand-maman, il ne s'ennuie pas de moi.

Et Jean-Baptiste dut ralentir la voiture, l'émotion brouillait son regard. Il ne voulait surtout pas que le petit s'en rendît compte, aussi s'efforça-t-il de prolonger la conversation, faisant peu à peu dévier les pensées de l'enfant.

— Tu as hâte de rentrer à la maison?
— Oui.

C'était un «oui» prononcé sans conviction, sur un ton qui cachait une certaine réticence. Alors, Jean-Baptiste parla de Fernand et d'Yvonne; il constata à quel point l'enfant se sentait seul, était désemparé.

«C'est trop de souffrance pour un si jeune enfant» pensa-t-il, malheureux.

Quand enfin Mathias se coucha sur la banquette pour faire un somme, Jean-Baptiste posa sa main sur sa menotte, qu'il serra. L'enfant ne la retira pas...

Alors, le vieil homme fit un rapprochement entre ce qu'il venait d'entendre et sa vie personnelle. On avait de moins en moins besoin de lui: toutes ses filles étaient maintenant mariées. Il y avait un homme à la maison pour prendre la relève; il se sentait de trop. Il lui faudrait apprendre à vivre effacé, à laisser la place à l'autre. Il lui tardait de voir se terminer son pèlerinage terrestre et d'aller dans l'au-delà rejoindre Marie-Reine, sa bien-aimée.

Chapitre 5

— À quoi penses-tu, Fernand?
— À ce lourd silence.
— Il te déplaît? Pourtant, moi, je m'y complais.
— J'en ai horreur!

Étonnée, Yvonne leva la tête de son travail et le regarda.

— Ça semble te surprendre.
— Tu as sûrement des raisons graves pour ne pas aimer ce que tous recherchent: la quiétude.
— C'est sans doute que j'y fus plongé trop longtemps; la solitude m'a laissé un goût amer et je suis prêt à tout pour ne jamais avoir à revivre ces jours et ces nuits d'isolement, seul avec moi-même. J'avais quinze ans lorsque, à la suite d'un examen de routine, on constata que je faisais de la tuberculose. Je fus hospitalisé, dans un sanatorium, ces endroits où on isolait les porteurs du bacille de Koch. Qu'il me suffise de te dire que j'ai passé plus d'un an couché, hiver comme été, sur une galerie extérieure. Le pavillon était perché au sommet d'une colline et je me trouvais au troisième étage. Tout ce que j'avais comme spectacle était les nuages et la fumée qui s'échappait des cheminées, des maisons éparpillées sur le flanc de la montagne. J'ai passé des heures à regarder cette fumée se dissiper, en tourbillonnant dans l'air ou en s'élevant toute droite quand il n'y avait pas de vent. Une des maisonnettes devait avoir un foyer, où l'on brûlait du bois car, parfois, la fumée était plus dense et demeurait plus longtemps dans mon champ de vision... Tu comprends que, depuis, je suis sensible aux bruits, que j'aime la foule, la lumière, tout ce qui bouge. Je crois aussi que

c'est une des raisons pour laquelle j'ai tant aimé voyager et me confondre avec les millions d'êtres vivants qui habitent les grandes capitales, Athènes, Paris, Londres, où le mouvement semble perpétuel. Quand je suis à l'église, j'aime le martèlement des talons sur les dalles, qui résonne dans la nef. Le matin, lorsque je me réveille, j'aime le bruit de la vaisselle qui provient de la cuisine. Le bruit signifie présence: il évoque pour moi le vrai sens de la vie!

— C'est profond, ce que tu dis, Fernand. C'est... poétique. Au fond, tu as de la chance d'avoir appris à goûter aussi profondément les choses que tant d'autres ne découvriront pas, précisément pour n'en avoir jamais été privés.

— Je n'ai jamais parlé de tout ça, auparavant. Ça me paraissait con! Mais ici, dans cette maison, depuis le premier jour où j'y ai mis les pieds, je me sens enveloppé dans une grande paix réconfortante, que rien ne saurait troubler.

— Pas même le silence?

— Je ne l'ai jamais ressenti; c'est ce à quoi je réfléchissais quand tu m'as posé la question. Au fond, en y pensant bien, ce n'est peut-être pas la haine du silence comme la crainte de l'isolement que je redoute: une sorte d'insécurité inavouable... Je dois te sembler idiot?

— Non, au contraire, je te trouve très humain; je suis contente que tu m'en aies parlé. Tu es bon, Fernand, foncièrement bon. Tu ressembles à papa, sur plusieurs points. Et ça, je ne l'aurais jamais espéré.

Yvonne frissonna. Des souvenirs pénibles vécus auprès du père de son fils l'envahirent un instant.

— Ton père, ton fils, toi...

— Et toi, Fernand: nous quatre... et qui sait.

— Ne me fais pas espérer des choses, toi! Restons les pieds sur terre!

Yvonne sourit, puis cria. Elle s'était piquée au doigt. Une goutte de sang perla.

Le lendemain, entrant du travail, Fernand fut surpris de trouver la maison déserte. Ce qui était pis, la cuisine était bien rangée, le couvert non dressé. Il monta à l'étage, prit une douche et redescendit.

— Tiens, le beau-père! Où donc étiez-vous tous passés?

— Moi, ah! je dormais, paisiblement, mais une voix de ténor m'a sorti de mes rêves.

— Je vous demande pardon: je vous croyais absent, comme les autres.

— Dans la vie, petit...

— Pardon?

— Je dis: dans la vie, petit, il faut savoir s'habituer à voir parfois la routine changer... et s'adapter à des circonstances, pas toujours réjouissantes, mais... que commandent les événements fortuits.

— Je n'y comprends rien, à votre parabole. Qui menace qui?

— J'ai comme l'impression qu'il ne m'appartient pas de te renseigner sur des choses qui ne me concernent pas... ou peu, ou tout au moins, pas encore! En attendant, mon cher Fernand, c'est ce soir que tu auras l'honneur, pour la première fois, de goûter l'omelette au fromage dont tu te souviendras le reste de tes jours.

— Parce que vous préparez aussi le repas? Madame brille par son absence.

— Eh! Que oui!

— Complice, alors.

— Oh! non. Moi, Jean-Baptiste, non coupable.

— Vous vous payez ma tête.

— C'est peu, comparé à ce que toi, tu devras débourser?

— Yvonne, gaspilleuse? Jamais.

Jean-Baptiste turlutait. Fernand tournait en rond, intrigué.
— Non, mais à la fin, me direz-vous?
— Quoi, Fernand?
— Que vous a-t-elle dit?
— Rien! Parole de gentilhomme. Mais...
Et Jean-Baptiste pointait, vers son gendre, une spatule qu'il tenait à la main. Ses yeux étaient rieurs.
— Mais? insista Fernand.
— Mais, moi, je vois clair...
— Je ne vous savais pas sadique!
— Ouais, s'exclama Jean-Baptiste. Bon, il ne restera qu'à dorer ces beaux œufs... Tiens, je crois entendre du bruit; c'est Mathias qui arrive.
— Si tard? Il devait rentrer tout de suite après l'école...
— Ne fais jamais bifurquer tes déceptions vers un innocent...
Mathias entra en criant: «J'ai faim!»
— Moi aussi, dit Fernand, mais madame n'est pas là!
— Où donc est maman?
— Ton grand-père s'obstine à ne rien dire.
— Bon, voilà, je suis le coupable; parce que, dans la vie, il faut toujours un coupable. Écoutez... je reconnais le ronronnement de la vieille Oldsmobile; enfin, nous saurons... Jean-Baptiste se pencha vers l'enfant: «Viens, Mathias». Il prit sa main et le dirigea vers la galerie.
— Fernand veut parler seul à seul, avec ta mère. Allons, sortons un peu!

***

Fernand tourna le dos à la porte, s'affaira à jouer avec les couverts placés sur la table. Yvonne entra en coup de vent.

— Grand Dieu, je suis si en retard. Tu dois avoir faim. Tiens, tu as tout préparé, c'est gentil! Où sont papa et Mathias?

Fernand ne répondait pas.

— Tu en fais une tête!

— ...

— Qu'est-ce que tu as?

— ...

— Tu boudes, ma foi! Bon. Quand tu auras fini ton boudin, j'aurai peut-être des choses sérieuses à te dire... des choses renversantes, époustouflantes, mirobolantes.

— Parce que tu me prends pour un aveugle?

— Oh! Tu savais? Tu avais deviné et tu n'as rien dit! Tu voulais que je garde les pieds sur terre... c'est du joli! Moi qui m'efforçais de me taire, jour après jour jusqu'à ce que le médecin confirme. Ah! mais dis donc, serait-ce que tu ne veux pas de cet enfant à naître?

— Quoi?

L'assiette qu'il tenait à la main alla se fracasser sur le plancher; Fernand était livide.

— Qu'est-ce que tu as dit?

Yvonne se mit à pleurer.

— Parle, mais parle donc! Qu'est-ce que vous avez, vous, les Gagnon, à ne pas savoir vous exprimer autrement que par énigmes? Qu'est-ce que c'est que cette histoire d'enfant à naître? Veux-tu t'expliquer plus clairement, s'il te plaît.

— Le mien, le nôtre, notre enfant, celui dont tu ne veux pas.

— Celui dont je ne veux pas...

— Tu l'as dit toi-même, tu savais que j'étais enceinte, tu casses la vaisselle et tu cries.

Yvonne éclata en sanglots. Fernand ne sut pas tout de suite comment réagir. Il lui fallut deux bonnes minutes pour remettre de l'ordre dans ses idées. Il ne parvenait pas à le croire. Il restait là, planté debout, le regard fixe, la tête renvoyée vers l'arrière, médusé. Soudain, les mots prirent leur sens: il allait avoir un enfant bien à lui avec sa femme Yvonne. Un son rauque et déchirant emplit la cuisine, s'étendit jusque sous les combes et parvint à Jean-Baptiste et à Mathias, qui se levèrent, mais n'eurent pas le temps d'accourir, car Fernand ouvrit la porte et cria: «Vous avez entendu ça, vous deux? Vous avez entendu ça? Je vais avoir un enfant!

— Oh, toi! lança Jean-Baptiste, les yeux moqueurs.

— Menteur! dit Mathias, seules les femmes ont des enfants.

De fait, Fernand n'oublierait jamais l'omelette au fromage que servit Jean-Baptiste ce soir-là.

Il dut, toutefois, subir les moqueries de son beau-père qui, lui, avait déjà deviné la condition de sa fille.

Jean-Baptiste constatait que l'on parlait ouvertement devant Mathias, alors qu'autrefois, on ne tenait pas de tels propos devant les enfants. On s'exprimait à mots couverts, pour expliquer la condition de la future mère: «Elle est comme ça», «Elle a écrit au Père Noël», «Le Saint-Esprit est passé», «Son salaud de mari lui a encore fait ça».

— Comme les temps changent, soupira-t-il.

— Que dis-tu, papa?

— Oh! rien.

Et il se souvint de Marie-Reine, qui prenait toujours de longs détours pour lui apprendre une nouvelle grossesse; une seule fois, pourtant, il n'avait pas deviné: la première. Il se souvint de sa joie, alors: il n'avait pas su quoi dire et s'était enfui pleurer sa joie dans la serre...

Si souvent, il avait souhaité que Mathias eût un petit frère! Ce soir-là, il mit beaucoup de temps à s'endormir.

***

Le lendemain, au déjeuner, on ne parlait que du bébé à naître. Il sembla à Jean-Baptiste que Mathias était malheureux. «Il a peut-être peur de perdre sa place et développe un sentiment de jalousie» pensa-t-il. Il prit la résolution de s'occuper de lui davantage et de lui prodiguer plus d'affection.

Fernand quitta la maison en chantant. Il n'en finissait plus de faire des recommandations à sa femme, de l'embrasser dans le cou. Mathias baissait les yeux.

Lorsqu'ils se retrouvèrent seuls, le père pria sa fille de lui servir un deuxième café: il voulait lui parler à cœur ouvert.

— Tu aurais dû entendre ton mari m'interroger, hier.

— À propos, papa, comment avez-vous deviné?

— Ta poitrine, ma fille. Comme la première fois, tu te souviens? Elle t'avait trahie.

Yvonne, embarrassée, baissa les yeux et rougit.

— Voyons, ma grande, c'est le passé tout ça.

— Ça me préoccupe, vous savez. Fernand ne m'a jamais questionnée.

— Et je ne crois pas qu'il le fera. Fernand est un homme simple, direct, droit et bon. Son franc-parler m'a toujours émerveillé et surpris. Il n'y va pas par quatre chemins et n'a pas d'arrière-pensées. Il est sécurisant, on peut compter sur lui. Il n'est pas ce genre de personnes qui dramatisent tout, se mettent martel en tête pour des riens. C'est un homme de bon sens.

— C'est cette simplicité, qui, chez lui, me fait peur. Heureusement que... l'autre est mort. Nous sommes seuls, toi et moi, à tout savoir. Je crois que Fernand ne comprendrait pas, ne me pardonnerait pas mon égarement. Il est trop entier.

— Voilà précisément pourquoi tu dois oublier tout

ce passé et vivre intensément dans le présent. Tu as tout pour être parfaitement heureuse. Cette union est bénie entre toutes et maintenant, que je te vois, si heureuse, si bien protégée, je me dis qu'enfin, je pourrais quitter ce monde en toute quiétude.

— Papa! Je t'interdis...

— Je crains, ma fille, que ce ne soit pas pour demain... malgré que parfois il me tarde d'aller rejoindre ta mère. Je me sens si vieux, si inutile!

— Ce n'est pas ce que Fernand disait hier.

— Fernand! Tu aurais dû voir sa tête quand il me bombardait de questions. Je me serais pensé en présence d'un juge d'instruction. Il aurait fait un bon homme de loi. Cependant...

— Cependant?

— Il te faudra toujours être franche avec lui.

— Ce bébé va cimenter notre amour. Je suis si divinement heureuse, papa.

— Les naissances semblent avoir le don de donner un souffle de vie à nos âmes.

— Tous les jours, j'ai prié Dieu de me faire, une fois, rien qu'une fois encore, la faveur de mettre un autre enfant au monde. Il a entendu ma prière. J'ai de la veine; je ne suis plus jeune.

— Voyons! Tu es dans la force de l'âge.

— Aujourd'hui, ça va, mais plus tard?

— Eh! Moi alors, fus-je si mauvais père? J'avais presque quarante ans, lors de ta naissance.

— Maman était très jeune.

— Une enfant, une toute petite fille!

— Vous avez été des parents extraordinaires, des modèles à imiter.

Jean-Baptiste sourit. Sa fille s'humanisait un peu plus chaque jour; mieux encore, elle réussissait à exprimer ses sentiments.

— Je n'aurais pas aimé que Mathias grandisse seul.

— Je crois que tout le tra-la-la qui entoure cette future naissance l'inquiète. Il me semblait triste, ce matin, auprès de son oiseau. Je crois même qu'il lui a confié ses peines. Quand je suis descendu, il s'est tu pourtant, je l'entendais, plus tôt, qui jasait.

— La présence de Caruso lui est précieuse.

— Tu es heureuse, n'est-ce pas, ma grande fille?

— Plus que j'aurais espéré pouvoir l'être.

— Tu as devant toi les meilleures années; une grande famille donne tellement de joie!

— Papa.

— Oui, ma grande?

— Combien de finette et de fil mercerisé numéro 36 faut-il acheter pour confectionner une layette?

Jean-Baptiste cacha son visage dans ses mains, en proie à une vive émotion.

— Oh! papa!

Yvonne s'approcha. Il entoura sa taille d'un de ses bras et dit doucement:

— Ces mots furent une musique bien douce à mon oreille. Tu avais les mêmes intonations que ta mère. Je suis sûr que, de là-haut, elle nous regarde et que, par dessus son épaule, Imelda nous sourit...

***

Ce soir-là, Yvonne annonça:

— Papa est allé acheter la finette nécessaire pour confectionner toute une layette, aujourd'hui. Premier cadeau de bébé.

— De la quoi, Yvonne?

— De la finette.

— Qu'est-ce que c'est, de la finette?

— C'est l'équivalent français de flanellette.

— Français, français, ce bébé ne sera pas un Français, que je sache. Ce sera un pure-laine que l'on emmaillote habituellement de grosse flanellette douce, qui sent bon la poudre à bébé. Brrr, que j'ai hâte!

Fernand tira la chaise où Mathias était assis. Il prit l'enfant dans ses bras, le leva dans les airs et lui dit, en le regardant droit dans les yeux:

— Toi, mon petit bonhomme, je vais te faire le plus beau cadeau qu'un homme peut désirer sur la terre: je vais te donner un beau petit frère, que tu vas adorer et que tu devras protéger.

Mathias se mit à pleurer. Fernand le coucha sur son épaule et le caressa.

— Tout doux, mon bébé, tout doux!

Jean-Baptiste regarda Yvonne, émue jusqu'aux larmes. Elle comprit que son mari avait deviné le chagrin et l'inquiétude de l'enfant. Son cœur était inondé de joie.

Au moment où, de façon désinvolte, Fernand replaça Mathias sur sa chaise, le marmot murmura, de façon à peine audible: «Merci, papa.» Fernand ne put réprimer un mouvement de surprise: c'était la première fois que l'enfant utilisait ce mot à son endroit.

Pendant toute la fin du repas, les questions du bambin affluèrent; un jeune cœur fragile aurait pu être meurtri, sans la compréhension d'un adulte attentif, à l'âme délicate.

***

À la suggestion de Fernand, Yvonne avait invité sa famille au grand complet, y compris les enfants, pour annoncer l'heureuse nouvelle. La nappe de damas fut lavée, humectée, repassée et, sans un faux pli, vint couvrir la grande table de famille, qui n'en était pas à sa première festivité. Fernand avait l'air d'un jeune débutant, ses yeux brillaient: on eût pu croire à le voir, qu'il s'agissait d'un fait unique dans l'histoire du monde. Il avait poussé la délicatesse jusqu'à orner la maison de fleurs qui portaient le nom, fort à propos, de «soupirs-de-bébé». Il étalait sa joie et multipliait ses attentions envers Yvonne, surtout mais également à toute la grande famille.

La vieille demeure s'avérait, une fois de plus, un endroit où il faisait bon vivre et se réunir. Comme la soirée menaçait de se prolonger, Fernand, en bon futur père de famille, suggéra à sa femme d'aller se reposer. Ceux dont les enfants étaient moins jeunes, et qui s'étaient attardés, comprirent et, un à un, ils quittèrent.

Jean-Baptiste, quelque peu étonné, s'inquiéta un instant; il se montrait très autoritaire, ce parfait gendre; en effet, il ne faudrait pas le contredire. «Mais, se dit-il à lui-même, comme pour se rassurer, ça lui passera, il prendra l'habitude.» Yvonne, heureusement, semblait ne pas se formaliser outre mesure. Sans doute que ce trait de caractère, si marqué chez son mari, lui convenait.

— Tu devrais aller dormir, je vais finir de ranger. Le sommeil est nécessaire, dans ta condition. Je ne me le pardonnerais pas, si tu perdais cet enfant.

— Je t'assure que je suis en parfaite forme physique.

— Tu en es sûre? Tu ne me caches rien?

— Fernand! De toute façon, tu pourras t'en enquérir auprès de mon médecin, puisque tu assisteras dorénavant aux consultations. N'oublie pas que, moi aussi, je tiens à ce bébé.

Ce soir-là, ce fut Fernand qui éteignit et monta dormir le dernier.

***

Le lendemain, après le déjeuner, alors qu'Yvonne rangeait la cuisine, Jean-Baptiste s'approcha de son gendre.

— Fernand, mon vieux, j'aurais besoin de votre aide.

— En tout temps, monsieur Gagnon, vous pouvez compter sur moi.

— J'aurais préféré le faire moi-même, mais voilà, ce n'est plus de mon âge: triste et cruelle réalité. Voilà, le temps est venu, pour moi, de vous remettre la gouverne de cette maison, ce que vous faites avec brio, mais, comme c'est la tradition dans cette famille, je dois déménager mes pénates et libérer, pour vous, la chambre des maîtres.

— Jamais! Ça jamais.

Ce disant, Fernand asséna un coup de poing sur la table de la cuisine. Yvonne sursauta.

— Je n'ai jamais entendu pareille sornette. Tant et aussi longtemps que vous vivrez, vous garderez votre chambre, qui fut celle de votre femme, de vos amours.

Un grand silence se fit. On aurait pu entendre voler une mouche. Ni l'un ni l'autre n'osaient prononcer un mot. On évitait même de se regarder. C'était si logique, si sensé, qu'on ne trouvait pas de réplique possible.

— Euh! Yvonne, je prendrais une tasse de thé.

— Toi, papa, un chocolat chaud?

— Oui, merci. Merci, à toi aussi, Fernand.

— Monsieur Gagnon, vous m'obligez presque à vous confier un secret, une surprise que je réservais à Yvonne. Je m'étais dit que, pendant son séjour à l'hôpital, à la naissance de notre garçon, je... copierais les riches d'Outremont.

— Je ne comprends pas.

— Oui, les Anglais ont cette manie de convertir la pièce attenant à leur chambre en pouponnière pour loger leur bébé à naître. Ça fait chic et c'est bien pratique. On a tout l'espace nécessaire. Il s'agirait...

Et Fernand détaillait, sous l'œil attendri d'Yvonne, ses projets futurs. Jean-Baptiste ressentait beaucoup d'affection pour cet homme à l'extérieur dur, au verbe haut et autoritaire, mais à l'âme délicate et généreuse. Ce soir-là, avant de le quitter, il lui tendit la main en lui disant:

— De jour en jour, toujours davantage, j'apprends à t'aimer, comme on aime un fils.

Le dur serra fortement la main tendue, mais ne sut que répondre.

***

— Toi, ma fille, quelque chose te tracasse. Tu veux en parler?

— C'est ce coup de poing. Cet emportement subit de Fernand me fait redouter le pire. Quel caractère emporté! Aurai-je à vivre continuellement dans la peur de le voir exploser à tout propos et ce, pour le reste de mes jours?

— Oh! Ça?

— Je n'aime pas votre sourire en coin; je sens que vous vous rangez de son côté: la complicité masculine.

— J'y ai pensé, à ce coup de poing. Je t'avoue franchement que ça m'a beaucoup rassuré.

— C'est le comble!

— En ce qui concerne la complicité ou la duplicité, ôte-toi ça de la tête: nous t'aimons, tous les deux, nous t'aimons beaucoup.

— Alors expliquez-moi, car je ne comprends plus; Fernand passe de la joie extrême à la colère noire!

— C'est un des traits principaux de son caractère de feu. Rappelle-toi, quand tu lui as appris ta grossesse, il a fichu une assiette en l'air et a hurlé comme un dément. Puis, parce que je lui ai offert la chambre des maîtres, il a réagi aussi bruyamment. Ton Fernand est un hypersensible qui a du mal à accepter les grandes joies, comme les grandes peines, peut-être. Il était si content, si touché qu'il a éclaté sous la force de l'émotion ressentie. Je soupçonne qu'il ait connu des problèmes d'ordre affectif dans son enfance. Tu as vu cette attention toute spéciale qu'il eut pour Mathias? Ça dénote sûrement une grande qualité d'âme.

Yvonne se taisait. Elle réfléchissait aux sages paroles de son père. Jean-Baptiste sortit sa pipe. Sa fille murmura:

— Papa, tu ne dois pas fumer.
— Voilà! Répète.
— Tu ne dois pas fumer.
— Tu viens de confirmer mon hypothèse: toi, dès que tu es profondément émue, tu me tutoies... Fernand, lui, il crie.
— Pourquoi suis-je si lente à comprendre? Pourquoi faut-il toujours qu'on m'explique tout? Suis-je idiote?
— Loin de là, ma fille. C'est sans doute parce que tu fus longtemps sous l'emprise de ton vœu d'obéissance et que tu t'es soumise totalement aux décisions de tes supérieures. Mais tu es mère, tu vis normalement, tu es en mesure de prendre des décisions. Petit à petit, tu apprendras à discerner et à saisir les nuances, le pour et le contre. La psychologie n'est pas un don naturel: ça s'exploite, ça se cultive. Aussi faut-il continuellement mettre de l'ordre dans ses idées pour ne pas se fausser, si je peux m'exprimer ainsi. Je suis content que tu te confies à moi. Pourquoi a-t-on un père, si ce n'est pas pour aller vers lui, y chercher réconfort?
— Une chose reste vraie: tu ne dois pas fumer.
— Touche: le fourneau est froid. Je n'allume pas, je ne fais que m'accrocher à elle... comme à un fétiche.

Il lui fit un clin d'œil.

— Maman avait bien raison de t'appeler «grand fou».
— Ah! ces femmes, ces femmes... des consciences ambulantes et acharnées!

***

Le soir de ce même jour, Jean-Baptiste laissait errer ses yeux sur tout ce qui ornait cette chambre où lui et Marie-Reine avaient connu tant d'heures heureuses. Son âge avancé le rendait vulnérable, sa sensibilité s'était accrue avec les ans. En cet instant précis, son bonheur était presque tangible. Il n'avait pas exagéré les mérites de son gendre Fernand. Il s'avérait l'époux idéal pour Yvonne, son aînée, celle de ses filles qui avait connu des heures dramatiques. Des sons, des visages repassaient dans sa tête, avec une réalité nette, comme si sa mémoire s'était complue à enregistrer chaque détail de sa longue vie. Les dates ne semblaient pas avoir d'importance. Il se situait mal dans le temps, mais les détails, les noms, les mimiques, tout était là, bien vivant, bien précis.

Il se voyait là-bas, en Normandie. Comme c'était loin! Plus d'un demi-siècle.

Fabienne et Louis-Philippe qui, eux, avaient à peine appris à se connaître, furent victimes de leurs émotions personnelles, qu'ils ne surent jamais contrôler. Un seul doux souvenir d'eux surgissait: les bonnes miches de pain chaud. Onésime et sa haine subite avouée, ce jour-là, au séminaire! Ce visage dur et froid du père de son petit-fils s'imposa à lui et le fit frissonner. «Dieu, aie pitié de son âme!», soupira l'homme.

La douce et merveilleuse Imelda, qui se montrait sous un jour hautain et autoritaire tant et aussi longtemps qu'elle put s'appuyer sur la présence de son homme, lui avait donné une épouse en or. Et ces filles, toutes ces filles, à la fois différentes et si semblables, remplies de bonne volonté, des femmes de devoir, comme leur mère et comme leur grand-mère. En somme, la vie s'était montrée généreuse envers lui et les siens. De plus, la lignée des Gagnon, la sienne, n'était pas près de disparaître. La relève était assurée. Sous des noms disparates, certes, et après? Qu'à cela ne tienne, ça n'avait pas tellement d'importance. Jamais il n'avait espéré autant de bonheur le jour où il croisa sa femme, cette femme qui se traînait les pieds dans les feuilles mortes, ce soir d'automne...

Fernand lui avait causé une joie très profonde, en insistant pour qu'il gardât cette chambre, ce sanctuaire, ce nid d'amour.

Il lui en était reconnaissant. Par ricochet, il revoyait le visage défait de sa belle-mère, le jour où elle avait remis la gouverne à sa fille. Il lui semblait entendre encore le bruit métallique du trousseau de clefs.

Une jambe le faisait souffrir. Il leva les pieds, s'étira. Une jointure craqua. «Voilà que mes os sont aussi secs que le bois franc des planchers et de la charpente de la maison!» Il tendit l'oreille: un silence impressionnant régnait. Tous devaient dormir.

Il se leva, se dirigea vers sa fenêtre. «Oh!», s'exclama l'homme. Un spectacle grandiose s'offrait à lui. Il colla le front contre la vitre pour mieux voir. Un sentiment très fort, indescriptible, l'envahit. Il avait vu ce phénomène autrefois, mais quand? Lui et sa femme revenaient d'un pèlerinage à Notre-Dame-du-Cap et Marie-Reine l'avait prié d'arrêter la voiture. Elle avait appuyé sa tête sur son épaule et, ensemble, ils s'étaient enthousiasmés. «C'est trop beau pour se produire de ce côté-ci de la vie, s'était-elle exclamée, serre-moi dans tes bras, serre-moi très fort.»

Comme autrefois, la voûte céleste, obscurcie par la nuit, servait d'écran au feu du soleil qui projetait sa luminosité sur les glaciers du pôle magnétique, illuminant l'horizon. Des milliers de lamelles de cristal lumineux se dandinaient dans le ciel: la danse des aurores boréales semblait obéir à la baguette d'un céleste maestro. Formant, tantôt un rideau, tantôt un arc, elles se dandinaient, fluorescentes, se superposant en franges, pour s'aligner ensuite. Les folles marionnettes passaient du jaune or au vert limpide, s'élançaient en une course folle, endiablée. Le spectre lumineux tranchait dans les ténèbres sous l'éclat de faisceaux qui éclataient à la verticale, s'étirant, en une course effrénée.

La proximité du visage de Jean-Baptiste, qui pleurait comme un enfant, fit que la vitre s'embua. «Reine, ma Reine, je t'en supplie, viens me chercher. Si tu savais comme il me tarde d'être auprès de toi. Je suis las, si las, oh! ma Reine.»

Il passa sa main sur le carreau et, miracle, là-haut, dans le firmament, se détachant des autres, des centaines de brindilles s'élancèrent comme une gerbe de blé illuminée qu'on aurait projetée dans l'immensité.

Jean-Baptiste vit là une promesse: sa femme avait entendu sa prière. Il se sentit subitement rassuré, calme, serein. Qui sait, peut-être se tenait-elle là, derrière ces rayons, dans ce ciel, là où tout est béatitude, félicité.

Malgré l'obscurité, dans laquelle la chambre était plongée, il s'avança sans hésiter vers son lit. Il connaissait d'instinct chaque angle, chaque distance, il aurait pu situer chacun des nœuds qui se trouvaient dans le bois des planches de ce plafond, pour les avoir tant regardés pendant toutes ces heures où, éveillé, il pensait à sa femme adorée, à ses enfants chéris. Rasséréné, il se glissa sous la courtepointe et paisiblement, il sombra dans un profond sommeil, un sommeil sans rêves.

Dans la chambre d'à côté, Fernand exposait, dans le détail, le plan qu'il avait imaginé pour la réalisation de ce futur nid d'amour où logerait bébé.

— Il ne reste plus qu'à décider de la couleur des murs...

— Bleu, incontestablement, affirma Yvonne.

— Et si... c'était une fille?

— Ce sera un garçon.

— Il serait sage d'attendre la naissance du poupon.

Je vois une fille dormir dans une chambre bleue, mais je verrais mal un garçon dans une chambre rose...
— Foutaise. Quoique...
— Quoique?
— C'est le seul temps où une fille a le loisir de voir la vie en rose. Il ne tarde pas, pour elle, le temps de devoir s'oublier, de laver de la vaisselle, de mettre des enfants au monde.
— Écoutez-moi ça: les complaintes d'une femme, un vrai mélodrame. Des idées préconçues: les femmes ne sont pas nécessairement des anges de générosité, si j'en juge par ma mère.

Yvonne ne releva pas la phrase. Elle se sentit mal à l'aise devant ce cri qui semblait venir droit du cœur. Ne sachant pas quels mots employer pour l'aider à se confier, elle fit bifurquer la conversation:
— La solution idéale serait de donner les couches de fond de couleur neutre, du blanc, par exemple. Comme tu dis, le bleu ou le rose dépendra de...

Fernand s'était retourné. Il avait éteint la lumière. Il cachait sûrement sa peine, une peine vive. La tristesse de son homme envahit Yvonne. Elle se colla dans son dos, entoura sa taille et caressa ses cheveux, sans ne rien dire. Il lui sembla que son mari réprimait un sanglot. Elle aurait voulu lui dire son amour, un amour que cette minute grave cimentait. Mais elle ne savait pas comment. Alors, elle se fit plus tendre. Ils s'aimèrent, doucement. Lorsqu'il se fut endormi, elle resta là, songeuse, les yeux grand ouverts dans la nuit. Ses inquiétudes venaient de se dissiper, son énorme mari, qui savait crier et tempêter, s'avérait un être vulnérable, humain. Quel contraste avec cet autre homme qui affichait des façons mielleuses en présence d'autrui, mais devenait cruel et grossier dans l'intimité! Et une fois de plus, le visage de celui qui fut son amant s'imposa à sa pensée. Mais elle la chassa, ne voulant penser qu'à son mari.

Oui, Fernand était bon, il le serait toujours pour elle, pour Mathias, pour l'enfant à naître, comme il avait su l'être, ce soir, avec son père. Yvonne se promit d'être attentive à ses besoins, de s'efforcer de le comprendre et de le respecter. Elle, qui toute sa vie avait lutté pour être aimée, admirée, qui s'était toujours crue persécutée, comprenait, ce soir, que son homme l'aimait d'un amour tendre et attendait tout d'elle. Elle ne le décevrait pas, elle comblerait son attente, serait douce et conciliante. Ses peurs s'estompaient, elle reprenait confiance.

Un secret qu'elle n'avait pas osé confier à son père la tenaillait: l'appétit sexuel de Fernand ne lui donnait pas de répit. Chaque soir, las ou pas, il lui faisait l'amour, et souvent même le matin. Ça l'effrayait, car elle craignait que cette rage d'aimer physiquement signifiât qu'elle ne sût pas assouvir ses besoins intimes. Voilà qu'elle se rendait compte que cet amour physique était sûrement empreint d'un besoin de tendresse, de réconfort. Fernand ne deviendrait jamais un grossier personnage avec des rages d'exhibitionnisme, comme elle avait connues auprès de l'autre... Pour la première fois depuis ces mois de mariage, elle réveilla Fernand avec des caresses, timides d'abord, mais de plus en plus éloquentes par la suite. Fernand, heureux comme un roi, aima sa femme avec une ardeur passionnée, tout en lui murmurant des mots tendres qu'elle entendait à peine. Elle pleura de joie.

— Dors, dors, ma cocotte, bientôt ce sera le fils de Fernand qui te tiendra éveillée...

Il ramena les couvertures jusqu'à ses épaules et lui donna un bec sur le nez.

***

Yvonne pétrissait la pâte à tarte. Une envie folle la

prit de téléphoner à sa belle-mère pour l'informer de sa grossesse. Elle lava ses mains et sans plus réfléchir, passa à l'action.

Madame Robichaud sembla si troublée par cet appel qu'elle ne trouvait plus ses mots. Elle remercia Yvonne dix fois sans penser à la féliciter ni à s'informer de Fernand.

Lorsqu'au dîner, Yvonne fit part à son mari de la courte conversation, celui-ci sembla bouleversé. Heureusement, Yvonne, très occupée, n'insista pas outre mesure. On ne parla plus du coup de fil, mais Fernand s'inquiétait des réactions qu'aurait sa mère. Par contre, il se réjouissait de l'attention qu'avait eue sa femme, mais il regrettait amèrement ne pas en avoir pris l'initiative lui-même. Le malaise qui existait entre lui et sa mère persistait.

Il souhaitait ardemment que les choses se tassent et ne voulait pas s'arrêter à ce passé susceptible d'être une menace pour le futur. Son bonheur était grand et il n'avait qu'un désir: recommencer à neuf, tout mettre en œuvre pour que cet avenir fût sans nuage.

***

Toute à son bonheur, Yvonne s'affairait. Mathias semblait plus heureux, plus affectueux aussi. Il parlait souvent à son ami Caruso. Fernand occupait ses heures de loisir à convertir la chambre adjacente à la leur en pouponnière pour l'enfant à naître. Lorsqu'il redescendit à la cuisine, il vit, épars sur la table, les minuscules vêtements de la layette. Le silence régnait. Il retrouva sa femme qui se berçait sur la galerie.

— Quelle soirée magnifique! Viens te reposer, Fernand. Tu as bien du temps devant toi, tu sais.

L'homme se laissa tomber sur la berceuse, étira les jambes, croisa les mains derrière la tête et ferma les yeux.

— À quoi rêves-tu?

— À ce nid d'amour pour notre enfant; il dormira près de nous deux, sous notre protection. Nous l'entourerons toujours de notre amour et de nos attentions. Promets-le moi!

— Mais, bien sûr! En douterais-tu?

L'homme ne répondit pas tout de suite. Il semblait méditer. Il se cambra, se berça un instant, puis s'immobilisa. D'une voix voilée et hésitante, il reprit:

— Je ne t'ai pas tout dit, au sujet de ma jeunesse. Bien sûr, mon séjour dans un sanatorium m'a marqué, mais il y eut pis; un drame, des drames, je devrais dire. C'est pourquoi, j'ai ce besoin fou de vouloir savoir notre enfant bien près de nous. Je ne sais pas si tu peux me comprendre... Vous semblez si près les uns des autres, vous, les Gagnon. Le bonheur de ta sœur Marie-Anne et de mon ami Lucien me fut une révélation. Un jour, lors d'une conversation, ta sœur m'a parlé de toi, de l'importance d'avoir une famille bien à soi, car, disait-elle, «la famille, et la famille seule nous aime vraiment pour nous-même sans condition, sans qu'on ait à chercher à plaire ou à séduire. C'est le seul amour vrai et désintéressé». J'en fus tout remué, je réfléchis à ces mots pendant des semaines, puis j'eus le goût de te connaître et je me pris à espérer. J'avais beaucoup voyagé, ma vie confortable, mais solitaire, me laissait toujours un goût amer dans la bouche. Yvonne, j'ai connu l'abandon, la solitude, et je veux maintenant m'accrocher avec les miens à la vie simple de chaque jour, le cœur heureux. J'en ai assez de ces bonheurs sans lendemain, de ces joies éphémères. Je veux que mon bonheur soit durable, pur et beau.

Chapitre 6

Depuis le mariage d'Yvonne et Fernand, Marie-Anne et Lucien venaient veiller le vendredi soir. Les hommes jouaient aux cartes et les épouses en profitaient souvent pour aller faire des courses.

Marie-Anne tenait à cette soirée: ça lui permettait de se reposer loin de sa marmaille. Les liens qui unissaient les deux couples se resserraient de plus en plus. Jean-Baptiste appréciait la compagnie de ses deux gendres: il se sentait si seul, depuis fort longtemps. Le jeune Mathias avait un plaisir fou à les entendre argumenter entre chaque partie. À cette occasion, il lui était permis d'aller au lit plus tard; tous avaient donc le cœur en fête.

Ce soir-là, le bruit de la voix des hommes parvenait depuis la galerie avant jusque dans la cuisine, où les dames parlaient de layette; toutes les conversations, depuis l'annonce de la grossesse d'Yvonne, tournaient autour de cet événement attendu avec amour.

— Dommage que grand-maman Imelda ne soit pas là pour broder de jolies nœuds d'amour sur les langes.

— Tu te souviens de la dévotion qu'elle mettait à confectionner nos robes, lorsque nous étions petites?

— Surtout qu'alors maman était aux prises avec sa marmaille. Heureusement qu'elle était là, cette chère grand-mère!

— J'espère que tu vas utiliser les couches de papier: c'est si pratique et si hygiénique.

— Et bien peu économique!

— Eh! Ça alors, économie de bout de chandelle. Sois à la page, réserve ton énergie pour autre chose. À faire la cuisine, par exemple.

— Fernand est gourmand. Il mange de tout. Chez lui, ce n'est pas la qualité mais la quantité qui importe.

— Doucement, doucement, j'ai goûté tes plats. Ils sont délicieux. Crois-moi: avec le temps, tu sauras acquérir de l'expérience et tout deviendra facile.

— Si seulement j'avais été plus attentive, lorsque maman était là.

— Tu es heureuse, ma grande?

— Oui, très. Fernand attend ce bébé, avec tant de ferveur! Hier encore, il insistait pour que je boive beaucoup d'eau, afin de favoriser le liquide amniotique, ce qui facilite l'accouchement et assure un beau teint à l'enfant...

— Où est-il allé chercher ça?

— Ma chère, il lit tout ce qui se publie sur le sujet. Chaque jour, je reçois une liste de conseils longue comme ça. Mais je ne gobe pas tout. Pour le moment, je n'ai pas droit aux marinades, ni à la crème ni aux sucreries. Il surveille tout ce que je mange. Alors, nous voilà réduits à bouffer de la nourriture à lapins, ce qui plaît à papa. Heureusement que je triche un peu, quand je prépare les desserts de mon fils.

— En somme, c'est le grand amour...

— Disons plutôt une très grande amitié, douce et sécurisante. Je peux bien te le confier: je n'ai pas espéré l'amour fou, le coup de foudre, la grande passion. Et je crois que Fernand partage ce sentiment. C'est préférable ainsi. Nous savons à quoi nous en tenir, même si vous n'avons jamais abordé le sujet. Nous avons atteint l'âge où la sagesse domine. L'illusion et le rêve, c'est beau, mais ça peut s'évanouir très vite. En revanche, si une franche et grande amitié nous lie, que nous nous donnons le temps et l'occasion de nous apprécier mutuellement, l'amour viendra tôt ou tard nous surprendre... Il aura plus de chance de durer. C'est si facile d'utiliser le verbe aimer, alors que l'amitié ne se conjugue pas... Oui, je crois que l'amitié est une base solide pour un bonheur durable.

— C'est bon de t'entendre, surtout que tu sembles ni déçue ni amère.

— Tout simplement réaliste. Fernand est mon homme, je le sais, je le sens. Près de lui, je me sens forte, secondée. Avec lui, ce sera facile d'élever une famille.

Yvonne se tut, réfléchit un instant, puis confia:

— L'amour c'est autre chose, je l'ai connu, je l'ai vécu, mais ce sentiment merveilleux n'était pas partagé. C'est très frustrant de vivre ainsi. J'avais sans cesse l'impression de me trouver devant une impasse. J'oubliais tout et tous, je ne voyais que lui, je cherchais continuellement à lui plaire. Mais ça tombait à plat, car il n'était jamais réceptif. Un mur, oui, il y avait un mur entre nous deux, que je ne pus jamais franchir. Même dans nos moments de grande intimité, j'avais l'impression cuisante et amère d'être une chose.

— Tu as dû souffrir atrocement.

— Je ne comprenais pas. Je n'ai jamais compris. Encore aujourd'hui, tout ça demeure un grand mystère.

— Si tu savais comme je pensais à toi, comme je souffrais de te voir seule, lorsque ton fils est né.

— Mon fils! Il s'agit bien de mon fils. Je crois que Mathias n'a jamais souhaité cette naissance et que, pourtant, s'il est revenu, c'est pour l'enfant seulement qu'il le fit. Il ne m'a jamais aimée! Il était incapable d'aimer... sauf peut-être son fils... Encore là, je ne sais pas, je ne suis sûre de rien. Parfois, j'eus la cuisante impression qu'il se servait de son propre enfant pour en arriver à des fins mauvaises. J'ai eu peur, si peur!

— Oublie tout ça, c'est un lointain passé. Concentre-toi sur ton bonheur présent.

— J'ai été si stupide, si bornée, si entêtée! Heureusement que nos parents étaient bons et compréhensifs. Que serais-je devenue? Tu imagines? Le couvent, puis la fugue! Je n'avais rien à offrir à mon fils, le père se dérobait à ses obligations et qu'aurais-je pu faire seule?

— Tu aurais appris, c'est le triste lot de plusieurs femmes aujourd'hui à devoir élever seules les enfants nés d'une union brisée.

— Ce qui ne justifie pas les faits! Alors, tu comprends, quand j'ai connu Fernand et qu'il m'a offert de partager sa vie, je n'osais croire que ça puisse m'arriver. Je sais que je suis faible, mais je ne peux me faire à l'idée d'une vie seule, sans la présence d'un homme auprès de moi. Je déteste la solitude, les nuits passées dans un grand lit froid sans chaleur réconfortante...

— Je crois, ma chère Yvonne, que ce que tu désignes sous le nom de l'amitié ressemble étrangement à de l'amour...

— Peut-être, mais je ne cherche pas à savoir, à analyser. Mon bonheur est confortable et Fernand semble lui-même très heureux. Cette maternité est un cadeau du ciel.

— Tu me fais me souvenir des jours merveilleux qui ont entouré chacune des naissances de mes enfants; qu'y a-t-il en dehors d'eux? Que reste-t-il de notre vie s'ils ne sont pas là? Il fallait voir le bonheur qui se lisait sur le visage de papa, le jour de ton mariage!

— Savais-tu qu'autrefois, il parlait de nous comme de ses «béatitudes»?

— Pourquoi?

— Il faudra le lui demander. C'est un terme emprunté aux livres saints.

— Pourtant, papa n'est pas des plus religieux.

— Peut-être, mais combien sincère! Ses convictions sont profondes et il est d'un très grand respect pour les siens. Je me souviens de la façon respectueuse avec laquelle il traitait grand-maman.

— Malheureusement, tous les hommes ne lui ressemblent pas!

— À qui le dis-tu!

Yvonne n'ajouta rien d'autre, car ses pensées provoquaient, en elle, un certain malaise. Son cœur demeurait ulcéré par cette passion qui s'était métamorphosée en cauchemar. Il faudrait du temps et beaucoup d'amour pour effacer tant de peine.

— Somme toute, Yvonne, si tu fais le bilan de ta vie de ces dernières années surtout, tu dois admettre que ce n'est pas si mal: un amour fou, une solide amitié, un fils adorable et un enfant à naître. Tu crois, toi, en la destinée?

— Parfois, oui, dit Yvonne en souriant, quand je gaffe, je mets tout sur le compte de la destinée; mais, au fond, je n'y crois pas réellement. Chacun de nous est l'artisan de ses joies et de ses malheurs. J'ai enfin compris ça...

— Yvonne devient sage, sage et philosophe.

— Tu peux me taquiner, si le cœur t'en dit: je me demande si l'amour n'est pas tout simplement un mythe, quelque chose que l'on désire très fort, auquel on attribue des superpouvoirs, en somme la recherche de l'image du beau, du bon, du doux qui répond à nos besoins intimes. Quand il s'avère que l'on a mal choisi le héros de nos profondes aspirations, tout s'écroule. Ou ce sont nos besoins qui changent: l'évolution des êtres étant inévitable, le modèle de l'amoureux se modifie au même rythme. Alors tout s'envole en fumée, fini le beau rêve. Toutefois, si, au moment de se lancer dans la grande aventure, on choisit un partenaire pour ce qu'il est, lui, objectivement, on a plus de chances que le bonheur dure, que le réveil soit moins amer.

— Encore faut-il qu'il y ait beaucoup en commun chez ces deux êtres.

— Bien sûr! Il ne saurait être question de désintéressement total, d'oubli de soi, de s'asservir; ça ne pourrait que rendre la vie impossible à l'un des partenaires, voire au couple. Chacun a droit à son épanouissement personnel, à la poursuite de son cheminement: si aimer signifie s'étouffer, se brimer, alors il vaut mieux renoncer à l'amour! Par contre, de la générosité, des concessions de part et d'autre sont nécessaires, occasionnellement. Union signifie association, avec ce que ça comporte de différences, de formation, de milieu, de personnalité. On chante l'amour, on le glorifie; quand il s'effrite, on l'accuse d'être mort. Alors, on crie à l'incompréhension, à la trahison. Pourtant, c'est à la base que l'erreur véritable fut commise, lors du choix du partenaire: on oublie de considérer l'autre, on braque les yeux sur son soi, en aveugle. C'est dans cet état d'esprit qu'autrefois, j'ai choisi de prendre le voile: j'attendais tout de la vie religieuse; je me cachais derrière le faux personnage que j'étais devenue. Je ne tardai pas à déchanter. Quelle expérience déchirante! Non satisfaite, en aveugle, je me suis une autre fois jetée à corps perdu dans une aventure que je voulais à tout prix rose et merveilleuse. Pourtant, je savais, au fond de mon cœur, que j'agissais mal, mais je refusais de voir l'évidence. Je ne veux pas réveiller de vieilles douleurs encore mal cicatrisées, mais je tremble à la pensée de ce qui aurait pu arriver si le drame n'avait pas brutalement mis fin à mon égarement. Souviens-toi de papa. J'ai cru qu'il en perdrait la raison! Et je ne savais pas quoi faire, j'étais aveuglée: tout ce que je souhaitais, c'était de garder mon rêve amoureux intact. C'était de la folie furieuse! Il fallut rien de moins qu'un drame épouvantable pour crever le ballon de mes illusions. C'est payer chèrement pour une inconséquence.

— Tu avais affaire à un malade.

— Dis-moi, sincèrement, quand tu l'as connu et que tu l'as entendu discourir si savamment, aurais-tu jugé cet homme malade? dangereux?

— Il me parut intelligent, cultivé. Peut-être imbu de lui-même, vaniteux, mais rien chez lui me parut bizarre ou anormal, tu ne pouvais pas prévoir qu'il avait une double personnalité. En tout cas, ce n'est pas moi qui te condamnerais d'avoir été dupe de ses supercheries: j'en aurais fait autant. Souviens-toi, Yvonne: quand mon mari Gonzague décéda, penses-tu que je réfléchis longtemps avant d'accepter l'amour de Lucien? Je me sentais si désespérément seule que je ne regardai pas plus loin que le bout de mon nez. C'est un peu ce que tu as fait, et ça s'explique.

— Lucien, c'est autre chose.

— Oui, c'est un coup de dé qui a roulé à mon avantage, tout simplement. J'ai eu de la chance, toi pas. Maintenant que tu soulèves la question, je me souviens d'un détail...

— Quoi, au juste?

— J'eus, le soir de notre rencontre, comme un vague pressentiment que quelque chose ne tournait pas rond. Je ne saurais dire quoi, au juste, mais l'attitude de papa et la méfiance que semblait nourrir Monique à l'endroit du père de Mathias... Ça m'avait intriguée sur le coup, puis j'oubliai ça, tu semblais si divinement heureuse!

Pendant quelque temps, les deux femmes se perdirent dans leurs réflexions.

— Je crois, Yvonne, que tu fus la victime d'un malentendu.

— Foutaise! Encore l'excuse, comme la destinée. Je n'ai pas su voir, je voulais que tout se passe comme moi, je le souhaitais.

Yvonne s'arrêta, regarda au loin, soupira et enchaîna:

— Mon Dieu! que je l'aimais! Pendant ses longues absences, je gémissais et je l'appelais: «Reviens, reviens, mon amour». Jamais je ne lui donnais un autre nom.

J'oubliais les peines, les souffrances, j'accrochais au mot amour. Tout le reste n'avait pas d'importance. J'avais envie de lui, jour et nuit. Pourtant, je le savais méchant, cruel, vindicatif. Je lui pardonnais tout. Je l'aimais tellement que je préférais utiliser le surnom de «Zonzon» pour m'adresser à mon fils, car le seul fait d'entendre le nom de Mathias sortir de ma bouche me faisait mal jusque dans les entrailles. Alors l'amour, tu sais...

— Pourquoi ne parlais-tu pas à papa ou à maman?

— Maman, chère maman! Sans le connaître, elle m'avait prédit sa trahison. Papa, dès le premier jour, il l'a détesté, haï même. Et c'est moi qui lui ai imposé sa présence. Tu vois jusqu'où allait mon inconséquence? J'étais donc mal placée pour gémir sur mon sort.

— Oublie tout ça, oublie ce cauchemar terrible.

— Tu es la première personne à qui je me confie.

— Tu as bien fait de me faire confiance. Ça restera entre nous. Tourne la page, pense à l'avenir.

— L'avenir, les enfants, Fernand...

— Et toi.

— Oui, eux et moi: nous.

— Allons! Ressaisis-toi, mets un peu de gaieté dans ces grands yeux tristes.

Yvonne posa sa main sur le bras de sa sœur et serra fortement.

— Merci, murmura-t-elle.

On rangea le ruban et les aiguilles; les joueurs continuaient d'argumenter sur le comptage des points, Mathias couvrit la cage de Caruso et la soirée se termina, comme à chaque semaine, autour de la grande table.

***

Jean-Baptiste s'était entendu avec son gendre: il irait s'occuper de l'inscription de Mathias, qui fréquenterait l'école dès septembre.

L'enthousiasme de l'enfant ne laissait place qu'à un regret: Caruso lui manquerait. Mais on lui expliqua qu'il se ferait, là-bas, des tas d'amis.

La porte s'ouvrit avec fracas. Mathias entra:

— Maman, maman, je l'ai vue.

— Tu as vu qui?

— Mon école, elle est grande, grande, comme ça, la cour est grande, grande, avec une clôture haute et beaucoup, beaucoup de balançoires!

— Les balançoires ne servent qu'à la récréation; en classe, on ne s'amuse pas.

— Je sais, on dessine.

***

Jean-Baptiste souriait: oui, l'enfant fut sage. L'inscription était faite. Mais il faudrait l'y reconduire, car il ne pourrait bénéficier du transport par autobus scolaire puisqu'il habitait trop près.

— J'en profiterai pour faire ma promenade quotidienne, dit le grand-père.

— Ah! non, répliqua l'enfant, tu ne marches pas assez vite.

— Cruelle vérité, hélas!

— Vous prendrez la voiture, alors, et Mathias vous suivra au galop.

Mathias continuait à s'extasier, tout en buvant son verre de lait. Sa joie était agréable à voir: le joli minois était tout sourire.

Au moment d'aller dormir, Fernand se dit heureux, ce soir-là, de voir sa femme détendue et calme.

— Suis-je si nerveuse, habituellement? s'étonna l'épouse.

— Non, mais souvent mélancolique, préoccupée. Serait-ce que cette maternité t'inquiète?

— Que non! Sauf peut-être que j'ai peur parfois de

te décevoir et de te donner une fille, alors que tu rêves d'un fils.

— Si je veux un fils, c'est pour que le tien, ton Mathias, ait un frère, un compagnon.

— Mon Mathias?

— Oui, ton Mathias. Il est bon d'avoir un frère bien à soi. Après, tu pourrais enfanter toutes les filles que tu voudras.

Yvonne eut peur: elle crut un instant qu'il était question de l'autre Mathias, du père.

— Ne considères-tu pas mon fils comme le tien?

— Oh! si. Je me suis mal exprimé, voilà tout. Il n'est pas question d'établir de différence entre les enfants. Nous n'aurons jamais à choisir en faveur de l'un ou de l'autre. Il s'agit de notre famille.

— Fernand... merci! dit-elle simplement.

Chapitre 7

Jean-Baptiste s'éveilla, s'étira, bailla. Le silence qui régnait le surprit un instant. Oui, bien sûr, il était seul: Yvonne, Fernand et Mathias étaient à la campagne pour la fin de semaine. Il aurait aimé flâner au lit plus longtemps, mais ses jambes s'engourdissaient. Il valait mieux se lever et marcher.

Il avait tenté, mais vainement, de retenir son petit-fils auprès de lui, histoire de laisser un peu d'intimité au jeune couple. Mais l'enfant ne voulut rien entendre. Le lac, les canards, les suisses, tous ses souvenirs l'attiraient là-bas. Fernand l'aida à plaider la cause, ce qui ne manqua pas de causer une grande joie à Yvonne.

Jean-Baptiste se rasa la barbe. Affectueusement, il passa le doigt sur la lame froide de son rasoir droit. C'était là un objet qui lui avait été fidèle, témoin de sa longue vie. Chaque jour, devant la glace, ces longues minutes d'intimité avec lui-même devenaient des prises de conscience. Tour à tour, joyeux et triste, inquiet et optimiste, fatigué et dispos, il lui fallait faire une halte et se concentrer pour accomplir le rite avec patience et prudence. L'homme se vit vieillir, imperceptiblement d'abord. Puis les rides plus profondes, la peau plus tendre, la barbe plus raide lui imposèrent, avec les années, une dextérité dont il ne se serait pas cru capable. «J'ai tout mon temps, j'ai tout mon temps», se répétait-il à lui-même.

Une pensée l'amusa: on lui avait appris qu'à la fin des temps, tous ressusciteraient à l'âge de trente-trois ans, soit l'âge qu'avait le Christ, à sa mort: l'âge parfait. Dans son cas, ce serait extraordinaire: il était devenu si laid, si ridé! Mais les autres? ceux décédés plus jeunes... que leur arriverait-il?

Il rinça la lame, l'essuya, la plia et l'enfila dans l'étui qui, lui aussi, accusait l'usure des ans. «C'est extraordinaire comme on peut s'attacher à certains objets qui ont vieilli avec nous, fidèles serviteurs... Ne suis-je pas en train de devenir un vieux sentimental?»

Jean-Baptiste, homme sans prétention et sincère, qui, toute sa vie, vécut en fonction des siens et de leur bonheur, ne s'en rendait pas compte, mais ses pensées vagabondaient, par petits sauts, d'une époque à une autre, au caprice de l'heure ou de l'objet tenu en main, comme seules les personnes âgées savent le faire. Le présent s'accroche au passé, ce qui donne un sens à leur vie de tous les jours: parfois, un incident banal éveille en eux une multitude de souvenirs; pour un instant, ils s'évadent du présent.

Le silence qui régnait ce matin-là incitait l'homme à laisser errer son cœur sur les plates-bandes fleuries de la mémoire. Aussi, l'image de l'une ou de l'autre de ses filles, qui, autrefois, venait assister au rituel quotidien de la séance de rasage, le faisait sourire. Il les revoyait, les doigts plaqués sur le rebord du lavabo, hissées sur la pointe des pieds pour se grandir, qui riaient de bon cœur de voir les grimaces sur son visage contorsionné, souvent à outrance, justement pour amuser ses enfants. Les souvenirs les plus joyeux traînent avec eux une dose de tristesse, car ils font naître la nostalgie des jours heureux. Par contre, les souvenirs tristes ont le don de laisser place à la condescendance et de s'atténuer petit à petit...

«Il en est de même de l'amitié, pensa l'homme. Ce sont justement les ennemis qui nous obligent à relever les défis, à se dépasser, à se grandir, à cause de leur hargne.» Il pensa à Onésime: que de haine il avait vu sur ce visage! Il frissonna, secoua les épaules, comme pour chasser l'image.

Il descendit rompit du pain dans un bol, le mouilla de lait, ajouta de la confiture, un peu plus que d'habitude. La bouilloire ronronnait, Jean-Baptiste turlutait. Il passerait la journée à mettre de l'ordre dans la serre, que l'on dédaignait maintenant tout à fait.

Il s'installa au bout de la grande table, toujours à la même place depuis tant d'années, sauf au cours de cette mauvaise période où Onésime l'en avait chassé. Il pensa à Théodore, à l'autre avant lui: ils étaient passés là, avaient mis au monde des enfants et étaient partis.

Fernand avait décliné cet honneur de prendre la place du maître et Jean-Baptiste lui en était reconnaissant. Il se souvenait de la peine d'Imelda, quand sa fille et lui-même avaient accepté la transmission de son autorité. Jean-Baptiste ne s'était pas fait d'illusion: il savait que Marie-Reine devenait le chef du clan. Mais elle l'avait fait discrètement, sans vanité. Elle avait su respecter son mari en évitant de lui faire sentir qu'il occupait le second rang. Le bonheur remplissait leur vie sans que les petites méchancetés viennent égratigner leur union. (Les tortionnaires l'ont compris: les petits coups d'épingle bien dosés et répétés font plus de mal et détruisent plus que la cruauté virulente et expéditive...)

Le journal ne se trouvait pas sur le guéridon, contrairement à l'habitude; Évidemment, puisque Yvonne n'était pas là... Il se leva et se dirigeait vers la véranda, lorsque le timbre de la porte d'entrée se fit entendre. Il fit volte-face, tout en se demandant bien qui pouvait venir si tôt lui rendre visite. Il ne pouvait s'agir que d'un ami de Mathias. Aussi, grande fut sa surprise de trouver devant lui madame Robichaud.

— Vous arrivez juste à temps pour le café. À propos, vous avez déjeuné?

— Oui, au terminus d'autobus.

— Aimeriez-vous vous coucher, histoire de vous reposer un peu.

— J'ai roupillé tout le long du trajet. C'est très calme chez vous. Tous dorment encore?

Le ton de sa voix laissait percevoir une profonde indignation.

— Non, les enfants sont à la campagne, histoire de fermer le chalet avant la saison froide.

— Et, l'enfant?

— Mathias les accompagne.

Madame Robichaud ne répliqua pas, mais la question étonnait l'homme. «La vieille gribiche! pensa Jean-Baptiste, elle semble ne pas vouloir admettre que son fils puisse aimer Mathias.»

Il ne dit rien, ne fit aucun mouvement qui aurait pu la distraire de ses pensées. Impassible et muet, il attendit. Sans même sembler déconcertée, elle lança:

— Yvonne a poussé la gentillesse jusqu'à me téléphoner pour m'apprendre que je serai grand-mère. Ça m'a touchée.

Jean-Baptiste demeura muré dans le silence. Elle hésitait, semblait chercher ses mots.

— C'est le but de ma visite.

— Une lettre aurait suffi: un si long voyage...

— Certaines choses ne se confient pas sur papier!

— Ah! fit Jean-Baptiste, soudainement piqué par la curiosité. Il se remémorait la phrase lancée le jour du mariage. Il avait donc eu raison de s'inquiéter ce matin-là.

— Passons au salon, nous y serons plus à l'aise.

— J'aime la cuisine.

— Alors, si vous permettez...

Jean-Baptiste se leva, prit sa pipe et alla s'installer dans sa berçante. Le jour du décès de sa femme, il avait renoncé au tabac, mais conservé sa pipe, demeurée vide et froide depuis. Aujourd'hui, il regrettait sa blague à tabac et l'effet calmant que lui procurait la vue des nuages de fumée qui s'échappaient du fourneau de sa pipe.

— Vous pouvez allumer.
— Merci, mais je ne peux plus.
Avait-elle entendu? Elle semblait très loin.
— Peut-être est-ce mieux ainsi, dit-elle tout haut.
Parlait-elle de son abstinence ou d'autre chose qui mijotait dans sa tête bouleversée?
— Accepteriez-vous de recevoir mes confidences? Je voulais parler à votre fille, mais vu sa condition actuelle, il vaut peut-être mieux que je vous prévienne, vous...
— Je ne suis pas curieux, vous savez. Mais si vous avez des choses à me dire qui concernent le bonheur de nos enfants, je vous écoute.
— C'est une longue et triste histoire.
— Qu'il vaudrait mieux sans doute résumer pour n'avoir pas à vous faire souffrir impunément.
— Vous êtes un homme fort sage. Je l'ai tout de suite remarqué, le jour où je me suis présenté chez vous, de façon aussi cavalière, juste avant le mariage.
Jean-Baptiste ne protesta pas. Personne n'avait prisé sa façon de faire, ce jour-là.
— Vous savez, dit-elle après une longue hésitation, vous êtes une famille unie: vous n'auriez pas admis... Vous permettez? Je prendrais volontiers un autre café.
Jean-Baptiste se leva, sans mot dire. Il n'aiderait pas la femme à s'épancher. Tout ça le répugnait. Que voulait-elle au juste? Forcer la porte du couple? Cette pensée l'indigna: que cette chipie mette le pied dans la maison et c'en était fait de la paix des époux, à tout jamais! Maintenant, Jean-Baptiste voulait tout savoir pour pouvoir parer aux coups. Il persistait à lui tourner le dos. Il n'avait jamais mis autant de temps à servir un café. Il s'efforçait de garder un visage impassible.
— Votre âge me permet d'espérer que vous avez connu ce que fut la misère des années trente. «Nous y voilà. Si elle croit m'amadouer en jouant la corde sensible...»

— Comment pourrait-on faire comprendre à la jeunesse d'aujourd'hui que plusieurs familles devaient habiter sous le même toit pour épargner le chauffage, que des jeunes filles se vouaient au travail domestique pour le seul prix de leur nourriture, que les enfants fouillaient les poubelles pour y dénicher de quoi manger, que le chômage était une calamité mondiale, que l'œuvre de la soupe attirait chaque jour des milliers d'affamés, que le secours direct et la loi Lacombe étaient les seuls recours des ouvriers, que les pères s'exilaient pour trouver du travail? Les femme seules et démunies étaient aux prises avec la responsabilité des enfants. La misère morale côtoyait les misères physiques; les épidémies tuaient, la tuberculose fleurissait. Bien sûr je n'étais pas là, mais je fus victime de cet état de chose.

— Mon père, reprit-elle après un bref silence, passa la plus grande partie de sa vie aux chantiers. Nous devions nous endetter et attendre qu'il entre payer la dette à l'épicier du coin, de qui nous dépendions entièrement. Mais voilà, un jour il ne revint pas et le crédit cessa. La faim se fit cruelle: que du gruau et les conserves de tomates les jours de fête et le dimanche. Ma mère cessa de rire, puis de sourire. Jusqu'au jour où...

Madame Robichaud se tut. Elle pleura, doucement. Jean-Baptiste prit une boîte qui contenait des mouchoirs de papier et, en silence, la plaça à la portée de la femme.

— Je déposai sur la table un sac de provisions qui contenait un peu plus que l'essentiel. Maman me regarda intensément, surprise, confuse. Papa, mentai-je, a envoyé de l'argent pour nous. Alors, elle pleura: chaque bouchée avalée ce jour-là fut mouillée de ses larmes. Depuis longtemps, je n'avais pas vu maman si réconfortée. Jamais, non plus, je ne la connus aussi malheureuse que le jour où elle comprit... quand, moi, sa fille, j'avais à peine quinze ans, je mis au monde un enfant qui était le prix payé, en échange du pain qui nous sauvait de la misère. J'avais sacrifié ma jeunesse. Alors maman retourna au jeûne, volontaire cette fois. Elle décéda le jour du premier anniversaire de Fernand. Au village, on me traita de tous les noms. Les femmes, surtout, me haïssaient, impitoyables. Je ne pouvais plus fréquenter l'église: les garces n'ont pas droit aux sacrements... même celui de la pénitence. Je crus que j'allais devenir folle. C'est alors que j'acceptai d'épouser un homme qui avait plus que le double de mon âge, acariâtre, dur et froid. Mais, pour mon enfant, c'était le toit assuré. Je subis les pires humiliations. Mon enfant, même petit, semblait souffrir de la situation et ce, malgré tous mes efforts pour lui épargner les mauvais traitements. Le jour où on m'apprit la mort de cet homme, mon mari, je remerciai le ciel. Il m'avait légué sa maison et je touchai de l'argent de ses assurances sur la vie. Nous quittâmes le village, dès que j'eus liquidé les biens. Je croyais que mon calvaire s'arrêterait là. C'était trop espérer.

Mon fils avait atteint l'âge de douze ans. Notre bonheur était grand. Fernand était tendre, bon, quoique très timide. Son enfance l'avait marqué et je faisais tout en mon pouvoir pour lui donner confiance en la vie et surtout aux êtres humains. Il réussissait bien à l'école. J'étais fière de mon fils, je l'aimais d'autant plus que je n'avais que lui au monde. Je faisais de beaux rêves, j'économisais sur tout pour lui assurer un avenir solide. Je n'hésitais devant aucun sacrifice. Mais, voilà! Mon père revint. Il me rechercha. Nul autre que le père de Fernand l'avait informé de mon inconduite, se gardant bien de s'impliquer lui-même, mais n'hésitant pas à m'imputer le décès de maman.

Par un beau jour d'été, il sonna à notre porte. Et une fois de plus, ce fut l'enfer! Alcoolique, dégénéré, vagabond et sans pudeur aucune, il s'efforça jour après jour de détruire mon bonheur, ma paix. Il mit un plaisir malsain à détourner mon fils de moi et me traitait comme une criminelle, une fille de mauvaise vie. Je n'avais personne à qui me confier. Le décès de maman m'avait ulcérée et je me crus obligée de tolérer cet homme, qui pourtant était le grand coupable, puisqu'il nous avait désertées, abandonnées, maman et moi. Peu à peu, mon père rogna sur mes pauvres biens. Parfois, il nous quittait pour plusieurs jours, puis revenait plus méchant que jamais. C'était intenable. Bref, pour ne pas m'arrêter à des détails inutiles et extravagants, je vais en venir à ce qui nous concerne aujourd'hui.

— Vous ne voulez pas vous reposer, un peu.

— Non, je crois qu'il est urgent de tout vous dire pendant que j'en ai le courage. Vous jugerez vous-même.

— Je vous sers un autre café.

Jean-Baptiste versa le breuvage. Dans un verre, à part, il versa un peu de cognac et plaça le tout devant madame Robichaud. Elle repoussa le verre avec dédain.

— Parfois, vous savez, ça peut être vivifiant.

— Je n'y crois pas, mais je vous remercie. Que je dois vous ennuyer avec tous ces problèmes!

— Mais non, mais non.

Madame Robichaud sirota son café. Il semblait à Jean-Baptiste que le plus grave était à venir.

— Après la mort tragique de mon père, la vie ne fut plus jamais la même. Il avait réussi à empoisonner notre existence à tout jamais. Fernand avait cessé de croire en moi. Si je tentais de m'expliquer, il quittait la maison. Alors je me tus et je gardai un affreux silence. Quelquefois, je sentais peser sur moi son regard et je ne savais pas s'il s'agissait de pitié ou de haine. Et un jour, à l'école, on lui remit un rapport médical. À la suite d'un examen de routine, on avait détecté chez lui une tuberculose pulmonaire. Il fut envoyé dans un sanatorium où il séjourna longtemps. Au début, j'espaçai mes visites puis, peu à peu il me sembla moins agressif à mon égard. Plus tard, il refusa de retourner aux études et il entra sur le marché du travail. Il gagnait bien, semblait plus heureux. La paix était, une fois de plus, revenue. Je croyais bien qu'enfin, ça allait durer. C'est alors que Fernand rencontra une jeune fille, saine et belle, aux grands yeux rieurs. Il s'aimèrent. Le printemps suivant, Fernand annonça qu'il partait travailler au loin où il aurait une position fort rémunératrice. Il avait peur de la misère et voulait accumuler des biens.

Il revint trois mois plus tard passer quelques jours auprès de sa femme. Toute à sa joie, elle lui annonça qu'elle attendait un enfant. Et de nouveau ce fut le drame. Il ne voulait pas de ce bébé, c'était trop tôt: «Plus tard, plus tard», répétait-il sans cesse. Et Fernand insista pour que sa jeune femme se fasse avorter. Lasse et découragée, elle finit par céder. Je vous épargne encore une fois les détails de ces mois affreux. Lorraine s'étiola à vue d'œil et décéda d'une complication, à la suite de l'intervention.

Alors, à son tour, Fernand pleura. Mais, entre nous deux, l'écart devint permanent. Chaque mois, il me faisait parvenir un chèque sans que je sente le besoin ou le désir de le remercier. Il habitait alors Montréal et moi, je demeurais là-bas, dans un petit village de la Beauce, où je tâchais d'oublier mon long calvaire. Après dix longues années d'absence de sa part, je reçus un jour un appel que je n'espérais plus. Il m'annonçait son mariage à votre fille et insistait pour que je sois présente. Ne sachant rien de lui depuis ce départ, je crus de mon devoir de venir rencontrer votre fille et de la mettre au courant de tout. Mais, monsieur Gagnon, dès que je vous vis, vous, toutes vos filles, votre petit-fils, tout le respect et l'amour qui vous liaient si étroitement, quand je vis Yvonne, si simple et à la fois si... déterminée, forte, si je peux m'exprimer ainsi, quand je vis que mon fils avait une occasion unique de refaire sa vie, sans exagérer sur le terme refaire, je crus qu'il était de mon devoir de me taire et de remercier le ciel!

— Mais, mais, Madame Robichaud, pourquoi aujourd'hui...

— Parce que, parce que vous ne devez pas l'ignorer, votre fille attend un enfant.

— Oui, bien sûr que je sais.

— Elle m'a téléphoné, vous imaginez? Elle a eu la délicatesse de m'apprendre, à moi, que je serais grand-mère. Au téléphone, j'ai pleuré. À la fois de joie, car son geste m'a tellement touchée, puis de peur, de désespoir. Il fallait que je sache si cet enfant était désiré par mon fils, afin que ne se reproduise plus le drame affreux d'il y a dix ans. Alors, j'ai longuement réfléchi et finalement, je n'ai pu me décider à me taire plus longuement. Il faut que cesse cette malédiction qui s'acharne sur nous depuis tant d'années!

Jean-Baptiste se leva, marcha vers la cuisine. Comme il l'avait autrefois vu faire sur les chantiers, il prit un sachet de thé, le brisa et bourra sa pipe, qu'il alluma. Il grimaça, c'était affreux au goût, mais bientôt le nuage de fumée l'enveloppa. Bien assis au fond de sa berçante, il regardait les petits nuages qui l'environnaient. Les aiguilles de l'horloge bougeaient lentement, bien lentement. L'homme et la femme se taisaient. Chacun était aux prises avec ses propres peines.

Le drame de Fernand côtoyait maintenant celui d'Yvonne: y a-t-il des êtres qui puissent vraiment échapper à la misère morale? Il pensa à son frère Louis-Philippe, à Onésime, à Fabienne. Les larmes noyaient son regard.

Peu à peu, il se souvint de la femme qui était là, à deux pas de lui, elle-même anéantie sous le poids de la souffrance.

Il se leva péniblement et s'approcha d'elle.

— Venez, dit-il, lui tendant les mains.

Madame Robichaud se leva et Jean-Baptiste l'entoura de ses bras. La tête contre son épaule, elle pleura, pleura. L'homme la serra sur son cœur et attendit qu'elle se calmât.

Il prit le verre qui contenait le cognac et le lui tendit.

— Buvez! ordonna-t-il.

La femme grimaça.

— Quand je pense que certaines personnes vendent leur âme pour un breuvage aussi affreux, gémit-elle.

Un instant, ils se sourirent. Jean-Baptiste s'installa à la place où il dînait habituellement, posa les coudes sur la table et cacha son visage dans ses mains. Dans sa tête, il repassait les confidences reçues. Les mots le martelaient. Il se remémorait les réactions de Fernand, en ce jour où il apprit la grossesse de sa fille. Et ce cri déchirant qu'il avait laissé échapper, lorsqu'il s'était opposé à le voir, lui, Jean-Baptiste, quitter la chambre des maîtres: «Là où vous vous êtes aimés»... Oui, c'était sincère: ce cri venait de l'âme. Il avait souffert.

— Madame Robichaud, si vous ouvrez le réfrigérateur, vous y trouverez une soupe toute prête, qui n'attend qu'à être réchauffée.

La femme se leva, s'arrêta derrière l'homme, posa sa main sur sa nuque, serra un peu, puis fila vers l'armoire.

Jean-Baptiste sortit, se dirigea inconsciemment vers la serre. Il entra, ferma la porte, et demeura là, immobile, incapable d'un seul mouvement. Pourquoi donc tout était si compliqué? Pourquoi fallait-il sans cesse que la souffrance vînt ternir le bonheur? Ces confidences, qu'il n'avait pas souhaitées, lui pesaient lourd. Il ferma les yeux, attendit que son cœur cessât de battre follement. Il se sentait las, déprimé. Il aurait préféré ne rien savoir de toute cette histoire. Il n'y pouvait rien et ça ne le concernait pas! Peu à peu, la nature généreuse de Jean-Baptiste reprenait le dessus et il se réconforta à la pensée que sans doute cette femme qui avait tant souffert venait pour la première fois de rencontrer une oreille attentive. Il comprenait l'étendue du soulagement que cette mère devait ressentir à avoir enfin pu s'épancher ainsi. N'avait-il pas connu le drame de l'inhibition? Il savait combien la solitude et le silence pouvaient peser lourd!

Lentement, il revint vers la maison. Madame Robichaud avait dressé le couvert. Ils mangèrent en silence, comme deux êtres qui se comprennent. Chacun restait plongé dans sa propre méditation, cherchant une solution. Ce fut Jean-Baptiste qui trancha le premier.

— Je crois que votre fils a eu tout le temps de méditer et de comprendre. Je le connais peu, mais je ne crois pas me tromper. Il aime cet enfant, qu'il attend avec amour, croyez-moi. De plus, il est très bon pour Mathias, qui lui rend bien son amour. Vous savez, sur ce point, les enfants ne se trompent pas: ils sont plus habiles que nous à détecter le mensonge, car leur âme est pure et jamais déviée comme la nôtre par les intérêts personnels. Réfléchissez un peu: pourquoi confier ces secrets à Yvonne? Ça ne changerait rien au passé. En ce qui a trait à Fernand, ce serait, comme vous me le disiez plus tôt, lui enlever sa dernière chance d'être enfin heureux. Alors?

— Vous ne lui tenez pas rigueur de ses actes?

— Qui suis-je pour le juger? Qui n'a pas agi de façon répréhensible à un moment ou à un autre de sa vie? Si la vie se montre enfin clémente pour lui, a-t-on le droit de tout détruire? Pourquoi ne pas lui faire confiance? Yvonne, sous un dehors déterminé, est au fond une petite fille qui s'appuie sur son mari et compte beaucoup sur lui. On ne sème pas l'harmonie par la discrimination et la hargne. Croyez-moi, il faut se taire, leur faire confiance et les seconder tout au long de la vie.

— Jamais, jamais on ne m'a encore parlé ainsi! Dieu sait si j'avais besoin de vous entendre! Je suis si touchée que vous me confirmiez l'état d'âme de mon fils. J'ai eu si peur! Et de vous savoir là, auprès d'eux, vous qui êtes si pondéré, si sage!

— Oh! vous savez, moi... Pour le moment, je remercie le ciel que les enfants soient absents. Promettez-moi de ne rien dire, de ne jamais rien révéler de tout ça à Yvonne. Si Fernand juge bon, un jour, de le faire... si jamais la vie leur laisse le répit nécessaire pour qu'ils puissent vraiment s'aimer, s'aimer au point de s'épancher mutuellement, ils le feront, croyez-moi. Il ne nous appartient pas de dévoiler des secrets qui ne sont pas nôtres.

— J'aurais aimé connaître la femme qui a vécu auprès de vous.

— Mon épouse, ma Reine, était un ange.

Cette fois encore, Jean-Baptiste fit dévier la conversation. Marie-Reine occupait son cœur et cet amour ne se partageait pas, ne s'expliquait pas, ne se commentait pas; c'était un amour trop pur, trop beau pour être étalé au grand jour. Madame Robichaud sembla le comprendre.

— Je crois que je devrais partir, retourner chez moi avant le retour des enfants.

— Que non! Vous restez ici, vous y êtes et vous y demeurez. Il vous faut féliciter votre fils et votre bru, leur exprimer votre contentement, sans mesquinerie. Ce sera facile, vous verrez. Ensuite seulement, vous partirez. C'est le prix que vous devez payer pour trouver la paix de l'âme que vous désirez depuis si longtemps. Pour le moment, vous allez monter là-haut et dormir un peu. Moi, je vais lire mon journal.

Madame Robichaud se leva, le regarda, mais ne dit rien. Elle prit le sac qu'elle avait déposé près de la porte d'entrée et monta.

— La chambre lilas est la chambre d'amis, dit Jean-Baptiste.

La dame s'éclipsa. Jean-Baptiste ouvrit son journal, mais n'avait pas le goût de lire. Il réfléchissait. La pauvre Yvonne qui croyait avoir caché des choses graves à son mari... Lui aussi, Jean-Baptiste, avait trahi et avait failli compromettre à jamais le bonheur et l'avenir de sa fille, même si c'était bien involontairement. « Et l'homme se glorifie d'être un animal raisonnable!» ne peut-il s'empêcher de penser.

Les aiguilles de l'horloge indiquaient quatre heures lorsque la porte s'ouvrit avec fracas. Mathias faisait son entrée triomphale les bras pleins.

— Chut, pas si fort, supplia Jean-Baptiste.
— Pourquoi?
— Quelqu'un dort là-haut.
— Qui, qui est-ce, grand-papa?

Yvonne entrait avec Fernand.

— Qui? quoi? demanda-t-elle.
— Nous avons de la visite.
— Ah!
— Votre mère, Fernand.
— Maman?
— Oui, elle est venue vous dire sa joie. Arrivée ce matin, elle a préparé le dîner et j'ai insisté pour qu'elle passe quelque temps auprès de nous...

Mis en présence, Fernand et sa mère semblaient mal à l'aise. Jean-Baptiste les observait à la dérobée.

Les malheurs qui avaient rongé la vie de ces deux

êtres étaient grands et profonds. Il faudrait plus que le pardon pour guérir les cœurs ulcérés. La misère a le don de se glisser dans les replis de l'âme et d'y creuser des lésions qui se cicatrisent mal ou pas du tout.

Le décès de Lorraine expliquait l'attention que Fernand portait maintenant à son épouse, de même que la peur affreuse qui le tiraillait.

Ayant accepté l'invitation de Jean-Baptiste, madame Robichaud demeura quelques jours auprès des siens. Lorsque Jean-Baptiste observait la mère au visage auréolé de cheveux blancs, qui brodait des nœuds d'amour sur les minuscules vêtements de son petit-fils, il décelait, à travers son silence et son geste affectueux, l'empreinte d'un chagrin amer.

Adroitement, Jean-Baptiste s'organisa de façon à ce que mère et fils ne se trouvassent pas seuls en présence l'un de l'autre. Il cherchait ainsi à leur éviter une pénible confrontation. Peu à peu, madame Robichaud se détendit et, lorsque vint l'heure du départ, elle semblait beaucoup plus sereine.

Le lendemain, Yvonne confiait à son père que sa belle-mère lui inspirait des sentiments confus, allant du malaise à la réticence.

— Je pourrais difficilement aimer cette femme.

— Elle ne t'en demande pas tant! Parfois, ma fille, il faut savoir mêler la générosité à ses sentiments; ainsi, on risque moins de commettre de grandes injustices.

La réponse de Jean-Baptiste étonna Yvonne. Cet appel à la générosité la laissait perplexe.

***

Lorsque, plus tard, dans la conversation, Yvonne lui posa une question saugrenue, la réaction de son père la médusa.

— Papa, demanda-t-elle, la chose... est-elle toujours

permise dans mon état, jusqu'à l'accouchement?

Jean-Baptiste ne saisit pas tout de suite le sens de la question. La chose... Sa fille devait vouloir parler des relations sexuelles. Choqué par cette pudibonderie d'un autre siècle, chez une femme d'âge mûr qui, non seulement attendait un deuxième enfant, mais encore avait connu des ébats tenant de la fiction, Jean-Baptiste eut un haut-le-corps. «Voilà précisément un exemple de faiblesse mentale qui fait que l'être humain continue de courir vers son malheur! Elle joue le jeu de cache-cache, refuse de faire face, seule, à ses problèmes.» Il la dévisagea, et sur un ton qu'elle ne lui connaissait pas, riposta durement:

— La chose! La chose a un nom. Cesse de faire l'enfant, prends-toi en main. Si tes doutes persistent, parle à ton médecin.

Jean-Baptiste sortit, en claquant la porte. Dès qu'il se retrouva seul, il se réjouit de sa mise au point. «Il est temps, grand temps de couper le cordon... La maudite mollesse!»

PARTIE 2

Chapitre 8

Pendant que, là-bas, dans son chalet des Laurentides, Jean-Baptiste se morfondait et que, les autorités judiciaires s'apprêtaient à procéder à l'arrestation d'Onésime, celui-ci, assis devant une fenêtre de la maison familiale, ressassait, une fois de plus, son passé truffé de malheurs. Cette fois, il songeait rageusement à sa mère, Fabienne, et à ce salaud d'Adelphonse qu'elle avait épousé.

«Grimpe sur une chaise, toi, et crinque l'horloge.» C'était la première phrase qu'Adelphonse avait dite à Onésime, le lendemain de l'arrivée de celui-ci et de sa mère dans sa maison.

«J'ai tout de suite haï cet homme grotesque et grincheux. Il prit le seau qui contenait la bouette et sortit. Debout sur la chaise, je ne parvenais pas à atteindre la tablette; j'étais trop petit. Alors, maman s'approcha et dit: «Attends, je vais te montrer.»

«Elle prit le remontoir, l'inséra dans l'orifice et tourna, tourna. J'entendais le ressort se resserrer; j'avais la mort dans l'âme, devant mon impuissance.

«Chaque jour, par la suite, ma mère répétait la manœuvre. Le savait-il, le mécréant? Ne se rendait-il pas compte qu'il me demandait l'impossible? Ou n'avait-il pas tout simplement trouvé une façon habile de donner des ordres à maman, en se servant de moi? Souventes fois, il usait du stratagème: plutôt que de riposter, de faire une mise au point, maman obtempérait à ses désirs, en femme soumise, résignée. Ça m'horripilait. Je ne comprenais pas. Le faisait-elle pour me protéger, m'éviter des réprimandes ou avait-elle tout simplement peur de lui et des conséquences? Gros, grand, laid comme le diable, l'homme édenté nous dominait, nous effrayait. Je le haïssais, lui, d'être ce qu'il était et elle, d'agir ainsi, en pantin. La complicité de notre soumission me torturait.

«Son niais de fils nous observait et, sur son visage stupide, se dessinait un sourire qui tenait du rictus. J'eus cent fois le désir cuisant de casser la belle gueule du fils bien-aimé du papa! L'avait-il jamais remontée, lui, l'horloge? Maman évitait mon regard; elle raccrochait la clef au clou, près de la tablette, essuyait sa main sur son tablier et, regardant loin devant elle, elle s'éloignait sans ne rien dire. Aujourd'hui encore, je me demande pourquoi, elle faisait le geste en ma présence. Espérait-elle qu'un jour je me déciderais à le faire, quand je serais enfin devenu assez grand? Mais je ne le fis jamais.

«Souvent, je me suis posé la question, à savoir si, après mon départ pour le séminaire, elle avait continué à faire courir les aiguilles qui marquaient le temps! Pensait-elle alors à moi? Comprenait-elle ma profonde amertume? Faible au point d'être cruelle et injuste, elle semait en moi le doute et le désespoir. Je me sentais seul, si seul!

«De la merde! Une enfance de merde!»

Onésime hurlait à tue-tête. Il se leva, prit la photo de famille qui ornait la table, cette même photo qui lui avait permis de dénicher son oncle Jean-Baptiste. Il la lança contre le mur. La vitre éclata. Il piétina les tessons qui jonchaient le sol en criant: «Je t'aurai, toi aussi, je t'écraserai comme un ver de terre!»

Sa bruyante explosion lui avait fait du bien. Il se laissa tomber sur sa chaise et continua de ruminer.

Puisque le hasard l'avait mené jusque-là, il saurait tirer profit de la situation. Et ceux qui se mettraient en travers de ses desseins n'avaient qu'à se bien tenir.

La pensée de son fils l'effleura. Pour un instant, il s'adoucit: il aimait ce môme, et voyait en lui une raison valable de s'assagir. Il mettrait le holà à la vie tumultueuse menée jusqu'alors. Il deviendrait un homme rangé, il le ferait pour son fils et ce, dès qu'il aurait réussi à réaliser son projet.

Yvonne, son idiote de compagne, il saurait la mettre au pas. Pour le moment, il s'agissait de se débarrasser de son encombrant de père. Il avait réussi à le rendre à peu près maboul. Il ne lui restait qu'à mettre la main sur la combinaison du coffre-fort, histoire de savoir exactement à quoi s'en tenir sur la valeur de ses biens et la teneur de son testament. Ce serait ensuite un jeu d'enfant de prouver l'incapacité mentale du vieux. L'administration de la fortune passerait dans les mains d'Yvonne. Pour en arriver là, il avait besoin d'elle, de sa complicité. Après, après...

Il lui faudrait peut-être aller jusqu'à l'épouser, en bonne et due forme, en passant par l'Église, il grimaça! Bah! après tout, il avait connu des situations plus déprimantes et s'en était toujours tiré. Tout homme, songea-t-il, qui décide de mener une vie rangée doit sûrement avoir à faire des concessions plus ou moins agréables, tout au moins temporairement. La sagesse de son raisonnement le fit sourire.

Quand cette propriété serait sienne, que son fils aura un peu grandi, quand il aura réussi à s'être fait une réputation toute nouvelle de gentilhomme, il saura secouer les encombrants et le joug des tracasseries. Jojo, oui, Jojo, son fils, ne deviendrait pas un simple objet à la merci de tous, ce qu'il avait dû subir, lui, jusqu'alors, tout au long de sa misérable vie!

À nouveau, sa colère se réveilla; il asséna un coup de poing sur le bras du fauteuil. «Ce maudit Jean-Baptiste Gagnon, ce chenapan, le responsable de ma vie de chien, j'aurai sa peau. De sa peau, je me ferai une pelisse...» Il fut secoué d'un rire frénétique; l'image lui plaisait.

Où étaient-ils tous donc passés? Pourquoi Yvonne

ne l'avait-il pas prévenu de son absence? Pourquoi n'avait-elle pas laissé une note? «Je lui tordrais le cou, à cette grande pimbêche sèche!»

Le téléphone sonna. Il sursauta. Encore! Cette fois, il ne répondrait pas. La sonnerie insistait. Il dressa l'oreille. C'était anormal, ces appels répétés et jamais personne au bout du fil. Et si c'était Yvonne? Il se leva, courut vers l'appareil; trop tard, il s'était tu. «Ils vont me rendre fou!» s'exclama-t-il.

Peu à peu, l'inquiétude le gagna. Il ne réussissait plus à penser intelligemment. Quelque chose ne tournait pas rond. Il ne savait pas quoi, mais il flairait le danger. «C'est trop bête, à la fin! Qu'est-ce que je fais, moi, ici, à attendre ces idiots? à me faire du mauvais sang? Je ne vais pas rester là, à me mettre martel en tête pour cette imbécile et son escogriffe de père.» Il se rendit compte qu'au fond de lui-même, c'était à son fils Jojo qu'il pensait. La peur de perdre l'enfant le torturait. Peut-être étaient-ils allés rendre visite à quelqu'un? Alors, ils seraient de retour bientôt.

Une automobile qui passait, ralentit. Il lui sembla qu'on regardait attentivement la maison. Oui, il n'y avait pas de doute possible, la circulation s'était ralentie: des impatients klaxonnaient. Les craintes, jusqu'alors vaguement ressenties, l'assaillirent de nouveau. Il se tenait là, immobile, craignant d'être aperçu. Son sang bouillonnait. Vite, il fallait faire vite, le danger le guettait. Il le flairait.

La décision la plus sage était d'organiser un départ précipité, de se dissimuler à l'extérieur et d'épier la maison. Au pis-aller, il pourrait enlever son fils... plus tard. Si, par contre, il s'était inutilement alarmé, il n'aurait qu'à réintégrer le domicile quand tout serait rentré dans l'ordre. Yvonne, l'idiote, ne perdait rien pour attendre. Il les materait, tous. Mais il lui fallait Jojo, son fils, à n'importe quel prix!

Il se rendit à la cuisine. Les dégâts faits la veille, pendant une crise de rage, gisaient là, épars sur le sol. Il sortit par la porte arrière, rasa la maison et, par le jardin, atteint la route. Il se rendit à l'endroit où il avait stationné sa limousine, il fit le plein et revint chez lui.

Tout ce qui se passait dans cette maison aujourd'hui lui paraissait insolite. Cette longue absence d'Yvonne et de son père ne s'expliquait pas. La salope l'avait peut-être trahi? Et si elle osait porter plainte contre lui? Ça, il ne le fallait pas. En aucun cas, il ne pourrait se permettre d'avoir des démêlés avec la justice, son dossier était déjà trop épais! Oui, il fuirait, quitte à revenir. Chacun de ses gestes était mesuré. Il se hâtait.

Il grimpa l'escalier, jeta des vêtements dans une valise, courut vers la chambre de son fils, emballa pêle-mêle hardes et joujoux, dont le gros toutou rose, jouet préféré de l'enfant. Il allait redescendre lorsqu'il vit sa flûte sur la commode. Il la prit, dégringola les marches et se dirigea vers la voiture. Il lança la flûte sur le siège, plaça l'automobile juste à l'entrée de l'allée, prête à décoller. La surexcitation le rendait alerte, le mécanisme de ses pensées s'activait. Onésime avait l'habitude des situations périlleuses, son flair lui rendait d'innombrables services. Une hâte fébrile de déguerpir s'emparait de lui.

Il plaça deux valises dans le coffre arrière, le ferma, remonta là-haut et, saisissant le reste de ses effets, il revint vers l'auto. Il ouvrit la portière et lorsqu'il se pencha pour actionner le bouton du coffre, il vit deux hommes qui venaient vers lui. À l'allure des gaillards, il comprit qu'il était coincé. Il n'hésita pas, laissa tomber le bagage qu'il tenait à la main, mit le moteur en marche. Au moment de mettre le pied dans l'automobile, il ressentit une forte douleur à la cheville. Mais ce n'était pas le temps de s'arrêter à un si petit détail.

Et les événements se précipitèrent. Le scénario n'était pas celui qu'il avait en tête.

Au moment précis où il se croyait le plus fort, son passé refaisait surface. La minute de vérité était arrivée. Il ne perdit pas son sang-froid. Tout ce qu'il y avait d'énergie en lui se concentra sur une idée fixe: fuir. Où, il ne le savait pas, mais il devait fuir, le plus habilement possible et tout de suite. Il n'hésita pas une fraction de seconde, ne prononça pas un seul mot. Il agit si vite que celui qui mettait sa main à la poche pour lui remettre le mandat d'arrêt resta là, médusé.

***

Onésime Gagnon, alias Mathias, vivait un moment crucial. Il savait que s'il ne réussissait pas à s'en tirer, cette fois, c'en était fait de lui. Il avait acquis l'habitude d'affronter les situations difficiles. Il s'éveillait alors en lui une capacité de discernement peu commune. Cette agilité mentale avait jusqu'à maintenant assuré sa survie. Il savait flairer et jauger le danger. Les émotions fortes quintuplaient son énergie. Il adorait le défi, poussant parfois sa bonne fortune à la limite, pour se jouer du destin.

Son esprit diabolique était en éveil, vif, alerte, lui dictant son comportement; il gardait son sang-froid. Pendant que la limousine tricotait à travers le trafic, il porta une main à son flanc afin de s'assurer que le sac qu'il portait en bandoulière était bien en place. Rassuré, ses yeux brillèrent. Il serra les dents. Le pont. Oui, le pont serait sa porte de salut. Il comptait sur le facteur surprise pour réussir sa passe. Il mit un doigt sur le bouton qui ouvrit les vitres afin de permettre à l'eau de pénétrer rapidement à l'intérieur. Il entrouvrit sa portière et accéléra. «Ou je me tue, ou je me barre». Et vlan! Un bruit infernal, des freins qui sèment la panique, un trafic devenu fou et la plongée spectaculaire!

Onésime avait bien misé, il fallut un certain temps

aux témoins badauds pour se ressaisir. Lui, se glissant hors du véhicule, se laissa couler à pic, puis se donnant un élan sur ses mains, dans l'eau devenue trouble, s'éloigna en vitesse du lieu maudit. Il ne refit surface que lorsque ses poumons menacèrent d'éclater. Il replongea et se dirigea vers la rive, là où l'onde était moins profonde. Il ralentit ses mouvements pour éviter que le déplacement de l'eau n'attire l'attention. Bientôt, il rencontra une thalle d'algues. Il s'y glissa doucement, sortit la tête entre les joncs et huma le parfum de la liberté. Là-bas, en amont, il y avait foule. Onésime sourit et resta là, tapi.

Des yeux, il scrutait les environs. Sur sa gauche, une chaloupe était solidement amarrée et un cadenas pendait du taquet. Il n'y avait là ni rame ni signe extérieur indiquant que la barque ait été récemment utilisée. Il s'en approcha, se hissa hors de l'eau, replaça les cordes, comme l'aurait fait le propriétaire des lieux; tout était calme. Il fit quelques pas, le dos courbé, puis se laissa choir sur le gazon. Le soleil encore chaud lui prodiguait ses rayons. Trop à l'affût pour ressentir quelque malaise que ce soit, il ferma les yeux, tendit l'oreille. Il entendait les sirènes des bateaux à moteur que l'on mettait en marche. «Voilà que toute la société s'inquiète de moi. Il fait bon de constater tout ça de mon vivant», ricana-t-il.

Il rampa pour s'approcher de la maison qui était là, sur une butte, toute jolie, entourée de fleurs. Une fois dissimulé derrière une haie, il s'adossa à la fondation. Il jeta un œil rapide sur ce qui l'environnait. Son esprit de conservation lui conseilla d'attendre que la nuit fût venue pour bouger. Ses muscles étaient endoloris, mais il ressentait au fond de lui-même une satisfaction indescriptible: celle du vainqueur qui a gagné la course sur la mort. «T'es pas bête, mon Onésime, t'es pas bête!» Il ricana, les autres, tous les autres n'ont maintenant qu'à se bien tenir! La pensée de son môme l'effleura. Il chassa l'image. Il n'allait tout de même pas s'emmerder pour une sentimentalité! Il se leva, regarda au loin. Tout était calme, le bruit avait cessé, la nuit tombait.

Si cette maison n'était pas habitée? Peut-être pourrait-il s'y introduire. La pensée de faire sécher ses vêtements le hantait. Il se faufila vers l'avant de la demeure en rasant les murs. Tout était sombre, là-dedans. Aucun signe de vie. Il revint vers l'arrière, cherchant une façon de pénétrer à l'intérieur. La porte du sous-sol s'ouvrit: elle n'était pas verrouillée. Au paroxysme de la joie, il sentait briller, plus fortement que jamais, sa bonne étoile qui ne l'abandonnait jamais! «J'ai une veine du tonnerre!» s'exclama-t-il à haute voix.

Onésime se glissa silencieusement, contourna un mur, palpa, ouvrit une porte, entra. À tâtons, il sonda le terrain, il crut reconnaître la chaufferie. Il s'installa dans le coin qui lui parut le mieux dissimulé. Il ôta d'abord ses souliers et ne put retenir un sacre. Son pied était enflé, la douleur se faisait vive. Alors, il se souvint: la veille, une éternité de ça, il avait fait une colère et glissé dans la confiture répandue sur le sol d'une jarre qu'il venait de casser. «La vache!» maugréa-t-il.

Au fur et à mesure que les minutes passaient et qu'il acquérait la conviction d'être seul dans la maison, son impatience grandissait. Il désirait prendre un bon bain chaud. «Attention, mon petit vieux, c'est trop tôt pour crier victoire: prudence, prudence, Onésime.» Tremblant, mais immobile, avec sa cheville qui n'en finissait plus de lui rappeler sa douleur, Onésime s'efforçait à l'autodiscipline; il avait découvert cette méthode pour contrôler son tempérament violent, alors qu'il était fort jeune. Ça lui donnait l'impression d'obéir à cette autre partie de lui-même, la partie forte, celle qui assurait sa sauvegarde, la responsable de ses exploits les plus loufoques. Les situations complexes lui plaisaient, chaque victoire remportée le remplissait d'orgueil, lui donnant le sentiment réjouissant d'une puissance illimitée. Il se félicitait alors, s'aimait davantage. C'est en méditant sur ses pulsions profondes qu'il s'endormit.

Au lever du jour, il fut réveillé en sursaut par un bruit de voix qui provenait de l'extérieur. Il sauta sur ses pieds et laissa échapper un cri de douleur. Sa cheville refusait d'obéir. Marchant à cloche-pied, il réussit à se rendre jusqu'au soupirail et ce qu'il vit le fit pouffer de rire: une équipe de chercheurs s'était réunie au centre de la rivière et tout portait à croire que l'un des sauveteurs venait de repérer ce qui aurait dû, sensément, être son corps. D'autres embarcations s'approchaient, quelqu'un sauta dans l'eau, tout le monde s'affaira et, bientôt, hors de l'onde, il vit apparaître un énorme pneu en partie déchiqueté.

Oubliant toute autosuggestion, toute peur, toute crainte, voire plus, tout souci de prudence, il éclata de rire et se réjouit de la joie que lui donnait le spectacle. «Voilà que l'on récupère mon corps, que mon cadavre fait surface, que ma dépouille mortelle s'élève au-dessus de l'abîme. On m'a sauvé des eaux, moi, le grand Onésime!» Il riait, se tapait sur les cuisses. N'eût été de sa cheville endolorie, il aurait dansé de bonheur.

Tout à coup, il s'arrêta net: ce silence! En effet, aucun son, aucun bruit ne faisait écho à son tintamarre. Il était seul dans la maison. Donc, il pouvait grimper là-haut, prendre une douche, redevenir un humain libre, sortir de sa cage! Il ne lui venait même pas à l'idée de s'inquiéter du retour fortuit des propriétaires: il croyait trop en sa bonne fortune! Il escalada l'escalier et ce qu'il vit lui plut: devant la porte d'entrée, s'empilait le courrier de plusieurs jours. Il prit une lettre, vérifia la date, en prit une autre, dix jours s'étaient écoulés entre les deux oblitérations postales. «Parfait: habituellement les gens prennent quinze jours ou trois semaines de vacances.» Il vérifia les plantes, le sol était presque sec. Il tira ses conclusions en se rendant à la salle de bains. Il ne put s'empêcher, pendant que l'eau remplissait la baignoire, de jeter un coup d'œil par la fenêtre. «Fiacre! on cherche toujours le corps d'Onésime Gagnon, le fils du pendu.» La fin de sa phrase le rendit de mauvaise humeur, lui remémora son oncle Jean-Baptiste, le traître.

Mais dès que son corps prit contact avec l'eau chaude et réconfortante, il oublia ses misères et, à tue-tête, entonna le Magnificat.

Il échafauda son plan d'action. Il dormirait au salon: ce serait plus facile de s'esquiver, s'il était surpris par l'arrivée subite des propriétaires, car la pièce était située à mi-distance des portes avant et arrière. Il ne devait rien déplacer et, surtout, éviter de laisser ses empreintes. Il examina la penderie de monsieur. «Je ne suis pas un géant, mais il n'est pas lui-même un Goliath», se plaignit Onésime. Il choisit quelques vêtements et alla déposer le tout dans la chaufferie. Ensuite il pensa à manger. «Somme toute, se dit-il en fin de journée, la vie n'est pas si moche!»

***

Le lendemain fut un jour marquant pour Onésime; il se voyait déjà renaître: nouveau nom, nouvelle personnalité. L'idée lui vint en fouillant le secrétaire du maître de céans, il y découvrit nombre d'informations susceptibles de servir sa cause. L'homme était du même type sanguin, avait à peu près sa taille, était blond, ce qui ne consistait pas un obstacle majeur, la date de naissance différait de peu. Dans une enveloppe, se trouvait un extrait de baptême récent, un passeport périmé, qui avait sans doute été remplacé par un autre, et, merveille! un document signé par madame, qui attestait qu'elle avait bien reçu les billets de l'avion qui les mènerait à Rio de Janeiro. Sur ce document, figurait la date de retour: la maison serait libre pendant encore trente-trois jours. «Voilà, se dit-il, plus de temps qu'il en faut pour que cette cheville se refasse une santé. Je te le dis, je te le répète, mon cher Onésime, tu as une veine du tonnerre!» C'était le bonheur parfait, il ne lui restait qu'à se laisser vivre, à laisser courir les heures, les jours. «Pendant ce temps, ma veuve doit se désespérer car on ne retrouve pas mon sacré corps mort!» Par ricochet, il pensa à son fils; puisque, pour le moment, tout sujet d'inquiétude était dissipé, il retourna à ses rancœurs passées. Il réfléchirait bien, et beaucoup, et prendrait des décisions pertinentes.

Un bel après-midi, il décida de sortir, d'inspecter les lieux. D'abord, il observa les allées et venues dans son entourage. Sur la rivière, toute activité de recherches avait cessé. On avait sans doute déduit que son corps devait avoir été transporté par les eaux pures de la rivière vers le grand fleuve. «Retour aux sources, mon cher Onésime, te voilà en route pour l'Île d'Orléans!»

Dans la garde-robe de monsieur, il choisit un complet démodé, un pull, cala un chapeau sur ses yeux et sortit par l'arrière de la maison. Il s'arrêta au premier restaurant, commanda un café. Personne ne lui prêta attention. De ce pas, il se rendit à l'épicerie et fit provision de victuailles. Son seul désagrément lui était causé par cette maudite cheville.

Lorsqu'il revint à son refuge, il s'arrêta pile; il n'en croyait pas ses yeux. Il y avait là, une présence: un être humain, en chair et en os, tondait le gazon. Non, ce n'était pas son imagination. Il traversa la rue et observa. Lorsqu'il eut terminé son boulot, l'homme entra et ressortit au bout d'un interminable quart d'heure. «Ouf! soupira Onésime, je l'ai échappé belle!» Voilà, c'était à noter: il reviendrait sûrement chaque semaine. Le courrier avait été enlevé et les plantes arrosées. N'eût été sa cheville endolorie, il aurait suivi l'intrus pour savoir s'il vivait à proximité, car si tel était le cas, il était une menace constante à sa paix. Il faudrait donc redoubler de vigilance. Cette intrusion lui fit comprendre qu'il serait sage de déguerpir au plus tôt. Alors, il immobilisa sa jambe, garda le pied au repos et laissa son cerveau travailler.

Il fit la revue du contenu de son sac. Huit billets de mille dollars et quelques autres billets de moindre importance, quelques fausses cartes d'identité et son calepin, son bien le plus précieux, qui contenait tant d'informations de premier choix. Il le feuilleta, le front plissé. Ses méninges travaillaient à lui faire mal. Un nom retint son attention: c'était risquer gros que de s'approcher de Padre, lui qui ne pardonnait jamais la plus petite offense. Par contre, savoir se hisser jusqu'à lui rapporterait vite et bien. Il lui avait souvent servi de courrier et ne l'avait jamais trahi bien que la tentation fût grande, parfois. Padre Ricardo, son choix était fait, c'était vers lui qu'il irait. Le caïd, il n'en doutait pas, lui ferait confiance, à condition bien sûr, qu'il parvienne à établir le contact. Il s'agirait ensuite de lui prouver son identité. Il sourit: le code si souvent utilisé le serait une fois de plus. Un code connu d'eux-seuls et de Coco, qui en était l'instigateur.

***

Padre Ricardo ne condescendait habituellement pas à des rencontres avec ses inférieurs: il communiquait par personnes interposées, des médiateurs. Mais Onésime, lui qu'on avait surnommé Big Ten, s'était gagné cet honneur. Des années plus tôt, grâce à sa vigilance et sa perspicacité, le Padre avait échappé de justesse aux forces policières qui étaient sur sa trace.

Onésime connaissait le bar «Georgio», un endroit plutôt médiocre, sans faste, un de ces endroits sombres et minables que peu de gens bien fréquentent. On s'y rencontrait parfois pour faire des comptes rendus de missions. Quand la soupe menaçait d'être trop chaude, le bar «Georgio» déménageait dans un autre quartier, histoire de brouiller les pistes. Ce soir-là, Onésime s'était trouvé dans les environs. Son œil averti lui avait fait remarquer la présence insolite de voitures nombreuses qui circulaient et se plaçaient de façon à fermer les rues environnantes. Il n'avait pas hésité, était entré au bar, avait attiré l'attention de l'homme qui s'approchait, chiffon à la main, pour essuyer le comptoir devant lui.

— Jack, des visiteurs s'amènent, nombreux.

L'autre avait compris, avait regardé droit devant lui et avait sifflé. Les intéressés avaient saisi leurs verres et étaient disparus par une porte basse.

Le grand caïd n'avait jamais oublié ce geste désintéressé. Big Ten était devenu, du coup, un allié sûr. «Un service comme celui-là ne s'oublie pas. C'est son tour de me sortir de la purée: à chacun son jour, à chacun selon ses besoins... Le Massachusetts, se perdre à travers plus de trois millions d'habitants, ça ne devrait pas être trop ardu... surtout que c'est dans la rivière des Prairies, et non aux frontières, que l'on recherche mon honorable personne.» Il grimaça. Il serait sage de changer de personnalité. Il ferait le nécessaire. Et les jours coulèrent, tout doux.

***

Son plan d'action était arrêté. Un simple carton sur lequel était dessinée une corne d'abondance, et le fragment d'un billet de dix dollars furent expédiés d'un bureau de poste du centre-ville de Montréal au senõr Padre Ricardo, de Boston.

Le lendemain, il quitterait ce refuge béni. Onésime procéda à la métamorphose de son aspect physique.

Il fourra ses avoirs dans un long sac de toile déniché au sous-sol, remit le tout en ordre comme à son arrivée et, planté debout devant le miroir, s'examina: «Tu es beau, Onésime, tu es une belle bête de race! Quel dommage d'avoir à déparer si charmant visage!» Utilisant le peroxyde, il blondit sa chevelure foncée, mèche par mèche, avec une patience d'ange. Le résultat le surprenait: de carotte, ses cheveux passèrent au blond fade puis, sous l'effet répété de l'application d'eau oxygénée, ils prirent une teinte jaune, ou blanc sale, comme il aimait le croire: «Ça me donne un air respectable.» Il se mit à rire à gorge déployée. Il refit la même opération: cils et sourcils pâlirent aussi. «Fiacre! Que je suis beau! Même Padre Ricardo sera épaté de ma métamorphose.»

De son sac, il sortit le mouchoir de coton rouge à picots blanc, son fétiche, et le plaça dans la poche intérieure de son veston. Le carré de toile le suivait depuis l'enfance. Sa mère le lui avait donné, il avait appartenu à son père, le pendu, le seul de qui il avait souvenir.

Et Onésime allait traverser la frontière, en train, en voiture de deuxième classe. Lorsqu'il fût parvenu à la frontière des deux pays, il débita son discours avec une assurance qui lui plut: «Charles-Omer Gratton, né à Saint-Félix-sur-Richelieu.» Il habitait Laval et allait rendre visite à un ami malade. Sans honte, sans hésitation, il venait d'emprunter l'identité d'un autre. L'officier s'éloigna. Onésime s'endormit.

***

Padre Ricardo n'en revenait pas. Son agent de liaison, cantonné à Montréal, lui avait assuré que Big Ten était parti *ad patres*. L'homme sourit: «Sacré bougre! Rien ni personne ne l'arrêteront jamais! Pas même la mort!» Ce disant, Ricardo se signa.

Il consulta ses notes; Josef Antiniouti, un homme sûr, procéderait d'abord à l'identification du survenant: on n'est jamais trop prudent. Après, on verra. La rencontre eut lieu au musée d'art, où sans cesse il y a foule. Ainsi, il y aurait moins de risques d'être remarqué. Josef hésita, n'était pas trop certain des résultats de son examen. Il n'avait pas vu l'autre depuis plus de trois ans. Pourtant, l'allure y était. Onésime regarda Josef à la dérobée, fila droit devant lui et alla s'arrêter pile devant l'icône de la Vierge, dévotion toute particulière de Padre Ricardo. Josef fit le signe d'usage et les deux hommes quittèrent les lieux dans des directions opposées. La pierre angulaire était en place. Onésime espéra que tout pût se dérouler aussi facilement par la suite.

L'autre rencontre, l'importante, la décisive, se déroulerait à l'église, endroit par excellence où l'homme de loi n'intervient pas, avec le grand patron, cette fois.

Onésime, riche de son expérience passée, savait pertinemment que le confessionnal était construit de façon à ce que le mur de l'édifice lui serve de paroi arrière. Il le fit donc glisser devant une porte basse qui donnait dans la sacristie. Lorsque Padre Ricardo entra dans l'église, escorté de ses hommes de main, il eut un sourire charmé en voyant Onésime agenouillé dans le chœur, revêtu d'une soutane et d'un surplis. Les pas sur les dalles firent frissonner le priant, car il décela plusieurs présences. Il se calma, se leva, se tourna vers la nef, tendit les bras, et dit tout haut: «*Orate fratres*».

«Ils sont cinq», enregistra-t-il dans sa tête. Il se signa, fit une génuflexion, entra dans le compartiment central du confessionnal, baisa l'étole qui se trouvait là, la passa par dessus sa tête, laissa tomber le rideau qui le cachait des fidèles et, assis sur le banc, il attendit, le cœur battant. Il faisait chacun de ses gestes simplement, calmement. Il semblait tout à fait maître de la situation.

Le pas traînant de Ricardo se fit entendre. Onésime ouvrit le guichet, étira les jambes de façon à ce qu'un pied dépassât le rideau et immobile, attendit que l'autre parle.

— Etna.
— Totem.
— Sois en paix.

Onésime prit la partie du billet de dix dollars qu'il avait gardée par-devers lui et la tendit à Ricardo. Celui-ci la compara avec le fragment en sa possession et s'assura que les numéros y figurant étaient les mêmes. Satisfait, il ajouta néanmoins: «Vois mes amis: ils n'ont pas le sourire facile.»

Onésime écarta le rideau. Sous les vestes entrouvertes, il pouvait voir les mitraillettes. Impassibles, les durs regardaient droit devant eux.

— Ça permet de dormir tranquille, autant de jouets! parvint à articuler Onésime.
— Tu es libre de circuler?
— Comme le vent.
— J'ignore ce qui t'a obligé à passer de vie à trépas. Je ne te questionne pas: tes problèmes personnels ne m'intéressent pas. Aussi cette fois, tu ne me serviras pas de courrier, histoire de vérifier le bien fondé de ta résurrection, dit le Padre sur un ton badin.

Onésime tressaillit: l'autre se méfiait-il? Hésiterait-il à lui confier de l'argent? Il ne pouvait se permettre de protester: ce serait le plus sûr moyen de finir ses jours, pour de bon, cette fois, assis sur un banc de confessionnal, déguisé en curé... Il réprima un amer sourire devant l'ironie de la situation: cette fois, croyait-il, il avait trop misé sur sa chance. Il lui faudrait se contenter de se sortir de là vivant!

— Soyons sérieux. As-tu besoin de fric?

— Vous me connaissez mieux que ça! Ai-je déjà...

— Toujours aussi orgueilleux... Je te confie une mission qui me tient à cœur.

Padre Ricardo prit le ton des confidences et, d'une voix à peine audible, murmura:

— Bogota, contact: Fernando. Mot de passe: El pueblo. Au retour de ta mission, expédie-moi une note, case postale 140, Poste centrale de New York. Dieu te vienne en aide.

Ricardo sortit, glissa une enveloppe sous le rideau et s'éloigna. Ses pas et le bruit d'une lourde porte qui se referme indiquaient que seul le Padre s'était éloigné. Pourquoi les autres restaient-ils là, à l'attendre?

Onésime demeura immobile un instant, le cœur serré, comme par un étau. Il lui restait le plus difficile à accomplir: fuir sans être pris en filature.

Il ouvrit la porte derrière lui, tendit le bras, prit les bottes qu'il avait placées tout près, les enfila et plaça la pointe d'un soulier bien en vue, sous le rideau, pour laisser croire qu'il se trouvait toujours là; puis, à reculons il pénétra dans la sacristie, laissa promptement tomber les vêtements sacerdotaux et, vêtu de la salopette qu'il avait eu la précaution d'enfiler plus tôt, se coiffa d'un chapeau de toile et sortit. Il s'agenouilla près des plates-bandes et s'affaira à sarcler les fleurs, exactement à côté des automobiles garées là par les fiers-à-bras.

Il vit bientôt venir les compères désarçonnés, qui hurlaient, gesticulaient, s'engueulaient et couraient dans toutes les directions. Onésime hochait la tête doucement et sarclait de plus belle, sous leurs yeux. «Un des hommes sauta la basse clôture et fila vers l'arrière de l'église, un autre fit démarrer une voiture et partit en trombe; bientôt, il ne resta là qu'un jardinier qui riait dans sa barbe avec, dans son pantalon, une enveloppe qui contenait peut-être une fortune.

Après une pause raisonnable, dès qu'il se sentit bien seul, il laissa tomber la salopette, se rendit à la bouche de métro la plus rapprochée et rentra tranquillement à sa miteuse chambre d'hôtel, tout en riant à la pensée de ce que dirait le sacristain en voyant le désordre fait dans son église. Quant à la colère qu'avait sûrement piquée le Padre et qu'avaient eu à affronter Josef et compagnie, il ne voulait pas y penser.

Son premier geste fut de faire sauter le cachet de l'enveloppe afin de savoir ce qu'elle contenait. Son regard brilla. Ah! Merveille! Une liasse de billets de mille dollars s'étalaient sous ses yeux; il les prit, les palpa, les serra sur son cœur. Aussitôt le doute l'envahit: «S'ils étaient faux?» Alors, il les examina, les froissa. Ils n'étaient pas neufs, avaient déjà circulé. Il les tendait vers la lumière, les retournait en tous sens. Ils semblaient bien authentiques. Quand il se sentit aussi réconforté qu'il pouvait l'être, il s'attarda au reste du contenu.

Une petite enveloppe scellée à la cire rouge semblait pleine de mystère. Il l'ouvrit d'un geste sec, certain d'y découvrir une énigme. «Une mission qui me tient à cœur», avait dit le chef.

Pour la première fois, il le sentait, il trahissait l'organisation. Il serra les dents. Il sortit le papier, qu'il déplia. Son cœur bondit, il sursauta et laissa tomber la feuille. Pendant quelques minutes il resta là, immobile, déconcerté. «Et si le message m'était adressé?» Il porta la main à sa tête et son tic de lisser ses cheveux, qui n'en avaient pas besoin, le reprit. Sa méditation était profonde. «Je suis fou. Allons, Onésime, sois logique: si le Padre avait voulu t'adresser ce message codé, il n'aurait pas inclus une petite fortune dans l'enveloppe. Tu étais là, à leur merci: l'un des gardes de Padre n'aurait eu qu'à exécuter le geste, sur les lieux mêmes.

Tu erres, Onésime. La somme d'argent était destinée à payer un crime. Et Fernando, seul, sait qui...»

Onésime se pencha, reprit la feuille et se laissant tomber sur le bord de son grabat, il la regarda à loisir. Au centre, un triangle, à l'intérieur du polygone, un sabre; c'était le symbole de la mort prochaine de quelqu'un, il le savait. Là-bas, à Bogota, grâce à lui, quelqu'un bénéficierait d'un sursis!

Malgré son raisonnement, qui lui procurait un certain réconfort, Onésime ressentait une profonde et tenace inquiétude. La menace qui planait sur la tête du gars, là-bas, planait également sur la sienne, puisqu'il était devenu un traître! Les judas n'avaient pas la vie longue, au sein de l'organisation, il le savait.

Il se consola à l'idée que son geste servît à sa cause. Grâce à cet argent, il pourrait enfin assouvir sa soif de vengeance. Il chassa ses noires pensées et prépara son retour vers le Canada.

Seul, un audacieux de la trempe d'Onésime aurait eu le culot de faire le geste qu'il fit ce soir-là: il fourra toutes ses affaires dans son baluchon, sauta dans un taxi et se fit conduire à la gare, où il acheta un billet pour New York. «Le facteur temps a beaucoup d'importance, se disait-il. Ils n'auront pas eu le loisir de reprendre leurs esprits que déjà je serai loin... New York: ma décision est sage: Coco m'a enseigné de ne jamais me déplacer en ligne droite, quand je fais un mauvais coup, histoire de brouiller les pistes.»

Le trajet New York–Montréal l'inquiétait; il savait que des organisations, comme celle de Ricardo, comptent des amis et des agents dans toutes les sphères de l'administration, y compris à l'immigration.

Lorsque l'heure critique sonna, au moment de traverser la frontière, Onésime dormait comme un bienheureux, tenant à la main son mouchoir de coton rouge.

— Eh! l'ami... dit l'un des officiers.

Il émit un grognement, s'étira et continua de simuler le sommeil.

— Laisse tomber, le pauvre gars semble épuisé.
— Je n'aime pas ça...
— Laisse que je te dis. Regarde son mouchoir à pois. Je n'ai pas vu ça depuis trente ans. Mon père ne jurait que par ces satanés mouchoirs, dans le temps. Le bonhomme vient probablement de Saint-Meux-les-Creux.
— Je n'aime pas ça, répéta l'autre, en s'éloignant.

***

Jamais auparavant Onésime n'avait ressenti une telle joie de rentrer au pays! Il chantait presque lorsqu'il grimpa les marches de la gare centrale, où une foule indifférente s'activait sous ses yeux.

Il ne lui restait plus qu'à être très sage, à vivre dans l'ombre, pour ne pas attirer l'attention. Un instant, il pensa à son refuge de Laval, mais il ne fallait pas tenter le diable. Il dénicha une chambre à la semaine, en plein centre-ville. L'endroit était des plus sordides, sombre, sans confort. Mais Onésime était libre. Il pouvait enfin asseoir ses plans. L'argent obtenu le mettait à l'abri de tout problème pécuniaire. Il se dévêtit et se laissa tomber sur son grabat, la tête appuyée sur son vieux sac de toile, et il dormit tout son soûl.

Il ne s'éloignait de son repaire que pour le strict nécessaire. Il acheta un rasoir et se rasa le crâne. La nature ferait le reste.

Qui eût pu voir ce qui se cachait derrière le rictus d'Onésime aurait eu peur. Il revivait mentalement son aventure et jouissait de tout son être. Ses craintes de la veille n'étaient jamais celles du lendemain. Dans son âme diabolique, une victoire demeurait une victoire, quoi qu'il arrive, et pour réussir, il fallait les remporter toutes. C'est pourquoi il ne connaissait pas la peur et prisait les défis. Seule la défaite lui répugnait. Son plus coriace adversaire était Jean-Baptiste Gagnon, son oncle. Il ne le lui pardonnait pas!

***

Là-bas, à Boston, Padre Ricardo avait donné ordre à ses hommes de suivre Onésime, mais uniquement pour le protéger, car la somme qu'il lui avait remise était assez rondelette. Une guerre sans merci faisait rage dans le milieu des trafiquants, les courriers qui faisaient le transport de sommes folles étaient épiés par les familles adverses et la situation se corsait de jour en jour. Moins de deux semaines plus tôt, on avait retrouvé le corps de Gros-Crâne mutilé, méconnaissable. Le retour de Big Ten dans l'arène était bienvenu. Il s'était toujours montré fidèle et dévoué. Seules, ses excentricités outrageaient Ricardo.

Les courriers ne touchaient leur prime qu'au moment de la livraison de la marchandise. La tentation était grosse. Le Padre le savait.

Pourtant, Onésime ne s'était jamais soustrait à ses obligations: il avait toujours respecté ses engagements. Aussi quand on narra à Ricardo le récit de sa disparition, le chef piqua une colère noire.

Ceux qui étaient censés filer Big Ten s'étaient conduits en idiots. Ils s'étaient contentés d'attendre de le voir sortir de son réduit et avaient ainsi bêtement laissé à Onésime le temps de les semer, de se soustraire à leur surveillance. On ignorait donc tout des mouvements de ce dernier. Padre Ricardo se mit à réfléchir: s'agissait-il d'une trahison? ou alors Big Ten n'avait-il simplement pas prisé la présence des gars armés?

La ruse du déguisement en faux prêtre lui plaisait. Il

admirait l'intelligence et le sang-froid d'Onésime; si seulement son fils avait autant d'audace! En cette minute, il aimait Onésime, se sentait prêt à tout lui pardonner. Puis, il se ressaisit, asséna un coup de poing sur le bras de son fauteuil: «On ne trahit pas Padre Ricardo!».

Aurait-il pu prévoir la minutie déployée par le traître pour organiser son beau coup? S'il avait endossé le surplis, c'est que, sur toute sa longueur, il n'avait pas eu à boutonner la soutane, ce qui lui avait permis d'en sortir si vite. S'il était monté à l'autel, c'était pour pouvoir connaître le nombre exact des acolytes du grand chef. Padre Ricardo savait qu'il était rusé, mais ne connaissait pas son audace, son insolence, son goût du danger poussé au bout, somme toute, ce qui faisait de lui, Onésime, un maître. Dès l'instant où le curé devint jardinier par l'accoutrement, le danger cessait: il était donc allé se placer directement sous le nez des coquins, qui n'avaient pu d'instinct se rendre compte de l'astuce: il eût fallu qu'ils eussent eu le temps d'y réfléchir, mais, lorsqu'ils l'eurent fait, il était trop tard, il était déjà loin.

L'autre grande force d'Onésime résidait dans le fait qu'il travaillait toujours seul, sans témoin. Jamais il ne s'acoquinait. Il n'avait donc jamais confié ses prouesses, ni ses méthodes de travail à qui que ce fût.

Un autre point intriguait encore Ricardo dans toute cette histoire: comment Onésime avait-il pu sortir du confessionnal, sans soulever le rideau? Le soir du même jour, Ricardo retourna à l'église. Il observa: le meuble avait été remis en place, mais la poussière longtemps accumulée au-dessous avait laissé des traces dont la marque s'arrêtait devant cette porte basse. Alors, conclut-il, le jardinier n'était nul autre que Big Ten. Il devenait évident qu'il s'était fait rouler. Il ne dit rien de ses déductions à ses acolytes, mais entra en communication avec ses agents canadiens et les lança à la recherche du coquin.

Porter atteinte à l'honneur et à l'orgueil de Padre Ricardo était passible d'une peine sévère. Onésime n'avait qu'à se bien tenir, il ne perdait rien pour attendre!

Sur son calepin, le Padre nota la date de la remise des billets. Il calcula le temps qu'il fallait pour faire le voyage. Si Fernando ne donnait pas signe de vie, ça signifierait qu'Onésime l'avait trahi, délibérément trahi. Le chef blêmit: ses hommes se riraient de lui, il perdrait la face.

Alors, tout haut, dans la langue de son pays natal, Ricardo jura de se montrer impitoyable.

Chapitre 9

Un détail agaçait Onésime, pour le moment sans importance, mais qui, plus tard, pourrait s'avérer conséquent. Il avait besoin de papiers d'identité. Onésime, minutieux, aimait mettre toutes les chances de son côté. Il jeta un coup d'œil circulaire à la pièce: tout était en ordre, il sortit, marcha d'un pas lent, l'œil à l'affût. «Je suis con: qui s'intéresserait à moi, Monsieur Tout-le-Monde?» «Pas de présomption, lui répondit la voix de sa conscience, ce serait un pas vers ta perte». Il se rendit jusqu'à une bouche de métro, s'y engloutit et descendit à la station de Longueuil où il acheta un billet d'autobus pour Saint-Félix-sur-Richelieu. Une fois là, il se rendit dans un restaurant situé devant le presbytère et surveilla les allées et venues. Une pancarte indiquait que les visites se terminaient à trois heures; il attendit jusqu'à trois heures trente et se présenta au bureau, où une demoiselle, d'un certain âge, l'accueillit en s'excusant: monsieur le vicaire faisait sa sieste, il souffrait d'un mauvais rhume. Onésime, combien compréhensif, se morfondait en excuse. Point nécessaire était de déranger le saint homme, mademoiselle pouvait sûrement l'aider. Il ôta son chapeau, se dirigea vers le bureau. L'effet fut immédiat: sa tête affreuse, ressemblant à un hérisson lui donnait un air misérable.

— C'est ma femme, dit-il.
— Votre femme?
— Oui, elle est décédée et voyez les conséquences! J'ai perdu mes cheveux en une nuit. Ils repoussent à peine. Mais j'ai eu un autre malheur. J'ai perdu tous mes papiers, tous! Il me faut un baptistaire pour

obtenir un permis de conduire. Je gagne ma vie comme chauffeur d'autobus. Alors, vous comprenez...

— Monsieur le vicaire...

— Non, surtout pas, protesta Onésime. Je m'en voudrais éternellement. Point n'est nécessaire, après tout, ce n'est qu'une simple formalité: il s'agit de copier mot pour mot ce qui est inscrit au registre. J'ai la profonde conviction que vous sauriez, aussi bien que quiconque, faire la transcription qui s'impose.

— Vous m'avez dit, Monsieur?

— Gratton.

— Monsieur Gratton, vous êtes chauffeur d'autobus?

— Par la force des choses, j'étais enseignant, et ma santé... mais je ne vais pas vous raconter tous mes malheurs.

Et Onésime, accablé, se laissa choir sur une chaise. Le silence qui suivit lui permettait d'espérer. La demoiselle hésitait, se tordait les mains en tous sens, sa conscience s'interposait, lui soulignait la malhonnêteté du geste qu'elle voudrait bien faire pour aider cet homme, qui parlait si bien, semblait si malheureux...

— Si je me trompe, vous m'indiquerez?

— Bien sûr, dit-il d'un ton rassurant.

Le registre à couverture imposante fut déposé là, le papier à en-tête officiel, tout près.

— Mais, et la signature?

— N'a pas d'importance. Celui qui a servi de protonotaire à ma naissance est sûrement décédé... C'est l'empreinte du sceau de la paroisse qui fait foi de l'authenticité du document. Alors... vous me suivez.

Pendant que la demoiselle encore hésitante feuilletait, Onésime jeta nonchalamment:

— Vous aimez les jeunes enfants, mademoiselle? J'ai un bébé de huit mois...

Dès qu'il sentit peser sur lui le regard attendri, il baissa le sien, pudique!

Elle s'empêtrait, il s'inquiétait... S'il fallait qu'elle devînt dingue, si près du but! Enfin, elle écrivait et lisait tout haut:
Le 5 avril...
— Non! protesta Onésime. C'est une erreur monumentale! C'est donc pour ça que j'ai eu tant de problèmes au moment de ma réclamation de la pension d'orphelins...

Il se tut, plia l'échine, fixa le plancher. Après une pause, il enchaîna:
— Vous savez, Saint-Félix alors, n'était pas ce qu'il est aujourd'hui, ni les moyens de transport, d'ailleurs. Je fus baptisé le 5 avril, mais je suis né le 29 mars. Ma mère m'a raconté... Décidément, le mauvais sort me suit. On ne pourrait pas corriger ce malentendu, afin de m'éviter des embêtements futurs?... Il roucoulait presque!
— Je ne peux absolument pas rien changer au registre! s'exclama la fille.
— Mademoiselle! Qui oserait? Jamais! Mais, sur cette feuille seulement. Ce sera notre secret... entre vous et moi. Quand je reviendrai, j'expliquerai au vicaire, si vous deviez avoir des problèmes. Ma marraine pourrait confirmer...

Elle apposa le cachet, refusa les cinq dollars. Il lui sourit, garda un instant sa main moite dans la sienne. Le faussaire averti et satisfait quitta la belle qui souriait béatement, les yeux embués.

Onésime, fier de sa réussite, reprit son bus, le cœur léger: «Voilà une pièce d'identité qui a double valeur; on peut maintenant courir pour résoudre l'énigme», se dit-il. Onésime recommencerait toute sa vie, à zéro. Dorénavant, il devenait officiellement Charles-Omer Gratton!

***

Ce soir-là, il ressentit le désir d'une présence féminine, il tressaillit. Si la fille n'avait pas été si bête, peut-être que... Il se cala dans son mauvais fauteuil. Il pensa à ses cheveux, qui allaient repousser. Il sourit: «Je fus un beau blond d'un jour!» Il s'endormit et rêva que le document s'était envolé par la fenêtre, au moment où il s'apprêtait à le glisser dans son sac à trésors.

À son réveil, il vérifia la présence du feuillet qu'il avait plié et inséré dans son portefeuille. «Maudit rêve insensé!» maugréa-t-il. «Fiacre! j'y pense: j'approche de la cinquantaine. Mais alors, je risque que cet oncle de malheur crève avant que je lui aie fait ingérer un excipient de mon cru. Ça non! l'animal ne rentrera pas dans l'éternité avec tous ses morceaux, il doit payer pour ma baignade et tout le reste! À l'action! Je n'aurai pas de repos avant que ce Jean-Baptiste de malheur et sa garce de fille n'aient su de quel bois je me chauffe.»

Il mit son chapeau et dégringola les trois escaliers délabrés qui menaient à la rue. Il se dirigea vers une cabine téléphonique et composa le numéro de son ennemi juré. «Si Yvonne répond, je raccroche et je compose de nouveau. Et si c'était le petit?» Il frissonna. Tant pis, il voulait en avoir le cœur net.

Miracle! la voix enrouée de l'homme âgé se fit entendre. Onésime raccrocha. Voilà qui était parfait! Satisfait, il remonta sous les combles et se mit à ruminer sa vengeance qu'il voulait prochaine, radicale, sans pitié.

Il en oubliait de manger, de dormir. Il ruminait ses mauvais souvenirs pour exciter sa fureur, mousser sa haine.

Fabienne, sa mère, la faible d'esprit, qui tournait du côté du vent, le visage impassible, le regard éteint, incapable ni d'amour ni de haine. Une pâte molle! Et il était le fils d'une telle andouille qui n'avait pas su l'aimer ni le protéger. Tout ce qu'elle savait faire était du pain. Sa huche était son orgueil, son seul, son unique. De ses miches elle tirait vanité et gavait ses enfants.

Un jour, Onésime avait tendu la main pour attirer vers lui le pot de mélasse et son père, le troisième, avait maugréé:

— On dirait toujours qu'il est affamé, celui-là!
— Mange ton pain sec, Onésime, va, mange ton pain sec. Il est bon, le pain de maman.

Il était sorti de table honteux et enragé. Ses pères, oh! les maudits, comme ils lui en avaient fait baver! Pas le vrai, bien sûr, de celui-là il ne se souvenait pas. On lui avait appris son existence, il était déjà un jeune homme. Alors, il ne l'avait jamais considéré, ne lui avait jamais consacré une seule de ses pensées. Surtout qu'il s'était laissé abattre d'un coup de fusil de chasse, à poil, sans qu'il n'eut fait un seul geste pour se défendre, ni lui ni elle, sa salope de mère, à qui il avait donné un gosse, lui, en occurrence. Il était le fils de ces deux dégénérés, des mollusques; il n'y avait pas là matière à réjouissance. Il avait été enfanté dans l'adultère. Ça, oh! ça, il avait mis du temps à le digérer!

L'avait-il jamais entrevu ce père, le sien, le vrai? Sa mémoire n'en gardait pas le souvenir. Pourtant, il se souvenait de l'autre, Louis-Philippe, ce père qui lui avait légué son nom. Il avait souvenance de ses colères affreuses, de ses cris, de ses emportements qui le paralysaient, lui et les autres marmots. Il restait alors coi, incapable de penser, attendant désespérément que la tempête se terminât. Il revoyait, en esprit, cette maison froide, pleine de bruits insolites; cette grosse truie aussi, qui l'hiver devenait rouge, à cause des bûches qui y brûlaient, et qui semblait le regarder, d'un œil mauvais, jusqu'à ce que, apeuré et épuisé, il s'endormât. Et puis, il y avait la mer, qui faisait un bruit lointain, ronronnant, menaçant, qu'il n'identifia que beaucoup plus tard. Que de mauvais souvenirs!

Et cet autre, l'oncle, qui racontait des histoires fantastiques dont il ne saisissait pas tout le sens mais qui faisaient rire, heureuse diversion aux scènes de Louis-Philippe, son paternel... Il venait, cet oncle riche, les poches pleines de caramels et de yo-yo, le faisait sauter sur ses pieds joints et, oh! miracle, savait faire sourire sa mère, car il se gavait de son bon pain! Il grimaça: son oncle, son ennemi, la cause de sa perte, son oncle qui avait causé de si grands malheurs: à cause de lui, son père avait un jour tiré sur la gâchette qui avait tué son vrai père, l'amant de sa mère, Fabienne!

Il se souvenait de son départ avec des inconnus qui avaient envahi la maison, s'étaient emparés des enfants et les avaient laissés dans une grosse et lugubre maison sombre où les religieuses, la cloche et le signal réglaient chacun de leurs gestes. Là, il avait vu des formes, hautes à n'en plus finir, sans visage, sans mains et sans pieds qui s'avançaient en glissant sur le sol, tout d'une pièce, avec une jupe longue qui balayait le plancher, qui allaient et venaient, menaçantes, sur lesquelles il n'osait jamais lever les yeux.

Là aussi, il eut faim. Il attendait que la louche s'arrêtât un instant sur le bord de son écuelle et y déversât beaucoup de jus et peu de pommes de terre. Certains avaient droit à deux services, mais, lui, jamais! Ça, il ne le comprenait pas!

La nuit lui laissait un peu de répit. Tous dormaient dans l'immense dortoir, dans des lits à tête de métal froid et noir, rangés les uns près des autres, sans aucune intimité, après être passés aux chiottes à heure fixe, quel que fût le besoin de chacun! Alors, il tournait la tête en direction de la fenêtre et sur l'autre versant de la grande étendue d'eau, il y avait des lumières, beaucoup de lumières qui brillaient. Il ouvrait les yeux tout grands pour les contempler, luttant pour ne pas s'endormir. La nuit suivante, le jeu recommençait.

Il aurait pu s'y faire, à cette routine sans joie, mais on ne lui en laissa pas le loisir. Elle revint, sa garce de mère, avec des yeux plus tristes que jamais. Entassés sur une haute charrette, si haute qu'il en avait le vertige, ils furent transportés, lui et les siens chez cet autre père, un troisième!

Là, oh! là, il n'y avait plus de silence, plus de règlement, plus d'heure de paix: c'était le feu roulant de l'enfer, une marmaille en délire, des rations mesurées. Ils dormaient entassés, l'hiver, en travers des lits, pour s'y retrouver jusqu'à six, les pieds à l'air et froids, la tête en sueur. L'été, il fallait dormir dans le haut de la grange, dans le foin qui faisait éternuer, avec ses vêtements, harcelés par les moustiques, dont les mouches à vache, grises, presque transparentes et rayées de noir, aussi grosses que des taons, qui piquaient, suçaient le sang, et mordaient! Et pas de queue pour les chasser, les maudites! Le cheval ruait, incommodé; toute la ménagerie y allait qui de ses glouglous, qui de ses caquètement jusqu'à ce que le coq sonnât prématurément l'heure du réveil et que les poules se missent à glousser.

Son troisième père, le cher Adelphonse, le commandait sans cesse: «Tu es mon plus vieux, alors tu dois me seconder». J'étais l'aîné, oui, mais du deuxième lit, l'autre, le plus vieux du premier lit, bayait aux corneilles, flânait à longueur de journée, avec la bénédiction de son père, alors que moi, je devais soigner les cochons, patauger dans leur merde, lorsque, dans le clos, j'allais verser la bouette dans l'auge! Je devais gratter les bouses de vaches, les sortir à la pelle, ces grosses tartes de fiente que j'empilais derrière la grange et qu'au dégel du printemps, je reprenais allègrement pour les étendre sur le potager afin que poussent concombres, patates et tomates: même les rosiers, les maudits, adorent la merde! Et la laitue, s'esclaffait

Adelphonse, ne l'aime pas, la fiente, et elle lui fait lever le cœur. Alors, le résultat est le même! Il me la répétait chaque année, son histoire plate: j'avais le goût de l'étriper! «Ris donc, mon Onésime, ris donc; comprends-tu ce que veut dire monsieur Adelphonse quand il dit que le fumier fait lever le cœur de la laitue?» J'en avais la nausée. Peut-on être aussi simple d'esprit?

Et la rhubarbe qui poussait là, tout autour du carré de fumier, haute, bien fournie, juteuse, dont sa mère utilisait les pétioles pour en faire de la compote, de la compote qui avait des propriétés laxatives!

Une nuit orageuse, sa jeune sœur était venue jusqu'à lui, dans le coin qu'il se réservait et s'était radicalement collée à lui. Il eut une sensation bizarre qui l'inquiéta.

— Tasse-toi, laisse-moi dormir.
— J'ai peur, Onésime.
— Et alors?
— C'est que... quand tu es là, je n'ai plus peur.

Il en fut tout chaviré. Il ne protesta pas, toléra le corps de sa sœur près du sien et, dans sa tête, les mots résonnaient comme une musique: «Quand tu es là, je n'ai plus peur». Ces mots restèrent gravés dans son esprit. Et il devint plus tendre avec cette fille qu'avec toutes les autres. C'était à cause de cette phrase, précisément, qu'il était revenu là, des années plus tard, pour voir ce qu'il advenait d'elle, à l'occasion du décès de sa mère. Dieu sait combien il l'avait regretté: et d'un, il dut acheter une stèle funéraire sur laquelle fut gravé le nom de famille d'Adelphonse suivi des mots: Fabienne, née Théberge; et de deux, Onésime avait volé une grosse Lincoln pour faire le voyage; il avait l'intention de la ramener où il l'avait prise, mais les choses s'étaient passées autrement. Il fut repéré et la chasse à l'homme eut lieu. Sa sœur était près de lui, sur la banquette avant. Il hurla:

— Cramponne-toi. Dès que je ralentirai, saute.

Elle sauta. Il accéléra, sema la police, mais, sa sœur, il ne la revit jamais plus. Aussi, ce jour-là, il se jura à lui-même que plus jamais, il ne se mettrait dans l'embarras à cause d'autrui!

***

C'était dans ce même fenil où l'on dormait que s'étaient prononcés les mots décisifs qui avaient donné une orientation au reste de sa vie. L'oncle aux caramels lui avait offert l'exil. Doux Jésus! Pouvoir quitter à tout jamais cette maison de misère où l'esprit n'avait pas plus de paix que le corps! Le plus loin qu'il était allé depuis qu'il y habitait était à l'église de la paroisse, à la première messe, d'où il revenait à pas de course, car il devait prêter ses souliers à son frère, pour qu'il allât, à son tour, prier aux lieux saints.

Là-bas, dans la grande bâtisse, il avait appris l'alphabet, puis il avait fréquenté l'école du rang, quand la température le permettait, c'est-à-dire, quelques mois annuellement. Il apprenait vite et bien; bientôt, sa mère ne put plus l'aider, car ses connaissances à lui avaient dépassé les siennes.

À la maison, il n'y avait qu'un seul livre: un missel vespéral, à peu près neuf, pour n'avoir pas servi autrement que pour le tenir à la main, à la grand-messe du dimanche, histoire de paraître savant.

Onésime l'avait mémorisé, depuis a jusqu'à z. Il pouvait en réciter les prières par cœur, sans omettre un iota. D'un côté de la page, le texte français, de l'autre, le texte latin. Onésime comparaît, analysait, traduisait.

Ce livre de messe avait donné un sens à sa vie et fait germer en lui des vœux de piété. Un jour, il serait prêtre, curé peut-être, mais jamais pape, car seuls les Italiens devenaient papes.

Alors il regrettait n'être pas grand, avoir les cheveux et les yeux noirs plutôt que d'être blond comme le Christ des images. Sa mère lui avait fait ce cadeau de l'enfanter laid, ou plutôt d'une beauté banale. Mais il refusait de croire qu'il avait hérité de son esprit médiocre: il se savait intelligent, observateur et doté d'une mémoire extraordinaire.

Le soir de la proposition faite par l'oncle Jean-Baptiste, il avait rêvé, les yeux ouverts, pendant toute la nuit: le foin lui avait paru doux, cette fois. Et ils étaient partis! En train, s'il vous plaît, seuls tous les deux. Combien de fois s'était-il demandé ce qu'avait bien pu dire l'oncle Jean-Baptiste pour amadouer sa mère et surtout l'autre, Adelphonse? il ne comprenait pas qu'ils l'eussent laissé partir. Sa mère lui avait si souvent répété qu'il ne pouvait devenir prêtre, que l'instruction ça coûtait cher, que ce n'était pas fait pour du monde comme eux, nés pour un petit pain. Pain, pain, pain! Elle n'avait que ce mot-là en bouche!

L'oncle lui avait promis qu'il fréquenterait l'école et qu'il pourrait étudier à loisir. C'était presque trop beau pour être vrai. Il n'en dormait pas! Ce n'est que dans le train, tandis que les roues de métal usaient les rails, leur permettant de s'éloigner, qu'il vit le paysage se dérouler devant ses yeux, qu'enfin il crut. Il regardait alors son oncle Jean-Baptiste comme un faiseur de miracles, et il l'aima. Oui, il aima cet homme plus doux que son frère, le pendu. Enfin, il connaissait le bonheur. Et il serait éternellement reconnaissant envers celui qui lui offrait cette chance inouïe. Il ferait dorénavant tous les sacrifices nécessaires. Il étudierait d'arrache-pied!

Il regarda Jean-Baptiste, qui sommeillait. Comment pouvait-il dormir en des heures aussi belles? Pourquoi la vie n'avait-elle pas permis que ce fût lui, son père? Tout se serait passé différemment. Quel rôle avait-il joué, dans tout ça? Ça n'avait plus d'importance puisque maintenant ce serait auprès de lui qu'il vivrait. Il frissonna, non, jamais, il ne retournerait plus auprès de sa mère et de l'autre! Pour le moment, il était heureux. Lui, Onésime, il voyageait en train, comme tous les grands de ce monde. Ses bribes de connaissances ramassées çà et là lui semblaient des poussières comparativement à ce qu'il pourrait maintenant s'offrir de culture, de savoir. Onésime jouissait.

Là-bas, il bûcha. Plus renfermé que jamais, plus isolé des autres, mais si près de ses bouquins! Il dévorait tout, mémorisait tout avec une facilité extraordinaire.

Quand il vit s'ouvrir pour lui les portes du séminaire, il crut qu'il s'agissait des portes du ciel. Il passait ses nuits à piocher sur des textes grecs qu'il obtenait de la procure qui, pour lui, dépassaient de beaucoup, en intérêt, ce qui se trouvait dans ses livres de cours.

Le grec et le latin, la source même de la vie! Des langues mortes qui ont été la source de la vie de l'âme. Onésime se délectait.

Quand il en vint à la philosophie, il fut moins enthousiasmé: ça lui paraissait inutilement compliqué, abstrait, plein de contradictions et surtout était sujet à interprétation. Il goûta la rhétorique et bouda la théologie. Pourquoi tant de chichi au sujet de l'existence de Dieu? Les hommes sont là, eux, réels, tangibles, ils ont besoin de prêtres pour les guider. En émettant autant d'hypothèses, on finissait par semer le doute! La foi d'Onésime était simple: il s'approchait de son Dieu, par les sacrements qui le transfiguraient, il se fondait en Lui, heureux jusqu'à l'extase. Son confesseur, avec lequel il discutait de longues heures sur tous les sujets, sauf celui qui intriguait le plus le pénitent, découvrait en lui une âme mystique, ce que Dieu ne pouvait pas ne pas aimer.

Onésime fermait les yeux, se voyait curé de sa paroisse, paré de la soutane noire, du col romain, du surplis immaculé orné de dentelles comme les nappes des autels et de la sainte table. Sa tonsure irait s'agrandissant à mesure que grandirait son rôle au sein de l'état ecclésiastique: un jour il ressemblerait à saint Jude.

Quand son oncle quitta la ville où son séminaire était sis, il s'en trouva fort heureux. Il aurait maintenant plus d'heures à consacrer à sa formation religieuse. Dieu le Père veillait sur sa vocation. L'oncle pourra un jour venir le visiter dans son rutilant presbytère, s'y agenouillera pour lui demander sa bénédiction. Il voyait sa mère à ses genoux et Adelphonse et les autres. Son âme exultait.

C'est avec fierté qu'il portait la redingote sévère; parfois, il se promenait dans les allées de gravier qui serpentaient sous les arbres de l'immense terrain du séminaire, mains croisées derrière le dos, droit comme un tronc, exactement comme le faisaient ceux qui portaient le saint habit. Eux, cependant, tenaient à la main le bréviaire, que le serment d'office les obligeait à dire, chaque jour: il fallait garder son âme imprégnée de la parole de Dieu, pour ne pas L'oublier, Lui.

Son directeur spirituel, le préfet de discipline, les professeurs en général, tous voyaient, en Onésime, l'élu, la vocation certaine, la réalisation de la volonté divine. Et Onésime avait répondu à l'appel! Son égocentrisme, une fois de plus, faisait surface. C'était lui, Onésime, qui avait fait les sacrifices et les études nécessaires pour atteindre ce but ultime. Lui et lui seul. Son oncle, Jean-Baptiste, n'avait été dans toute cette histoire que l'instrument du Ciel. Onésime ne lui devait rien, n'éprouvait plus aucun sentiment de reconnaissance. Son oncle lui avait offert de le faire instruire. Il appartenait maintenant au neveu de choisir sa vocation; le mérite résidait dans son choix délibéré et généreux.

Il se tenait loin de ses compagnons d'étude qui lui semblaient par trop frivoles; souvent des bribes de conversations lui parvenaient: ils discutaient avenir, choix de profession. Comme s'il y en avait de plus valable que le sacerdoce! Avocat, c'était digne, médecin ça faisait noble. Mais choisir le cordon blanc, ça, c'était le summum.

Parfois la vanité du saint élève le poussait à imaginer la fierté qu'il lirait sur le visage de son oncle Jean-Baptiste quand celui-ci apprendrait la bonne nouvelle. Quant à sa mère, elle qui n'avait pas voulu croire, elle serait assise dans la nef de l'église le jour où lui, son fils, se coucherait de tout son long sur le sol, aux pieds de l'archevêque pour recevoir le saint habit.

Aussi, Onésime avait-il refusé de servir la messe, au séminaire. C'était là un rôle médiocre, qui flairait l'œuvre servile. Lui, il entrerait dans le chœur, non pas pour y tenir les cierges, mais pour y recevoir l'onction sacrée.

D'abord à travers le cheminement de la souffrance, puis celui de l'orgueil, il devenait chaque jour plus intransigeant, plus extrémiste, plus égocentrique. Il se murait dans des idéaux dont il était le centre, ne s'arrêtait jamais à considérer autrui comme ayant participé à ce qu'il était devenu. Lui, Onésime, était le seul artisan de sa vocation future.

À son arrivée, ses compagnons lui témoignaient de l'affection et de l'intérêt: il possédait si bien son grec et son latin, le cauchemar de tous, qu'on aurait aimé s'en faire un ami, obtenir son aide. Mais voilà, toute tentative d'approche s'était avérée vaine. Peu à peu, le vide s'était fait autour de lui; on oubliait jusqu'à sa présence. On le désignait sous le nom de l'absent.

Par contre, nul n'osait lui disputer la première place aux examens; il s'était acquis cet honneur dès le premier bulletin. Il n'en tirait même pas vanité: ça semblait être dans l'ordre des choses. On cessa de se méfier de lui, on l'oublia tout à fait. Un jour, l'un d'eux dit assez fort pour être entendu: «Voilà un bien triste saint.» Onésime s'était retourné et l'avait foudroyé du regard, un regard si noir, si perçant, si plein de haine, que l'autre se sentit glacé jusqu'à la moelle des os.

***

Il n'était pas étonnant qu'Onésime eut associé le choix de sa vocation à l'amour qu'il vouait, jeune, à son beau missel. L'Église interdisait la lecture de la Bible aux profanes; alors, on jetait son dévolu sur le livre liturgique. Il fallait voir, le dimanche, la procession des femmes, obligatoirement chapeautées et coquettement gantées, qui se présentaient au lieu saint, tenant leur livre de messe de la main gauche ramenée à la hauteur du cœur! Ça faisait partie des us et coutumes chez les pure laine. Tous les parents en possédaient un, souvent transmis par héritage. Certains étaient des œuvres d'art: papier fin, enjolivé, illustré, à tranche dorée, relié de cuir souple et fin, gravé de lettres d'or. Le fils d'Adelphonse utilisait celui de son père, Onésime, celui de sa mère. De fait, ce livre de prière avait joué un grand rôle dans la vie de cet enfant.

Onésime avait vécu en solitaire; pas ou peu de gens s'étaient soucié de lui. Ballotté d'un foyer à l'autre, ayant changé maintes fois de milieu, sans cesse obligé de se réadapter à un nouvel environnement, auprès de personnages différents, il finit par se replier sur lui-même. Il ne possédait pas la capacité d'assimilation nécessaire à tant de pressions. Les visages nouveaux qui s'imposaient à lui le bouleversaient, lui inspiraient de la méfiance, de l'inquiétude, une inquiétude maladive dont il ne parvenait pas à se défaire. Peu à peu, il glissa vers la solitude et se complut dans cet isolement. Il conclut bientôt que l'indifférence envers les gens de son entourage, leurs peines ou leurs joies, leurs espoirs ou aspirations, constituaient un puissant bouclier qui le mettait à l'abri du tumulte intérieur causé par les intrus.

Il se retrancha de tout et de tous, qu'il considérait comme des ennemis en puissance. Sa mère ne faisait pas exception: il la jugeait faible, secrète, remplie de froideur, de malveillance. Il lui reprochait de s'être associée à cet homme de malheur, laid, vil, dénaturé et ignorant, et surtout, ah oui! surtout de lui avoir fait subir telle déchéance. Souventes fois, à la dérobée, il l'observait: même le timbre de sa voix changeait quand elle s'adressait à Adelphonse: il devenait mielleux, plein de condescendance, rempli de soumission, ce qu'il considérait comme de l'asservissement. Et il rageait intérieurement. Jamais, non jamais, elle n'osait élever la voix pour prendre sa défense, ni celle de son frérot ou de sa jeune sœur. Madame rampait, Onésime souffrait intensément.

Les jours se succédaient, mornes. Dans de telles conditions, le travail sur la ferme devenait une corvée avilissante. Il se mit à détester les animaux, qui recevaient plus d'attention que lui. On leur servait leurs repas à heure fixe, leur prodiguait soins et attentions avant même le lever du soleil. L'été, les prés et les grands espaces leur donnait une liberté qu'il enviait, alors que lui, Onésime, devait besogner sans arrêt, courber l'échine sous les ordres acerbes de cet étranger qui manipulait sa mère.

Les enfants se permettaient d'être joyeux parfois, trop rarement, hélas! quand ils se retrouvaient seuls. Mais dès que le monstre se pointait, on baissait la tête, comme des coupables pris en flagrant délit. Alors, l'homme les écrasait du regard et criait des ordres.

Heureusement qu'il y avait l'église et l'obligation d'assister à la messe du dimanche. Onésime goûtait alors un certain répit. Il grimpait au jubé, se terrait dans un coin et laissait le vide se faire en lui. Debout, assis, à genoux, comme un automate, il suivait le mouvement de la foule mais ne participait pas à la prière. Pendant que, du haut de la chaire, le curé s'adressait à ses ouailles et établissait le lien entre la parole de Dieu et l'âme des élus, il se laissait engourdir par la voix monotone et s'isolait dans son monde à lui. La colère, plus souvent que le chagrin, envahissait son cœur endolori. Le temple de Dieu comblait sa grande soif de solitude. Avec les ans, il se mit à apprécier la sérénité des lieux. Le calme le charmait. Il connut enfin un certain attachement pour ces colonnes puissantes qui imposent, pour l'ordre établi et l'harmonie qui régnait dans l'enceinte. Enfin, il goûtait un semblant de paix!

Alors, dans sa jeune tête, s'opéra un certain revirement. Il se servirait de cette force pour se sortir de sa misère. Il devint attentif, observateur. Il délaissa le jubé et passa du parvis à la nef. Il s'enhardissait. Bientôt, il s'installa aux premières rangées et observa à satiété. Il étudia le rituel, suivit dans son missel les textes et rubriques de la messe. En consultant son livre liturgique, il apprit l'existence des vêpres, l'office du soir. Lorsque, timidement, il fit allusion à son désir de se rendre à l'église une deuxième fois, le jour du dimanche, quelle ne fut pas sa surprise de voir que ni sa mère ni le monstre ne s'opposèrent à son désir. C'est alors qu'il comprit l'emprise de l'Église sur les hommes.

De ça, il tirerait parti. Il avait enfin un but, une raison de s'intéresser à quelque chose de réel, de puissant. Au début, tout était flou, vague, imprécis. Peu à peu, ses desseins se précisaient: il se mit à élaborer des plans de plus en plus audacieux. Il ne tarda pas à miser haut, très haut: il aspira à la prêtrise.

Dans les jours qui suivirent la découverte de son

idéal, il connut des moments d'une exaltation telle que le reste de l'univers ne comptait plus. Il accomplissait les tâches les plus ingrates sans amertume, cessa toute brusquerie, affichait un air moins buté et cessa même de haïr Adelphonse.

Un changement d'attitude aussi radical n'échappa à personne. Les plus jeunes se sentaient gênés en sa présence, sa mère se réjouissait: Onésime fréquentait l'église et la grâce divine était descendue sur lui. Elle remercia Dieu.

Voilà que son fils chantait, en latin. Elle reconnaissait les airs qui avaient bercé son enfance. Un jour qu'il se croyait seul, Onésime entonna le *Pater noster*. Des larmes coulèrent sur les joues de Fabienne.

Quant au curé de la paroisse, il observait ce jeune garçon toujours aussi assidu. Un jour, il lui adressa la parole. Onésime, embarrassé, gardait les yeux baissés.

— Dis-moi, jeune homme, tu connais bien les chants liturgiques?

— Pas tous.

La réponse brève mais franche plut au prêtre. Il l'invita à se joindre aux choristes et lui remit les feuilles où figuraient musique et paroles.

— Si, dans un mois, tu fais des progrès marqués, je te ferai une surprise agréable.

Onésime, fou de joie, regagna l'allée centrale et se laissa tomber sur un banc. Il ferma les yeux. Le religieux crut qu'il priait, alors que l'autre s'efforçait de reprendre contact avec la réalité. C'était trop! Ses beaux projets prenaient forme, enfin!

À la fin de ce mois, le chœur de chant comptait une voix de plus; de surcroît, Onésime reçut une flûte magnifique, d'une grande précision, en bois précieux et eut droit à des leçons de solfège, qui se donnaient chaque dimanche après la messe. Sa joie était grande mais pas autant que sa solitude. Il écoutait, étudiait, répondait aux questions, mais demeurait lointain, ne se faisait pas d'ami. Dès que le cours était terminé, il saluait d'un bref mouvement de tête et quittait les lieux. Bientôt, on cessa de se soucier de lui, on ne lui prêta plus attention. S'il lui arrivait de croiser le curé, alors il saluait, mais toujours froidement.

Si seulement le saint homme avait pu entrevoir Onésime assis sur une énorme rocher, en bordure de la rivière qui traversait la ferme de ses parents, loin de toute oreille indiscrète, qui pratiquait ses vocalises et s'époumonait à exécuter les chants appris sur sa flûte de bois de poirier! Il aurait tenu là sa récompense. Le garçonnet goûtait sa première joie.

Les absences prolongées ne tardèrent pas à impatienter son beau-père, qui maugréait sans cesse.

— La connaissance des Écritures ne laboure pas la terre et ne ramasse pas les patates, gémissait-il.

— Dieu arrose le sol, mais ne demande pas à l'homme de ranger les arrosoirs, riposta Fabienne...

***

Le directeur du séminaire convoqua Onésime à son bureau. Le grand jour approchait rapidement: il fallait procéder à l'initiation du profane.

— Bonjour, mon fils. Entrez, je vous prie.

Monsieur le recteur, lui-même en personne, qui s'adressait à lui, Onésime Gagnon, sur un ton empreint de courtoisie, sans l'intonation habituelle du commandement, et sans la plus petite parcelle d'ironie! Onésime se sentit tout chaviré: une bouffée de fierté lui monta au visage.

— Assoyez-vous dans le fauteuil que voilà.

Onésime se dandina, croisa une jambe, puis l'autre, remit ses pieds où ils devaient être: l'un près de l'autre. Il plaça un bras sur l'accoudoir de peluche. Le contact le gêna. Il s'empêtrait sous l'œil narquois et satisfait du maître.

— Détendez-vous, mon fils. Détendez-vous. Habituez-vous dès maintenant au confort, à avoir de l'aisance. C'est ainsi, et ainsi seulement, que vous réussirez à inspirer confiance, et ça, c'est primordial pour mener à bien votre rôle de sauveur des âmes.

Suivit une pause qui permettait à l'élève d'assimiler cette première partie du savant discours. Le distingué orateur enchaîna, après avoir posé son regard droit dans celui de son interlocuteur:

— Mon fils, il faut maintenant passer aux actes...

Il leva la main, geste qui interdisait toute désapprobation.

— Je vous conseille maintenant de prévenir votre cher oncle du sage choix que vous avez fait en ce qui a trait à votre avenir. Vous vous engagez à joindre la grande nation, pure et noble, la seule qui s'étende sur toute la terre, sans frontières: l'Église. Son organisation est constituée de plusieurs éléments, dont l'un, hélas! se doit d'être matériel. Votre oncle est célibataire, gagne bien, vous aime... Par conséquent, il est pour nous un élément important...

Une lettre partit, courte, précise.

***

L'importance de la rage dans laquelle le message avait plongé Jean-Baptiste n'eut d'égal que la conséquence de ses réactions.

Debout, dans le parloir, en présence de ce même conciliant recteur, lui, Onésime, entendit les mots fatidiques: «Toi, le fils d'un pendu!».

Onésime demanda pardon au recteur, puis il cracha sa haine au visage de l'oncle aux caramels. Onésime sentit son univers s'écrouler. Il grimpa au dortoir, enfouit ses fringues et sa flûte dans son baluchon, comme autrefois. Il hésita puis empoigna le livre qui était devenu son vade-mecum, L'Apocalypse de saint Jean, le mit avec ses vêtements et sortit en trombe par la porte arrière de l'établissement. Il courut se dissimuler là où il y avait un angle, entre la boulangerie de son séminaire et la grande bâtisse proprement dite. Et là, il pleura, il pleura longtemps, il pleura pour la dernière fois.

Juste à côté, se trouvait un couvent qui abritait les religieuses vouées à l'entretien des religieux. Tôt, le matin du lendemain, avant que le jour ne se levât, une religieuse passa et entendit le jeune garçon gémir. Elle s'éloigna et revint avec un pain chaud, pris sur la cuite nocturne et vint le lui offrir, en silence, avec, dans son regard, toute la sympathie qu'elle pouvait communiquer.

Onésime revit l'image de sa mère et de ses éternelles miches de pain. Pris d'une rage folle, il se leva et le lança au visage de la sainte femme, qui se signa et déguerpit.

Une fois, oui, une fois encore, il avait accepté les conseils d'un sage, suivi ses directives: une fois de plus, il avait été berné. On ne l'y prendrait plus. Dorénavant, Onésime n'obéirait qu'à Onésime, en se fiant à sa seule sagesse.

S'il se fût fié à son propre instinct, il fût devenu prêtre. L'Église le rejetait de son sein, le disgraciait parce qu'il était le fils d'un pendu. Qu'aurait pu faire la corde maudite contre les caractères immortels et ineffaçables que le baptême et les onctions sacerdotales impriment dans l'âme, comme on le lui avait appris? Oui, s'il n'eût pas écrit cette lettre, il fût devenu prêtre!

Chapitre 10

Onésime disparut, loin de tous ceux qui l'avaient connu. Il s'embarqua sur un chalutier, gagna péniblement sa vie. Il apprit des tas de trucs pour se débrouiller. Peu à peu, il se mit à chaparder et aima le sentiment de satisfaction que lui apportait la réussite facile. Bientôt, il erra sur les mers du monde, avide de pousser loin, toujours plus loin. L'inconnu le grisait. Souvent, le pain était sec et noir, mais le goût suave de l'aventure palliait l'absence de confort et de gâteries.

Il fit une première longue halte en Nouvelle-Zélande. Il n'aurait pu définir au juste quel sentiment l'assaillait, mais il se sentait bien, là-bas. Il quitta le navire, sans ses bagages, conservant seulement sa flûte et son vieux mouchoir, ses seuls trésors, son seul lien avec le passé. Mais il abandonna le livre volé au séminaire, son traité sur l'Apocalypse, geste qu'il regretterait souvent dans le futur.

Il marcha jusqu'à un square, s'étira sur un banc. Tout l'enchantait. Les gens lui rappelaient ceux de sa lointaine province, avec leur teint clair et des yeux très bleus, de bonnes gens, simples.

Près de lui, se trouvait un gentilhomme qui portait une impressionnante gourmette dorée et, au doigt, un saphir sur lequel le soleil miroitait.

— Quel vent!

— Vous croyez que ça, c'est du vent?

— Voyez, l'eau de la fontaine a peine à garder sa course.

— Mon ami, c'est plus au sud, dans ma région, qu'on peut parler de vent. Observez les gens. Ceux qui marchent courbés, tant ils ont pris l'habitude de l'affronter, ceux-là sont de ma région: on les reconnaît, entre tous. Tenez, voyez celui-là, cette fille, cette autre...

La conversation ne tarda pas à devenir plus personnelle. Onésime confessa s'être échappé du collège par goût de l'aventure. La vie dure, menée sur les bateaux, ne lui convenait toutefois pas, lui qui avait connu un milieu douillet. Il aspirait enfin à une vie rangée et pouvoir mettre à profit l'éducation reçue... L'adroit discours porta fruit: l'homme proposa, Onésime accepta. Il dormit, ce soir-là, dans une grande et luxueuse demeure. Le riche propriétaire avait trois fils. Onésime devint leur précepteur. Il vécut là quelques années, plus précisément jusqu'au jour où, revenant de la ferme où l'on tondait les moutons, il surprit O'Hanlan, le maître des lieux, qui s'amusait de façon osée avec une domestique. Il fut pris d'un rire hystérique, ce que le patron ne prisa pas. Ah! pas du tout. Il chassa Onésime, qui quitta l'île et fila vers l'Australie.

Voilà qu'il se trouvait aux antipodes de son pays. Il aima cette sensation: impossible de s'éloigner d'avantage! Il se surprit à aimer vivre en vagabond, dormait dans les hangars, flânait sur les quais. Parfois on l'embauchait comme débardeur: alors il trimait dur, histoire de se faire des muscles, puis, sans raison apparente, laissait tomber le boulot. Il enviait les gens qui ricanaient, mais n'osait jamais se mêler à eux. Il demeurait un solitaire. Au début, on s'était méfié de lui. Sa gueule bourrue ne plaisait pas à tous, mais on en vint à la conclusion qu'il n'était qu'un ours mal léché et inoffensif. On le gardait à l'œil, mais on ne l'inquiétait pas.

Un jour, cependant, il s'attira des histoires, suscita un conflit. Onésime flirta la belle d'un compagnon de travail. Il disparut avec la donzelle pour ne revenir sur les quais que deux jours plus tard. Malheureusement pour lui, il avait choisi de devenir le rival de Jim, un colosse, qui faisait deux fois sa taille. Lorsque celui-ci le vit revenir, il était juché sur un monticule de bauxite. Il le dégringola et sans avertir, après avoir pris son élan, il ferma le poing et vlan! lui envoya un crochet du gauche sur la mâchoire. Onésime vit des étoiles et chancela. Un attroupement ne tarda pas à se faire autour d'eux. Jim empoigna Onésime, le remit sur ses pieds et le bras levé, s'apprêtait à l'écrabouiller quand un intervenant s'approcha de Jim et le regarda dans les yeux. Ce fut magique: l'homme laissa tomber son bras et s'éloigna en silence. Un à un, les badauds retournèrent au boulot.

Onésime regarda cet homme, son sauveur. Celui-ci fit volte-face et s'éloigna sans mot dire. Éberlué, Onésime resta là, incapable d'émettre un son. Il savait pertinemment bien qu'il lui devait sinon la vie, tout au moins une rangée de dents. La sagesse, cependant, lui dicta sa conduite et, le jour même, il changea de hangar.

Quinze jours plus tard, il se trouva en présence du bon samaritain. Lui qu'il aurait cru muet lui tint mille propos plus gais les uns que les autres. Il jurait de dire la vérité quand il raconta à Onésime qu'il avait fait enterrer sa belle-mère sur le ventre, car, avant de décéder, elle lui avait promis de revenir le harceler s'il faisait des misères à sa fille, en l'occurrence sa femme: «Alors, la maudite, je l'ai fait enterrer sur le ventre. Plus elle gratte, plus elle creuse et, si mes calculs sont bons, elle doit se trouver quelque part au Canada».

Coco n'ouvrait la bouche que pour badiner. Pour ce qui est du reste: motus! Personne ne savait rien de ses allées et venues. L'homme contrôlait bien ses émotions, affichait toujours un visage impassible. Pourtant, il avait l'œil d'un lynx. À quelques reprises, il avait invité Onésime à l'accompagner, là-bas, au haut de ces montagnes abruptes où la forêt est si dense qu'un non initié s'y perdait. La végétation y était belle à couper le souffle, tant par sa variété que par ses couleurs: les arbres au tronc blanc neige et au feuillage argent fascinaient Onésime. C'est dans les parages de ce site enchanteur que Coco fit connaître à Onésime les charmes d'une nuit de Noël, sous un climat chaud: femmes, gibier et whisky, une orgie!

Le lendemain de cette nuit de débauche, Coco reprocha à Onésime sa mauvaise conduite de la veille.

— J'avais perdu la tête: le whisky...

Coco tenait à la main une lame de bois courbée. Il la lança droit devant lui, et sauta de côté. Le boomerang fila, puis revint vers son point de départ et frôla Onésime de si près que celui-ci, étonné, devint blanc de peur.

— Tu as là, mon jeune, un exemple typique de ce que c'est que de perdre la tête. Perds la tête, les pieds suivront!

Onésime médita ces mots longtemps et devait s'en souvenir toujours.

Lors des expéditions qui suivirent Onésime, fit preuve de modération dans sa consommation de whisky, mais redoubla d'ardeur auprès des femmes. Coco sembla satisfait.

Progressivement, Coco initiait Onésime à divers métiers, dont ceux de contrebandier et de faussaire, lui soulignait les précautions à prendre, les risques du jeu.

Coco devinait que ce gars-là avait fui quelqu'un ou quelque chose: son pif exercé avait repéré Onésime dès que celui-ci mit les pieds sur les quais. Il l'observait à la dérobée, souvent s'attachait à ses pas pour surveiller ses allées et venues. Il s'étonnait du fait qu'Onésime se résignât à loger au milieu des marchandises: «Un caprice passager sans doute, une lubie qui lui passera vite.» Effectivement, quelques semaines passèrent et Onésime prit logis.

Coco notait les manies du jeune homme: dix fois le jour, il passait le peigne dans ses cheveux pour les lisser. De plus, il était le premier de tous ceux rencontrés sur les lieux qui laissait une odeur de bonne eau de Cologne flotter autour de lui. «Ce bonhomme appartient à un autre milieu: son air buté, son incapacité de se lier d'amitié signifie beaucoup.»

Onésime constata bientôt que Coco s'acharnait, se trouvait continuellement sur sa route. Ce qui l'ennuyait. Mais Coco connaissait le point faible d'Onésime: son orgueil. Alors, il joua sur ce tableau: une simple remarque pour lui souligner la qualité de l'instruction qu'il avait reçue, une allusion discrète à son fini, qui transpirait malgré lui, un simple compliment à droite puis à gauche et, petit à petit, le solitaire se laissa amadouer.

Un jour, Coco s'exclama, comme s'il se parlait à lui-même: «Ah! si seulement j'avais la moitié de ses connaissances et la jeunesse de ce noiraud, comme j'en accomplirais des prodiges!»

La phrase avait été prononcée sur un ton tout à fait désinvolte, mais chaque mot avait été bien articulé et l'intonation laissait sous-entendre des regrets ou de l'amertume, mais aussi miroiter des tas de promesses!

Adroitement, patiemment, bribe par bribe, Coco s'enquit des origines d'Onésime, de son goût de l'aventure, apprit qu'il était sans famille, donc sans lien. Les risques sont ainsi moins grands, quand, parfois, il faut faire disparaître celui qui se permet de devenir mécréant...

Coco testait Onésime pour s'assurer qu'il était qualifié pour remplir le rôle qu'il lui réservait. Un jour, usant de stratagèmes, il lui parla longuement des bonheurs que procure la drogue, de ses propriétés magiques: la drogue, qui procure l'oubli, soulève de terre, rend fort et puissant... Onésime écoutait. Soudainement, il l'interrompit:

— Tu oublies de mentionner que ça fait aussi perdre la tête, que ça rend fou; j'en ai vu des gars dégénérer à cause de cette illusion. La drogue, c'est du toc, ça a le même effet que ton boomerang: ça se tourne contre celui qui l'utilise.

Coco était ravi de ce qu'il venait d'entendre. Il avait misé juste, en voyant en lui un bon sujet à dresser pour servir la grande cause. Au début, il lui confia quelques missions de bien petite importance, mais qui mettaient les capacités d'Onésime à l'épreuve. Le dressage commença. Jamais Coco ne faisait de commentaires ni ne revenait sur un sujet clos. Coco avait la sagesse de ne pas le contredire. Toutefois, Onésime, conscient des indiscrétions de son ami, était sur ses gardes et ne lui communiquait que des bribes d'informations, plus spécifiquement, celles qui étaient de nature à bien servir sa cause, la sienne. Il n'avait jamais cru en l'altruisme: l'intérêt que lui portait Coco se devait d'être intéressé. Alors, il jouait le jeu, attendait la ronde finale.

Enfin, vint le jour des propositions sérieuses: d'abord, Onésime travaillerait sur une ferme, se familiariserait avec l'élevage du bétail ovin, s'occuperait de la tonte des moutons, apprendrait la coupe de la viande, étudierait le commerce s'y rattachant. Officiellement, Onésime deviendrait un exportateur de laine et de viande d'agneau. Tout ça lui répugnait, mais il le savait, ça impliquait autre chose, ce n'était qu'une mise en scène. Alors, il s'exécuterait de bon cœur.

***

À la fin de la période d'entraînement, lorsqu'il se présenta pour recevoir son salaire, le commis lui dit: «Retourne sur les quais».

Tout à sa joie, Onésime revint vers les hangars où arrivent et partent les marchandises. Il se rendit directement à l'endroit où se terrait habituellement Coco. Mais celui-ci brillait par son absence. Il s'informa auprès des gars qu'il coudoyait ordinairement. Tous haussèrent les épaules, sans ne rien dire. Ils semblaient ne pas connaître Coco, pas même de nom. Ça lui parut bizarre. Soudain, quelque chose le frappa: de fait, il n'avait jamais vu Coco s'entretenir avec aucun d'eux. En présence d'une tierce personne, il se tenait coi. «J'ai encore gaffé», pensa-t-il. Alors, il se souvint du jour de l'altercation. Cette vérité l'assaillit soudainement: Coco n'avait eu qu'à se présenter, n'avait rien dit, et tous s'étaient dispersés. On lui obéissait donc au doigt et à l'œil! Et il aima cet homme qui savait imposer le respect.

Il se glissa entre deux rangées de caisses, se roula en boule et s'endormit. Lorsqu'il ouvrit les yeux, Coco était là.

— Tout s'est bien passé, là-bas?
— Oui, merci.
— La paye fut bonne?
— Je ne sais pas. Je n'ai pas vérifié.

Ce disant, Onésime porta la main à sa poche. Elle était vide. Il se leva, se tapota: rien!

— Fiacre! s'exclama-t-il. J'ai été volé pendant mon sommeil.
— C'est grave.
— Je ne pouvais pas prévoir.
— C'est très, très grave!
— Je ne pouvais tout de même pas mettre l'enveloppe dans mon caleçon.
— Et pourquoi pas? Si c'est là que tu es le plus chatouilleux, mets-la là, ainsi tu auras des chances de te réveiller, si on te vole pendant que tu dors.
— Tu n'es pas sérieux.
— Si, des plus sérieux.
— Coco! tout de même!
— Écoute mon gars, tu te crois rusé, habile. Tu as une bonne tête, c'est vrai; mais hélas! tu ne t'en sers pas. Tu agis en séminariste.
— Hein?

— Oui, oui, en séminariste. On veut jouer les durs, on couche sur les quais, et on se laisse voler le fruit de labeur de tout un mois... parce qu'on a dormi. Tu n'es plus entouré d'enfants de chœur, mon ami, c'est fini ce temps-là!

Onésime n'en croyait pas ses oreilles. Comment diable savait-il tout ça? Où était-ce une simple coïncidence? Coco riait sous cape. Devant l'air ahuri de son compagnon, il sortit de sa poche l'enveloppe de paie d'Onésime et la lui plaça sous le nez.

Éberlué, Onésime avança la main pour la prendre.
— Oh! non, pas si facilement. Tu la perdrais encore.

Coco remit la main dans sa poche et en sortit un sac noir, de chevreau, muni de deux courroies.
— Voilà, mon ami, la seule façon habile de transporter un trésor: directement sur la peau, de façon à le sentir, en toute occasion.

De ce jour, Onésime ne se séparait plus jamais de cette bourse, à qui il attribuerait la vertu d'un talisman.

Coco s'était tu. Mille questions se pressaient dans la tête d'Onésime, mais son orgueil, piqué au vif, l'empêchait de les poser. Comment diable Coco détenait-il autant d'informations à son sujet? En plein milieu de l'Océanie, à l'autre bout de la terre, un homme, rencontré sur les quais connaissait son passé. Il se sentait petit, par ricochet l'autre lui semblait très grand, très puissant. Aussi se taisait-il, il attendait.

***

Un jour, Coco s'approcha d'Onésime et lui dit:
— Suis-moi à distance.

Coco se leva, suivit le bord de la mer. La marche fut longue. Coco ralentit, suivit une pente, s'arrêta et s'assit dans l'herbe. Onésime l'y rejoint.

— Tu sais ce que sont ces édifices sombres, là, derrière nous?

— Les geôles.

— Oui, les prisons, où la vie est douce si on la compare au sort réservé à celui qui trahit, au sein de notre clan. Et, là devant?

— La mer, la liberté.

— En somme la route que tu as empruntée, pour venir jusqu'ici. Tu es encore libre de choisir.

— Je suis de ceux qui ne trahissent pas!

— Alors, écoute, écoute bien, car nous serons longtemps, très longtemps sans nous revoir. Tu ne me trouveras plus sur ta route pour t'empêcher de commettre des erreurs, comme ce fut le cas dernièrement. Je te fais confiance; on va te confier certaines missions. Je ne suis qu'un bien petit chaînon dans une grosse organisation. Le silence, fiston, le silence et l'obéissance aveugle, telles sont les règles. Il faut savoir utiliser sa mémoire, ne jamais prendre de notes absurdes qui peuvent laisser des traces. Un courrier ne doit jamais avoir d'ami, doit savoir passer inaperçu, et ce qui est plus, ne jamais reconnaître, devant témoin, celui avec qui il aurait transigé précédemment: en un mot, l'incognito le plus parfait. Donc, pas de traces laissées derrière, si on devait être liquidé...

Onésime ne broncha pas. Il continua de regarder droit devant lui, fasciné. Comme jamais, il se sentait fort, capable, flatté aussi de s'entendre confier de tels secrets. Tout son être vibrait. Ses yeux brillaient.

À la dérobée, Coco l'observait. Oui, il avait bien misé en le choisissant comme un futur membre actif. Après une pause, il ajouta:

— Geler un gars, ce n'est pas agréable, mais parfois nécessaire. On réserve ce rôle aux fervents des jeux de hasard, aux adeptes de la drogues ceux-là n'en ont jamais assez et ne reculent pas devant les plus basses besognes pour gagner vite les grosses sommes nécessaires pour se payer de bons petits plaisirs personnels...

Suivit un lourd silence plein de sous-entendus, puis Coco enchaîna:

— Tu seras d'abord mis à l'épreuve: de petites missions te seront confiées, qui prendront de l'importance avec le temps, au rythme de ton succès...

Et, sur un ton grave, il confia:

— Toi, le Nord-Américain, tu quitteras l'Australie, tu nous serviras mieux là-bas, aux USA et dans ton pays. Tu as de l'instruction, de bonnes manières, tu es audacieux. Tu as donc de grandes qualités. Ne laisse pas se développer en toi le vice de l'orgueil, ne te permets jamais la plus petite déloyauté, et je te prédis un bel avenir. Un jour, tu goûteras l'enivrement que donnent la puissance et la fortune. Tu connaîtras le globe dans toute sa rondeur. Tu t'y connais en élevage; ce sera ta couverture. Tu transporteras des sommes rondelettes, fruit de la vente... de la laine et de l'agneau... Un nom à retenir: Padre Ricardo. Ton mot de passe: Big Ten. Voilà, prends.

Coco remit à Onésime un billet de dix dollars, en devise américaine, qui avait été coupé en deux et lui indiqua comment s'en servir comme pièce d'identification.

— Mémorise les chiffres qui apparaissent là.

Onésime tira sur le sac, y déposa précieusement les deux sections du billet.

— Tu gardes aussi sur toi tes papiers personnels. Parfois, il est utile à une personne avertie d'en posséder un double... Et des cheveux et une barbe, ça pousse, ça se colore et ça se taille, puis ça repousse...

Coco riait de bon cœur. Redevenant sérieux, il ajouta:

— Adieu, fiston. Bonne chance. Toi, tu retournes sur les quais. Moi, j'ai à faire.

Sans une poignée de main, l'homme s'éloigna. Onésime eut un pincement au cœur. La mélancolie s'immisça en lui.

Tout ce qu'il avait entendu était ancré là, dans sa tête. Coco l'avait endoctriné, mais le reste, tout le reste était d'une imprécision telle qu'il s'inquiétait. Comment se ferait le lien entre ces événements? «Je ne serai pas toujours là pour t'empêcher de commettre des erreurs», avait dit Coco. Il ne devait plus se tromper, il ne commettrait plus de bévue. La mer était si belle, là, à ses pieds: synonyme de liberté. Il regarda derrière et il frissonna. Lentement, il se leva et retourna sur les quais.

Une activité frénétique régnait partout: on criait des ordres, on classait des marchandises, on chargeait des camions; c'était un va-et-vient continu. Onésime regardait tous ces visages: lesquels étaient ceux d'amis? Nul ne lui prêtait attention. On ne le connaissait pas plus qu'on avait su reconnaître Coco. Le monde du silence. Onésime sentit revivre en lui, au fin fond de son âme, le sentiment de la solitude; la présence de Coco lui manquait.

La traîtrise, il la connaissait: Jean-Baptiste la lui avait fait connaître, au séminaire, autrefois. Il fallait apprendre à vivre seul, sans appui, sans ami, développer son propre système de défense pour la survie, ne compter que sur soi-même. Il apprendrait à passer inaperçu. Les risques, il n'y pensait pas; puisqu'il ne trahirait jamais, il n'avait pas à se soucier des châtiments réservés aux traîtres. La griserie de l'aventure, les exploits extraordinaires promis par Coco étaient attirants, moussaient son goût marqué pour le risque, grisait son âme d'aventurier. Enfin! sa vie aurait un sens!

Déjà son attitude avait changé. Il allait droit devant lui, indifférent à tout et à tous. Il les dédaignait maintenant, alors qu'autrefois, il feignait de les ignorer. Son pas prenait de l'assurance. Il avait l'impression d'être un colosse. Cependant, il gardait l'esprit alerte, il voyait sans regarder, enregistrait tout dans sa mémoire. Il mettrait en pratique tous les conseils reçus de Coco, le sage.

Chapitre 11

Les nombreux hangars qui longeaient le port de Sydney servaient souvent d'abri aux vagabonds. La ville regorgeait d'étrangers qui venaient y tenter leur chance, car les affaires prospéraient sur le continent. Celui qui y arrivait par la voie maritime avait longuement vogué. Aussi, le pays, avec sa population dense et ses activités était plein d'attraits. L'escale durait parfois longtemps, parfois toujours.

Coco avait bien choisi, en établissant ses quartiers généraux, dans le port. Celui-ci était fréquenté par des audacieux, des aventuriers sans racines, peu soucieux de la loi. Parmi eux, se trouvait parfois un sujet de choix: Onésime; il ferait longue carrière.

Un coquin s'approcha d'Onésime, le genre d'homme qu'il détestait. «Suis-moi, l'ami», lui dit-il. La grande porte coulissante qui, avait-il semblé à Onésime, cachait le repaire de Coco, était ouverte. Le nouveau venu l'emprunta. Onésime ne s'arrêta pas: il poursuivit son chemin, en emprunta une autre et il entra. Il passa à proximité du douteux personnage et lui tourna le dos. Il devrait venir à lui. L'autre sourit, se rapprocha d'Onésime exhiba une carte de géographie, s'y pencha.

— Tu connais la Colombie? Et plus précisément Buenaventura, là, précisément?

L'attitude, la méthode de travail, il fallait le reconnaître, s'inspiraient du style de Coco. Onésime écouta attentivement. La carte fut repliée, l'homme parlait maintenant à mi-voix.

— Tu rencontreras Armendos Gonzalez qui te mettra en communication avec Alfredo Sanchez. Le mot de passe est «Benito». Tu prends livraison et tu reviens. Tu t'embar-

queras dans quatre jours sur le Santonis. Des questions?
— Non.

Onésime dissimula la documentation reçue. Le coquin se leva, sortit, scruta les alentours: comme par hasard, tous s'étaient volatilisés. Il revint vers Onésime et poursuivit son discours:

— Avant le départ, je te remettrai l'argent nécessaire au voyage. En aucun temps, je dis, en aucun temps, tu ne dois te départir de la marchandise qu'on te remettra. Ne joue pas les héros ni les déserteurs: un ange gardien t'aura à l'œil. Celui qui devait partir en mission a eu... disons, un petit accident. Il vit maintenant dans un endroit où l'on émet pas de billet pour le retour. Ah! j'allais oublier: pas de femmes. Ne proteste pas, je connais tes lubies. Je sais tout de toi, tout. La marchandise, c'est sacré. Là-bas, prudence, super-prudence: l'anarchie la plus totale règne dans ce pays. Alors, encore une fois: prudence.

Un autre que l'orgueilleux Onésime aurait eu des hésitations, mais Onésime voyait là un rôle à la hauteur de ses aspirations. Il partirait le cœur en fête.

Enfin! il reprendrait la mer. Cette fois il dormirait dans une cabine. Finie la vie dans la cale, les nuits de chaleur affreuse, entouré de chenapans. Il pourra marcher le nez dans le vent, admirer le ciel et les étoiles, en touriste, non en rat de cale. Finie la vie de manœuvre à qui l'on commande sans cesse. Dieu sait combien Onésime était sincère dans son désir de réussir!

La veille du départ, le coquin revint, s'approcha d'Onésime, lui remit une enveloppe et une valise. Pas un mot ne fut échangé. Il partit comme il était venu, en courant d'air. C'est à peine si Onésime eut le temps de se retourner que l'autre avait disparu. Il n'aimait pas cet homme, un rustre sans manière, un minable!

***

Il admira le grand navire, qui traverserait, avec lui à son bord, le Pacifique. Il apprécia sa cabine, le robinet à eau chaude, les bons repas. Ça, c'était la vie, la vraie, la seule qui méritait d'être vécue. Coco le lui avait promis: confort et luxe, rien de moins! Il dormit, se gava, mais refusa toute invitation au salon. Il vivait en solitaire, était pleinement heureux.

Encore un peu et il oublierait sa haine pour son oncle, Jean-Baptiste, le pestiféré! Un jour, quand il serait devenu un homme puissant, il l'aurait, sa vengeance. Et elle serait amère! Il se le promettait. Installé confortablement sur son transat, entre le ciel tout bleu et la mer qui le berçait doucement, il laissait vagabonder ses pensées. Au moment où il avait croisé la route de Coco, il avait du coup pris contact avec sa destinée!

Les jours passèrent. Le drapeau australien, bleu comme l'azur, orné de la Croix du Sud, battait dans l'air. Et la Colombie fut là, devant lui. Le rêve devenait réalité.

Tout se passa tel que prévu: il fut mis en présence d'un gars au teint basané, au nez énorme, à l'œil rapide. Celui-ci lui remit une enveloppe, qu'Onésime fit disparaître. Lorsqu'il leva les yeux, Sanchez avait filé.

La rencontre avait eu lieu dans une rue qui longeait le port. Tous les mouvements étaient calculés: il n'en doutait plus, l'organisation était bien structurée. Il entra dans un restaurant et se dirigea vers les cabinets. Il avait de la veine: l'édicule était désert. Il prit le précieux paquet, le mit dans son sac de chevreau, vérifia la solidité des courroies et, sortant lentement, il retourna s'asseoir à sa table.

Encore quelques jours et ce serait le retour vers l'Australie. Il gonflait le thorax. Quel veinard! Il vivait comme un millionnaire: enfin il était quelqu'un. Pas un instant, ne lui vint à l'esprit le fait que les choses se passaient trop bien, qu'il aurait à surmonter quelque difficulté.

La vie lui devait bien ça! Il ricanait: pas si mal pour un fils de pendu, que l'Église avait dédaigné! L'oncle aux caramels n'avait qu'à se bien tenir: un Onésime en pleine puissance reviendrait lui faire avaler la corde qu'il avait glissée au cou de son père. Dès qu'il pensait à Jean-Baptiste, les yeux d'Onésime devenaient cruels, sa haine bouillonnait. Étrangement, c'était surtout aux heures heureuses qu'il le détestait le plus.

Ses pensées l'absorbaient tout entier. Aussi, ne remarqua-t-il pas deux individus qui s'étaient installés à une table, près de la sienne. Ce n'est qu'au moment de payer la note qu'il surprit les regards braqués sur lui. Il flâna un instant, puis se leva. Ils en firent autant. Onésime s'attarda à un kiosque à journaux. Les deux gaillards s'arrêtèrent pour allumer une cigarette. Il eut tout à coup la conviction qu'ils étaient sur sa trace. Ses méninges étaient en ébullition: devait-il rester là ou se mêler à la foule, dehors? Il opta pour l'extérieur: c'était l'heure d'affluence. Il sortit en trombe et se faufila à travers les gens qui déambulaient. Il ne réussissait toutefois pas à gagner du terrain, car les gars arrivaient à régler leurs pas sur les siens. De temps à autre, il portait la main à son sac. Son estomac tiraillait. Il s'efforçait de demeurer calme. «Et s'il s'agissait là de mes anges gardiens?» pensa-t-il tout à coup. Il ralentit, et bientôt, se rendit compte que l'un d'eux avait pris les devants et que l'autre le suivait toujours, de plus en plus près. «Me voilà cerné!». Il sauta de côté et vif comme l'éclair, profitant de l'effet de surprise, il s'engouffra dans une rue transversale et pendit ses jambes à son cou. Pourtant, il le savait, il était toujours pourchassé. Tout à coup se trouva sur son chemin un gaillard énorme qui hurla: «Coco!» Onésime allait contourner le géant, lorsque celui-ci répéta:

— Coco!

Ce disant, l'homme fit un croc-en-jambe à Onésime, qui trébucha, il lui lança une toile sur la tête et, d'un coup de main ferme, fit basculer le tombereau duquel dégringola la cargaison de légumes qui vint choir sur le pavé, couvrant Onésime tout à fait. Levant les bras au ciel, vociférant des injures, invoquant tous les saints du paradis, l'homme pivota, montra le poing, et pointa l'index en direction opposée.

Les poursuivants d'Onésime s'arrêtèrent, interrogeant l'homme du regard.

— Par-là... et il indiqua une rue tortueuse qui serpentait entre les bâtisses. Puis, il tira sur la toile.

— Saute là-dedans.

La toile d'abord, les légumes ensuite vinrent recouvrir Onésime qui suait à grosses gouttes. Et c'est au pas lent d'un mulet qu'Onésime fut transporté loin d'une mort certaine.

Tout s'était passé si vite qu'Onésime en avait le souffle coupé. Le mot Coco n'avait pas été prononcé comme ça, au hasard, se dit-il. Il comprit que son ami australien avait de longs et puissants tentacules.

Quand le chariot quitta le macadam et s'engagea sur une route secondaire fort rocailleuse, Onésime ressentit avec douleur les cahotements du tombereau qui bringuebalait sur ses roues de bois, de fabrication artisanale et qui n'étaient plus rondes!

Soudain le vieillard cria:

— Sors de là-dessous: le danger est passé.

Onésime ne se fit pas prier deux fois. L'homme le regarda et éclata d'un grand rire sonore.

— Tu fais sauce aux tomates aromatisée, fit-il.

La route qui devenait sentier, s'engageait dans une forêt. Parfois, des branches basses fouettaient les deux hommes au visage. Onésime ne savait plus quoi penser, surtout que l'autre se taisait. Après quelques heures de ce triste traitement, le mulet s'immobilisa dans une clairière. Il refusa d'avancer et se mit à brouter les jeunes pousses.

— Il a bien mérité ça! concilia le vieillard. Nous finirons notre course à pied. Lui, connaît sa route.

Les deux hommes marchèrent quelque temps et atteignirent un abri formé d'un toit de chaume soutenu par des pieux.

L'homme ôta sa chemise de flanelle et Onésime vit pour la première fois un homme vraiment velu, qui dégageait la forte odeur d'une bête de somme au travail.

L'homme mit l'index et le majeur entre les lèvres et siffla. Une jeune fille, presqu'une enfant, surgit.

— Nettoie ce gueux et fais-le dormir, lui ordonna-t-il.

Il s'étira, s'étendit et se mit à ronfler. Onésime oublia momentanément tous ses tourments. Le lendemain, au réveil, il réalisa que son sauveteur avait disparu. Mais la fille était là. Elle le conduisit vers un étang où l'eau était calme et si profonde qu'elle semblait noire. Onésime plongea, lorsqu'il fit surface il s'émerveilla de se trouver près d'un filet d'eau qui se dandinait depuis le haut de la falaise qui surplombait l'étang et coulait en cascades jusqu'à lui. Le soleil jouait à travers le feuillage, l'eau s'irisa: un arc-en-ciel y prenait naissance et se perdait dans l'infini du ciel. Onésime vit là un bon présage. La fille l'observait. Soudain elle dit:

— Le maître va rentrer. Tu dois me suivre.

La sauvageonne lui prit la main et le guida vers l'abri. Son sauveur était revenu. Onésime n'osait le questionner. Puisque le nom de Coco avait été prononcé, il ne pouvait douter de lui. Alors, il attendait les ordres. Ce devait être lui, l'ange gardien promis. La fille leur servit des fruits et du fromage. Assis à même le sol, l'un en face de l'autre, ils mangeaient en silence.

Le poilu tendit un bâton à Onésime et lui fit signe de le suivre. Ils marchèrent plus d'une heure. Bientôt ils se retrouvèrent au sommet d'une falaise. Ils s'immobilisèrent. Alors l'homme parla.

— Tu vois ce sentier, suis-le. Juste sous tes pieds, en bas, se trouve une caverne. Dès que tu auras atteint la rive, marche à reculons, efface les traces laissées par tes pieds. Un canot viendra te prendre pour te conduire au navire, qui partira à minuit. Qu'on ne te voie pas de la mer! Dieu te garde.

Onésime entreprit sa périlleuse descente, c'est alors qu'il apprécia le bâton, sans lequel il aurait sans doute dégringolé tête la première. Les arbustes se faisaient de plus en plus rares, pour pouvoir s'y agripper, Onésime faisait une halte et décidait où mettre le pied avant de se hasarder. Il se trouvait maintenant au sommet d'un talus raide qui le séparait du rivage. La falaise s'étendait à perte de vue, inutile de tenter de la contourner, il épongea son front moite, étira ses jambes fatiguées. Prenant son courage à deux mains, il sauta. Le sable amortit sa chute. Il se leva et c'est alors qu'il remarqua sur le rocher une nette ligne de démarcation qui indiquait que la mer atteignait sûrement cette hauteur à marée haute; des herbes marines accrochées aux arêtes le prouvaient. Il regarda à ses pieds, le sable était rugueux, parsemé de coquillages. Plus de doute possible, dès que le niveau de la mer s'éleverait, il serait emporté par les flots, non sans avoir été écrabouillé contre le rocher d'abord. Et impossible de rebrousser chemin! La peur le prit aux tripes. Avait-il été joué? Il pensa à la caverne: un abri, sans doute. Il s'en approcha, là, une ouverture sombre. Il se glissa à l'intérieur; et sentit une présence, il se raidit. Peu à peu ses yeux s'habituèrent à la pénombre, il vit un homme, une femme et trois jeunes enfants tapis là, aux visages bizarres, la ligne de la racine des cheveux commençait presqu'au dessus des sourcils, des nez plats, à narines démesurées, la peau très foncée. L'homme grogna. Onésime, plus mort que vif, se laissa glisser sur le sol et remarqua que là aussi le gravier était lavé par la mer. Ainsi, l'eau devait s'engouffrer dans cette grotte. Toutefois la présence des énergumènes le rassura, eux connaissaient sûrement la région. Épuisé, il s'assoupit.

Lorsqu'il se réveilla, il sursauta: la fillette se tenait près de lui. Elle lui tendait un fruit. Dès qu'il l'eût pris, elle lui sourit et alla se blottir contre sa mère. Onésime mordit dans le fruit et un riche liquide rouge s'écoula.

***

L'attente n'en finissait plus. Le jour tombait. Soudain un léger clapotis vint le réjouir et le réconforter. Il s'avança vers la sortie: il ne voyait rien, mais sentait le vent du large et, de façon à peine perceptible à l'oreille, le bruit d'une rame coupant l'eau. Il tâta son sac, s'assura de la solidité de la bandoulière: tout était bien en place.

La barque fut là, enfin! Un homme sauta sur la berge et fit les cent pas! Onésime attendait un signal.

Pst! fit le nouvel arrivant. Lorsqu'il s'avança sur la grève il constata que ses appréhensions avaient été fondées: l'eau venait rejoindre la falaise. Ce n'était plus qu'une question de temps: vingt minutes, trente peut-être, et la marée montante serait parvenue à eux, les aurait fracassés contre le roc, avant de les engloutir!

Tous montèrent à bord et l'embarcation changea de cap, là, devant eux, la lumière brillait. Le port naturel, protégé, connaissait une certaine activité.

Le canot se dirigea vers le large, contourna un navire, ralentit sa course. Une lumière faible dirigea ses rayons vers eux: «Un signal», pensa Onésime. Le petit bateau se colla au flanc du gros. Onésime, d'abord, s'agrippa à l'échelle de corde et grimpa, agile comme un singe. Il fit quelques pas, puis quelqu'un l'accosta, lui fit signe de le suivre. Il fut conduit dans une cabine. Il tâta son sac, ôta ses souliers et se laissa tomber sur la couche.

Il dormit mal, rêva de montagnes d'eau qui le menaçaient et se réveilla avant le lever du soleil. Il sortit de sa cabine, longea les murs, s'appuya au basting et, à pleins poumons, huma l'air frais du matin. À perte de vue s'étendait la nappe d'eau dans toute son immensité. On était en haute mer. Son attention fut tout à coup attirée par quelque chose qui lui sembla insolite. Il resta là, immobile. L'aurore pointait à peine, peut-être s'était-il trompé? Sur le pont inférieur se trouvaient deux chaloupes de sauvetage recouvertes d'une toile. Il lui avait semblé qu'on avait bougé, là-dessous. Mais voilà, une menotte fit son apparition, puis la tête d'une enfant. «Tiens, tiens, se dit-il, les indigènes de la grotte seraient des passagers clandestins!» L'enfant avait réintégré sa cachette. «Ce sera infernal, là-dessous, quand les rayons du soleil darderont de leurs pleins feux!»

Alors survint un drame épouvantable. La menotte reparut, puis la fillette surgit, se pencha, et tomba, tête première, dans la mer. C'est alors qu'il vit la main du père qui tentait de retenir l'enfant. En vain, elle était disparue, par dessus bord.

Apparut ensuite le visage de la mère, elle regarda tout autour, vit Onésime; la frayeur et la détresse se lisaient dans ses yeux qui le fixaient, perçants, suppliants. La main de l'homme vint se placer sur sa bouche, comme s'il eût craint que sa femme crie, et força celle-ci à rentrer sous la toile.

La petite fille était celle-là même, qui, la veille, lui avait offert un fruit, lui avait souri!

Une porte s'ouvrit. Un matelot s'adressa à Onésime: «Le café sera servi dans un quart d'heure, suivi du déjeuner.»

Onésime aurait pu, à cet instant, avertir que l'enfant était tombée à l'eau, peut-être n'était-il pas trop tard pour la sauver. Mais Onésime n'en fit rien. Il répondit tout simplement «merci», et marcha machinalement vers sa cabine.

Il connaissait la consigne pour avoir lui-même déjà navigué; l'instruction est formelle: tout témoin oculaire d'un accident de ce genre doit avertir en prononçant de façon à être entendu: «un homme à la mer». La pensée ne l'avait même pas effleuré.

La glace lui rendait l'image d'un homme bien mis, il lissa ses cheveux, ajusta sa cravate, se sourit, tapota ses joues et son menton de ses deux mains mouillées d'eau de Cologne.

D'un pas lent, il se rendit à la salle à manger. Il choisit une table isolée, se plaça dos au mur. Ainsi, il pourrait voir tout ce qui se passait autour de lui. Il plaça la serviette sur ses genoux et se concentra sur le menu.

On versait le café dans sa tasse. Il leva les yeux pour remercier. Il ne parvint pas à prononcer un seul mot. Incroyable! Le serveur qui se tenait là était l'un des deux hommes qui l'avaient poursuivi, à Buenaventura. Aucun doute possible, il n'oubliait jamais un visage! C'était celui qui, précisément, avait allumé la cigarette de son complice.

Le garçon s'était éloigné, le visage impassible. Onésime avait instinctivement porté la main à son flanc. Le trésor était toujours en place.

S'il devait perdre le contenu de son sac? Il vaudrait mieux pour lui de ne pas paraître les mains vides devant Coco. Il sentait son système nerveux sur le point de lui jouer de vilains tours; il dut faire appel à toutes ses capacités de maîtrise pour ne pas éclater. Il en avait les jambes coupées. Il leva le bol de café et, tout en s'abreuvant, observait le serveur.

Il devait se tenir sur ses gardes. En aucun temps, il ne devait se laisser approcher par qui que ce fût. Il lui fallait trouver un moyen de disparaître dès que le navire toucherait le quai, et surtout, jusque-là, ne pas se laisser surprendre par le mal de mer, comme cela lui était arrivé, un jour, sur un chalutier! Par ricochet, Onésime imagina que la nourriture ingurgitée contenait un somnifère, il en eut la nausée. Le chef avait eu raison de le mettre en garde: «Tu connaîtras des défis à relever qui auront raison de ton goût inné du risque et du danger.» Il en était là, torturé jusque dans ses entrailles. C'est sur ce navire que le téméraire Onésime commença à développer des méthodes d'autodiscipline; à force d'efforts d'autosuggestion, il garderait l'emprise sur ses réactions, qu'il redoutait.

Il grignota: il fallait à tout prix manger pour ne pas que son estomac lui jouât de vilains tours. La mer a le don de torturer les ventres vides; il le savait. Il dédaigna le café, mangea le pain. Il avalait avec difficulté. Pendant tout ce temps, il réfléchissait. Lui qui s'était cru à l'abri! Les vacances étaient finies, la torture recommençait. Il lui faudrait être continuellement à l'affût, alerte.

Onésime savait que les garçons de restaurant, sur les navires, ont plus d'un emploi, occupent plus d'un poste. Parfois, ils sont préposés aux cuisines ou à l'entretien des ponts. Il était donc exposé à les rencontrer partout. Il lui faudrait être vigilant: la pensée qu'on pût le voler, puis faire disparaître son corps en le jetant par dessus bord, le fit frissonner.

Onésime, frôlant les murs, se rendit à sa cabine. Au moment où il allait y pénétrer, la porte de la cabine d'en face s'ouvrit et un vieux zig en sortit, le regarda, recula et referma sa porte. Un espion?

Couché sur le dos, la main inconsciemment posée sur son trésor, comme pour le protéger, Onésime réfléchissait. Il pourrait simuler le mal de mer, exiger qu'on lui servît ici ses repas. Non, ce serait accepter la contrainte et se soumettre à l'intimidation. Il jouerait de ruse, serait plus habile que les autres.

Dans les jours qui suivirent, il retourna prendre ses repas à la salle à manger, changea de table, fit mine de rien. Mais ses nuits devenaient de véritables cauchemars: il dormait peu ou mal. Son ennemi était toujours là, mais semblait ne pas se soucier de lui. Il attendait sans doute la minute précise où Onésime mettrait pied à terre pour passer à l'action.

Enfin, l'Australie, le plus petit continent du monde, mais aussi la plus grande île était là, en vue. L'eau, dans la baie, était à étale. Mais sur la rive, l'action régnait. Les longs hangars s'étiraient à perte de vue, des débardeurs actifs et criards s'affairaient, des camions faisaient la queue dans l'attente des marchandises. Les amarres furent lancées, depuis le navire.

Là-haut, sur le pont, Onésime observait la manœuvre en se tenant aux aguets. Cependant les individus qu'il redoutait n'étaient pas en vue. Dès que la passerelle fut mise en place, il descendit, profitant du désordre de la foule. Bousculant quelques passagers dans sa course, il se faufila jusqu'aux hangars. Rien ne lui aurait fait plus plaisir que d'y rencontrer Coco. Mais son maître n'était pas là. Par contre, il connaissait bien les lieux, ce qui constituait un atout en sa faveur. Il se cacha dans une encoignure, et attendit.

— Tu as fait bon voyage?

Onésime sursauta. Le coquin, celui-là même qui lui avait remis son itinéraire, était là, tout sourire, sous un déguisement nouveau. Les intonations, le timbre de voix ne trompaient pas. Ce jour-là, il plut à Onésime.

— Ou je fais erreur, ou tu es nerveux.

— Euh... pas vraiment, répondit Onésime, sans grande conviction.

Cependant, Onésime retrouva vite son calme. Il pouvait maintenant crier victoire.

— Rends-toi immédiatement au lieu de ton dernier rendez-vous. Quelqu'un t'attend là-bas.

Onésime partit d'un pas alerte. Que d'émotions! Il avait des ailes. Décidément, il était un pro! Il avait frôlé la mort, avait été poursuivi, avait connu le danger, et voilà que, malgré les multiples embûches, il avait réussi. Chemin faisant, il élaborait dans sa tête le merveilleux compte rendu qu'il ferait de ses exploits à son maître. Coco serait épaté. Il souriait: ce qui l'avait rendu misérable le valorisait maintenant. Que la vie était belle! Quelle victoire! Il jouissait par anticipation. Ce serait merveilleux de remettre le trésor à son chef. Il voyait, sur sa droite, la rangée interminable de cachots qui faisaient face à la mer. Il hâta le pas, lorsqu'il reconnut l'endroit où il avait reçu les sages conseils de Coco. Il s'assit à même le sol.

Quelqu'un venait. Il demeura calme, ne tourna pas la tête. On viendrait vers lui... Lorsque l'homme se pencha, que les regards se croisèrent, Onésime ne put réprimer un mouvement de surprise. Encore lui! En une fraction de seconde, Onésime revécut les incidents, là-bas en Colombie: la poursuite, puis sur le navire... Aurait-il été dupe à ce point?

— Pas un mot, l'ami. Lève-toi et marche... non, vers la route, cette fois.

Une voiture les attendait. Ils montèrent à l'arrière et, à folle allure, on fila. À un moment donné, on changea de route, emprunta une allée bordée d'arbres. Tout au bout, une grande maison trônait au milieu de jardins de fleurs.

Onésime fut conduit dans un salon à l'intérieur duquel se tenait un homme placé devant la fenêtre et qui regardait dehors. Il était vêtu d'un riche pyjama oriental orné de broderies. Il se retourna et sourit. C'était Coco.

Onésime réprima son étonnement, se raidit, mais ne put prononcer un seul mot.

— Apportez le cognac, dit l'homme.

Ceci dit, il s'installa dans un fauteuil. Deux ou trois autres personnages vinrent se joindre à eux. Les verres furent servis. Coco leva le sien:

— Alors, l'ami, et cette mission?

Onésime regarda à la ronde, inquiet.

— Tes amis, des associés... Tu peux déballer la marchandise sans crainte, fit Coco.

Penaud, Onésime s'exécuta. Coco déplaça la bouteille et les verres, prit le sac, l'ouvrit et sous l'œil médusé d'un Onésime déconcerté, étala sur la table rien d'autre... qu'une liasse de papier journal savamment disposée.

N'y tenant plus, les comparses éclatèrent d'un rire fou devant l'air ahuri d'Onésime. Le rire devint hystérique.

Onésime, l'orgueil piqué au vif, trouva la plaisanterie saumâtre: il avait risqué sa vie pour de vulgaires coupures de papier journal. Il regimba, hurla. Coco cessa de rire, se leva et lui administra une solide tape en plein visage.

— Calme-toi, morveux! Pour qui te prends-tu donc? Croyais-tu qu'à cause de tes beaux grands yeux noirs, on te confierait une fortune sans d'abord te sonder les reins? Modère tes transports, garde ta fougue pour les grandes occasions, si grandes occasions il y a! Dans le milieu, on se tait et on obéit. Tu as de la veine de t'en tirer à si bon compte: je pourrais te broyer les os!

Et Coco offrit un autre verre à Onésime.

Humilié, atteint dans son amour-propre, Onésime se composa un visage. Il lui fallait faire taire sa rage, se rendre à l'évidence: ici, il n'était pas le plus fort. Mais il n'oublierait jamais l'affront. Il se soumettrait, oui, mais uniquement pour servir sa cause à lui, la sienne.

Toute cette mise en scène l'écœurait; on s'était ri de lui, de ses sentiments personnels. Ça, il ne le pardonnait pas. Pour le moment, il faisait contre mauvaise fortune, bon cœur. Ses yeux perçants enregistraient tout ce qu'il voyait. Il étudiait les gestes et les mimiques de chacun, classait tout ça dans sa tête. Il négligea le verre et son contenu.

Coco l'observait. Il aimait l'audace folle de ce garçon. S'il lui avait ouvert les portes de sa retraite, c'est qu'il lui faisait confiance. Il espérait que l'autre le comprenait, sinon, gare à lui.

Autour d'eux, la conversation allait bon train, mais les discours tenus ne rimaient à rien; il était évident qu'on ne s'était pas réunis sous le signe de l'amitié, il s'agissait là d'une simple réunion, dont il était l'objet. La mine piteuse d'Onésime ne les surprenait pas, ils avaient eux-mêmes été soumis à des épreuves analogues. L'initiation, dans le milieu, n'était pas de tout repos. Ce qui les avait étonnés, c'était l'audace avec laquelle Onésime avait riposté. Pour ça, ils le respectaient. La condescendance de Coco leur indiquait qu'Onésime était un favori. Seul, l'intéressé n'avait pas compris.

L'organisation était gigantesque. Dans les faits, toutefois, les choses étaient simples: chacun avait un rôle à jouer et s'y tenait. Dès qu'il avait gravi un échelon, l'initié était dirigé vers une autre cellule, qui ignorait tout de la première. Avec le temps, chacune se métamorphosait et les visages changeaient, donc l'instabilité rendait toute confrontation presque impossible. La complexité des moyens d'action assurait la force de l'organisation et la stratégie pour mener à bien les opérations reposait dans les mains de quelques puissants personnages inconnus des différents noyaux; le rôle de Coco était de recruter des gens susceptibles de bien servir la cause, de les initier, de les jauger et ensuite de les orienter vers un autre réseau, en tenant compte des aptitudes démontrées.

**

C'est ainsi qu'Onésime, il en fut décidé, serait dirigé vers l'Orient. Petite mission d'abord et, selon les résultats obtenus, des rôles plus importants seraient dévolus à la nouvelle recrue. Onésime liait contact avec les exportateurs. C'était sa couverture. Jamais, il n'était mis en contact avec la marchandise trafiquée, dont il ne doutait pas un instant de la nature véritable. Il faisait l'étude des marchés, suggérait. Mais son seul rôle actif était le transport des sommes fabuleuses échangées au cours des transactions. Il gardait patte blanche, se faisait petit, humble, ne posait jamais de geste spectaculaire qui eût pu le faire remarquer. Tout semblait lui réussir. Il voyageait beaucoup et accomplissait de véritables prodiges. La marchandise, qui n'était jamais désignée sous un autre nom, rentrait en Nouvelle-Zélande et continuait sa route dans des ballots de laine brute ou cardée, selon le cas. C'était de tout repos. Son rôle était de servir de «courrier sec», comme on le disait dans le «milieu».

Onésime conclut que tout commerce voué à l'exportation était apte à servir la cause. Il jeta son dévolu sur les plants et les fleurs exotiques. Cactus, bonsaï, fleurs de soies orientales, jardins miniatures connurent soudain un essor inouï, à des prix fort alléchants... On avait retenu ses suggestions. Le succès lui était assuré. Il ne lui restait qu'à ne pas faire de bévue. Le fait de ne pas avoir de chef sur qui s'appuyer, de se sentir constamment épié, de ne jamais connaître le résultat de son travail rendait la situation difficile et, impossible, tout sentiment de sécurité. C'était voulu ainsi: ça évitait au premier venu de se sentir un héros devant la réussite.

— Dans notre organisation, avait dit Coco, c'est comme dans l'Évangile: nul ne sait s'il est digne d'amour ou de haine.

La situation d'Onésime était plus précaire encore du fait qu'il ne se liait jamais d'amitié. Il était seul et ne savait pas être heureux. Il n'était sensible qu'à la souffrance: il jonglait avec ses peines, se délectait dans le malheur. La haine s'était implantée dans son cœur dès son bas âge et, depuis, elle y sommeillait, toujours prête à se réveiller. Ses espoirs personnels, les faiblesses de sa personnalité le rendaient malheureux, certes, mais servaient admirablement bien sa vocation de «courrier sec». Sa solitude minimisait les risques de trahison.

Depuis le jour, fatidique entre tous, où il fut répudié du sacerdose à cause de la pendaison de son père, il se complaisait à aviver, à entretenir sa haine. De latente, elle devint active. Il vivait en fonction de sa rancœur. Il devint hostile à l'ordre établi, à la société en général. Si un désir, même absurde, germait dans son esprit dérangé, il n'avait de repos que le jour où il assouvissait son obsession malsaine. Le fieffé orgueilleux ne savait pas faire la part des choses, ne savait pas pardonner.

L'instabilité de son caractère lui jouait de mauvais tours: ses émotions variaient selon l'impulsion du moment et les événements, ce qui faisait de lui un être imprévisible, que par trop versatile. Il ne goûtait jamais de paix véritable et ses bonheurs étaient brefs, inconsistants. Son âme souffrante ne connaissait que le tumulte et l'angoisse!

C'est en Inde, plus précisément à Bénarès, qu'Onésime découvrit une nouvelle facette de son âme. Il apprit qu'il était beau, qu'il détenait des pouvoirs persuasifs illimités, qu'il avait mille talents à exploiter.

Il se promenait sur la rive du fleuve sacré, observait cette foule pacifique qui venait là se sanctifier dans les eaux du Gange.

Ici l'amour était pur. La veuve qui, depuis des siècles, montait sur le bûcher pour y être brûlée vive afin de rejoindre son mari dans l'au-delà, représentait exactement la qualité de l'amour qu'il aimerait inspirer, lui.

Les Anglais avaient fait cesser cette tradition sublime pendant l'occupation! Quelle incompréhension!

L'amour que l'on vouait à la vache sacrée demandait des sacrifices: des femmes partaient avant l'aurore pour cueillir des herbes et des pousses aux extrémités de la ville, afin de nourrir ces bovins, sans attendre de récompense en retour. Là, on pouvait parler d'amour et de désintéressement. Ici, aux Indes, on n'avait pas à se mettre martel en tête pour donner un sens à la vie de l'âme. Quelle foutaise, la théorie de ces théologiens qui cherchent à prouver la grandeur de Dieu à travers la révélation, de façon raisonnée, alors que tout était si simple! Pourquoi tant de recherches et de symbolismes? Des pleins bouquins qui mènent à la confusion!

Le jour où la vérité, la sienne, se révéla à lui, Onésime était en présence de son gourou. Elle l'atteignit de plein fouet, le surprit, l'émut: il était un être réincarné. Son corps, qu'il avait trouvé laid et minable, il le trouvait alors beau et noble; ce n'était que l'écorce charnelle qui le contenait, lui, le vrai, l'authentique. Ça expliquait tout: l'incompréhension dont il avait tant souffert, son dédain pour la médiocrité et la mesquinerie, ses émotions fortes. Il comprenait, il savait dès lors: il connaissait son karma, il marchait dans un sentier tracé à l'avance, tout s'expliquait, même sa course sur le globe... Il baissa la tête, se recueillit encore. Voilà! lui, Onésime, était d'une essence différente, supérieure. Il leva les yeux vers ceux de son maître spirituel qui l'observait, croyant que la vérité était à se faire un chemin dans l'âme de ce fils. Ils échangèrent un regard de feu: Onésime, transfiguré par la lumière, se sentit enveloppé d'une aura de sainteté.

Onésime se leva. En lui, il avait grandi. À pas lents, il s'éloigna. Toute la nuit, il médita sur lui-même, sa voie, son destin. Il en conclut qu'il était, lui, Onésime, un élu; son rôle serait, dorénavant, de transmettre la lumière qui l'avait imprégné: il serait pasteur.

Pendant des semaines entières, il médita toutes ces choses, en pesait le pour et le contre. Il errait aux Indes, allant d'une ville à l'autre, traversa les Himalayas, se rendit au Népal, poussa loin dans les campagnes, étudia les mœurs des moines, admira la façon de vivre paisible et sensé de ces hommes drapés de soie safran, allant pieds nus, le visage serein. Un jour, au milieu de paysans, Onésime se leva et parla. Un vieillard traduisit. L'attroupement allait grandissant autour d'eux. On écoutait cet orateur qui semblait avoir, bien jeune, atteint un haut degré de sagesse; il laissait errer son regard sur les visages tournés vers lui et ressentait une ivresse telle que son cœur chavirait.

Une dernière fois il retourna vers son gourou. Ce jour-là, le saint homme ne leva pas les yeux vers lui. Il en conclut que l'heure était venue de s'éloigner.

À l'aube du jour suivant, il fit un ultime pèlerinage. Il descendit une à une les marches du temple et trempa les pieds dans l'eau régénératrice. L'intensité du sentiment mystique qu'il éprouvait lui confirmait l'authenticité de sa croyance.

Lorsqu'il quitta l'Orient, Onésime n'était plus le même homme. Plus rien ne comptait qui n'était grandiose. On viendrait vers lui, on le vénérerait!

Précautionneusement, il ficela les photos où il figurait en maître, dans des décors majestueux, qui confirmeraient aux sceptiques la véracité de son appartenance au monde de la connaissance universelle. Il serait immortalisé.

La haute autorité de «l'organisation» qui lui permettait de gagner sa vie de façon aussi lucrative serait satisfaite. On mettait de plus en plus de précautions à couvrir l'activité réelle des gens du «milieu» en la cachant derrière le paravent de la légitimité. Le rôle de pasteur était tout indiqué. Il conférerait une certaine dignité à celui qui l'exercerait et, ce qui est plus, lui permettrait de se déplacer facilement et souvent, sans attirer l'attention. En outre, la profession rapportait beaucoup, ce qui permettrait d'expliquer la possession de sommes fabuleuses qu'il lui fallait transporter, si, un jour, il était découvert.

Onésime regrettait amèrement ses folies d'antan, alors qu'il était un vulgaire inconnu, démuni, primesautier.

Depuis qu'avait germé en lui ce rêve merveilleux de devenir pasteur, il était impatient de rentrer au pays.

***

Jusqu'alors, Onésime n'avait pas rencontré d'entrave sur sa route; il obéissait aveuglément. Dès que le contact était établi, il n'avait à rendre de compte qu'à celui pour qui il œuvrait. Les missions se faisaient de plus en plus nombreuses et importantes. Il avait mérité la confiance des têtes dirigeantes. C'est ainsi qu'il fut un jour mis en contact avec le puissant des puissants, le redouté Padre Ricardo. Il sut plaire à cet homme féroce qui ne condescendait pas souvent à se faire connaître d'un étranger, si habile fût-il. Le fait d'avoir été reconnu et accepté par le grand chef accordait à Onésime une crédibilité indéniable.

***

Avant de quitter Bénarès, il se rendit au monastère, fit une généreuse offrande à l'intention de son gourou, et fit brûler quelques bâtons d'encens pour assurer sa protection future. À sa sortie, il vit son maître spirituel qui se tenait en retrait. Il ralentit et attendit. Le gourou cilla et retourna dans le temple. Onésime frémit de la tête aux pieds. Une joie immense le subjuguait.

Il quitta la ville aimée, où il avait connu tant de fortes émotions, et, depuis Delhi, il emprunta la route qui le mènerait au Liban. Il se promettait une nuit orageuse auprès des belles de Beyrouth, non sans avoir pris le temps d'assister au merveilleux spectacle présenté dans le somptueux casino.

Les plus grandes capitales du monde l'avaient toutes fasciné un jour ou l'autre. Il emmagasinait en lui ces souvenirs, qu'il n'avait encore jamais partagés avec aucun être humain.

Le vol serait long. Il frissonna. Onésime nourrissait un amour de prédilection pour les voyages en avion. Lorsqu'il posait le pied dans la carlingue de l'oiseau de métal, son estomac se nouait, il se sentait infime mais osé, brave. La puissance du vaisseau aérien éveillait en lui une foule de sentiments contradictoires qui allaient de la peur atroce à un sentiment de bravoure de s'y soumettre, de vaincre sa propre petitesse. Il serrait les poings. Il lui semblait que son sang se figeait dans ses veines, ses oreilles bourdonnaient, il se sentait rivé sur son siège, réconforté par le seul port de la ceinture qui le retenait là; pendant l'envol, l'effet de pression exercé sur son thorax vidé de l'air, sous l'effet de la trouille, les yeux fermés, les genoux serrés, il entrait presque en transe.

Ces émotions fortes avaient sur lui un effet étrange, où se mêlaient l'exaltation de son esprit malicieux et ses émotions charnelles: il jouissait! Il restait là, coincé avec lui-même, replié sur son ego, ne cherchant pas à vaincre ni à surmonter les sentiments étranges qui l'assaillaient: il s'y complaisait.

Qui l'eût observé aurait été effrayé par ce visage étrange, terreux, anéanti, absent à tous et à tout. Son amour frénétique du danger, sa passion de la violence, son besoin perpétuel de relever des défis faisaient de lui un être démoniaque.

Il se rendait très tôt à l'aéroport, savourait par anticipation la situation grisante qu'il s'imposait délibérément. Il ne voyait pas déambuler la foule: le mouvement humain le laissait froid; par contre, il frémissait au son de la voix métallique des haut-parleurs polyglottes qui annonçaient les destinations et l'ordre à suivre. Il prenait un plaisir malsain à mousser ses craintes: la peur s'installait en lui, de plus en plus oppressante, et il s'en gargarisait.

C'est dans cet état d'esprit morbide qu'il parcourut le monde, allant d'un continent à un autre, loin, toujours plus loin. Insatiable, son âme ténébreuse ne goûtait jamais de repos.

***

Lorsque l'avion s'arrêta enfin, et qu'il en descendit, il se sentit épuisé. Couvert de sueur, la respiration haletante, il traîna les pieds jusqu'à l'immigration. «Ces maudits engins me donnent la trouille» gémit-il, en regardant l'officier. De fait, il avait le teint gris.

Il allait monter dans un taxi, quand un homme le poussa et prit place près de lui sur la banquette arrière. Ce qui le choqua.

Il ne réussissait pas à s'habituer au sans-gêne des agents de liaison qui œuvraient au sein de l'association. À maintes reprises, il dut se contenir pour ne pas lever le poing sur ces insolents. Aujourd'hui surtout, alors qu'il venait de vivre des longues heures d'un stress cuisant, il faillit se jeter sur l'intrus. Celui-ci s'en rendit compte. D'une voix autoritaire, il s'adressa au conducteur. Il déclina une adresse. Puis, se tournant vers Onésime, il lui apprit qu'un appartement d'un grand chic lui était réservé au haut d'un immeuble huppé de la métropole.

— Voici les clefs de ta voiture. Tu as trois mois de liberté devant toi. Oh! j'oubliais: ceci est pour toi.

Il lui remit une enveloppe. Dès que la voiture s'immobilisa, il en descendit et fila sans ajouter mot. Onésime sentit fondre sa colère: «Une fois encore, je me suis emballé inutilement!» Il localisa son nouveau home et, avec fierté, introduisit la clef dans la serrure. Il ne put réprimer un oh! d'admiration devant le faste des lieux. Tout ça était pour lui! Décidément, la vie le comblait! Ça dépassait, en beauté, et de beaucoup, tous les endroits où il avait séjourné dans le passé. Il gonfla le thorax: la fierté l'inondait. Voilà que se réalisaient les promesses de Coco: «Tu seras riche et goûteras la vraie vie». Son dévouement aveugle le récompensait enfin!

Onésime fit couler l'eau dans la baignoire et s'y plongea. La chaleur de l'eau lui fit du bien. Il se cala jusqu'aux épaules, ferma les yeux. Quel doux moment!

L'heure était venue pour lui de jeter les bases de son nouveau projet. D'abord et avant tout, il irait du côté de Québec et ferait des recherches pour retrouver cet imbécile de Jean-Baptiste Gagnon. Il voulait sa peau, à tout prix. L'argent n'était plus un obstacle. Il passerait la vieille capitale au peigne fin, réussirait à lui mettre la patte dessus. Après tout, il ne pouvait s'être volatilisé: quelqu'un, quelque part, l'aiderait sûrement à le localiser! Et s'il était mort? «Fiacre!» hurla-t-il tout haut. S'il fallait que ce mécréant fût crevé sans qu'il n'eût eu le plaisir d'assouvir sa haine! Ce serait trop injuste, le ciel ne pouvait pas permettre ça! Les nobles sentiments ressentis, par Onésime lors du pèlerinage auprès de son gourou, s'étaient évanouis: son caractère tumultueux reprenait le dessus; il retournait déjà à ses noirs desseins.

Chapitre 12

Les recherches effectuées à Québec s'avérèrent vaines: l'atelier et la maison de pension qu'avait habitée Jean-Baptiste avaient été démolis et remplacés par un centre commercial. Il semblait que Jean-Baptiste s'était volatilisé. Onésime rageait. La vie semblait lui être favorable en tous points; cependant, elle lui refusait ce qui le comblerait plus que tout: retrouver ce Jean-Baptiste de malheur et l'écraser comme un pou!

Onésime revint vers la métropole. Pour le moment, il avait d'autres chats à fouetter. «Ma chance ne peut m'abandonner. Un jour, il se trouvera sur mon chemin, à moins que le diable en personne ne le protège!»

Rentré chez lui, il mit tout en œuvre pour organiser sa nouvelle vie.

Il rédigea des sermons qui sauraient toucher les âmes de ses futurs disciples. Il se plaçait devant le miroir et étudiait sa mimique: il souhaitait pouvoir envoûter des foules par le simple jeu de sa physionomie; il s'efforça donc d'adopter l'attitude dévote de son maître spirituel oriental. Hélas! il ne possédait ni le feu sacré, ni la flamme intérieure qui illuminait le gourou.

Onésime passait des heures à étudier ses gestes, mais quand vint le temps de prononcer à voix haute les beaux discours jetés sur papier, il s'aperçut qu'il ne connaissait rien à l'art oratoire. Il n'avait jamais dialogué, communiqué sa pensée: les mots semblaient sortir de sa bouche comme un feu d'artillerie. «Ce n'est pas ainsi que je réussirai à toucher les cœurs: je dois perdre ce ton autoritaire, je dois me faire tendre, mielleux, jouer avec les intonations, me faire troublant; je dois faire vibrer ma voix, la faire osciller, passer de la colère à l'extase. C'est à ce prix que je réussirai à toucher les cœurs. Je veux devenir grand, le plus grand, le plus aimé de tous les pasteurs d'âmes.»

***

Onésime se procura une psyché et passa des heures devant la glace à améliorer ses gestes. Il discourait, s'émouvait. Il ne connut de satisfaction que le jour où il crut vraiment au personnage qu'il voyait là, devant lui. C'est alors seulement qu'il s'attarda à élaborer le côté matériel de l'entreprise. D'abord, il loua un local modeste qui n'attirerait pas l'attention, mais saurait contenir une grande foule. Il inséra des annonces dans les grands quotidiens et patiemment, jour par jour, il vit s'accroître sa popularité.

Un soir qu'il revivait en pensée son séjour en Inde, au souvenir du Taj Mahal, le superbe mausolée que l'amour d'une femme avait inspiré, il eut une pensée extraordinaire: pourquoi n'exploiterait-il pas le pouvoir des pierres précieuses? Lui-même étant fervent des fétiches, d'autres ne manqueraient pas de se laisser éblouir. De plus, il venait de trouver une façon plus habile de s'attirer des adeptes que la seule invitation à la prière. Il devint marchand de paix, de santé, de bonheur et de bonne fortune.

Dès lors, son succès fut assuré. De jour en jour, il voyait croître le nombre de ses disciples. Il sut s'entourer d'adeptes faibles qu'il soutenait moralement et qui le secondaient dans son rôle de pasteur. Leur confiance, leur foi en lui était aveugle; ils étaient presque ses esclaves.

Dès qu'il montait sur une tribune et qu'il s'adressait à son auditoire, il se transfigurait. Sa voix prenait des intonations qui le rendait convaincant. On restait là, suspendu à ses lèvres, ébloui. Et Onésime jouissait.

Le baromètre de son succès était constitué des sommes qu'il accumulait lors des séances. Voulant satisfaire le goût marqué de ses fidèles pour les fétiches, il élabora toute une thèse sur les vertus des pierres, n'hésitant pas à créer des raretés pour aiguiser les désirs. Il composa des madrigaux dont les plus suaves étaient placés dans les écrins des pierres les plus précieuses. Ces invocations devenaient des prières! Tout était savamment structuré.

Il jouait les humbles, se faisait petit. Sa dévotion était totale. Il s'était donné le nom de Mathias, ce qui lui semblait musical à l'oreille. Onésime devint Mathias, le grand, le sublime. On chantait sa gloire, on priait avec lui. Parfois, il jouait son rôle avec tant de brio que, pendant ses longues harangues, il croyait fermement que c'était l'autre, celui qu'il était venu ici réincarner, qui s'adressait à ses fidèles. C'était l'allégresse, c'était l'euphorie!

***

Et un jour, le destin le voulut ainsi, ce fut Yvonne, l'aînée de l'oncle aux caramels, qui le dénicha, lui. La fille lui avait paru stupide et banale, mais semblait si éprise de lui qu'elle ne pouvait manquer de lui donner de grandes joies, bien particulières. Il la voyait qui rôdait sans cesse, l'épiait, se pâmait à sa vue, ce qui chatouillait son orgueil et moussait son désir. Alors, un soir, comme ça, il se retrouva chez elle et ce fut le miracle! Là, sur la table du salon, une photo sur laquelle figurait nul autre que Jean-Baptiste, l'oncle maudit, tout souriant, entouré de sa sainte famille! Le choc fut si grand qu'il crut s'être trompé. Depuis si longtemps, il attendait cet instant qu'il n'osait pas y croire. Alors, il questionna la fille, cette idiote qui venait boire ses paroles.

C'était bel et bien Jean-Baptiste, son oncle, le coupable, le salaud qui avait vendu sa mère. C'était là qu'il vivait, depuis tout ce temps sans doute, dans la paix!

Ainsi, le responsable de sa vie brisée, de sa solitude, avait une famille bien à lui! La pratique du culte venait de lui offrir, sur un beau plateau d'argent, sa plus grande joie. Enfin, il pourrait assouvir sa vengeance!

Il courut se terrer dans son refuge et entra dans une longue période de méditation: la revanche aurait l'ampleur de sa haine.

Il ne trouva rien de plus atroce que de s'attaquer dans ce que son ennemi avait de plus précieux: sa famille. Cette fille, cette grande *gnochonne* servirait bien sa cause: il l'engrosserait. On verrait alors comment le saint oncle, qui avait dénoncé l'adultère de sa mère, causé la mort de l'amant et celle du cocu réagirait. Onésime s'aimait: comme il s'aimait pour cette belle trouvaille!

Tout s'était passé tel qu'il l'avait rêvé, la première partie de son plan s'était déroulée exactement comme il l'avait souhaité. Yvonne mit au monde un fils: Jean-Baptiste et Marie-Reine eurent le cœur broyé. La jeune mère, désertée, connut les pires souffrances. Le drame s'était avéré effrayant. Le poids du tourment moral qui écrasait Jean-Baptiste aurait pu faire chavirer tout autre homme moins équilibré; il se savait coupable et se sentait impuissant devant le chagrin qu'il avait attiré aux siens. La pendaison de son frère pesait déjà bien lourdement sur ses épaules. Les années n'avaient pas réussi à en atténuer l'horreur. Et voilà que sa fille aînée, Yvonne, payait la dette à sa place. Mille fois, il pensa avouer ses erreurs, mille fois il se dit que c'était inutile, sa confession ne pouvait que miner la confiance que sa famille lui vouait. Comme jamais auparavant, ils avaient besoin de lui, de sa force, de son appui pour traverser le calvaire imposé. Alors, il s'était tu.

Si, après avoir mis son enfant au monde, Yvonne, la salope, n'était pas revenue à la charge, Onésime s'en serait peut-être tenu pour quitte. Mais voilà qu'elle vint lui mettre sous le nez ce fils qu'il voulait haïr, mais qui sut se faire aimer. Jamais Onésime eût cru qu'un enfant pût le faire chavirer, lui faire perdre la raison!

Il s'était attardé au petit, avait fléchi devant cette jolie frimousse. Son cœur dur s'était ému. Alors, il ramollit, laissa ses sentiments prendre le dessus sur sa raison. Il modifiait sans cesse ses projets, perdait un temps précieux aux côtés d'Yvonne, de son fils, mais bientôt sa haine reprit le dessus et il découvrit un goût délectable à exercer sa vengeance à petits coups d'épingle, de ruse. Il torturait ceux qu'il dominait avec un plaisir vif.

La grande faiblesse d'Yvonne servait parfaitement sa cause. Elle l'avait dans la peau. L'amour n'existait pas pour Onésime. Il n'en connaissait pas le sens. L'attraction qu'il exerçait sur la femme, croyait-il, était toute sensuelle. Alors, il l'atteignait, en la privant de ses caresses. Sadique dans ses relations avec la mère, tendre et affectueux envers l'enfant, il réservait la haine et la cruauté pour Jean-Baptiste.

Celui-ci joua le jeu, ne répliqua jamais. Sous le voile d'une apparente résignation, il subit les cruautés de son neveu. Cependant, son esprit demeurait alerte: il attendrait son heure pour mettre un point final à tant d'horreur. La passivité, l'apparence de la soumission totale, était le meilleur moyen pour garder à l'œil le mécréant. Il fallait que ce dernier crût bien fermement à l'ascendance, à l'emprise qu'il avait sur lui, Jean-Baptiste.

Onésime connaissait bien mal Jean-Baptiste Gagnon s'il croyait qu'il pût avoir le dernier mot. Il vint, ce jour tant attendu par Jean-Baptiste: Onésime s'empêtra dans la toile qu'il avait tissée. Ce qui devait arriver, arriva:

l'oncle aux caramels se joua de lui, lui mit la police au cul! Il dut plonger dans une rivière, vivre en renégat, baver, pour se refaire une vie. Ce qui est pis, il dut exposer sa vie en jouant son rôle dans l'«organisation», afin de trouver vite de quoi vivre.

Chez les Gagnon, on le croyait mort, c'était bien. Il avait finalement beau jeu. Il tâta son sac; non seulement était-il vivant, mais riche! Le seul obstacle était Padre Ricardo, mais il aurait tout le temps voulu pour assouvir la haine qui ne le quittait plus, le harcelait sans cesse! Après, il pourrait mourir.

Il avait un avantage sur son oncle: il savait exactement où le trouver. Il n'avait qu'à se bien tenir: Onésime s'était trompé une fois, mais la leçon avait servi. Il n'y a que les imbéciles qui se laissent berner constamment.

Quant à Padre Ricardo, il n'était pas au courant, ni lui ni personne, de l'existence d'Yvonne et de son fils. Du moins Onésime le croyait-il. Il pouvait toujours courir. Onésime serait silencieux, vivrait dans l'ombre, effacé. Il avait une toute nouvelle identité et, surtout, il était rusé comme un renard. Oui, il sortirait vainqueur.

«Ricardo!» s'exclama Onésime. Il l'avait servi fidèlement bien longtemps, avait couru tant de risques pour lui. Il l'avait fait aveuglément. Coco y était pour quelque chose: il n'avait jamais oublié les confidences reçues là-bas, entre la prison et la mer. Le billet de dix dollars avait maintes fois été utilisé comme pièce d'identité. Mais cette fois, particulièrement à son avantage à lui, Onésime. Il sourit, ça compenserait un peu pour l'affront qu'il avait subi lors de son initiation. Il porta la main à son flanc, le sac de chevreau était bien en place, bien gonflé cette fois.

Ce qu'il avait dû rager, le Ricardo, quand il avait eu à se rendre à l'évidence! «Bien joué, mon Onésime, bien joué!» Et il fut secoué d'un rire sarcastique. L'organisation avait bien profité de lui; c'était son tour. Il était, lui, le plus rusé de tous. Jean-Baptiste Gagnon l'apprendrait bientôt: il en ferait de la purée. La baignade dans la rivière des Prairies constituait l'affront suprême. On le croyait mort, en enfer peut-être: tant mieux. Ce n'était plus qu'une question de patience.

Et à nouveau, l'homme se perdait dans ses rêveries, planifiait, mettait les pions en place sur l'échiquier.

Ce retour dans le passé l'avait aidé à clarifier ses pensées. L'homme était trop imbu de lui-même pour faire la juste part des choses. Il n'était jamais coupable, mais toujours victime, une victime innocente, et ça, depuis le jour où il dut renoncer à la prêtrise à cause de son père qui avait été pendu pour avoir assassiné sa mère, surprise au lit avec son amant, en occurrence son véritable père. Ça, il ne le sut que plus tard, le jour où il força sa mère à tout lui raconter. Elle eut beau pleurer, supplier, il l'avait rudoyée jusqu'à ce qu'elle lui eût tout avoué.

Louis-Philippe, l'époux, monta à l'échafaud sans savoir que son fils aîné, n'était pas de lui. Jean-Baptiste aussi l'ignorait. Mais, il le lui avait soufflé à l'oreille, un soir, par dépit, alors que, croyait-il, Jean-Baptiste avait peu ou plus du tout sa raison. Son cerveau malade n'avait sûrement pas capté le message.

Le temps était venu d'agir, de mettre ses plans à exécution. Dès le lendemain, il sortirait de l'ombre et passerait à l'action. La haine qui l'habitait devait finir par s'assouvir. Il avait de nouvelles pièces d'identité et une fortune en poche. Il ne lui restait plus qu'à passer à l'action. Une seule ombre au tableau: la puissance de Ricardo. Ces gars avaient le bras long!

Couché sur son grabat, les deux mains derrière la tête, Onésime continuait de ruminer les souvenirs de son enfance, de sa jeunesse; pas un détail ne lui échappait. Il se souvenait même de l'odeur du foin frais coupé, après toutes ces années de course folle à travers le monde.

Souvent, il s'était surpris à espérer pouvoir se lever, un matin, libéré de ce passé cruel. Mais toujours, ses angoisses le poursuivaient, toujours et partout.

Jamais, Onésime n'avait fait de ces rêves doux qui vont puiser dans l'enfance et s'accrochent à l'âme de tout être humain. C'était sans doute parce que, lorsqu'il était enfant, les adultes qui l'entouraient ne pensaient qu'à travailler, à peiner sans cesse, sans se plaindre, mais en affichant des visages courroucés, mélancoliques, fermés, parfois durs. Et, comme Onésime était l'aîné, c'était à lui, le plus souvent, qu'on adressait les reproches ou les blâmes. On ne l'avait jamais traité comme un enfant. Il lui fallait à tout prix être un homme: «Tu es le plus grand, alors tu te dois de...»

C'est ainsi que les livres étaient devenus ses seuls amis. Ils lui apprenaient des choses et ne lui demandaient rien en retour. Il se hâtait de remplir les multiples tâches imposées, pour pouvoir enfin s'isoler et lire en cachette. Même les jours de grand froid, il se terrait dans l'étable, où la proximité des animaux lui procurait une certaine chaleur; là, tenant un livre dans ses mains gantées, à la lueur pâle que laissaient passer les carreaux, dans le silence des lieux, il lisait et oubliait la senteur du crottin. Un jour, sa mère le découvrit et l'envoya se confesser... Le vicaire, compréhensif, lui conseilla de s'ouvrir à son père. Adelphonse fulmina: pour lui, un homme devait trimer et dormir; les bouquins, c'étaient pour les curés et les notaires.

Pourtant, Onésime s'accrochait à son rêve fou: devenir curé. Fabienne voyait parfois ses yeux briller et s'inquiétait. Son fils rêvassait, mijotait quelque chose. Elle attendit le moment propice et, adroitement, l'amena sur le chemin des confidences. Onésime fit part à sa mère de ses désirs intimes. Elle resta là, muette de stupéfaction. L'enfant crut un instant qu'elle était fière de son fils mais il désenchanta quand elle lui dit, d'un ton grave, voire menaçant, que ce rêve était impossible, que des empêchements, d'ordre majeur, feraient obstacle à ce rêve fou.

Dans sa petite tête, le garçonnet essayait de comprendre. Il n'avait posé aucune question. Il s'était contenté de fuir, s'était caché dans le fenil, avait pleuré à chaudes larmes. Dans les jours qui suivirent, Fabienne mit tout en œuvre pour qu'il eût plus de travail à accomplir, de façon à ce qu'il pût oublier la peine qu'elle savait lui avoir causée. Elle évitait son regard, s'organisait pour ne pas se trouver seule avec lui. Elle craignait les questions auxquelles elle n'aurait su comment répondre.

Petit à petit, Onésime tira ses conclusions: le manque d'argent pour payer les longues études nécessaires constituait sûrement l'obstacle à sa vocation. Il retourna vers ses livres. Il apprendrait tout, mémoriserait tout, il saurait tout! Il se taisait davantage, s'éloignait de ses frères et sœurs, obéissait en aveugle, s'imposait des sacrifices, soignait mieux les animaux pour qu'ils produisent davantage: il espérait qu'ainsi la situation financière des siens s'améliorerait.

Quand venait la nuit, il restait éveillé et ses pensées le ramenaient dans le presbytère de ses rêves, érigé à côté de sa petite église de campagne, qui était surmontée d'un clocher énorme. Il lui semblait entendre résonner l'appel à la prière, l'annonce des baptêmes et des mortalités. Il serait un bon prêtre, un prêtre bon. Il aimerait ses ouailles et, sous sa houlette, tous seraient heureux. Parfois, après que le sommeil l'eut engourdi, il continuait de se promener du maître-autel à la chaire, d'où il s'adressait à ses fidèles, réunis dans une nef pleine à craquer.

Ses nuits de béatitude l'aidaient à subir ses jours remplis de criants déboires. Adelphonse prenait de plus en plus en grippe ce grand gars qui ne lui adressait jamais la parole et le regardait avec mépris.

Peu à peu, ses frères et sœurs se détachèrent aussi de lui. Ils étaient mal à l'aise en sa présence, se taisaient, se sentaient gênés. Peut-être que, dans leur cœur d'enfants, ils l'associaient au monde traumatisant des adultes...

Onésime se sentait épié, mal jugé, persécuté. Il s'isolait davantage, en était venu jusqu'à haïr ces animaux qui vivaient sur la ferme, alourdissaient sa tâche. Il ne se penchait plus pour faire une caresse au chat ou au chien. Son mutisme n'avait d'égal que sa froideur. Dans ses plus noirs moments de dépression et d'angoisse, il se sentait la victime de tous ceux qui l'entouraient. Il savait le sentiment pénible d'être de trop, indésiré, encombrant. «Je suis leur souffre-douleur, le mouton noir», pensait-il en se désespérant. Ce sentiment de persécution dont il souffrait ne faisait qu'ajouter à sa terreur.

C'est pourquoi le jour où son oncle Jean-Baptiste l'interpella, là-haut, sur le bord du fenil, il ne sut pas comment répondre et encore moins réagir à l'offre qui lui parut être un cadeau céleste. Dieu Lui-même, du moins le croyait-il, avait balayé l'obstacle qui entravait son cheminement vers le sacerdoce, par le truchement de l'oncle aux caramels, donc richissime! Il ne ferma pas l'œil, ce soir-là, et, dans son église imaginaire, il s'agenouilla devant son Seigneur et Le remercia de toute son âme.

Fabienne avait eu peur, très peur. Le jour où fut prise la grande décision du départ de son fils aîné, elle ne dévoila pas à son beau-frère les intentions profondes qu'étaient celles d'Onésime, ce fervent désir d'accéder à la prêtrise. Elle n'avait pas trouvé le courage de tout avouer. Elle se sentait si coupable d'avoir trompé Louis-Philippe, de l'avoir poussé jusqu'au meurtre. À son fils, elle ne pouvait rien dire: cette histoire de corde ne devait jamais être connue de ses enfants, jamais! Elle mourrait de honte. Alors, elle ne dit rien, ni à l'un ni à l'autre. Elle espérait de toute son âme qu'Onésime oubliât ce rêve impossible: le fils d'un pendu ne pouvait devenir prêtre, elle le savait. Peut-être se ferait-il des amis, prendrait une autre route. Elle pria Dieu. Lui seul pouvait régler ce dilemme.

Le lendemain du départ, pour la première fois, elle rata sa recette de pain. Elle dut mal calculer la quantité de farine ou de levain. Aussi, lorsqu'elle tira la fournée, elle eut un cri de désespoir et se laissa tomber sur une chaise, horrifiée.

Adelphonse accourut. Il n'en croyait pas ses yeux! Quel gaspillage! Tant pis, on devrait se contenter de ce gâchis, mais l'incident ne devait plus se répéter. Le mari avait été péremptoire. Pourtant, il n'était pas dupe de la situation: il devinait que le départ de l'enfant était la cause du désarroi de sa femme.

— Il ne vaut pas la peine que tu te martyrises et que tu te languisses pour lui: c'est une tête de cochon. Il ne veut pas vivre comme tout le monde, il se prend pour un autre.

Et pour la première fois, Fabienne osa lever le ton:
— Tu parles de mon fils, Adelphonse!

Elle s'était levée, menaçante. Surpris, l'homme se tut, baissa la tête et se dirigea vers la grange. Quand il rentra, tard le soir, Fabienne dormait dans le grand lit. On ne parla plus d'Onésime.

Chapitre 13

Onésime se leva. Ses os lui faisaient mal, car il était ankylosé par sa longue inaction. Il jura.

Pour la énième fois, il venait de revivre mentalement les déboires de sa longue vie de misère. Comme à chaque fois, il sortait de ses noires méditations épuisé, fou de rage. Son esprit détraqué était hanté par tous ces malheurs qui prenaient, pour Onésime, de plus graves proportions chaque fois qu'il en rêvait et rendaient chaque fois sa haine pour Jean-Baptiste plus implacable, plus profonde.

Depuis si longtemps, il vivait caché, inactif! «Si seulement, je pouvais faire taire ces souvenirs morbides qui m'assaillent sans cesse!» À Padre Ricardo, il ne voulait plus penser. Le coup du confessionnal ne serait jamais absout! Il en avait la conviction. Donc, il n'avait pas d'autre choix que de se tenir coi.

Le visage de son fils lui revenait en mémoire. «Jojo», soupirait-il. La seule belle chose qu'il n'ait jamais connue était cette frimousse aux grands yeux brillants, ce petit garçon qui riait aux éclats, en sautant sur ses genoux. Même cette joie, toute légitime, lui était refusée. Jean-Baptiste et Yvonne recevaient son amour, sa tendresse et lui, rien! Tout ce qu'il avait vraiment pour lui, ce n'était rien que la solitude et encore, la solitude d'un mort! Même la vie lui avait été ravie par ces êtres ignobles: «Qu'elle en profite, ma veuve! Elle apprendra assez tôt ce dont est capable un mort ressuscité! Et lui, l'oncle chéri... je vais, je vais l'empaler. Non, trop vite et trop facile. Je vais l'émasculer, doucement, tout doucement à l'aide d'une lame rouillée.» Et Onésime éclata d'un grand rire sonore. Il s'arrêta, donna un coup de poing dans le mur: «Perte de temps: il est trop vieux. Son zizi ne fait plus son orgueil. Et moi, alors?» Onésime éclata en sanglots. Il pleura comme il n'avait pas pleuré depuis bien longtemps. Secoué de spasmes, à la fois malheureux et enragé, il ne réussissait plus à se contenir. À bout de larmes, il s'exclama finalement:

«Mais qu'est-ce que j'ai? Fiacre! Je ramollis. Ce sacré taudis va me conduire à l'asile si je n'en sors pas.»

Onésime partit, claqua la porte et se faufila dans la rue. Le contact avec la réalité le fit se redresser: de nouveau il devenait prudent. Il s'arrêta devant un restaurant, jeta un coup d'œil à l'intérieur. C'était presque désert. Il entra, un fille rondelette et pâle s'approcha:

— Au menu: un bouilli, légumes frais de la ferme.
— La ferme! Les légumes d'Adelphonse.
— Pardon? Monsieur. Qui est Adelphonse?
— Un fermier, jeta-t-il avec dédain.
— C'est grâce à eux si nous mangeons.
— Bon. Le bouilli alors.

Pour la première fois, Onésime devenait conscient du fait qu'il y avait sur la terre des milliers d'Adelphonse. Il grimaça.

La jardinière, il devait l'admettre, avait bon goût, bon arôme. La serveuse lui apporta son café et l'addition.

— Vous payez en sortant: je viens de terminer de travailler et...
— Libre, alors?
— Euh... oui.
— Tu veux un café?
— Non, mais une bière, ça me reposerait.

Elle s'éloigna quelques minutes, puis revint sans le tablier.

— Si on terminait la journée ensemble, toi et moi?

Elle haussa les épaules.

— Je m'appelle Anna.

— Joli nom. Le mien est Bossuet.
— Drôle de nom de famille!

Et ils sortirent bras dessus, bras dessous. Dès qu'ils se furent approchés d'une épicerie, il jeta:

— Entre là. Achète de la bière.

Onésime lui remit un billet de vingt dollars. Elle ouvrit de grands yeux. Quelques minutes plus tard, ils étaient devant un immeuble d'habitation.

— J'habite au troisième.
— Bon. Alors, montons.

Au deuxième palier, elle s'arrêta: «Prenez la caisse; elle pèse lourd.»

— Tu ne l'as pas payée: tu n'as qu'à la monter. Alors, grimpe.

Anna déposa son fardeau sur le sol, sortit ses clefs et ouvrit la porte de son pauvre royaume.

— Fais-moi plaisir, déshabille-toi.
— Pas si vite!
— Qu'est-ce qui t'arrive? Je suis ton premier amoureux?
— Pas comme ça, tout d'un coup.

Onésime s'enferma dans la salle de bains et se dévêtit. Il prit son sac de chevreau et le cacha sous le lavabo. Il emplit la baignoire et, après avoir ouvert la porte, se glissa dans l'eau.

— Viens boire une bière près de moi. Viens, ma belle Anna. Donne-moi un shampooing à la bière.

Les vêtements mouillés de la fille jonchaient le sol. Onésime s'amusait follement. La fille, mi-ivre, lui résistait bien peu. Lorsque vint le moment de la quitter, il lui dit:

— Penche-toi, pas comme ça, par en avant, allons penche-toi.

— Salaud! cochon!, hurlait la grosse fille, cochon de salaud!...

Onésime dégringola l'escalier, en égrenant son rire

démoniaque tout le long des étages. La grosse Anna l'avait aidé à se réconcilier avec lui-même: «Je ne suis pas si vieux, après tout! Tu es toujours vert, mon Onésime!» Ce ne fut qu'une fois sur le trottoir qu'il reprit son visage froid. Il grimpa chez lui, se coucha et s'endormit, d'un sommeil sans rêve.

Il se réveilla sur le coup de midi. Cette fois, il lui fallait partir. Il ne pouvait pas se permettre de rencontrer de nouveau cette fille. Il déménagerait ses pénates.

***

Onésime sortit de bon matin. Il acheta le journal et entra dans un café. D'instinct il s'adossa au mur. Après avoir dégusté son premier déjeuner complet depuis des mois, il se plongea dans sa lecture. Les grands titres n'étaient guère intéressants. Il s'attarda à la rubrique de l'immeuble.

Il se rapprocherait de son ennemi Jean-Baptiste. Ainsi, il l'aurait à l'œil et, de plus, habiter dans les environs lui épargnerait des déplacements inutiles. Il n'était pas question pour le moment de s'acheter une automobile. Il mettrait d'abord au point sa nouvelle identité, se ferait un point d'honneur d'acquérir une bonne réputation, une réputation enviable.

Il héla un taxi, prit place sur la banquette arrière: «Ville Saint-Laurent», lança-t-il. Le chauffeur prit la direction de l'ouest, emprunta l'autoroute Décarie. Des souvenirs amers revenaient à Onésime. À la pensée de sa plongée dans la rivière, il frissonna, tout son être se contracta.

— Alors, ensuite? demanda le conducteur.

Onésime, perdu dans ses pensées, ne répondit pas.

— Monsieur! insista l'autre.

— Rue du Collège, plus au nord.

Onésime sortit de sa poche la page du journal, qu'il

consulta. Il avait un désir fou de se rendre sur Côte Vertu, mais n'osa pas. Il se payerait ce caprice le soir venu. Alors, il indiqua au chauffeur quelques adresses.

La propriété qui l'intéressa le plus était une petite maison de bois, toute blanche, avec, à l'avant, une galerie, entourée de fenêtres ornées de carrés de dentelle.

Il sortit de la voiture, fit les cent pas. Oui, ça lui plaisait. Juste à côté, se trouvait une importante bâtisse clôturée: une école. «Tiens, tiens», se dit-il. À propos, son môme devait avoir atteint l'âge où l'on fréquente l'école. Si c'était celle-ci? Elle se trouve justement dans l'entourage de la grande maison.

— Tu ne bouges pas. Je reviens.

Le chauffeur ouvrit la bouche pour protester, Onésime prit vingt dollars et le lui tendit: «Tu m'attends». Il sonna à la porte d'entrée de cette maisonnette, qu'il souhaitait ardemment posséder. Une dame d'un certain âge entrouvrit.

— Si vous êtes agent d'immeuble, vous perdez votre temps.

— Je suis acheteur.

Alors, elle ouvrit.

— Je peux visiter?

— Oui, dit-elle sur un ton aigre. Et n'allez pas me dire comme cet idiot, hier, que la troisième marche de l'escalier craque! Mon prix est ferme.

Onésime ne l'écoutait plus. Il jeta un rapide coup d'œil partout, monta, descendit. La dame, l'observait, en silence. Oui, cette maison lui plaisait.

— Et le mobilier, il est à vendre?

— Sauf ce qui se trouve dans la grande chambre, en haut et ce fauteuil et le piano.

— Ça me convient. Quand pourrais-je emménager?

— À dix jours d'avis, je m'en vais dans un foyer, à

Ottawa. Je me rapprocherai ainsi de ma fille dont le mari est haut fonctionnaire, un vrai monsieur. Je vous le dis et...

Onésime n'écoutait plus. Il jeta un coup d'œil par chaque fenêtre: des haies assez hautes isolaient la cour de la vue des voisins.

— C'est une école, cette bâtisse, là?

— Oui, mais les enfants ne sont pas bruyants. La dame s'évertuait à amoindrir les inconvénients de la proximité de la maison d'enseignement. Onésime coupa court à son verbiage.

— Combien?

— Pardon?

— Votre prix, pour tout ça?

— Eh! vous êtes vite. Vous ne consultez pas votre dame?

— Elle est hospitalisée.

— Pardon!

La dame grimaçait, se tordait les mains. «Elle me vole mentalement» se dit-il. Alors, il répéta:

— Combien?

— Soixante-huit mille cinq cents dollars.

— Soixante-deux.

— Vous avez tous les meubles sauf...

— Soixante-deux mille, mon offre est finale.

La dame maugréa un peu.

— Marché conclu, s'exclama Onésime, et donnons-nous la main: mon directeur de banque va vous téléphoner.

— Un notaire habite juste à côté.

— J'ai mon propre notaire, trancha-t-il.

Puis il enchaîna:

— À propos, Charles-Omer Gratton est mon nom.

Dehors, le chauffeur de taxi s'impatientait. Voyant revenir Onésime, il mit le moteur en marche:

— Vous semblez content. Bonne affaire?

Onésime redevint sérieux. Il n'était pas question pour lui de devenir familier avec le premier venu. De plus, cette histoire du voisin notaire ne l'intéressait pas. Il en trouverait un bien facilement.

— Ramenez-moi à mon point de départ.

— Bien, Monsieur.

L'autre avait compris: le client n'était pas d'humeur facile. Onésime se montra généreux. Il entra dans sa chambre minable, le cœur en fête.

Ce soir-là, il compta sa fortune, prépara des enveloppes dans lesquelles il inséra des sommes différentes. Il relut le baptistaire: Charles-Omer Gratton, né le 29 mars 1933 à Saint-Félix-sur-Richelieu. Ça lui plut. Maintenant, il avait une adresse. Il serait propriétaire et, ce qui était mieux, sa maison était meublée, prête à le recevoir. Le reste était bien facile à régler. Si seulement, il pouvait savoir quelle école fréquentait son fils, Jojo. «Mathias», le reprenait Yvonne, quand il donnait le surnom de Jojo à l'enfant.

Dans des heures joyeuses, comme celle-ci, où il se sentait heureux, la pensée de son fils lui réchauffait le cœur. Il se souvenait de ce petit être effrayé qu'Yvonne avait poussé vers lui, un jour. Ses grands yeux intelligents l'avaient impressionné. «Mon fils, soupira-t-il tout haut. Je suis quand même veinard!»

Le visage de Jean-Baptiste s'interposa dans son esprit. Il devint furieux.

— Attends, toi, mon crotté, je te réserve un chien de ma chienne!

Il s'étendit sur son grabat, s'endormit.

Le lendemain, il retourna vers sa future résidence fit le tour du pâté. Les maisons se ressemblaient toutes avec leur carré de pelouse, leur haie verdoyante, leurs arbres aux troncs imposants, qui dénotaient leur âge: un coin paisible en somme, où il ferait bon vivre.

Il se rendit à une banque, repassa mentalement son

boniment, puis, s'enhardissant, entra. Le directeur l'accueillit à son bureau. Onésime se présenta: Charles-Omer Gratton. Il venait d'acheter une propriété, dans la ville, et en déclina l'adresse: 1245, du Hameau. Sortant une enveloppe, il la déposa sur le bureau du directeur tout en proclamant:

— J'ai récemment perdu mes papiers et mon portefeuille. Heureusement, j'avais une copie de mon baptistaire, que voici.

Il signa la carte qui servirait à identifier sa signature lors des transactions futures et poussa le culot jusqu'à demander conseil en ce qui concernait le choix d'un notaire des environs. Il argumenta un peu à propos du taux de change qu'on lui offrait pour les coupures américaines: il le fit pour la forme, histoire de donner plus de poids à son entrevue. Toutes ces devises étrangères, oh! faciles à expliquer: il avait vendu sa précédente maison, à Hull, à un Américain, qui avait versé la majeure partie du paiement en argent sonnant. Un clin d'œil laissait sous entendre une certaine complicité. Oui, bien sûr, si madame veuve Rose de Lima Carré téléphonait pour avoir des références, le directeur se tiendrait garant du sérieux de son nouveau client.

On lui offrit une carte de crédit. Il déclina l'offre: l'argent de plastique lui déplaisait. Il n'achetait que ce qu'il avait les moyens de payer comptant. Fortuné, rangé, sage en plus!

Et voilà! Onésime reprenait sa place sous le soleil. Il venait d'assister à sa renaissance. «C'est comme ça qu'on devient un homme respectable...», se félicitait-il.

Encore quelques semaines et tous les pions seraient en place. Le plus difficile était fait: les dés étaient jetés. Il possédait même un home!

L'attente lui pesait. Il se morfondait dans la chambre sordide, mal éclairée. Il devenait nerveux, voulait à tout prix faire taire son anxiété. «Ma flûte!» pensa-t-il.

La seule chose qu'il ait jamais possédée, cette flûte qui avait meublé les heures creuses, les heures d'été au séminaire. Elle lui manquait. Il eut la vision de l'instrument qui se trouvait maintenant au fond de l'eau, où elle l'avait suivi jusque dans la mort...

Onésime se leva, sortit, décidé à trouver une flûte qui remplacerait l'autre. Il marcha jusqu'à la rue Dorchester, espérant y dénicher l'atelier d'un facteur de flûtes, qu'il avait déjà entrevu dans les environs.

À un moment donné, il y eut bousculade, la foule dense se pressait à un feu de circulation devenu jaune... Soudain, il entendit crier: «Monsieur, Monsieur...» Il se retourna et vit un jeune garçon penché vers le sol. De toute évidence, c'était à lui qu'il s'adressait. Il hâta le pas, fendit la foule. L'autre criait toujours. Quel emmerdeur! Alors Onésime courut. L'autre le poursuivait, criant toujours plus fort.

Onésime décida de le semer. À l'intersection, la circulation attendait le feu vert. Onésime passa vivement devant un camion, et s'immobilisa, car les voitures avançaient. Les klaxons se firent entendre, les freins gémirent, une femme hurla. Trop tard, le garçonnet ayant suivi Onésime avait été happé par le camion, qui le renversa sur la chaussée, à deux pas d'Onésime. À la main, l'enfant tenait le sac de chevreau qui contenait sa fortune. Instinctivement, Onésime porta la main à son flanc. Il se pencha et, avec la rapidité de l'éclair, se saisit de son sac et, profitant de la confusion générale, se faufila à travers les voitures, courant en sens inverse. Bientôt, il se trouva mêlé à la foule des curieux qui se rassemblaient.

Onésime rentra chez lui, déconcerté. Comment diable son sac se trouvait-il dans les mains de cet imbécile? «Si cet idiot avait été moins honnête, je serais ruiné», brailla-t-il.

Il examina les courroies, c'était à n'y rien comprendre. Tout ce qu'il souhaitait alors, était de n'avoir pas été remarqué, au moment où il prit possession de son bien dans la main du garçon étendu là.

L'incident était une raison de plus de s'éloigner de cette mansarde. Mais il lui fallait attendre que sa maison se libérât. Il devenait prisonnier de lui-même.

***

Bientôt, il pourrait enfin entrer chez lui et se rapprocher de ses ennemis. Il passait des heures à ruminer, passant du désespoir à la rage, pour ensuite se réjouir.

Pour se récompenser de sa victoire, le jour où il devint propriétaire, il pria le taxi de passer à quelques reprises devant la maison où habitaient ses ennemis sur le chemin Côte Vertu. Il n'eut pas le plaisir d'y voir âme qui vive. Cependant, il reconnut la grosse chaise de galerie sur laquelle Jean-Baptiste s'installait souvent pour roupiller

— Vous cherchez une adresse, demanda le chauffeur. Je peux vous aider?

— Je cherche une école pour jeunes enfants qui se trouve dans les environs.

— Je m'arrête à un poste d'essence et je m'informerai.

— Non, car je ne sais pas laquelle. Faites le tour des rues avoisinantes.

Il dut reconnaître que toute la chance était de son côté: les autres écoles étaient loin. Ainsi, son Jojo fréquentait probablement celle qui voisinait sa maison. C'était parfait!

Le trafic s'intensifiait. Les bouches de métro étaient encombrées, les autobus bondés. Ça le dégoûtait: tous ces imbéciles qui courent au travail, puis à la maison. Ils se tuent pour des sous! Ça lui semblait inconcevable.

Il ne se souvenait plus avoir eu faim, avoir trimé dur sur les navires.

Ce soir-là, il se sentit moins malheureux sous les combes. Sa folle imagination le retenait ailleurs.

Il sursauta: une idée lumineuse lui était venue. Il avait trouvé. Plus il réfléchissait, plus sa conviction se faisait profonde. Pourquoi n'y avoir pas pensé plus tôt? Lui, Onésime Gagnon, (non, pas Onésime Gagnon, ça, c'était l'autre, celui qui avait péri dans la rivière des Prairies, mais lui, Charles-Omer Gratton) deviendrait professeur de flûte, rien de moins. Voilà! Grâce à cette supercherie, il pourrait facilement attirer Jojo à lui. Voilà qui serait régulier: attirer l'enfant, se faire aimer de lui, puis, un jour, il disparaîtrait avec son fils, quand il aurait puni Jean-Baptiste et sa fille.

«Et si l'enfant me reconnaissait?... Zut! quel emmerdement.» À ça, il n'avait pas pensé. Non, ce n'était pas possible. Il était trop jeune, il ne pouvait se souvenir. Mais il ne tablerait pas sur ce faible espoir. Il lui fallait trouver un déguisement quelconque: «la barbe, les cheveux longs, comme tout honnête professeur de musique attitré...» Il s'habillerait différemment, adopterait le genre excentrique. Il porterait des bagues aux doigts; oui, il ferait tout pour dérouter l'enfant.

Maintenant il s'attardait aux détails. Il dénicha un magasin où l'on vendait des partitions, des cahiers de méthode avec notes explicatives. Il acheta plusieurs flûtes: flûte à bec, traversière, flûte de Pan, piccolo.

Il s'occupa ensuite de sa garde-robe: chemises larges, pantalons bouffants, mules et savates. L'achat de babioles l'amusa: un cordon de cuir, une énorme médaille pour le cou, des bagues imposantes et colorées. Il défiait n'importe qui de le reconnaître ainsi déguisé. Il savait comment devenir blond, tenterait même de blanchir ses cheveux.

Il rentra chez lui fort satisfait et entreprit la métamorphose. Il ressentait de la joie, car enfin il retournait à son rôle de mystificateur. Ce qu'il vit dans la glace lui plut: «J'ai l'air si imbécile que personne ne pourrait penser qu'il s'agit de ce cher Onésime. Par contre, ma tenue fait tout à fait artiste».

C'est dans ses nouveaux atours qu'il fit son entrée dans sa nouvelle demeure. Madame Carré lui avait laissé une note pour le prévenir que l'on viendrait plus tard, sans doute au printemps, prendre le piano qu'elle avait dû laisser dans la maison. «Qu'elle vienne au printemps, pensa-t-il: Nous serons loin, Jojo et moi.»

Onésime choisit la grande chambre à l'avant, au deuxième étage de la maison. C'était plus bruyant, mais, des fenêtres, il pouvait voir loin sur la route. Le premier soir, il eut du mal à s'endormir: des bruits étranges le dérangeaient. Au cours des jours suivants, comme un chat, il flairait son nouveau domaine. Il allait d'une pièce à l'autre, sondait les meubles, scrutait l'horizon, surveillait les allées et venues de ses voisins. Il lui fallait se familiariser avec tout, ne laisser passer aucun détail si léger fût-il, pour éviter les mauvaises surprises. Ce qu'il observa l'enchanta. La maison était confortable. Elle était bien à lui. Charles-Omer Gratton, propriétaire, était libre, libre comme l'air. Il se gonflait d'orgueil.

Un matin, il fut réveillé par de grands éclats de voix. Il sursauta et s'assit sur son séant. Quel était ce tintamarre? Il s'approcha de la fenêtre. C'était la rentrée. Le long discours de madame Carré lui revint en mémoire. Il ne l'avait pas écouté: tout ça lui importait peu alors. Onésime s'installa sur une chaise et resta là à observer. Des autobus scolaires faisaient la queue, des flots d'enfants en descendaient. Verrait-il son fils? Lorsque le silence se fit, il passa à la cuisine et prépara son déjeuner.

Et, de façon consciencieuse, il commença à souffler

dans la flûte. Des sons stridents en sortirent d'abord. Petit à petit, il réussit à jouer les airs jadis aimés. Il étudia en suivant les indications du cahier et se familiarisa avec les termes techniques.

Il regarda le piano, l'ouvrit, appuya sur une touche, sur l'autre. De l'extérieur, le bruit recommença. De la fenêtre de la cuisine, il observa les petits bouts de chou: pas un ne ressemblait à Jojo.

«Je devrai être prudent: le surnommer Jojo éveillerait peut-être en lui certains souvenirs. Son nom est Mathias. Mathias, répéta-t-il, le fils du pasteur Mathias!» Tout de même, ce mioche, il lui devait de bons moments. L'après-midi de ce jour, il ressentit une grande déception de ne pas voir revenir les enfants. Avoir congé dès le premier jour de classe; ça le renversait! Demain, il se leverait tôt.

Il passa le reste de la journée à répéter son rôle. De temps à autre, il réussissait parfaitement à jouer les notes justes et les résultats lui faisaient plaisir. Bien sûr, cet instrument n'avait pas le son riche et puissant de sa bonne vieille flûte, qui se trouvait sans doute au fond de la rivière des Prairies! Ce souvenir le rendit fou de rage.

— Voyons, mon petit vieux, se raisonna-t-il, tu dois oublier le passé et te concentrer sur l'avenir. Assez de sornettes! deviens sage, sois patient.

PARTIE 3

Chapitre 14

Assis sur la véranda, les yeux rivés sur la rue, Onésime regardait passer les enfants. N'ayant pas encore entrevu un seul d'entre eux qui eût pu être son fils, il commençait à craindre que Mathias eût pris le chemin de l'école privée. Parfois, il s'effrayait à la pensée que peut-être l'enfant se trouvait là, mais qu'il ne le reconnaissait pas. Sa nervosité croissait.

«Fiacre, s'exclama-t-il, pourquoi n'y avoir pas pensé? Sans doute vient-on le reconduire en automobile, jusqu'à la porte d'entrée?» Ça ne pouvait pas être autre chose. L'après-midi de ce jour, n'en pouvant plus, il décida de passer à l'action. Il irait tout simplement s'enquérir auprès du secrétaire de l'école pour savoir si oui ou non, le nom de Mathias Gagnon se trouvait sur la liste des élèves. On lui demanderait sans doute à quel titre il le faisait, mais il trouverait un motif plausible.

Lorsqu'il arriva sur les lieux, son attention fut attirée par des feuilles épinglées au babillard. La liste des noms des enfants, les noms des instituteurs et le numéro des salles de cours de chacun, figuraient là. Il sourit; une fois de plus sa bonne étoile le guidait. Affichant un air désinvolte, il s'approcha.

Qui aurait pu soupçonner ce monsieur de nourrir de mauvaises intentions envers un enfant? Il portait cravate et veston, avait bonne allure et une barbe bien taillée, qui laissait percevoir ça et là des fils d'argent, lui donnant le genre bon papa. Lentement, il promena les yeux et soudain, il trouva: le nom de Mathias Gagnon figurait là, en toutes lettres. «Fiacre!» Le dur sentit son cœur se serrer: «Mon fils!»

Il rentra chez lui. En cette minute, il oubliait Yvonne

et Jean-Baptiste. Une fois de plus, la magie du visage de l'enfant qui occupait sa pensée avait sur lui cet effet surprenant qui le troublait. Fort de sa nouvelle certitude, il commença à réviser son plan d'attaque; d'abord et avant tout, il lui fallait s'attirer les bonnes grâces de l'enfant.

***

Depuis le jour de la rentrée, Yvonne venait elle-même reconduire son fils, mais, ce matin-là, plus lasse que d'habitude, elle pria son père de le faire. Mathias avait insisté pour que l'on franchît, à pied, la distance qui séparait la maison de l'école.

Comme tous les autres jours, Onésime observait les allées et venues des passants. Soudain, il sursauta: un enfant tenu par la main d'un homme âgé, un enfant qui pourrait être le sien, s'avançait, passerait là, à quelques pas de lui!

Il ne l'avait pas revu depuis l'événement fatidique, mais il n'y avait pas de doute possible, c'était bien lui, son fils. Alors, il leva les yeux sur l'homme: «Non! mais c'est l'oncle aux caramels, la crapule, le fourbe!» Il l'avait cru abruti, désaxé... Il jouait donc alors la comédie? L'animal! En réalité, il avait toute sa tête! Alors, ça pourrait être lui, non Yvonne, qui l'aurait dénoncé à la justice: «Me faire ça, à moi, son propre neveu!»

«Il m'a trahi, comme il a trahi ma mère!» Onésime se cramponna à son fauteuil, ouvrit démesurément les yeux. Il n'osait pas le croire. L'homme avait vieilli, perdu sa forte carrure; ses épaules tombaient. «Il semble pourtant toujours doté de sa tête de cochon et de son maudit air autoritaire», pensa Onésime. Sa colère se quintuplait. Ils étaient maintenant tout près de lui. Le jeune Mathias discourait, gesticulait. Il avait encore son visage bon enfant. «Mon fils!». Onésime, fou de rage, serra les bras de son fauteuil au point d'en avoir mal. Un cri rauque, épouvantable retentit, si fort, que l'homme et l'enfant s'immobilisèrent un instant. Jean-Baptiste tourna la tête et Onésime vit ce regard franc et sec qui scrutait les alentours. Heureusement, les carrés de dentelle le dissimulaient.

Pris de tremblement, Onésime avait peine à se contenir. Maintenant qu'il se trouvait si près du but, il ne fallait pas qu'il commît de gaffe irréparable. Il tourna en rond comme une bête fauve emprisonnée. La moutarde lui montait au nez. L'impatience le tiraillait.

«Comme ce serait bon d'attirer cet énergumène, de le faire prisonnier, de le soumettre à la torture, de lui faire subir tous les tourments qu'il avait connus, par sa faute. Je lui en ferai manger du pain, le bon pain de maman, mais sec, sans mélasse! Le pain de l'amertume, le pain de la vengeance, le pain de la haine!»

Son regard demeurait braqué sur la rue, mais il ne vit pas revenir Jean-Baptiste. Ses pensées allaient maintenant à son fils: à des années d'intervalle, il subissait le même sort que lui, lorsque enfant, il vivait aux côtés d'une femme aussi insipide et moche qu'Yvonne, qu'il recevait son éducation première d'une sotte de la pire espèce! «Elle en fera un invertébré, un mollusque et il aura à en subir les conséquences toute sa vie! Ça ne peut durer toujours! Mon fils est beau, costaud: il me ressemble. Lui et moi serons de bons amis.»

De la rage folle, il passait à l'attendrissement le plus émouvant. Il irait acheter des friandises, des bonbons qu'aiment les enfants. Mais pas de caramels, pas de mauvais souvenirs.

Qu'est-ce qui pouvait bien intéresser un jeune de cet âge? Le hockey, le base-ball; sans doute oui, les sports. Mais alors la flûte? Peut-être se leurrait-il à la pensée que son fils accepterait de prendre des leçons de musique. Voilà qu'à nouveau, il se sentait désemparé.

Ce serait beaucoup plus simple, s'il n'y avait pas cette nécessité de se cacher, de devoir à tout prix éviter d'attirer l'attention, autant par peur de la justice que de la main toute puissante de Padre Ricardo qui, lui, malgré ses écarts à la loi, était libre et respecté. D'autres, des faibles, des minables, payaient pour les crimes de ses chefs, qui eux possédaient la richesse, achetaient la paix! «Fiacre!»

Et Onésime s'enlisait encore plus profondément dans le désespoir: il était une victime, une pauvre victime. Toute la faute incombait à ce Jean-Baptiste de malheur qui avait délibérément et irrémédiablement brisé sa vie: Onésime le soupçonnait de s'être opposé à son désir, pourtant légitime, de devenir curé, par crainte de le perdre, de ne plus pouvoir le dominer, l'asservir.

Comme il avait été fou de croire que son oncle était généreux, désintéressé! Il n'était qu'un orgueilleux, un égoïste, un monstre aux intentions bien calculées. S'il avait donné de l'argent à sa mère pour les aider à ne pas crever de faim, ce n'était que parce que les remords l'envahissaient: il faisait ainsi taire sa conscience, qui lui reprochait sa trahison. Et lui, Onésime, en parfait imbécile, croyant en lui, le suivit, espéra; l'autre, il s'en était rendu compte plus tard, avait l'âme noire.

Il se félicitait d'avoir eu la sagesse de se défaire de son emprise, d'avoir fui et refait sa vie. Il souriait au souvenir suave des heures passées à prêcher, à laisser éclater les éclats enfiévrés de son âme, devant ses disciples fidèles, qui buvaient ses paroles: on le vénérait, on l'adorait et il jouissait; son empire était petit, mais ses joies si grandes, si débordantes, si exaltantes! Cette fois, c'était Yvonne qui avait tout foutu en l'air! «Fiacre! La salope!» Il rageait maintenant contre celle qui lui avait permis de réaliser son plus grand rêve, en lui permettant de retrouver son oncle. Mais, il dédaignait ce détail: le mal venait toujours des autres. Tous ceux qui ne s'inclinaient pas devant ses désirs devenaient des traîtres et méritaient une haine démesurée.

Affaissé dans son fauteuil, il ruminait sa rage, passant du désespoir à l'espérance. Il revoyait en pensée le visage du bambin entrevu le matin même et son cœur s'émouvait: bientôt ce dernier serait à lui, à lui seul.

***

Les semaines passaient, Onésime continuait de s'imposer le martyre de la vue de Jean-Baptiste. Il attendait sa chance d'approcher l'enfant. On finirait bien par se lasser de le reconduire comme ça, chaque jour.

Pendant ce temps, il en profitait pour se faire remarquer des voisins: il lui fallait à tout prix donner l'image d'un homme rangé. Il saluait discrètement, mais n'adressait jamais la parole à personne, sauf au facteur et à l'épicier. En tout temps, il demeurait correct, de bonne humeur. Le professeur à la retraite faisait tranquillement sa marque sur l'entourage, la barbe poivre et sel aidant. Un jour, il eut une malencontreuse surprise. Ce n'était ni Jean-Baptiste ni Yvonne, mais Fernand qui accompagnait Mathias à l'école.

Ça, alors! Mais qui était donc ce grand efflanqué qui tenait aussi familièrement la main de son fils? Qui était ce survenant et quel rôle jouait-il dans la vie de son enfant?

Serait-ce que sa garce de mère l'aurait oublié, lui, Onésime? Déjà? Elle lui avait juré un amour éternel. Se serait-elle si vite consolée de sa mort: l'aurait-il remplacé dans son lit? Heureusement que cette idiote ne passait pas là seule, car ce qu'il vivait maintenant le rendait si furieux qu'il ne croyait pas qu'il lui fût possible de se contrôler, si jamais elle avait le malheur de paraître devant lui.

Quelle disgrâce! Quelle déchéance! Elle n'avait

même pas attendu que l'on retrouvât son corps noyé pour s'enticher d'un autre! Aurait-elle poussé l'inconvenance jusqu'à ne pas le pleurer, à ne pas porter le deuil? Il suffoquait.

Voilà qu'il lui fallait tenir compte d'un adversaire de plus, d'un autre obstacle à contourner. Il en avait la colique. Quelle race de monde formait donc cette famille de dégénérés? Il devenait de plus en plus urgent de détourner le jeune Mathias de leur emprise maléfique.

Onésime, les traits durcis, le regard noir, se reprenait à rager: on l'avait doublement trahi!

Voilà qu'une fois de plus, il sombrait dans le désespoir, prenait un plaisir malin à se torturer, savourait l'état de langueur dans lequel le plongeaient la haine et le dépit, moussaient, jusqu'à en avoir mal, les sentiments malsains qu'il nourrissait. Il se délectait dans le marasme: tout ce qui le faisait souffrir allumait en lui la passion. Il poussait la violence de son amertume et de ses rancœurs jusqu'à la fureur. Après quoi, inlassablement, il sombrait dans le désespoir; alors, les sentiments de vengeance l'assaillaient et il inventait des châtiments cruels qu'il vivait en pensée: il torturait mentalement son ennemi; rien n'était trop brutal pour punir l'offensant. Son visage se durcissait, ses mains se crispaient, son corps se contorsionnait; peu à peu, il s'abrutissait, glissait dans la torpeur, gisait là, des heures, oubliant tout, perdu dans l'irréel.

Le goût de la détresse avait grandi en même temps que lui; depuis sa plus tendre enfance, il se complaisait à broyer du noir. Orgueilleux, mesquin et jaloux, il se croyait toujours lésé, abusé; il se rebiffait à tout témoignage de sympathie, se méfiait de l'amitié désintéressée.

Frustré et malheureux, il mit, ce soir-là, un temps fou à s'endormir.

***

Onésime se leva tôt. Il se doucha, déjeuna, et vêtu de son accoutrement, qui lui conférait le genre artiste, il se rendit, comme chaque matin, à son poste d'observation.

Il préludait, sur la flûte, par *Au clair de la lune*, air qui semblait prisé par tous les enfants; déjà, au séminaire, les jeunes qui l'écoutaient jouer, turlutaient les mots de la chanson. «Plus d'ardeur ici, changer la position du pouce». Onésime lisait les partitions. *Il était une bergère, En roulant ma boule, Ah, si mon moine voulait danser!* Onésime sourit: «Tu danseras bientôt, mon cher moine!»

Le temps filait mais, les autobus scolaires ne passaient pas. Il consulta sa montre-bracelet. Il était dix heures: «J'y pense... quel idiot je suis: c'est samedi!»

Il se leva, tourna en rond. «Et si monsieur Charles-Omer Gratton allait se balader? Pourquoi pas, après tout, je ne suis ni un ermite ni un prisonnier», songea-t-il. Se plaçant devant le miroir, Onésime fit passer un examen à monsieur Gratton. Satisfait de sa propre image, il sortit.

L'automne était là. L'air sentait bon. Toutefois, il faisait un peu frisquet. Ça et là, les cimes des arbres se coloraient.

Monsieur Gratton flâna dans un parc. Les personnes âgées le saluaient. Lui, demeurait discret. Ses pas le menèrent à cet endroit où, autrefois, il avait stationné sa limousine. Voilà qui l'enchantait: il pouvait se rendre chez les Gagnon, sans avoir à emprunter la voie publique. Il refit le trajet à deux ou trois reprises, se familiarisant avec chaque détail opportun. Finalement, il ne résista pas à l'envie de s'approcher de la demeure des Gagnon. Il remarqua que les chênes que vénérait Jean-Baptiste avaient presque atteint la hauteur de la véranda. «Si je l'y pendais, si je lui passais la corde au cou comme il l'avait fait autrefois pour l'époux de ma mère, ce serait bon de le palanter entre ciel et terre. Comme Adelphonse le faisait avec les cochons, sur la ferme.»

Le souvenir affreux des grognements de la bête que l'on saignait vivante l'obligeait alors à se boucher les oreilles, tant c'était atroce; aujourd'hui, il souhaitait entendre hurler Jean-Baptiste comme un gros verrat.

— Pardon? me parlez-vous?

Il regarda la vieille femme et s'éloigna en silence. Sans s'en rendre compte, il s'était arrêté et pestait à voix haute. Il sentit le regard de la dame, qui le toisait de la tête aux pieds.

«Tu es un mufle, Gratton, tu en es à ta première sortie. Je te rends ta liberté et tu gaffes déjà.»

Onésime ne put réprimer un sourire: «Je deviens indulgent avec mon double»... Il continua sa promenade, acheta les journaux, des bonbons et, par le chemin qu'il avait emprunté à l'aller, rentra chez lui.

Le quotidien *La Presse* informait ses lecteurs qu'une descente importante venait de se produire. On avait saisi pour un million de dollars de cocaïne pure. Onésime frémit de nervosité: il se remémorait les heures d'anxiété vécues, lorsqu'il transportait des sommes fabuleuses d'un coin à l'autre du globe. À chaque occasion, il se jurait à lui-même que c'était la dernière fois, mais dès que les obstacles étaient franchis, il rêvait d'une autre mission.

Il lut et relut les articles: les noms mentionnés ne lui disaient rien. Il savait, lui, Onésime, que ceux qui se faisaient pincer n'étaient que des personnages de moindre importance; les gros bonnets, ceux qui bénéficiaient vraiment du trafic de la drogue n'étaient pas connus: têtes dirigeantes de certains pays, de sociétés bien organisées, les véritables chefs étaient des intouchables.

Occasionnellement, on dénonçait un pauvre diable

qui prenait les risques pour des gros sous. Il en était ainsi d'une pauvre fille qui avait accepté bêtement de transporter trois kilos de marijuana contre la seule récompense d'un chic bracelet en or, qui avait servi précisément à l'identifier, lors de son arrivée à l'aéroport. Car on l'avait dénoncée, et pendant que l'attention était détournée par son arrestation spectaculaire, un autre passager, d'apparence miteuse, faisait entrer aux USA la précieuse poudre blanche.

Josef, le bras droit de Ricardo, lui-même un fervent de la coke, passait des heures à patiemment défaire la base de son tube de pâte dentifrice à extraire la majeure partie du dentifrice, pour le remplacer par une aussi grande quantité que possible de cocaïne. Ainsi emmagasinée dans le tube d'étain, recouverte de dentifrice, la poudre blanche, cachée dans l'article de toilette inoffensif, allait et venait au gré des besoins de Josef.

«Pas fou, ce Josef. Le tube, fait d'étain, camoufle si bien le contenu, qu'il défie même les chiens renifleurs, ces chiens chez qui l'on crée la dépendance à la drogue, après leur en avoir fait prendre le goût et l'habitude. Une fois le travail fait, on récompense la bête par un bonbon truffé de stupéfiants...»

Tout le temps qu'Onésime avait œuvré sous les commandements de l'organisation, il ne se passait pas un seul jour sans qu'il pensât à Coco, celui-là même qui l'avait initié, puis mis en rapport direct avec ses chefs. Il lui vouerait une reconnaissance éternelle, à cet Australien, ce petit homme qui n'avait pas de dédain pour les nuits passées dans les hangars ou sur les quais, bien qu'il fût lui-même si bien nanti. Les leçons reçues n'avaient d'égal que les recommandations fort à propos dont Onésime sut tirer parti. «Ne t'enorgueillis jamais, ne crie jamais victoire, ne te confie jamais à tes comparses. Sers-toi de tes yeux, de tes oreilles, et puis demeure muet comme une carpe. C'est le prix du succès et de la réussite.»

Voilà un homme, le seul peut-être, qui lui avait témoigné beaucoup d'affection. Il savait maintenant qu'il n'aurait jamais, au grand jamais, le loisir de lui rendre visite, le plaisir de le revoir, car il avait trahi. C'était synonyme d'une mort certaine.

Le jour était tombé; il ouvrit les yeux. Le journal était étalé là. Onésime avait longuement rêvassé. Il alluma, prépara un goûter. Ses souvenirs continuaient d'affluer dans sa tête. Après s'être repu, il monta dormir.

***

Jean-Baptiste pria Yvonne d'aller s'étendre et de se reposer. Elle semblait très lasse. Il servirait une omelette au fromage, un des rares plats qu'il savait cuisiner. Sa belle-mère, «la douce Imelda», comme il la désignait toujours lorsqu'il pensait à elle, lui avait enseigné l'art de préparer avec brio une omelette moelleuse: «baveuse à point», insistait-elle.

Le couvert attendait les convives. Mathias traçait des chiffres, Caruso chantait. Fernand entra, chercha Yvonne des yeux.

Sans même dire bonjour, il s'exclama:

— Où est ma femme?

— Là-haut. Elle se repose.

Fernand grimpa les marches quatre à quatre. Au pied du lit, une valise ouverte laissait prévoir que le départ pour l'hôpital était pour bientôt. Il s'inquiéta.

Il ferma les yeux, soupira. Puis, s'approchant de la future maman, se fit tendre et doux comme un jeune amant. Passant sa main sur son front, il demanda:

— Ça ne va pas, ma belle?

— Si, ça va.

— Tu as faim? tu aimerais que je t'apporte ton repas ici.

— Non, merci : je voulais surtout reposer mes jambes. Je suis devenue si lourde !
— Crois-tu que... c'est pour ce soir ?
— Non, pas avant quelques jours.
— Qu'en sais-tu ?
— L'expérience d'abord, les calculs du médecin ensuite.
— Il est prévenu ?
— Bien sûr.
— Tu sais exactement quoi faire ?
— Et comment !

Voyant que Fernand se désespérait, elle s'efforça de le rassurer. Elle lui raconta avec quelle facilité était né son fils Mathias. De temps à autre, elle portait la main au ventre et grimaçait.

— Tu ne dois pas te lever.
— Que si, et tu m'y aideras. L'immobilité n'est pas recommandée dans de telles circonstances. N'oublie pas : je ne suis ni impotente ni malade.

Yvonne s'appuya contre son mari Fernand, et ensemble ils descendirent à la cuisine.

Les trois mâles en présence se faisaient prévenants ; Mathias, plus câlin que jamais, mangeait silencieusement, tout en fixant sa mère. Fernand grignotait du bout des dents, Jean-Baptiste de belle d'humeur, s'était paré de son tablier à fleurs, histoire d'amuser son entourage. Il fit le service, rangea tout.

— Monsieur Gagnon, je sors cinq minutes. Cinq minutes, pas plus. Prenez bien soin de ma femme.

Fernand sortit, il allait faire le plein au garage. Yvonne ouvrit le journal et s'y attarda.

— Viens, Mathias, lui dit son grand-père, allons au salon. Apporte tes feuilles de travail : ce soir, c'est moi qui t'aiderai à faire tes devoirs.

— Va, Mathias, dit Yvonne avec un sourire attendri.

Elle se leva, marcha un peu, sortit dans le solarium,

fit les cent pas. Là, derrière, des papiers emportés par le vent jonchaient le sol. Elle décida d'aller les ramasser. Elle ouvrit la porte et sursauta: un animal entra, lui frôlant la jambe. Yvonne pâle comme un suaire, muette de peur, se précipita dans le salon et ferma la porte derrière elle, avec fracas.

Jean-Baptiste se leva, s'approcha de sa fille, la prit par les épaules, la serra contre lui et la força à s'asseoir.

— Qu'as-tu vu?

Hoquetant, elle parvint à articuler: «Une mouffette.» Du doigt, elle désignait la cuisine.

— Ah! la mouffette! Ne bouge pas, j'y vais: elle me connaît.

Jean-Baptiste sortit et réapparut bientôt, tout souriant.

— Tu l'as effrayée. J'ai ouvert la porte: docilement, elle est sortie. Heureusement que tu ne l'as pas confondue avec un chat et que tu ne t'es pas aventurée à la pourchasser.

— J'ai eu une de ces peurs!

— Avoue qu'elle est belle.

— Vous parlez d'elle comme d'une amie.

— Je te l'ai dit, elle me connaît. Elle vit ici depuis plusieurs années. Elle s'est creusé un trou dans la terre et vit là. Je l'ai souvent vue rôder. Elle s'approche parfois, me regarde, émet un léger sifflement et s'en va, sans me faire l'affront de m'arroser comme les mouffettes le font pour se défendre de leurs ennemis.

— J'ai une de ces frousses!

— Tout doux, tout doux, ma fille. Modère tes transports. Pense à ta condition.

— Vous, papa, vous ne finirez jamais de m'épater.

Puis, après un silence, elle ajouta:

— Soyez gentil, ne dites rien de tout ça à Fernand. Il s'inquiète tellement pour cet enfant.

— Que dis-tu?

— Fernand s'inquiète pour l'enfant.
— L'enfant?
— Oui, celui à naître, bien sûr.
— Le tien?
— Vous me comprenez: le nôtre.
— C'est déjà mieux. J'espère que tu ne te surprendras pas trop, si je te fais remarquer que ton mari se préoccupe de toi autant que de l'enfant.
— Vous croyez ça? sincèrement?
— Sache donc accepter l'amour et les manifestations de tendresse sans te défendre, comme si ton entourage agissait toujours par devoir ou par intérêt. Apprends à être heureuse, tout simplement, sans chercher plus loin.

***

Le lendemain, au déjeuner, ce fut Yvonne qui narra l'aventure à Fernand.
— La pauvre bête! Elle fut surement plus effrayée que toi. À l'avenir, garde les portes fermées: l'automne, il n'est pas rare que les petits animaux, comme des écureuils et des rats, ce qui est moins drôle, essaient de se faufiler à l'intérieur.
— Et si Caruso avait le malheur de s'échapper dehors, gémit Mathias, il mourrait gelé!
— Vous, ah! vous, les hommes! s'exclama Yvonne.
Soudain, elle fit la grimace.
— Voilà! Maintenant.
Elle s'agrippa à la table, grimaça de nouveau.
— Qu'est-ce que je fais? hurla Fernand.
— Mathias, monte dans ma chambre, descends la valise qui est au pied de mon lit. Papa, occupe-toi de la vaisselle. Fernand, approche la voiture.
«Le ton impératif de Marie-Reine», pensa Jean-Baptiste. Et tous coururent en même temps. Fernand avait blêmi: il ne trouvait plus ses clefs. Suivit un grand

silence. Quelques minutes plus tard, les clefs ayant été retrouvées, le couple partit. Bientôt un autre être humain prendrait sa place sous le soleil. Tout ça était empreint de mystère, Jean-Baptiste ne s'était jamais habitué: chaque naissance l'avait remué, bouleversé.

— Toi, là-haut, Marie-Reine, occupe-toi de ta fille, ordonna-t-il.

— Que dis-tu, grand-papa?

— Rien, mon petit, je priais pour ta maman.

— Tu priais? Tu avais l'air bien sévère et fâché.

— Je donnais des ordres, à quelqu'un là-haut; mais, qu'est-ce que tu fais?

Mathias, les doigts joints, regardait vers le ciel. Il murmura:

— Toi, qui obéis à grand-père, fais-moi une faveur: je suis grand, j'ai hâte qu'on me laisse aller seul à l'école. Je suis un homme maintenant. J'en ai assez de me faire traiter de chouchou par les copains...

Jean-Baptiste dut se contenir pour ne pas pouffer de rire. L'astuce de l'enfant l'amusait. «Pourquoi pas?» pensa-t-il. Il faut lui faire confiance et ce serait maladroit de ne pas exaucer sa supplique.

— Bon. Alors Mathias est devenu un homme? Il pourrait se rendre seul à l'école, traverser la rue attentivement, ne pas flâner, se conduire comme un adulte? C'est bien. Alors Mathias ira seul à l'école.

— Hourra!

Le bambin battit des mains.

— Voilà, je vais te donner une pièce de monnaie. Avant de quitter l'école, tu me téléphones pour m'annoncer que tu rentres. Ainsi je serai rassuré. Ça te va, comme ça? Moi, je garde la maison.

— Et Caruso ne sera pas seul.

Jean-Baptiste regarda partir son petit-fils. Il ne rentra dans la maison que lorsque l'enfant eut traversé la rue et disparu de son champ de vision. Le marmot marchait rapidement, la tête haute, l'allure fière.

«Il a du Gagnon», pensa Jean-Baptiste.

***

Pendant ce temps, l'œil à l'affût, Onésime scrutait la route. Il reconnut son fils qui venait, seul cette fois. Mû comme par un ressort, il sauta sur ses pieds, et sans réfléchir, sortit de la maison. Mathias passa, lui cria joyeusement: «Bonjour, Monsieur!» et poursuivit son chemin.

«Fiacre! Voilà qui est mauvais. Qu'est-ce qui m'a pris? C'est à peine si je lui ai répondu. Ce n'est pas comme ça que je réussirai à m'en faire un ami. Je ne suis qu'un idiot!»

Il se laissa tomber dans son fauteuil. L'impact de la surprise avait été si grand qu'il n'avait pu réfléchir. «Ce petit a le don de me ramollir: j'ai les jambes en guenille! Quelle ascendance ce môme a-t-il donc sur moi? Je me conduis comme une fillette. Décidément!»

Onésime, le dur, Onésime le rusé, Onésime, l'homme sans morale, se retrouvait subitement sans énergie, sans contrôle sur lui-même, et ce, parce que son fils s'était trouvé en sa présence. Ça l'affolait. Soudainement, un détail le frappa: «Il ne m'a pas reconnu. Il m'a regardé, m'a salué. Il ne m'a pas reconnu. Et je dois admettre qu'il a de bonnes manières!»

— Jojo! murmura l'homme attendri.

L'instant d'après, il se désolait: «Il est comme sa sotte de mère, il m'a oublié. Et dire qu'à cause de lui, je suis sur la liste des décédés! En parfait imbécile, je m'émeus pour un gosse sans cœur!»

Maintenant il rageait. Le petit ne valait pas plus que les autres. Ils étaient tous pareils, de vils personnages. Il trépignait, le dépit le faisait rager: «Je m'attife comme un clown, je laisse pousser ma barbe, je fais tout pour ne pas être reconnu...»

Soudainement la réalité le frappa en plein front: «Mais voilà, c'est ça! Comme j'étais déguisé, il ne pouvait pas me reconnaître. Le contraire eût été étonnant et inquiétant. Si j'ai si bien réussi à me camoufler derrière un autre personnage, c'est tout à mon honneur et à mon profit: je ne dois pas oublier que je suis devenu Charles-Omer Gratton, professeur de musique, digne citoyen, sans histoire, qui vit sagement dans son home de Ville Saint-Laurent. Voilà, c'est à Charles-Omer que s'adressait ce bonjour, pas à Onésime.»

— Hip! Hip! Hourra! L'affaire est dans le sac! Même que la glace est cassée, et c'est Jojo lui-même qui a fait les premiers pas. C'est merveilleux, merveilleux!

C'est dans cet état d'esprit exalté qu'il vécut les heures qui suivirent. Tout en répétant sur la flûte des airs enfantins, il repassait dans sa tête les grandes lignes de son plan d'action: «Il me faudra plus de discipline en présence de Jojo. D'abord, je dois cesser de penser à lui sous ce surnom. Il suffirait que je le fasse en sa présence pour me trahir.

«Moi, Charles-Omer Gratton, je ne connais pas Jojo. Je connais à peine Mathias, qui m'a si gentiment salué ce matin. Nous nous sommes vus, c'est tout! C'est tout et c'est beaucoup. La glace est cassée. Ce sera dorénavant plus facile.»

À la claire fontaine... la musique résonnait dans la pièce. Devant sa fenêtre, Onésime regardait partir les enfants. Soudain, à sa grande surprise, il vit venir son fils: il avait tardé. Il regarda au-dessus du rideau: oui, il s'agissait bien de Mathias. Ce n'était plus le bambin gai du matin. L'enfant semblait pleurer. Onésime sortit.

— Hé! petit, dis donc, tu pleures?

— Oui, fit le bambin, en appuyant son dire par un geste affirmatif de la tête.

Onésime s'approcha.

— Qu'est-ce qui t'arrive?

— Je ne trouve plus ma pièce de monnaie.
— De quoi parles-tu?
Après avoir entendu l'explication fort détaillée d'un si grand drame, l'homme lui dit:
— Entre chez moi. Viens, tu peux utiliser mon téléphone.
L'enfant entra, renifla. Pour se donner une contenance, Onésime saisit sa flûte et reprit son refrain. Mathias le regarda intensément. Il semblait émerveillé.
— Tu joues aussi du piano, Monsieur?
— Plus maintenant, mentit Onésime. J'enseigne la flûte. Ça te plairait de suivre des cours?
— Je vais en parler avec maman. Mais pas maintenant: elle est à l'hôpital, avec Fernand. Grand-papa s'occupe de garder Caruso, ajouta-t-il avec un sourire.
— Qui est Caruso?
— Mon serin. Tu connais Caruso? L'homme à la voix d'or, comme mon serin. Oh! mais je dois téléphoner, grand-père va s'inquiéter de mon retard.
— Attends...
— Non! Tout de suite.
— Bon, là.
Mathias expliqua tout à son aïeul. Il se trouvait chez le professeur de musique. Il entrerait tout de suite, au pas de course.
— Remercie bien ce monsieur, et sois prudent.
Mathias raccrocha.
— Merci, Monsieur, je vais parler à maman...
Avant de sortir, il se retourna et lança:
— Demain, je vais vous apporter des sous pour les frais d'appel.
Onésime allait protester. Il se reprit. Valait mieux ainsi: il le reverrait le lendemain... La porte se referma, le silence qui suivit pesait lourd sur le cœur d'Onésime. Il déposa la flûte. Il avait perdu le goût de jouer. «La chance semble vouloir me sourire à nouveau», pensa-t-il.

Là-bas, posté sur la galerie, Jean-Baptiste, à son tour, observait la route. Lorsqu'il vit venir un enfant au pas de course, il entra chez lui et ferma la porte. Il ne voulait pas que Mathias sût qu'il l'épiait.

Pendant ce temps, Onésime s'étonnait encore du ton décidé qu'avait employé l'enfant pour refuser de retarder de faire l'appel. «Il a de la volonté. C'est bien.» Lui, le père, avait, un instant, savouré sa joie à la pensée que le maudit Jean-Baptiste se morfondait d'inquiétude dans l'attente de l'appel. Il se rendait compte qu'il lui faudrait beaucoup d'adresse pour amadouer son fils, l'éloigner des autres, lui faire accepter de le suivre, et surtout de réussir à s'en faire aimer.

— Yvonne est à l'hôpital... Qu'elle crève!

***

Mathias affichait une mine piteuse, sa mésaventure l'humiliait, lui qui avait proclamé être un homme. Jean-Baptiste minimisa le drame, écouta l'enfant lui narrer les événements dans le détail.

— Il est gentil, ce professeur. Demain, je t'accompagnerai et nous irons le remercier. Comment s'appelle-t-il?

— Je ne sais pas, je n'ai pas pensé de lui demander.

On parla de Caruso, qui avait bien chanté. Jean-Baptiste n'osait mentionner le nom d'Yvonne. Il s'inquiétait. Depuis le matin, il attendait un appel de l'hôpital. Quelque chose ne tournait pas rond.

Jean-Baptiste s'occupa à seconder Mathias, l'aida à faire ses exercices, ses calculs et sa lecture. Après quoi, on s'affaira à nettoyer la cage de l'oiseau. Soudainement, la sonnerie du téléphone retentit. Mathias courut vers l'appareil.

— Allo!, c'est Fernand cria-t-il.

— ...

— Oui, oui.

— ...

— Je peux parler à maman? J'ai une permission à lui demander.

— ...

— Ah! oui?

— ...

— Oui, Fernand, une minute.

Jean-Baptiste prit le combiné. Mathias roucoulait, tandis que son grand-père parlait avec Fernand. La conversation fut brève, mais l'homme sentit que son gendre se mourait d'inquiétude: le bébé se faisait attendre.

Jean-Baptiste, lui, ne s'inquiétait pas trop: le fait que sa fille fût à l'hôpital le rassurait. Une fois la communication terminée, Mathias s'adressa à son grand-père.

— Fernand m'a dit que je n'ai pas à attendre le retour de maman pour obtenir la permission de suivre des cours de musique. Il dit que toi, tu peux décider.

— Bon, on verra ça demain. Où habite ce monsieur? Donne-t-il ses leçons à l'école?

— Non, pas à l'école. Il habite à côté de l'école. Il est vieux, tu sais, plus vieux que toi: il a une grande barbe avec des poils tout blancs dedans. Il est vêtu comme le joker de tes cartes à jouer.

— Il est gentil?

— Oui, je crois. Tu connais *Au clair de la lune*? Il a joué ça pour moi.

— Oui, en effet, il est gentil.

***

L'enfant s'endormit avec ses rêves. Jean-Baptiste resta éveillé.

Le lendemain, Jean-Baptiste changea son programme: son inquiétude allait grandissant. Fernand n'avait pas reparu. Mathias se rendrait seul à l'école.

— Et la pièce de monnaie? demanda l'enfant.
— Voilà. Tu remercieras gentiment.
— Et... ma permission.
— Bon, euh! Oui, tu peux prendre des leçons, mais tu dois me promettre de ne pas t'attarder et de ne pas négliger tes devoirs et tes leçons.
— Je t'aime, grand-papa! s'exclama l'enfant qui partit joyeusement.

«L'âge de l'émerveillement», songea Jean-Baptiste. Mathias se rendit chez le professeur au pas de course. Il remit les sous, qu'Onésime accepta avec attendrissement, et lui apprit la grande nouvelle.

— Bien. Alors, dans cinq jours, nous commencerons les leçons.
— Pourquoi? Cinq jours, c'est très long.
— Je, je n'ai pas de temps avant, mentit Onésime.

Effarouché à l'idée que Jean-Baptiste viendrait lui rendre visite, il désirait se donner du temps pour parer aux coups. Avant de sortir, la porte était déjà ouverte, Mathias lui demanda à brûle-pourpoint:

— Quel est votre nom?
— Charles-Omer Gratton, petit.
— Je ne suis pas petit.

Et la porte se referma. Onésime prit la pièce, la serra dans sa main. Oui, il garderait toujours ce vint-cinq sous, comme un précieux talisman. Il le déposerait dans son sac de chevreau, avec ses trésors.

Le jour suivant, de fait, Onésime vit s'approcher Jean-Baptiste et Mathias. Il se tapit le long du mur, s'apprêtait à grimper l'escalier quand il lui sembla entendre la voix de madame Carré: «La troisième marche craque». Il s'immobilisa et attendit que les visiteurs s'éloignent. «Pour expliquer mon absence au petit, je pourrai toujours prétexter que je donne des leçons particulières hors de la maison».

Jean-Baptiste quitta Mathias à la porte de l'école et revint sur ses pas. Il regarda avec insistance la coquette maisonnette toute blanche au milieu d'un minuscule jardin de verdure. Tout semblait là si simple, si normal, que pas un instant Jean-Baptiste n'eût pu douter que cette oasis cachait son ennemi mortel. Il rentra chez lui et oublia jusqu'à l'existence de Charles-Omer Gratton.

***

Enfin, le téléphone sonna. Fernand avait peine à articuler ses mots. Un fils de sept livres six onces et demie était né. La précision fit sourire le grand-père. Un fils beau, grand et braillard et... et... et... Oui, Yvonne avait été brave, héroïque... quel exploit! Non, Mathias n'était pas rentré de l'école; oui, lui, Jean-Baptiste transmettrait le message à tous les membres de la famille...

C'était merveilleux, un autre petit-fils était né! Jean-Baptiste se réjouissait de la joie du nouveau papa. Une fois encore, un petit enfant viendrait semer la joie dans la grande maison.

Il prévint d'abord Marie-Anne. Bien entendu, la partie de cartes du vendredi serait remise à plus tard.

Chacune des sœurs d'Yvonne se disait ravie. Jean-Baptiste réserva le dernier appel pour Monique, sa préférée. Il lui raconta tout dans le détail.

— Maman doit se réjouir avec nous.
— Je lui en veux, à celle-là.
— De qui parles-tu?
— De ta mère. Elle a trop tardé à s'occuper de sa fille ainée.
— Que me chantes-tu là?
— Je lui avais confié cette naissance, lança Jean-Baptiste. Elle nous a fait patienter trente-six heures. Le ciel ne l'a pas changée: elle demeure têtue comme une mule, même là-haut.

— Oh! papa. Mécréant!

Lorsque Mathias entra, le souper n'était pas prêt. L'annonce de la naissance d'un petit frère ajouta encore à sa joie.

— Mais, j'ai faim, moi!

— Bon, et si nous allions souper ensemble chez MacDonald?

— Chouette!

— Après tout, il faut fêter ça: ton frère a un jour.

— Va-t-on lui donner le nom de Caruso?

— Sûrement pas, c'est le nom de ton ami.

— Je peux le lui donner, si maman veut bien.

— Charmant petit bonhomme, va!

La question de Mathias donna à penser au grand-père, il trouvait bizarre que le couple n'eût jamais discuté du nom à donner à l'enfant. Peut-être voulaient-ils simplement attendre de savoir d'abord de quel sexe serait le bébé.

— À quoi penses-tu, grand-père?

— Je m'arrête à des préoccupations dignes d'une vieille femme. Dis donc, toi, tu veux toujours tout savoir!

Ce disant, Jean-Baptiste brandit l'index devant le nez du garçonnet.

L'enfant saisit le doigt, le serra et s'exclama:

— Pas étonnant que je sois aussi détestable: j'ai de qui tenir.

Mathias pouffa. Son rire s'égrena, cristallin.

La soirée se termina sur une note joyeuse. Quand, enfin, Fernand entra, il se laissa tomber sur une chaise.

— Monsieur Gagnon, comment avez-vous pu traverser cette épreuve aussi souvent? Je suis épuisé.

— Tu es épuisé, Fernand?

— Éreinté.

— Mais, je croyais que c'était maman qui... dit Mathias.

Les deux hommes trouvèrent la réplique fort à propos.

— Tu as raison, Mathias, c'est ta mère qui...
— Je monte dormir, s'excusa Fernand.

***

Au réveil, Jean-Baptiste renifla, l'odeur de la peinture l'étonna. Il se leva et sortit de sa chambre. Fernand clama:

— Je ne vous ai pas réveillé, j'espère?
— Bleue, hein?
— Je le savais. J'avais déjà tout le nécessaire dans le coffre arrière de l'auto. Vous croyez que cette affreuse senteur disparaîtra d'ici quarante-huit heures?
— Tu as tout ton temps. Yvonne sera à l'hôpital une bonne dizaine de jours.
— Vous croyez ça, vous? Quarante-huit heures, m'a dit l'infirmière.
— C'est incroyable. Depuis que le régime santé gouvernemental est établi, la convalescence est rapide!
— Et les papas sont gratifiés de congés de maternité payés.
— Touchant! Ils ont à travailler si fort pour en arriver au but!
— Temps nouveaux, le beau-père: mœurs nouvelles.

Jean-Baptiste s'éloigna. Il n'avait pas le goût d'argumenter, ni d'écouter un sermon. Il resterait accroché aux siens, ses principes, même s'ils semblaient périmés.

Mathias vint s'installer près de Fernand et lui raconta tous les événements qui s'étaient déroulés en son absence. D'en bas, Jean-Baptiste entendait les voix enjouées.

«Les temps changeront encore, se dit-il: les miracles de l'évolution continueront. Pour le moment, je désire un bon café.»

Au moment de porter la tasse aux lèvres, il dit tout haut:

— À la bonne mienne, et à toi, petit bébé neuf.

Jean-Baptiste, dans sa berçante, eut ensuite à écouter Fernand qui relatait son expérience du papa qui surmonte sa peur et les horreurs de l'attente. «J'ai bu assez de café pour un an», résuma-t-il.

— Fernand...
— Oui, monsieur Gagnon?
— Il ne faudrait pas oublier de téléphoner à votre mère. Elle doit être impatiente de savoir.
— Euh! Oui... Merci de me l'avoir rappelé. Je n'y manquerai pas. Un fils, pensez donc! J'en ai de la veine.

Jean-Baptiste faillit s'exclamer qu'il ne changerait pas ses filles pour rien au monde. Il n'osa pas. «Enfin, pensa-t-il, ça a tardé, mais il semble que j'ai appris à me taire.»

***

Onésime sortit et garda les yeux rivés sur la route. De loin, il vit venir Mathias. Il était seul. Alors, il l'attendit.

— Bonjour, fiston.
— Bonjour, monsieur Gratton.
— Jeudi, après l'école, ça te convient? Une première leçon. Ensuite, ce sera deux fois par semaine: mardi et jeudi.
— Bravo! Bonjour! Je suis en retard.
— Bonjour, fiston.
— Mon nom est Mathias Gagnon.
— Bien, monsieur Gagnon.

«Fiacre! Il me ressemble: il a de la détermination!»

L'enfant s'éloigna, s'arrêta, se retourna et fit un salut de la main. Le geste attendrit Onésime.

***

La pouponnière était prête. Les fenêtres ouvertes permettaient l'aération. Les rideaux croisés, style bonne femme, battaient au vent. Le berceau, préparé par les soins d'Yvonne, fut mis en place. Fernand alluma la veilleuse, fit trois pas à reculons, admira son chef d'œuvre. Tout semblait parfait. Sur la commode de bébé, il déposa deux cadeaux admirablement emballés, un pour la mère, un pour le fils.

— Si vous montez là-haut, Monsieur Gagnon, jetez un coup d'œil dans le sanctuaire.

Jean-Baptiste sourit et se mit à fredonner, *Heureux comme un roi*.

— Ce soir, ils seront là. Prévoyez-vous vous absenter aujourd'hui?

— Non, ce n'était pas au programme.

— J'ai commandé des fleurs pour leur souhaiter la bienvenue.

— Délicate attention. C'est gentil.

— Monsieur Gagnon...

— Je t'écoute, Fernand.

— Je... compte sur vous. Vous êtes un homme sage. Si je gaffe, ne manquez pas de me ramener à l'ordre. Je me sens gauche, je n'ai pas l'habitude des femmes et des enfants, vous comprenez? Parfois je me sens imbécile, j'ai l'impression d'être maladroit, trop brusque. Je ne veux pas me tromper, les chagriner. Je ne veux pas que ma femme me prenne pour un gendarme ou un grincheux. Le chantier de la construction, c'est une chose, la famille, une autre. Saurai-je tout concilier. Comment savoir que je suis un époux, un père correct?

— Laisse vivre ta femme, Fernand, crois-moi. Yvonne est déjà trop sévère avec elle-même. Elle est très disciplinée, mais tendre avec son aîné. Les humains sont comme des plantes: trop d'eau, trop de soleil, trop d'ombre, ça leur est néfaste: Trop, c'est trop. Ce sont les «trop» qui tuent. À trop rechausser un plant, on peut l'étouffer. Par contre, un bon conseil par-ci, par-là, aide et stimule, crée un sentiment de sécurité et dénote la bienveillance. C'est la même chose avec les enfants: il faut savoir garder l'œil ouvert, avoir un bon mot, un conseil, voire une réprimande au bon moment. Ça vaut mieux que des longs discours. Nul n'aime sentir qu'on s'acharne à lui imposer une façon de voir ou de penser. Eh! Fernand, écoute-moi donc! On dirait le sermon de la grand'messe du dimanche! Excuse-moi, mon vieux.

Fernand gardait la tête baissée, il avait sorti son canif et se curait les ongles. Jean-Baptiste se sentait très embarrassé. Il était sans doute allé trop loin. Soudain, l'autre regarda droit devant lui et dit tout haut:

— C'est donc ça! C'est aussi simple que ça... Je me demandais, depuis mon entrée dans cette maison, comment vous aviez réussi à élever une si grande et si belle famille, tout en étant demeuré si serein, et ce qui est plus, à avoir su mériter et garder l'affection et le respect de tous... Sapristi!

— J'aurais aimé que tu connaisses mon épouse, Fernand: elle était experte en la matière: une main de fer dans un gant de velours, pour me servir d'un vieux dicton.

— Vous êtes probablement né tempérant.

— Que non! Le Ciel m'est témoin qu'il m'a fallu apprendre à me taire... J'ai appris à mes dépens à contrôler mes émotions, mes sautes d'humeur. Chacun de nous cache, dans une armoire, un squelette ou deux, conséquence de ses propres étourderies.

— La douceur et la tendresse ne faisaient pas particulièrement partie des mœurs, chez nous, rétorqua Fernand.

— Tu aimes ta femme, tu aimes ton fils, tu es bon et généreux envers Mathias; c'est beaucoup d'amour pour un seul homme.

— C'est peut-être pourquoi j'ai peur de tout perdre.

— Rassure-toi, Yvonne est une femme dévouée et forte.

— Je sais. Vous ai-je dit ce qui m'a le plus impressionné chez elle?

— Non, mais je crois que tu vas me le dire.

— Après la mort prématurée de ma femme, j'ai développé une peur morbide du mariage: je trouvais les filles légères. Dès que je m'entichais d'une jeune fille, je lui suggérais innocemment de m'accompagner à Miami; toutes, sans exception, perdaient radicalement la tête.

— As-tu tendu la même perche à ma fille?

— Oui, sans succès. Alors, j'ai parlé de vacances vers l'Europe, tout en lui faisant miroiter la beauté et le charme du Vieux Continent. Savez-vous ce qu'elle m'a répondu? Je vous le donne en mille: elle m'a dit sèchement que tout homme intelligent se devait de passer son temps libre à repeindre les clôtures et à retaper la maison. J'ai décidé de l'épouser.

— Tu n'as pas craint de te faire domestiquer?

— Pensez donc! Et je ne me suis pas trompé: Yvonne a les deux pieds sur terre.

— Tes balades en pays lointains ne te manquent pas trop?

— Ce n'était qu'une forme d'évasion, pour oublier.

Jean-Baptiste ressentit un grand soulagement en entendant la sonnerie du téléphone: il ne voulait pas entendre les confidences de cet homme qui vivait sous son toit. Son passé ne le concernait pas. Il désigna l'appareil:

— C'est sans doute pour toi.

Jean-Baptiste prépara une infusion de thé. Il entendit Fernand s'exclamer:

— Non! Oh, non! J'espère que ce n'est pas grave.

Jean-Baptiste tressaillit.

— Le bébé? demanda-t-il à son gendre, qui semblait consterné.

— Non. Yvonne a téléphoné à maman pour lui apprendre la grande nouvelle. Et ma mère n'est pas bien.

— Je regrette d'entendre ça.

— Elle a dit à ma femme qu'elle pouvait maintenant partir en paix, puisque j'avais trouvé une famille et le bonheur.

— Ce sont des paroles à la fois douces et pénibles à entendre.

L'homme restait planté là, abasourdi.

— Téléphonez à votre mère, Fernand. Je vais en profiter pour aller à l'épicerie. Je rentrerai au plus tôt.

Il déposa sa tasse, prit ses clefs, posa son chapeau sur sa tête et sortit. Le vouvoiement du beau-père émut le cœur de Fernand.

***

Lorsque Jean-Baptiste rentra, il trouva une note sur la table. Fernand était parti vers l'hôpital. Jean-Baptiste profiterait de cette journée pour balayer les galeries, tailler les arbustes, nettoyer la serre. Il endossa sa veste de mouton blanc et, avec la lenteur que lui imposait son âge, il mit de l'ordre autour de la maison. Lorsqu'il leva la tête vers le sommet des chênes, il soupira:

— Je me croyais aussi solide que l'un d'eux. Je dois admettre que j'ai de moins en moins de sève dans ma vieille carcasse.

Il pensa à la mère de Fernand. Elle comptait sûrement vingt années de moins que lui: «La vie est capricieuse. La mort glane à droite et à gauche, en oublie parfois un, çà et là. Ce qui semble être mon cas.»

Lorsque le va-et-vient de la rue lui fit comprendre

que c'était l'heure du retour de l'école, Jean-Baptiste pensa aller à la rencontre de Mathias. Mais il se souvint que celui-ci avait une leçon de musique: «En voilà un qui s'ajuste assez bien. L'arrivée d'un frère l'aidera encore plus à s'épanouir.»

Il s'arrêta, pensa à son frère ainé, Louis-Philippe. Il ressentit un pincement au cœur: «Voilà ce que moi j'ai fait, moi, de l'amour d'un frère! Quelle vilenie!»

Une fourgonnette, stationna devant sa porte. On venait livrer des fleurs, de jolies fleurs blanches. Il hocha la tête: Yvonne reviendrait trop vite de l'hôpital. Évidemment, il n'y avait pas toute une kyrielle d'enfants qui l'attendaient à la maison, mais tout de même! Il disposa les fleurs dans des vases et, soudainement, la maison lui parut grande, trop grande. Il sortit, monta dans sa voiture et prit la direction du centre commercial. Il s'amusa à acheter des colifichets pouvant plaire à des bébés. Il résista à l'envie de les choisir roses pour taquiner Fernand. La caissière l'étonna en lui offrant ses meilleurs vœux. «C'est pour mon petit-fils!» crut-il bon d'expliquer. «Mais bien sûr!», dit la jeune fille.

Il s'éloigna d'un pas lent. La présence du grand nombre de personnes âgées, qui erraient là, l'étonna: «Ils sont seuls et ils s'ennuient. J'en ai de la chance!» C'est le cœur plus léger qu'il revint vers la maison.

***

Dès l'instant où Mathias prit en main l'instrument de musique, qu'il le porta à sa bouche, Onésime, sut que l'enfant était doué. Quand les sons émis étaient faux ou stridents, la mimique de l'enfant indiquait qu'il se rendait compte de ses erreurs: il grimaçait, suspendait son jeu, se reprenait. Parfois, impatient, il trépignait. Dès qu'il réussissait à bien rendre la note, son visage s'illuminait.

Mathias refusait de jouer dans la position assise. Droit comme une flèche, un pied posé légèrement à l'écart, sérieux comme un pape, il mettait tout son cœur à l'œuvre. Son regard vif s'attardait sur celui du professeur, cherchant une approbation.

Envoûté, Onésime se surprenait à plisser les yeux, à froncer les sourcils. Il succombait sous le charme du bambin, qui s'acharnait à réussir. Le temps de la leçon passait vite, trop vite. Entre eux, les liens de l'amour se tissaient, de plus en plus forts.

Chaque fois, c'était Mathias qui, le premier, reprenait contact avec la réalité. Il jetait un regard sur l'horloge, déposait la flûte, remerciait monsieur Gratton et se sauvait en courant. Ses parents avaient insisté pour qu'il ne s'attardât pas. Surtout que le jour tombait tôt, en ces soirs d'automne.

Bientôt, l'enfant fut autorisé à s'exercer seul, chez lui. Il rentra à la maison, tenant à la main l'instrument de musique le plus précieux du monde: une simple flûte à bec.

***

Le retour d'Yvonne fut tout un événement. «Le prince de Galles ne dut pas recevoir plus d'attention!», s'exclama Jean-Baptiste.

Fernand prit le nourrisson dans sa grande main et le présenta à son grand-père.

— Allez! dis bonjour à pépère.

Et Mathias reçut dans ses bras cette toute petite chose qu'on lui avait promise et qui s'appelait un frère.

— Trop petit, beaucoup trop petit: il ne saura jamais tenir une flûte!

— Tu as été petit, toi aussi.

— Ah, mais jamais comme ça!

— Plus petit encore, crois-moi.

— Il a de grosses joues, c'est tout.
— Alors, il jouera de la trompette.
— Et moi de la bombarde, renchérit Jean-Baptiste.

Suivit la procession vers la pouponnière: Yvonne était tout sourire. La gerbe de roses blanches l'émut.

Son sourire se figea, lorsque Fernand souligna que tel ou tel aliment pourrait nuire à l'enfant qu'elle avait décidé d'allaiter.

Il n'avait pas sitôt terminé sa phrase qu'il la regretta. Il sentit peser sur lui le regard de Jean-Baptiste.

— Mais maman a énormément maigri, protesta Mathias avec conviction.
— Tu crois?
— Ah oui! ici, là, puis là. Sauf là. Et il désigna la poitrine gonflée de sa mère.

Au moment du dessert, Fernand clama: «Que personne ne bouge!» Il se leva, traversa la cuisine et le salon et pénétra dans l'étude. C'est dans cette pièce, qu'on avait toujours désigné sous le nom d'étude, sans savoir exactement pourquoi, que se trouvait le secrétaire sur lequel, pendant plus de cents ans, on avait comptabilisé les entrées aux livres des revenus de la ferme de famille. Fernand y avait caché les cadeaux qu'il offrirait à sa femme à l'occasion de cette naissance.

— D'abord, un présent pour madame.

Yvonne, rose d'émotion, tira sur les rubans. Ce qu'elle découvrit la renversa: un écrin au milieu duquel trônait une bague sertie d'une topaze, digne d'une reine.

— C'est de la pure folie! s'exclama la mère.
— Et, pour les hommes. J'ai besoin de votre aide, monsieur Gagnon.

Un lave-vaisselle mobile fut placé dans la cuisine.

— Il ne sera pas dit, le beau-père, que nous, les mâles, allons flétrir nos jolies mains dans l'eau de vaisselle.

Jean-Baptiste se leva et revint avec ses achats:
— Va, Mathias, offre ceci de notre part.

***

Yvonne donnait le sein à son fils. Assise dans la grande berceuse, elle regardait amoureusement son bébé, qui se gavait.

Fernand s'approcha, s'assit sur une chaise et savoura le spectacle. Le lait dégoulinait de la bouche gloutonne, et glissait sur le sein rebondi. Yvonne l'épongeait. Soudain, l'homme demanda:

— Quand et comment sais-tu qu'il en a assez?

Yvonne ne répondit pas tout de suite. Fernand leva les yeux vers elle.

— Tu nous gênes, murmura-t-elle.

Fernand se leva d'un bond. Jean-Baptiste vint à sa rescousse:

— L'heure de la tétée est celle d'un merveilleux tête-à-tête entre le bébé et sa maman. C'est le moment du contact intime, des messages d'amour, d'une étroite communion entre les âmes. De grands penseurs ont même assuré que, de la communication qui se fait en ces instants, dépend l'équilibre de l'enfant, qu'elle favorise le bon développement de ses facultés sensitives.

Fernand écoutait, la bouche ouverte.

— Mais! Je n'ai pas lu ça dans les livres.

— Les livres sont parfois trop techniques. L'analyse des sentiments, c'est autre chose. Je ne fais que te répéter ce que l'on m'a appris. On dit même que le berceau, chez les indigènes, étaient faits de parois pleines afin que le nouveau-né ne se sente pas isolé, et aussi pour empêcher que la chaleur du corps de l'enfant ne se perde. Les femmes ont un don inné pour comprendre et ressentir les besoins de leurs enfants. Tout comme nous savons tenir l'égoïne et le marteau.

— À vous entendre, je peux déduire que ma femme sait mieux que les livres, quoi manger et quoi ne pas manger pendant la période de l'allaitement.

— Tu dois surtout garder en mémoire qu'elle en est à sa deuxième maternité. Lorsque Mathias est né, ma chère femme vivait et grand-mère Imelda. Crois-moi, rien n'échappait à l'œil de faucon de ces dames: ton épouse était à la bonne école.

— À partir de ce jour, je la bouclerai.

— Ne prends pas tout au pied de la lettre: tu as sûrement retenu des grandes lignes fort pertinentes, de tous ces volumes que je t'ai vu dévorer. Au fond, je dois te l'avouer, c'est merveilleux de te voir aussi enthousiaste. C'est même touchant. Je suis sûr que ça plaît à ta femme. C'est sécurisant. Plus que l'indifférence, en tout cas, plus que l'indifférence ou la tiédeur. À propos, Fernand, j'ai pris sur moi d'annuler la partie de cartes de vendredi. J'ai pensé que ce ne serait pas sage. Avez-vous pensé à la cérémonie du baptême?

— Oui, bien sûr. Elle aura lieu dès qu'Yvonne aura repris un peu de forces. Je suis content que vous m'en parliez. Je voulais discuter un peu de tout ça avec vous. Puisque je n'ai pas de famille, nous avons pensé que vous seriez parrain, et Marie-Anne, marraine...

— Non, merci. Merci d'y avoir pensé. Non, je n'accepte pas. Je suis trop âgé. Il vaut mieux que ce soit ton ami Lucien qui remplisse ce rôle, crois-moi. Les Létourneau ont eux-mêmes plusieurs enfants: c'est l'idéal.

Lorsque Yvonne pria Mathias de se préparer pour aller dormir, l'enfant leur fit une surprise. Il les invita à passer au salon pour assister à son premier récital. Ses yeux brillaient. Debout, l'allure fière, il fit entendre sa mélodie. On applaudit. Mathias se rendit à la cuisine, prit la cage de Caruso et la porta au salon. À l'intention de l'oiseau, cette fois, il s'exécuta. Le serin, sur son perchoir relevait la tête; soudain, son chant se mêla à la musique.

Yvonne, émue s'exclama:

— Mais tu as un talent naturel pour la musique! Où as-tu pêché ça?

Elle regretta sa phrase, mais trop tard: elle était prononcée.

— Sans doute de mon père, laissa tomber l'enfant.

Fernand, qui ignorait tout de la situation, ajouta candidement:

— Alors, petit, il faut exploiter ce talent.

Jean-Baptiste se leva, s'approcha de la fenêtre.

— Ah! Viens, regarde, Mathias. Elle aussi t'a entendu.

— Qui m'a entendu?

— La lune, voyons. Vois, elle est là, elle brille.

— Elle ne peut pas briller, elle est faite de fromage, répliqua Mathias!

***

À quelques jours de là, Mathias se présenta devant sa mère, paré de ses plus beaux atours.

— Est-ce que je suis beau?

— Où vas-tu, ainsi endimanché?

— Nous n'avons pas de cours, aujourd'hui. Les professeurs assisteront à une réunion pédagogique: alors, pour nous, c'est congé.

— Une réunion pédagogique?

— Oui, enfin, quelque chose comme ça.

— Et c'est pour cette raison que tu portes la cravate?

— Mon ami, monsieur Gratton, m'a promis de prolonger mes leçons d'une heure. Je veux qu'il me voie vêtu en homme: je ne suis plus un bébé.

Yvonne sourit. Jean-Baptiste laissa tomber:

— Ne t'y méprends pas: l'habit ne fait pas le moine.

***

Au retour de l'enfant, la mère questionna son fils:
— Ton ami a-t-il remarqué ta tenue vestimentaire?
— Bien sûr, et je lui ai servi la phrase chic de grand-papa; ce à quoi il a répliqué qu'il ne fallait pas s'y fier, car certains moines ne portent pas l'habit.

Jean-Baptiste ricana:
— Pas bête, pas bête du tout: c'est vrai que l'on voit de moins en moins de soutanes.

Yvonne devint songeuse. Elle pensa au père de son enfant, lui, un pasteur sans surplis, un pasteur laïc. Cet épisode de sa vie l'assaillait à nouveau, ces quelques mots ravivaient des souvenirs, là même, dans cette cuisine...

L'enfant s'approcha de sa mère:
— Tu pleures, maman?
— Non, mon petit, je ne pleure pas.

Tendrement, elle attira son fils et le serra dans ses bras.

Chapitre 15

Marie-Anne et Lucien, flattés de l'honneur qui leur était fait, organisèrent une fête extraordinaire. On célébrerait chez eux; la famille au grand complet serait réunie sous un seul toit.

Une fois de plus le chrémeau et tout le trousseau de baptême sortirent de la naphtaline, séjournèrent sur la corde à linge, avant de servir de parure à un nouveau chrétien. Les cloches de l'église paroissiale annoncèrent la bonne nouvelle.

***

Jean-Baptiste, se tenait un peu en retrait, et tendait distraitement l'oreille.

Lorsque l'officiant prononça le prénom de l'enfant, «Jean-Baptiste», l'aïeul, perdu dans ses pensées, sursauta. Il s'avança et dit tout haut, sur un ton interrogatif qui dénotait la surprise:

«Oui? Monsieur le curé, je suis là.»

Tous les yeux se tournèrent vers lui.

— Je suis Jean-Baptiste, répéta-t-il, Jean-Baptiste Gagnon, le grand-père.

— Ce n'est pas de vous, mon fils, qu'il est question.

Et l'officiant, avec un sourire indulgent, reprit le cérémonial là où il avait été interrompu. Les jeunes pouffèrent; leur mère leur pinça le lobe de l'oreille. Jean-Baptiste comprit enfin! Ses yeux se remplirent de larmes. Yvonne s'approcha, prit sa main et la serra.

Jean-Baptiste Robichaud renonça au démon, à ses œuvres et à ses pompes. Il appartenait maintenant à la grande famille chrétienne.

Venant rompre un silence pieux, la voix claire et haute de Mathias s'éleva.

— Hé, grand-papa...

— Chut!

— Maman, écoute, je suis le seul garçon Gagnon ici, à part grand-papa.

— Oui, mon fils, c'est vrai.

Un instant, l'image du père de l'enfant s'accrocha à elle. Tout heureux de sa trouvaille, Mathias se donnait de l'importance. Il calait les mains au fond de ses poches et se gonflait d'orgueil. Lors de la réception, le grand-père déclara que ce prénom ne convenait pas à un si beau bébé.

— Ça fait vieillot, c'est d'un autre siècle!

— Erreur! Chaque année, ici même au Québec, le vingt-quatre juin, un Jean-Baptiste naît.

— Même celui-là est périmé. Il ne reste que son nom. Si j'avais su que je survivrais à la belle tradition de l'enfant blond aux cheveux ondulés!

— Vous êtes solide comme le pont de Québec!

— Lequel, Laporte ou l'autre?

— Dis donc, papa, tu es détestable, toi, aujourd'hui. A-t-on idée d'interrompre le prêtre?

— Si seulement, on m'avait prévenu. Tout est changé, à l'église: je croyais vraiment qu'on s'adressait à moi, même si je ne comprenais pas pourquoi.

Après le goûter, Jean-Baptiste installé dans un fauteuil, s'émerveillait de voir ses petits-enfants devenus si grands. Julie, l'aînée de sa fille Alice, vint vers lui, se pencha et lui murmura à l'oreille:

— Chut! c'est un secret. Vous ne devez rien dire, promis?

Jean-Baptiste opina du bonnet.

— Vous serez bientôt arrière-grand-père. Qu'est-ce que vous dites de ça?

Jean-Baptiste allongea les jambes, plongea son regard

brillant dans celui de la jeune fille. Ses mains serrèrent plus fortement les accoudoirs du fauteuil. Julie se pencha, répéta «Chut!» et lui donna un baiser sur le front.

Le cœur du vieillard tressaillit. Ça, non seulement il ne l'avait pas espéré, il n'y avait même jamais pensé.

Plus tard, Julie revint vers lui. Elle tenait la main de son compagnon.

— C'est mon ami. Je l'aime, ajouta-t-elle plus bas.

Les regards des deux hommes se croisèrent. Au fond de son cœur, Jean-Baptiste formula un vœu: que ces deux-là s'épousent...

Rentré chez lui, Jean-Baptiste se sentit très las. Il refusa le lait chaud, monta à sa chambre. Il s'allongea sur son lit, sans se dévêtir. Les événements de la journée l'avaient tellement ému qu'il ne réussit pas à garder les yeux ouverts. Habituellement, il s'attardait à marmonner en s'adressant à Marie-Reine. Il s'endormit, paisible comme un enfant.

Le lendemain, il descendit tôt. Yvonne s'exclama:

— Que fais-tu, papa, avec ta couverture?

— Ne m'en parle pas! Je ne me suis pas déchaussé et le cirage à chaussures a marqué la courtepointe. Heureusement que ta mère n'est pas là pour me sermonner: sa belle et précieuse courtepointe.

— Quelle belle fête, hein, papa?

— Un jour magnifique, Yvonne. Je suis touché de votre délicatesse, quoique je plains un peu le petit; j'espère qu'il ne me tiendra pas rigueur d'avoir à porter ce nom toute sa vie!

— Que mon fils hérite un tant soit peu de ta bonté! C'est ce que je souhaite de tout cœur.

— C'est facile d'être bon, quand on est si bien entouré. Je dépose ce machin dans la laveuse et je viens déjeuner avec toi. Fernand dort toujours?

— Comme un bienheureux. Même Mathias n'est pas encore descendu saluer Caruso.

— Et le jeune, cette sortie n'a pas trop bouleversé son régime de vie?
— Le jeune? De qui parles-tu?
— Allons, toi, tu te payes ma tête ou quoi?
— Il faut t'habituer à ce qu'un autre personnage que toi porte ton prénom...
— Moqueuse, va! Tiens, écoute...

De l'étage, parvenait la mélodie *Marie-Anne s'en va au moulin*. Jean-Baptiste se plaça au pied de l'escalier et, de sa voix éraillée, entonna le refrain. Mathias, gourmé, descendit tout en continuant de souffler dans l'instrument.

***

Peu à peu, Onésime se familiarisait avec la forte personnalité de son fils. Son autodétermination et sa force de caractère l'épataient et le réjouissaient. Il l'admirait pour la confiance qu'il avait en lui-même. Un jour, Onésime eut à affronter le caractère difficile de son fils.

On en était au premier exercice d'un morceau assez difficile à interpréter. Mathias avait d'abord écouté religieusement, plissé les yeux et entamé: *Malbrough s'en va-t-en guerre*. Il joua avec brio. Médusé, Onésime s'exclama:

— Félicitations, mon vieux, c'est presque parfait.

Se levant, il s'avança vers l'enfant, posa sa main sur sa tête, lui ébouriffant les cheveux d'un geste affectueux, et ajouta:

— Merveilleux, Jojo, merveilleux!

L'enfant piqua une colère terrible, dont Onésime ne saisit pas tout de suite le sens. Il lança furieusement la flûte à l'autre bout de la pièce, froissa la partition en boule, la jeta au loin et se mit à hurler:

— Non, pas ça, pas ça! Tu n'as pas le droit. Personne

n'a le droit. Je te défends, ni toi, ni maman, ni personne n'a le droit de m'appeler Jojo. Seul, mon père avait le droit; seulement, mon papa m'appelait Jojo!

Pour la première fois de sa longue vie, Onésime connaissait le goût des larmes versées par attendrissement et amour: le choc fut si grand, l'émotion causée si spontanée, si sincère, si profonde, qu'il pleura.

Il se laissa tomber sur une chaise et les sanglots le secouèrent. L'homme avait mal, vraiment mal, jusqu'au fond de ses tripes. Il couvrit son visage de ses mains et il pleura, pleura.

Son chagrin était si grand, si cuisant, que Mathias restait planté debout, médusé. Peu à peu, sa colère tomba mais il demeurait là, à observer l'autre. Doucement, il s'approcha, hésita un instant, posa sa main sur la tête d'Onésime et dit simplement:

— Voyons, monsieur Gratton, ce n'est pas si grave.

Et, sur un ton badin, il ajouta:

— Conduis-toi comme un homme, monsieur Gratton.

Mathias ramassa la flûte, prit la partition, tenta de la défroisser, la plia en quatre et la fourra dans sa poche. Se dirigeant vers la porte, il ajouta:

— À jeudi, monsieur Gratton.

L'enfant sortit.

Onésime était resté là, stupéfié. Ainsi, son fils se souvenait de lui, son fils l'aimait, son fils ne l'avait pas oublié. Il ne le reconnaissait pas mais il l'aimait, là, au fond de son jeune cœur. Le visage d'Onésime était inondé de larmes: il pleurait alors sans retenue, sans gêne, sans pudeur; il pleurait parce qu'on l'aimait. Quelque chose en lui vibrait, comme une musique.

Il pensa à sa jeune sœur qui disait: «Quand je suis près de toi, je n'ai plus peur.» C'était la phrase magique, la seule, qui ait adouci son adolescence. Et puis, en ce jour, il y avait eu ce cri du cœur, cet éclat de la part de son fils. Il mit la main dans sa poche, en sortit son mouchoir rouge, son fétiche. Alors, les larmes redoublèrent.

— J'ai failli tout briser, tout détruire, songea-t-il un instant. Je suis un mufle, un idiot, un crétin de la pire espèce. J'ai failli perdre mon fils, en voulant précipiter les choses. Je ne dois pas brûler les étapes!

Et il se reprit à sangloter, inconsolable.

— Au pis aller, je pourrais demeurer Gratton, à tout jamais, garder la personnalité de l'autre. Mais alors je perdrais tous mes droits sur l'enfant. Est-ce que je deviens fou? Depuis quand dois-je invoquer des droits? Je fais mes propres lois. Je vais reprendre mon fils, surtout que je sais maintenant qu'il m'aime. Ce qu'il faut faire est de lui soutirer le plus d'informations possible concernant les allées et venues de ceux qui habitent là, de les épier et de les suivre au besoin. Une fois le bilan fait, je dresserai mon plan d'attaque.

Déjà la haine avait repris le dessus sur les sentiments humains qui l'avaient, un instant, effleuré. Il sombra dans un profond désespoir: il détestait se sentir impuissant. Il aurait aimé pouvoir hurler sa rage au monde entier.

«Je dois à tout prix me contrôler. L'aventure d'aujourd'hui doit me servir de leçon; ce n'est pas en accumulant les maladresses que je vais atteindre mon but. Ce gosse a la tête forte. Je ne dois pas me le mettre à dos. Il a pardonné cette fois, mais s'il tient de moi comme je le pense, il a la mémoire des faits et la rancune active. S'il me tourne le dos, je suis cuit, irrémédiablement cuit.»

Onésime aurait aimé en savoir plus long au sujet de la maladie d'Yvonne. Il ne poserait pas la question franchement, il prendrait des détours.

Il monta dormir. La troisième marche craqua. Il asséna un coup de poing sur la rampe.

***

Le jour de la leçon arrivé, Onésime se sentit nerveux, surexcité. Il craignait que son fils ne vînt pas. Mais le bambin vint; il arriva même plus tôt qu'à l'accoutumée, le visage serein, tout à fait détendu.

— Bonjour, monsieur Gratton. Tu es prêt? Alors, écoute ça.

Mathias prit la pause, aspira fortement et sans plus de préambule, s'exécuta. *Au clair de la lune, Marie-Anne* et *Malbrough,* les trois airs se succédèrent, enchaînés les uns aux autres en un genre de pot-pourri. Onésime écoutait, les yeux écarquillés.

— Eh! bien quoi, vous n'applaudissez pas, monsieur Gratton?

Onésime se contenta d'ouvrir les bras. L'enfant hésita un instant, puis s'élança. L'étreinte dura.

Il se leva, d'un signe de la main, invita Mathias à continuer et il monta l'escalier: il n'allait pas laisser voir son embarras à son fils. Il ne parvenait pas à contrôler ses émotions, ne savait pas très bien ce qui lui arrivait. C'était quelque chose de tout nouveau, qui l'ébranlait jusqu'au fond de l'âme. Il s'appuya contre le mur et attendit de retrouver son calme. «Poule mouillée! crétin!». Il s'invectivait de tous les noms de la terre. «Voilà où j'en suis!» Il se redressa. Il fallait à tout prix que cette situation cessât. Il redescendit.

Tout en écoutant Mathias, il corrigeait le jeu de l'enfant, lui désignant du doigt une note à reprendre. Son esprit trottait. «Mollo, mollo, tout doux.»

Mathias déposa sa flûte, vint s'installer près de l'homme et se mit à causer. Sans qu'il fût nécessaire à Onésime de lui poser des questions.

L'enfant narra de lui-même les derniers événements. Yvonne avait un bébé neuf; lui seul, Mathias, cependant portait le nom de Gagnon. Le bébé neuf s'appelait

Jean-Baptiste, comme son grand-père. Onésime, en entendant ce nom, grinça des dents, tant il faisait des efforts pour se contenir. Il écumait de rage.

— J'ai un frère. Pourquoi ne pas me féliciter, comme tout le monde le fait, monsieur Gratton?

— Je t'écoute, petit, je t'écoute.

Mathias ne tarissait plus: il racontait tout, dans le détail. Onésime retint une chose: parfois, tous s'absentaient; voilà qui était fort intéressant. Habilement, il parvint à faire dire, par Mathias, que Fernand gagnait sa vie à bâtir de gros édifices. «Un accident peut si vite se produire», pensa Onésime. Si seulement, il s'était trouvé en meilleurs termes avec ses anciens chefs, ça aurait simplifié les choses: «travail vite fait et propre pour pas cher», les trois P, pour utiliser le langage du milieu. Mais il devrait agir seul, sans commettre d'erreur d'aiguillage: «Si je rate mon coup, je n'aurai pas d'autre choix que de me flamber la cervelle! Fiacre!»

— Que dites-vous, monsieur Gratton.

Onésime sursauta. En face de lui, Mathias assis, les coudes appuyés sur les genoux, le dévisageait.

— Rien, rien, Mathias, je pensais.

— Vous pensez et vous ne m'écoutez plus... Pourquoi es-tu fâché?

— Je ne suis pas fâché, je suis tout juste fatigué.

— Bon, alors je reviendrai un autre jour. Je vais faire écouter ces nouveaux airs à Caruso, qui, lui, m'écoute gentiment.

— Tu as bien travaillé, tu as raison d'être fier.

— Dites-moi, monsieur Gratton, m'aimez-vous un peu?

— Un peu? Je... Oui, beaucoup.

Onésime n'avait pu prononcer le mot aimer. Il se prit à réfléchir, il ne se souvenait pas avoir articulé ce mot une seule fois de toute sa vie. Ça le déconcerta.

L'amour, c'était pour les couventines, ça ne faisait pas partie du langage des hommes!

Une fois seul, Onésime repensait à la conversation: «Il a des façons, le petit, de me faire chavirer les entrailles! Sa manie de passer du tutoiement au vouvoiement, pour donner plus de poids à ses paroles, son petit air aguichant et tendre un instant, brusque et autoritaire la minute d'après, sa douceur mêlée de brusquerie, de qui diable tient-il tout ça? Un jeune enfant avec un tempérament d'adulte. Voilà ce qu'il est. Toutes ces heures de bonheur à voir mon fils s'épanouir, que j'ai perdues à cause de ces emmerdeurs!»

Voilà qu'il replongeait dans ses tourments; il ne trouvait aucune raison de haïr Fernand. Si celui-ci ne se mettait pas en travers de sa route, il l'épargnerait, lui, et le bébé, même si ce dernier portait le nom exécrable de Jean-Baptiste! Il sauta sur ses pieds, fou de rage. Un verre traînait là, près de lui. Il le lança contre le mur, où il se fracassa en mille miettes.

Soudainement, son regard devint dur, fixe, méchant: un rictus se forma sur son visage. Un éclair de génie lui était venu: il fouillait dans ses souvenirs pour se remémorer tous les détails. Une façon sûre et certaine de faire disparaître tout un édifice sans laisser de trace, sans avoir à être sur les lieux, sans avoir à intervenir, même de loin. Voyons, comment ça se passait: il cherchait dans sa tête. Puis, tout à coup, le visage impassible du psychopathe, Sylvain le truand, lui revint en mémoire. Il avait eu recours à cette méthode expéditive pour se défaire d'un commerce encombrant, parce que non lucratif. La prime d'assurances avait renfloué, pour un temps, ses goussets toujours à sec, d'un mauvais coup à l'autre. Il avait expliqué dans le détail sa méthode: après avoir déroulé dans toutes les directions des bobines de pellicules photographiques qui se rejoignaient sous une chandelle, il suffisait d'allumer celle-ci, puis de s'éloigner. «Il s'agit de calculer exactement le temps qu'elle prendra à se consumer avant d'atteindre la pellicule et... la flamme court sur la mèche et met le feu partout à la fois, formant bientôt un immense brasier et ne laisse pas de trace!»

Le jour où il entendit ce mécréant se vanter ainsi, il s'était contenté de sourire. Ça lui avait paru si absurde et si grotesque qu'il n'avait pas cru le vantard. Avec le temps, pourtant, il avait découvert que le gibier de potence avait d'autres tours dans son sac, plus vils et plus bas. «Pas de trace, hein!» C'était à y bien penser.

Il connaissait bien la maison des Gagnon. Bien sûr, il avait perdu la clef, pas une clef qu'on lui avait remise, une clef qu'il avait fait tailler à partir de celle de sa femme, empruntée pour un instant, le temps de passer chez le serrurier.

Mais voilà, cette clef fut perdue dans l'eau, avec le reste... Onésime grimaçait!

Derrière chez les Gagnon, se trouvaient deux vieilles échelles, de fabrication artisanale. Si on ne peut passer par une porte, on passe par un balcon, une fenêtre, n'importe quoi, n'importe où. Tout pour arriver à ses fins.

L'œil dur, les traits tendus, Onésime pensait. «Mon fils m'aime. Je veux cet amour et je n'épargnerai rien ni personne pour avoir cette seule chance que j'ai d'être aimé». La haine le rendait laid, repoussant. Son visage exprimait l'état de son âme malade, torturée.

Il lui fallait s'assurer qui était là, pour éviter les mauvaises surprises. Il passerait par le parc, surveillerait la maison, noterait tout.

Onésime se coucha, ce soir-là, épuisé.

***

Au déjeuner, Mathias raconta à sa mère la surprise et l'étonnement de monsieur Gratton le jour où il interpréta son pot-pourri.

— Tu l'aimes beaucoup, n'est-ce pas, ce monsieur?
— Il est gentil. Un peu mêlé, mais gentil.
— Mêlé?
— Oui, il ne sait pas toujours dire les choses avec des mots: il faut regarder ses yeux. Si je me trompe de note il plisse son nez, pointe la partition de son doigt, sans un mot. Je lui ai dit, à mon ami, que tu m'as donné un frère.
— Et?
— Il m'a fait promettre de ne jamais le trahir, car, dit-il, c'est affreux de trahir son frère.

Jean-Baptiste baissa la tête, ces mots dans la bouche de l'enfant, semblaient horribles. Il avait, lui, trahi son unique frère, et cela avait conduit celui-ci à l'échafaud! Une fois de plus, le spectre d'Onésime s'implanta dans la pensée de Jean-Baptiste.

Lorsqu'il revint à la réalité, il entendit Yvonne affirmer que le professeur était un sage.

— Mais j'aimerais que tu voies tes amis plus souvent. Tu dois t'amuser au grand air. Tu n'as pas à souffler dans ta flûte inlassablement.

— Quand mes amis me quittent, il ne me reste rien; ma musique, elle, reste avec moi. Un jour, je serai un grand maître.

Fernand allait répliquer, lorsqu'il croisa le regard de Jean-Baptiste.

— Tu es trop sage, mon ange, dit Yvonne.

Tut! tut! tut! répondit l'instrument. Les yeux de l'enfant brillaient.

Après le départ de Mathias et de Fernand, Jean-Baptiste et sa fille aînée continuèrent de discourir.

— C'est bien qu'il aime son professeur.

— Oui, Mathias ne se lie pas facilement d'amitié. C'est pourquoi je m'étonne qu'il s'attache tant à ce vieux monsieur.

— Un vieil homme, dites-vous, papa; qu'en savez-vous?

— À ce qu'il semble: Mathias m'a rapporté qu'il avait dû abandonner la pratique et les leçons de piano, à cause de douleurs rhumatismales.

— Je ne savais pas.

— Tu devrais l'entendre, quand il dépeint son ami: il est plus vieux que moi, tu imagines? Parce que, dans sa longue barbe, il a des poils blancs! Heureusement, qu'il ne voit pas la mienne! Il raconte aussi qu'il est mal vêtu, mal chaussé, et qu'il ressemble au joker des cartes à jouer.

— Quel portrait!

— C'est bien, ce contact étroit avec un aîné, ça aide à développer des qualités solides, dont la générosité et la douceur. Il faudrait cependant en savoir plus sur cet homme: Mathias lui consacre beaucoup de temps.

— J'irai lui rendre visite un de ces bons matins. Je vais en parler avec Fernand.

— Ce serait sage, mais vaudrait mieux ne pas te presser: cette amitié a tellement d'importance pour lui. Laissons-le en profiter un peu, surtout, maintenant, que tu dois consacrer tant de temps au dernier né. Ainsi, il ne se sent pas lésé.

— Voilà! Écoute, le bébé a entendu. C'est l'heure de son repas; c'est à croire qu'il a un mouvement d'horlogerie greffé au système digestif!

— Quelle idée saugrenue!

— Saugrenue? Chaque matin, à quatre heures pile, il me réveille de ses cris. J'ai hâte qu'il ait des nuits de sommeil complètes.

— C'était aussi ce que disait ta mère. Je crois que ce fut là le seul désagrément de ses expériences de maternité.

Il sourit et ajouta:

— Je suppose qu'elle s'est réjouie que vous ayez choisi de donner ce prénom affreux à votre enfant!

— Papa...

— Oui?

— À deux reprises, j'ai entendu maman t'appeler Jean, Jean tout court. Pourquoi?

— Tu savais ça, toi? C'était dans des moments de grande tendresse, de joies profondes, goûtées, partagées. Alors, je l'appelais ma Reine.

— Vous êtes demeurés amoureux jusqu'à la fin de sa vie.

— Une fin si brutale, que rien ne laissait prévoir, qui me laissa fort désemparé. La veille de ce jour fatidique, elle était joyeuse, enjouée.

— Je me souviens. Je suis sûre qu'elle se rebiffe chaque fois que, par orgueil, tu jettes le discrédit sur ton nom.

— Par orgueil?

— Oui, ou fausse pudeur. Tu es si content, que tu ramènes toujours le sujet sur le tapis!

— As-tu deviné ça toute seule?

— Serais-tu offusqué que l'on utilise le seul prénom de Jean pour établir une différence et éviter la confusion? Et... attends-moi, le petit s'impatiente. Je vais le chercher.

Yvonne passait près du téléphone, lorsque l'appareil sonna. Elle prit le combiné.

— Bonjour, j'écoute.

— ...

— Qu'est-ce que tu as à crier ainsi, Alice?

— ...

— Bien sûr que papa est ici.

— ...

— Ah! Tu ne veux pas me parler... c'est pour vous, papa.

Jean-Baptiste prit une grande respiration. Il se doutait de quoi il s'agissait: Julie avait sans doute tout avoué à sa mère. Il avait vécu ce drame, autrefois, lorsque Yvonne...

— Oui, oui, Alice. Bien sûr, avec plaisir. Où vas-tu?
— À Ottawa, avec mon mari. C'est cette Julie du diable qui nous cause des embêtements. Tu sais qu'elle étudie à l'université, là-bas?
— Oui, bien sûr que je sais.
— Elle s'est entichée d'un énergumène, et... ah... et puis, je ne veux pas en parler!
— Compte sur moi, demain, oui, j'y serai dès potron-jaquet.

Il raccrocha.

— Qu'est-ce que c'est que tout ce remue-ménage? Elle est dans tous ses états, pourtant vous ne semblez pas inquiet outre mesure. Que se passe-t-il donc?
— Il faudra d'abord le lui demander.
— Que disiez-vous au sujet d'un poltron?
— Potron, potron-jaquet. Consulte ton dictionnaire.
— Vous irez chez elle?
— Elle s'absente avec son mari et tient à ce que j'aille dormir avec les enfants, histoire d'avoir la présence d'un adulte auprès d'eux.
— N'aurait-elle pas pu demander à quelqu'un d'autre?
— Possessive et jalouse! Pauvre petit, qui absorbe ce lait contaminé! Sérieusement, Yvonne, ta sœur ne semble pas avoir le désir de parler de ses problèmes. C'est sans doute pourquoi elle s'adresse à moi, le moins curieux de tous.
— Soit dit, en toute modestie, par le grand Jean... Tu entends ça, mon fils?

***

Jean-Baptiste n'était pas là au déjeuner. Il était parti très tôt, espérant de tout cœur avoir le temps de s'entretenir avec Alice et son gendre avant qu'ils ne partissent. Encore faudrait-il qu'ils daignassent lui faire part de leur tourment. Il n'était pas censé être au courant de leur inquiétude.

Yvonne émettait toutes sortes d'hypothèses, la curiosité aidant.

— Les femmes ont toujours des problèmes! s'exclama Mathias.

Ils en étaient là lorsque la sonnerie du téléphone retentit. Fernand prit le combiné. Il ne disait rien, écoutait, l'air de plus en plus accablé. Finalement on l'entendit dire:

— À quel hôpital? Oui..., merci... Nous serons là le plus vite possible... Merci.

Il se laissa tomber sur une chaise, le regard fixe, ahuri. Yvonne s'approcha, posa une main sur son épaule.

— Alice?
— Non, maman. Elle est... au plus mal.
— Bonté divine!
— Elle demande à te voir.
— Et papa qui n'est pas là, je vais...
— Non, laisse tomber, nous partons tous. La maison ne s'envolera pas.
— Et mon école alors? s'exclama Mathias. Mes leçons de musique?

Fernand semblait réfléchir.

— Oui, tes fameuses leçons de musique! Mais, à propos, dis-moi, fiston, comment s'appelle ton ami Gratton?
— Euh... Charles-Omer Gratton, oui, c'est ça.
— Tu as son numéro de téléphone.
— Oui.

L'enfant courut vers l'escalier.

— Crois-tu, Yvonne, que l'on peut faire confiance à ce professeur? Si on lui confiait la garde de Mathias pour quelques jours?
— Ne serait-il pas plus sage de téléphoner à Monique...

Mathias revenait au pas de course. Il semblait ravi.

Fernand regarda Yvonne. Elle haussa les épaules. Alors Fernand composa le numéro de Charles-Omer Gratton.

***

Onésime sursauta. Qui pouvait bien lui téléphoner? Il hésita, regarda l'appareil. Il pensa à Padre Ricardo. La sonnerie insistait. Il plaça un mouchoir sur le récepteur et dit un seul mot.

— Oui?

— Ici, Fernand Robichaud, le père d'un de vos élèves, Mathias...

— Le père?

— Enfin, l'époux de sa mère.

— Alors?

Il s'adossa contre le mur: la trouille l'envahissait.

— Nous devons nous absenter: une urgence... Étant donné que vous habitez juste à côté de l'école, nous avons pensé vous confier Mathias pour le temps de notre absence. Mais soyez bien à votre aise: si ça vous ennuie, il ira chez une tante...

— Non, non, ça me fait plaisir. Qu'il vienne, qu'il vienne, je l'attends.

Rassuré, surexcité par l'annonce d'une telle nouvelle, ses méninges s'étaient subitement mises à travailler. Il coupa court au verbiage de son interlocuteur et d'une voix qu'il voulait rassurante, jeta:

— Aujourd'hui?

— Si possible, maintenant.

— Il n'y a qu'un problème: je dois m'absenter quelque temps pour une leçon particulière. Je laisse la porte avant ouverte; que Mathias dépose ses choses et qu'il se rende à l'école, ou plutôt, accompagnez-le vous-même. Ainsi, je saurai qu'il s'y trouve. Je serai revenu à l'heure de son retour. Ça vous va?

— Et... les frais?

— Ah! les frais, nous en parlerons plus tard. Vous m'excusez, je dois partir.

***

On organisa le départ en vitesse. Fernand aurait préféré que sa femme et le bébé fussent restés à la maison, mais sa mère réclamait la présence de sa bru. Quant à Mathias, il était tout heureux à l'idée de passer quelque temps auprès de son ami. À la toute dernière minute, il pensa à Caruso. Il s'installa sur la banquette arrière, tenant précautionneusement, sur ses genoux, la cage de l'oiseau.

Au moment de fermer la portière, Fernand regarda sa femme, hésita, sortit de l'auto.

— Attends-moi. J'en ai pour deux minutes.

Il entra, téléphona à son beau-père et lui expliqua la situation.

— Merci de m'avoir prévenu, Fernand. Vous vivez un mauvais quart d'heure. J'espère que tout s'arrangera pour le mieux. Dès le retour d'Alice, je passerai chez Gratton et ramènerai Mathias à la maison.

On fit un détour pour déposer Mathias à l'école, après s'être arrêtés chez Gratton: l'enfant y avait déposé ses bagages et posé la cage sur le piano. Une fois qu'ils furent seuls, Fernand fit part à Yvonne de la conversation qu'il avait eue avec son père.

— Voilà qui me rassure. Papa n'a rien dit d'autre?

— Tu le connais: toujours stoïque, jamais pris au dépourvu. Il sait se faire réconfortant. Nous allons filer hors de la ville et tu installeras Jean sur la banquette arrière. Ce sera moins fatigant pour toi. Les prochains jours risquent d'être pénibles.

Un lourd silence tomba. Les têtes des arbres s'embrasaient lentement. Bientôt, ce serait l'hiver. Yvonne frissonna: c'était le mois des morts.

***

Lorsqu'il raccrocha, Onésime se mit à danser et à chanter. On lui confiait Mathias: les Gagnon l'appelaient à leur secours. Quelle victoire! Il aurait son fils bien à lui, tout pour lui: enfin, l'occasion de cimenter les liens, de se mieux connaître. «Fiacre!»: les mots de Fernand lui revenaient en mémoire: «Ici, Fernand Robichaud, le père d'un de vos élèves, Mathias...» Le sang lui monta au visage. C'était lui, Onésime, le père de Mathias: ni Robichaud, ni Jean-Baptiste; nul autre que lui. Quoi? Son enfant aurait, comme lui autrefois, à se questionner pour savoir lequel de ses pères était le vrai? Fiacre! Jamais! La colère prenait place à la joie. Il fulminait.

Soudain, il se ressaisi: «Qu'est-ce que je fais ici? Le crotté s'en vient avec son idiote et je me pavane, en ruminant.» Il jeta un coup d'œil autour de lui. C'était sens dessus dessous: «Tant pis, ça fait plus normal, plus naturel comme ça».

Il sortit, s'assura que la porte n'était pas verrouillée, traversa la rue, au pas de course, et se rendit à son poste d'observation. Il vit Fernand qui aidait Yvonne à s'installer sur la banquette avant: «Comment un homme peut-il faire pour vivre avec une pareille andouille?» Jean-Baptiste ne paraissait pas être du groupe. Ça lui semblait étrange!

La voiture s'engagea, tourna le coin de sa rue. Onésime revint vite sur ses pas: l'automobile était là, garée devant sa maison. Il n'avait donc pas rêvé, c'était vrai: Mathias serait à lui, bien à lui.

Il prit la direction du centre commercial. Il choisit les plus beaux fruits, Mathias dédaignait les bonbons à cause de l'émail de ses dents qu'il voulait préserver. Onésime n'avait pas, dans sa jeunesse, connu de telles préoccupations! «Qu'est-ce que ça bouffe, un môme de cet âge?» Il acheta tout ce qui lui paraissait appétissant. Il s'arrêta ensuite dans un magasin de jouets. Il y choisit un jeu d'échec et une *planche de criblage*. Il vit aussi un énorme toutou rose, qui ressemblait en tous points à celui que possédait autrefois son fils. Il tendit la main, mais s'arrêta pile. Non, ce serait maladroit. De toute façon, l'enfant était devenu trop grand pour ce genre de joujou.

Joyeux, chargé comme un mulet, Onésime revint chez lui. Il fila directement dans la cuisine et déballa. Il plaça les matières périssables au réfrigérateur. Un bruit, à peine perceptible, attira son attention, puis, plus rien. Il continua de s'affairer quand le bruit reprit, plus fort, cette fois. Il n'y avait pas de doute: il y avait quelqu'un au salon. Il s'immobilisa, tendit l'oreille, attendit. De fait, on bougeait par là.

Il prit un couteau qui traînait là, et s'avança vers la porte, rasant le mur, l'œil à l'affût. Lorsque le bruissement reprit, il bondit, brandissant le couteau, prêt à frapper.

Dans la cage, Caruso surpris, tenta de s'envoler, Onésime pouffa. Le bruit qu'avait fait le contact des griffes de l'oiseau contre le papier rugueux qui garnissait le fond de la cage avait suffi à l'effrayer! «La maudite bestiole!» pesta Onésime.

Il passa le reste de la journée à ranger. «Je deviens bonniche: j'ai peur d'un oiseau et je popote. Si Ricardo me voyait, pour sûr il ne me reconnaîtrait pas!»

***

Les jours qui suivirent furent empreints d'une franche gaieté. Onésime broyait du noir toute la journée, mais, dès que l'enfant franchissait le seuil de la porte, il s'humanisait.

La cage de Caruso demeura sur le piano. Onésime en voulait à cet intrus qui chantait à s'égosiller et pour lequel Mathias avait un regard éthéré. Le bambin lui tenait de longs discours: le serin demeurait perché et inclinait la tête, puis il gonflait la gorge et son chant cristallin emplissait la maison.

Lorsque la leçon de musique était terminée, Mathias, sous l'œil sévère d'Onésime, faisait ses exercices. La récompense suivait: l'enfant apprit à jouer aux échecs. La marche à suivre pour placer les pions et autres pièces l'amusait. Il posait nombre de questions sur le rôle d'un fou dans la cour du roi. L'homme se perdait dans des explications à n'en plus finir: il évoquait le Moyen Âge, les croisées et les croisades. L'enfant écoutait, émerveillé.

Un jour, ce fut Mathias qui eut le dernier mot. Onésime, plaçant la *planche de criblage* entre eux, lui enseigna le jeu des cartes et des combinaisons possibles. Mathias écouta, l'œil moqueur.

— Veux-tu que je t'aide à écarter.
— Non, ça va, j'ai compris.
— Le premier arrivé est le gagnant.
— Et le dernier, le perdant...
— Dix.
— Quinze pour deux, dit Mathias.
— Eh! c'est vrai, tu comprends vite.

Au moment d'additionner les points, l'enfant s'exécuta, sérieux comme un pape.

— Quinze deux, quinze quatre...
— Chenapan! Tu m'as bien eu: tu connais le jeu.
— Et je te garantis que tu n'en gagneras pas une seule partie!

On oublia les échecs. C'était trop compliqué, au goût de Mathias. Il préférait les cartes et il gagnait immanquablement. Il avait si souvent observé Fernand et Lucien qui jouaient à ce jeu, qu'il y était passé maître sans s'en rendre compte.

***

Madame Robichaud avait regardé son fils, souri et fermé les yeux. Yvonne posa sa main sur celle de la moribonde.

— Je vous laisse seuls. Téléphone-moi à l'hôtel. Je m'aime pas savoir le bébé avec une gardienne. Je viendrai te chercher, Fernand.

— Non, va. Je rentrerai en taxi.

Yvonne embrassa son mari et sortit. Madame Robichaud perdit conscience. Le coma dura trois jours, trois jours longs et tristes. Fernand demeurait là, les yeux rivés sur sa mère. Il aurait tant voulu que son visage s'éclairât, un instant, un seul instant: il demanderait pardon, il lui dirait son amour. Hélas!, ces sentiments avaient trop tardé à faire surface. Ce n'était que depuis la naissance de son fils, qu'il avait compris sa mère. Les yeux secs, désespéré, il n'osait s'éloigner. Sur l'écran de ses pensées, repassait sa jeunesse: il revoyait le visage triste de sa première épouse, Lorraine. Ses traits se crispaient.

Toute menue, madame Robichaud gisait là, frêle. Les heures n'en finissaient plus de s'étirer. Un instant, il pria pour que cessât cette agonie terrible. De temps à autre, il s'éloignait, téléphonait à Yvonne pour la rassurer. Chaque fois, il redoutait qu'elle ouvrît les yeux, précisément en ces minutes que durait son absence.

Elle s'éteignit enfin, doucement, à l'aube. Fernand crut qu'elle avait parlé. L'infirmière fit non de la tête. Il avait tant espéré qu'elle prononçât son nom, une fois, rien qu'une fois. L'homme pleura.

Lorsqu'il entra à l'hôtel, Yvonne vit à quel point son mari avait souffert. Il se jeta en travers du lit et s'endormit. Yvonne emmaillota le bébé et sortit. Elle se promena dans ce village inconnu, émue à la pensée que celle qui avait donné naissance à son mari avait parcouru ces rues. Elle s'arrêta à l'église, traversa la nef, déposa son fils sur l'autel latéral et pria la Vierge, la mère de toutes les mères, et de tous les enfants de la terre, de bénir son fils, puis ajouta: «Celui-ci, bonne Vierge Marie, et l'autre, Mathias.» Assise sur un banc, elle médita. Peu à peu, la paix envahit son âme. Elle récita la prière de l'action de grâce.

À son retour, elle fut étonnée de voir que Fernand n'avait pas bougé. Elle se fit petite et se glissa sous les couvertures. Ce soir-là, bébé Jean-Baptiste eut la délicatesse de ne pas réveiller sa mère. Il dormit une nuit complète. Lorsque Yvonne ouvrit les yeux, Fernand était sorti. Une note lui indiquait que son mari avait parlé à Mathias et prévenu monsieur Gratton qu'ils seraient retardés par les obsèques de sa mère.

Le service religieux eut lieu à l'église qu'Yvonne avait visitée. C'est avec émotion qu'elle accompagna son mari. Ensemble, ils vivaient leur première épreuve de couple.

***

Alice entra seule chez elle. On eût dit qu'elle avait été battue. Pâle, les yeux hagards, elle se jeta dans les bras de son père. Il se fit câlin, ce qui déclencha un torrent de larmes.

Dans des mots entrecoupés, elle annonça à son père que Julie attendait un enfant, refusait de se faire avorter et menaçait de ne plus revenir à la maison.

— Ne crois-tu pas, ma fille, qu'elle est assez grande pour savoir ce qu'elle a à faire.

— Vous aussi! Vous êtes de son côté! Pourvu qu'une femme enfante, vous ne voyez pas plus loin. Comme lui!

— Lui?

— Mon fou de mari. Il a hurlé: «Rentre à la maison!» Comme si monsieur était mieux placé que moi pour savoir ce qui convient à ma fille.

— C'est sa fille aussi, que je sache.

Alice se mit en colère.

— Toi, tu ne me dis pas tout.

Ce fut le déluge. Jean-Baptiste finit par apprendre que Julie se droguait. Il fallut tout l'amour du vieillard pour temporiser l'humeur d'Alice. Tendrement, doucement, il l'écouta cracher son venin. Lorsqu'elle se calma enfin, il l'obligea à prendre un cognac et lui conseilla d'aller dormir.

«La terre est une vallée d'opprobres.» Il avait lu ou entendu ça quelque part; ce soir, ça lui revenait!

— Puisque tu es là, je vais rentrer m'occuper de Mathias. Si tu as besoin de moi, Alice, n'hésite pas à me le faire savoir.

***

— Voudrais-tu m'aider, fiston?

— Fiston par ci, fiston par là. Je suis le fiston de grand-père, le fiston de maman, le fiston de Fernand et me voilà le fiston de monsieur Gratton!

Tout en parlant, Mathias rangeait les assiettes sur l'égouttoir à vaisselle.

— Pas pour longtemps, grommela Onésime.

— C'est vrai, ils vont revenir me prendre.

Heureusement que Mathias avait le dos tourné. Si Mathias avait vu la haine et la rage qui crispaient le visage de l'homme, il aurait eu peur.

Celui-ce se leva et se précipita vers la salle de bains. Il ouvrit le robinet et s'aspergea le visage d'eau froide, pour tenter de réussir à calmer la colère qui grondait en lui. Il s'appuya contre le lavabo et attendit de se calmer. Lorsqu'il revint, Mathias le regarda.

— Vous êtes malade? Vous êtes tout rouge.

— Non, mauvaise digestion.

— Ce n'est sûrement pas la ceinture de vos gran-

des culottes flottantes qui vous serre trop la taille, badina Mathias.
— Qu'as-tu à dire contre mon pantalon, toi?
— Qu'il est laid, laid comme tes galoches.
L'enfant pouffa de rire.
— Et tu ris de moi! Tu me ris au nez! Attends un peu.
Onésime se mit à poursuivre Mathias autour de la table, l'enfant riait aux larmes.

***

Pendant ce temps, Jean-Baptiste revenait chez lui. Il pensa téléphoner à Mathias pour le prier de rentrer à la maison. Mais il se souvint que Caruso se trouvait aussi là-bas. Il lui faudrait donc s'y rendre, de toute façon, pour prendre les bagages. Il décida de se rendre directement chez Gratton. Il descendit de la voiture, monta les marches du perron et frappa à la porte à deux reprises. Le son des voix lui parvenait. Il frappa encore et attendit. C'est alors qu'il décida d'entrer.

Il vit un homme à longs cheveux qui tournait le coin de la table de cuisine en courant, à la poursuite de Mathias qui se sauvait en riant aux éclats. Leur gaieté impressionna Jean-Baptiste; puisque le professeur s'amusait autant que son petit-fils, il les laisserait à leur folle gaieté... Il recula et sortit sans bruit. On ne s'était pas rendu compte de sa présence.

«Mathias a bien raison, son professeur ressemble à un joker!» Il avait entrevu la barbe, les savates, les grandes culottes bouffantes. «Ce monsieur a mauvais goût: sans doute un existentialiste qui a oublié de changer de costume depuis les années cinquante», pensa-t-il.»

Il se rendit à la grande maison ancestrale, fit le tour du proprio. Tout semblait en ordre. Il se laissa tomber dans sa berceuse, étendit ses jambes et ferma les yeux: «Ah! la douceur enveloppante du foyer, il n'y a rien de tel!» Il sourit à la pensée de Gratton et de Mathias qui s'amusaient follement. Yvonne et Fernand reviendraient las et tristes. «Pour le moment, c'est Alice qui a le plus besoin de moi.» Il décida de retourner chez sa fille.

***

Lorsque Onésime, à bout de souffle, se laissa tomber sur une chaise, Mathias s'installa en face de lui, plaça ses bras sur la table, y appuya le menton et lança;

— Vous êtes bien chic, monsieur Gratton, je vous aime beaucoup.

D'un ton moins ferme qu'il l'aurait souhaité, Onésime répondit:

— Tu veux te faire pardonner, vieille branche? On me dit que je suis laid et l'instant d'après...

La voix accrocha, l'homme ne réussit pas à terminer sa phrase. L'émotion le fit balbutier:

— Viens, suis-moi. Montons là-haut. Allez, passe devant.

Mathias s'élança. Onésime le suivit.

— Avez-vous remarqué qu'une marche craque?
— Oui, sais-tu laquelle?
— La troisième.
— Bravo petit. Tu as le sens de l'observation. Ma maison n'a plus de secret pour toi. Mais, bientôt nous en partagerons un ensemble, toi et moi.
— Un secret?
— Oui. Il faut que tu me promettes de ne jamais le dire à personne.
— Promis.
— À personne?
— À personne! Pas même à Caruso.
— C'est bien. Viens.

Onésime attira l'enfant vers sa chambre. Il sortit le deuxième tiroir du bureau.

— Voilà où j'ai besoin de ton aide. Nous allons faire ici une cachette connue seulement de toi et moi.

Et le travail commença. Sur le côté intérieur de la paroi, il fit une incision, prit une planche mince, la mesura puis la tailla, la fit ensuite glisser en place.

— Tu vois? Rien n'y paraît, et ça fonctionne très bien.

— Mais, c'est quoi? pour cacher quoi?

— Peut-être qu'un jour tu le découvriras. Promets-moi de ne jamais fouiller sans ma permission.

L'enfant promit. Le ton sérieux de monsieur Gratton l'impressionnait. Onésime ramassa les copeaux.

— Il faut maintenant dormir. Mais souviens-toi de ce que je viens de te faire voir.

Et sur un ton badin, il ajouta:

— Allez, au lit!

— Je descends couvrir Caruso et je reviens.

Onésime se demandait pourquoi il avait mis l'enfant dans le coup. Depuis qu'il avait emménagé, il projetait ce compartiment secret, il y déposerait son argent et ses papiers.

L'idée lui était venue à la suite de l'incident qui s'était produit sur le boulevard Dorchester. Ce jour-là, sa bonne étoile l'avait guidé, mais il ne fallait pas tenter la chance inutilement. Ce serait tellement plus sage de dissimuler sa fortune et tous ses papiers en lieu sûr. Il s'était procuré les matériaux mais remettait toujours le travail à plus tard.

Lorsque l'enfant fut au lit, il attendit qu'il se fût endormi et compta son argent, le glissa dans la cachette avec son sac de chevreau. Ce geste le laissa perplexe. Il se sentait nu sans cette chose qui était là, depuis tant d'années, collée à sa peau. Le sac était rogné. Vide, il semblait misérable. Il cacha aussi ses papiers d'identité, son carnet noir. Qui sait? Peut-être un jour achèterait-il sa liberté grâce aux informations incluses là-dedans.

***

Mathias n'avait pas fait de commentaires, mais son visage dénota de la joie quand il apprit que sa mère et son mari retarderaient. Ce qui réjouit Onésime. On était vendredi. Le lendemain, il passerait donc toute la journée avec son fils. Il profitait du soleil, qui frappait en plein les vitres de la véranda; assis confortablement, les pieds allongés, les yeux fermés, il faisait le bilan de ces derniers jours.

«Je ne me suis jamais senti aussi heureux pendant un aussi long laps de temps, pensa-t-il. Ce garçon est brillant, jovial, ce que j'aurais pu être si j'avais eu un père. Voilà ce que ça donne de se faire transplanter, d'un endroit à un autre, à toujours vivre dans l'insécurité et la solitude. Jamais je n'ai ri comme hier, sans raison aucune, rien qu'à m'amuser.»

L'ignoble Jean-Baptiste, avec sa grande gueule et ses caramels, avait brisé son enfance, puis sa vie d'adulte: «Si jamais il entre ici, je l'étripe et je l'enterre au sous-sol!»

Il se leva, ouvrit la petite porte sous l'escalier. Les gonds grincèrent. Jamais encore, il n'était descendu là. Une ficelle pendait au mur. Il tira dessus: une lumière blafarde se répandit. Les toiles d'araignées le firent jurer de dédain. L'endroit sinistre serait le décor par excellence pour enfermer cet ignoble Jean-Baptiste. Au bas de l'escalier, se trouvaient des objets disparates, de vieux meubles, des bouteilles vides. Il se rendit plus loin. Les parois et le sol étaient de béton, d'un béton solide, probablement armé par surcroît.

Soudain, il s'immobilisa. Un bruit sourd résonnait,

insistant. Il n'osait plus respirer. Il tourna la tête en tous sens, cherchant à deviner d'où provenait ce frôlement. Et Onésime vit, à travers le soupirail crotté, un câble que l'on tirait de là-haut. Il ferma les yeux, les ouvrit: le phénomène durait. Plus mort que vif, il reprit le chemin de l'escalier. Il croyait voir la face de Ricardo qui s'amusait. Il gravit les marches une à une, sur la pointe des pieds. Dès que la ficelle fut en vue, il tira. La lumière s'éteignit.

Il risqua la tête hors de la porte, regarda vers la fenêtre qui donnait au dessus du soupirail. Le câble était là: il bougeait toujours.

«On grimpe sur la maison.» Devait-il sortir? redescendre? appeler la police? Il eut un haut-le-cœur. Soudainement, le bruit se fit plus intense. Onésime sentait ses jambes se dérober. On grattait. Il aurait juré avoir entendu un homme sauter. Il se colla contre le mur. Le silence se fit. L'instant d'après, des pas se firent entendre sur la galerie avant de la maison. Encore des pas, puis plus rien. Onésime restait là, immobile, en proie à une peur morbide. Son estomac se nouait, ses oreilles bruissaient, tant il était nerveux.

Il attendit, figé. Soudain, il vit, par une fenêtre, un homme qui appuyait une échelle contre un mur de la maison voisine, un câble enroulé à une épaule. L'homme monta à l'échelle. C'était un ramoneur.

Onésime se plia en deux, s'élança vers le lavabo et vomit. Lorsqu'il réussit à s'asseoir, il était pâle comme un linceul. La facture glissée dans la boîte aux lettres lui rappela son idiotie.

«Pourquoi, diable, ai-je eu si peur? Fiacre!» Il n'osait pas se l'avouer, mais s'il laissait courir le temps plutôt que d'exercer sa vengeance, c'était qu'il avait peur. Il savait que la paix qu'il goûtait était menacée, précaire. Toute sa vie, il avait usé de supercherie, trompé tous et chacun. En ce moment, il se bernait lui-même.

À son retour, Mathias se trouva en présence d'un homme fatigué, dont l'entrain était tombé.

— Vous avez mal à l'estomac?
— Non. Je crois que je couve une grippe.
— Alors, il faut porter un gilet; la laine, par elle-même, ne génère pas de chaleur, par contre, elle emmagasine celle radiée par le corps et protège contre le froid.

Médusé, Onésime regarda l'enfant.

— Qui t'a dit ça, toi?
— Le mari de ma mère, Fernand. Il en sait des choses!

Onésime ne put réprimer un sourire, en entendant: «le mari de ma mère».

— Bon, j'enfile un tricot. Es-tu content?
— Oui, si ça peut empêcher ton mal de s'aggraver.
— C'est gentil, ce que tu me dis là, vieille branche.

Mathias se rendit au réfrigérateur et remplit un verre de jus d'orange, qu'il offrit à Onésime.

— Bois, allons, bois. Il faut prendre beaucoup de liquide et se reposer; donc, pas de leçon de musique aujourd'hui.
— Tu ne vas pas me quitter?
— Non, je garde un œil sur toi. Jouons aux cartes, veux-tu, monsieur Gratton?
— Ne trouves-tu pas que «veux-tu, monsieur Gratton» sonne bizarre?
— Veux-tu, alors, que je t'appelle Charles ou Omer?

«Papa», faillit échapper Onésime qui frémit.

— Hein? insista l'enfant.
— Ni l'un ni l'autre. Mes prénoms sont horribles.

Onésime faillit demander à son fils quel était le prénom de son père, histoire de vérifier ses souvenirs et ses sentiments à son égard, mais il se contenta de répondre:

— Tiens-t'en à «monsieur Gratton». C'est plus joli et c'est ton choix.
— C'est plus joli que «vieille branche»... Toi, tu n'aimes pas mon prénom?
— Je me demande où tes parents ont bien pu dénicher un nom aussi ancien?
— Ancien! rugit l'enfant. Ancien! C'est le plus beau nom du monde. C'est le nom de mon père. Je te défends de trouver à y redire.

Une joie indescriptible se glissa dans l'âme du blasé, un bonheur qui lui fit mal. Il simula une quinte de toux pour dissimuler ses émotions. Mathias se leva, lui frappa dans le dos. L'homme se retint pour ne pas serrer son fils sur son cœur...
— Ça va mieux?
— Ça va, répondit-il d'une voix mal assurée.

Onésime ferma les yeux et aspira profondément. L'enfant le regardait.
— J'attends...
— Tu attends quoi?
— Tes excuses.
— Mes excuses?
— Oui, tes excuses. Je te croyais mon ami.
— Je suis ton ami.

Mathias asséna un coup de poing sur la table, et les yeux embués de larmes, cria:
— Alors, pourquoi dire des choses vilaines contre mon papa?
— Je ne savais pas que ton... papa s'appelait aussi Mathias...
— C'était son nom, c'est le mien maintenant. Il me l'a donné. Il m'a donné beaucoup de plaisir, il me faisait sauter sur ses pieds joints, me racontait des histoires à mourir de rire, il me mettait au lit en jouant avec moi. Il était comme un copain et...

Onésime ferma les yeux et serra les poings, ce qu'il

entendait le faisait frémir de tout son être. Il devait faire des efforts surhumains pour ne pas prendre l'enfant dans ses bras.

Mathias sortit de la cuisine et se dirigea vers le salon. Il prit sa flûte, s'installa sur la banquette du piano et joua pour Caruso. Lorsqu'il eut terminé le tour de son répertoire, il se leva, s'approcha du téléphone et composa le numéro de chez lui. Il attendit, mais en vain. Il n'y avait personne à la maison. Il revint vers l'instrument, bâilla.

— Je crois que je vais aller dormir.

Onésime se leva, s'approcha du bambin.

— Je n'ai pas faim, mais, toi, tu dois prendre un goûter. Viens avec moi.

L'enfant le regarda et, sans mot dire, le suivit. Onésime s'était radouci, mais l'enfant ne s'y méprenait pas; quelque chose n'allait pas dans la tête de son ami.

Le lendemain, cependant, Onésime fut à la hauteur. Cette fois encore, il usa de subterfuge.

— Tu sais, petit, je n'ai pas l'habitude de toutes ces gâteries, mon palais aime ça, mon bedon, moins. Je digère mal.

— Vous manquez d'exercices, dirait maman.

— Peut-être, oui. Je crois que tu as raison.

— Grand-père, lui, marche beaucoup et chaque jour. Aussi, c'est un grand-père.

Oh! non, pas ce jour-là, ce n'était pas ce jour-là, précisément, qu'il pourrait écouter chanter les louanges de celui qu'il désirait voir crever.

— Tu as fait tes exercices? J'ai un travail à faire. Va, étudie. Je vais nettoyer tout ça.

Mathias se demandait pourquoi son ami était si morose. Les adultes lui semblaient fort compliqués, remplis de problèmes. Il fit ses exercices, mais le cœur n'y était pas. Caruso dormait, la tête cachée sous l'aile, roulé en boule.

Alors, Mathias prit la *planche de criblage* et s'approcha de son ami. L'autre lui sourit. Il mêla les cartes, les distribua. Volontairement, il fit un mauvais choix au moment d'écarter. Onésime n'y vit que du feu. L'enfant avait décidé de lui laisser gagner la partie, afin de lui faire retrouver sa gaieté.

— Vous savez, monsieur Gratton, je ne suis parti de la maison qu'une seule fois: au mariage de maman. Je suis allé à Québec avec mon grand-père. Mais, ici, c'est autre chose. Personne de la famille pour me surveiller. C'est comme si j'étais en voyage, loin, très loin. En vacances. Et j'ai appris des tas de choses.

— Lesquelles?

— Dresser la table, laver la vaisselle, faire de la menuiserie, et vous, vous avez enfin appris à jouer au criblage.

— Petit sorcier! Vieille branche de petit sorcier!

Mathias pouffa.

— Aussi, j'ai appris que mon ami a mauvais caractère, un vilain caractère, aussi vilain que son pantalon.

Le culot de l'enfant musela Onésime. L'autre riait à s'en tenir les côtes.

— Tu te penses comique.

— Il faut bien rire, si non tout devient triste.

— Tu as aimé tes vacances?

— Oh oui! Caruso aussi, j'en suis certain. On a peut-être un peu négligé la musique, mais c'est ça, des vacances.

— Tu as bien raison. Dès demain, on se remet à l'œuvre, on passera à des pratiques sérieuses. Il faut laisser tomber le folklore et s'attaquer à des airs plus savants.

— Jouez un air savant, pour moi, s'il vous plaît, monsieur Gratton, pour Caruso et pour moi.

— Attends, pas avec ta flûte: une flûte ne se prête pas. Tous les soins que je t'ai appris à lui donner te démontrent l'importance de l'instrument.

Onésime fouilla dans la banquette du piano et en sortit une flûte traversière. Il toussota, et après un ou deux sons stridents, il entonna l'*Ave Maria*. Depuis le séminaire, il n'avait pas joué cet air.

Mathias lui sourit. Il avait retrouvé son ami des bons jours.

***

Jean-Baptiste profita du fait qu'il se trouvait seul avec Alice pour entamer le sujet qui les touchait tant.

— J'ai beaucoup réfléchi à ton dilemme. Nous sommes d'accord sur un point: c'est terrible. Mais, ma fille, il y a sûrement une solution à ces problèmes. Ni toi ni moi ne pouvons la trouver seuls. Je crois que c'est là la raison de ton chagrin et de ta colère. Tes réactions ne sont pas anormales: ne te culpabilise pas. Ton mari est probablement encore plus malheureux que toi. Si tu n'avais pas réagi aussi amèrement, c'est probablement lui qui l'aurait fait. Mais, vois-tu, Alice, l'un des deux se devait de garder les pieds sur terre, justement parce que votre fille a besoin de compréhension et d'assistance plus qu'aucun d'entre nous. C'est elle qui vit le problème dans toute son acuité.

Il réfléchit un instant, plongea son regard dans le sien et ajouta:

— Nous n'avons ni les connaissances ni l'expérience nécessaires pour être en mesure de juger de la situation. De plus, nos sentiments personnels entrent en ligne de compte, nos convictions profondes sont mises en jeu. Comment pourrions-nous réagir sagement et objectivement? Tu te dois, et ce, très vite, d'avoir recours à des spécialistes, seules personnes vraiment aptes à te guider. Sais-tu seulement de quelle drogue il s'agit? Demande au moins de l'aide, laisse-toi guider. Deux vies sont en jeu: c'est grave. Ne te fais pas de mal inutilement, protège-toi afin d'être là, attentive et secourable quand le temps sera venu. Alice avait pleuré, puis peu à peu s'était calmée.

— Je ne veux pas te sembler moraliste, ajouta Jean-Baptiste dans un souffle...

La voix de l'homme laissait percer son chagrin et son désarroi. C'est ce qui fit le plus de bien à la jeune femme, qui se sentait comprise, appuyée. Tout ce que son père aurait pu dire avait moins d'importance que le ton employé pour l'exprimer.

L'expression du visage d'Alice traduisait l'effet bénéfique des paroles entendues. Jean-Baptiste n'ajouta rien. Il laissait à la mère le soin de se ressaisir.

— Papa, pouvez-vous demeurer avec nous quelques jours encore?

— Bien sûr, ma grande, bien sûr.

Ce soir-là, il bougonna: il reprochait à Marie-Reine de négliger ses enfants: «Ils ont toujours besoin de nous. Ne vois-tu pas ça, de là où tu es?»

***

Raymond revint deux jours plus tard. À regarder l'homme, on comprenait qu'il avait intensément souffert. Il boudait Alice. Jean-Baptiste se sentait de trop, mais il espérait que son gendre s'ouvrît à lui. Alors, il s'attarda.

Jean-Baptiste ne pouvait s'empêcher de penser à l'enfant que Raymond avait fait à sa maîtresse, Mimi. Avait-il revu ce fils et sa mère? Toute cette histoire avait failli tourner au drame, mais son intervention avait empêché le pire de se produire. Lorsqu'il se trouva seul avec sa fille, il lui suggéra de s'absenter une heure: il voulait un tête-à-tête avec Raymond. Il saurait ensuite à quoi s'en tenir sur la conduite à adopter.

Alice manqua de farine... Elle demanda les clefs de l'automobile et sortit.

Raymond brandit le poing.

— Les femmes! Ah! les femmes!

— Impulsives...

— Comment avez-vous pu faire, monsieur Gagnon, pour passer toute votre vie dans une maison bondée de femelles?

— Ne savais-tu pas que je suis l'incarnation parfaite du saint homme? Ça me réjouit de te voir sourire. Parle-moi de Julie. Vous a-t-elle tout dit?

— Comment le saurais-je? Les grandes lignes, du moins, c'est ce que je crois.

L'amertume ressentie par Raymond jaillissait en un flot de paroles qui traduisait la profondeur de ses inquiétudes.

— On a laissé tomber Dieu. Il semble maintenant que Dieu laisse tomber l'homme! On a laissé tomber l'Église, parce qu'elle était trop moralisatrice. Alors, on glisse, on se dégrade.

«Qui fera le premier pas vers la réconciliation?», faillit demander Jean-Baptiste. Mais il se contenta de s'exclamer:

— Cette saloperie de drogue!

— On dit que c'est de plus en plus courant, chez les jeunes. Alors on pense à la légaliser. Comme, autrefois, l'alcool.

— Et on empêche les gens de fumer!

— On explique que la fumée est nocive à autrui. Mais la drogue? Vous croyez qu'on va nous faire avaler le principe qu'elle n'est nocive qu'à celui qui en use? On aura des générations entières de dégénérés. Ce n'est pas une personne mais tous ses descendants qui souffriront. La maudite béquille! Les jeunes n'ont plus de tonus! Me croirez-vous si je vous dis que ça se généralise tellement que c'est passé dans les mœurs? J'ai failli étrangler le jeune blanc-bec qui m'a servi des statistiques, citant des médecins, entre autres, qui sont des adeptes de la poudre. Comme si ça justifiait tout! Je pense, moi, que ce sont surtout les milliards de revenus que l'on veut soustraire aux trafiquants pour les faire tomber dans les coffres de l'État. Taxes, taxes, taxes. On cesse de fumer, quand on ne peut affronter le coût de la taxe sur le tabac; ce n'est pas reluisant! «Le contrôle de l'État!» Toute la litanie me fut servie par le soi-disant spécialiste en mesure de nous guider à régler le nôtre, notre problème. Sauront-ils contrôler les conséquences néfastes qui se rattachent au fléau? Bientôt, on nous servira des séries télévisées dans lesquelles des chefs de gouvernements seront dénoncés comme des complices, des Al Capone des années 80! On a plus besoin de guerre: on se détruit soi-même. À l'aide de petites doses... La mode passera au A.D.A.

— A.D.A.?

— Les adeptes de la drogue anonymes!

L'écluse était ouverte: le trop-plein jaillissait. Jean-Baptiste écoutait le raisonnement de Raymond. Il craignait bien, lui aussi, que la drogue passât dans les mœurs.

— Le crack va remplacer le krach! La grande noirceur n'est pas passée! Ce sont les mœurs qu'il faudrait assainir, pas les eaux!

— Tu as bien raison, mon vieux, les unes et les autres se gâtent.

Jean-Baptiste, en prononçant cette phrase, ne put s'empêcher de penser que plus ça changeait, plus c'était pareil. Il n'y avait que les mots et les êtres qui se modifiaient. La vie était une lutte qui ne cessait jamais.

— J'ai peur, Monsieur Gagnon; j'ai peur pour l'enfant.

— Se pique-t-elle?

L'homme fondit en larmes. Sa peine était profonde. Raymond semblait désespéré.

— Non, elle se contente... vous entendez ça? Elle s'est contentée de drogues douces!

— Vous avez consulté?

— Oui, finalement, après le départ de ma femme, j'ai réussi à décider Julie de voir un des spécialistes conseillés. Il faut voir et entendre ça pour le croire. Le cas est si courant que c'est dépersonnalisé, minuté: la consultation à la chaîne! Et il semble qu'il n'y ait rien de mieux à faire.

— Et... le père de l'enfant: il m'a paru un garçon sérieux.

— Vous auriez dû le voir avec ses grands yeux ahuris, braqués sur ma femme et moi, comme si nous arrivions directement d'une autre planète!

— Je pense à Fernand, qui interdit les cornichons vinaigrés à Yvonne...

— Interdit! Voilà le mot! J'étais contre son départ, elle pouvait étudier ici. Mais voilà, il fallait permettre à mademoiselle de se prendre en main, de s'épanouir, de vivre sa vie, de devenir autonome! Vous voyez le résultat?

— Tu dois cesser de te culpabiliser: l'important, pour le moment, c'est qu'on s'occupe d'elle. Essaie de te rapprocher d'Alice: la peine de ta femme est grande. Les reproches ne font qu'envenimer les choses. Il faut que Julie sente que vous êtes là, près d'elle. Elle aura besoin de venir vers vous. Soyez prêts quand elle le fera, n'ajoutez pas à son angoisse déjà terrible. Pensez à l'enfant. Il faut éviter de se laisser dominer par le chagrin. Demeurez lucides, dans tout ça. Je ne te dis pas que c'est facile: c'est affreux! Rien n'est plus cruel que d'être frappé dans la chair de sa chair...

Raymond le regarda: la voix du vieil homme traduisait sa peine. Raymond se souvint de cette lointaine visite faite à son bureau, histoire de sauver son ménage, le sien. Il pensa à Yvonne, aux circonstances entourant la naissance de Mathias.

— Vous avez eu votre lot, vous aussi le beau-père! La jeunesse nous en fait faire des fredaines!

— Et tu vois, tout s'arrange. Même qu'il semble que ça n'empêche pas de devenir centenaire.

— Vous êtes un philosophe. Ça aide.

— Si tu pouvais imaginer, Raymond, combien de fois dans la vie je me suis mis dans le pétrin jusque-là, avec mes manies, mes platitudes et mes exagérations, tu serais étonné. La belle-mère Imelda et sa fille, ma femme, me ramenaient à l'ordre. J'avais affaire à me mettre au pas, et vite. «Les femelles...», comme tu le dis si bien.

Alice rentra à cet instant précis. Raymond souriait. Elle le regarda et s'enfuit, rageuse, vers la cuisine. Jean-Baptiste dit tout bas: «Tu vois, la femelle, elle nous ramène sur terre». Ce disant, il pointait le menton en direction d'Alice. Raymond pouffa. On parla d'autre chose. La plaie était en voie de cicatrisation...

***

Yvonne et Fernand s'étaient installés dans la maisonnette de la défunte. Ils faisaient l'inventaire de ce qui s'y trouvait. Fernand eut la surprise d'y retrouver des objets qui lui appartenaient, lorsqu'il était enfant. Il décida de tout détruire. Yvonne insista pour conserver les photos: ça revenait de droit à son fils.

Dans un tiroir, elle trouva le testament olographe de la dame. Il portait une date récente. Elle le remit à Fernand. Il le lut et s'exclama:

— Elle ne m'a pas pardonné!

Il se laissa tomber sur le bord du lit, cacha sa tête dans ses mains. Yvonne ne savait quelle attitude prendre. Elle sortit et se rendit à la cuisine, prépara quelques sandwichs.

Fernand la rejoignit et lui présenta le document.

— C'est toi que ça concerne. Lis.

Madame Robichaud laissait la totalité de ses biens à son petit-fils Jean-Baptiste et désignait Yvonne comme tutrice de l'héritier.

— Mais, fit celle-ci, je ne connais rien à toutes ces choses.

— Vois un notaire. Il te guidera.

Yvonne prit l'enfant, qui dormait sur le fauteuil du salon, et le mit dans les bras du père.

— Toute ta richesse tient là. Aime-nous.

Elle sortit, revint sur ses pas, consulta l'annuaire téléphonique et sortit de nouveau. À son retour, elle dit simplement.

— Nous pouvons retourner à Montréal, mais je devrai revenir.

***

Mathias se leva tôt. Il se vêtit, descendit à la cuisine, dressa le couvert. Là-haut, Onésime dressa l'oreille. Mathias discourait. L'homme sauta hors du lit, s'approcha de la rampe et écouta. Qui pouvait donc se trouver là? Il se rendit compte que l'enfant parlait à Caruso.

Il se vêtit et vint se joindre au bambin.

— Bonjour, monsieur Gratton. Il faut se presser.

— Pourquoi? C'est dimanche.

— Et la messe?

— Tu vas à l'église, toi?

— Bien oui. Je suis baptisé, je suis chrétien.

— Bon, alors, j'irai aussi.

— Mais...

— Quoi, mais?

— Pas avec vos grandes culottes!

— Tu crois que le Bon Dieu s'inquiète de ça?

— Je ne sais pas, mais il faut se mettre beau pour faire plaisir à Jésus.

Onésime ouvrit de grands yeux. «Fiacre! pensa-t-il, ils sont à en faire une punaise de sacristie!»

— Je me mets beau. Tiens toi bien, tu vas voir ça.

Onésime remonta. Une fois là-haut, il fut pris d'un rire convulsif. La dernière fois qu'il avait mis les pieds à l'église, c'était à Boston: il se voyait encore au bas des marches du chœur à exhorter ses frères à la prière, des frères armés de mitraillettes. La bonne blague! L'instant d'après, il avait troqué la soutane pour la salopette d'un jardinier...

Lorsqu'il descendit, l'enfant demanda:

— Vous vous êtes vêtu devant le miroir?

— Pourquoi?

— Je vous ai entendu rire. Croyez-moi, vous êtes beaucoup plus beau, comme ça.

— Allez, petite peste, viens manger. À quelle heure le machin?

— Le machin? La messe? Huit heures trente.

— Alors, pressons.

Ils sortirent. Ils allaient descendre les marches du perron lorsque la sonnerie du téléphone se fit entendre. Mathias revint sur ses pas et répondit. Un instant plus tard, il revenait:

— Monsieur Gratton, c'est grand-père. Il vient me prendre.

— Alors fais le rapaillage de tes choses et attends-le. Téléphone-moi ce soir.

— Vous allez à l'église? Vous savez où c'est?

— Bien sûr. Allez, ouste!

Mathias reprit le combiné.

— Oui, oui, grand-père. Je t'attends.

Il plaça ses affaires près du piano, prit la cage, sa flûte, et attendit. Lorsque Jean-Baptiste descendit de la voiture, Mathias se pendit à son cou.

— Ça va, petit? Tu t'es bien amusé?

— Oh, oui!

— Viens. Allons remercier monsieur Gratton.
— Il n'est pas là: il est à l'église.
— Je n'ai pas de chance. Il n'est jamais là quand je veux le voir.

Jean-Baptiste ne mentionna pas l'intrusion faite plus tôt.

De l'autre côté de la rue, un homme en complet foncé observait, les poings serrés. La colère dans l'âme, il sentait exploser en lui une haine accrue. La caresse de l'enfant faite au grand-père lui lacérait le cœur. Il ferma les yeux, mais l'image restait là, ancrée dans sa pensée.

Jean-Baptiste fit demi-tour. Lorsque la vieille Oldsmobile passa tout près, il vit Mathias qui gesticulait et son ennemi mortel qui souriait.

Onésime trépigna, bouillant de colère. Pas un instant, il n'eut la sagesse de penser que son oncle aurait pu se présenter sans s'annoncer et qu'alors, il en eût été fait de sa liberté.

***

Les Robichaud arrivèrent à l'heure du repas. Mathias exprima sa joie de les revoir. Il raconta sa grande aventure, avec verve et entrain. Il mima la physionomie étonnée de monsieur Gratton, lorsqu'il fit le calcul des points au jeu de *criblage*; il riait de bon cœur.

— Yvonne, tu t'inquiétais inutilement: tu vois comme ton fils est joyeux! De plus, il n'a pas manqué ses cours.

— J'ai des A partout, sur toute la ligne.

— Et vous, papa, parlez-nous des vôtres, vos vacances.

Jean-Baptiste vanta la conduite des enfants d'Alice.

— Et Alice? demanda Yvonne. Je vais lui téléphoner.

— Attends. Elle a besoin d'être seule.

— C'est donc si grave? Est-elle malade?
— Non, ses préoccupations sont d'un autre ordre.

Jean-Baptiste fit bifurquer la conversation. Il remarqua la tristesse empreinte sur le visage de son gendre. Fernand semblait distrait. Peut-être était-ce cette histoire de testament qui le désolait. Heureusement, Mathias comblait les silences qui se faisaient tout au long de la conversation.

Fernand s'excusa et monta se reposer.

— Je dégarnis la table et je monte te rejoindre, dit Yvonne.

— Non, insista Jean-Baptiste, monte, toi aussi, va dormir. Mathias et moi allons tout ranger.

— Dis-moi, fiston je déteste ces machins bruyants: veux-tu essuyer? Je vais laver.

Ils avaient à peine terminé la corvée, lorsque Marie-Anne et son mari arrivèrent et se dirent soulagés de les voir là.

— Nous sommes venus vendredi pour la partie de cartes et nous nous sommes cogné le nez sur une porte close. Que s'est-il passé?

Jean-Baptiste grimaça. Il avait oublié de prévenir. Il n'avait pas du tout le goût de mentionner son séjour chez Alice. On parla du décès de madame Robichaud, en expliquant que le départ s'était fait de façon précipitée. Marie-Anne ne fut pas sans remarquer la réticence de son père. Elle soupçonna autre chose, surtout lorsque Mathias relata son odyssée chez monsieur Gratton.

— Papa, Lucien et moi allons rentrer. Détendez-vous et prévenez Yvonne de ne pas préparer le souper. Venez tous à la maison, à l'heure qui vous conviendra. J'ai un ragoût qui mijote au feu. Ça changera les idées de tout le monde.

— Tu as déjà une bien lourde charge sur les épaules, ma fille: il ne faut pas exagérer.

— Les enfants sont d'une aide précieuse: ne vous en faites pas. Nous vous attendrons.

Et, comme il avait été convenu, tous se rendirent chez Lucien pour le repas du soir. Malheureusement, Mathias avait oublié de noter le numéro de téléphone de monsieur Gratton, dont le nom ne figurait pas dans l'annuaire téléphonique. Il ne put donc tenir sa promesse.

***

Onésime connut une journée affreuse: le vide laissé par le départ de l'enfant, le silence épouvantable qui régnait dans la maison ne faisaient qu'aggraver son irritabilité.

Après que la vieille Oldsmobile se fût éloignée, Onésime revint sur ses pas et rentra chez lui. Il était d'une humeur massacrante. Il frappa les meubles de ses poings, hurla comme une bête fauve.

«Plus j'attends, plus je remets à plus tard, plus ça se complique. J'aurais dû agir avant le mariage de cette folle. Me voilà aux prises avec un adversaire de plus!»

Les bonnes manières et les qualités de cœur de son fils l'exaspéraient plutôt que de le réjouir. Le petit recevait une bonne éducation, il devait l'admettre. Il sourit à la pensée des réactions de Mathias, de sa manière de s'exprimer, de répliquer, de sa nature enjouée. L'instant d'après, tout ça lui semblait un obstacle de plus! Alors, il rageait.

«Mes grandes culottes l'exaspèrent, monsieur se veut de la haute bourgeoisie! Yvonne et son bec pincé, ses manières de grande duchesse, et lui, le crotté de Jean-Baptiste qui semble tout à fait sensé alors que je le croyais débile! Fiacre! Mais c'est ça, c'est ça... quel idiot j'ai été. Il a simulé la sénilité, il a joué les imbéciles, et il m'a eu!»

Onésime repassait tout dans sa tête, les événements des jours qui avaient précédé son arrestation, les confidences qu'il avait faites à Jean-Baptiste, à savoir que son père n'était pas Louis-Philippe mais l'amant de sa mère. «Voilà la clef de tout! Dès qu'il a su que je n'étais pas vraiment son neveu, le vieux crétin s'est empressé de me dénoncer à la justice! Ainsi, c'est moi qui ai provoqué sa vacherie! J'avais tout manigancé pour le faire baver: j'ai empesté ma vie, sacrifié ma paix pour exercer ma vengeance en déflorant sa grande idiote, en l'engrossant! je suis même mort. Il m'a déjoué! Il m'a eu! Il m'a possédé! Il s'est payé ma tête. La vache! Je me suis fait avoir, comme un jeune premier, comme un débutant. À cause de lui, j'ai perdu la fortune, la paix, mon ministère, tout, tout! Saint bout de fiacre de merde!»

Et Onésime se mit à lancer tout ce qui lui tombait sous la main. Il entra dans la cuisine: sur la table Mathias avait disposé la *planche de criblage* et étalé une main parfaite. Loin de trouver la chose drôle, il balança tout par terre.

«Il est de leur race! Il leur ressemble: c'est un fin renard, comme son grand-père, un pareil à eux tous, avec sa gueule fine, ses yeux de velours, sa réplique tranchante. C'est de la fiacre de merde!»

Exaspéré, trompé dans ses espoirs, en fureur, révolté contre le monde entier, Onésime décida d'en finir. Il les ferait tous baver, tous, sans exception. On verrait bien qui serait le plus fort.

Effondré sur une chaise, le regard fixe, enlaidi par un rictus amer, il restait là, ruminant sa vengeance. Des plans, plus morbides les uns que les autres, se formaient dans son cerveau enfiévré. De temps à autre, un sourire sarcastique se dessinait sur ses lèvres. Son âme atteignait le summum de sa capacité de haïr.

Le soleil s'était couché. Onésime sursauta. Son fils

devait lui téléphoner, ce soir-là. Cette pensée le radoucit un instant: il ne fallait pas qu'il laissât percer son tumulte intérieur dans sa voix. S'il ne réussissait pas à se calmer, il ne répondrait pas, tout simplement. Il regarda l'heure et attendit. Et comme l'appareil ne sonnait pas après la longue minutes, Onésime redevint exaspéré: «Voilà ce que c'est: je me suis fendu en quatre pour lui faire plaisir, pour l'amuser; j'ai même accepté l'idée de l'accompagner à l'église et le petit crétin, le sans-cœur, il oublie sa promesse! Je perds mon temps avec cette race de monde! Si seulement j'avais une provision d'alcool pour me soûler! Je devrais aller au dépanneur chercher du vin. Mais si l'appareil sonnait en mon absence?»

Lorsque Onésime monta se coucher, ce soir-là, sa maison avait tout d'un capharnaüm. Onésime avait l'impression que sa tête allait éclater; ses nerfs étaient tendus comme les cordes d'un violon.

Le lendemain matin, il fut réveillé par un bruit qui provenait d'en-bas. Il s'assit dans le lit. Le bruit se fit à nouveau entendre: on frappait à sa porte. Il se leva, s'approcha de la fenêtre. Une voiture était là, stationnée. Mathias descendit les marches du perron, contourna la voiture et s'entretint avec la personne assise au volant, qu'Onésime ne pouvait apercevoir. Il resta coi. Mathias revint vers la maison, retourna vers la voiture, jeta un coup d'œil vers la fenêtre de la chambre d'Onésime, hésita un instant, puis, ouvrit la portière et s'engouffra dans l'automobile.

Onésime attendit. Le silence persistait. Il descendit. L'état de la maison le dégoûta. L'idée lui vint de regarder sur le perron: Mathias y avait peut-être déposé quelque chose. En fait, c'était dans la boîte aux lettres qu'il trouva une enveloppe. Sur celle-ci, était écrit: «Réservez-nous une soirée, cette semaine: c'est une invitation à dîner. Merci.» C'était signé F. R. «Tiens,

tiens, je suis dans les bonnes grâce de la sainte famille», se dit Onésime. À l'intérieur de l'enveloppe, se trouvait un billet de cent dollars.

À l'heure du souper, Mathias téléphona. Il expliqua pourquoi, la veille, il n'avait pu tenir parole.

— Vous acceptez l'invitation à dîner?
— Non!
— Non! et pourquoi?...
— Parce que mon amitié ne s'achète pas!
— Ah!... je vais faire le message.

L'enfant raccrocha, hésita un instant, l'air pensif, puis composa de nouveau.

— C'est encore moi, dit-il d'une voix voilée de tristesse. Je pourrai aller, demain, pour ma leçon de musique?
— Oui, bien sûr.
— Merci, monsieur Gratton... je vous aime beaucoup, moi.

Et l'enfant raccrocha. Bourru, il revint se mettre à table.

— Qu'y a-t-il, Mathias?
— Vous l'avez insulté.
— Nous! Comment?
— Avec votre billet de cent dollars. Ce n'est pas comme ça qu'on traite des amis, dit monsieur Gratton.
— Il nous a rendu un fier service et c'est à peine si nous le connaissons!
— Vous, non, mais moi, oui: c'est mon ami. Vous me comprenez bien? C'est mon ami. Et pour toujours!

Tapant du pied, il prit le chemin de l'escalier. Fernand le somma de redescendre. Surpris, Mathias s'arrêta.

— Viens terminer ton repas. Allons, viens, petit.

Yvonne allait parler. Son père la foudroya du regard. Et Fernand entreprit d'expliquer, doucement, que l'intention était bonne.

— C'est tout à son honneur: rares sont les gens serviables de nos jours. Tu as raison de l'aimer, Mathias, ton ami Gratton. Mais il faudrait garder un peu de place pour nous aussi, dans ton grand cœur.

Mathias fit la moue, essuya son bec, et vint se rasseoir.
— Je peux monter, Fernand?
— Oui, va, mon fils.

Un silence respectueux s'ensuivit. Personne n'osa faire de commentaires. «Les enfants ont l'âme délicate, pensa Jean-Baptiste, frêle, comme les ailes d'un papillon.»

***

Pendant ce temps, rue Du Hameau, Onésime jubilait: «Je les ai bien eus! Je suis brillant! Quel réflexe! J'ai fait d'une pierre, deux coups: je leur ai rabattu le caquet et j'ai indisposé Mathias contre eux, je l'ai senti. On verra lequel de nous tous est le plus fin; rira bien qui rira le dernier.» Pendant qu'il ruminait, il ramassait les pots cassés: le petit ne devait rien voir de tout ce massacre. La lampe du salon était foutue! Il irait en acheter une autre.

Il sortit, marcha jusqu'au centre commercial. Il projeta de s'acheter une voiture. Sa sécurité semblait assurée. Personne ne se souciait de lui. Il revenait, avec sa lampe, lorsqu'il vit un camion stationné devant sa maison. Il s'arrêta. À sa porte, se tenait un homme dont le regard allait du numéro se trouvant sur le montant de celle-ci à un papier qu'il tenait à la main. Intrigué, Onésime décida d'avancer. L'homme le regarda et demanda:
— Gratton, vous connaissez?
— Oui.
— Je viens chercher un piano. Vous savez où je peux le rejoindre?

— Je suis Gratton.
— Ça, c'est une chance!

Il plaça deux doigts entre les lèvres et siffla. Onésime sursauta. La portière du camion s'ouvrit et un homme en descendit; il se dirigea vers l'arrière du véhicule et revint avec de solides courroies. Le piano fut déménagé. Onésime plia le récépissé et le mit dans sa poche.

La salope! le meuble n'avait sûrement jamais bougé de place: une poussière feutrée dessinait l'emplacement de l'instrument. Onésime nettoyait tout en pestant contre madame Carré.

Mathias arriva sur ces entrefaites.

— Vous avez maintenant un bout de tapis neuf, pour vous consoler, dit Mathias.

Onésime pouffa de rire. L'enfant, surpris, le regardait: pourquoi était-ce si drôle? Onésime ne parvenait pas à reprendre son sérieux. Il s'était soudainement souvenu du truc du confessionnal de Boston, qui, lui aussi, était incrusté dans la poussière...

— Ne cherche pas à comprendre, fiston, ce serait trop long à te raconter. Un jour... un jour...

Ce soir-là, il confia à Mathias qu'il avait vendu le piano et, avec l'argent, acheté une lampe. Ce qui fit croire à Jean-Baptiste que l'homme n'était pas des plus fortunés, quand Mathias, innocemment, répéta ce qui s'était passé chez Gratton.

Mathias avait proclamé son amour pour Gratton avec une telle ferveur, que si Jean-Baptiste avait eu quelque raison de se méfier de l'homme, elle se serait envolée. L'image de Gratton poursuivant l'enfant l'avait enchanté. Les rires résonnaient encore à son oreille, comme une musique douce.

***

Il semblait à Jean-Baptiste que lorsque tout sujet

d'inquiétude était dissipé, que la paix planait sur tous les siens, aussitôt surgissait un autre problème: le sort de Julie hantait maintenant ses pensées: «Je demande trop à la vie!» Il aimait tellement sa grande famille, ne reculait devant aucun sacrifice pour assurer la sécurité et le bonheur des siens. L'expérience lui avait prouvé qu'il était impossible de réussir à leur épargner tous les tourments; par contre, il savait que l'amour et la compréhension s'avéraient les meilleurs remèdes contre l'épreuve; donc, il s'efforçait de prêter une oreille attentive, de ne pas contredire, évitait de devenir moraliste. Il revoyait les yeux souriants de sa Julie quand elle lui annonça qu'il serait arrière-grand-père! Il s'était senti fier. Mais là, il ne savait plus. Le problème de la drogue le dépassait: il n'y comprenait rien. Il remerciait le ciel de n'avoir jamais eu à analyser ce genre d'épreuve dont les journaux parlaient tant; il ne s'attardait pas à ces histoires, car elles ne le concernaient pas... Il s'était cru à l'abri, à jamais, de cette calamité du siècle. Raymond l'avait effrayé. En ce moment seulement, il comprenait qu'il avait été favorisé dans le passé.

«Chère petite-fille, pensa-t-il, attendri, Dieu te protège!» Lui, Jean-Baptiste, arrière-grand-père. Il sourit: pas si mal pour un vieux garçon qui s'était décidé sur le tard à prendre femme... «Heureusement que mes filles se sont montrées plus pressées: quatre générations, il y a là de quoi s'enorgueillir. J'ai déjà le physique d'un patriarche, je serai, du coup, ennobli! Il faut dire que je n'ai jamais espéré vivre aussi longtemps!»

Une période de sa jeunesse lui revenait en mémoire: qu'ils étaient loin, les jours où il pouvait casser le poignet des bras forts des lutteurs!

La tête appuyée contre le dossier de sa berceuse, il s'endormit. Fernand le trouva là, souriant. Il le réveilla doucement. Jean-Baptiste sursauta:

— Ah! tu m'as fait perdre une belle prise...

— Les rêves sont doux, monsieur Gagnon.
— Parfois, oui. Bonne nuit.

Il allait éteindre. Il suspendit son geste. L'initiative revenait maintenant à Fernand. L'escalier lui semblait de plus en plus pénible à gravir, le poids des ans se faisait sentir.

***

La partie de cartes du vendredi fut très gaie, Mathias prenait la relève du perdant; Jean-Baptiste faisait l'arbitre et tenait les scores.

Marie-Anne et Yvonne revenaient du marché.

— Allons prendre un café au restaurant, suggéra Marie-Anne.

— C'est du gaspillage: j'ai tout ce qu'il faut à la maison.

— C'est que... j'aimerais que nous ayons un tête-à-tête, sans oreilles à l'affût.

— Tu m'intrigues.

Peu à peu, la nouvelle de la grossesse indésirée de Julie s'était répandue dans la famille. Les parents turent toutefois le fait que la future mère ait été une adepte de la drogue. En dehors d'eux, seul, Jean-Baptiste était au courant. L'une en face de l'autre, les deux sœurs discutaient;

— C'est pour ça qu'Alice dut partir si vite et revint si bouleversée? dit Yvonne.

— Papa ne t'a rien dit?

— Tu le connais: papa sait recevoir les confidences et personne ne réussirait à lui faire ouvrir la bouche pour trahir.

— J'ai pensé... puisque Julie n'est pas mariée, j'ai pensé que, enfin! ce fut ton cas, tu sais plus que nous toutes comment les choses se sont passées, pour toi. Je ne t'en ai jamais parlé, mais je me suis souvent demandé comment tu avais pu réussir à faire avaler ça à papa et à maman, à maman surtout, si sévère, si à cheval sur les principes. Tu devrais rencontrer Alice, discuter avec elle, l'encourager. Elle accepterait peut-être plus facilement la situation. Mathias est un enfant extraordinaire: le mariage passe de mode. On ne peut rien y faire: c'est dans les mœurs.

Yvonne écoutait, tête baissée. Oui, elle se souvenait des tourments de ses parents. Souvent, elle s'était demandé si sa mère n'était pas décédée prématurément, à cause de l'inquiétude qu'elle lui avait occasionnée en cette période noire de sa vie. Mais jamais encore, elle n'avait exprimé ses craintes à haute voix, même si elle y repensait souvent.

— Tu ne dis rien?

— Je réfléchis. Je ne crois pas être un modèle à suivre.

— Pense à Alice! Surtout que Raymond lui reproche sans cesse le départ de Julie...

— Pourtant, moi, j'habitais avec mes parents.

— Voilà! C'est ça qu'elle a besoin d'entendre. Julie n'est pas une criminelle. Alice prétendait que sa fille avait le droit de voler de ses propres ailes, de se prendre en main, de devenir autonome. Raymond peste contre elle: il soutient que l'enfant qui quitte la maison ne s'affermit pas du jour au lendemain, parce qu'il apprend à utiliser la carte de crédit pour se meubler et à gagner des sous pour payer un loyer. Il prétend que les familles se démembrent trop tôt, qu'elles ne transmettent plus les valeurs, que les jeunes, laissés à eux-mêmes, inventent n'importe quoi pour se distraire, pour jouer aux adultes qu'il en résulte des illusions de bonheur qui dégénèrent en drames, brisant la vie à jamais. Tu aurais dû l'entendre! Il me semble que si tu leur parlais, tu pourrais jeter un baume sur leur grande souffrance!

— Marie-Anne...

— Oui, Yvonne.
— J'ai peur.
— Tu as peur? De quoi, as-tu peur?
— Fernand...
— Et alors?
— Fernand ne sait pas. Il ignore que je n'étais pas mariée et que... j'ai été religieuse. Maintenant, tout va être dévoilé, mon passé étalé au grand jour!
— Sainte Misère!

Un grand silence suivit. L'une et l'autre réfléchissaient.

— Il vaudrait peut-être mieux, Yvonne, que tu te confies au plus tôt à ton mari. Après tout, il n'est plus un enfant: les fredaines, ça le connaît peut-être. Qui est sans tache et sans misère?

Comme l'éclair, la phrase prononcée par Fernand après le décès de sa mère traversa le cerveau d'Yvonne: «Elle ne m'a pas pardonné». En cette minute, la femme ne voulait plus savoir: son père avait eu raison de lui faire comprendre que chacun avait droit à son passé. Elle prit cependant la décision de tout dire à Fernand. Tout? Non, pensa-t-elle, les grandes lignes seulement. Personne ne devait savoir que le père de Mathias était un truand, un salaud de la pire espèce; ça ne concernait ni son mari ni sa famille. Un frisson d'horreur la parcourait. Marie-Anne, troublée, la regardait et voyait sur son visage se refléter la souffrance de son âme.

— Merci, murmura Yvonne, merci de m'avoir prévenue.
— Ne me remercie pas.
— Je parlerai à Alice.
— Elle a besoin, elle a tellement besoin de sentir que nous la comprenons et que nous l'aimons. Tu es l'aînée de la famille, ton intervention la touchera. Comment réagira Raymond, ça c'est une autre question.
— Je vais en discuter avec papa.

***

Yvonne remettait de jour en jour la décision de discuter du cas de Julie avec son père. Mais, le soir même de sa conversation avec sa sœur, elle s'ouvrit à son mari.

— Ainsi, tu as été religieuse? J'aurais pu le deviner, affirma Fernand en se frappant le front de son poing.

— Comment?

— Parfois, tu prends de petits airs tout à fait prétentieux, quand tu as des choses sérieuses à dire: tu te recueilles d'abord, tu fermes les yeux; si tu es super heureuse, tu ris sans éclat, ton rire est silencieux, pudique.

— Farceur!

— Je suis sérieux, je t'assure. Ça m'a toujours fasciné, j'aurais dû deviner.

— Moi qui croyais que je t'horripilerais!

— Pour avoir été pieuse? Allons donc! Au contraire, tu as pu pratiquer le vœu d'obéissance et c'est tout à mon avantage, ça fait de toi une femme plus docile, plus soumise.

Il croyait la faire rire, mais il n'avait réussi qu'à la faire pleurer.

— Qu'est-ce que ce gros chagrin? Allons, raconte.

— J'ai aussi pratiqué le vœu de chasteté. Ce ne fut pas un succès ni un rempart contre l'erreur.

— Bon, bon... Tu étais humaine, voilà tout. N'en fais pas un drame. Je t'ai épousée telle que tu étais. Je ne regrette rien et tout ça ne me concerne pas. C'est un accident de parcours et je suis sûr que tu as souffert en conséquence. Je n'ai pas à te juger. Tu es bonne, Yvonne, tu es une bonne fille et je t'aime beaucoup. Allons, ne pleure plus.

Yvonne, ce soir-là, dormit d'un sommeil profond: son âme s'était libérée d'un grand poids.

Chapitre 16

Yvonne n'entendait pas la sonnerie du téléphone. Elle préparait la purée de légumes du bébé et l'appareil utilisé faisait grand bruit.

Le jour où Fernand lui offrit le mélangeur miraculeux qui pulvériserait tout, en un temps, deux mouvements, elle avait souri, sceptique. Le souvenir de sa mère ou de sa grand-mère, qui s'attardait à écraser les légumes, à l'aide du presse-purée, l'attendrissait. C'était son tour, mais le modernisme lui rendait la tâche plus facile.

— Yvonne!

Elle versait dans un bol la purée veloutée.

— Yvonne! s'impatienta Fernand.
— Oui, qu'y a-t-il?
— Marie-Anne veut te parler, elle est dans tous ses états.
— Marie-Anne?
— Oui, elle attend au téléphone.
— Je viens.

Elle essuya ses mains et prit le combiné.

— Excuse-moi, j'étais occupée...

Sa sœur coupa court au verbiage.

— Il arrive une chose incroyable: Luc est revenu de l'école la tête pleine de poux. Je suis découragée: il se gratte au sang! Te souviens-tu du produit que maman utilisait dans ces cas-là?

Yvonne éclata de rire, interloquée. Marie-Anne s'offusqua.

— Tu trouves ça drôle?
— Ce n'est pas le drame, mais le ton employé. Tu sembles aussi horrifiée que l'était maman le jour où

elle s'est rendue compte que nous étions toutes infestées de ces gentils parasites.

— Les gentils parasites! Tu te payes ma tête?

— Mais non, ma chère: il y eut même des poèmes écrits sur le sujet. Je me souviens: «La chercheuse de poux». Qui donc est l'auteur? Attends...

— Laisse faire l'auteur et deviens sérieuse. Parle-moi du traitement.

— Les beaux souvenirs d'antan! Les poux s'agrippent aux cheveux. Pour les en déloger, il faut les glisser, entre les ongles, le long du cheveu. Les plus jeunes avaient un plaisir fou à les écraser entre les ongles des deux pouces. On entendait un bruit sec: flouc! Plus gros le pou, plus gros le flouc!

— C'est grotesque! Tu te penses drôle? Parle-moi du traitement d'abord, on rira ensuite. Je suis écœurée!

— Vrai? Tu as oublié? Ça pue, ça sent le diable...

— La térébenthine!

— Non, ça, c'est utilisé pour frotter les membres endoloris par le rhumatisme, cherche encore.

— Continue et je raccroche.

— Ton Luc se grattera et toi aussi...

Fernand et Jean-Baptiste échangeaient des regards amusés. Yvonne se tordait de rire et s'essuyait les yeux du coin de son tablier.

— Dis-moi, Marie-Anne, est-ce que Luc a des lentes?

— Des quoi?

— Des lentes. Les poux pondent leurs œufs à la racine des cheveux.

— Comment veux-tu que je sache?

— Regarde, tout simplement.

— Regarde quoi?

— Ça se manifeste sous forme de petits points blancs qui adhèrent fortement aux cheveux. Si elles ne sont pas détruites, elles vont éclore et devenir vite des jolies bibites qui sucent le sang. Et elles sont prolifiques!

— Pouah! C'est dégueulasse! Yvonne...

— Oui, oui, oui. Je sais, tu veux savoir ce qu'utilisait maman dans ces cas-là. Alors voilà: de l'huile de charbon.

— De l'huile de charbon?

— Le mot juste, comme dirait maman, est kérosène. Tu te souviens de l'huile à lampe, les lampes qu'on utilisait quand l'électricité manquait?

— Où veux-tu que je prenne ça?

— À la quincaillerie.

— Et qu'est-ce que je fais avec ça?

— Tu enduis le cuir chevelu, en te servant d'un tampon d'ouate. Prends soin d'en mettre partout. Couvre ensuite la tête d'une serviette et donne un bon shampoing une heure plus tard. Les bibites et les lentes seront détruites. Recommence le traitement, le lendemain. Change la literie. Ça se propage, ne l'oublie pas. Je ne te parle pas du peigne fin, que nous utilisions autrefois: je doute que tu puisses en trouver un sur le marché. De toute façon, Luc, avec son abondante chevelure ondulée, ne pourrait pas tolérer l'opération.

— Tu dis que ça s'attrape, c'est dire que ça saute d'une tête à l'autre?

— Comment expliquer le phénomène autrement? Maman aurait pu te répondre plus adéquatement; il y a belle lurette qu'on entend plus parler des poux; mais, autrefois, c'était commun. Maman prenait même la précaution de nous couvrir les épaules d'une serviette avant de commencer l'opération.

Jean-Baptiste écoutait, tout sourire. Les poux: il avait connu ça, là-bas, en France, dans sa jeunesse, et plus tard, aux chantiers, où ils pullulaient. Ses enfants, occasionnellement, en ramenaient de l'école. Marie-Reine leur livrait une guerre sans merci à l'aide de l'huile de charbon: toute la famille y passait, sans oublier l'aïeule qui clamait bien haut qu'elle s'y soumettait volontiers, mais uniquement pour donner le bon exemple aux plus jeunes.

Fernand observait son beau-père: l'évocation des souvenirs dessinait un sourire sur le visage de celui-ci.

Lorsqu'elle eut terminé son long discours, Yvonne déclara que la partie de cartes du vendredi soir n'aurait pas lieu! Il fallait toujours une bonne raison pour en annuler la tenue et, cette fois, il était évident qu'il ne fallait pas prendre le risque de se faire infester de poux!

Habituellement, Fernand tenait mordicus à cette soirée. Pourtant, il n'osa pas protester, car il savait, que dans la famille de sa femme, on avait d'abord et avant tout le souci de la protection des enfants: son épouse pensait sûrement à Mathias et au bébé. Il admirait l'esprit d'entraide qui régnait au sein de cette famille et qui en assurait la tranquillité: chacun des membres savait pouvoir compter sur l'appui des autres. Avant de faire partie de la famille en question, jamais Fernand n'avait connu ce sentiment de solidarité: il avait grandi dans la méfiance et la division. Son fils, lui, jouirait d'une grande sécurité. De telles pensées l'absorbèrent tellement ce soir-là que, soudainement au cour du repas, il ne put s'empêcher de faire tout haut la réflexion que les membres de la famille étaient, à la stabilité de celle-ci, ce que les poutres étaient à la solidité de la maison.

Yvonne écoutait son mari, dont le ton de la voix marquait une vive émotion; elle ne comprenait pas très bien la raison d'un tel discours, mais sentait que ça lui était favorable. Jean-Baptiste, touché par la profondeur du compliment, regarda son gendre et, après avoir cherché ses mots, lui dit:

— Merci, Fernand, tu me fais découvrir qu'en plus d'être spécialiste en bâtiment tu utilises des matériaux solides pour asseoir ta pensée poétique...

Fernand, gêné, baissa les yeux et but une gorgée de thé.

Chapitre 17

— Si ce n'est pas Jean-Baptiste Gagnon, l'homme de mes désirs, mon occasion de péché, le désespoir de ma petite culotte...

Une dame rapetissée par l'âge, au visage ratatiné, se dressait devant l'homme. Il fronça d'abord les sourcils, puis plissa les yeux: la voix de la dame avait un petit quelque chose de familier. Mais il ne reconnaissait pas la femme osée, aux grands yeux pleins de malice.

— Il m'a tout à fait oubliée! Grand Dieu. Vous m'êtes témoin que je me suis confessée à votre ministre du culte pendant plusieurs années. Je désirais tant le beau Jean-Baptiste, qui hantait mes rêves! Vous voyez, Seigneur, comme ma souffrance était vaine: elle égalait son indifférence...

Madame Dumais avait joint les mains à la hauteur de la taille, incliné la tête, pris un air recueilli et récité son boniment à Dieu.

Jean-Baptiste pouffa.

— Et ce rire, toujours cristallin, malgré l'âge respectable; continuait-elle, les yeux tournés vers le ciel. Il ne s'est jamais souvenu de moi... Je croyais que je devais sa notoire indifférence au simple fait que j'étais amie intime de sa belle-mère.

— Madame Dumais!

— Amen! clama celle-ci.

— Chère madame Dumais, comment allez-vous? Toujours aussi gaie et boute-en-train! Qu'il fait bon vous revoir!

— Prouvez-le: invitez-moi, là... Tiens, pour un simple café, prétexte à jasette. Vous voulez bien?

Attablés dans un coin retiré du restaurant, en bons copains, ils parlèrent du passé.

Madame Dumais avait quitté Ville Saint-Laurent depuis belle lurette pour aller habiter chez son fils. Des courses à faire l'avaient ramenée dans le secteur et le hasard avait permis cette rencontre avec Jean-Baptiste.

L'époux de madame Dumais était un ami du coloré mari d'Imelda. À l'encontre de ce dernier, il n'avait pas eu la chance de profiter de l'aide d'une famille prospère. De peine et de misère, il avait fait des études classiques, sa mère rêvant de le voir devenir prêtre. Cependant! Eusèbe avait perdu la vocation lorsqu'il s'était entiché d'une jolie voisine aux yeux rieurs et d'une franche gaieté. Au grand désespoir de ses parents, il épousa la belle donzelle, accepta un travail de petit commis et, les multiples naissances aidant, n'eut jamais le loisir de consacrer sa vie à un métier plus rentable. Le C.N. payait peu, mais payait bien, régulièrement. Alors, Eusèbe usa son fond de culotte derrière un bureau à pousser sur le crayon. Il s'assurait ainsi une pension pour ses vieux jours.

L'homme occupait ses loisirs tant à écrire des poèmes qu'à aider sa belle à changer les couches. N'eût été le caractère jovial de sa douce moitié, les jours lui eussent pesé bien lourds! Par un hiver tout particulièrement froid, il succomba à une grippe mal soignée. Madame Dumais devint veuve. Parfois, elle rendait visite à la brave Imelda: elles s'entretenaient du passé, de leur passé. Après le décès de celle-ci on ne l'avait plus revue.

Jean-Baptiste relata les grands événements de sa vie de famille avec Marie-Reine, parla de ses enfants et petits-enfants. C'était à la fois agréable et pénible.

— Votre dame était sans contredit la femme la plus et la mieux aimée que j'ai connue de toute ma longue vie! Vous formiez un couple adorable!

Jean-Baptiste sortit son mouchoir et s'essuya les yeux.

— Il ne faut pas brailler, sire, ça creuse des rides sur le visage...

Jean-Baptiste se sentit ridicule. Il ne pouvait s'habituer à entendre prononcer le nom de son épouse bien-aimée sans que sa souffrance se manifestât. Il toussota, caché derrière son mouchoir, s'efforça de sourire.

— Les rides, vous savez, chère Madame Dumais, je ne les compte plus!

— Voilà l'avantage d'être mâle! J'ai tenté, bien en vain, de faire disparaître les miennes à l'aide de crèmes, de massages. J'ai utilisé toutes les potions magiques mises sur le marché. Pendant un certain temps, elles me parurent moins profondes... Cet espoir, malheureusement, coïncidait avec la baisse de ma vue... Je ne distinguais pas, non plus, les numéros dans l'annuaire téléphonique... Dès la première fois que je me mirai dans la glace avec mes lunettes, je vis que les petits plis avaient effrontément chiffonné mon visage et poussé l'audace jusqu'à m'orner le cou et gravé, en haut de mes seins, un V énorme pour: «victoire» ou serait-ce pour «vieillesse»? Depuis ce jour déprimant, je porte cols montés et fichus! Mon orgueil avait pris un dur coup!

— Je ne vous savais pas si coquette.

— Il ne s'agit pas de coquetterie, mais de pudeur, de simple pudeur. Quand je pense à ce qu'était autrefois mon unique article de toilette, la brosse à dents... La brosse à dents!

Madame Dumais hochait la tête de droite à gauche. Un triste sourire se dessinait sur ses lèvres. Jean-Baptiste sentit qu'il n'en était pas au bout des confidences. Madame Dumais hésita un instant, puis enchaîna:

— J'avais quatorze ou quinze ans quand ma mère déclara de but en blanc: «La petite est assez grande pour avoir un dentier. Tu vas accompagner ta fille chez le dentiste et lui faire arracher ces dents-là.» Je protestai, par peur surtout. Mon père hurla, devant la dépense occasionnée. Maman le traita de vieil avare et prédit, malicieusement, que si on ne me faisait pas l'extraction des dents dès lors, elles se carieraient à la naissance de mon premier enfant. Et je vis, une à une, mes belles dents tomber dans le haricot du dentiste. Ma mère, pleine de bonnes intentions, m'offrit en cadeau, pour contrer ma souffrance, une brosse à dents à manche rouge. J'avais une brosse à dents et... plus de dents à brosser!

Elle éclata d'un grand rire sonore. Jean-Baptiste n'en revenait pas. Son étonnement était tel qu'il gardait la bouche ouverte. L'histoire lui semblait invraisemblable.

— Maman affirmait qu'elle avait épargné une dépense à mon futur mari. Je ne compris pas pourquoi, à ce moment-là. Lorsque je la questionnai, beaucoup plus tard, elle soutint que je méritais des belles dents blanches et égales, car je souriais beaucoup, et que les dents naturelles jaunissaient avec les années. Aujourd'hui, si elle me voyait, obligée de dormir sans mes râteliers, car ceux-ci passent la nuit dans un verre d'eau sur ma table de chevet! Et ça, c'est l'humiliation suprême!

Jean-Baptiste se cacha derrière son mouchoir pour ne pas éclater de rire. Il posa une question qui lui sembla ridicule dès qu'il l'eut formulée:

— Et cette brosse à dents à manche rouge?

— La brosse fut remplacée: on ne lave pas les dents naturelles, mais on doit laver les fausses!... Pourquoi, voulez-vous bien me dire pourquoi je vous raconte tous ces ragots? Je suis dingue parfois.

— Un brin de causette, entre amis, ça ne nuit à personne.

— Sauf que je suis là à peindre bêtement une piètre image de ma personne. Il faut dire que c'est plus dispendieux d'aller s'étendre sur le divan d'un psy. Je dois vous avouer que, souvent, il m'arrive de repenser à des choses qui se sont passées autrefois, dans ma lointaine jeunesse. On dirait que ma mémoire oublie tout du présent pour se souvenir de détails insignifiants qui remontent à très loin.

— C'est le lot des gens de notre âge il ne faut pas vous en formaliser, ni vous inquiéter, chère madame Dumais.

— Jean-Baptiste...

— Oui?

— S'il vous plaît, appelez-moi Lucienne. Ça me gêne que vous m'appeliez «madame Dumais».

— Volontiers, Lucienne.

— Que vous êtes gentil! Je me souviens du jour où vous vous êtes présenté chez nous pour quêter en faveur des pauvres. Vous vous souvenez? La quête de la guignolée? Ce devait être en 1949 ou 50, Eusèbe faisait partie du groupe. Vous ne vous êtes même pas aperçu de mon embarras: mes jambes flageolaient, mon cœur s'affolait, mes mains tremblaient. Vous n'avez rien vu, rien ressenti! Pendant des années, mon Eusèbe me reprocha d'avoir rougi en vous servant un verre de petit blanc... et il renonça, dès lors, à faire la tournée du jour de l'an. Il était jaloux fou de vous.

— Vous exagérez, dites-moi que vous exagérez.

— Ah non! Vous aviez le don de me faire tourner les sangs.

Lucienne Dumais se signa, leva les yeux au ciel et reprit sa prière.

— Oui, mon Dieu, cet homme me rendait folle! Pour lui, je n'aurais pas hésité à succomber à la tentation, à désobéir à vos saints commandements et à ceux de votre Église. Et je ne me repens pas: il fut ma faiblesse, mon rêve des jours et des nuits, celui à qui je pensais alors qu'Eusèbe accomplissait son devoir conjugal... Pour un seul de ses regards, j'aurais marché sur la braise! Et voilà que je lui ai dévoilé mon âme, dans toute sa nudité... et il rit à s'en tenir les côtes, un demi siècle plus tard. Il ne me prend pas au sérieux, comme autrefois...

Jean-Baptiste pouffa. Il se leva, marcha de long en large, plié en deux par le rire qui le faisait tousser. Les quelques personnes attablées regardaient le spectacle d'un œil amusé.

Une chipie au teint blafard, à gueule carrée, dit tout haut: «Ils ne sont sûrement pas mari et femme, ces deux-là, pour s'amuser comme ça, les vieux cochons!»

La remarque, lancée tout haut, fit que Jean-Baptiste piqua une autre crise de rire. Sa compagne tambourinait de la main ouverte sur le bord de la table: elle s'étouffait tant elle riait. Soudain, le râtelier de la dame jaillit de sa bouche et tomba. Elle le prit, le plongea dans le verre d'eau et le remit à sa place, le plus sérieusement du monde.

Jean-Baptiste, n'en pouvant plus, se dirigea vers les toilettes. Une fois là, il fit couler l'eau froide et s'aspergea le visage. Lorsqu'il revint s'asseoir, les personnes attablées lui sourirent.

Il plaça sa main sur celle de son admiratrice et lui dit merci.

— Il y a bien longtemps que je n'avais pas tant ri. Merci, très chère Lucienne.

Lorsqu'il entra à la maison, Yvonne le dévisagea:
— Vous êtes bien, papa?
— Oui, ma fille, et de belle humeur.

Il parla de la joyeuse rencontre, sans mentionner la déclaration de l'amoureuse. Yvonne hocha la tête et regarda Fernand. S'il fallait maintenant que son père se mit à fréquenter une femme!... À son âge, il n'irait tout de même pas jusqu'à penser à se remarier! S'il fallait! Et Yvonne s'inquiéta.

À quelques jours de là, comme elle revenait de faire des emplettes, en entrant dans la cuisine, elle vit son père, assis sur une chaise, face au mur, qui tenait le combiné du téléphone d'une main et de l'autre, son mouchoir. Son rire saccadé, entrecoupé de toussotements, secouait ses épaules. Il écoutait, puis s'esclaffait.

Yvonne, scandalisée, déposa son sac et resta plantée là à l'observer. Lorsque son père raccrocha, il replaça sa chaise et, riant toujours, monta l'escalier.

— Papa, votre tasse de thé...

Jean-Baptiste n'entendit pas. Il continua son ascension.

— Encore elle! s'exclama Yvonne. A-t-on idée? Une amie de grand-mère. C'est indécent!

Moins de quinze jours plus tard, le fils de la dame annonçait à Jean-Baptiste le décès de sa mère, survenu durant son sommeil.

Jean-Baptiste se rendit au salon mortuaire. Il accompagna la frêle petite femme au lieu de son dernier repos.

Quatre personnes formaient le cortège funèbre. Jean-Baptiste se rendait compte, une fois de plus, de l'importance d'avoir une grande famille: avec les années, les uns et les autres disparaissent, l'éloignement crée des vides autour de soi, le nombre d'amis diminue et on se retrouve seul. Heureusement que ses filles étaient là, toutes vivantes, que lui, le grand-père se sentait aimé, choyé par tous les siens.

Après s'être recueilli auprès de Lucienne, il se dirigea vers le lopin de terre où reposaient sa bien-aimée, Imelda, son mari et son gendre Gonzague. Il s'assit sur le sol, pensa à sa Reine, à ce qu'avait été leur vie. Chose étrange, il demeurait serein, son âme s'exaltait. Il n'avait aimé qu'une femme, la sienne, avait goûté des décennies d'un amour sans nuage qui lui avaient paru des jours trop courts. Forte, altière puis tendre et simple, sa femme avait parcouru le sentier de la vie dans la compréhension et le dévouement. Sa droiture semblait parfois que par trop rigoureuse, mais jamais elle ne déviait à son devoir sans, lui semblait-il alors, qu'elle n'eût à se faire violence. Son âme était pure comme le cristal, elle pardonnait les faiblesses des autres, mais ne se permettait pas d'en avoir. Son pèlerinage prit fin si vite! Trop vite. Il ne restait d'elle que les traits de sa belle personnalité dont ses enfants et petits-enfant avaient hérité.

Jean-Baptiste passa sa main sur l'herbe verte et fit le vœu de venir, lui aussi, et très bientôt, rejoindre sa douce dans le grand repos de l'éternité. Il regarda le ciel, puis laissa errer son regard autour de lui. Le calme des lieux fit descendre en son cœur un grand sentiment de paix. Lorsqu'il se releva, ses os lui firent mal, ses jointures grincèrent. Il sourit: «Voilà le prix qu'il faut payer quand on s'entête à vivre si longtemps!»

Il posa sa main sur la stèle et s'éloigna lentement, très lentement. Il eut le pressentiment que c'était la dernière fois qu'il parcourait à rebours le chemin qui l'éloignait de ces lieux: bientôt on graverait son nom dans le marbre froid, indiquant qu'un homme prénommé Jean-Baptiste avait vécu, puis trépassé. L'usure du temps n'aurait pas encore réussi à altérer l'épitaphe, que déjà il aurait, lui, sombré dans l'oubli!

Jean-Baptiste rentra chez lui, moins accablé par sa solitude. Pour la première fois, depuis le décès de son épouse, il n'avait plus, au fond de son cœur, le sentiment de tristesse lourde qu'y avait introduit son veuvage. Il se sentait libéré.

Yvonne remarqua tout de suite ce changement. Quelque chose s'était passé: elle ne savait quoi au juste. Elle se creusait la tête pour essayer de comprendre.

Mais rien, dans les paroles ou la conduite de son père, ne justifiait ses appréhensions. Elle remarqua qu'il évoquait plus souvent le nom de sa mère, mais sans se troubler, contrairement à l'attitude qu'il avait eue jusqu'alors. De plus, il perdait cette habitude de se murer dans le silence, comme pour réfléchir ou penser. Par contre, il consacrait plus de temps à Mathias et redoublait de tendresse envers le bébé.

Un jour, il pria Yvonne de faire un gâteau froid, friandise qu'on ne servait qu'à Noël. Décidément, quelque chose s'était passé, mais quoi? Elle pinçait le bec, mais n'osait questionner. La mort de Lucienne Dumais avait-elle été la raison de ce changement d'attitude? Avait-il aimé cette femme en cachette? Alors là, on l'avait échappé belle! La vieille catin! Qui sait si elle n'avait pas été tentée de s'introduire dans leur famille? Yvonne ne pouvait que frémir d'horreur à cette pensée. «Prendre la place de maman, partager notre héritage... juste ciel!»

À quelques jours de là, elle vit son père qui consultait les pages jaunes de l'annuaire téléphonique. Sa curiosité, piquée au vif, l'incita à étirer le cou. Jean-Baptiste s'était arrêté à la rubrique des notaires.

— Vous avez besoin des services d'un homme de loi? ne put-elle s'empêcher de demander.

— Oui, ma fille. Penses-y un peu: il y a moins d'un mois, je rencontrais Lucienne Dumais, que je n'avais plus revue depuis le décès de ta grand-mère Imelda, et voilà que déjà elle n'est plus de ce monde. Ça m'a fait me rendre compte que je me dois de mettre de l'ordre dans mes affaires, car le même sort m'est réservé.

Yvonne ouvrit la bouche, mais pas un son n'en sortit. Elle contourna la table, s'approcha de son père, entoura ses épaules de ses bras et se mit à répéter inlassablement.

— Papa! Papa! Papa!

Yvonne eut honte de ses pensées calomnieuses!

***

Quelques jours plus tard, Jean-Baptiste, Yvonne et Fernand s'attardaient à table à siroter une dernière tasse de thé.

Ils en vinrent à parler de la mort.

— Je ne peux y penser sans frémir! Je déteste la mort, c'est trop de déchirements, lança Yvonne.

Jean-Baptiste emplit de thé la tasse de son gendre, leva des yeux interrogateurs vers sa fille, elle refusa d'un mouvement de la tête. Il déposa la théière, la recouvrit de sa bonnette et dit doucement:

— Le déchirement est le lot de ceux qui restent et qui ressentent une impuissance cuisante devant le phénomène. Mais celui qui s'en va est subitement libéré de toutes ses souffrances; la mort en soi n'a rien de cruel.

— Comment peux-tu affirmer une telle chose, papa? Tu l'as vue nous ravir maman si brusquement, à l'âge où elle aurait pu se reposer, se laisser vivre, après s'être dévouée toute sa vie pour nous!

— T'es-tu arrêtée à te demander si elle aurait préféré vivre longtemps? Nous ne le savons pas, nous ne pouvons que présumer. Dieu sait si ta mère m'a manqué! Mais elle, Yvonne, elle s'est envolée hors de ce monde, dans son sommeil, sans souffrance, sans désespoir; c'est une façon merveilleuse de terminer son pèlerinage terrestre. C'est envers nous, envers ceux qui restent à pleurer, que la mort s'est montrée injuste. Ta mère, cette nuit-là, a connu un repos duquel elle ne s'est pas réveillée. Qu'aurait-on pu souhaiter de mieux?

— Qu'elle vive!

— Le corps humain fait partie des éléments de la nature: il s'use, se détériore, s'étiole; une fin est inévitable. Je crois que si la mort nous effraie tant c'est que nous ne savons rien d'elle, qu'elle est radicale, sans retour, définitive; ça dépasse l'entendement humain. Mais une vie qui se prolongerait indéfiniment serait insoutenable, car nous ne sommes pas constitués pour vivre trop longtemps: le poids des ans accable! Ta grand-mère Imelda comparait la mort à une porte que l'on franchit et qui se ferme derrière soi. «Rien n'est plus facile», badinait-elle. Cette pensée m'a souvent réconforté. Je crois qu'elle avait raison. J'espère seulement que ce qui se passe de l'autre côté soit aussi agréable que la vie d'ici-bas...

Ce disant, Jean-Baptiste regarda Fernand, qui semblait boire ses paroles; son regard triste exprimait sa peine. Jean-Baptiste savait pertinemment bien que son gendre pensait à sa mère, récemment décédée, mais aussi, et peut-être surtout, à sa jeune femme qui avait connu une mort tragique. Sa mère avait-elle eu le courage de lui confier les événements qui avaient entouré les dernières heures de son épouse? Sinon, il devait continuer de se questionner, de se culpabiliser. «Voilà, pensait Jean-Baptiste, comment et pourquoi la mort nous laisse aussi désemparés! Rien n'est plus atroce que l'inconnu. Les vivants se taisent par entêtement, par platitude, par manque de confiance; les morts se taisent sans doute parce que là où ils sont, la paix est si grande, si enveloppante, qu'elle fait sombrer le monde des vivants dans une antériorité dédaignable. À tout bien calculer, nous avons de la chance: si, chacun de nous a quelqu'un à regretter, si nous avons perdu des êtres chers, c'est que l'occasion nous fut donnée d'aimer et d'avoir été aimés.»

— Quelle fut sa dernière pensée?

Yvonne avait prononcé cette phrase tout haut, sans s'en être rendu compte. N'y tenant plus, Fernand se leva, grimpa l'escalier. Yvonne fit un geste pour le suivre.

— Laisse, laisse ma fille, respecte sa douleur.

— Je ne parlais pas de sa mère, ni de maman. Je pensais... à Mathias, avoua Yvonne.

Jean-Baptiste baissa la tête. Lui aussi se taisait, ne confiait pas tout à sa fille; lui aussi était coupable de dissimulation; il s'acheminait vers l'autre vie sans avoir le courage de s'épancher.

«Il y a deux mondes: celui des vivants et celui des morts. Comme il me tarde de rentrer dans celui-ci! Je suis si las! Devrais-je tout dire à Yvonne? N'est-il pas plus raisonnable de me taire? A-t-elle besoin de tout connaître de cet infâme personnage qu'est le père de son enfant? N'ajouterais-je pas à sa peine?»

Il regardait sa fille qui déroulait les langes humectés et les repassait avec tant d'amour; mais il savait que ses pensées erraient très loin. Le silence pesait lourd. Soudainement, on entendit, venant de là-haut, les sanglots de Fernand qui prenait pleinement contact avec la réalité de son deuil récent. Jusqu'alors, il l'avait subi, il lui restait à l'accepter, à le digérer, à le surmonter; à cet instant, se faisait la rupture définitive. Cette fois, sa mère l'avait quitté, il n'y aurait pas de retour.

Yvonne, tristement, regarda son père. Il posa sa main sur la sienne, eut un pâle sourire, et dit:

— Je vais monter, ne t'inquiète pas.

Jean-Baptiste se leva. De son pas lent et incertain, il se dirigea vers l'escalier. Une fois de plus, il s'efforcerait de consoler et de rassurer l'un de ses enfants.

Dans l'âme d'Yvonne, s'éleva une grande bouffée d'amour pour cet homme si bon qu'était son père.

Chapitre 18

On eût dit que la Faucheuse avait assisté à la conversation qui s'était tenue la veille.

Lorsque Jean-Baptiste descendit déjeuner, il jeta machinalement un coup d'œil vers l'horloge.

— Non, ce n'est pas vrai!

Il écarquilla les yeux et dut se rendre à l'évidence: l'horloge s'était arrêtée, à trois heures dix.

Yvonne, les cheveux en désordre, descendait préparer le café. Elle vit son père, debout, immobile, les yeux braqués sur l'horloge.

— Je n'aime pas ça, dit Jean-Baptiste. Depuis que j'habite cette maison, elle n'a jamais fait défaut, ne nous a jamais trompés d'une minute. C'est incroyable! Yvonne, aurais-tu oublié de la remonter?

— Non, papa, je n'ai pas oublié.

Jean-Baptiste examina l'horloge. Tout semblait normal. Il la replaça et donna une impulsion au balancier: le tic-tac se fit entendre. Il consulta sa montre-bracelet et dit:

— Elle ne s'est arrêtée que trois minutes. Drôle de coïncidence que nous l'ayons remarqué si vite.

Mathias dégringolait l'escalier, quand la sonnerie du téléphone retentit. L'enfant décrocha.

— Allo!

— ...

— Oui, Monsieur.

— ...

— Un instant, Monsieur.

Se tournant vers son grand-père, Mathias dit:

— C'est pour toi, pépère.

Jean-Baptiste et sa fille échangèrent un regard

épouvanté. Le spectre d'Onésime flotta un instant dans leurs pensées.

L'homme prit l'appareil et écouta. Yvonne, raidie par la peur, restait figée là, à le regarder. Lorsqu'il raccrocha, il se tourna et dit simplement:

— Je vais devoir m'absenter. On vient de m'annoncer un décès.

— Qui? demanda Yvonne, intriguée.

— Émeline Lepage.

— Émeline Lepage?

Jean-Baptiste ne répondit pas. Il fouillait dans ses lointains souvenirs: le nom ne lui disait rien. Après s'être longuement creusé les méninges, il se souvint enfin de la chipie qui, le jour où il revenait de son voyage de noces, avait souligné méchamment la différence d'âge entre lui et sa jeune épouse.

Voilà que lui incombait le devoir de représenter la famille aux obsèques. Il lui faudrait parcourir près de cinq cents kilomètres et ce, en une période de l'année où prendre la route comportait certains risques. Yvonne lui suggéra de voyager en train.

***

Confortablement installé, il allongea les jambes et ferma les yeux. Ce moyen de locomotion lui était familier et lui plaisait. Tout le long du trajet, il ressassa ses souvenirs et roupilla. Il atteint la petite ville de Trois-Pistoles à une heure tardive de la nuit et se rendit à l'hôtel. Le lendemain, il fut étonné de se retrouver seul auprès d'un cercueil où reposait une vieille demoiselle, toute menue, aux cheveux de neige. Il ne restait plus de traces de la petite femme au menton autoritaire dont il avait le souvenir.

Il apprit que le vieux père de celle-ci était décédé il y avait de ça des décennies et qu'elle s'était alors retirée dans un foyer. Comme il l'eût plainte, s'il avait connu son sort!

Lui qui avait horreur de la solitude! Il imaginait ce qu'avaient été les dernières années de la vie de cette femme. Il se fit un devoir d'offrir une gerbe de fleurs au nom des siens. Jean-Baptiste suivit le convoi jusqu'au cimetière. Dieu, sans doute par délicatesse, permit à la nature de se faire une beauté. Le sol se couvrit d'une neige immaculée, qui forma bientôt un beau tapis tout blanc.

Il retourna à son hôtel pour boucler ses bagages. Dès ce soir-là, il prendrait le chemin du retour. Toutefois, auparavant, il irait s'enquérir de la teneur du document que la défunte avait confié au notaire.

La demoiselle ne s'était jamais mariée: elle avait pris soin de son père toute sa vie. Sans doute ignorante du décès de Marie-Reine, elle avait testé en sa faveur. Ce fut donc Jean-Baptiste qui hérita de son argent. On lui remit, en outre, une caisse bien ficelée, dont le poids l'étonna.

Songeur, Jean-Baptiste marchait dans la rue principale. Une neige devenue abondante et mouilleuse tournoyait un peu avant de choir sur le sol. «On dirait des boules de coton ouaté. C'est joli, mais il ne faudrait pas que le vent tourne et que le froid se mette de la partie: ça ferait du vilain!»

Jean-Baptiste traînait les pieds; aussi laissait-il des sillons sur son passage. Les flocons s'accrochaient à ses cils, chatouillaient son nez, ce qui le faisait sourire. La beauté de l'hiver, loin des grands villes qui salissent tout, le charmait.

Puisqu'il lui restait du temps à tuer, il s'arrêta au restaurant de l'hôtel prendre un bon repas. Il s'attabla près d'une fenêtre et constata que ce qu'il avait redouté plus tôt arrivait: le vent s'était levé, soufflait en rafale. Jean-Baptiste se réjouissait de ne s'être pas aventuré à prendre la route avec sa voiture. «Ça ne doit pas être praticable dans le bout de Kamouraska, là où le chemin est droit et longe la mer. Je vais tout de même me rendre à pied à la gare: une marche de dix minutes ne me ferait pas mourir.»

Il régla la note de la nuitée et se mit en route. Ce qui l'amusait tant quelques heures plus tôt devenait une dure épreuve! Des bancs de neige rendaient sa marche difficile; la *poudrerie* était cinglante.

Heureusement, le vent soufflait de l'arrière et poussait Jean-Baptiste plutôt que de l'aveugler. Il pliait l'échine, son lourd paquet ne lui facilitant pas les choses. Le chasse-neige passa, rendant la chaussée plus praticable. La gare fut enfin en vue. Pour s'y rendre, Jean-Baptiste dut enjamber un amas de neige qui formait un bourrelet glacé. Le froid lui picotait le bout du nez.

Lorsqu'il franchit enfin le seuil de la porte de la gare, qu'il sentit la chaleur lui fouetter le visage, Jean-Baptiste soupira d'aise. La lutte difficile qu'il venait de soutenir contre le mauvais temps lui fit sentir, une fois de plus, le poids des années.

Le jeune chef de gare lui offrit un café qu'il apprécia et lui annonça que le train avait du retard, beaucoup de retard: il se trouvait encore au Nouveau-Brunswick! La tempête sévissait à la grandeur de la province! L'attente serait longue. Jean-Baptiste s'allongea sur un banc, s'efforça de dormir.

Les heures parurent interminables à Jean-Baptiste, qui était seul dans la salle des pas perdus. Heureusement pour lui, de temps à autre, un préposé venait lui tenir compagnie.

Ce n'est que le lendemain matin, à neuf heures, que le train entra en gare. Il avait l'allure d'un monstre de glace, tellement il était couvert de givre. Aux fenêtres, Jean-Baptiste vit des visages où il pouvait lire la curiosité, la lassitude où le désabusement.

Lorsque Jean-Baptiste s'installa à sa place dans le train, il en goûta la chaleur et le confort. De même, il constata vite à quel point le lourd retard du train – dix heures – avait incité les voyageurs à sympathiser. Aussi, chaque nouvel arrêt dans une gare était salué comme un exploit, d'autant que le mauvais temps continuait de sévir, et les braves qui n'avaient pas renoncé à se déplacer, malgré les conditions météorologiques, étaient accueillis par de nombreux sourires. Jean-Baptiste était las, mais heureux: «Que je me délecte de cette randonnée, j'en suis sûrement à ma dernière balade en train.» Cette pensée n'engendrait en lui aucune amertume: son pèlerinage sur terre durait depuis si longtemps! Un à un, amis et parents partaient, quittaient ce monde. Un grand vide se faisait tout autour de lui; pourtant, il lui semblait que rien en somme ne changeait vraiment, hormis les visages. La vie demeurait la même; avec ses aspirations, ses besoins, ses motivations. Derrière les fenêtres panoramiques du train, une neige fine continuait de voltiger. Les plus hauts conifères, époussetés par le vent, ressemblaient à des dignitaires, tandis que les petits, protégés par leurs aînés, ployaient sous le poids de la neige immaculée, beaux comme des enfants de chœur en surplis.

Le fossé qui longeait la voie ferrée offrait aussi un joli spectacle. La bise qui le balayait formait sur ses rebords des festons aux crêtes tranchantes d'où émergeaient de place en place des touffes d'arbrisseaux brunis par le froid, qui tranchaient sur la blancheur de la dentelle.

Çà et là, des pics de neige laissaient deviner l'emplacement des balises. Les clochers argentés des villages faisaient à peine contraste sur le gris du ciel. Les sommets des coteaux, dépoussiérés, formaient des taches obscures: on eût dit des noisettes éparpillées sur un lit de sucre à glacer.

À certains moments, Éole soufflait furieusement: une *poudrerie* dense s'élevait. Un rideau de neige cachait le paysage.

«Spectacle grandiose, pensa Jean-Baptiste, mais aussi effarant. Les intempéries isolent les humains les uns des autres, ralentissent même les grosses locomotives et obligent l'homme à se rendre compte de sa petitesse. Les anxieux s'énervent, les têtus ragent et les enfants embuent les vitres en s'y collant le nez. Mais aussi, les poètes déclament et les artistes peintres doivent modifier les couleurs sur leur palette... Il fallait s'attendre à cette tempête: l'automne était trop doux. Tôt ou tard, le mauvais temps vient. Il semble bien que nous ne passerons pas Noël au balcon!»

Dehors, le soleil, voilé par la tempête, se dirigeait vers son lit. Alors, tout un renouveau se produisit: les verts bleuirent, les ambres s'ocrèrent, le blanc rosit, le vent fougueux se calma un peu, les vifs coloris soulignaient davantage la présence des montagnes qui s'échelonnaient à l'horizon. Parfois, une percée se formait à travers les nuages et on pouvait entrevoir un carré lumineux. Le jour se languissait, se glissait dans la nuit, se confondait avec elle.

Pendant de longues heures, Jean-Baptiste avait laissé son regard errer sur le paysage, émerveillé par les jeux de la nature. Mais dès que la lumière artificielle vint remplacer celle du bon Dieu, il ferma les yeux. Il lui semblait entendre les grelots fixés à l'attelage des chevaux, autrefois, sur les routes cahoteuses et enneigées des chantiers. Il eut une pensée pour Onésime, qui, autrefois, avait fait ce même trajet, à ses côtés. Son âme s'attendrit. Il eut une bouffée d'amour pour ce petit. L'avait-il mal aimé? Avait-il fait tout ce qu'il avait pu faire pour lui?

Peu à peu, il sombra dans un lourd sommeil.

***

Yvonne *turlutait*. Elle garnissait un gâteau d'un glaçage à la vanille et au beurre, une recette de sa mère, qu'elle maîtrisait enfin!

Soudain, un bruit léger, comme un bruissement attira son attention. Ça semblait provenir de l'étage. Yvonne s'arrêta de travailler et de fredonner, tendit l'oreille: plus rien! Elle haussa les épaules et reprit son travail. Mais voilà qu'elle entendit le plancher craquer. «C'est impossible, se dit-elle, le petit est seul et dort dans sa *bassinette*. Pourtant, on bouge là-haut!» Alors une pensée atroce lui traversa l'esprit: Onésime! La peur mortelle qu'elle avait ressentie pendant les jours qui avaient suivi la présumée noyade du père de son premier enfant la gagna toute entière. L'absence de Jean-Baptiste et de son mari rendait la situation encore plus tragique.

Elle laissa tomber la spatule, qui éclaboussa tout, s'élança vers l'escalier, posa sa main sur la rampe et grimpa les marches deux à la fois.

Elle n'avait plus qu'une pensée en tête: son fils! Son cœur battait à se rompre. Lorsqu'elle atteignit le sommet de l'escalier, elle vit le jeune Jean-Baptiste qui se traînait à quatre pattes et venait dans sa direction.

L'enfant s'arrêta pile et lui sourit en gazouillant. Elle s'assit sur la première marche et lui tendit les bras. Ses yeux s'inondèrent de larmes et elle répéta: «Mon bébé! Mon bébé!» Ainsi, le marmot était parvenu à descendre seul de sa couchette: Yvonne n'en revenait pas!

Le bambin, tant bien que mal, continua sa progression. Lorsqu'il eut rejoint sa mère, elle le prit dans ses bras et le serra très fort. Elle avait eu peur, tellement peur! Le petit bonhomme riait, tirait les cheveux de sa maman. Yvonne se coucha sur le dos et, son enfant étendu sur elle, se laissa aller à sa joie. Elle le tenait au bout de ses bras, le secouait, riant et pleurant à la fois, puis le serrait sur sa poitrine. Le bébé rendait caresse pour caresse, inconscient des soucis qu'il avait pu causer à sa mère.

Pendant que, là-haut, on se chouchoutait, la porte arrière de la maison s'ouvrit et Jean-Baptiste entra. Il jeta un coup d'œil vers la table et sourit. Il faisait bon être à la maison. Ce soir-là, il ferait un écart terrible à son régime et se gaverait de ce beau gâteau maison!

Il dirigea ses pas vers les éclats de voix. C'est ainsi qu'il surprit sa fille et son petit-fils qui se faisaient des mamours. Son cœur s'émut. Les manifestations amoureuses comptaient parmi ses plus grandes joies.

Yvonne remarqua enfin sa présence. Il se tenait debout sur une marche, dos appuyé au mur, et les regardait, souriant.

— Papa! vous êtes revenu!

— Bonjour, lança-t-il, je suis heureux de vous voir de si belle humeur.

— Et ce voyage?

— Ouf!

— Je vous prépare un bon thé chaud.

— Et la demie de ton gâteau, que j'ai entrevu. Je prends un bain et je descends.

Jean-Baptiste fit une caresse à l'enfant. Yvonne descendit, installa le bébé dans sa chaise haute, là, tout près d'elle, et, en préparant la collation de son fils, elle songea à la crainte qui l'avait envahie.

Lorsque son père descendit, il vit la théière fumante posée sur la table, deux napperons et le gâteau qui trônait sur l'assiette, en attendant d'être dévoré.

Yvonne lavait les mains du bambin. Ses pensées tristes continuaient de l'assaillir. Jean-Baptiste comprit, à son allure, que quelque chose ne tournait pas rond. Il attendit. Yvonne versa le thé, en silence, puis demanda:

— Papa, croyez-vous qu'il pourrait reparaître?

Jean-Baptiste ne s'étonna pas outre mesure de la question. Il savait que sa fille faisait allusion à Mathias. L'un et l'autre évitaient le sujet depuis longtemps. Le père se crispait chaque fois que ces pensées morbides l'assaillaient. Devait-il ou non mettre sa fille au courant de toute cette pénible histoire? Avait-il, lui, le droit d'emporter dans l'au-delà le secret terrible que sa conscience lui dictait parfois de partager avec sa fille, qui avait le droit de savoir?

Il s'horrifiait à la pensée d'avoir à mettre son âme à nu, d'avoir à dévoiler ses propres erreurs, d'avouer à sa fille que son unique frère à lui avait été pendu pour avoir assassiné un homme, et tout ça par sa faute! Ce serait si simple de laisser les choses comme elles étaient. Était-ce si important de remuer tout un passé, puisque tout était rentré dans l'ordre?

Il mangeait le gâteau, mais ne le goûtait pas. Yvonne répéta sa question.

— Croyez-vous, papa, que Mathias pourrait revenir?

Elle avait prononcé le nom d'une voix à peine audible, tant l'émotion l'étranglait.

— Non, répondit Jean-Baptiste, non.

Jean-Baptiste était sincère: quelqu'un qui tombait dans une rivière et n'en émergeait pas dans les minutes suivantes était emporté, charrié bien loin, puis la mer, pleine de poissons voraces et d'algues, s'en appropriait. Mathias était disparu depuis trop longtemps. Il ajouta, à voix basse:

— La mer l'a pris dans son sein. Elle l'y gardera.

— Et... s'il ne s'était pas réellement noyé?

Jean-Baptiste sursauta, faillit s'étouffer. Ainsi, elle aussi avait pensé à ça, elle aussi avait peur! Plus que quiconque, il savait à quel point cet énergumène était rusé, astucieux. Eût-il été lui-même convaincu de sa mort par noyade, il ne se serait pas tracassé à l'idée de tout confesser à sa fille. Si Onésime vivait, si par malheur il vivait encore, alors elle devait tout savoir afin de le combattre, de... Et, Jean-Baptiste eut peur, si peur. Il regarda sa fille droit dans les yeux et lui demanda:

— L'aimes-tu toujours, Yvonne?

Il lui sembla que celle-ci hésitait à répondre.

— Non, grâce à Fernand, je crois que... Mais parfois, parfois, papa, je le sens très très vivant, très près de moi.

— Grand Dieu! gémit le père qui cacha sa tête dans ses mains. Grand Dieu!

Accablé, il se leva et arpenta la pièce de long en large. Soudainement, il s'arrêta, consulta sa montre et demanda.

— Mathias n'est pas rentré de l'école?

— Non, répondit laconiquement Yvonne, il a une leçon de musique ce soir.

— C'est bien.

— Il s'attarde de plus en plus chez son professeur.

— Tant mieux; cet homme est bon, tant mieux!

— Qu'en savez-vous?

— Je les ai vus, un jour, s'amuser tous les deux. Ils se poursuivaient autour de la table, en riant à gorge déployée. Un homme qui se comporte ainsi avec un enfant ne saurait être mauvais.

Jean-Baptiste, soulagé de la tournure qu'avait prise la conversation, raconta la visite impromptue faite chez Gratton, alors que l'enfant séjournait chez lui. Mais tout en discourant, son âme se troublait: il se rendait compte qu'il se servait, une fois de plus d'une échappatoire pour ne pas passer aux confidences. En outre, l'inquiétude d'Yvonne, qu'il partageait, l'avait poussé inconsciemment à s'informer du jeune Mathias... Ainsi, il lui fallait se rendre à l'évidence: le danger, ou la peur du danger planait au-dessus de leurs têtes. Son neveu, quoique englouti dans la rivière, et que l'on considérait mort, faisait encore planer des ombres redoutables autour d'eux. Il se dirigea vers la berceuse, s'assit et, immobile, resta là à ruminer.

Le cauchemar ne finirait donc jamais? Que pouvait-il dire à Yvonne? S'il parlait maintenant, elle croirait qu'il partage sa peur de voir l'autre réapparaître; ça, ce serait terrible. Il se tairait encore! Mais comme il se sentait las!

Yvonne rangeait, rinçait la vaisselle. Elle avait le sentiment amer d'avoir terrifié son père et n'osait rompre le silence lourd qui pesait. Alors une idée lui vint. Elle prit le jeune Jean-Baptiste et alla le déposer sur les genoux du grand-papa. Le vieillard, ému, sentit les larmes inonder son regard. Le geste de sa fille était dicté par l'amour. Il serra la main de celle-ci et eut un pâle sourire.

Yvonne parla, parla de tout et de rien. Et Jean-Baptiste lui narra son voyage dans le détail.

— Tu vois, cette caisse? Elle est lourde et contient un héritage. Je t'avoue que ça pique ma curiosité. Ouvre-la, si le cœur t'en dit.

Yvonne, heureuse de la diversion, ouvrit le carton. Elle en sorti un album de photos, un coffret contenant une collection de pièces de monnaie, dont certaines étaient frappées à l'effigie de la Reine Victoria. Ce qui amusa Jean-Baptiste fut la photo encadrée de son beau-père, pour qui la vieille demoiselle avait eu un amour marqué. Une liasse de lettres, retenues par un ruban fané, et quelques objets disparates complétaient le tout.

— Elle n'avait plus de famille?

— Que la nôtre! Elle dut se sentir bien seule: ta mère ne l'aimait pas tellement. Elle était acariâtre.

— Oh! papa, comme nous avons de la chance, nous tous, d'être ensemble et unis!

— Tous les jours, je remercie le Ciel de nous avoir tant choyés!

La porte s'ouvrit avec fracas. Mathias arrivait.

— Et ton professeur, il est toujours aussi gentil? demanda Yvonne.

— Aujourd'hui, non: il était maussade!

Ce soir-là, malgré sa grande fatigue, Jean-Baptiste mit beaucoup de temps à s'endormir!

***

Jean-Baptiste connut une nuit mouvementée. Le lit lui semblait inconfortable: il se réveillait souvent, ses bras s'engourdissaient; il changeait de position, mais ne parvenait pas à se détendre.

Il entendit le va-et-vient, huma l'odeur du café et des rôties qui se répandait dans toute la maison. Pourtant, il demeura alité, fit la grasse matinée. La porte se referma derrière son gendre qui se rendait au travail et, plus tard, derrière Mathias, qui partait pour l'école.

Yvonne monta avec le bébé, lui chanta un refrain tout en le bordant. Lorsqu'elle passa près de la chambre de son père, elle risqua un œil à l'intérieur. Il lui sourit.

— On paresse!

— Qu'est-ce que la paresse? demanda Jean-Baptiste.

— La paresse est un amour déréglé du repos, qui fait que l'on néglige ses devoirs d'état et de religion, plutôt que de se faire violence.

Jean-Baptiste s'éclata de rire. Ça alors! Elle se souvenait parfaitement bien de la réponse apprise dans le *Petit catéchisme*. Autrefois, on jouait en famille à se poser les questions du livre. Grand-mère Imelda connaissait toutes les réponses, mot à mot.

— Tu te souviens encore de ça!

— Et comment! Vous pas?

— Chapeau, ma fille! Il te reste un peu de café? Je descends... mais ne te dérange pas: je vais me servir.

Jean-Baptiste déjeuna, tandis que sa fille s'activait

au nettoyage de la maison. Les heures coulaient, douces, paisibles.

À midi, Mathias vint dîner. Ce soir-là, il aurait une leçon de flûte. Il s'enthousiasmait toujours, lorsqu'il parlait de son ami Gratton.

— Même s'il continue de me traiter de vieille branche, dit-il, les yeux pétillant de malice.

— Vous mangez peu, papa. Au déjeuner, vous n'avez rien pris.

— Comment le sais-tu?

— Je vous avais préparé des rôties. Vous ne les avez pas touchées. Ça ne va pas?

— Problème de digestion, mes abus d'hier sans doute. J'ai pris le ferme résolution d'être plus sage.

Jean-Baptiste ouvrit le journal et se plongea dans la lecture.

Assise près de lui, Yvonne cousait. Le bébé se fit entendre. La mère alla le chercher et le plaça près d'eux. Jean-Baptiste regarda sa fille, d'un regard attendri. Elle lui semblait distraite, lointaine. Alors, il l'observa à la dérobée. Soudain, elle immobilisa l'aiguille et dit tout haut:

— Qu'a-t-il bien voulu dire?

Jean-Baptiste plia son journal:

— De qui parles-tu?

— De Fernand. Une phrase de Fernand, me trotte sans cesse dans la tête. Après la lecture du testament de sa mère, il s'est exclamé, d'une voix remplie de tristesse: «Elle ne m'a pas pardonné!»

— Et, bien sûr, tu ne l'as pas questionné?

— Non. J'avais peur de la réponse.

— Et aussi de le blesser?

— Sans doute, oui.

— Tu sais, toi, ce que c'est que d'avoir à passer aux aveux: ne dis rien; crois-moi, attends qu'il se confie, ça viendra. Laisse le temps faire son œuvre. Il est sûre-

ment très malheureux, n'aggrave pas sa peine. Ce qui s'est passé entre eux ne concerne que lui. Rien ne fait plus mal que les vieilles rancunes entretenues. Elles s'aggravent et s'enveniment parfois à outrance. Et on ne sait plus si c'est l'offense ou la rancune qui fait le plus souffrir. La vie est courte. Il faut tout faire pour qu'elle se passe dans l'harmonie, dans l'unisson.
— C'est difficile.
— Plus c'est difficile, plus il faut faire preuve de générosité. Mais me voilà encore lancé dans un discours solennel dont tu peux te passer.
— Ne t'excuse pas, papa. Tu m'as évité tant de déboires, grâce à ta clairvoyance et à tes enseignements.

Yvonne se tut. Jean-Baptiste se mit à ruminer. Tout à coup, ce qu'avait dit Mathias, pendant le repas, à propos de son professeur de flûte, lui revint en mémoire: «Même s'il continue de me traiter de vieille branche.» La première fois que Mathias avait mentionné cette expression, Jean-Baptiste avait eu la sensation vague d'avoir déjà entendu ça quelque part, puis il avait oublié ce détail. Mais aujourd'hui, il se souvenait de façon nette et précise: là-bas, en France, quand il était lui-même enfant, son père les interpellait ainsi, lui et Louis-Philippe sur un ton badin et affectueux; l'expression avait été reprise plus tard par sa mère. Comme il se souvenait! Et il n'avait plus entendu ces mots ou plutôt, oui... son frère, Louis-Philippe parlait ainsi à ses enfants et surtout lorsqu'il s'adressait à Onésime, son préféré. Ça alors! Après tant d'années, il retrouvait l'expression dans la bouche de Gratton, qui appelait ainsi le jeune Mathias! Et dans la tête de Jean-Baptiste, la souffrance se fit amère, cuisante. Il hoqueta.

Yvonne leva la tête, le regarda: Jean-Baptiste porta la main à sa poitrine, émit un son rauque. Il avait peine à respirer. Il crut entendre crier Yvonne. Il la voyait:

elle s'agitait devant lui, mais il la voyait floue. Les sueurs l'inondaient, la douleur s'intensifiait, là, au creux de son thorax. Il posa une main sur la table, qu'il laboura de ses ongles. Il se plia, gémit. Il croyait que la vie le quittait.

Yvonne hurlait. À Jean-Baptiste, la voix de celle-ci, lui parvenait lointaine, éraillée, assourdie. Elle se précipita, revint avec une serviette mouillée et essuya le front ruisselant de son père.

Jean-Baptiste éructa bruyamment. Yvonne le frappa dans le dos, tout en criant:

— Papa! papa!

Peu à peu, la respiration de l'homme prit un rythme plus régulier. Il demeurait immobile. Son visage continuait d'exprimer la souffrance. Yvonne ouvrit le col de sa chemise, massa ses mains. Des larmes coulaient sur son visage.

— Ça va, murmura faiblement Jean-Baptiste.
— Je téléphone au médecin. Ne bouge pas.
— Je te le défends bien!
— Ne bouge surtout pas! Et ne parle pas.

Yvonne lui enleva ses souliers. Elle pleurait toujours, ne réussissant pas à contrôler sa peine.

— Indigestion, murmura l'homme.
— A-t-on idée, à ton âge, de s'empiffrer comme tu l'as fait, surtout après la fatigue causée par un si long voyage? Tu n'es pas raisonnable. J'ai eu si peur.

Elle regarda son père, il lui sembla accablé. Elle se tut et se prit à regretter les reproches qu'elle venait de lui adresser. Jean-Baptiste trouva le courage de lui faire un pâle sourire.

— Te sens-tu mieux?

Il se contenta de faire un signe de tête.

— Je téléphone à Fernand.
— Non.

N'en pouvant plus, elle se leva et arpenta la cuisine,

tournant en rond, comme une âme en peine: «Si quelqu'un, si seulement quelqu'un pouvait venir!» Elle jeta un coup d'œil vers l'horloge: trois heures dix, précisément... Yvonne sentit que ses jambes se dérobaient sous elle. Elle s'approcha d'une chaise et agrippa le dossier si fortement que ses jointures lui firent mal.

Elle gardait les yeux rivés sur le cadran. La grande aiguille prit un temps qui lui sembla interminable à avancer d'une minute. Elle serra les dents. Se laissant tomber sur la chaise, elle ferma les yeux.

Jean-Baptiste toussota. Yvonne sursauta. Son père n'avait pas bougé. D'un pas mal rassuré, elle se rendit jusqu'au garde-manger, prit du bicarbonate de soude, qu'elle mit dans un verre d'eau tiède. Elle plaça la potion devant son père et dit sur un ton empreint d'une grande douceur:

— Bois ceci lentement, à petites gorgées, papa: ça aidera ta digestion.

Jean-Baptiste tendit la main vers le verre. Le pincement ressenti dans son bras lui fit suspendre son geste.

Yvonne s'éloigna un peu: elle avait la cuisante impression de l'embarrasser. Elle regarda son fils. Le bambin s'était endormi dans sa chaise haute.

Ce soir-là, c'est appuyé au bras de son gendre que Jean-Baptiste se rendit à l'étage pour aller dormir. Le souper fut triste, très triste. On ne trouvait rien à se dire.

Le bon grand-père connut une longue nuit de sommeil. À plusieurs reprises, Yvonne se glissa furtivement jusqu'à sa chambre et restait là, debout, à l'écouter respirer. Il lui semblait paisible.

Le lendemain, au déjeuner, Caruso chanta. Mathias se réjouit:

— Hier soir, il n'a pas chanté; aujourd'hui, il est joyeux. Caruso devait savoir que grand-papa n'était pas bien!

Yvonne prépara le déjeuner de son père, plaça le tout sur un plateau et l'obligea à passer la journée au lit. Jean-Baptiste se soumit, se fit docile. Yvonne n'osa pas relater l'incident morbide au sujet de l'horloge, mais le tic-tac de celle-ci l'irritait. Elle alluma la radio, afin de ne plus l'entendre. Elle n'aurait su comment exprimer le sentiment qui l'avait envahie. Comme la vague impression d'une pénible attente.

***

La jeune femme informa ses sœurs du malaise soudain qu'avait eu leur père. Toutes, sauf Monique, se mouraient d'inquiétude, et pour cause: s'il fallait qu'il sombrât encore dans l'état de torpeur où il fut plongé pendant de si longs mois autrefois! On reprocha à Yvonne de n'avoir pas appelé le médecin, de n'avoir pas fait hospitaliser Jean-Baptiste, de ne pas surveiller adéquatement son alimentation.

Réunies autour de la table, elles exprimaient leur mécontentement, avec des mots souvent acerbes. Yvonne, assise bien droite, écoutait, dans une attitude résignée.

Fernand se tenait à l'écart. Lui, qui connaissait la souffrance de sa femme, était épaté de la façon stoïque avec laquelle elle acceptait les blâmes. Mais trop, c'était trop. À un moment donné, il se leva, s'approcha et, sur un ton qui n'acceptait pas de réplique, il coupa court aux réprimandes.

— Ce serait maladroit et injuste de continuer d'accabler Yvonne. Vous semblez la tenir responsable de l'état de santé de votre père. Votre peine vous égare. Je crois qu'il serait plus opportun que vous profitiez de votre présence ici pour aller tour à tour lui tenir compagnie, lui communiquer un peu de sympathie.

— Tour à tour? fit Colombe.

— Oui, tour à tour. Il est las, a besoin de repos et de détente, pas de conseils ou de jérémiades...

Un profond silence suivit. Le cœur d'Yvonne se serra. L'intervention de son mari la réconforta. Surtout qu'il l'avait faite sur un ton ferme, mais empreint de douceur. Dès qu'il avait ouvert la bouche, elle avait pris peur, elle avait craint de le voir s'emporter et crier.

Colombe, embarrassée, monta la première, suivie de Marie-Anne. Jean-Baptiste fut bien touché de cette attention. Appuyé sur ses oreillers, il donnait l'image d'un homme las. Ses traits étaient tirés, ses yeux voilés.

Quand enfin Monique se trouva près de son père, il laissa percer sa peine. De grosses larmes ruisselaient sur ses joues pâles et ridées. Monique savait: elle avait prévu que, devant elle, il eût exprimé ses émotions profondes. Douce et compréhensive comme elle savait toujours l'être, elle s'approcha. En silence, elle lui tamponna les yeux avec un mouchoir, redressa ses oreillers, prit l'une de ses mains entre les siennes et un dialogue muet s'installa entre eux. Peu à peu, le vieil homme retrouva sa sérénité. Il lui sourit.

— Toi et moi, ce fut toujours le grand amour! dit Jean-Baptiste d'un ton très doux.

— Je t'aime, papa.

Il baissa les yeux, exerça une pression sur la main de sa fille.

— Monique, (il fit une pose): dès que je me lèverai, je me rendrai chez toi. J'ai à te parler. Yvonne m'a cloué ici. Elle et Fernand me surveillent sans arrêt.

— Tu dois, papa, tu dois te reposer.

— Bah! une simple indigestion! Ce n'est pas la première. J'ai eu le malheur, cette fois, de la faire devant témoin.

— Tu continues de jouer les héros, les infaillibles, orgueilleux!

— Va, on s'étonnerait de te voir ici trop longtemps.

Monique ouvrit son sac à main, en sortit une clochette d'argent, la posa sur la table de chevet, à la portée de sa main.

— Si tu avais besoin de quelque chose, tu n'aurais qu'à l'agiter et Yvonne l'entendra.

— Yvonne et les autres... Je ne suis pas seul, Monique: Fernand et Mathias m'ont aussi à l'œil, ne te tracasse pas. Merci, merci de ta délicate attention.

— N'oublie pas: nous avons rendez-vous.

L'homme ne répondit pas. Il ferma les yeux et il tourna la tête.

Monique sortit à regret. Avant de descendre l'escalier, elle fit une halte, refoula ses larmes, se composa un visage.

Yvonne avait préparé du thé qu'elle servit avec des croquignoles et de la confiture. On parla du bon vieux temps, des jours heureux de l'enfance. On se remémorait les mauvais coups, les fredaines de la jeunesse. Le rire empruntait parfois l'escalier et parvenait en bouffée jusqu'à la chambre de Jean-Baptiste. «Mes enfants, soupira-t-il, mes chers enfants!» Et il s'endormit.

Dans la cuisine où la gaieté fusait pourtant, un certain malaise persistait: chacune regrettait amèrement les reproches faits à Yvonne. On reconnaissait la justesse des paroles de Fernand.

Marie-Anne eut, la première, le courage de demander pardon. Ses sœurs baissèrent les yeux, comme des coupables. Mais, à leur grande surprise, Yvonne dit:

— Ne vous morfondez pas inutilement en explications. J'aurais eu la même réaction. C'est votre peine qui vous dictait vos méchancetés. Fernand aussi le sait. Il fallait bien que quelqu'un de plus raisonnable nous ramène à la raison. Ne vous inquiétez pas pour papa: il reçoit tous les soins et toute l'attention nécessaires. Dès qu'il sera en condition de sortir, je vais le conduire chez un bon médecin.

Monique fit part à Yvonne du cadeau de la clochette qu'elle avait remise à son père. Yvonne ouvrit de grands yeux.

— Tu vois ce que c'est? On croit avoir tout pensé, on se casse la tête pour ne rien laisser passer et on oublie le principal. Je courais en haut dix fois par jour et me levais la nuit, car je craignais qu'il se sente indisposé et ne puisse pas appeler. Tu te rends compte à quel point ton geste me rassure? C'est ça qu'il me manque, à moi, la délicatesse des sentiments: je veux, mais je ne sais pas comment!

— Ne te fais pas de reproches: papa est si heureux, si serein: le fait d'être ici, chez lui, auprès de vous tous, est son plus grand réconfort. Il m'a dit que même Mathias l'a à l'œil. Tu vois?

— Il s'agit maintenant de le convaincre de ne pas hésiter à appeler, quand c'est nécessaire.

La porte ne s'était pas déjà refermée sur le dernier visiteur qu'un tintement se fit entendre. Yvonne sursauta d'abord, puis revenue de sa surprise, grimpa l'escalier à la course.

— J'ai voulu t'enlever l'occasion de me préparer un long sermon sur l'obligation d'utiliser la sonnette d'alarme... Sérieusement, Yvonne, Monique a eu raison, ce machin t'enlevera des soucis inutiles.

— Ouf! Je me sens mieux: mon père a recouvré son sens de l'humour. Il est sûrement sur le chemin de la guérison.

Et sans plus de commentaires, elle s'éloigna.

***

Le soir-même, Colombe relatait les faits à son mari, soulignant l'intervention de Fernand.

— Il semble être un bien bon bougre, celui-là: autoritaire; c'est ce qu'il fallait à Yvonne!

— Étrange, ajouta Colombe, Yvonne n'a pas parlé de testament...

— Saperlipopette! s'exclama Frank, tu n'es pas sérieuse.

Elle baissa la tête: elle se souvenait de l'amère dispute qui avait suivi l'évocation de l'héritage de la famille, des années plus tôt. Pourtant, ça n'avait pas fait mourir ses parents d'en parler! «Pourquoi tant de chichi?» ne put s'empêcher de penser Colombe. «Yvonne est habile, je suis sûre et certaine qu'elle sait à quoi s'en tenir; elle est probablement assise bien confortablement sur le bien de famille. C'est ce qui rend son Fernand aussi susurrant et diplomate. C'était fort habile, ce choix du prénom Jean-Baptiste donné à leur enfant: on flatte papa dans le sens du poil! On le lie avec des attaches familiales, soi-disant par amour, par protection! Que de méticuleuses machinations! C'est dans des circonstances comme celle-ci qu'on voit l'art, l'adresse déployée. Fernand, un bon bougre, quelle dérision! Alors que moi je ne peux même pas m'ouvrir à mon propre mari! Un bon bougre... Il a bien raison. Il a la sagacité, lui, de seconder sa femme!

Colombe bouillait intérieurement. Elle revoyait l'assiette de croquignoles, comme autrefois, les galettes chaudes que la grand-mère Imelda avait interdit à sa mère de leur servir à cause de la forte discussion soulevée par cette histoire de testament. «Des croquignoles payées avec l'argent de papa, servies avec ses manières d'ancienne religieuse, le bec pincé, l'air magistral: depuis qu'elle a jeté le froc aux orties, qu'elle a la jupe retroussée et qu'elle pond des bébés, la sainte nitouche! Et ce qui est encore plus enrageant est qu'elle garde sa taille de guêpe.»

C'était ça qui la rendait malade de jalousie: les maternités d'Yvonne, bien plus que ses croquignoles! «Papa adore les enfants. Comme de raison, il va s'attacher davantage aux siens, il les a toujours sous le nez. Pépère par ici, pépère par là, les croquignoles et la tasse de thé, les petits soins quoi! Il me semble l'entendre dire qu'elle est l'aînée, n'est plus jeune, n'a jamais connu d'autre foyer que cette belle grande demeure ancestrale, patati, patata.

«Ce serait son devoir, aujourd'hui, d'organiser des soirées, comme maman le faisait, de nous réunir tous, puisqu'elle habite la maison familiale. Mais non, elle économise, sans doute pour grossir le magot qui lui reviendra de droit puisqu'elle s'occupe de son vieux père!...» Colombe n'en finissait plus de pester intérieurement contre sa sœur.

Frank la regarda, lui parla. Elle n'entendait pas. Il voyait ses lèvres remuer: elle écumait intérieurement. À nouveau, il la pria de lui servir un café. Il dut se rendre à l'évidence, elle était à cent lieues. La tempête intérieure menaçait de durer. Il se leva et se dirigea vers la cuisine en hochant la tête.

***

Lorsque Julie apprit que son grand-père était cloué au lit par la maladie, elle téléphona à Yvonne et lui demanda si elle pouvait lui faire une visite: « Oui, à condition que tu n'aies que des choses gaies à lui raconter: il est très fatigué», avait répondu Yvonne.

***

Julie s'installa sur le bord du lit et regarda Jean-Baptiste dans les yeux.

— Qu'est-ce qui vous arrive, grand-père? On se paye le luxe d'être malade?

— Bien piètre luxe...

— Il ne faut surtout pas vous laisser accabler. J'ai

une heureuse nouvelle à vous apprendre. D'abord, il faut me promettre de vous bien soigner et de guérir vite, car vous serez arrière-grand-père et je tiens mordicus à la photo des quatre générations.

— Et cette maternité?

— Heureuse, grand-père, très heureuse. Nous nous marions, Luc et moi. Nous avons attendu, histoire de bien réfléchir et de nous assurer que nous nous marions par amour et non par obligation. Une réception intime, sans fla-fla. Nous n'interromprons même pas nos études. Maman est aux anges.

— Et... cette histoire de drogue? demanda Jean-Baptiste en hésitant.

— Une histoire montée en épingle! J'ai tout juste fumé deux joints de mari. Maman, à force de questions plus loufoques les unes que les autres, m'a tiré les vers du nez! J'ai tellement regretté de lui avoir avoué ça! Elle en a fait tout un drame!

— Mets-toi à sa place: ça pourrait être grave, dans ta condition surtout. Mais c'est inutile de rabâcher sur le sujet, puisque tu es maintenant une fille avertie. Et quelle fille! Je t'aime bien, Julie. Ta délicatesse me touche. Je sais que tu seras heureuse.

— Alors? Je l'aurai, cette photo?

— Je te le promets.

— Juré?

— Juré. Je me ferai très beau pour la circonstance.

— Vous êtes le plus adorable de tous les grands-pères du monde!

Au moment de partir, elle lança joyeusement:

— N'oubliez pas: soignez-vous bien.

— Promis, coquine.

Chapitre 19

Pendant que sur Côte-Vertu, Jean-Baptiste se remettait de sa maladie, rue Du Hameau, son ennemi juré, Onésime, mettait au point un plan diabolique de vengeance.

Puisque l'amour de l'enfant lui semblait acquis, il pouvait mettre à l'exécution ses projets. Chaque fois qu'il était en présence de son fils, il faisait miroiter à ses yeux le merveilleux du plaisir d'évasion que procurent les voyages, le charme de l'inconnu, et il l'entretenait d'histoires merveilleuses qu'il avait vécues à l'étranger.

— Tu en as, de la chance, Monsieur Gratton, avait dit un jour Mathias, en soupirant. Moi, je suis rivé ici. Ma famille ne me permettrait pas de vagabonder ainsi.

— Ta famille, ta famille, tu as droit à tes ambitions personnelles, non?

— Oui, mais avec eux! avait répondu l'enfant, avec un mouvement d'impatience.

Onésime comprit alors qu'il devait changer de méthode. Il n'était pas question d'indisposer l'enfant. Pour que la vie lui valût vraiment la peine d'être vécue, il lui fallait la présence de son fils. Puisqu'il projetait d'éliminer tous ceux qui se mettaient en travers de sa route, la famille cesserait d'être un obstacle. Tout à coup, il sourit: une idée du tonnerre venait de lui traverser l'esprit. Si Jean-Baptiste et Yvonne disparaissaient, il pourrait, s'adresser à Fernand, lui réclamer son fils. Restait à savoir ce que cette sotte d'Yvonne avait bien pu raconter au sujet du père de son enfant? «Elle est sotte, mais sûrement pas assez franche pour lui avoir tout dit... Il ne me connaît pas: je pourrai l'endormir avec une histoire probante. Il a déjà un autre mioche. Il serait sans doute fort satisfait de n'avoir pas à s'encombrer de l'enfant d'un autre... Pourquoi, fiacre! n'avais-je pas pensé à ça plus tôt? Voilà ce qui simplifie de beaucoup la situation.»

Infatué, Onésime souriait. Après tout, le gars lui avait déjà une fois confié la garde de l'enfant. Ils ne s'étaient pas rencontrés, mais la conversation téléphonique avait été assez amicale.

«Qui sait? Peut-être le jeune Mathias est-il déjà couché sur le testament de l'aïeul!... Ce serait plus-que-parfait! D'abord un grand malheur doit arriver. Ensuite, je devrai consoler le petit, obtenir sa garde temporairement, lui faire découvrir à travers mes paroles qu'il est mon fils, m'expliquer avec l'autre... Je choisirai cet instant pour éloigner Mathias et établir entre nous des liens solides. Un long voyage servirait bien ma cause. C'est grand, le Québec. Le choix des destinations ne manque pas. Le tout devra se passer dans le calme. L'important sera de savoir faire régner un climat de confiance totale. Il serait sage que je me procure une voiture au plus tôt. Oui, c'est là la première chose à faire. J'irai, dès cette semaine, j'irai m'acheter une automobile.»

À la porte d'entrée, Mathias se désespérait: il frappait mais n'obtenait pas de réponse. Il se hasarda à ouvrir la porte: celle-ci n'était pas verrouillée. Il entra. Onésime, assis dans son fauteuil, la tête appuyée sur le dossier, les yeux fermés, était perdu dans ses pensées.

L'enfant prit sa flûte et, volontairement, fit entendre des sons aigus. Onésime sursauta. Mathias pouffa de rire devant l'air ahuri de l'homme.

— Je t'ai fait peur, monsieur Gratton?
— Insolent!
— Que veux dire le mot *insolent*?
— A-t-on idée d'effrayer ainsi les gens?

— Il faut bien réveiller le professeur endormi!

Mathias essuya le bec de sa flûte et entonna un air joyeux. Il y avait un rire dans ses yeux moqueurs.

— Du sérieux, vieille branche. Contrôle ton souffle: il te faut trouver le bon degré de respiration. Surveille le jeu du pouce, fais-le intervenir... C'est ça... Maintenant, le trou arrière pour rendre un octave plus haut... Bien, c'est bien. La flûte est un instrument gai: applique-toi à jouer harmonieusement... Ça va, c'est très bien.

Et Onésime, de sa main, battait la mesure. Lorsque Mathias rentra chez lui, ce soir-là, il aurait aimé répéter sa leçon pour le plaisir de Caruso, mais puisque grand-père dormait, il s'abstint.

***

Onésime se leva tôt, déjeuna et se rendit ensuite chez un concessionnaire de Chevrolet, qui se trouvait dans les environs. Il erra à droite et à gauche dans la salle de montre, jetant un coup d'œil aux voitures. Il eut une pensée pour la limousine qui avait fait autrefois sa fierté et lui avait servi de cercueil. Un sourire cruel se dessina sur ses lèvres.

Il choisirait une automobile simple, de couleur neutre, rien qui pût attirer l'attention. Il s'étonnait qu'on ne vînt pas vers lui pour le servir. Soudainement, il pensa à son accoutrement: «Je ressemble à un pauvre gueux. Je n'inspire pas confiance... On ne me reconnaît pas, c'est formidable!» Ça le rendit de belle humeur. Il arrêta son choix sur une voiture à prix modique, puis s'avança vers un vendeur et lui dit:

— Elle est à vendre cette voiture?

— Oui, répondit l'autre, d'une voix sans conviction.

— Elle est donc pour moi. Vous voulez bien préparer le contrat de vente?

L'indifférent se leva, devint subitement affable, voire révérencieux.

C'est alors que l'attention d'Onésime fut attirée par une fille longue et sèche, tout à fait comme il les aimait. Elle se trouvait non loin, dans un bureau aux cloisons de verre et gesticulait devant un homme à l'allure autoritaire d'un patron. Onésime avisa la porte de ce bureau, sur laquelle il lut: gérant des ventes.

S'adressant au vendeur, il lui dit: «Entrons là tout de suite discuter de prix. Je suis pressé.»

— Bien, dit l'homme. Vous payez comment, vous désirez un plan de financement?

Le directeur leva la tête et la fille, aux yeux effrontés, promena, sur Onésime, un regard qui alla de la tête aux pieds.

— Non, merci, pas de finance, je payerai comptant.

Le vendeur sortit son crayon, le gérant afficha un large sourire et la fille s'amadoua.

— Croyez-vous que j'ai fait un bon choix, mademoiselle? Regardez, c'est celle-là, d'un beau gris métallique, risqua Onésime, à l'adresse de la fille.

Celle-ci émit un sifflement.

— Et... la vôtre, laquelle est-ce?

Ramené à la réalité par son vendeur, Onésime regarda la facture. Il grogna un peu; on lui fit un meilleur prix. Onésime prit le stylo qu'on lui présentait et dans sa nervosité écrit son prénom véritable. Ce faisant, il éclata de rire, raya le prénom et, cette fois, écrivît: Charles-Omer Gratton. Le contrat était signé.

— Qu'est-ce qui vous amuse ainsi?

— Oh rien! Un souvenir. J'allais, par erreur, inscrire le nom de mon père, à qui je pensais...

Les deux hommes s'entendirent sur le moment où il reviendrait chercher la voiture et Onésime déposa, sur le bureau du directeur deux beaux billets de mille dollars en soulignant qu'il règlerait le solde dès sa prochaine visite.

Les yeux de la fille s'écarquillèrent. Voyant Onésime sur le point de partir, elle le suivit et dit au vendeur qu'elle repasserait le lendemain. Ils échangèrent quelques mots. Cinq minutes plus tard, ils roulaient dans la voiture de mademoiselle.

— Mon prénom est Clémence.
— Tu as un nom qui inspire confiance.
— Vous ne m'avez pas dit le vôtre.
— Je m'appelle Bossuet.
— Quel drôle de nom.
— Tu trouves?
— C'est un nom rare. Qu'est-ce que vous faites, dans la vie?
— Je suis artiste.
— J'aurais dû y penser. Peintre, alors?
— C'est à peu près ça, oui. Et toi?
— Je danse.
— Solo?
— Pardon?
— Seule?
— Oui, seule. Si vous préférez en groupe, ça peut s'arranger... On va chez vous?
— Penses-tu? Et ma femme... Tu as bien un petit coin, quelque part?

Dès que le feu de circulation passa au vert, la fille prit la direction du centre-ville.

***

Dans l'escalier qui menait à l'appartement de Clémence, Onésime frétillait. La vue du fessier qui se dandinait devant lui à chaque marche le rendait polisson. Déjà, ses mains se faisaient entreprenantes. La fille devenait de plus en plus folichonne. Elle s'énervait, fouillait dans son sac, ne trouvait plus sa clef. Onésime prit le sac des mains de Clémence, le retourna, le vida sur le perron, saisit la clé et ouvrit la porte. La fille roucoulait. Elle n'eut pas le loisir de se rendre jusqu'au divan qui servait de lit. Le petit bout de jupe fut littéralement arraché, le slip suivit. Onésime s'empêtra dans son pantalon bouffant et, enlacés, ils roulèrent sur le tapis crotté. Onésime braillait de plaisir. La période de continence avait trop duré.

— Eh!, dis donc, toi, ça fait longtemps que tu n'as pas grimpé! Sors-tu de tôle? Onésime frappa la fille en plein visage, la renversa sur le dos et, cette fois, elle le supplia de se calmer. La bousculade dura jusqu'à ce que l'homme se laissât enfin choir, épuisé.

— Tu as de quoi bouffer? demanda-t-il.

— Si tu manges autant que tu forniques, tu vas vider mon frigo.

— Prépare-moi une salade et un café.

— Monsieur a-t-il d'autres désirs? Monsieur se croit au Hilton?

— Tu parles trop. Agis.

La fille se leva, fit une révérence.

— Si j'avais un bain, je le remplirais de mousse pour mon seigneur.

Onésime ferma les yeux et s'assoupit. Lorsqu'il les ouvrit, la fille était sortie. Une note laissée sur la table expliquait: *Attends-moi. Je reviens avec le banquet.*

Onésime se précipita, fouilla dans ses poches. Ses craintes se dissipèrent: son portefeuille était là. Pourtant, Clémence avait pris un billet de vingt dollars, qu'elle avait remplacé par un bout de papier sur lequel elle avait écrit: *Vingt dollars pour la mangeaille.*

— La pute est honnête. Je devrais la gâter un peu: elle n'est pas mal tournée et assez docile. Ce n'est pas à dédaigner.

La fièvre le gagnait à nouveau. Et il passa trois jours

et trois nuits dans la mansarde, car, au menu, Clémence avait ajouté deux de ses copines. Le banquet dégénéra en partouze.

Onésime sursauta lorsqu'il se souvint que le soir, son fils devait venir pour une leçon de musique. Il fit ses adieux à la belle, se montra généreux et promit de revenir. Il allait sortir, lorsqu'il revint sur ses pas.

— C'est sérieux, cet achat de voiture?
— J'aimerais... La mienne tombe en ruines, mais c'est cher et je n'ai pas l'argent.
— On verra, on verra. Si tu es sage, très sage.

***

Ce soir-là, Mathias trouva son professeur nonchalant et distrait.

— Qu'est-ce qui se passe, Monsieur Gratton? Tu bailles sans cesse. Es-tu fatigué? Tu es changé, différent, mou comme une guenille.

Onésime s'esclaffa. Il riait à s'en tenir les côtes.

— Tu me trouves mou?
— Oui, tu as peine à rester assis droit.
— Comme tu dis, je suis mou, mou.

Et la crise de rire le reprit de plus belle. Mathias se sentait déconcerté. Onésime se leva, monta à sa chambre et redescendit, tenant à la main une flûte de bois de poirier.

— Ça, mon petit vieux, c'est de la flûte! Ce qui se fait de mieux! Joue un air, celui que tu préfères.

Mathias remercia des yeux. Sa joie se manifestait dans son regard. Il s'assit, passa le haut d'un doigt sur les veines du bois, le cœur battant.

Onésime, troublé par l'émotion que semblait ressentir son fils, revit comme en un éclair, la sienne, sa réaction vive, autrefois, lorsque le curé lui avait fait le même cadeau. Il balbutia tendrement:

— Joue, va, joue un air. Fais-le pour moi.

Mathias gardait les yeux baissés, caressait l'instrument. Il se leva, s'élança vers Onésime, se laissa tomber sur ses genoux et, l'étreignant à l'étouffer, lui dit d'une voix pleine de trémolos:

— Je pense que tu m'aimes bien fort, toi aussi. Même si tu me traites de vieille branche, que tu me corriges tout le temps... tu m'aimes. Ça te gêne de me le dire, mais je le sais. J'aime cette flûte. Ne te fâche pas, Monsieur Gratton, mais je veux garder l'autre...

Voulant cacher son émotion, Onésime retint l'enfant contre lui. Il ferma les yeux, s'efforçant de prendre un visage impassible. Mathias se débattit, se sortit de l'étreinte.

— Ouf! Tu m'étouffes, monsieur Gratton. On ne serre pas un homme dans ses bras, comme ça! C'est indécent. On fait ça à un bébé.

— Toi, petite peste, retourne à ta pratique.

— Pourquoi as-tu dépensé tes sous pour m'acheter une flûte neuve?

— Ne t'avais-je pas promis une surprise? Cette flûte est de meilleure qualité.

— Peut-être, mais l'autre me connaît.

Mathias prit son instrument et emplit l'air d'une douce mélodie. Quand il eut terminé, Onésime prit la flûte de poirier. Le père et le fils interprétèrent leur premier duo. Les yeux de l'enfant pétillaient de joie.

Dans les jours qui suivirent, Caruso eut à entendre des airs nouveaux: le *Pater Noster*, l'*Ave Maria* et le *Magnificat* faisaient partie du nouveau répertoire du jeune musicien, ce qui réjouissait Yvonne. Indéniablement, Gratton y gagnait un peu plus, chaque jour, en bonnes grâces, auprès des membres de la famille.

Le lendemain, Onésime se leva très tôt. Il prit son baptistaire, le plaça dans son portefeuille, appela un taxi et se rendit au bureau des véhicules automobiles.

Il passa l'examen d'usage avec brio et obtint son permis. Onésime riait sous cape. Il s'émerveillait. Voilà qu'il était devenu un honorable citoyen qui tenait en main fortune et pièces d'identité. On ne pouvait plus rien lui reprocher. Tout lui était dorénavant permis et possible. Il rêva d'une longue promenade, seul avec son fils. Cette pensée le fit frémir. «Bientôt, ce sera bientôt», se dit-il.

***

Depuis de nombreux jours, Jean-Baptiste gardait la chambre, Yvonne insistait pour qu'il se reposât. Il refusait de voir le médecin, mais accepta de s'astreindre à une diète. À part ses traits tirés, il semblait bien se porter.

Au bout d'une semaine au cours de laquelle elle avait eu beaucoup de difficultés à convaincre son père de se ménager et de dormir abondamment, Yvonne, ennuyée, sentit le besoin de se plaindre à son mari.

— Il a une tête de mule, parce qu'il n'a jamais été malade, il se croit éternel.

— C'est connu: les personnes âgées se butent à refuser de discuter de leur état de santé. Sois patiente, attends qu'il ait repris ses forces; peut-être qu'alors il se montrera plus raisonnable.

— Si quelque chose de grave arrivait à papa, toute la famille me tiendrait responsable.

— C'est ridicule. Ton père est bien auprès de nous; le seul fait de demeurer ici, où il a passé la majeure partie de sa vie, est toute sa raison de vivre. Je ne le vois pas hospitalisé. Ça le ferait mourir. Ça m'étonne que tes sœurs ne s'en rendent pas compte. Il est heureux: c'est ça l'important.

Yvonne attendit que Fernand se fût endormi, puis se leva et se rendit à la chambre de son père. Malgré ses efforts pour ne pas faire de bruit, elle ne pouvait éviter de faire craquer le plancher sous ses pieds. Jean-Baptiste savait que sa fille venait. Il ferma les yeux, simulant le sommeil. Il attendit. Quand il crut qu'elle s'était endormie, il se leva, et à pas de loup, descendit à la cuisine. Jean-Baptiste avait faim! Il prit un bol, y brisa du pain, le mouilla de lait et de cassonade. Il s'installa dans sa berceuse, et éclairé par un pâle rai de lune, comme un petit garçon coupable, se rassasia.

Il en avait marre de passer ses jours au lit, comme un impotent, à roupiller! La nuit lui avait toujours plu, avec ses bruits et ses silences insolites. Ce soir encore, Jean-Baptiste entendait le chant régulier du mouvement de l'horloge, mesurant la vie de chacun.

***

Jean-Baptiste faisait les cent pas sur la galerie. Lorsqu'il entra, Yvonne lui apprit que Lucien avait téléphoné et désirait le voir.

— Je lui ai dit qu'il devrait se déplacer, qu'il n'était pas question pour toi de prendre la route. Il devrait bientôt être ici.

Jean-Baptiste n'eut pas le temps de dire quoi que ce fût. La sonnerie du téléphone retentit à nouveau. Yvonne décrocha.

— J'écoute...
— Allo, Yvonne!
— C'est toi, Henriette? Tu, te, tu...

Jean-Baptiste faisait des signes désespérés à Yvonne, l'incitant à se taire.

— Qu'as-tu à balbutier ainsi? Papa serait-il moins bien?
— Que vas-tu chercher là? Je m'étonne, tout simplement, tu es la seule à ne pas avoir pris de ses nouvelles depuis...

— Laisse tomber les reproches, veux-tu? J'ai assez de mes propres peines. Comment est papa?

— Veux-tu lui parler? Il est près de moi.

Le père s'entretint avec sa fille, la pria de venir lui rendre visite mais le lendemain seulement. Jean-Baptiste raccrocha, l'air pensif.

— Ça ne tourne pas rond, cette histoire. D'abord Lucien, puis sa femme, tout ça en moins de vingt minutes. Pour l'amour, que se passe-t-il?

— Veux-tu être gentille, Yvonne, vraiment gentille? Quand Lucien arrivera, monte là-haut, afin qu'il soit à son aise, car, comme toi, je crois qu'il y a tempête sous le soleil.

— Sans doute un problème de ménage. Je me demande pourquoi on te mêle à ces histoires. Tu viens toi-même d'essuyer bien des déboires: ces mortalités répétées, ce long voyage, puis cette mauvaise indigestion. On devrait te laisser le temps de te refaire une santé, avant de venir pleurer sur tes épaules!

— Yvonne, Yvonne, quel verbiage! Choisit-on l'heure de ses peines?

Au moment où Jean-Baptiste terminait sa phrase, le timbre de la porte d'entrée retentit. Yvonne alla ouvrir, salua froidement Lucien, prit son fils dans ses bras et monta l'escalier.

Jean-Baptiste pria son gendre de le suivre au salon. Il ferma doucement la porte derrière lui.

— Ainsi, nous serons tranquilles.

Lucien, embarrassé, exposa son problème sans conviction. Son discours était vague, touchait la société en général. On eût dit qu'il plaidait l'affaire d'autrui. Jean-Baptiste n'était pas dupe du stratagème. Yvonne avait vu juste: la vie de ménage de sa fille Henriette était en jeu. Il ressentait un grand malaise à écouter les confidences de Lucien. Il aurait dû prévoir ça. Il se promit de bien mesurer ses paroles: «Lucien est un bon garçon, honnête et sincère. Je ne crois pas qu'il aurait la méchanceté d'interpréter mes paroles en sa faveur. Puisqu'il est venu vers moi, je l'écouterai jusqu'au bout.»

Lucien continuait son exposé, l'air mal à l'aise:

— La gangrène... une plaie sociale... tous en sont donc atteints? Aucune famille n'y échappe? Pas même les mieux structurées, les plus heureuses! L'égoïsme, l'oubli de ce que fut l'autre, les luttes communes, les épreuves et aussi les joies partagées: plus rien ne compte. Les ambitions personnelles font place à celles du couple. On agit, comme si on ne s'était jamais aimés. C'est la course au faux bonheur, à l'illusion. On ne regarde plus son conjoint dans les yeux; on a même plus cette franchise: toute camaraderie se volatilise. Et c'est la gêne, une gêne malsaine, oppressante qui empêche tout dialogue, toute discussion. Alors, on dérive, chacun de son côté. Quand on s'en rend compte, il est trop tard, beaucoup trop tard. L'irréparable est fait.

Lucien baissa la tête, accablé.

— Dis-moi, sérieusement, tu n'avais pas prévu ça? Il s'est sûrement passé quelque chose entre vous deux, une dispute, une mésentente, je ne sais pas quoi au juste, mais il me semble qu'on ne se réveille pas un bon matin le cœur chaviré au point de jeter tout un passé par dessus bord.

— Nous avions certains problèmes, bien sûr, comme tous les couples, je suppose.

Le ton hésitant, le regard absent de l'homme, qui semblait voir bien au-delà de l'instant présent, laissèrent Jean-Baptiste perplexe. Il connaissait assez la vie et les êtres pour sentir que son gendre ne disait pas tout. C'était toujours ainsi. Lors des grandes épreuves, on se confiait avec réserve, avec réticence, on n'allait pas au fond de sa pensée, de sa peine. Oui, Jean-Baptiste le savait, il savait que ce que l'on taisait était ce qui faisait le plus mal.

Jean-Baptiste ne voulait pas qu'on en vînt là. Le silence pesait lourd. Aussi s'aventura-t-il à dire:

— Quand as-tu compris?

Lucien s'agita sur sa chaise, inconfortable. De fait, le plus grave n'avait pas été avoué. Jean-Baptiste le regardait intensément, le suppliant presque de se libérer de ce poids qu'il avait sur l'âme.

— Je l'ai toujours su!

Jean-Baptiste sursauta. Il savait?

— Ça fait mal, hein! Monsieur Gagnon?

Jean-Baptiste se contenta de hocher la tête.

— Ça fait mal d'avoir à creuser jusqu'au fond de son âme pour découvrir ses propres erreurs, ses propres faiblesses. Ça fait mal d'avoir à admettre ses fautes, d'avoir à les confesser. Et par ricochet on blesse les autres.

Lucien se cachait le visage dans les mains. Il semblait accablé. Jean-Baptiste aurait aimé lui dire: «Parle, mon fils, vide ton cœur.» Mais il ne le pouvait pas: il aimait bien Lucien, comme s'il eût été son propre enfant, mais ces mots, il les garderait pour sa fille. Lucien venait de s'avouer coupable d'une faute grave, sans l'avoir définie, et Jean-Baptiste n'avait plus de pensée que pour sa fille. Il ne devait plus insister, provoquer la confidence. La détresse et le chagrin le gagnaient à son tour. Il avait peur d'entendre la suite.

Ils étaient tous les deux consternés, se sentaient unis par la souffrance. Lucien s'exclama:

— C'est ce voisin maudit, Jacques Ruest.

«Non!», faillit crier Jean-Baptiste. Pas Henriette, pas sa fille! Pas elle, surtout, si dévouée, toujours prête à rendre service. Il se cramponnait à sa chaise, se mordait les lèvres pour ne pas protester avec fureur. Lucien poursuivit:

— Au début, je n'y ai vu que du feu. Sa femme fut longtemps malade avant d'être emportée par un cancer. Nous nous sommes efforcés de l'aider, de le soutenir.

Henriette passait ses journées à s'occuper des enfants de Monsieur. Elle passait ses journées là-bas, chez lui. Après le décès, je crus que la situation reviendrait normale, mais...

Un silence se fit. Jean-Baptiste comprenait tout: et le passé et le présent et, il le craignait, l'avenir. Henriette avait depuis toujours rêvé d'avoir une famille bien à elle. Elle adorait les enfants. Sa décision était probablement irréversible!

Lucien avait expliqué. Il passait maintenant à l'autre étape des confidences: il avait accusé; il lui fallait maintenant se disculper.

— J'ai tout fait, monsieur Gagnon, pour que nous ayons une vie heureuse et confortable: j'ai acheté une maison de rêve, je l'ai meublée à son goût, je l'ai payée... Je ne lui ai jamais rien refusé...

«Voilà! songea Jean-Baptiste: toujours la même rengaine. Monsieur n'est pas coupable, monsieur a été bon, il a fait son devoir, a rempli ses obligations matérielles, mais les autres, les obligations morales, la compréhension, la douceur, le soutien, la tendresse?»

Lucien continuait de se donner des coups d'encensoir. Bien sûr qu'il savait que sa femme souhaitait avoir des enfants, mais il n'avait jamais rien fait en ce sens. C'est que leur vie était si confortable: ils pouvaient pratiquer le sport, voyager, s'absenter sans inquiétude d'aucune sorte. Comment sa femme pouvait-elle le laisser tomber, lui, le mari idéal?

Jean-Baptiste faillit répliquer que la séparation, la brisure, lui fournirait bientôt toutes les réponses à ses questions: l'occasion lui serait donnée de goûter à la solitude dans toute la force du mot, Lucien comprendrait alors le grand vide qu'avait connu sa femme. Un peu plus de générosité, un peu moins d'égoïsme et il aurait connu une vie pleine. Jean-Baptiste se taisait, s'efforçant de demeurer objectif, mais ne pouvait s'empêcher de voir à quel point Lucien s'apitoyait sur son propre sort. Il ne parvenait pas à comprendre comment un couple pouvait espérer réussir à s'épanouir pleinement sans la présence d'un enfant.

— Vous parlerez à Henriette? Promettez-moi de lui faire entendre raison, je l'aime tant! Vous avez beaucoup d'autorité sur vos filles...

«Bla-bla-bla!» faillit s'exclamer Jean-Baptiste. Il se contenta de lever la main. Il connaissait la chanson. La flatterie n'était pas son fort!

— Bien sûr, bien sûr, je parlerai à Henriette. Ta femme est devenue une grande fille, Lucien; ne compte pas trop sur l'ascendant que je pourrais avoir sur elle.

— Merci de m'avoir écouté. Vous êtes la seule personne à qui je pouvais me confier.

Jean-Baptiste tendit la main. L'entretien devait se terminer.

Lorsqu'il se retrouva seul, il se dirigea vers sa berceuse. Il prit sa pipe, qui traînait sur le rebord de la fenêtre, il s'appuya la tête et ferma les yeux. Sa peine était grande.

***

La visite de sa fille Henriette prit une toute autre tournure que celle de Lucien. Elle ne chercha pas à se disculper, ni à accuser. Henriette s'excusa de la peine qu'elle allait causer à son père. Elle lui apprit qu'elle quittait son mari. Les choses furent dites simplement, en termes nets et précis.

Son père essaya de l'interrompre: il voulait l'informer de la visite de son mari, mais elle plaça le bout de ses doigts sur la bouche de Jean-Baptiste. Il sourit. Elle faisait ce geste, autrefois, lorsqu'il la réprimandait.

Oui, elle quittait Lucien, allait vers un autre. Elle n'agissait pas sur un coup de tête: elle avait passé l'âge de l'amour passionné et fou. Son geste était réfléchi, sa décision irrévocable.

— J'ai bien pesé le pour et le contre de ma décision, je sais que j'y perdrai par certains côtés et que j'y gagnerai par d'autres. Jacques est un chic type, plein de cœur. Pourtant, il n'a pas le fini ni la classe de Lucien. Il n'est pas fortuné: ses revenus sont moindres que ceux de Lucien et ses obligations, plus nombreuses. Je devrai l'aider à boucler les fins de mois. Je quitterai un home confortable, et devrai dire adieu au golf et au tennis. Sois rassuré, papa: puisque je quitte Lucien, je ne lui demande rien. Pour le moment, il est en furie. Ça lui passera. Je ferait tout pour demeurer, pour lui, une amie, sur laquelle il pourra compter en tout temps. Ah! ça ne se passera pas ainsi en criant ciseau: la rupture sera pénible.

Elle se tut, baissa la tête et confessa:

— Je l'aime toujours, papa. Mais je m'ennuie, je m'ennuie à en mourir. Nous avons une vie monotone, égoïste et vide. Nous passons nos soirées en silence car, dès que nous avons parlé température et résultats obtenus sur les greens, nous plongeons le nez dans la lecture jusqu'à l'heure d'aller dormir.

Henriette soupira. Elle en venait, Jean-Baptiste le sentait, aux aveux les plus pénibles, ceux qui émanent directement de la profondeur de l'âme. Il admirait sa fille pour sa droiture et sa sincérité. Les conflits du cœur sont si amers, ils font tellement mal!

— Papa, j'ai toujours désiré avoir une grande famille. Peut-être ai-je toujours eu à l'esprit, plus ou moins consciemment, votre beau roman d'amour, à maman et à toi. Pendant les dix premières années de notre union, je me suis contentée d'espérer, puis je me suis confiée à Lucien. Il remettait à plus tard. L'hypothèque, les versements sur la voiture, puis sur une autre voiture, tout servait de motif pour ne pas avoir d'enfant. Je compris, avec le temps, que les raisons évoquées étaient en réalité de simples prétextes. Je me repris à espérer, quand Marie-Anne perdit son mari. Je voulais adopter son fils. Plus tard, j'eus le même désir quant au jeune Mathias. Lucien ne s'opposait pas à ces idées, pour la forme. Il savait, au fond de son cœur, que mes sœurs n'accepteraient pas. Il exigeait que l'adoption se fasse en bonne et due forme. J'en étais rendue à ne plus vouloir me trouver en face de jeunes enfants. Peu à peu, je me résignai. Lucien se faisait généreux, tentait par tous les moyens de combler le vide. C'est un bon garçon, un bon mari... c'est ce qui rend la situation si pénible.

Elle se tut un instant, regarda au loin, et enchaîna:

— Puis, un voisin perdit sa femme, qui fut longuement malade. Au cours des longs mois d'hospitalisation de son épouse, je me rendais chez Jacques, où je m'occupais de la marmaille. Papa! je connus là de si grandes joies! Je me sentais utile, aimée: on s'accrochait à moi avec des yeux illuminés par la tendresse. En quelques mois, ma vie se métamorphosa. La solitude à deux devint intolérable! Je compris l'égoïsme de Lucien, je me sentis si seule auprès de lui. L'amour que je mettais à préparer ses repas ne touchait pas son cœur, mais flattait son ego et son estomac. Nos nuits devinrent froides, comme son cœur de marbre... Par ailleurs, j'appris à aimer Jacques, cet homme qui vivait pour les siens, comme, autrefois, mon père, généreux et bon.

Henriette se blottit dans les bras de Jean-Baptiste et sanglota. Il entoura sa fille de ses bras. Ils demeurèrent ainsi, enlacés, de longues minutes. Le père se réjouissait qu'elle ne pût alors voir les larmes qui inondaient son vieux visage.

Que pouvait-il lui dire? Il posa une main sur sa tête, caressa ses cheveux. Elle sentit que son père comprenait. Peut-être n'approuvait-il pas, mais il comprenait: en somme, sa fille, son Henriette n'était pas venue vers lui pour solliciter son aide; elle était venue le prévenir, sans doute pour adoucir sa peine, lui éviter des tourments. Son geste lui avait été dicté par la piété filiale, sans respect humain. Bref, il s'agissait d'un geste de loyauté.

— Henriette, dit Jean-Baptiste, en collant sa tête contre la sienne, je savais déjà.

Il la sentit frémir. Il resserra son étreinte. D'une voix douce, il murmura:

— Lucien est venu me voir. Il m'a prévenu.

Alors, elle pleura. Le père n'accabla pas son gendre. Il ne dit pas que ce dernier avait sollicité son appui et son intervention. D'une voix tremblotante, Henriette ajouta:

— Ça ne m'étonne pas: il vous aime beaucoup. Il est venu vers vous comme on va vers un père compréhensif et bon. Il ressentait sûrement un grand besoin de se confier. Jamais, vous ne pourrez imaginer le courage qu'il m'a fallu pour venir vous avouer toutes ces choses. Ce fut sans doute aussi très pénible pour lui et... vous êtes malade, ce qui ajoute à mon tourment.

— La dyspepsie n'a jamais tué personne, jeta Jean-Baptiste, câlin.

Henriette murmura:

— Papa...

— Oui, ma grande fille.

— Le pire n'est pas dit.

À nouveau, elle sanglota et, cette fois, si fort, que Jean-Baptiste prit peur. Il attendit, le cœur serré. Henriette se dégagea de son étreinte, leva le visage vers lui, un visage inondé de larmes. Ses yeux brillaient. Dans un pâle sourire, où se mêlaient la fierté et la gêne, elle confia, d'une voix brisée:

— Je vais avoir un enfant! Lucien ne le sait pas encore.

Alors, Jean-Baptiste pleura aussi.

Henriette, de ses deux mains, pinçait les joues de son père et répétait:

— Tu te rends compte, papa? Je vais avoir un enfant, un bébé, à moi, bien à moi!

Jean-Baptiste entendait encore résonner les mots *Lucien ne le sait pas encore*. «Elle associe Lucien et l'enfant dans ses pensées. Comme elle a dû souffrir! Car elle aime encore cet homme. Ce n'est pas lui qu'elle fuit, c'est son égoïsme et la solitude.» Mais il se garda bien d'émettre sa pensée tout haut.

Lorsqu'ils quittèrent le salon et se dirigèrent vers la cuisine, ils croisèrent Yvonne.

— Mon Dieu! Papa! s'exclama-t-elle. Vous êtes tout bouleversé.

— Papa t'expliquera. Ne sois pas inquiète, Yvonne... Je suis enceinte.

— Ah! s'exclama l'autre. Et Lucien ne veut pas d'enfant? C'est ça, votre chicane de ménage?

— Papa t'expliquera, répéta Henriette.

Elle les embrassa et sortit. Elle semblait allégée d'un grand poids.

Yvonne se tenait devant son père, les yeux pleins d'interrogations.

Jean-Baptiste choisit ses mots. Lentement, il expliqua l'essentiel de la situation.

— Juste ciel! Mais elle ne pourra jamais marier ce veuf!

— Et alors?

— Elle est catholique!

— Et alors?

— Ben...

— Parfois, il faut s'en remettre à Dieu, mais en tout temps on doit éviter de voir la paille dans l'œil du voisin et...

Il se tut. Yvonne avait compris. Elle baissa la tête, gênée. Son père l'avait ramenée sur terre, sans la

sermonner. Il laissa passer quelque temps et ajouta:
— Ce secret ne nous appartient pas, il ne faudrait pas le dévoiler avant qu'Henriette ne le fasse elle-même.
— Et Fernand?
— Fernand est ton mari.

Jean-Baptiste sentit soudainement le besoin d'être seul. Il se rendit à sa chambre. Il voulait repenser à tout ça. «Comme les choses changent, à un rythme fou! Ça finira comment, ce bouleversement dans les mœurs? Il n'y a plus de sujet tabou; les enfants confient leurs liaisons à leur père, comme si de rien n'était! Henriette commet l'adultère, se réjouit d'être enceinte, me crie sa joie, sans aucune gêne! Et moi, je me réjouis avec elle! C'est le monde à l'envers!»

Il revoyait, comme si ça s'était passé la veille, la scène qu'avait faite Marie-Reine quand elle avait appris la grossesse d'Yvonne. La bouchée n'avait pas été facile à lui faire avaler. Imelda et lui-même étaient alors d'une autre génération et avaient su accepter plus facilement. «C'est l'âge... on perd la force de lutter, de se débattre. Alors, on concède plus aisément. À trop concéder, à trop pardonner, on finit par devenir complice: la complaisance, l'indulgence coupable!»

Il grimaça: c'était ça, la société en évolution. Consciemment ou pas, chacun y participait, à sa façon. «Je suis trop vieux pour réformer le monde. Il se passerait bien de moi. Je ne suis qu'un vieux croulant sans autorité. Marie-Reine s'est évertuée à sauvegarder les traditions, tout au long de sa vie. Les gens ne retiennent que ce qui fait leur affaire: leur petit bonheur. Et ça choque le petit bourgeois que je suis, bourré d'idées toutes faites, de préjugés. Il ne me reste plus qu'à écouter, puisque je ne suis bon qu'à ça, et à me la boucler!»

Il enleva ses souliers, s'étendit sur son lit. Comme tant de fois, il regarda, sans les voir, les nœuds dans le bois du plafond.

«C'est incroyable comme les heures dramatiques nous marquent. Les souvenirs s'agrippent à nos âmes comme le lierre se cramponne à la pierre. Mais tout finit par s'arranger. Aujourd'hui, Henriette; hier, c'était Julie.» Il y avait eu aussi le drame d'Alice et de Raymond, situation qui, avec le recul, avait fini par l'amuser. Il se souvenait encore de la déconfiture de son gendre, lorsqu'il lui avait parlé de Mimi, sa maîtresse.

Lui avait eu un enfant avec l'autre, mais était tout de même demeuré avec sa femme... Est-ce que ça valait mieux ainsi? La mort de Gonzague, l'histoire d'Yvonne et d'Onésime, celle de Fabienne et de son mari, son frère à lui, Jean-Baptiste... des mystères douloureux, que le temps avait enfouis dans les replis de son grand manteau enveloppant et solutionnés un à un.

«Monique... Il pensa à Monique, son pinson. Dieu me préserve de la voir souffrir, celle-là. Je ne pourrais pas le supporter. Je suis peut-être égoïste et injuste d'avoir ainsi une préférée, mais je ne veux pas, pour rien au monde, qu'elle ait à surmonter de si grandes épreuves. Elle est si douce.» Il se souvenait du ton mi-acerbe, mi-bienveillant qu'avait emprunté Marie-Reine pour lui souligner son grand amour pour son enfant préférée: «Ta Monique, ton pinson.» Jean-Baptiste avait vigoureusement protesté: «J'aime mes enfants également», ce qui avait amené un sourire sceptique sur les lèvres de sa femme.

«Eh! bien oui, elle est ma préférée! Et après? Un père a bien le droit d'avoir des préférences, là, tout au fond de son cœur, comme tout être humain; à condition, bien sûr, de ne pas être injuste envers les autres enfants, et ça, en mon âme et conscience, je sais que je ne l'ai pas été. Monique est ma préférée, et après? Toi, Marie-Reine Garon, quoi que tu en penses, fais ce que dois! Tu m'entends? (Il sourit.) C'est le seul ton à employer avec une femme aussi entêtée que toi, même si tu es cantonnée là-haut, avec les anges et les archanges!»

Il ferma les yeux, réconforté: «Tout se tasse. C'est grâce à ces perpétuels changements que la transformation s'opère, petit à petit. Il suffit de savoir prendre la vie un jour à la fois. Après tout, c'est comme ça qu'elle nous est donnée!»

Yvonne passait là, tenant dans ses bras le jeune Jean-Baptiste. Elle pensa entrer faire un brin de jasette. Son père s'était endormi. Son sommeil semblait agité, ses traits tirés, plus qu'à l'habitude. Elle resta là, s'attardant à l'observer.

Chapitre 20

Onésime l'avait enfin, sa bagnole; dès qu'il sortit de la cour du concessionnaire, il se sentit gaillard. Il se balada à droite, à gauche. Il avait l'impression d'avoir retrouvé la liberté. Il suivit le boulevard Laurentien, mais n'osa pas passer le pont. Il se dirigea vers le boulevard Gouin. Des souvenirs cuisants affluaient dans sa mémoire, moins gais les uns que les autres. «Ce n'est pas ma limousine, mais c'est mieux qu'une bicyclette. Un jour, un jour, mon Onésime... Sois patient.» Il allait rentrer, quand l'idée lui vint de retourner voir Clémence. Il se dirigea vers le centre-ville. La pensée des ébats connus lors de sa dernière fredaine l'émoustillait. Il tricotait à travers la circulation, impatient d'arriver à destination. Une voiture de police apparut dans le rétroviseur. Il n'en fallut pas plus pour le ramener à l'ordre. Il ralentit. Bientôt, il dut faire face à un autre problème: il ne trouvait pas de place pour garer son automobile. Il pestait.

Enfin, il se retrouva devant l'édifice délabré où logeait sa douce. Il monta l'escalier, le cœur battant. Il en était au deuxième palier, lorsqu'il se trouva nez à nez avec sa belle.

— Remonte, mon ange.
— Non, pas maintenant: je m'en vais travailler.
— C'est pour ça que tu es ainsi déguisée et peinturée. Tu vas à une mascarade?

Elle éclata de rire.

— Écoutez donc qui parle! Tu n'es pas toi-même des plus élégants...

Elle le pointait du doigt, puis posant son index sur le bout de son menton elle ajouta:

— De toute façon, mon vieux, j'enlève tout ça pour travailler, car je travaille nue, toute nue! Tu m'entends? Je danse toute nue.

Les yeux d'Onésime brillèrent d'un éclat vif. Il la saisit par le poignet.

— Allez, monte, dix minutes.

— Non, je suis déjà en retard. Je ne dois pas perdre mon contrat. Le boss est un freak qui ne veut rien entendre. Si tu veux, je te laisse ma clef, monte et attends-moi, j'en ai pour quelques heures.

— Non, je te demande deux minutes.

Onésime implorait presque. La fille s'adoucit un instant. Puis, se ravisant, reprit sa descente. Elle s'arrêta tout à coup, baissa la tête, pensive. Il croyait qu'elle changeait d'idée, qu'elle réfléchissait. Il attendit. La fille se retourna, leva la tête, le regarda encore et continua lentement sa descente. Elle s'arrêta de nouveau, se retourna et, cette fois, le dévisagea franchement. Elle secoua la tête et continua de dégringoler l'escalier.

Onésime regretta ne pas avoir accepté l'offre de Clémence. Il aurait dû l'attendre. Il s'en voulait, il était en furie contre lui-même. «Fiacre, de fiacre! La garce!» Il était d'une humeur noire. «Elles sont bien toutes pareilles: on a beau se montrer gentil et généreux, elles ne pensent qu'à elles-mêmes. Je la pensais différente! Elle peut toujours courir. Moi, je me tire.»

Maussade et humilié, totalement débobiné, convaincu qu'il était le plus malheureux des hommes de la terre, que de tels déboires n'arrivaient qu'à lui, il reprit la route pour rentrer chez lui. «C'est trop injuste, à la fin, j'ai tous les malheurs!»

Il allait stationner sa voiture, quand lui vint une idée qui lui sembla géniale: il noyerait sa peine. Il se rendit chez un dépanneur et acheta quelques bouteilles de vin, rentra à la maison, verrouilla, débrancha le téléphone et s'installa au salon avec, comme seule source de lumière, celle que diffusait le lampadaire de la rue.

Il fit sauter le bouchon de la première bouteille et, sans même prendre le temps de verser le vin dans un verre, il but à même le goulot.

***

Si Onésime avait pu prévoir ce qui se passait ailleurs, pendant qu'il noyait son chagrin, il se fût vite consolé de sa banale mésaventure. Ce jour-là, il s'était réjoui et émerveillé de se sentir libre comme l'air. Ce jour-là, le monde lui appartenait. Pourtant, ce jour-là, son sort se jouait.

***

Clémence quitta Onésime. Elle pressa le pas, car elle n'avait que quelques minutes pour se rendre au club où elle pratiquait, nue, l'art d'agrément qu'est la danse et ce, pour le plaisir de la clientèle. Elle sauta sur l'estrade et tenta d'adopter son rythme à celui de la musique. Mais son jeu manquait de conviction, elle était distraite: Quelque chose l'obsédait. Elle ne pouvait préciser de quoi il s'agissait au juste, mais elle avait l'esprit ailleurs.

Le pianiste hocha la tête, ralentit son jeu, en espérant que la danseuse pût parvenir à suivre le tempo. Peine perdue: Clémence déviait.

L'assistance se mit à la huer. On siffla des quatres coins de la salle. Une franche hostilité se manifesta rapidement. Le gérant de l'établissement, furieux, fit remplacer Clémence. Une autre fille arriva en pirouettant et, en passant près de Clémence, lui souffla:

— Frank veut te voir.

Clémence quitta l'avant-scène et, en retrait, continua

à se dandiner. Petit à petit, elle s'éloigna. Le gérant la saisit par les épaules et la secoua.

— Tu es devenue folle, ou quoi? Pour qui te prends-tu? Mademoiselle est une grande star qui parade et fait la jolie? Saute dans tes fringues et déguerpis avant que je casse ta belle gueule.

— Je vais le dire à Lorenzo! À l'évocation de ce nom, Frank saisit la fille d'une main et la gifla de l'autre. Clémence hurla.

— Tu vas me payer ça, mon escogriffe. Attends un peu que Lorenzo te mette la patte dessus. Elle se dégagea, alla s'habiller et refit son maquillage. Elle rageait. Peu à peu, elle reprit son calme. Alors, elle s'appuya contre un mur et se mit à réfléchir.

***

Lorsqu'elle avait revu Onésime, cet après-midi-là, dans toute la clarté du jour, la vue de son visage lui avait rappelé quelqu'un ou quelque chose. Elle ne savait pas quoi au juste: l'idée l'avait obsédée. Tout le temps qu'elle fut sur scène, elle avait tenté désespérément de clarifier ses pensées.

Lorenzo, chef de la bande qui s'occupait de distribuer le travail aux danseuses, de leur obtenir des contrats, était ni plus ni moins le grand manitou de toute la clique. Au moment où Frank la rudoya, Clémence pensa aller vers lui se plaindre du mauvais traitement reçu et voilà que, par association d'idées, comme un éclair, tout lui revenait en mémoire.

Un jour, en arrivant au travail, elle avait vu les employés du club réunis autour du chef. Curieuse, elle s'était approchée. Lorenzo leur mettait sous le nez une photo, la photo d'un visage et promettait une prime de vingt mille dollars à la personne qui aiderait à mettre le grappin sur cet oiseau rare.

Clémence avait jeté un œil indifférent et s'était éloignée: pareille chance ne pouvait lui échoir. Mais cet après-midi-là, alors qu'elle avait posé l'index sur le menton du beau prince, quelque chose était venu la troubler, comme l'impression vague du déjà vu.

Dans sa tête, le rapprochement s'était enfin fait! Ou elle se trompait étrangement ou le visage de cet homme était celui que montrait la photo. Elle en était étourdie, tout tournait dans sa tête: le visage de Bossuet, celui de la photo, la face de Frank, cette histoire de prime, les sifflements de la foule! Il lui fallait à tout prix entrer en contact avec Lorenzo. Pour ajouter à sa confusion, elle se souvint subitement des deux danseuses qui s'étaient jointes à elle, l'autre soir, lors de la partouze. Et elle eut peur: s'il fallait qu'on leur soumit la photo à identifier avant qu'elle n'eût réussi à dénoncer Bossuet, elle perdrait la prime!

Si seulement elle l'avait fait entrer chez elle, elle aurait pu l'endormir, comme l'autre fois, il aurait suffi de le confronter. «Zut!» s'exclama-t-elle, en tapant du pied.

«Et s'il m'attendait là-bas?», se prit-elle à espérer. Elle rentra chez elle, fit de la lumière et attendit.

Son esprit continuait de travailler. Les idées les plus contradictoires l'assaillaient. D'une part, elle trouvait Bossuet sympathique et généreux; certes, il l'avait un peu brusquée, mais ce n'était là qu'un jeu. Ils avaient bien ri tous les deux. Et cette promesse de l'aider à payer une auto neuve? Il parlait bien, cet homme, s'était montré courtois, l'avait suivie sans ne rien savoir d'elle. Il n'avait pas proposé d'argent pour acheter son amour. Il était même, elle osait l'espérer, un ami sur qui elle pourrait compter. D'autre part, il y avait cette histoire de prime; peut-être pourrait-elle la faire doubler, si elle jouait bien son jeu. Le souvenir de la partouze lui revenait à la mémoire: ces deux filles... En outre, elle était sans travail: Frank ne l'embaucherait plus jamais! Il s'était montré patient avec elle, car elle refusait de tremper dans des histoires de drogue, ne s'associait pas avec des salauds. Elle faisait son boulot et savait la boucler. Mais voilà: tout ça, c'était avant. Le désespoir s'emparait d'elle.

Tout à coup, elle sursauta: elle ne savait même pas où le trouver! «Si je ne leur fournis aucune information on ne me versera pas la prime; il ne suffit pas de dire "je connais ce gars" pour qu'on me donne la récompense promise.» Elle se mit à gémir. Elle ne s'absenterait pas. Elle attendrait, bien sagement. Elle compta les jours qui s'étaient écoulés entre les deux visites et se prit à espérer.

***

Padre Ricardo n'avait pas oublié l'offense. Il laissa s'écouler le temps que nécessitait l'accomplissement de la mission qu'il avait confiée à Big Ten.

Une fois ce délai passé, Ricardo, ne voyant pas reparaître Big Ten et étant sans nouvelle de lui, s'adressa à ses agents des États-Unis, aucun ne pouvait lui fournir de renseignement. On ne l'avait pas vu là-bas. De même, les recherches effectuées au Canada s'étaient avérées vaines. Ricardo était en furie.

— Je paye énormément de gens, je débourse un argent fou, et ne parviens pas à obtenir de résultat positif. C'est à croire que j'ai sous mes ordres toute une bande de gnocchis! Le petit blanc-bec réussit à leur passer entre les pattes. Ah! mais le filou ne perd rien pour attendre! Je... je...»

Padre Ricardo hurlait tellement qu'il s'étouffa presque. Josef, horrifié, ne savait plus à quel saint se vouer. Jamais le Padre n'avait piqué pareille colère. Le pauvre gars, apeuré, courut vers la porte, qu'il ouvrit.

— Ferme-la!

Padre avait hurlé si fort que Josef paralysa sur place. Padre répéta.

— Ferme-la!

Alors, accourut un garde, mitraillette à la main. Josef, plus mort que vif, se ressaisit et s'exécuta, puis il s'appuya contre la porte capitonnée. Ricardo se laissa tomber sur son fauteuil, posa la tête sur le dossier et ferma les yeux. Les veines de son cou et de ses tempes étaient gonflées, prêtes à éclater. Il restait immobile s'efforçant de reprendre son souffle. Tout à coup, ses traits se détendirent. Un pâle sourire se dessina sur ses lèvres: il venait d'avoir une idée géniale.

Avec les minutes qui passaient, son visage s'illuminait. Bientôt, il fit entendre un rire sarcastique. Des doigts, il pianotait sur les accoudoirs de son fauteuil de cuir. Ricardo avait retrouvé sa faculté de penser et il l'exploitait au maximum.

Le meilleur endroit où Big Ten pouvait se cacher, puisqu'il y était tenu pour mort, c'était le Canada! Par ailleurs, comme il apparaissait certain que le recherché ne pouvait être aux États-Unis, où les ramifications de l'organisation étaient les plus nombreuses et où il risquait donc le plus d'être démasqué, c'était aussi au Canada où il pouvait écouler, sans être trop remarqué, les importantes sommes d'argent en devises américaines dont il disposait.

Toutefois, Big Ten savait se déguiser et il l'avait prouvé à Boston. Pour le retrouver, il fallait donc que quelqu'un eût l'occasion de le fréquenter, de le côtoyer, le temps de l'observer, de le voir de près. Ça y était! Ricardo venait d'avoir une idée lumineuse: les femmes! La seule faiblesse que Ricardo connaissait de Big Ten était l'insatiabilité du désir sexuel de ce dernier qui avait la réputation de fréquenter les femmes de petite vertu.

Il n'en fallait pas plus pour que Ricardo, après avoir déjà limité son champs de recherches au Canada, pariât avec lui-même que son adversaire pût être déniché dans la région de Montréal.

Il soupira, ouvrit un tiroir, en sortit un énorme cigare havanais, qu'il tailla, mouilla et alluma. Bientôt, il disparut derrière un épais écran de fumée. Ricardo avait retrouvé la paix.

Le soir même, une photo de Big Ten, la seule qu'on eût de lui, était reproduite à des centaines d'exemplaires, lesquels furent expédiés à des comparses chargés de les distribuer dans les bars. Une récompense était promise à quiconque aurait la veine de reconnaître l'individu et d'aider à le retracer et l'on s'attendait à ce que la chance échut à une femme.

Ricardo avait la nette conviction qu'il misait juste et bien. Son adversaire, il le savait, ça figurait sur sa fiche, fréquentait sûrement encore des endroits où il pût rencontrer des dames à la cuisse légère.

Il avait misé juste et bien, sauf que l'homme en question au moment où l'opération était lancée, dédaignait provisoirement les femmes, tout occupé qu'il était à travailler à la conquête de son fils et à préparer sa vengeance.

***

Rue du Hameau, le vin coulait. Onésime buvait comme un trou. Toutes ses rancœurs refaisaient surface. Il haïssait le monde entier. Son amertume se gonflait, prenait des proportions inquiétantes. De temps à autre, il lançait des injures à ses ennemis absents, qu'il interpellait. L'esprit de plus en plus embué par les vapeurs de l'alcool, ayant perdu toute retenue, livré à lui-même, il devenait la proie de sa propre imagination. Sa haine prenait des proportions inouïes, irrationnelles, qui dépassaient l'entendement humain.

Il devenait laid. Son visage hagard, son regard affolé, sa bouche tordue par la rage traduisaient le tumulte de son âme traumatisée. Onésime souffrait et se complaisait dans sa souffrance. La fille qui s'était refusée avait réveillé toute son aigreur.

Peu à peu, il s'engourdissait. Il sombra dans une nonchalance extrême: effondré sur sa chaise, les bras ballants, dans une posture mollassonne, il balbutia son monologue intérieur.

«Personne n'a jamais de temps à me consacrer: je suis toujours encombrant. Je pensais qu'elle m'aimait, au moins un peu, mais elle est partie, m'a planté là», braillait-il.

Il eut un sourire amer, il se souvint: «elle s'est arrêtée à un moment donné, m'a regardé intensément. Je suis sûr qu'à cet instant précis, elle avait le goût, le désir de m'appartenir.»

Il prit la résolution de lui pardonner, de retourner dans son réduit, il verrait bien si elle l'aimait ou pas! Consolé, Onésime oublia l'univers et sombra dans un lourd sommeil.

Le jour emplissait la pièce, lorsque Onésime sortit de sa léthargie. Il ouvrit les yeux, cria: «Aïe! Ah! ma caboche! Qu'est-ce qui m'arrive?» Enfin, il se souvint. Il tenta de se lever. Tous ses os le faisaient souffrir, il avait peine à bouger la tête: il souffrait d'un torticolis. Tout était souillé de vin: ses vêtements, les meubles, le tapis. «Fiacre! Pouah! j'empeste», s'écria-t-il.

À nouveau, il tenta de se lever. Tout se mit à tourner autour de lui. Il se laissa retomber sur sa chaise et se prit la tête à deux mains.

Puis, il pensa à Mathias: l'enfant ne devait-il pas venir ce soir-là? Onésime ne parvenait pas à mettre de l'ordre dans ses idées. Il avait mal aux cheveux et son estomac criait famine. Il réussit à se rendre jusqu'au divan, s'y laissa choir et ferma les yeux, espérant que sa souffrance finirait par passer. Onésime n'avait pas l'habitude des beuveries.

***

Toute la soirée, Mathias avait essayé, mais en vain, de rejoindre Onésime par téléphone. À l'aller et au retour de l'école, il s'était arrêté à la maison de son ami, avait frappé à la porte, mais sans succès. Son désappointement était grand. Il avait une hâte fébrile de lui annoncer une heureuse nouvelle.

Lorsque l'enfant réussit enfin à atteindre son ami, il commenta la voix enrouée de celui-ci.

— J'ai le hoquet, c'est tout.

— Un instant... Maman, hurla Mathias, comment guérit-on le hoquet?

— En buvant de l'eau, à petites gorgées, en retenant sa respiration, ou...

Mathias répéta, Onésime eut un haut-le-cœur, éructa.

— Veux-tu que j'aille te donner des tapes dans le dos?

— Arrête de faire le comique!

Mathias plaça deux doigts entre ses lèvres, prit une grande respiration et émit un son strident. Onésime sursauta, lâcha un cri de surprise. L'enfant fut pris d'un fou rire au cours duquel l'enfant put tout de même remarquer que son interlocuteur ne hoquetait plus.

— Tu vois? tu vois, monsieur Gratton? Je peux te guérir de toutes tes maladies.

Onésime se contenta de grogner. Il n'avait pas le goût de plaisanter.

— Bon, bon, j'ai compris, on est d'humeur maussade, fit Mathias.

— Mathias! s'exclama Yvonne, qui écoutait, sois poli!

— Monsieur Gratton, j'ai des choses à te dire. Ma cousine Julie se marie. Il y aura fête. Seule la famille est invitée, plus toi, parce que tu es mon ami et que tu sais jouer du piano. Ma tante a un beau piano, comme celui que tu as vendu. Tu pourras m'accompagner, car je vais jouer de la flûte.

Voyant que son ami ne répondait rien, il crut qu'il acceptait l'invitation.

— Chic, tu acceptes! C'est formidable. Je suis très très content. Tu pourras porter tes grandes culottes bouffantes, puisque ta cravate te fatigue.

Onésime serra les dents: comment allait-il se sortir d'une telle impasse, sans blesser l'enfant? Il pensa à Clémence. C'était le prétexte tout trouvé.

— Quand les noces ont-elles lieu?
— Samedi prochain.
— Dommage, j'ai déjà un engagement ce jour-là.

Un lourd silence se fit. Onésime rusa.

— Si je peux me délier de mes obligations, je te préviendrai.

— Ouf! J'ai eu peur! Julie serait déçue, maman aussi. Tous ont hâte de te connaître.

— Tu parles de moi, avec les membres de ta famille?

— Bien oui, tous les jours. Grand-père dit que tu es un homme sage.

Onésime grimaça.

— Je dois te quitter...
— N'oublie pas, bois de l'eau, à petites gorgées, si le hoquet te reprenait.

***

Dès qu'il eut raccroché, Onésime se sentit envahi d'une grande tristesse. Il se sentait seul, si seul. Tous semblaient avoir quelqu'un à aimer, quelqu'un avec qui dialoguer. Cette invitation le troublait.

Il reprendrait son fils, vivrait avec lui; tous les deux ils s'aimeraient. Les folies passées étaient devenues sans intérêt. Une vie simple avec son fils lui suffirait. Encore quelques détails à régler et il lui serait enfin permis de connaître le plus grand des bonheurs. «Jean-Baptiste a bien raison de dire que je suis un homme sage. (Il ricana.) Le bouc émissaire va bientôt bêler et qu'elle prenne garde, la famille!»

Onésime, courbaturé, s'en voulait de s'être ainsi enivré. Il perdait un temps précieux, risquait de tout compromettre. Son fils l'aimait, il en avait la conviction profonde, rien d'autre ne lui importait. Il balayerait tous les obstacles d'une seule main, la sienne, et passerait maître de la situation.

«Cette conversation avec Mathias me prouve que les choses se corsent. Je ne pourrai éternellement les tenir éloignés: ils me cherchent! Si c'est ce qu'ils veulent, c'est ce qu'ils vont avoir! Hoquetera bien qui hoquetera le dernier! Je vais lui en faire boire, moi, de l'eau, à la grande Yvonne: une pleine rivière!»

Onésime avait besoin de repos, tout le repos qu'il était possible de prendre afin d'être en forme, à l'heure d'agir, une heure qui ne tarderait plus.

Onésime se coucha en pestant contre lui-même et tout le genre humain. Ses muscles tendus le faisaient souffrir. Il sombra dans un sommeil agité. Il eut un rêve, un rêve à la mesure de son obsession, un rêve qui, pour tout autre que lui, eût été un cauchemar: Jean-Baptiste, pieds et mains liés, se consumait sous un soleil ardent et demandait à boire, Yvonne, ruisselante, se promenait autour de son père, ricanait avec malveillance, tandis que sous ses pas, des mares d'eau se formaient.

Chapitre 21

Là-bas, au centre-ville, l'impatience de Clémence allait grandissante. Depuis des jours, elle n'osait s'absenter de chez elle, espérant y voir arriver Bossuet et avoir l'occasion de lui tirer les vers du nez. Elle craignait de se tromper. Aussi, n'avait-elle pas encore parlé de sa découverte à Lorenzo, car il n'était pas le type d'homme qui supportait d'être berné.

Mais les jours passaient, et l'inaction pesait à Clémence, d'autant qu'elle avait perdu son travail. Bossuet ne donnait pas signe de vie. Un matin, elle finit par prendre une décision et, vêtue de ses plus beaux atours, elle se rendit près d'un endroit où Lorenzo avait l'habitude d'aller vers cette heure-là. Elle l'attendit dans la rue, tout en réfléchissant aux mots qu'elle devrait employer pour le convaincre.

Elle crut enfin reconnaître sa voiture qui venait de s'arrêter. Elle s'approcha, le cœur battant. Lorenzo allait descendre lorsqu'elle frappa dans le pare-brise. L'homme porta la main à sa poche. Elle prit peur et l'interpella.

— Lorenzo!

L'homme jura.

— Il faut que je te parle. C'est urgent. Crois-moi, c'est sérieux.

— Monte! Si tu me fais perdre mon temps, ma petite, tu vas le regretter.

Clémence contourna la voiture, ouvrit la portière et se laissa tomber sur la banquette. La fille, nerveuse, se mit à jouer avec son sac à main. L'homme s'impatienta:

— Et alors?, lança-t-il, d'une voix bourrue.

— Lorenzo, est-ce que je t'ai déjà trompé?
— Question idiote! Où veux-tu en venir?
— Dis, Lorenzo, quand tu as besoin de moi pour boucher un trou, remplacer une fille gelée ou malade, est-ce que je suis là?
— C'est pour m'entretenir de ragots que tu...
— Non! Écoute, c'est grave.
— Tu t'es fait planter là?
— Ça, c'est une autre histoire. Je ne suis pas ici pour parler de moi. C'est autre chose, c'est autrement plus sérieux.
— Tu parles? Allons, accouche, qu'on en finisse!
— Je ne sais pas par où commencer.
— Commence par la fin! Tu sais que je ne veux pas avoir à...
— Lorenzo, je sais, je sais tout ça. Je veux te parler à propos du quidam.
— De qui?
— Tu sais bien, le gars, le gars de la photo?
Lorenzo essayait de comprendre.
— Veux-tu t'expliquer comme du monde?
— Le gars, le gars sur la photo, la prime... Tu te souviens?

Lorenzo ouvrit de grands yeux. Bien sûr qu'il savait. Et comment! On le harcelait sans cesse avec cette histoire. L'homme était recherché par quelqu'un de puissant, de très puissant; celui qui aurait la chance inouïe de le dépister serait un être comblé. La prime allait grossissante.

— Eh ben, parle, crache le morceau!
— Je ne sais pas trop.
— Tu sais ou tu ne sais pas?
— As-tu encore la photo?

L'homme ouvrit la boîte à gants, sortit l'enveloppe qui contenait la photo-mystère. Clémence la prit, l'examina, hocha la tête, soupira.

— Alors? demanda l'autre, anxieux.

— Je crois bien que c'est lui.
— Tu crois?
— Je ne pourrais pas jurer. Ça ressemble... mais le quidam a les cheveux blancs...

Lorenzo était ravi. Aucune piste n'était à dédaigner, l'enjeu était grand. Il susurra:

— Dis-moi ce que tu sais.
— Il a un nom bizarre. Il me l'a dit, ça va me revenir, je suis trop énervée.
— Prends ton temps, penses-y.
— Bosquet, bouquet, quelque chose comme ça. Non Bossuet! C'est ça, Bossuet.
— Que sais-tu d'autre?
— Ben, il a les cheveux longs... blancs. Il n'est pas très grand, il est marié.
— Un client à toi?
— Enfin, si tu veux... Il a promis de revenir me visiter.
— Non? C'est vrai ça?
— Je te jure.
— Écoute, ma petite vieille. Pas un mot de ça à personne, je dis bien: à personne. Tu rentres chez toi, tu te terres et tu la boucles. Tu attends gentiment que le moineau se présente. Tu le retiens, tu me téléphones et je m'occupe du reste.
— Mais je n'ai pas le téléphone.
— Ne t'inquiète pas de ça. C'est mon affaire.

Lorenzo mit la main dans sa poche, sortit une liasse de billets de banque, prit une coupure de cent dollars et au moment de la lui remettre, il eut une hésitation.

— Tu te payes ma tête et je casse ta belle gueule, tu me comprends?
— Je ne t'ai jamais trompé, Lorenzo.

L'homme mit le moteur en marche et prit la route.

— Tu niches où?
— Je vais te montrer.

Arrivés à destination, l'homme fit le tour du pâté de maison pour se familiariser avec les environs. Il stationna la voiture et descendit.

— Là, dit la jeune fille, j'habite là-haut.

Quelques minutes plus tard, Lorenzo pestait, les trois étages n'en finissaient plus. L'escalier étroit et les lieux sordides le dégoûtaient. Il fallait que le gars fût bien mal fichu pour fréquenter un tel endroit!

— Je me souviens... Il est artiste, artiste qui fait des peintures. Il a de grandes culottes qui flottent puis...

Elle baissa la tête.

— Ben, il... enfin, je pense qu'il n'a pas une bien bonne femme dans son lit...

— Pense encore. Il y a autre chose?

Clémence hésita...

— Oh! oui... Il mange comme un ogre. Il a de l'argent dans ses poches... Il est généreux.

Ça ne pouvait être que ça! Lorenzo jubilait.

— Il picole?

— Oui, un peu.

— Pourquoi hésites-tu?

— Je n'hésite pas, je cherche.

Clémence ne mentionna pas la partouze: elle n'osait avouer que deux autres filles avaient aussi rencontré Bossuet chez elle. La pensée de la prime la retenait. Lorenzo lui aurait sûrement demandé leurs noms et ça minimiserait ses chances.

— Quoi encore?

— La dernière fois qu'il est venu, il avait une grosse médaille dans le cou.

— Ah! Parce qu'il est venu souvent?

— Deux fois.

— Quand ça, la dernière fois?

Alors Clémence expliqua. Le jour où elle allait être licenciée, elle quittait son appartement pour se rendre à son travail et elle avait croisé celui qui s'était fait connaître d'elle sous le nom de Bossuet. Elle raconta qu'elle avait alors eu l'impression de l'avoir déjà vu quelque part avant leur première rencontre, qu'elle n'avait pu s'empêcher ensuite d'y penser, même en dansant sur scène, de là, son manque de concentration, la colère de Frank et son renvoi. Elle termina en précisant qu'il lui avait fallu encore près d'une demi-heure de réflexion, après que Frank l'eût chassée avec véhémence, pour associer la tête dudit Bossuet à celle de la photo qui avait été montrée, d'autant qu'elle le sût, au personnel de nombreux cabarets, tripots ou autres établissements du même genre.

Lorenzo réfléchissait. L'affaire se tenait: ce quidam se cachait sous un déguisement quelconque; il se disait artiste et était vêtu comme tel. La taille de l'homme, son attrait pour les filles de mauvaise vie, son appétit sexuel, le fait qu'il ne semblât pas avoir besoin de travailler pour gagner sa vie, sa générosité envers les femmes... Tout cela semblait concorder avec ce que l'on savait de l'homme.

— Dis donc, il parle comment?
— Comme tout le monde.
— Comme moi, comme toi?
— Non, il a de l'éducation.
— Comment le sais-tu?
— Par sa façon de dire les choses.
— Cherche encore.
— Je crois que j'ai tout dit.
— Tu restes là, Clémence. Si tu me livres le quidam, tu auras un appartement plus confortable; c'est Lorenzo qui te le promet. Je vais parler à Frank: tu retrouveras ton travail. Mais après... après seulement.
— Merci, Lorenzo.
— N'oublie pas, tu me téléphones. Ne t'éloigne pas et ne parle de cette histoire à personne.
— Promis.

Le lendemain matin, Lorenzo fit parvenir des victuailles et du vin à Clémence, le téléphone fut installé dans le minable logis. Le costaud à qui Lorenzo avait confié la mission de surveiller constamment l'immeuble où logeait celle-ci, avait vu successivement, entrer et sortir le livreur de l'épicerie, puis le technicien de la société du téléphone. De son poste de guet, l'homme pouvait aisément distinguer les traits de toute personne entrant dans l'immeuble ou en sortant. Pas un instant, il ne lui était permis de relâcher sa vigilance; aussi s'était-il assuré le concours de deux acolytes. À eux trois, ils s'étaient partagé le travail en périodes de huit heures.

«Éducation supérieure à la moyenne.» Ces mots figuraient au dossier, accompagnant l'avis de recherche et la photo que Lorenzo avait reçus. Lorenzo avait la certitude que Clémence disait la vérité: elle ne pouvait avoir inventé ça de toutes pièces. La description de l'individu, à quelques détails près, confirmait ses espoirs. Il devenait de plus en plus impatient.

La prime était alléchante, mais ce qui importait surtout, pour Lorenzo, était le prestige que lui gagnerait la capture du mystérieux personnage. S'il réussissait ce coup de maître, il n'en doutait pas, il grimperait vite quelques échelons!

Mais les jours passaient et le téléphone ne sonnait pas. N'eussent été les rapports de ses hommes de guet, Lorenzo se fût laissé aller à penser que la fille ait pu avoir le culot de négocier directement avec son quidam. «Il est généreux», avait-elle dit de l'homme. Aussi, Lorenzo était-il convaincu que ce dernier, se sachant coincé serait prêt à offrir gros et sans doute bien plus que la prime pour conserver sa liberté...

«Il se trouve bien quelque part le chenapan, mais où? La fille a sûrement oublié un détail qui me mettrait sur la piste.» Il décida de se rendre chez elle.

Clémence boudait. Elle en avait assez d'être enfermée entre quatre murs. Lorenzo joua les offusqués.
— Tu ne m'as pas tout dit, ou alors tu es menteuse!
— Penses-tu? Je ne suis pas folle.
Pour Lorenzo, il y avait anguille sous roche, car Clémence avait hésité avant de répondre.
— Écoute-moi bien, toi, tu m'as occasionné des dépenses, tu me fais perdre mon temps, tu es une emmerdeuse qui rêve en couleur. Allons, avoue, ton quidam, c'est ton imagination qui l'a pondu!
Il écumait. S'il ne s'était pas retenu il l'aurait secouée.
— Avoue, que tu m'as menti.
— Demande à Catin et à Bobette: elles l'ont vu, de leurs yeux vu!
— Et tu ne le disais pas?
Lorenzo se dirigea vers le téléphone. Clémence s'élança et, brutalement, lui arracha le combiné de la main.
Il leva le bras pour la frapper. Elle recula précipitamment.
— Tu es fou, ma foi! Sers-toi de ta tête: tu me dis de me taire et tu es prêt, toi, à partager le secret avec d'autres! Tu me désappointes, Lorenzo. Je te croyais plus intelligent! Penses-tu que Catin va t'obéir, comme je le fais? Elle va vendre la mèche à son pimp et adieu veau, vache, cochon...
La fille fulminait. Ses yeux brillaient de rage et de dégoût.
Lorenzo n'en revenait pas! Il se faisait ramener à l'ordre par une donzelle et, pis encore, la donzelle avait mille fois raison. Il se promenait de long en large, les mains croisées derrière le dos. Réfléchir n'était pas son fort, mais le raisonnement de la fille se tenait, il devait l'admettre.
— Tu sais, Lorenzo, tu sais que je ne te mens pas: je ne t'ai jamais trompé, tu le sais. Autrefois, tu comp-

tais sur moi. J'étais fière de la confiance que tu me faisais. J'aurais dû fermer ma grande gueule! Me voilà prisonnière, avec toutes ces histoires!

Lorenzo s'était calmé. Il lui fallait maintenant amadouer la fille rageuse, entrer à nouveau dans ses bonnes grâces, minauder. Il réfléchissait.

— T'as raison, voilà! Tu es contente? Je ne doute pas de ta parole, mais je suis énervé. Ça m'énerve, tu comprends ça?

Elle hocha la tête. Lorenzo reprit:

— Je te promets que je m'occuperai de toi, à l'avenir. Je te connaissais pas, maintenant c'est autre chose. Tu l'auras, ton appartement chic.

— Des promesses! Rien que des promesses, vous êtes tous pareils, toi, le quidam et les autres!

— Le quidam, dis-tu? Qu'est-ce qu'il t'a promis, celui-là?

— Tu veux savoir ce que le quidam m'a promis? Alors, pour le savoir, il faut me promettre la même chose.

— Qui est?

— Un char, mon cher, une belle voiture sport, rouge, s'il vous plaît.

— Fichtre! siffla Lorenzo. Alors, vous avez parlé d'automobiles tous les deux?

— On a fait mieux. Écoute-moi ça, je l'ai rencontré dans une salle de montre. Je vais, comme ça, de temps en temps, flâner chez les concessionnaires. J'y rencontre des gars intéressants, je leur fais croire que je veux changer de bazou, ce qui est vrai: le mien tombe en ruine, mais je n'ai pas d'argent et...

— Ça va, ça va. Tu me raconteras ta vie une autre fois, viens-en aux faits. Il doit bien y avoir autre chose.

— Pas avant que tu aies promis: appartement et voiture sport.

— Tu veux toute la prime pour toi seule?

Moqueuse, elle plissa les yeux:

— Tel que je te connais, Lorenzo, tu ne t'échauffes pas pour des *pinottes*.

Lorenzo dut promettre. De là à ce qu'il passe à l'exécution de ses promesses, ça, c'était à voir.

— Parle-moi de machin-chouette.
— Hein?
— Ton quidam. Où est situé ce garage?
— Au nord-ouest de la ville, sur la route qui mène dans le nord.
— Et quel est le nom de ce garage?
— Je ne me souviens pas, mais je sais le nom du quidam.
— Hein?
— Pas tout au long. J'étais à côté de lui, quand il a signé. Il a ri; il était nerveux. Il a d'abord écrit le nom de son père, qu'il a rayé, puis a écrit... attend: c'est Charles-Omer ou Georges-Omer.
— Ce n'est pas ce que tu me disais au début: tu parlais de «Bouquet».
— Ça, c'est le nom qu'il ma donné; je savais qu'il mentait. Ne va pas croire que les clients nous donnent leur vrai nom. Ça ne nous regarde pas, le nom; c'est le fric qui compte. Tu dois savoir ça, toi. Moi, les clients je les respecte. Je leur donne ce qu'ils veulent. Pourvu qu'on me paye, je ne fais pas d'histoire.

Lorenzo n'écoutait pas. Ses méninges travaillaient.

— Dis, s'il a signé un contrat, c'est qu'il a acheté une automobile!
— Ben, oui.
— Tu l'as vue?
— Oui, elle est bleue, ou grise. Non: bleue, je crois.
— Quelle marque?
— Est-ce que je sais, moi? Toutes les petites autos sont pareilles, sauf les voitures sport.
— Qu'as-tu vu, à part ça?

— Ses doigts. (Elle pouffa de rire.) Il avait des bagues dans tous les...
— Le nom de son père, tu l'as vu sur le papier?
— Oui.
— Crache! Allons, crache-le.

Ce disant, Lorenzo, qui n'en pouvait plus d'attendre que Clémence en vînt à l'essentiel, saisit celle-ci aux poignets et les serra fortement, rageusement.

— Lâche-moi! hurla Clémence, folle de rage.

Lorenzo lâcha prise et se remit à faire les cent pas dans l'appartement. Son visage était rouge de colère. Il s'arrêta devant la fille et lança:

— C'est ça: elle est là, la clef du mystère! Quel était ce nom?

La fille éclata en sanglots. «Ça y est, ça recommence, se dit-il, elle va piquer une crise. Les femmes!» Il en avait par dessus la tête.

— Qu'est-ce que j'ai dit, cette fois, pour que tu prennes les nerfs?

Clémence hocha la tête et parvint à articuler:
— Rien.

Il attendit qu'elle se calmât. Il se réjouissait: il serait en mesure de retrouver le gars; les informations qu'il détenait suffiraient amplement. Toute indication supplémentaire ne ferait que simplifier la chose. La date, oui, la date de l'achat de l'auto serait un précieux atout. D'une voix mielleuse, Lorenzo s'enquit:

— Ça va mieux? Dis-moi, fillette, à quelle date as-tu rencontré ton quidam? C'est important.

Elle ne se souvenait plus. Il y avait de ça plusieurs semaines.

— Et le nom de son père?
— Onésime, dit-elle en reniflant. Je l'ai remarqué, parce que c'est le nom de mon grand-père!

Clémence eut un pâle sourire.
— Dis, Lorenzo, je peux sortir d'ici, parfois?

— Non, ma cocotte, sois patiente... au cas où il viendrait te visiter. Ce serait tellement plus simple ainsi.
— Tu n'oublies pas tes promesses?

Lorenzo sortit. Il avait des ailes. C'est à peine s'il pensa à l'interminable escalier qu'il fallait descendre.

Dans son réduit, Clémence s'inquiétait: «Il est pressé de partir! J'en ai trop dit! Il peut maintenant se passer de moi. Il est si sûr de lui que ça se voit sur sa face. Il est mieux de ne pas me rouler, le salaud!»

Clémence se reprit à espérer très fort que le quidam vînt la visiter. Qui sait? Et, si elle l'informait de la situation?

***

Jean-Baptiste se berçait. Fernand referma son journal, qu'il plia et plaça sur le guéridon. Le beau-père sourit:
— Tu as pris le pli!
— Je ne comprends pas, le beau-père.
— Tu plies le journal et le remet à sa place, selon l'usage.
— On ne badine pas avec les lubies d'Yvonne.
— Épouse-majordome.
— Si je ne m'abuse, toutes vos filles sont aussi déterminées que l'est ma femme.
— Il aurait fallu que tu connaisses la grand-mère Imelda et, pis encore, mon épouse Marie-Reine. La maisonnée était au pas.
— Est-ce que ça vous choquait? Ce devait être quelque chose à supporter; un vrai peloton militaire, quoi!
— Non, mon vieux. Les femmes fortes ne sont pas importunes. Au contraire, elles sont sécurisantes et on peut leur faire confiance. J'en ai connu, des faibles, du genre de celles qui se laissent embobiner aisément: ça

amuse un certain temps, mais, à la longue, c'est encombrant et désarmant.

Jean-Baptiste fit un clin d'œil à Fernand et ajouta, avec un sourire:

— Quelques occasions m'ont été données d'en côtoyer. Elles se faisaient aguichantes, mais je n'avais même pas le désir de les mieux connaître. Pour moi, il n'y eut jamais qu'une femme, ma Reine. Crois-moi, s'il eut fallu que j'ose, que je ne fasse qu'oser, jeter un coup d'œil par dessus la clôture, j'étais mieux mort que vif!

— Des femmes qui ne pardonnent pas, quoi?

— Je n'en suis pas si sûr. Elles pardonnent, mais n'oublient pas: c'est pire! Ce sont les femmes de ce calibre-là, qui sont la force d'une nation. Ici, au Québec, ce sont elles qui ont ouvert les portes à la Révolution tranquille. Ça s'est fait graduellement, lentement, mais sûrement.

Fernand ne disait rien. Jean-Baptiste le regarda et dit:

— Tu n'es pas d'accord?

— Non, non. Loin de là. Je réfléchissais. Vous avez raison, Yvonne sait où elle s'en va: elle me met au pas, si je peux m'exprimer ainsi, mais je ne me sens pas mené par le bout du nez...

— Ça ne leur est pas donné en naissant, cette force morale. On ne naît pas nécessairement discipliné. Elles doivent se faire violence pour l'acquérir. Ça implique beaucoup de renoncement. Je crois que leur motivation profonde est l'amour des leurs et la générosité.

Fernand pouffa de rire.

— Nous entendez-vous, le beau-père? On bavasse comme des collégiens, on vante nos belles!

— Et pourquoi pas, Fernand? C'est mieux de lancer des fleurs que de semer la zizanie!

À l'étage, Yvonne faisait la toilette du bébé. Les rires

qui lui parvenaient la comblaient de bonheur. Fernand semblait heureux et son père se remettait bien de son malaise. Sa curiosité était cependant piquée, la gaieté de ses hommes l'intriguait. Elle se hâtait, afin de pouvoir bientôt aller s'enquérir du sujet de la conversation.

Lorsqu'elle descendit, tenant fermement la main du bambin, qui menaçait de tomber à chaque marche, elle vit les deux hommes, l'un près de l'autre, qui jasaient en bons copains.

— Vous avez pensé faire bouillir l'eau pour le thé? lança Yvonne.

— Non, mais vous avez entendu ça, monsieur Gagnon? Les ordres fusent, dès que les femmes ouvrent la bouche. Pas moyen de se reposer!

Ils s'esclaffèrent. Yvonne haussa les épaules.

— Bon, ça va. Gardez-les vos secrets.

Fernand se leva, emplit la bouilloire. Jean-Baptiste ne put s'empêcher de remarquer que, dès l'apparition de sa femme, son gendre en était revenu au «monsieur Gagnon» et avait laissé tomber le ton de la camaraderie; c'est bien là la réaction d'un pure-laine, gêné de laisser paraître et d'exprimer ses émotions, ayant la pudeur des bons sentiments!

On allait se mettre à table lorsque Lucien et Marie-Anne se pointèrent. On s'empresserait de souper, afin de faire durer la partie de cartes le plus longtemps possible. Jean-Baptiste était ravi. Ça lui manquait, ces visites surprises qui se faisaient de plus en plus rares, à cause des enfants qui grandissaient et accaparaient leurs parents.

La conversation était enjouée, soutenue. Mathias, comme tout garçon de son âge, jouait les espiègles.

Il fut question de la noce de Julie. Yvonne multipliait ses recommandations.

— Il ne faut pas hésiter à décliner l'invitation, papa, si vous vous sentez tant soit peu fatigué.

— Je ne manquerais pas cette fête pour tout l'or du monde. Pensez donc! C'est la première de mes petits-enfants qui se marie. Elle sera toute rose et jolie.

— Les femmes aiment les hommes, lança Mathias, l'œil moqueur. Elles sont roses et jolies, le jour du mariage. Tu te souviens, pépère de maman, ce jour-là? Moi, à l'église je croyais qu'elle étouffait... Heureusement qu'elle souriait: j'aurais eu peur.

— Toi, mon grand comique! Tu parles de ta mère. Alors, sois poli, souligna Jean-Baptiste.

— Tiens, tiens, regardez: elle rougit encore.

— Mathias, vilain garnement, vide ton assiette.

— Sinon, tu n'auras pas de dessert... conclut l'enfant.

— Qu'est-ce qui t'arrive, fiston? Tu te payes la tête des tiens? demanda Lucien.

— Il le faut: Caruso n'a pas le don de la parole, mon frérot ne fait que pleurnicher et, de ce temps-ci, mon ami, monsieur Gratton, est distrait, lointain et tout mou. À propos, je vais lui téléphoner. Peut-être a-t-il oublié mon invitation.

Mathias s'était précipité. Yvonne l'interpella:

— Eh! Doucement, Mathias: depuis quand quitte-t-on ainsi la table sans s'excuser?

L'enfant, pris en défaut, s'arrêta, gêné.

— Va, mon bonhomme, va, dit Yvonne.

Les adultes continuèrent de discourir: On avait récemment parlé au journal télévisé de la réduction éventuelle dans les services de trains de passagers. Fernand soutenait qu'on n'en viendrait jamais là, le chemin de fer étant une fierté nationale qui remontait plus loin que l'unité des provinces canadiennes en un seul pays. Il évoquait le fait que des milliers d'hommes avaient trimé dur pour construire la voie ferrée, de l'Atlantique au Pacifique. Yvonne renchérissait, Jean-Baptiste se scandalisait: partout ailleurs au monde, on mettait l'accent sur le transport par train! Le manque à gagner retomberait sur le dos des contribuables, les autres modes de transport deviendraient plus onéreux.

— Le monde change, la mode aussi. C'est le temps qui veut ça.

— Le temps? Non, ce sont plutôt les hommes et leur intérêt personnel: l'automobile a toujours été cause d'accidents. Depuis quand oblige-t-on les gens à s'attacher? Depuis que l'État paye la note.

On discourait de tout, pollution, écologie... de l'urgence du retour aux prés du bétail que l'on gave de saloperies...

Jean-Baptiste avait le cœur en fête. Il y avait belle lurette qu'on n'avait pas eu l'occasion de régler les problèmes du genre humain autour de la table de cuisine, comme ça se faisait si souvent, autrefois, dans les réunions de familles québécoises. Il écoutait, mais ne manquait pas aussi d'émettre ses opinions personnelles.

Mathias, qui ne comprenait rien à ces palabres, était monté à sa chambre. Il en descendit pour tenter de nouveau de rejoindre son ami Gratton au téléphone, car il tenait à savoir si celui-ci serait de la noce.

Onésime tressaillit en entendant la sonnerie de l'appareil. Il hésita à répondre. Rassuré par la voix de son fils, il s'assit et écouta. Mathias parlait très fort, ce qui l'intrigua.

Il demanda à l'enfant de l'excuser un instant, se fit silencieux et s'efforça de comprendre ce qui se discutait là-bas. La jalousie le rendait malade: ses ennemis fêtaient; on était joyeux chez les Gagnon.

Mathias s'impatientait, soupirait, Onésime sourit: «Il pense à moi. Il les laisse tomber et me téléphone. Ce petit m'aime vraiment!»

— Oui, mon chérubin, lança-t-il d'un ton enjoué: mon dîner menaçait de brûler, mais voilà, tout est sous contrôle.

Mathias réitéra l'invitation. Onésime, en fin filou, tenta d'amadouer son fils, lui suggéra de ne pas aller au mariage, l'invita à lui consacrer sa journée. Il lui promit mer et monde, fit miroiter mille choses à ses yeux. Il ne recula devant rien pour attirer l'enfant vers lui ce qui, conséquemment, le séparerait des siens. Chaque mot prononcé n'avait qu'un but précis: remporter une victoire sur eux. Il parla d'une merveilleuse surprise. L'enfant questionna. Onésime se fit prier et finit par confier qu'il avait fait l'acquisition d'une automobile, et toute neuve, à part ça. L'enfant ne semblant pas être impressionné outre mesure, il inventa toute une histoire: il devait absolument s'absenter le jour de la fête. Il aurait aimé y assister, mais il se devait de s'éloigner et il serait si heureux si Mathias l'accompagnait, car il détestait devoir partir seul.

Onésime prenait un plaisir malsain à prolonger la conversation, histoire de retenir l'enfant, petite victoire insignifiante à laquelle son cerveau malade attachait une grande importance. Mathias se troublait, il le sentait. Peut-être fléchirait-il?

Lorsque Onésime, à bout d'arguments, mit fin à son boniment, Mathias, mal à l'aise, balbutia tout bonnement:

— Je ne peux pas, monsieur Gratton, j'ai promis, tu le sais. Je donne le récital. C'est moi qui donnerai le récital pendant la fête!

Onésime sentit la moutarde lui monter au nez.

— Et moi, alors, ton ami, tu me laisses tomber?

— Ne badine pas, monsieur Gratton. Ça me fait beaucoup de peine. Bonsoir.

Et l'enfant raccrocha.

C'est la tête basse qu'il revint vers la table. Yvonne vit qu'il avait piteuse mine:

— Quelque chose ne va pas, Mathias?

L'enfant trépigna de colère. Il courut vers l'escalier

et s'apprêtait à monter, lorsque sa mère, indignée par sa conduite, l'apostropha:

— Eh, jeune homme! Et les manières?

Jean-Baptiste crut bon d'intervenir. Sa fille aînée, blessée dans son orgueil, se montrerait sûrement trop sévère.

Il se leva, tourna la tête vers l'enfant, qui s'était immobilisé et dit:

— Allons, souris. Dis bonsoir à tous. Ensuite tu iras t'exercer pour ton récital. Ça va, comme ça?

Mathias jeta un «bonsoir» du bout des lèvres et continua de monter l'escalier. On entendit claquer la porte de sa chambre.

Fernand ne savait quelle attitude prendre. Lucien suggéra de passer au salon. Marie-Anne se leva et entreprit de desservir. Yvonne, humiliée et exaspérée, s'exclama:

— Je n'aime pas ça. Je n'aime pas du tout, l'emprise et l'influence que ce professeur exerce sur cet enfant! Ça n'a que trop duré. Je vais mettre un frein à tout ça!

«Oh! Oh!, pensa Jean-Baptiste, j'ai tout juste réussi à éloigner la tempête, mais elle aura lieu. Et ça promet!»

***

La soirée se prolongea. À mesure que le temps passait, la colère d'Yvonne diminuait. La soirée se termina sur une note gaie.

Après le départ des invités, Fernand monta dormir et Jean-Baptiste pria Yvonne de lui préparer un lait chaud.

Étonnée, elle ne sut comment réagir: elle n'en avait pas envie mais n'osa refuser. Jean-Baptiste fit un long détour, avant d'en venir au sujet qui lui tenait à cœur.

Il évoqua quelques balivernes dont on avait parlé lors du souper et parla aussi de la fameuse indigestion qui les avait tant inquiétés. Puis, il demanda:

— Sais-tu, Yvonne, ce qui m'a le plus aidé lorsque je fus malade?

— Non, papa.

— C'est le réconfort ressenti, lorsque je t'ai sentie près de moi et surtout, surtout le bien que tu m'as fait en me touchant: le contact de tes mains sur mon front, le massage que tu m'as donné. J'étais si malade, si accablé. Il était bon de te savoir là, présente, humaine. Je ne saurais assez insister sur ce point.

— Pourquoi me dites-vous tout ça, ce soir, papa?

— Parce que je sais que tu es en colère contre ton fils. On peut réprimander, houspiller au besoin, mais il faut le faire de façon à la fois ferme et affectueuse. Lui aussi a ses peines, son orgueil, ses problèmes. Ils sont simples pour toi, mais pour lui, ils sont primordiaux. Mais je t'embête avec mes sermons...»

— Je sais que, derrière vos sages paroles, se cachent beaucoup d'amour et surtout une longue et sage expérience de la vie. Qui n'a pas besoin de guide, papa, sauf peut-être les pères eux-mêmes... du moins ceux qui ont ta sagesse?

— Crois-moi, ma fille, je ressens le besoin de votre affection et le témoignage de votre tendresse.

Yvonne passa un bras autour du cou de son père et l'embrassa sur le front. Jean-Baptiste se leva, la prit par la taille et, en silence, ils montèrent, enlacés, l'escalier pour aller dormir.

Le lendemain, au déjeuner, Yvonne éprouva un immense soulagement: Mathias s'était levé très tôt, s'était vêtu et se présenta devant sa mère avec un petit air repenti qui ne lui convenait pas du tout. Il avait sûrement pilé sur son orgueil pour réussir à afficher allure aussi contrite.

Se remémorant les paroles de son père, Yvonne se contenta de prendre son fils dans ses bras. Elle l'étreignit, un instant, sans trop insister, et, lui donnant une légère tape aux fesses, jeta:

— File à table, Fanfon.

Elle demeura un instant interloquée: elle n'avait pas employé ce sobriquet depuis la mort du père de son enfant.

Mathias, trop heureux de s'en tirer à si bon compte, ne passa aucune remarque.

Lorsque Fernand se mit à table, il fut étonné d'entendre mère et fils qui discouraient comme si rien de désagréable ne s'était produit la veille.

— Papa tarde, ce matin, dit Yvonne.
— Il dort. J'ai jeté un coup d'œil dans sa chambre: il dort paisiblement. La soirée l'a peut-être fatigué outre mesure.

Lorsqu'elle se retrouva seule avec le bébé, Yvonne repensa au professeur de Mathias. Elle garderait l'œil ouvert.

***

Et les événements se précipitèrent.

Chapitre 22

Le jour où on informa le caïd qu'on était sur la trace d'Onésime, la déception de Ricardo fut très vive: il avait pris goût au jeu: chaque matin, il s'informait de Big Ten. Rien? Alors il riait sous cape, allumait son éternel cigare et, derrière son écran de boucane, se plaisait à imaginer la joie que devait ressentir le crapaud gluant qui filait allègrement entre les pattes d'êtres insensibles et crapuleux qui n'hésiteraient pas à le livrer pour toucher la prime. «Chapeau, petit gars! Ça me plaît!», s'exclamait Ricardo intérieurement. Big Ten n'était pas un novice, il se savait sûrement recherché et s'attendait à payer le prix de sa trahison. Tout était dans la manière de réussir son coup. «Comment diable, peut-il s'y prendre? Qu'est-ce qui le retient ainsi? Il est libre comme l'air, féru d'expérience, sait que j'ai besoin de ses services, qu'il gagnerait beaucoup... Pourquoi sacrifie-t-il tant de choses? Pourquoi ou pour qui? Quelle est cette superpersonne? (Ça médusait, Ricardo.) Qu'on me le reprenne, et je tâcherai de savoir...» s'était-il dit.

Padre Ricardo sourcilla, il tiqua, fit claquer ses doigts, signe évident de nervosité. Au fond, il était déçu: autant la ruse d'Onésime l'avait fait enrager, en le bernant, autant il avait admiré celui-ci d'avoir réussi avec tant de brio à déjouer ses meilleurs hommes de confiance. Malgré que Ricardo fût fort préoccupé par mille autres sujets, il ne s'était pas passé une journée sans qu'il ne consacrât au moins un instant à penser à Big Ten, tout en ressentant une joie étrange de voir se prolonger la victoire du noiraud sur la puissante organisation: Padre Ricardo se sentait enclin à absoudre Big Ten, à lui accorder un magnanime pardon et ce, malgré l'ampleur de sa trahison.

Mais voilà! Il apprenait qu'on l'avait localisé: donc Big Ten n'était guère plus brillant ni plus rusé que les autres. Il serait tombé dans le filet d'une paire de *bobettes*! Quel désappointement c'était pour un homme de la trempe de Ricardo! Il entra dans une colère terrible, fit doubler le montant de la récompense promise et insista pour qu'on l'informât de tout fait nouveau dans cette histoire quelle que fût l'heure où il surviendrait.

L'importance que manifestait le caïd à cette trahison fit que toute une légende se broda autour du nom de Big Ten. On soupçonnait ce solitaire, qui remplissait le rôle de courrier sec, d'avoir filé avec une énorme somme d'argent; chaque jour, les intimes du chef discutaient du cas et attendaient impatiemment le dénouement de l'affaire. Big Ten devenait un héros, un chef en puissance. On l'enviait, on enviait aussi le gars qui réussirait à résoudre l'énigme. On imaginait chaque jour, plus forte, la somme dérobée. Pourtant, seul Ricardo savait. Qui eût pu soupçonner que le grand patron nourrissait, dans un repli de son cœur, une affection particulière pour le traître; lui, Ricardo, habituellement si froid, si tranchant, si intransigeant?

Padre Ricardo jouait inconsciemment le jeu de tous. Il s'interrogeait sur l'erreur commise par Big Ten. Avait-il misé juste en soupçonnant qu'il y eût une femme au fond de toute cette histoire? Où s'était terré le pitre? Avec qui, pourquoi?

Chapitre 23

Chez les Gagnon, on vivait un grand événement: le jour du mariage était arrivé. Tous se présentèrent à l'église dans leurs plus beaux atours; seule, la mariée n'avait pas daigné soigner sa toilette.

Horreur! Elle se présenta à l'autel en robe de maternité, «une robe que je ne porterais pas pour faire le ménage entre les quatre murs de ma maison», pesta Alice. La pauvre mère se sentait humiliée jusqu'au plus profond de ses entrailles. «Elle aurait pu au moins tenter de dissimuler sa condition, la camoufler! Mais non, au contraire, on dirait qu'elle a fait exprès pour mettre son bedon en évidence!» Alice se tenait raide comme une statue, les nerfs du cou tendus, les traits du visage crispés par l'effort pour ne pas éclater. Elle rageait aussi contre son mari, qui, lui, affichait un air tout à fait calme. «Ma foi du Bon Dieu, il a l'air fier de ça! Je n'ai pas fini d'en entendre parler, on va se faire dénigrer dans toute la paroisse!» Les vœux de mariage avaient été échangés sans que la mère n'en eût entendu un seul mot: elle avait l'esprit ailleurs!

Le marié affichait la fierté d'un coq. «Le pédant!» pensa Marie-Anne.

Mathias, guindé comme un jeune prince, sentait que les choses ne se passaient pas normalement. Il promenait son regard d'un adulte à l'autre et s'étonnait des expressions figées de certains visages: on n'était pas gais, encore moins enjoués. Ça l'inquiétait, sans qu'il comprît la raison d'une telle tension. Il se prit à espérer que son récital pût communiquer un peu de gaieté à cette assistance plutôt morose. Le jour du mariage de sa mère, tout le monde souriait, l'émotion était grande, mais aujourd'hui...

Tout à coup Alice eut un haut-le-corps: une pensée horrible venait de lui traverser l'esprit: s'il fallait qu'on osât, à la sortie, prendre une photo qui immortaliserait la condition de sa fille, le jour même de son mariage! Elle fulminait. Se penchant vers sa sœur Marie-Anne, elle lui souffla à l'oreille:

— Prends n'importe quel moyen, mais fais en sorte qu'on ne photographie pas... ça!

Marie-Anne sursauta.

— Es-tu sérieuse?

Yvonne avait entendu. Elle se pencha et foudroya sa sœur du regard. Alice se figea: elle n'avait pas pensé au fait qu'Yvonne avait eu, elle aussi, une aventure hors mariage.

Jean-Baptiste soupira d'aise, l'atmosphère lourde, qui régnait chez ses filles depuis l'entrée de la mariée au bras de son père, n'avait cessé de l'inquiéter: sa crainte de réactions vives de leur part venait de s'évanouir, car Yvonne pinçait le bec, signe indiscutable que ses méninges travaillaient et qu'elle allait, il en était certain, réagir et sauver la situation.

Les mariés s'embrassaient, la mélodie qui s'échappait des orgues emplissait l'air. La mariée, tout sourire, s'avança au bras de son époux. Yvonne poussa Fernand vers Lucien, retint Alice par un bras et, entraînant celle-ci, la força de la suivre vers la sacristie.

— Accompagne Lucien, lança-t-elle à Fernand, Alice n'est pas bien. Va!

Alice, docile, se laissa guider. Elle était trop prise par ses émotions intérieures pour réagir. Yvonne la brusquait. Dès qu'elles se retrouvèrent seules, Yvonne se planta devant Alice et la regarda droit dans les yeux.

— Ressaisis-toi! Allons!

— La petite... et même le curé qui...

Yvonne saisit les avant-bras de sa sœur et gronda:

— Écoute-moi bien, toi, tu vas te maîtriser. Il n'est pas question de faire un scandale. Ce n'est pas ton mariage, c'est celui de ta fille. Veux-tu la perdre pour toujours? Elle n'est pas la première, tu sais... Ça arrive tous les jours. Maman s'est montrée plus forte que toi, quand je lui ai causé la même peine! Et le curé, même l'Église... Tu es démodée, ce n'est pas possible!

Yvonne s'adoucissait, car elle sentait que le poids de ses paroles portait fruit.

— Tiens, prends mon mouchoir de dentelle. Sortons: on t'attend sûrement pour prendre la photo. Souris. On mettra tout sur le coup de ton émotion. Pense à ton petit-fils.

Soulagée, Alice ne put réprimer un pâle sourire: «Être la mère de la mariée et déjà grand-mère!»

«Qu'est-ce qui m'arrive?», pensa Yvonne. «J'aurais donc fini de me préoccuper de ce que les gens pensent? Ce doit être ça, la sagesse.» Soulagée d'une énorme inquiétude, Yvonne alla se placer près de son mari. Elle surprit le regard de son père, un regard, qui la remerciait et la félicitait à la fois.

Mathias égaya le repas qui fut très agréable. Julie, rose de bonheur, rayonnait.

***

Mathias cherchait à attirer l'attention: Yvonne et Fernand bavardaient. Le tête-à-tête durait trop longtemps: on parlait à mots couverts, il se sentait négligé, mis à part.

— Grand Dieu! Mathias, que tu es tapageur! Pense à grand-père qui dort là-haut.

— C'est l'heure de dîner. Grand-père devrait être levé.

— Fais tes devoirs, suggéra Fernand. Demain, la

vie sérieuse va recommencer. Il faudra se coucher tôt ce soir: nous avons veillé si tard hier.

— J'aime les mariages. Je me suis bien amusé, sauf à l'église: les tantes faisaient la gueule!

— Mathias! s'exclama Yvonne. Où vas-tu chercher ces expressions vulgaires?

— À l'école, quand ça ne tourne pas rond, le professeur fait la gueule...

— C'est incroyable! Tu entends ça, Fernand?

— Tout de même, il ne faut pas dramatiser...

— Je commence sincèrement à me demander si cet enfant ne devrait pas fréquenter l'école privée. Il y gagnerait, à changer de milieu.

— Je ne changerai pas d'école, protesta l'enfant. Je garde mes amis. L'école privée, c'est pour les tapettes.

— Sainte-Misère! Quel langage! Assez de sornettes!

— Apprentissage de la vie, prise de contact avec des réalités, même crues... temporisa Fernand.

— Qu'il faut savoir discerner sans tout gober, trancha Yvonne, l'œil mauvais.

Mathias boudait. Elle s'attendrit.

— Viens, vieux tronc, viens près de ta maman.

Ce disant, elle s'approcha de son fils, le colla contre elle. Il fit la moue.

— Pourquoi me traites-tu de vieux tronc?

— N'est-ce pas là le nom que te donne ton ami Gratton quand il est de belle humeur?

Mathias pouffa.

— Mais non, pas «vieux tronc», «vieille branche».

Yvonne s'était soudainement souvenue de la remarque de son père: le réconfort apporté par le contact dans les moments d'anxiété. Elle tenait l'enfant serré contre elle.

— Tu es jeune, tu as besoin de directives. Nous aurons très peu d'années ensemble. Je dois tout t'enseigner, tout ce que je sais, pour ton bien, au meilleur de ma connaissance. Quand tu seras devenu grand, tu choisiras ce que tu aimes, ce que tu veux être, ce qui te convient, à partir de ce que tu auras appris. Pour le moment, l'autorité est entre les mains de ceux qui t'aiment et veulent ton bien. Je suis d'accord, c'est parfois embarrassant et désagréable. Je n'étais pas moi-même facile...

— Toi, maman? demanda l'enfant.

— Oui, moi. J'ai souvent fait filer un mauvais coton à mes parents. Je leur en ai donné, du fil à retordre!

— Tu as de la chance, petit; si tu savais, comme tu as de la chance! Je n'ai pas connu ça, moi, dans mon enfance, des paroles aussi tendres!, s'exclama Fernand.

Mathias ne saisissait pas le sens de la phrase, mais l'intonation de Fernand, empreinte d'une grande mélancolie, le laissa songeur.

L'arrivée de Jean-Baptiste créa diversion.

— Bonjour, la maisonnée. J'ai faim! Je m'excuse, j'ai fait la grasse matinée.

Yvonne s'activa. Jean-Baptiste se laissa lourdement tomber sur sa chaise. D'une main, il massait son bras.

— Ça ne va pas, monsieur Gagnon?

— Oui, ça va, sauf que je ressens une fatigue dans ce bras-là. J'ai dû causer l'engourdissement, en demeurant couché dessus trop longtemps. Voilà où mène la paresse!

— J'espère, papa, que vous n'avez pas profité de l'occasion, hier, pour faire bombance?

— Mais non, mais non.

Jean-Baptiste mangea la soupe offerte. À la grande surprise de sa fille, il refusa l'éternelle tranche de pain tartinée de beurre qu'il réclamait toujours pour accompagner le potage. C'est à peine s'il toucha au mets principal et il refusa le dessert.

— Je croyais que vous aviez faim, papa.

— Grand-père est adulte, il a choisi de ne pas manger, dit Mathias, moqueur.

Yvonne et Fernand sourirent. Jean-Baptiste se sentait mal à l'aise. Les serrements dans son bras l'importunaient et sa mauvaise digestion l'incommodait.

— Tu as sans doute raison, Yvonne. Il m'aurait fallu renoncer aux petits fours hier!

Jean-Baptiste se contenta de siroter son thé.

***

Couvre-toi bien, Mathias: ça s'est refroidi subitement. Le temps menace d'être vilain, aujourd'hui. Il a neigé et c'est glissant.

Mathias prit sa course, dit bonjour à Caruso, embrassa son grand-père, qui se berçait, et rendit la caresse à sa mère.

— Il est primesautier, cet enfant, s'exclama Yvonne.

— Il a du caractère et le montre. C'est bien.

— Pas toujours. Parfois je m'inquiète: je pense à son père.

— Son père, c'est autre chose, sa mère était faible, elle n'a pas su le mater.

Jean-Baptiste n'avait pas fini de prononcer sa phrase qu'il la regretta. Il avait trop parlé, encore une fois!

Yvonne ne saisit que le compliment qui lui était adressé: elle ne s'arrêta pas à réfléchir. Plus tard, ces mots prendraient de l'importance. Pour le moment, elle s'empressait de mettre de l'ordre dans la cuisine, afin de pouvoir s'occuper de la toilette du bébé.

— Vous sortez, papa?

— Oui, j'ai le goût de faire une balade.

— C'est froid. Couvrez-vous bien.

— Je connais le vieux proverbe: *En avril, ne te découvre pas d'un fil, en mai...* Jean-Baptiste sortit en riant. «Elle a le harpon solide, ma grande fille, rien ne lui échappe.» Il dut cependant admettre qu'elle avait raison, le froid était vif. Il décida de prendre la voiture, ce qu'il ne regretta pas, car le vent s'élevait.

Il se rendit au magasin, fit quelques achats, laissa courir le temps. Au moment de retourner à la maison, il décida de se rendre à l'école. «C'est lundi, Mathias n'a pas de leçon de musique. Aujourd'hui, donc, il finira tôt: ça lui causera une agréable surprise.» Il stationna à côté de l'école, sortit son journal et se mit à lire. L'idée lui traversa l'esprit de se rendre chez Gratton converser avec l'homme que Mathias aimait tant. Il regarda la maison: rien ne bougeait, les rideaux étaient tirés. «On n'est plus à la belle époque où l'on pouvait se présenter chez les gens sans s'annoncer», songea-t-il. «Je vais prendre rendez-vous, un de ces jours.» Et il plongea dans sa lecture.

Bientôt le va-et-vient se produisit: les autobus scolaires se rangèrent tout près. Jean-Baptiste jetait un coup d'œil sur les groupes et continuait sa lecture. Tout à coup, il lui sembla reconnaître son petit-fils. Il tenait la main d'un homme et tous deux s'approchaient autour d'une voiture stationnée à proximité de la maisonnette blanche. Il plissa les yeux, il ne pouvait s'agir que d'une ressemblance. Voilà que l'enfant montait dans l'automobile et que l'homme ouvrait la portière du côté du chauffeur. Il n'y avait pas de doute possible: cet homme était le même qu'il avait entrevu un jour en train de poursuivre Mathias autour de la table: le prof de flûte, dans sa culotte bouffante. Il souriait, le visage bien en vue. Jean-Baptiste sursauta. Ce n'était pas possible, son imagination lui jouait des tours: il connaissait ce visage! La voiture passa près de lui, l'homme et l'enfant discouraient; Jean-Baptiste les voyaient maintenant de plus près.

— Ma foi, mais! Non, ce n'est pas possible. Il secoua la tête. Je suis dingue, ou quoi? Ma foi! mais... c'est Onésime!

Il avait prononcé sa phrase tout haut. D'entendre le

ton de sa voix le surprit. Il tourna la tête et regarda dans la direction opposée, celle qu'avait empruntée l'automobile. Il vit qu'elle tournait le coin de la rue, sur sa droite. Il ferma les yeux, et dans son cerveau subitement en éveil, des mots, des phrases, des faits anodins l'assaillirent: «vieille branche...» le refus aux invitations sous différents prétextes... ses absences opportunes... l'emprise exercée sur l'enfant! C'était trop de coïncidences. Il ne voulait pas y croire!

Jean-Baptiste fouillait dans ses pensées. Tout s'embrouillait. Il sursauta: «Celui qui trahit son frère... tous les moines ne portent pas l'habit!» Jean-Baptiste suffoquait! «Non, je me leurre, c'est insensé, loufoque!» Et si c'était bien lui? L'homme pauvre, qui a dû vendre son piano... Il a une bagnole flambant neuve... Alors? La flûte. Oui, la flûte, il en jouait là-bas, à Rimouski, lors de ses années passées au séminaire! Jean-Baptiste le revoyait, tout jeune enfant, à jouer de son instrument avec une dévotion peu commune. Il n'y avait pas de doute possible. C'était lui! Il s'était servi de cette connaissance pour attirer l'enfant. Mais alors, il n'était pas mort comme on l'avait cru ou espéré? Que mijotait-il? Pourquoi ne s'était-il pas manifesté plus tôt? Que trimait-il? Où avait-il passé tout ce temps? Depuis quand vivait-il là? Et pourquoi? Pourquoi? Pourquoi?

Jean-Baptiste tremblait de tout son être. Son cœur battait à se rompre. Yvonne! Grand Dieu! Et son petit-fils, Jean-Baptiste? Le truand devait s'enquérir de tout ce qui se passait à la maison; il était au courant de leurs allées et venues, se tenait informé et l'enfant lui vouait une confiance et un amour aveugles. «C'est son père!» hurla Jean-Baptiste. «C'est son père!» Les mots lui firent mal. Il crut qu'il allait étouffer.

La pensée de Fernand le réconforta un instant. Fallait-il se confier à lui? Tout avouer à Fernand et à Yvonne? Ou devrait-il alerter la police? Que dirait

Mathias de cette trahison? «Moi, c'est mon ami!» s'était-il exclamé un jour, de la colère plein les yeux. Mais c'est ça, il avait trouvé: le monstre travaillait à se mériter l'amour de l'enfant, il l'amadouait pour le conquérir! Jean-Baptiste haletait.

Il n'avait plus qu'une idée, rentrer chez lui, se renfermer dans sa chambre et réfléchir à tout ça. Il éviterait Yvonne et tous les autres. Il avait besoin d'être seul, tout à fait seul! Il fit des efforts pour se calmer, s'efforça de se détendre. Il fit démarrer la voiture et prit lentement la route de sa demeure. Ses yeux papillotaient, sa vue s'embrumait. Enfin, il se retrouva chez lui. Il gara l'auto et le souvenir de cette nuit terrible où il avait, pour la première fois, été menacé par Onésime, lui revint à l'esprit. Il revoyait encore la corde au travers du chemin, la peine et la peur ressenties, le sentiment de trahison à l'égard de sa femme et de sa fille qui l'avait tant fait souffrir!

Et le cauchemar d'Yvonne vécu jour après jour? Tout ça allait donc recommencer? Il demeurait là, assis au volant de l'auto, n'osant faire un geste, comme si son immobilité pouvait contrer le danger! L'intensité de sa peine l'étranglait!

Le vent était tombé. Tout était gris, maussade. Faisant un effort suprême, il descendit de l'automobile et appuyant une main contre le mur, il se traîna jusqu'au perron. Il dut s'arrêter pour retrouver son souffle.

Tout s'embrouillait. Sa connaissance des lieux aidant, il réussit à ouvrir la porte d'entrée. Yvonne était là, qui le regardait. Il n'entendait pas ses paroles: elles lui parvenaient comme un bourdonnement.

— Mathias est-il rentré? réussit-il à articuler d'une voix rauque?

Une pensée encore plus cruelle l'envahit tout à coup. «L'automobile, c'est ça, il s'est procuré une automobile pour enlever l'enfant, fuir avec lui...»

Jean-Baptiste, inconsciemment, porta la main à la poitrine. Yvonne le força à s'asseoir sur une chaise qu'elle avait approchée. Elle dénoua son col, la ceinture de son pantalon. «Encore cette maudite indigestion» pensait-elle. Jean-Baptiste faisait des efforts pour aspirer de l'air. Ses traits étaient tirés, il avait le teint blafard. Il se courba en deux: la douleur le martelait.

Fernand descendait de sa voiture, de l'extérieur, il entendit Yvonne crier. Il se précipita vers la maison, suivi de Mathias qui arrivait. Il appela les ambulanciers, qui prirent, leur semblait-il, une éternité à arriver.

Les pleurs du bébé se mêlaient aux cris d'Yvonne. Mathias grimpa les marches quatre à quatre, prit le bambin dans ses bras et descendit. Il alla s'asseoir au bout de la table, tenant le bambin sur ses genoux. Celui-ci, indifférent à tout ce qui se passait, gazouillait gaiement. Par contre, sur les joues de Mathias, les larmes ruisselaient.

Un secouriste était là, dans la même pièce, et communiquait avec l'hôpital: «Pulsation filiforme, tension deux cent vingt-six sur cent». Yvonne ferma les yeux. Elle sentait ses jambes se dérober.

Son père reposait sur une civière en position déclive, enveloppé d'une chaude couverture. Ses traits tirés inspiraient de vives inquiétudes.

Fernand offrit d'accompagner son beau-père à l'hôpital. Yvonne refusa et monta dans l'ambulance.

Lorsqu'on arriva au service des urgences, où on les attendait, tout se passa très vite. On pria Yvonne de fournir les renseignements nécessaires au dossier du patient. Et le patient était son père! Elle répondait aux questions, comme un automate. Tout ça lui semblait irréel. Elle vivait un cauchemar, elle allait se réveiller!

Enfin, on lui permit de voir son père, quelques minutes seulement. Ça suffisait. Elle n'eût pu en supporter davantage. Elle posa sa main sur la sienne: ce contact la réconforta. Elle était moins moite. La transpiration abondante de son père avait provoqué sa première grande peur. Elle revoyait son regard fixe. Elle n'en pouvait plus. Alors, elle s'éloigna, sur la pointe des pieds, comme pour tromper sa peur. Une fois dans le long couloir, elle chercha des yeux un endroit où s'asseoir.

Elle était là, immobile, lorsqu'elle sentit une main se poser sur son épaule. Elle étouffa un cri: Fernand se tenait devant elle. Elle se jeta dans ses bras et donna libre cours à sa peine.

— Lucien et Marie-Anne seront bientôt ici, ma grande. Je te ramène à la maison. Tu dois te reposer. Mathias garde le petit.

La douceur de la voix l'enveloppa toute entière. Elle se laissa conduire, comme une enfant. Lorsque l'air froid du dehors la souffleta en plein visage, elle se sentit ragaillardie. Elle aspira profondément.

— Qui garde les enfants? demanda-t-elle.

— Pour le moment, c'est Mathias, mais une de tes sœurs est en route, si elle n'est pas déjà là.

Il le lui avait déjà dit! Yvonne s'appuya contre son mari et ferma les yeux.

— Fernand...

— Oui?

— Rien, répondit-elle après une longue hésitation.

Lorsqu'ils arrivèrent à la maison, toutes les lumières étaient allumées. Monique avait mis le bébé au lit. Mathias, le regard interrogateur, regardait sa mère. Elle lui tendit une main, qu'il prit en silence. Elle monta à sa chambre, le borda et lui parla tendrement. Devant son fils, elle retrouvait sa voix et son courage. L'enfant, rassuré, s'endormit bientôt. Elle posa un baiser sur son front et descendit lentement.

Fernand avait préparé une tisane. Autour de la table, le cercle allait grandissant. Tous venaient aux nouvelles. Rien de précis n'avait encore été diagnostiqué, mais, d'après les symptômes, tout laissait croire qu'il s'agissait d'une crise cardiaque.

— A-t-il eu un choc quelconque, une mauvaise nouvelle? demanda Frank.

— Pas que je sache. Il était joyeux, ce matin. Il était allé se balader.

— Qui sait? Cette indigestion était peut-être une angine, un avertissement!

On téléphona de l'hôpital sur le coup de onze heures. Tous gardaient les yeux braqués sur Fernand qui écoutait. En somme, il n'y avait rien de nouveau à signaler. Yvonne décida de monter se coucher. Son mari l'observait, elle s'appuyait fortement sur la rampe. Elle semblait exténuée.

***

Le lendemain matin, Mathias pria sa mère de lui permettre de rester à la maison.

— Qui sait, maman, si tu n'auras pas besoin de ma présence?

— Cher petit ange, murmura-t-elle. Ta place est à l'école, à t'instruire. Tu auras bien assez vite à te soucier des problèmes des adultes. Tu peux partir sans t'inquiéter, mais ne flâne pas, rentre à la maison dès que tu le pourras. Je te fais confiance: tu es un bon bonhomme! Tiens, prends une pomme; je ne sais pas pourquoi, mais quand j'ai des problèmes, j'ai le goût de croquer dans une pomme, ce qui me réconforte. Peut-être sera-ce la même chose pour toi, qui sait?

Mathias prit le fruit, embrassa sa mère et prit le chemin de l'école.

Fernand ne s'était pas mêlé à leur conversation. Il déjeunait, tout en écoutant. Sa femme avait une grande force de caractère; il l'admirait. Il l'admirait et l'aimait.

— Assieds-toi. Viens me tenir compagnie.

— Je me sens lasse: je n'irai pas à l'hôpital ce matin. Je profiterai du sommeil de Jean-Baptiste pour dormir un peu.

Fernand sentit la voix de sa femme se briser, au moment où elle prononça le nom du bébé.

— C'est sage. Vous êtes plusieurs à pouvoir vous relayer auprès de votre père. Ne prends pas toute la responsabilité sur tes seules épaules. Tu as déjà toute une tâche, ici! Allons, mange un peu. Tu n'as pas touché à ton déjeuner. Il faut manger pour rester forte.

Fernand n'avait pas été sans remarquer son hésitation, la veille, une hésitation suivie d'un silence. Peut-être voulait-elle parler, aujourd'hui. Pourtant, il se rendit vite compte que sa femme ne semblait pas vouloir faire de confidences. Il s'attarda encore un peu et, avant de la quitter, lui promit de se libérer tôt de son travail.

Dès qu'il fut parti, elle éclata en sanglots: c'était trop d'émotions. La crise de larmes la calma. Yvonne n'avait pas déjeuné, et pour cause: elle avait la nausée. Elle connaissait ce symptôme: la nausée du matin, mais elle se demandait si ce n'était pas tout simplement la fatigue qui en était la cause.

Tout en donnant le bain à son fils, elle réfléchissait. Elle se réjouissait de n'avoir pas fait part de ses soupçons à Fernand. Ça pouvait fort bien être une fausse alarme. Son mari s'était montré exigeant et sévère, lors de sa dernière grossesse. De plus, ce n'était pas le temps de lui donner de faux espoirs. Elle se reposerait et attendrait d'avoir une certitude avant de se confier.

Bientôt, Yvonne sombra dans un sommeil profond.

***

La sonnerie du téléphone insistait: elle parvenait jusqu'à Yvonne assourdie, lointaine. Elle ouvrit enfin les yeux et se précipita vers l'appareil.

Colombe appelait depuis l'hôpital. Les nouvelles étaient bonnes: «malgré son âge avancé», avait précisé le docteur, Jean-Baptiste se défendait bien contre le mal qui l'avait terrassé. Bien sûr, il était trop tôt pour se prononcer, mais il était permis d'espérer, même si les mauvaises surprises pouvaient toujours survenir. On attendait le résultat du laboratoire, l'analyse du taux d'enzymes.

Yvonne raccrocha, hocha la tête! En somme, on ne dit rien de positif. Ce sont là des mots rassurants, mais fondés sur des observations et non sur des faits concrets. Le seul espoir reposait sur la force de son père, son énergie et sa capacité de lutter. Yvonne s'affairait dans la cuisine. Elle ne doutait pas un instant de l'ampleur de la tâche qui lui incomberait: cette maison serait le point central des rencontres; les visiteurs se feraient nombreux. Elle sortit la farine, roula de la pâte à tarte, prépara des légumes, vérifia ses conserves et les réserves au congélateur. Mais lorsqu'elle eut mis au feu la marmite, où mijotèrent bientôt oignons et viande, la senteur des aliments qui cuisaient lui donnèrent la nausée. «Pourtant, à la dernière grossesse, je n'ai pas eu ce problème! Pourquoi Grand Dieu!»

Elle ouvrit toutes grandes les fenêtres, hâta la cuisson, passa au salon, ferma la porte et se laissa choir sur le divan. «Je vais aller acheter des viandes froides. La charcuterie se conserve et se sert bien. Pour une fois, ça ne tuera personne de manger sur le pouce...»

Ayant entendu une voiture s'arrêter, Yvonne regarda par la fenêtre, Lucien, vêtu de son uniforme, arrivait, accompagné de Marie-Anne qui apportait de beaux plats tout cuisinés. Ils ne tardèrent pas à entrer.

— Lucien et Fernand garderont les enfants. Ce soir, toi et moi irons à l'hôpital, dit Marie-Anne.

Puis, s'adressant à Fernand, qui rentrait tout juste de son bureau.

— Elle est à bout! Heureusement que ce n'est pas moi qui eus à subir tout ça!

— Notre père va s'en sortir. C'est un costaud: il n'a jamais bu, ne fume pas.

— Mais il est si âgé!

— Évidemment, personne n'est éternel.

— Dis, Yvonne, si nous allions tout de suite à l'hôpital visiter papa? Le repas est prêt. Nous souperons au retour. Qu'en dis-tu?

— Le grand air me ferait du bien. Donne-moi deux minutes, le temps de me coiffer un peu et d'enlever ce tablier.

— Tu auras ensuite toute ta soirée libre.

Yvonne ne répliqua pas et monta à sa chambre.

***

Pendant ce temps, à quelque distance de là, un autre drame se préparait.

La maison de Gratton était surveillée. Un homme se trouvait en face de celle-ci et faisait le guet. Les recherches faites par Lorenzo avaient mené jusque-là. Il ne restait qu'à vérifier si celui qui logeait à cette adresse était bel et bien le personnage qui figurait sur la photo transmise par les acolytes de Ricardo.

De plus, il fallait déterminer si l'homme vivait seul et quelles étaient ses habitudes de vie. Depuis la veille, rien n'avait bougé.

La classe terminée, Mathias s'empressa de fourrer ses livres et ses cahiers dans son sac à dos. La pensée de son grand-père n'avait pas cessé de le tourmenter toute la journée. Il avait une hâte folle de rentrer. Il courait en direction de chez lui, quand, soudain, il s'arrêta, fit demi-tour, grimpa les quelques marches qui conduisaient chez son ami Gratton. Il frappa à la porte. Onésime ouvrit. L'enfant, tout rouge et essoufflé lança:

«Je ne pourrai pas venir demain, pour ma leçon de musique, nous avons de la maladie chez nous.» Il pivota, pour s'en aller.

— Attends, petit. Pique à travers, c'est plus court.

Mathias se dirigea vers la rue dans l'intention de la traverser et de s'engager ensuite dans le raccourci qu'il avait déjà emprunté avec son ami.

Le jour tombait. Le temps était terne, sombre. L'excitation de Mathias intriguait Onésime. Il irait aussi là-bas et observerait ce qui se passait chez son ennemi.

L'arrivée impromptue de l'enfant devait précipiter les choses. Dès qu'il vit Gratton, dans l'embrasure de la porte, répondre au jeune Mathias, le guetteur le reconnut et siffla. Un coup de klaxon retentit, puis un autre: c'était le signal.

Lorsqu'Onésime sortit de la maison, il se heurta presque de plein fouet à l'homme, qui le dévisagea et lui emboîta le pas. Soupçonneux, Onésime cria à son jeune ami, qui n'était pas encore très loin:

— Va tout droit, va tout droit devant toi, insistait Onésime. File! Mathias. File...

C'est alors que le colosse saisit Gratton, le souleva de terre et le frappa.

Avant de s'engager dans la rue, où la circulation était dense, Mathias hésita, se retourna. C'est ainsi qu'il fut témoin du mauvais traitement infligé à Gratton. Il vit, avec horreur, qu'un autre homme arrivait, armé d'une chaîne.

L'enfant hurla. Onésime cria de toutes ses forces:

— Va, va-t'en, petit, cours! Va, va Mathias!

... Mathias... Mathias... la voix continuait de résonner dans la tête de l'enfant qui avait pris ses jambes à son cou afin d'arriver au plus tôt chez lui et y chercher du secours pour son professeur.

***

Demeurés seuls, les deux beaux-frères, ne tardèrent pas à sortir le jeu de cartes.

— Dommage que Mathias ne soit pas là pour voir ça! s'exclama Lucien, au moment de compter les points.

— Il ne devrait plus tarder, dit Fernand, tout en consultant sa montre-bracelet.

Il n'avait pas sitôt terminé sa phrase que la porte avant de la maison s'ouvrait et que Mathias entrait en hurlant.

— Vite, vite, Fernand, ils vont tuer mon ami. Vite! Vite! Vite!

Lucien se précipita hors de la maison.

— Là, là, derrière, hurlait Mathias.

La porte demeura grande ouverte. Les deux hommes et le garçon eurent un mal fou à traverser la rue en cette heure de pointe.

Dès que Mathias s'était éloigné, le premier assaillant avait entrepris de tabasser Onésime. Il s'était attaqué à son visage. Onésime tomba à la renverse. On cognait sans merci, des pieds et des poings. Le deuxième frappait avec la chaîne. N'eût été de l'intervention de l'enfant, on l'eût sûrement tué. Les cris de Mathias qui s'ajoutaient à ceux d'Onésime, risquant d'alarmer le voisinage, les criminels prirent la poudre d'escampette.

Lucien les poursuivit en courant. Malheureusement, il ne portait pas son arme de policier. Lorsqu'il tourna le coin de la maison, il vit les deux truands sauter dans une voiture et filer. Il ne parvint pas à relever le numéro d'immatriculation de l'automobile, le temps étant déjà trop sombre.

Il sonna à une porte et demanda qu'on lui permît d'utiliser le téléphone. Bientôt, tout le quartier fut en alerte, l'ambulance et les voitures de policiers ayant attiré l'attention des curieux, qui se faisaient de plus en plus nombreux.

Onésime gisait, inconscient. Une plaque de neige,

qui jouxtait un buisson, était rouge du sang de la victime. Mathias hurlait. Fernand souleva le bambin de terre, le prit dans ses bras. Rien ne pouvait le consoler. Il sanglotait.

Les policiers tentèrent d'obtenir la version du garçonnet. En vain: il n'était pas en mesure de penser ni de réfléchir. Tout à coup, il s'échappa des bras de Fernand et courut se jeter sur le sol, là où son ami était tombé.

Lucien parla aux ambulanciers, qui s'affairaient autour du moribond. On parvint à calmer l'enfant. La sirène se mit en marche. Mathias hurla: il voulait suivre son ami, comme, l'autre soir lorsque sa mère avait accompagné son grand-père lorsque ce dernier était parti, couché sur une civière. Il se débattait et criait à fendre l'âme.

Lorsque les deux hommes reprirent le chemin de la maison avec l'enfant, celui-ci tremblait de tous ses membres et son visage exprimait la terreur.

Fernand essaya de lui faire boire un verre de lait. Peine perdue. Mathias ne disait rien, regardait droit devant lui. Il semblait en état de choc. Fernand se dirigea vers la cuisine, tenant toujours le bambin dans ses bras. Il s'installa dans la berceuse et le réconforta. L'éloignement et le silence semblèrent le calmer un peu.

Dans le salon, les officiers de police discutaient. On savait peu de choses de cet homme, sauf qu'il était l'ami et le professeur de musique de l'enfant et qu'il vivait seul. Mathias ne voulait rien dire. Il gardait un air buté. Fernand refusa qu'on le questionnât davantage.

***

À l'autre bout de la ville, Lorenzo pestait. À cause de l'intervention d'un môme et surtout de la maladresse des types chargés de la besogne, la mission n'avait été qu'à demi réussie. Lui, Lorenzo, avait pourtant fait connaître à ses hommes de main son désir qu'ils se contentassent de capturer le traître et de le lui amener afin qu'il pût le livrer à Ricardo.

Lorsque Padre Ricardo fut mis au courant de la situation il se déclara satisfait, même si, au fond de lui-même, il avait des regrets; il s'était attaché à ce bonhomme plein d'astuces et effronté comme un diable. Il ne réussissait pas à comprendre le rôle qu'un enfant avait pu jouer dans la vie de son ancien collaborateur. Se pouvait-il qu'il eût eu un gosse bien à lui? Décidément, Big Ten demeurerait une énigme. Ricardo était père de famille. Il regrettait qu'un garçonnet eût été témoin de tant de cruauté.

Toutefois, le caïd ordonna de faire disparaître la maison d'Onésime et de tous ses biens. On éliminerait ainsi toutes informations susceptibles d'y être dénichées, qui pourraient être préjudiciables à l'organisation.

Et l'homme oublia cette histoire. Son honneur était sauf, puisqu'il avait été vengé.

***

À l'hôpital, Yvonne et Marie-Anne se trouvaient près de leur père. Le décor déprimant, au milieu duquel il luttait pour sa vie, les démoralisait. Jean-Baptiste faisait pitié au milieu de fils, relié à un moniteur, une aiguille plantée dans une veine de la main, tout petit dans son lit blanc, blanc comme son visage. Le bruit des appareils, l'atmosphère ambiante, tout était énervant au superlatif!

Yvonne eût souhaité pouvoir prendre son vieux père dans ses bras et le bercer comme on berce un enfant. Elle se contentait de lui sourire à travers ses larmes. Il voulut parler. Elle lui imposa le silence:

— Chut! Chut! Ne vous inquiétez pas. Tout va bien à la maison. On vous attend. Mathias vous embrasse.

Une grosse larme perla. Il ferma les yeux, soupira. L'appareil qui enregistrait les pulsations de son cœur gémit. Une infirmière s'approcha au pas de course. L'aiguille qui traçait le graphique reprit son cours normal. Yvonne fut priée de sortir.

L'infirmière la suivit, la réconforta. Elle lui souligna l'importance de choisir ses mots pour parler au malade: on ne devait rien lui dire qui pût le troubler, afin de lui éviter de faire de la tachycardie. Le ton était correct, mais sévère. Yvonne se mordit les lèvres: qu'avait-elle bien pu dire de troublant?

Marie-Anne, demeurée à l'écart, pensait à Gonzague, son premier mari. Il n'avait pas surmonté la crise, était décédé seul, tenant un oiseau sculpté à la main. Elle s'étonnait de voir son père parvenir à s'accrocher à la vie avec autant d'ardeur.

Silencieuses, elles s'éloignèrent, chacune aux prises avec sa propre peine. Le silence ambiant était troublant. Au moment où elles allaient sortir de l'hôpital, une ambulance arriva et une équipe du service des urgences se précipita vers celle-ci.

— Je déteste ces engins, dit tout bas Marie-Anne.

Yvonne ne l'entendit pas. Elle frissonna. Quelque chose au plus profond d'elle-même tressaillit. Elle s'arrêta, la civière passa près d'elle. Elle aurait voulu voir qui s'y trouvait étendu. On la pria de circuler. Elle ne broncha pas et Marie-Anne dut la tirer par le bras. Tout en s'éloignant, Yvonne garda la tête tournée vers cette forme sans vie apparente qui disparut enfin derrière une porte. Elle voulut questionner deux policiers qui se trouvaient près de la sortie, mais elle ne réussit qu'à émettre des sons incohérents.

Marie-Anne, inquiète, passa son bras sous le sien et la tira vers l'extérieur.

— Qu'est-ce qui t'arrive? Yvonne!
Elle la prit par les épaules et la secoua.
— Viens. Viens, Yvonne. Allons voir un médecin: tu es malade.
Yvonne se défit de l'emprise de sa sœur. Elle baissa la tête. Peu à peu, elle reprit contact avec la réalité.
— Donne-moi tes clefs, je vais conduire, lui ordonna Marie-Anne.
Yvonne se roula en boule sur la banquette et se mit à sangloter.
— Allons, ma grande sœur, allons, allons!
Marie-Anne comprit que sa sœur aînée n'en pouvait plus. Elle fit quelques détours pour laisser le temps à Yvonne de retrouver son calme, après avoir pleuré son soûl.
Lorsqu'elles atteignirent la maison, une activité inhabituelle y régnait: il semblait que quelque chose d'anormal, de bizarre se passait à l'intérieur. Une voiture de police quittait la cour, au moment où elles y pénétraient.
Yvonne ouvrit la portière, sortit en courant. Elle ouvrit la porte, s'appuya contre la chambranle, ouvrit des yeux démesurément grands et cria:
— Que se passe-t-il ici? Que se passe-t-il ici?
Lucien accourut, saisit la femme.
— Où est Fernand?
Fernand descendait précipitamment l'escalier. Il courut vers son épouse, qu'il prit dans ses bras.
— Où est Mathias? Mathias!
Elle hurlait.
— Il dort là-haut.
— Tu ne me mens pas, Fernand Robichaud?
— Mais non, Yvonne. Mais non. Tout va bien, tout va bien. Viens t'asseoir.
Yvonne appuya ses bras sur la table, regarda son mari, puis Lucien, et d'une voix soudainement devenue très calme, dit:

— Que s'est-il passé en mon absence? Pourquoi Mathias est-il au lit si tôt?

Lucien parla prudemment en choisissant ses mots, afin de ne pas troubler Yvonne. Il évita autant que possible de l'entretenir de la réaction de Mathias; elle la connaîtrait bien assez vite. Par ailleurs, Lucien comptait bien que l'enfant pût se sentir moins bouleversé après une bonne nuit de sommeil.

Yvonne répétait sans cesse: «C'était ça, c'était donc ça!»

— Que veux-tu dire, demanda Fernand?

— Je savais. Je ne sais pas pourquoi, mais quand j'ai vu arriver cette civière, j'ai senti que j'étais concernée. J'ai eu si peur!

Les deux hommes se regardèrent.

— Mais, tu ne connais pas cet homme!

— Non, bien sûr, mais c'est tout comme: Mathias nous en a tant parlé. Qui a bien pu s'attaquer ainsi à un homme de cet âge, pauvre et seul?

— Peut-être y a-t-il eu erreur sur la personne, suggéra Lucien. Les voisins sont unanimes à dire qu'il était paisible et menait une vie rangée.

— C'est tout de même curieux!... Mathias doit avoir un chagrin fou!

— Pour le moment, il dort. Et ton père?

— Ça a l'air d'aller, se contenta de répondre Yvonne, sans conviction.

Marie-Anne suggéra de préparer le repas. Personne n'avait faim. On ne souperait pas, ce soir-là.

Après le départ de Lucien et de sa femme, Fernand fit le tour de la maison, s'assura que tout était bien verrouillé, éteignit et suivit Yvonne.

Une fois dans leur chambre, elle dit à Fernand:

— Sois gentil, amène Mathias dans mon lit. Essaie de ne pas le réveiller et toi, dors là-bas, à sa place.

Fernand s'approcha de sa femme, la regarda droit dans les yeux et lui dit:

— Comme je t'aime!

Yvonne se glissa sous ses couvertures. Fernand déposa son fils près d'elle. Elle se colla contre lui, le couvrit et, affectueusement, passa doucement la main dans ses cheveux.

Fernand éteignit et sortit.

***

Yvonne l'ignorait sans doute, mais elle avait fait un geste d'une importance capitale. De la réaction des adultes qui entourent un enfant qui subit un choc violent, dépendent les conséquences que le traumatisme aura sur l'enfant en question.

À l'hôpital, non loin de l'endroit où reposait Jean-Baptiste, des hommes de science se penchaient sur un corps meurtri par les blessures infligées par la haine et la vengeance.

Sous un même toit, un vieillard et celui qu'il avait longtemps tenu pour son neveu, luttaient pour leur vie. Tout ça, parce qu'un jour...

***

Fernand se leva très tôt. Il prévint son contremaître qu'il serait absent pour la journée. Il prépara le déjeuner. Il voulait être là quand l'enfant se leverait. Il s'activait, mais n'ayant pas l'habitude de faire la popote, tout lui échappait des mains. Le café lui semblait trop fort.

Un bruit sourd se fit entendre. Il leva la tête. Un autre bang retentit. Puis, plus rien. «On fait du dynamitage dans les environs», pensa-t-il.

Mathias parut. Il ne descendit pas tout l'escalier. Il s'arrêta et regarda Fernand entre les barreaux de la rampe.

— Tu as entendu?

— Oui. Bonjour, Mathias. Et maman?
— Elle vient. Tu as entendu?
— De la dynamite sans doute.
— Ah!

Rassuré, l'enfant continua sa descente. Yvonne, drapée dans un peignoir, descendait à son tour.

— Quelle arôme! C'est accueillant, jeta-t-elle. Tu as faim, Mathias?
— Non.

Il s'attabla, l'air triste.

— Tu as bien dormi.

Il se leva, contourna la table, vint se blottir contre sa mère, sans prononcer un seul mot. Son geste valait le plus beau des discours.

— Il faut manger. Tu n'as pas dîné, hier.

Soudain, des sirènes retentirent: on put reconnaître celles de voiture de police, d'ambulances et de voitures de pompiers.

— Que se passe-t-il donc? s'exclama Fernand.
— Le tiroir! Vite, viens, viens Fernand.
— Qu'as-tu dit, Mathias?
— Rien. Viens vite, vite!

Yvonne s'exclama:

— On ne peut pas partir tous ensemble. Le bébé?
— Nous reviendrons tout de suite. Viens, Fernand.

Fernand se laissa entraîner. Mathias, le visage déterminé, monta dans l'auto.

— Allons! vite!
— Où?
— Chez mon ami, chez monsieur Gratton.
— Tu n'as pas la clef de la maison: il est à l'hôpital.
— Je sais, je sais aussi comment entrer.

Fernand ne put pénétrer très avant sur la rue du Hameau. Elle était bloquée par un barrage de police. Mathias sortit en courant de la voiture. Fernand s'efforça de le suivre. Ce qu'ils virent alors était désolant.

La maison de Gratton flambait. Sa voiture avait sauté, ce qui expliquait le bruit entendu plus tôt. Les curieux affluaient, des femmes criaient.

— Des blessés? demanda Fernand à un policier.

— Non, par miracle! Circulez.

Mathias restait là, les yeux braqués sur les flammes et des grosses larmes s'échappaient de ses yeux.

— Viens, petit, dit doucement Fernand.

— Attends, encore un peu.

Le ton était suppliant. Fernand prit sa menotte et la serra. Mathias se dégagea, s'éloigna un peu de Fernand, fit volte face et revint vers la voiture. Ils rentrèrent à la maison en silence. L'enfant regagna sa place à table.

— Je veux deux rôties, dit-il sur un ton neutre.

Fernand, médusé, crut bon de ne pas poser de questions. Il attendrait. Ce fut Yvonne qui chercha à savoir. Fernand relata ce qu'il avait vu. Du coin de l'œil, il observait Mathias qui mangeait, avec bon appétit, semblait-il.

— Je m'en vais à l'école, déclara-t-il.

— Je crois que l'école est fermée aujourd'hui. Avec ce qui vient de se passer juste à côté, je doute que l'école ouvre ses portes. Je vais téléphoner.

De fait, par mesure de sécurité, l'école n'ouvrirait pas ses portes.

Sur le coup de dix heures, Lucien revint. Il pria Mathias de le suivre au salon. Il referma la porte derrière eux. L'enfant ne semblait pas ému outre mesure. Et la pluie de questions commença. Les réponses étaient brèves, précises.

Son professeur s'appelait Charles-Omer Gratton. Il était vieux, jouait du piano et de la flûte. Il enseignait. Il l'avait connu chez lui, dans sa maison. Il lui avait rendu service en lui prêtant des sous. Il l'avait gardé une fin de semaine. Il était pauvre et gentil. Il était bon, bon, bon. Il avait des rhumatismes, des vieilles savates et des grandes culottes de clown. Il était à l'hôpital, parce que deux voyous l'avaient battu.

— Tu sais que sa maison a brûlé?
— Oui, elle a sauté.
— Qui te l'a dit?
— J'ai entendu.
— Et son automobile?
— Sautée aussi. J'ai vu.
— Tu as vu?
— Oui, je suis allé avec Fernand et j'ai vu le feu.

Dans la cuisine, Yvonne s'impatientait. On allait abasourdir un enfant de cet âge avec une batterie de questions!

— Tout de même, Yvonne! Lucien est son oncle, il ne lui ferait pas de mal, tu le sais bien.

La porte s'ouvrit. Mathias revint et monta l'escalier, serein. Lucien continuait de compiler les informations reçues.

— Je prendrais volontiers un café.

Là-haut, un enfant soufflait dans une flûte: *Au clair de la lune.*

— Quel gosse! s'exclama Lucien. Je crois que je sais ce qui lui ferait le plus plaisir.

Il sortit et revint quelques minutes plus tard. Il se plaça au bas de l'escalier et cria:

— Mathias!

L'enfant s'approcha près de la rampe.

— Bonne nouvelle, mon vieux. Je viens de m'informer, par radio. Ton ami tient le coup.

— Je savais, répondit l'enfant.

Et il retourna à sa musique. Fernand se perdit dans sa rêverie.

— C'était donc ça! J'ai eu peur, ce matin, qu'il fasse une autre crise comme celle d'hier. Mais non, il regardait flamber la maison sans réaction forte. Il a dû penser que si son ami n'avait pas été attaqué ainsi, il aurait sauté avec sa maison et serait mort dans le brasier.

— C'est mystérieux, cette histoire-là. Pourquoi, diable, avoir attaqué Gratton devant l'enfant, en prenant le risque de se faire identifier, alors que sa maison était piégée. Mathias n'est qu'un gosse et il y a pensé. À moins qu'ils aient voulu le prendre vivant. Alors pourquoi la chaîne?

— La chaîne?

— Oui, on a vu des traces. C'est avec ça surtout qu'ils l'ont massacré. Il ne doit pas en mener large sur son lit d'hôpital.

— Lucien, fais-moi la faveur de ne plus questionner Mathias. Il est trop jeune pour cette sorte d'histoire morbide. Il a suffisamment souffert. C'est assez.

— On voudra peut-être lui demander d'identifier les agresseurs.

— Je t'en prie! Épargne-lui ça!

— De toute façon, dit Fernand, il faisait très sombre. Moi-même, je ne pourrais me prononcer.

— Je crois que la rumeur publique est fondée. De deux choses l'une: ou l'on s'est trompé de personne ou il a eu affaire à des amateurs. Je dois retourner au poste.

— Si tu as des nouvelles, donne-nous un coup de fil.

— Lucien...

— Oui, Yvonne?

— Crois-tu que le petit est en danger?

— Bien non, quelle question?

— Sait-on jamais? Si les bandits craignent d'être identifiés par lui...

— Les crapules de cet acabit ne s'attaquent pas aux enfants. Ce sont les faibles et les mous qui le font. Je me demande même s'ils l'ont vu, ils venaient, eux, d'une autre direction. Ils se sont probablement rendu compte qu'il était là quand il s'est mis à hurler, c'est ce qui les a fait fuir, d'ailleurs.

En se rendant à sa voiture, Lucien souhaitait de tout cœur avoir raison. Il demanda à ses supérieurs une surveillance discrète des lieux.

***

Fernand avait jugé plus sage de ne pas informer Lucien du désir subit qui avait poussé Mathias à se rendre chez Gratton. Il ne mentionna pas non plus le mot «tiroir», échappé par l'enfant. Il ne pouvait s'empêcher de penser que la solution du problème devait se trouver là. Pourquoi et comment Mathias savait-il? Jusqu'où l'enfant avait-il des liens avec cette macabre histoire? Que taisait-il? Les mots «Ils vont tuer mon ami» résonnaient encore à ses oreilles.

***

À l'hôpital, tout ce que l'on trouva dans les poches du blessé était un mouchoir de coton rouge picoté, qui enroulait une pièce de vingt-cinq sous.

L'enquête se poursuivait. Grâce à Mathias, on avait maintenant un nom à mettre sur le dossier de l'homme: Charles-Omer Gratton.

Chapitre 24

Les jours qui suivirent furent d'un calme plat. Après avoir connu tant d'émotions, on s'habituait mal à cette soudaine accalmie.

Fernand pria sa femme de rester à la maison et de se reposer. Mais Yvonne s'entêtait à reconduire son fils à l'école et à l'en ramener. Elle espaça cependant ses visites à l'hôpital.

On avait fait quitter à Jean-Baptiste l'unité des soins coronariens et on l'avait installé dans une chambre privée. Son état de santé continuait de s'améliorer. Les visites limitées à cinq minutes l'heure étaient chose du passé. Cependant, on prenait la précaution de se consulter avant de se rendre à son chevet, histoire de lui éviter la fatigue inutile que pouvait lui causer la présence simultanée de plusieurs visiteurs.

Le plus grand sujet de préoccupation demeurait Mathias. L'enfant, extérieurement, était très calme, mais on sentait qu'il souffrait beaucoup. Il passait des heures assis, à marmonner, à côté de la cage de Caruso.

Si on le questionnait, ses réponses étaient sages et simples. Son seul désir était de revoir son ami. Lucien lui expliqua qu'il ne pouvait se rendre à l'hôpital, car monsieur Gratton subissait des examens multiples et des interventions chirurgicales. On lui promit, toutefois, qu'il pourrait lui rendre visite plus tard. Fort de cette promesse, il cessa de harceler son entourage.

Quand il voyait le vide laissé à l'emplacement où s'élevait autrefois la maisonnette de son ami, son cœur se serrait: il fermait les yeux et s'éloignait le plus vite possible. Tout ça paraissait bien cruel à son âme d'enfant. Ce qu'il comprenait moins était la raison de toute cette affaire. Comment son ami pouvait-il avoir des ennemis aussi méchants?

Yvonne s'inquiétait:

— Mon fils a vieilli en l'espace d'une nuit! Et c'est effrayant. À cet âge, un enfant a besoin de tendresse et de rêve, pas de violence, de brutalité, c'est dangereux pour l'équilibre mental.

Fernand serra les dents. Il le savait, lui, pour avoir vécu une enfance traumatisante, dans la désunion et l'insécurité. Les déchirements lui étaient servis en même temps que le pain quotidien, et surabondamment! Les conséquences ne s'étaient pas fait attendre: la mort prématurée de sa femme Lorraine en était la preuve. Ce n'était que depuis le jour où il avait eu la bonne fortune de rencontrer Yvonne sur son chemin qu'il avait enfin compris et retrouvé son équilibre. Ses colères impulsives avaient cessé. Pourtant les épreuves pleuvaient, ici aussi, mais on les acceptait différemment: on s'aimait. Et c'est ce qui faisait la différence. Yvonne avait raison: on n'avait pas le droit de briser l'équilibre d'un enfant en l'exposant à la cruauté. Tout était si simple et à la fois si compliqué!

***

Sur son lit d'hôpital, Jean-Baptiste s'efforçait de se détendre. Il n'avait qu'une idée fixe en tête: sortir de là au plus tôt. Il avait encore une grande mission à accomplir, non: deux. Il sourit en pensant à la photo des quatre générations: «Ça récompensera pour tout le reste». Il s'accrochait à ses pensées joyeuses, mais, malgré lui, l'inquiétude le gagnait: tout au fond de son cœur, une brûlure terrible le consumait. Il se surprenait à oser espérer s'être trompé, que l'homme entrevu ne fût pas Onésime! Il lui fallait à tout prix s'en assurer. Sinon, le drame le plus affreux ne pourrait tarder. S'il se confiait, il risquait également de soulever toute une controverse. Il lui faudrait s'expliquer, avouer, en somme détruire tout sentiment de confiance et d'appartenance.

Yvonne ne saurait jamais le bien immense qu'elle lui avait fait en lui parlant de la présence de Mathias à la maison, lors de sa visite. Il avait eu si peur! Les quelques mots prononcés jetèrent un baume sur sa douleur. Il savait maintenant qu'il se tirerait de ce mauvais pas. Pour le moment, il récupérerait, reprendrait les forces dont il aurait besoin. Plus tard, il chercherait les solutions. Il s'endormit.

Si seulement, il avait pu deviner que l'homme qu'il redoutait, luttait, lui aussi, mais dans des conditions beaucoup moins favorables, et ce, à proximité de là où il se trouvait lui-même.

Lorsqu'il se réveilla, il sursauta. L'infirmière lui apportait un médicament qu'il devait prendre. La jeune fille sourit.

— Vous rêviez, je parie.

— Oui, à une jolie donzelle, si jolie que je craignais n'être pas le seul à avoir droit au gâteau...

— Blagueur. Vous seriez content si je vous apprenais qu'il est question de vous renvoyer à vos amours?

— Sérieusement?

— Le plus sérieusement du monde. Votre médecin traitant en a parlé. Vous aurez les attentions requises, une fois chez vous?

— Requises et autres! Je serai relayé au rang des bébés en couche. Je ne goûterai plus une minute de liberté.

— Voilà qui est bon à entendre.

***

Fernand fut le premier à apprendre la grande nouvelle. Il se trouvait dans les parages de l'hôpital. «Et si je montais là-haut», pensa-t-il. Il entra, s'arrêta au bureau de renseignements et s'enquit du numéro de la chambre qu'occupait Gratton. La préposée consulta son fichier et déclara:

— Ce patient n'a pas droit aux visites.

Fernand avait eu le temps de voir le chiffre 316. Il prit l'ascenseur et se rendit au 316. Il fit les cent pas devant la porte, espérant l'occasion de jeter un coup d'œil à l'intérieur... Sa patience fut récompensée. Une infirmière portant un bassin, sortit de la chambre. Il entrevit un instant une forme humaine presque entièrement enroulée de bandages et entourée de tiges de métal, de poulies, de bouteilles. L'infirmière lui jeta un regard noir.

— Ouf! le pauvre gars! Ce n'est sûrement pas celui que je cherche, dit Fernand.

Et il fila sans attendre de réplique. Cette fois, il se rendit à la chambre de son beau-père, qui l'accueillit avec une joie évidente: tendant une main décharnée, il invita Fernand à s'asseoir près de lui.

— Et raconte-moi tout, tout ce qui se passe à la maison. Je m'ennuie à mourir entre ces quatre murs.

— Patience, patience, le beau-père. Vous revenez de loin. Ce n'est qu'une question de jours, vous rentrerez à la maison ragaillardi.

— Tu sais qu'on m'a parlé d'un pontage? J'ai dit que si le pont pouvait me garantir l'accès au ciel, j'accepterais volontiers.

— Vous ne changerez jamais!

— Ça va bien, à la maison, les enfants?

— Parlons-en, on a eu toute une frousse!

— Raconte.

— Je peux vous dire que vous avez plus de chance qu'un gars que je viens d'entrevoir à l'étage d'en bas. Il ressemble à une momie, installée dans un sarcophage de métal.

— Quelqu'un que je connais?

— Oui et non. C'est le professeur de flûte de Mathias, qui a mangé toute une raclée.

— Qui ça? Gratton?

Jean-Baptiste avait levé la tête: son cœur battait la chamade. Ses oreilles se mirent à bourdonner. Il ferma les yeux.

— Je vous ai énervé avec mon histoire.

— Non, non, protesta Jean-Baptiste. Je craignais qu'il s'agisse d'un des petits.

Et Fernand raconta l'histoire, grosso modo. Jean-Baptiste ne voulait pas se réjouir, mais de savoir qu'Onésime en était réduit à ne plus nuire aux siens le réconfortait. Il se sentit soulagé d'un poids énorme. Enfin! Il pourrait se reposer.

— Qui l'a assailli? Le savez-vous?

— L'enquête piétine. On croit qu'il y a eu erreur sur la personne. Ça ressemble à un cas de règlement de comptes. Seul Mathias a pu l'identifier. On ignore tout de lui.

— Et Mathias...

— Ce fut un dur coup! Trop dur! Il s'est peu à peu rassuré. Yvonne fut très patiente, très bonne. C'est surtout à Caruso qu'il se confie. Il lui parle à mi-voix.

— C'est bien. Il ne doit pas garder cette grande peine enfouie dans son cœur. Ce serait malsain.

— Je crois que c'est surtout auprès de vous qu'il reprendra confiance; quand vous serez là, il s'épanchera plus facilement. Mais soyez rassuré, tout va bien. Je crois que le fait de savoir que son ami est toujours vivant lui est d'un grand réconfort.

— Les enfants se raccrochent, comme ça, par magie, à des pensées compensatrices.

— Heureusement!

— Et le petit Jean-Baptiste?

— Celui-là, c'est le bonheur parfait. Il bouffe, il dort, il trotte partout et accapare sa mère.

— En parlant d'accapareur, je vous ai causé des ennuis.

— Foutaise. Un homme a droit à ses faiblesses. Surtout vous, vous avez tout donné sans ne jamais rien demander en retour. C'est votre tour de vous promener en petit bicycle, laissez-vous gâter.

— Se promener en petit bicycle. Je ne l'ai jamais entendu, celle-là.

— Ça se disait, dans ma région. Je vous avoue, le beau-père, que je n'ai pas utilisé l'expression depuis bien longtemps! Bon... je me sauve. J'ai déjà assez abusé de vos forces. Profitez-en: c'est plus bruyant à la maison!

Jean-Baptiste ne pouvait plus taire la bonne nouvelle: il fit part à Fernand des propos que lui avait tenus l'infirmière. L'enthousiasme manifesté par son gendre lui fit chaud au cœur.

Jean-Baptiste ferma les yeux et soupira. Il se sentait las. Il se prit à réfléchir à tout ce qu'il avait entendu. Si ce monsieur Gratton ne faisait qu'un avec Onésime, il n'était plus en état de nuire. «C'est méchant, ce que je pense là!», se dit-il. Et il s'endormit.

***

Fernand annonça la grande nouvelle à sa femme sur un ton solennel: son père rentrerait bientôt. Du coin de l'œil, il observait la réaction de Mathias. À n'en pas douter, l'enfant se réjouissait.

— À propos, Mathias, j'ai triché... Je me suis permis d'aller jeter un petit coup d'œil, tu sais où?

— Et?

Fernand avança le menton, leva le pouce et hocha la tête de bas en haut.

— Et?

— Il ressemble à une grosse poupée de guenilles. Ils

l'ont enveloppé comme le petit Jésus dans la crèche de Noël.

— Et?

— C'est tout, tout ça est tenu ensemble par des fils. Ils doivent être après le recoudre.

— Il t'a vu?

— Non, c'est certain.

— Il doit s'ennuyer.

— Je ne crois pas, il doit dormir beaucoup.

— Il est toujours vivant! Quand reviendra grand-père?

— Bientôt.

— Alors...

Mathias se tut sans terminer sa phrase.

— Tu es sérieux? Tu l'as vu? demanda Yvonne.

— Bien sûr. N'en dis rien à Lucien. Si je l'ai fait, c'était surtout pour rassurer Mathias.

Celui-ci se montra très joyeux pendant le repas. Dès qu'il eut terminé de manger, il se dirigea vers Caruso. Le monologue semblait plus gai. Le canari se tenait bien droit, au garde-à-vous.

Tous connurent un sommeil profond. Un peu de quiétude était enfin possible. Quelques jours allaient se passer et l'événement tant attendu se produirait: Jean-Baptiste reviendrait enfin à la maison. Yvonne changea le lit, ouvrit les fenêtres de la chambre pour aérer la pièce.

***

«Papa revient. Papa sera là demain.» Yvonne passa deux heures au téléphone avec ses sœurs pour leur apprendre l'heureuse nouvelle. Toutes les filles de Jean-Baptiste et leur mari se devaient d'être là, à son retour. Mais il était trop tôt pour inviter les enfants à la fête. Grand-papa devrait d'abord se refaire des forces. Il n'y aurait pas de goûter, le convalescent était trop gourmand. On ne devrait tenir que des propos gais. La liste des recommandations n'en finissait plus et se terminait sur un ton sec qui ne laissait pas place à la discussion. La rencontre ne durerait pas plus de deux heures! Thé, tisane et soda seraient à l'honneur. Tout devait se passer simplement, sans accrochage!.

Et, il en fut ainsi. Jean-Baptiste badina: «Mon auréole terrestre d'abord!, s'exclama-t-il, en jetant un regard circulaire sur ses enfants réunis autour de la grande table; l'autre, la vraie, l'invisible, mais non moins lumineuse, viendra plus tard.»

— Eh! le beau-père, Yvonne nous a interdit les discours tristes et c'est vous qui les tenez! lança Frank.

— Je suis un marginal, vous le savez bien!

Sachant que son père aimait parler du passé et voulant faire dévier la conversation, Henriette demanda:

— Papa, parle-nous du passé, du «bon vieux temps», comme vous le dites si bien, du temps où il en coûtait quatre cents pour affranchir une lettre.

— Ce n'était pas plus drôle alors, quatre sous étaient déjà une petite fortune, dans les années quarante. Qu'est-ce qu'il en coûte maintenant?

— Qui sait?

— Le temps change tout.

— Non, erreur, corrigea Jean-Baptiste. Ce sont les hommes qui changent tout. Autrefois les gens s'écrivaient: la poste se faisait un point d'honneur de donner un bon service, la quantité de lettres en circulation assurait un bon revenu. Mais aujourd'hui, on ne reçoit plus que des lettres d'affaires, de la réclame. Tout est impersonnel. On ne prend plus le temps de s'attarder à tracer des mots sur du papier, pour traduire ses sentiments: on se téléphone. Ça, ce n'est pas le fait du temps, mais des hommes. Adieu, sentimentalité! On est devenu pratique.

— Papa...
— Oui, ma grande.
— Comment dire... As-tu caché, au fond de ton cœur, des beaux secrets, qu'il ferait bon entendre? Je ne sais pas, des choses que nous aimerions savoir pour les confier à nos enfants, plus tard?
— Oh! oui, papa, renchérit Colombe, des choses qui nous auraient échappé.

Jean-Baptiste inclina la tête, on eût pu croire qu'il réfléchissait, mais, en réalité il souffrait. Dieu sait combien il eût aimé, en cet instant précis, tout dire, tout raconter, vider son sac. Mais il pensa à Yvonne, au jeune Mathias.

Monique sentit que son père luttait. Elle aussi eût aimé savoir, tout savoir. Elle ne connaissait pas l'ampleur et la profondeur du secret, mais elle savait qu'il existait. Si son père ne l'avait jamais dévoilé, c'est qu'il valait mieux ainsi. Elle voulait l'aider à se sortir de l'impasse dans laquelle une innocente question l'avait plongé, mais elle ne trouvait pas ses mots.

— Vous voulez une confession générale? Alors, qu'il me suffise de vous dire, mes chers enfants, que je vous aime. Que je vous ai aimés follement, vous tous et votre sainte mère! Pour ce qui est de mes péchés, je n'aurais pu en commettre un seul: ma femme avait le grappin sur moi, plus un œil vigilant, et me gardait occupé vingt-quatre heures sur vingt-quatre. Donc pas d'échappatoire possible.

Il fit une pause, toussota et ajouta:
— Mes bévues datent presque d'un autre siècle. Vous savez que j'étais ce qu'on appelait un célibataire enragé, quand je me suis marié. Aujourd'hui, on ne parle plus que de célibataires qui ont été mariés; mais ça, c'est une autre histoire. Oui, j'ai gaffé, quelques fois. J'ai eu à m'en repentir, amèrement. Mais c'est si loin, tout ça! Comme la dame de soixante-dix ans qui

s'accusait d'avoir couché trois fois avec son voisin. Devant l'air ahuri de son confesseur, elle confia: «Oh! ça fait quarante ans de ça, mais ça fait plaisir d'en parler.»

On pouffa de rire, il n'en fallait pas plus pour que les histoires salées se missent à fuser. Yvonne servit les rafraîchissements promis et, dès que les deux heures de récréation furent passées, elle chassa tout son monde. Dès qu'elle fut seule avec son père, elle lui dit:

— Papa, avant d'aller me coucher, je voudrais te faire voir quelque chose. Suivez-moi.

Au centre de la table du salon, un énorme bouquet de roses blanches trônait.

«De toute la famille, pour te souhaiter un prompt rétablissement», disait le carton.

— Quelle gâterie! Quelle délicate attention. Je peux les monter dans ma chambre?

— Non, ce n'est pas à conseiller, trancha Yvonne.

— Bon, c'est plus sévère ici que là-bas!

— Maintenant, papa, tu montes doucement te reposer.

Jean-Baptiste lui fit un clin d'œil:

— Sait-il?

— Qui? et quoi?

— Cachottière!

D'instinct, elle porta la main à sa poitrine. Son père avait, encore cette fois, deviné.

Jean-Baptiste tourna le dos et monta à sa chambre. «C'est étrange, pensa-t-il, personne n'a parlé de Gratton.»

Le lendemain, au déjeuner, les roses blanches ornaient la table de la cuisine.

— Tu as bien dormi?

— Comme un roi sur ses terres. Nous sommes seuls?

— Le petit dort. Fernand et Mathias sont allés au ravitaillement.

— C'est samedi. J'ai perdu la notion du temps. Le printemps se fait tardif. J'ai jeté un coup d'œil à mon chêne, hier: toujours aussi hautain!

— Sans la fierté, que reste-t-il?

— Tu philosophes toujours?

— Papa, heureusement que la famille apporte de grandes joies, parce que, doux Jésus, que la tâche est lourde! Je me sens vieille et usée et mes enfants sont encore des bébés. Comment avez-vous pu tenir le coup? Tu n'étais pas jeune, toi non plus, avec toute une kyrielle de filles, plus la belle-mère!

— Ce n'était pas ma tête qui commandait ou décidait, c'était mon cœur.

— Voilà pourquoi il s'est lassé!

— Mais non, seule la pompe fait défaut. Tiens, comme c'est bizarre! savais-tu que la première tâche qui m'incomba dans cette maison, avant même que j'épouse ta mère, fut de réparer la pompe de la serre? Ma réussite à la faire fonctionner me gagna les bonnes grâces de ton grand-père. Dieu que c'est loin tout ça! Ta grand-mère faisait des beignets. Ta mère était rose de bonheur et de fierté... Toujours la même table, le même décor.

Jean-Baptiste leva sa tasse pour y tremper les lèvres. Elle lui échappa des mains. Il s'excusa sur un ton penaud.

— Ce sont des choses qui arrivent.

— Aux enfants, oui.

— Papa, allons!

Yvonne répara les dégâts et demanda, d'une voix qu'elle voulait désinvolte.

— Tu as pris tes médicaments?

— Oui, et je déteste ça. Ça fait de moi une nouille!

La porte s'ouvrit. Les sacs de provisions parurent les premiers. On étala tout sur la table.

— Je me retire, je te laisse ce plaisir...

Jean-Baptiste retourna à sa chambre. C'était dans ses habitudes de s'éclipser, les fins de semaine afin de laisser l'intimité au couple. Malheureusement, il devait dorénavant se terrer dans sa chambre. C'était fini, tout au moins pour un temps, les balades en auto et les promenades au centre commercial du quartier.

Il s'installa confortablement dans son fauteuil et se laissa aller à la rêverie. Mathias avait attendu cet instant avec impatience. Il frappa discrètement à la porte.

— Tiens, de la grande visite!
— Je peux entrer, grand-père?
— Oh! quel cérémonial! Bien sûr. Entre, chaton, viens t'installer là, bien confortablement.
— Tu es fatigué?
— Pas du tout.
— Alors, on peut jaser?
— Et comment!
— L'hôpital, grand-père, comment c'est?
— Ennuyant!
— On s'occupait bien de toi?
— Oui, bien sûr: c'est l'endroit idéal pour se faire dorloter.
— Et tu mangeais bien? Tu as maigri, tu sais? Tu as beaucoup maigri.
— Tu ne me trouves pas plus élégant ainsi?

Mathias quitta sa place, vint s'asseoir à califourchon sur le tabouret aux pieds de son aïeul. Il posa les avant-bras sur les genoux de celui-ci et s'empara d'une de ses mains, qu'il serra très fort.

— On s'aime bien, nous deux, hein, grand-père?

Jean-Baptiste se contenta de dodeliner de la tête.

— Je peux te parler, comme à un homme?
— J'espère bien!
— J'ai des tas de choses à te dire et à te demander. Tu sais ce qui est arrivé à mon ami, monsieur Gratton?
— Oui, Fernand m'a raconté.

— C'était terrible, du sang partout. Des vrais bandits! Et l'enfant narra toute l'histoire, telle qu'il l'avait vécue, dans ses mots à lui, laissant percer ses émotions les plus profondes. À certains moments, sa voix se brisait, mais il se reprenait et continuait bravement son récit.

Jean-Baptiste comprit que l'enfant avait sauvé la vie de cet homme. Il le lui dit.

— Lucien m'a dit la même chose. Dis, grand-père, quand on sauve le vie d'un homme, doit-on ensuite le protéger?

— Je suppose, oui.

— Sa maison est brûlée, il n'a plus d'endroit où habiter. Dis, grand-père, pourra-t-on le garder avec nous, quand il sortira de l'hôpital?

Jean-Baptiste sursauta. Il s'attendait à tout, mais pas à ça. Il ne sut que répondre: la requête le prenait au dépourvu. Le visage d'Onésime s'imposa un instant à sa mémoire. S'il fallait que Gratton et lui ne fassent qu'un, que se passerait-il si Yvonne était mise en sa présence? Et Fernand? Et les enfants, dans tout ça? Mathias serrait la vieille main qui tremblait. Un silence affreusement lourd pesait sur eux.

— Dis, grand-père, implora Mathias, les yeux voilés de larmes.

L'homme se pencha, approcha son visage de celui de l'enfant.

— C'est une chose très sérieuse à laquelle il faut bien réfléchir. Laisse-moi penser, un peu.

Le bambin, docile, coucha sa tête sur les genoux de Jean-Baptiste et pleura doucement. Le vieil homme ferma les yeux pour cacher sa détresse. La toile d'araignée continuait de se tisser et le centre était toujours occupé par la face chafouine d'Onésime. La détresse du grand-père allait croissante. Il souffrait jusqu'au plus profond de son être. Une lueur d'espoir pointa dans son esprit: «Si ce n'était pas Onésime? Tout serait plus simple!»

— Mathias, parle-moi de ton ami Gratton. Tu l'aimes beaucoup. Comment était-il avec toi?

— Beau et laid... fin et fou... gentil et méchant...

Au fur et à mesure que l'enfant décrivait son ami, ses yeux s'égayaient. Des souvenirs bien précis semblaient jaillir de sa mémoire.

— Gentil et méchant?

— Oui, parfois gentil, plein de bonne humeur, drôle à me faire crever de rire; parfois détestable comme un diable, grincheux, boudeur, tout mou! Mais, tu sais, il m'écoutait quand je lui parlais. Il buvait son lait et son jus d'orange, quand il avait la grippe. Pour aller à l'église, je lui ai fait porter sa cravate et ôter ses vieilles culottes bouffantes...

À ce souvenir, l'enfant pouffa de rire mais son rire dégénéra en crise de larmes, et ce, précisément au moment où Yvonne passait devant la porte. Jean-Baptiste avait une main posée sur le dos de l'enfant et le caressait doucement.

Yvonne s'approcha. Jean-Baptiste plissa le front et cilla. Elle s'éloigna, en s'inquiétant de la fatigue que ces émotions imposaient à son père; mais elle était loin de se douter que c'était d'elle et de son avenir que son père se préoccupait. Yvonne s'appuya contre le mur: elle avait une envie folle de prendre son fils dans ses bras. Son gros chagrin l'émouvait à lui faire mal.

Le son des voix lui parvenait. Elle écouta. Tout en caressant l'enfant, Jean-Baptiste réfléchissait à ce que Mathias lui avait dit de son ami.

Les sautes d'humeur du bonhomme caractérisaient assez bien Onésime, mais habituellement il était plus hargneux que joyeux; de plus, il était toujours tiré à quatre épingles. Mais c'étaient là de bien faibles indices.

— Écoute, mon petit, je veux réfléchir. Je vais en parler avec Fernand...

Il n'eut pas le temps de compléter sa phrase. L'enfant se redressa, le regarda droit dans les yeux:

— Fernand n'a rien à voir dans cette affaire. Il n'est pas mon père. Le père, dans cette maison, c'est toi!

La phrase avait été prononcée sans animosité, d'un ton correct, plein de logique. «Voilà donc pourquoi il m'attendait pour confier sa peine!» Jean-Baptiste posa la question qui le hantait au point de l'empêcher de réfléchir intelligemment. C'était cruel, mais l'occasion offerte était belle:

— Dis-moi, Mathias, tu te souviens de ton père?

Jean-Baptiste se raidit: il avait peur de ce qu'il allait entendre. L'enfant hésitait.

— Oui, lui, il était toujours joyeux et jouait sans cesse avec moi.

— Et, son visage?

— Euh! non. Pas de son visage ou peut-être un peu. Mais de ses pieds, tu te souviens grand-père? Il avait des pieds très longs qu'il croisait pour m'y faire asseoir et me faisait sauter. Je fixais ses pieds pour ne pas tomber.

— Tu étais si petit!

— Qu'as-tu dit?

— Que tu étais si petit, alors.

Yvonne n'en croyait pas ses oreilles, pourquoi Jean-Baptiste parlait-il de son amant à son fils? Elle aurait voulu crier de désespoir. Mathias souffrait déjà assez sans lui remémorer d'autres peines qu'elle croyait cicatrisées.

— Si mon père était vivant, je suis sûr qu'il accepterait, lui, de soigner mon ami blessé.

Yvonne tressaillit: c'était donc ça qui obsédait son petit garçon! Puisque cet amour était si fort, et qu'il souhaitait tant sa présence chez eux, elle obtempérerait à ce désir. L'enfant méritait bien cette preuve d'amour. Elle s'éloigna, continuant de s'émerveiller de la générosité de son fils envers son vieil ami, le professeur malmené.

Jean-Baptiste promit à l'enfant de voir ce qui pourrait se faire pour aider monsieur Gratton. Satisfait, confiant dans la parole donnée, Mathias se dirigea vers sa chambre, ferma sa porte, s'étendit sur son lit et se prit à espérer. Bientôt, il s'endormit.

Pendant ce temps, le grand-père, perplexe, essayait de voir clair dans toute cette affaire. Il décida de convoquer Lucien et de s'entretenir avec lui. Il attendrait que l'enfant fût à l'école.

Fernand pliait le journal, allait commenter les nouvelles du jour, lorsqu'il remarqua l'air déterminé et têtu qu'Yvonne affichait quand elle était d'humeur maussade.

— Ça ne va pas?
— Je viens de voir une scène, là-haut, d'une tristesse à remuer les entrailles des durs à cuire!
— Mathias?
— Oui, et papa.
— Ce n'est pas surprenant: il adore son grand-père et a en lui une confiance absolue.

Yvonne ne répondit rien, ses mouvements étaient brusques: aucun doute possible, elle était aigrie. «Il faudra être docile afin de ne pas jeter d'huile sur le feu, pensa Fernand, le temps est à la tempête.»

Dans la nuit du dimanche, Jean-Baptiste se réveilla, ruisselant de sueur. Il avait peine à respirer, émettait des sons rauques. Il parvint à s'asseoir sur le bord de son lit. Il plaça un cachet sous sa langue, tel qu'on le lui avait indiqué. Il attendit. Le mal le forçait à se plier en deux. Il avait un goût acre dans la bouche. Il prit des mouchoirs de papier, cracha. Les mouchoirs se tintèrent. Les questions de son médecin traitant lui revenaient à l'esprit. Tout un éventail de grands mots avaient été prononcés: diaphorèse, emphysème, hémoptysie. Du chinois, tout ça. Alors il lui avait expliqué en termes simples l'évolution de la maladie qui le terrassait.

Ce soir seulement, il comprenait l'étendue du sens de tous ces mots: il espérait ne pas avoir à les approfondir dans toute leur acuité. Il regarda la clochette. Devait-il appeler? Il attendit. Le mal semblait se calmer. Le seul fait de pouvoir continuer à raisonner le consolait. «Je vais garder mon bons sens!» La cuisante douleur semblait se relâcher, était de moins en moins aiguë.

Il restait là, immobile. Quand, enfin, il put bouger, il se laissa tomber de côté sur ses oreillers. Le contact du coton lui sembla très doux. Il gardait les yeux ouverts comme si c'était le moyen ultime de rester en contact avec la réalité, avec la vie. Et dans sa tête, il acquit la certitude que ses luttes s'achevaient. Alors, il décida que le mécréant, qu'il soit ou non son neveu, avait droit à des jours de paix. Il l'aiderait financièrement, on ne refuse pas d'aider un démuni. Il pensa à son frère Louis-Philippe, à Fabienne. En souvenir d'eux, il pourvoirait financièrement aux besoins de Gratton. Sa décision lui apporta un grand réconfort, Mathias serait heureux!

***

La rencontre de Jean-Baptiste et de son gendre Lucien eut lieu le lundi après-midi.

Jean-Baptiste exposa à Fernand la requête de l'enfant. Il voulait tout savoir au sujet de cet homme avant de donner sa réponse.

— Vous avez du temps devant vous, le pauvre bougre est bien amoché!

— Mais la décision doit être prise, la tranquillité de l'enfant en dépend.
— Qu'en pensent Yvonne et Fernand?
— Ils ne sont pas au courant. Je voulais te parler d'abord.
— Ce qui explique cette porte close...
— Que révèle l'enquête?
— Une suite, un enchevêtrement de contradictions inextricables! Il est né à Saint-Félix-sur-Richelieu, le 29 mars 1933. Même ça, ça semble confus, bien qu'on ait retracé copie de son baptistaire dans son dossier, à la banque où il faisait affaire. Il habitait Hull, à ce qu'il semble, avant d'acheter cette maison, située au 1245 du Hameau, celle qui a sauté. Il a réglé le coût de la propriété, rubis sur l'ongle. La dame, qui la lui a vendue, est décédée. Donc, rien de ce côté-là. Mais, ce qui est étrange, c'est le vide entre ces événements. Aucune trace de lui au fisc, pas de numéro d'assurance sociale, rien du côté de la poste, comme si le gars avait surgi de nulle part. C'est ce qui porte à croire qu'il s'agit bien d'un règlement de comptes. Mais ce n'est pas prouvé: tout est hypothétique. L'enquête piétine pour le moment, car personne ne s'est enquis de lui, en dehors de Mathias et de vous.
— Les cours de musique qu'il donnait?
— Rien. N'oubliez pas: la maison ayant brûlé, il ne nous était pas possible de poursuivre nos recherches.
— Alors pas de dossier au criminel?
— Non!
— Il est conscient?
— Oui, mais muet, la peur se lit dans son regard.
Jean-Baptiste tressaillit.
— Vous prenez cette histoire bien à cœur, le beau-père; ce n'est pas sage de vous fatiguer avec tout ça, vous avez eu votre part d'épreuves dernièrement. Pensez à votre santé.

Après que Lucien l'eût quitté, Jean-Baptiste se retira dans la petite pièce adjacente au salon. Il s'installa sur la chaise ronde, dont le dossier en demi-cercle épousait bien le corps. Il posa ses coudes sur le pupitre, enfouit son visage dans ses mains et se mit à réfléchir. Il resta là une grosse heure. De temps à autre, Yvonne venait jeter un coup d'œil, puis retournait à la cuisine. La dernière fois qu'elle vint, elle vit que son père écrivait. Elle s'attendrit. Il semblait accablé. Ses cheveux, autrefois abondants et légèrement ondulés, se faisaient rares. Il était devenu tout petit, lui, le costaud que rien ne rebutait.

«Qu'advient-il de notre bonheur, de notre paix? Pourquoi tous ces bouleversements, toutes ces déchirures?»

***

Yvonne servirait, ce soir, un quatre-quarts, le dessert préféré de Mathias. Mais le gâteau était trop riche et son père n'aurait droit qu'à une toute petite portion. Que pouvait-il bien écrire, et à qui? Pourquoi ne s'était-il pas installé à la table de la cuisine? Jouait-il au détective, caché là, dans son pinero? Eh! mais la petite pièce, quelle trouvaille! Elle cessa momentanément ses activités et se mit à réfléchir. C'était formidable d'y avoir pensé: l'étude était petite, mais éclairée par une grande fenêtre.

Il suffirait de la vider de ses meubles et d'y installer un lit d'hôpital. L'autre avantage était que l'accès au malade serait plus facile, puisque cette pièce était au rez-de-chaussée. Ce serait paisible. Ce coin à la fois isolé et central était ce qui conviendrait le mieux, étant donné les circonstances. Ça lui éviterait bien des courses dans l'escalier; de plus, personne ne serait incommodé: l'intimité de la famille serait respectée. Oui, l'étude abriterait Gratton, pendant sa convalescence. Et Mathias serait heureux, il ne restait plus qu'à attendre qu'on daigne bien lui soumettre l'idée...

Plongée dans ses réflexions, elle n'entendit pas son père lui parler.

— Yvonne, répéta-t-il.

Elle sursauta, laissa tomber la spatule qu'elle tenait à la main.

— Si quelque chose devait m'arriver, tu trouveras copie de mon testament dans le tiroir de droite de...

— Non, papa! Pas ça, pas ça! Ne parlez pas de ça!

— Il faudra bien en venir là! Je remonte me reposer.

Yvonne ramassa la spatule, jeta la pâte à la poubelle, nettoya les dégâts. «Ce gâteau est fichu!» Elle se laissa tomber dans la berceuse et ferma les yeux.

— Je suis rompue!

Son courage l'avait quittée. Elle ne voulait plus penser à rien ni à personne. Elle s'endormit. C'est ainsi que la trouva Fernand, à son retour du travail. Il jeta un coup d'œil autour de lui et sortit. Il revint avec un carton, duquel s'échappait une odeur qui fit comprendre à Mathias, que Fernand était allé chercher des plats cuisinés.

— Hourra! lança ce dernier. Et il ferma son cahier de devoirs.

— Dressons la table. Aide-moi.

Yvonne se réveilla, s'approcha sourit à Fernand et dit simplement: «Ce soir, nous aurons droit à des boissons gazeuses.»

***

Lucien et Marie-Anne se pointèrent tôt. L'exubérance de Lucien agaçait Marie-Anne. Cela ne lui semblait pas normal: il jacassait comme une pie, lui, habituellement si réservé, si maître de ses moyens.

— Qu'est-ce qu'il a, celui-là, veux-tu bien me le dire? demanda-t-elle à Yvonne.

— Est-ce que je sais, moi? On dirait que c'est ici, dans cette maison, que se trouve le déséquilibre. Il y a de l'électricité dans l'air, nous avons tous les nerfs en boule.

— Il y a anguille sous roche...

— On saura bien assez tôt. Écoute-le rire: on dirait un gamin, parce qu'il gagne aux cartes...

— Laisse, laisse-les s'amuser. Ça fait diversion. Les heures sont plutôt moroses depuis trop longtemps!

— Tu sembles à bout!

— Crevée. Je suis crevée.

— Qu'est-ce que je pourrais faire pour t'aider?

— Rien. Le problème se règlera sous peu.

— Papa?

— Non. Papa, ça va. Tout bien considéré, il n'est pas mal.

Marie-Anne pinça le bec.

— J'ai apporté du sucre à la crème. Goûte, velouté comme le faisait maman.

— Parfois, je me surprends à souhaiter qu'elle soit ici, ne serait-ce que pour nous ramener à l'ordre!

— Fernand, alors?

— Mais non! Que vas-tu chercher là? Même que Fernand m'étonne par sa patience.

— Tu ne veux rien dire? Tu n'as pas besoin de parler de tes problèmes? Ça te ferait du bien, crois-moi. Je pourrais revenir seule et nous aurions un tête-à-tête...

— Pas même ça. Attends, tu vas comprendre. Regarde-les: ils manigancent leur coup et vont bientôt attaquer. Ça, ma chère, c'est la solidarité masculine, inimitable; je les admire.

De fait, Lucien et Fernand se levèrent.

— Bon, le beau-père, nous avons assez abusé de

votre temps. Nous ne voulons pas vous fatiguer. On va couper ça court, ce soir. Il faut que vous vous reposiez.

— Et la tasse de thé? demanda Jean-Baptiste.

— Prête, lança Yvonne en jetant un coup d'œil narquois à sa sœur.

On s'attabla. Un certain malaise planait. Lucien osa le premier aborder le sujet.

— Mathias n'est pas là?

— Non, il s'est couché tôt, trancha Yvonne.

Et l'on parla de Gratton. Jean-Baptiste fit part à ses interlocuteurs du désir de l'enfant. Le ton monta. Avantages et inconvénients furent discutés. Marie-Anne ne pouvait pas admettre qu'on eût même osé envisager telle éventualité.

Yvonne se taisait. Pas une seule fois, elle n'émit la moindre remarque.

Sur la dernière marche d'un long escalier, un petit garçon écoutait, apeuré.

— Pensez à la responsabilité, à la lourdeur de la tâche, aux problèmes de toutes sortes! C'est un *tue-monde*, seules les personnes compétentes peuvent prendre soin d'un aussi grand blessé!

Jean-Baptiste eut la délicatesse de rester neutre. Yvonne l'observait, elle ressentit un grand soulagement devant son attitude. C'est lui qui, soudainement, s'adressant à sa fille, posa la question épineuse:

— Qu'est-ce que tu en dis, toi, Yvonne? Après tout, c'est ton opinion qui importe le plus; c'est sur tes épaules que reposerait la lourde tâche, même si tu sais que tu peux compter sur nous pour te seconder.

Yvonne avait baissé les yeux. Elle les leva, pour jeter un regard sur ceux qui l'entouraient, suspendus à ses lèvres. D'une voix calme et ferme, elle répondit:

— Si tel est le bon plaisir de mon fils, cet homme sera le bienvenu chez nous. Il ne sera pas dit que la famille Gagnon refusera son aide à celui ou à celle qui a besoin de secours.

— C'est beau tout ça, c'est touchant et c'est noble. Mais, Yvonne, pense plus loin que le bout de ton nez: tu as des enfants, un mari et papa...

— Et Caruso, l'oiseau, ajouta Yvonne. Mais chez nous, il y a toujours de la place. Ne vous méprenez pas, je ne le ferai pas par abnégation ou altruisme, je le ferai pour mon fils, pour Mathias, qui a exprimé ce désir tout à fait légitime. Bien sûr, Fernand, tu ne t'y opposerais pas, malgré les problème que ça nous cause? On ne peut laisser un être se débattre seul avec la mort!

Fernand pensa à sa mère, à sa jeune épouse Lorraine. Il prit, dans sa main, le menton de sa femme et lui sourit.

— Je t'admire!

Jean-Baptiste se moucha bruyamment, pour contenir son émotion grandissante.

Le sujet était clos.

Sur la dernière marche du long escalier, un petit garçon rasséréné se leva doucement et, longeant le mur, à pas de loup, retourna à sa chambre, souhaitant de tout cœur que le plancher ne craquât pas sous ses pieds.

***

On déjeunait, Mathias descendit, l'air un peu embarrassé. Il n'était pas très fier de sa conduite de la veille; on lui avait enseigné de ne pas être indiscret.

— Maman a une bonne nouvelle à t'apprendre, Mathias.

— Ton ami Gratton viendra faire sa convalescence ici.

— Je savais.

— Tu savais?
— Oui, j'ai écouté un peu, hier...
— Péché avoué est à moitié pardonné, dit Jean-Baptiste. Tu épies souvent comme ça?
— Non. Mais cette fois... j'étais trop curieux.
— Alors tu sais tout. Ça simplifie les choses. J'aurai besoin de ton aide, et aussi de la tienne, Fernand. J'ai pensé que la meilleure chose à faire serait de transformer l'étude en chambre, pour le temps nécessaire. Il faudra déménager les meubles. Je vais m'occuper du reste.
— Et t'informer où et comment tu pourrais être assistée quant aux soins à donner, ajouta Fernand.

Mathias mangea avec appétit. Le bébé sembla protester qu'on ne s'occupât guère de lui, en faisant des dégâts.

Le jour même, Yvonne passa à l'action: elle décrocha les rideaux, sortit les tiroirs, les empila, lava la pièce.

— Tu as du temps pour faire tout ça, Yvonne.
— Je sais, mais je préfère en profiter pendant que j'en ai encore la force.

Jean-Baptiste savait qu'elle faisait allusion à sa grossesse.

— Le jeune devra laisser la chambre d'enfant à sa sœur.
— Le Ciel vous entende, répondit-elle en souriant. Je vais déménager Mathias dans la chambre de son père: elle est plus grande.

Le souvenir d'Onésime, une fois de plus, s'imposait à eux. Jean-Baptiste ressentit un pincement au cœur. Il ferma les yeux. Dès qu'Yvonne quitta la pièce, il prit un cachet. Cette fois, il savait qu'il ne s'agissait pas d'une indigestion. Immobile, il attendit que la douleur se calmât, puis il monta à sa chambre.

***

Au cours des jours qui suivirent, Yvonne remarqua que son père gardait de plus en plus la chambre. Ses traits étaient tirés, il mangeait peu et souvent son visage se contorsionnait sous l'effet de la douleur.

— Est-ce que quelque chose vous préoccupe ou vous obsède, papa?

— Mais non, ma fille. Qu'est-ce qui te fait croire ça?

— Vous semblez souffrir.

— Petits pincements au bras ou ici ou là ne tuent pas...

— Mais peuvent cacher autre chose. Je vais prendre rendez-vous avec votre médecin traitant pour un examen. Ça non plus, ça ne tue pas. Je veux en avoir le cœur net.

Il ne protesta pas, ce qui bouleversa Yvonne. Jean-Baptiste se sentit rassuré à la pensée de voir son médecin. Son cœur battait de façon anormale depuis quelque temps. À chaque fois qu'il se sentait inquiet, il ressentait des pincements, les palpitations le reprenaient, lui donnant l'impression qu'il avait un papillon nerveux à la place du cœur. La première fois qu'il s'était senti dans cet état anormal, la comparaison l'avait fait sourire, mais ça se répétait trop souvent et il s'en inquiétait. Il n'aimait pas non plus les sueurs moites qui l'obligeaient à garder le lit. Il lui fallait à tout prix vivre assez longtemps pour voir ce Gratton de misère qui l'obsédait jour et nuit. Il sentait que la vie lui échappait et il ne trouvait plus en lui la force de lutter, lui qui avait toujours prêché qu'il fallait savoir se faire violence! «Faire et pouvoir sont deux choses différentes, surtout quand on en est au crépuscule de la vie», gémissait-il.

***

Lucien arriva en plein cœur de l'après-midi.

— Ton père est là?
— Il dort.
— Tant mieux, je préfère que nous soyons seuls tous les deux.
— Que se passe-t-il?
— Gratton. Les autorités médicales de l'hôpital veulent le faire transporter dans une clinique. Es-tu toujours décidée à t'en occuper? Il est temps de changer d'idée, tu sais, et ça ne serait pas une erreur. Ce n'est pas un cas facile. Crois-moi.
— Il est conscient?
— Oui, pas beau à voir, mais conscient.
— C'est ce qui compte, surtout pour Mathias.
— Pourquoi ne pas attendre...
— Qu'il meure?
— Comme tu es radicale! Tu es prête à le recevoir ici?
— Oui, la chambre l'attend.
— Tu t'es occupée d'avoir l'aide nécessaire?
— Oui, un infirmier et une infirmière, si nécessaire.
— Le côté pécuniaire, tu l'as envisagé?
— Aussi.
— Bon. Je te préviendrai.
— Lucien...
— Je t'écoute.
— C'est entre nous. Pas un mot, inutile d'alerter tout le monde avec ça. Tu ne dis rien avant que tout soit réglé. Ça épargnera des inquiétudes à papa et à Mathias.
— Es-tu certaine que tu ne veux pas lui rendre visite au moins une fois avant de t'embarquer dans cette galère?
— J'y ai pensé, mais je t'avoue que je ne me sens pas très brave. Si je le vois, je n'aurai peut-être plus le courage qu'il faut; mais j'ai promis et, quand il sera là, ce sera un jour à la fois. C'est moins effrayant.

— Tu es une brave fille. Fernand a de la chance.
— À lui aussi, ça lui pèse.
— N'hésite pas à me laisser savoir, si tu as besoin d'aide ou de quoi que ce soit.
— Il est... très amoché?
— Très bien plâtré, en tout cas.
— Merci Lucien. Pour tout. Embrasse Marie-Anne et les enfants.

Lorsque la porte se referma derrière son beau-frère, Yvonne s'assit dans la berceuse et soupira. Le calme qui régnait dans la grande demeure la réconfortait; pour l'instant, le calme ambiant se faisait enveloppant.

***

Le rendez-vous était fixé pour quatre heures. Fernand entra plus tôt du travail, afin de permettre à Yvonne d'accompagner son père chez le médecin. Elle tenta de l'envoyer à sa place, mais il insista pour qu'elle y allât: Elle se cloîtrait trop, à son goût.

Yvonne et Jean-Baptiste n'étaient pas sortis depuis plus de dix minutes, lorsqu'un appel téléphonique prévint Fernand de l'arrivée de Gratton.

Fernand comprit pourquoi Yvonne avait tenté de le persuader d'aller là-bas. Elle était probablement au courant. Il se rendit à la chambre et vit que tout était en place, prêt à recevoir le patient.

L'ambulance arriva, transportant à son bord une véritable loque humaine. Lorsque la civière portant l'homme passa près de lui, Fernand recula de deux pas. On avait ramassé Gratton presque en pièces détachées. On l'amenait encore plâtré et enveloppé de bandages. Fernand avait peine à croire qu'un être vivant pût se trouver là-dessous.

Son visage disparaissait presque entièrement sous le coton. Seuls la bouche, les narines et les yeux étaient dégagés. L'homme avait des yeux noirs, perçants, que le contraste avec le blanc des bandages rendaient encore plus foncés.

Les bras tendus et raides semblaient démesurément longs. Une rangée de doigts dépassait à l'une des extrémités. Les jambes étaient immobilisées. La tête était retenue par des espèces de pinces.

Fernand n'en finissait plus de regarder, bouche bée. Il ne savait plus quoi faire. Heureusement, l'ambulancier le rassura. Quand il entra dans les détails, Fernand le pria de venir au salon pour ne pas que le moribond pût entendre. Tout ça lui semblait inconcevable.

Un infirmier arriva enfin, en voiture. Normalement, expliqua-t-il, ils n'eussent dû transporter le patient que le jour suivant, mais...

Fernand n'écoutait plus. Pauvre Yvonne! Pauvre Mathias! Quelle situation morbide! Il avait déjà vu des blessés sur les chantiers de construction, mais jamais une telle horreur!

— Vous me garantissez qu'il est conscient?
— Ça se voit. Regardez ses yeux.
— Non, merci. Je ne m'en sens par le courage.
— Vous êtes un parent?
— Non, même pas! C'est un ami de mon fils...
— Vous en avez du courage!

Fernand se laissa tomber dans un fauteuil. Quand il l'avait entrevu à l'hôpital, ça lui avait paru terrible, mais pas autant qu'aujourd'hui. Il croyait qu'il s'était remis sur pied, retapé, qu'il n'était plus immobilisé ni plâtré. Et s'il allait leur crever entre les mains? S'il devait vivre comme ça pendant dix ans! C'était à devenir fou.

***

Il tendit l'oreille, une automobile empruntait l'entrée de la cour. Il se leva, se dirigea vers la cuisine. Il hésita, puis ferma la porte du salon. Il parlerait à Yvonne avant qu'elle ne vît son protégé.

Jean-Baptiste entra le premier, de son pas hésitant. Yvonne le soutenait.

— Tu prends un lait chaud et tu montes te coucher, papa.

— J'irai là-haut sans prendre de lait chaud.

— Quelle odeur forte! Ça sent l'hôpital, dit Yvonne.

— Ça vient de moi, répondit le père à la blague: leurs fioles ne contiennent sûrement pas du Chanel.

Jean-Baptiste s'approcha de la berceuse, posa sa main sur le dossier et dit tout haut:

— Adieu, ma belle, tu es invitante, mais je suis obligé de préférer mon lit.

— Parliez-vous aux femmes avec autant de douceur, le beau-père?

— À celle que j'aimais, oui. Mathias n'est pas là?

— Il ne tardera pas, il m'a demandé des sous, car il avait une course à faire.

— Merci, Yvonne. Cette sortie m'a fait du bien. Même si je trouve la foule étourdissante, moi qui aimais tellement ça, le bruit, autrefois. Mais moins que cette maison, ce décor familier, cette paix que nous garantissent ces murs.

— Vous oubliez les tempêtes qui parfois nous font trembler souligna Yvonne.

— Toute tempête se calme. Elle ne fait qu'aider à apprécier davantage l'abri familial.

— Je monte avec vous, monsieur Gagnon.

— Voilà, papa, votre lait est prêt, Fernand va vous l'apporter.

— Je te promets de le boire, à une condition: tu dois me donner tout de suite, ici, et là, un beau gros bec d'amour.

Et Jean-Baptiste de l'index pointa son front et son

menton. Yvonne, légèrement embarrassée, baisa la joue gauche de son père: «taxe provinciale», puis sa joue droite: «taxe fédérale.»

Jean-Baptiste la saisit et lui en donna un sur le nez: «taxe familiale». Il rit, puis lentement entreprit son ascension. Fernand s'adressa à sa femme:

— Attends-moi, je reviens.

— Prends tout ton temps.

— Reste là, il indiqua la cuisine.

C'est alors qu'elle remarqua que la porte du salon était fermée. Elle comprit. Elle prit place sur une chaise près de la table et attendit.

***

Là-haut, Jean-Baptiste se laissa tomber sur son lit.

— J'ai déjà été plus fringant!

— Ça ne va pas?... Attendez.

Fernand lui enleva ses souliers, son veston, son col. L'autre, docile, ne disait rien. Fernand le dévêtit et l'aida à se glisser sous les draps. Après un moment, pointant le pouce vers le plancher, il dit:

— Il est là.

Jean-Baptiste cilla.

— C'est pas beau, le gars va crever: on ne peut survivre à ça! On ne lui a pas rendu service en le défendant...

— Tant que ça?

— Ils ont tout fait pour le ressouder m'a-t-on dit, ce n'est pas rassurant: on dirait une momie dans ses bandelettes!

— A-t-il l'air malheureux ou souffrant?

— L'air? Il n'a que l'air qui lui entre par deux trous pratiqués dans ses bandages au niveau du nez.

— Tu n'as pas vu son visage?

— Du coton, que je vous dis! Il est tout enrubanné

de coton, avec deux bras raides et le bout de trois doigts qui dépassent d'un côté. Il ressemble à un personnage de bandes dessinées, vous savez? l'allure que l'on donne aux méchants qui ont été punis...

Jean-Baptiste ferma les yeux.

— Je vous fatigue avec mes histoires de colin-maillard. Et votre médecin, son diagnostic?

— Je devrai ralentir, mais je vivrai longtemps. C'est dire, mon cher Fernand, que j'aurai l'occasion de t'apprécier encore et encore pendant de longues années...

— Voilà qui est heureux! Vous êtes l'âme de cette maison.

— Et toi, tu es la brique du four.

Fernand quitta la chambre doucement, presque religieusement. Il n'avait aucune idée de ce que pouvait signifier cette dernière phrase, mais il sentait qu'elle était lourde de sens.

Dans la cuisine, l'infirmier s'entretenait avec sa femme, ce qui l'étonna.

— Vous vous connaissez?

— Oui et non, par le truchement du téléphone seulement.

— Tu as vu ton invité?

— Pas encore. Nous souperons d'abord.

L'infirmier s'éloigna. Sur un plateau, Yvonne avait déposé un plat contenant un genre de bouillie.

Mathias entra, sourire aux lèvres.

— Tu as trouvé ce que tu cherchais?

— Oui. Grand-papa est-il revenu?

— Il est là-haut.

Mathias grimpa, regarda par la porte entrouverte.

— Viens, petit.

— Tu ne fais pas ton dodo?

— Eh! toi, je ne suis pas Jean-Baptiste le bébé, moi, je suis le grand Jean-Baptiste!

— Qui ne fait pas un dodo, mais une sieste...

— Bien dit, très bien dit.
— Je reviendrai plus tard, on m'attend pour le dîner.
— Va, mon petit homme.
Mathias se retourna:
— Va, mon grand homme... Il éclata de rire et descendit.
— J'ai faim, maman.
— Il est là.
— Qui?
— Ton ami.
— Non!

Mathias partit comme une balle. Son visage s'était empourpré.
— Il va se casser le cou.
— Laisse, laisse faire, c'est la joie.

Puis, il se fit un grand silence. Yvonne et Fernand regardaient fixement devant eux, attendant. Et ce furent les pleurs, entrecoupés de mots inaudibles. Yvonne fit le service. On mangea en silence. Sur le réchaud, attendait le repas de l'enfant.

Lorsqu'il reparut enfin, il prit sa place à table et dit se sentir affamé. Il jouait nerveusement avec ses couverts et balançait les pieds.
— Prends tout ton temps pour manger, et après: les leçons et les devoirs.
— Mais...
— Il n'y a pas de mais. Ton ami est là, en toute sécurité. On s'occupe de lui et tu auras tout le temps de le voir et de le gâter. Mais ta vie doit continuer.
— Je pourrai lui dire bonne nuit avant d'aller dormir?
— Bien sûr! Quelle question...
— Bon.
— Es-tu d'accord avec moi: à chacun ses obligations, on n'a pas que des droits dans cette vie?

Mathias semblait plus calme. Il mangeait en silence.

Soudain, il s'exclama: «Il ressemble à une poupée de chiffon empesée.»
— Tu le lui as dit?
— Pas encore.

Fernand aima la comparaison, l'enfant n'aurait pas pu mieux trouver pour exprimer ce qu'il avait vu. En somme, à ses yeux, c'était moins effrayant, moins choquant, que ce que, sans doute, il avait imaginé avant de le voir.

***

Yvonne rangeait. Elle ne se hâtait pas. Elle laisserait Mathias rendre une dernière visite à Gratton, puis elle irait, à son tour, voir cette poupée de chiffon, qui menaçait d'occuper beaucoup de son temps et de saper énormément de son énergie.

«Gratton est sûrement tout aussi effrayé que nous. Il est parachuté au milieu d'inconnus, sans doute souffrant, quoi qu'on en dise. Heureusement que nous avons eu quelques rapports indirects avec lui, ça doit le rassurer. L'amour qu'il a voué à Mathias est incroyable. S'il a su l'envoûter, lui qui n'est pas le plus malléable des enfants, c'est sûrement qu'il était d'une extrême bonté et d'une grande douceur! Mathias est têtu. Il a de qui tenir! Son père n'était pas de tout repos. Mais avec ténacité et patience, je réussis assez bien à le diriger. Il a besoin d'une main ferme pour l'aider à canaliser ses énergies et à surmonter ses sautes d'humeur. Papa a raison, à force d'amour, on vient à bout de tout et de tous. Mais comme c'est épuisant, parfois!»

Fernand était plongé dans sa lecture. Yvonne se berçait. La visite de Mathias se prolongeait; elle serait souple: c'était le premier jour. Fermant les yeux, elle laissait errer sa pensée. Le médecin avait grondé son père, l'avait accusé de trop manger et de trop s'agiter inutilement. Elle savait pertinemment bien que ce n'était pas le cas. Son père disait avoir faim, mais mangeait peu. «Il faudra que je lui accorde plus d'attention, son état de santé doit se détériorer. Je ne vois pas autre chose.»

Elle s'étonna de ne pas être bouleversée davantage. «Que m'arrive-t-il? Je deviens blasée, ou je m'assagis? J'en ai tellement essuyé que je commence à me rendre compte qu'il n'arrive que ce qui doit arriver. On ne peut contrôler les événements, ni changer le monde: les adultes, au moins! Quant aux enfants... maman le disait, ils constituent une hypothèque à vie. Pour les garder bons, il faut payer de ses sacrifices et de son amour. Ça commence à la naissance! Il faut leur montrer à marcher, à se brosser les dents, à tenir un crayon, une fourchette, et ça continue. *Ad vitam eternam!*

Elle regarda l'horloge et dit à haute voix:
— Ça suffit.

Fernand n'attendait que ça. Yvonne se rendit au salon et appela Mathias.

L'infirmier lisait, confortablement installé dans un fauteuil.

— Vous n'y voyez pas d'objection, j'espère?
— Mais, non, soyez bien à l'aise. Ouvrez la télé, si le cœur vous en dit.

Et elle appela son fils.
— Viens, il faut aller dormir.

Fernand s'approcha et prit la main de l'enfant:
— Je monte avec toi, petit. Nous ferons un brin de jasette; ensuite, j'irai saluer grand-papa.
— Bonsoir, maman.

Yvonne les regarda s'éloigner. La délicate attention de son mari la toucha: l'enfant devait avoir beaucoup de chagrin.

Elle se décida enfin à se rendre au chevet du malheureux. Il fallait bien en venir là! Elle ferma un instant les yeux. La journée avait été longue, elle se sentait lasse. Elle s'approcha doucement.

Elle savait pourtant, on l'avait prévenue, mais lorsqu'elle vit cette masse inerte enroulée de bandages, dont les seules parties visibles étaient les narines, la bouche, les yeux et le bout des doigts, elle s'appuya contre le mur. Elle faillit crier. Elle le regardait et ne pouvait pas croire que, là-dessous, se trouvait un être vivant.

L'homme avait les paupières closes. Avait-il senti sa présence? Il ouvrit les yeux.

Yvonne le regarda. Les muscles de son visage se tendirent, ses mains se crispèrent. Son regard restait accroché à celui de cette forme humaine. «Ce n'est pas possible, je rêve, je deviens folle. C'est une illusion, une hallucination! Ce n'est pas possible, ce n'est pas lui; il est mort! Elle ferma les yeux comme pour effacer l'affreux cauchemar, les rouvrit. Dans les yeux de l'autre, toute une gamme de sentiments divers se succédaient. Elle connaissait ce regard hargneux et brûlant, qui pénétrait jusqu'au plus profond de son être. Non, ce n'était pas une vision.

Cette loque était Mathias, le père de son fils, l'homme qui l'avait aimée un soir, l'avait abandonnée avant la naissance de son fils... Qui était revenu plus tard continuer d'assouvir sa haine contre elle, avait haï son père... avait tenté d'enlever son fils... était mort, noyé... au fond d'une rivière...

Elle le regardait, maintenant appuyée contre le pied de métal de son lit. Elle plongeait son regard au plus profond de cet être abject qui avait failli faire perdre la raison à son père.

À cette pensée, elle se raidit, plissa les paupières, recula jusqu'au mur, s'y appuya. Un duel terrible s'engagea entre eux. Le regard perçant de l'homme était si plein de rage et de haine qu'il aurait pu faire fuir toute personne moins avertie que cette femme qu'il s'était plu à torturer. Elle oubliait tout, le temps, l'endroit où elle se trouvait, la présence de sa famille, tout. Le seul effort mental qu'elle faisait était orienté vers une idée fixe: être sûre et certaine qu'elle ne se trompait pas.

Elle sentit tout à coup qu'il s'agitait. Son regard soutenu le troublait. Il grogna. Elle eut, à cette minute précise, la conviction de ses appréhensions premières. Oui, c'était bien lui.

Lorsqu'il sentit qu'il était démasqué, qu'elle l'avait reconnu, qu'il la vit reprendre son sang-froid, son regard devint cruel et méchant. Elle n'avait pas besoin de voir derrière le masque pour savoir à quel point il rageait. Les ongles violacés qui dépassaient du plâtre, griffaient la couverture. Il rageait de toutes ses forces.

L'infirmier frappa discrètement et s'approcha.

— Je dois...

— Je vous le laisse!

Cependant, elle garda son regard braqué sur celui de Gratton, jusqu'à ce qu'elle se retournât pour quitter la pièce. Comme un automate, elle se rendit jusqu'à la berceuse. Fernand était là. Il leva la tête: sa femme semblait hébétée.

— Tu l'as vu?

Dès qu'il eut prononcé sa phrase, il se trouva stupide. Bien sûr, qu'elle l'avait vu. Ça se devinait. Yvonne répondit simplement

— Oui.

Elle appuya la tête et ferma les yeux. Fernand avait parcouru le journal de la première à la dernière page. Il croyait que sa femme allait lui communiquer ses pensées. Mais elle demeurait muette et fixait le plafond.

— Je crois que je vais monter dormir.

— Bonne nuit.

— Tu ne veux pas que je reste auprès de toi?

— Non. Bonne nuit.

— Bon! Ne tarde pas trop.

Elle resta là, noyée dans ses souvenirs. Au fur et à mesure qu'elle revivait les étapes de son long calvaire, que se classaient dans son esprit les souvenirs amers de cette affreuse période, qu'elle avait tenté d'oublier, la paix se glissait dans son âme et, bientôt, elle se sentit calme, enveloppée d'un sentiment de sérénité. Elle soupira. Des tensions longuement refoulées semblaient se dénouer et laissaient place à une merveilleuse détente de l'esprit et du cœur. Yvonne se sentait soulagée d'un poids énorme. Rancœur et rancune se dissipaient; elle ne savait pas très bien pourquoi; était-ce dû au fait qu'il était hors d'état de nuire aux siens, à son fils surtout? Ou était-ce la hantise inavouée de sa peur de le voir revenir un jour? Ou peut-être était-ce encore le poids de son cadavre non retrouvé, qu'elle avait traîné dans son cœur ulcéré? Ou était-ce enfin tout ça à la fois?

Son ex-amant était là, enroulé des langes qui lui servaient de linceul.

«Il peut maintenant me haïr autant que ça lui chante, me foudroyer de ses yeux noirs, me jeter tous les sorts. Ma souffrance s'est canalisée: je suis sortie de l'épreuve indemne et forte. Guéris, mon petit vieux, guéris vite, et après tu fileras loin, très loin. Compte sur moi pour guider tes pas.»

Après avoir ruminé ses pensées, Yvonne revint dans le présent. Elle s'étonnait que l'enfant n'eût pas reconnu son père. Et la plus intrigante question à laquelle elle ne trouvait pas de réponse, était la raison qui l'avait empêché d'enlever son fils, puisqu'il l'avait retrouvé et en avait eu mille fois l'occasion. À cette pensée, elle frissonna d'horreur.

L'envoûtement de Mathias s'expliquerait-il par le lien qui les unissait réellement? Sans le reconnaître, aurait-il retrouvé en lui un père? L'emprise qu'il avait eue sur son enfant l'aurait-il marqué à ce point? Elle se souvenait des câlineries dont il était capable pour amadouer son fils; aurait-il continué à jouer ce jeu sous son faux personnage? «Voilà pourquoi monsieur Gratton déclinait toute invitation, qu'il n'était jamais disponible quand on voulait le rencontrer. Non seulement, il embobinait Mathias, mais il nous épiait. Il devait sûrement tirer les vers du nez de l'enfant et, ce faisant, se tenir au courant de toutes nos allées et venues!»

Elle se souvint de ce jour où on lui avait innocemment confié l'enfant, à l'occasion du décès de sa belle-mère. Et son père, n'avait-il pas dit l'avoir vu un jour, chez lui, qui s'amusait follement avec Mathias? Et il ne l'aurait pas reconnu? «Est-ce que je me leurre?»

Papa! Elle sursauta! S'il fallait que son père le vît et le reconnût, dans son état actuel de santé! Ça le ferait mourir! Dieu du ciel! Comment parer à une telle éventualité. Il ne devait, à aucun prix, être mis en sa présence. Et ses sœurs? Elles le connaissaient! Quelle erreur ce fut de l'accepter chez eux! Si seulement elle avait pu prévoir! Voilà que le cauchemar recommençait! Et Fernand... Oh! Fernand! Comprendrait-il? Pardonnerait-il? Et cet enfant à naître qui grandissait en elle!

Elle ne savait plus à quel saint se vouer. Comme elle se sentait seule! Son père, son cher papa, ne méritait pas pareille opprobre!

La nuit s'étira dans la peine, comme autrefois, sous ce même toit; à cette époque, parce qu'il était absent de corps, et à cette heure, parce que son corps était présent! Jamais son esprit ni son âme ne lui avaient appartenu. Pourquoi?

La cruauté des grands yeux noirs braqués sur elle la brûlait comme des charbons ardents. Elle réfléchissait, essayait de demeurer calme et lucide. Une chose était certaine: elle interdirait toute visite, tout accès à sa chambre et ce, sous n'importe quel prétexte. Son père, surtout, ne devait pas le voir. Et dès qu'elle pourrait l'éloigner, elle le ferait. Comme elle s'en voulait de n'avoir pas suivi le conseil de Lucien, de ne pas s'être rendue à l'hôpital pour lui rendre visite! Que de tourments elle aurait pu s'épargner!

L'aurore pointait, le jour jouait avec la nuit, perçait ses ténèbres. Dans les arbres, les oiseaux sortaient la tête de sous l'aile, la vie continuait de courir. Yvonne, appuyée contre le dossier de la chaise, les deux mains reposant nonchalamment sur les accoudoirs, s'était endormie.

***

Mathias se réveilla tôt. Il descendit l'escalier, bien décidé à aller souhaiter le bonjour à son ami. Il vit sa mère endormie dans la berceuse. Intrigué, il s'approcha.

— Maman, maman, tu es malade?
Elle sursauta.
— Tu es malade, maman?
— Non, mon petit, non. J'ai dû m'endormir.
— Tu as pleuré?
— Non. Viens près de moi.

Elle le prit sur ses genoux, le serra dans ses bras et le berça doucement. L'enfant restait là, blotti.

— Tu l'as vu?
— Oui, hier.
— Et? Tu as eu peur.
— Peur? Non.
— Moi, oui, un peu. Mais pas longtemps. Il est vilain à voir tout rapiécé comme ça.
— Rapiécé, c'est le bon mot.
— Tu sais à qui il ressemble?
— Non, à qui?
— Au bonhomme Michelin.

L'enfant riait de sa trouvaille.

— Je ne le connais pas.

— Tu sais, le gros bonhomme tout blanc qui annonce des pneus?
— Oui, je vois. Tu vas le lui dire?
— Il va bien rire. Il était plus beau, avec ses grandes culottes flottantes...
— Qu'est-ce qui te fait rire ainsi?
— Rien, tu ne comprendrais pas. Mais lui, oui.
— Si c'est pour l'amuser, il faut le lui dire.
— Merci, maman, d'avoir accepté...
Elle ferma les yeux très fort et serra son enfant.
— Je serai sage.
— Tu ne dois pas monter sur son lit en aucun cas; même que tu dois éviter de bouger son lit, car quand on est blessé, ça fait souffrir.
— Oh! Je ne savais pas.
— Tu ne peux pas tout savoir.
Pantoufles aux pieds, Fernand descendait. L'image de la mère, berçant son fils, le fit s'étonner.
— Ces caresses ont duré toute une nuit?
— Allez, hop! debout.
Et Yvonne se leva en s'étirant.
— Je suis fourbue!
— Veux-tu dire que tu ne t'es pas couchée?
— Je me suis endormie là. Je prépare le déjeuner.
— Maman, dis, je peux aller dire bonjour à monsieur Gratton?
— Bien sûr.
— Tu ne t'es pas imposé une nuit de veille?
— Mais non, que vas-tu chercher là? Il a quelqu'un près de lui.
— Tu dois penser à toi, parfois.
— Et papa? Tu l'as vu?
— Non, je suis passé près de sa porte, tout semblait bien calme. Il doit dormir.
— Je crois que le médecin l'a trouvé moins bien portant, même si papa prétend le contraire.

— Je prends une douche et je reviens.
— Si papa est réveillé, dis-lui que je vais lui monter son déjeuner.

Fernand se rendit au premier étage. Il revint, descendit quelques marches et cria:

— Yvonne, Yvonne, vite, appelle l'infirmier, vite.

Affolée, elle courut au salon, en criant de désespoir. L'homme en blanc suivit la direction qu'elle indiquait de la main. Elle voulait appeler de l'aide, mais ne parvenait pas à se souvenir du numéro de téléphone.

Fernand descendit, replaça le combiné, entoura sa femme de ses bras, et la garda ainsi très longtemps.

La mort remontait à quelques heures déjà. Une petite clochette était retenue dans sa main, qui avait la rigidité cadavérique...

Yvonne monta à la chambre de son père. Elle ouvrit la fenêtre, posa un baiser sur le front devenu froid, ferma la porte doucement et descendit.

Mathias, roulé en boule dans les bras de Fernand, pleurait à rendre l'âme.

Yvonne entra au salon, eut un entretien à voix basse avec l'infirmier, ferma la porte du salon.

Elle téléphona d'abord à Marie-Anne qu'elle pria d'informer ses sœurs, sauf Monique, du triste deuil qui les affligeait.

Elle parla ensuite à Monique, la préférée de son père. Elle lui dit que son père tenait la clochette qu'elle lui avait offerte quelques mois plus tôt.

Elle parla ensuite à Mathias, faisant appel à son intelligence et à son grand cœur. Il ne devrait pas retourner dans la chambre de monsieur Gratton pendant les quelques jours qui suivraient. L'enfant promit.

Quand la porte se referma après que Jean-Baptiste l'eut franchie pour la dernière fois, il sembla à Yvonne qu'une page de sa vie venait de se tourner.

— Yvonne, demanda Fernand, qu'est-ce que c'est «la brique du four?»

— De grâce, de quoi parles-tu?

— C'est la dernière chose que ton père m'a dite et je cite exactement ses paroles: «Tu es la brique du four.»

— Je t'avoue n'avoir jamais entendu cette expression.

***

Les jours qui suivirent furent remplis d'une très grande tristesse. Jean-Baptiste avait vécu si longtemps que peu de ses amis lui survivaient. Les voisins qui l'avaient connu et aimé assistèrent aux funérailles. La grande famille était réunie autour d'un cercueil en bois de chêne, comme il en avait exprimé le désir. Il irait enfin rejoindre sa Reine au cimetière de Côte-des-Neiges, où elle reposait. Sur le monument de marbre, on graverait: Jean-Baptiste Gagnon: 1905-1990.

Jean-Baptiste, venu de France, avait donné au Québec une grande famille, de nombreux petits-enfants, mais, surtout, il avait semé l'amour et la bonté. Sans jamais faire de longs discours, il empruntait, au quotidien et à sa grande connaissance de l'âme humaine, des propos empreints de justice.

Il laissait le souvenir d'un homme bon, foncièrement bon.

***

Une seule fois, Jean-Baptiste dérogea à un engagement solennel, une seule fois, il ne tint pas parole: la mort l'en avait empêché. Une semaine, jour pour jour, après son décès, Julie sa petite fille, mettait au monde un gros bébé aux cheveux châtains et aux yeux bleu électrique, vifs et lumineux comme ceux de l'arrière-grand-père.

On lui donna le prénom de Jean, mais on n'eut pas la joie de prendre la photo des membres d'une famille de quatre générations!

Chapitre 25

Au retour des obsèques, Fernand insista: Yvonne devait aller dormir.

— Bon, j'irai me reposer. Je compte sur toi, Marie-Anne, il y a des choses toutes prêtes au congélateur.

— J'ai pensé à tout ça, un traiteur va venir. Monte dormir un peu.

— Marie-Anne, nous ouvrirons le testament. Dès que je reviendrai, informe-les tous.

Marie-Anne frémit. Une autre cruelle réalité à envisager.

Fernand répéta: Yvonne devait monter dormir. Il n'aimait pas sa façon magnanime de réagir. Elle consolait ses sœurs avec une douceur déconcertante. À l'entendre, on eût dit que Jean-Baptiste ne s'était qu'absenté et qu'il reviendrait incessamment. Elle n'avait pas versé une seule larme; son attitude frisait l'indifférence. Ce n'était pas une façon saine et normale de réagir; elle aimait trop son père pour afficher une telle indifférence dans l'épreuve accablante qui la frappait.

Marie-Anne suggéra qu'elle prît un léger somnifère. Yvonne refusa. Devant l'insistance de chacun, elle se leva, hésita un peu et monta. Fernand la suivit. Elle le regarda. Ses yeux se firent implorants;

— Laisse-moi seule, veux-tu?

Il prit sa femme par la taille, la serra tendrement, lui sourit. Très droite, avec dignité, elle monta l'escalier. Dès qu'elle se retrouva seule dans sa chambre elle ferma la porte et resta de longues minutes appuyée contre celle-ci. Les paroles de la grand-mère Imelda lui revenaient en mémoire: «La mort est une porte qui se ferme derrière soi»... La simplicité des mots lui fit chaud au cœur.

— Que se passe-t-il, là-haut, papa?

Elle enleva sa robe, s'enroula dans un peignoir et s'allongea sur son lit. En elle, aucun tumulte, aucune révolte. Yvonne avait accepté ce décès. Elle ferma les yeux, le sommeil la gagna.

La paix que connaissait son âme fit naître un prodige. Yvonne rêva d'une étendue de terre couverte d'arbres divers dont les feuillages se laissaient caresser par un vent doux. Un bouleau imposant, vêtu de son écorce blanche, dominait les autres, de temps à autre, une feuille se détachait et tourbillonnait jusqu'au sol. La luminosité opaline la grisait. Elle ne voyait pas le ciel: le feuillu occupait tout l'espace; un sentier de pierres moussues serpentait et se perdait dans le sous-bois. Elle n'entendait aucun murmure, aucun chant d'oiseau, pas même le frisson des feuilles. Un silence impressionnant enveloppait le paysage quiet. Elle leva une main, l'avança: une vitre épaisse la séparait du lieu enchanté. Elle laissait errer son regard, se rassasiait de la douceur qui émanait de l'oasis de paix.

Lorsqu'elle ouvrit les yeux, Yvonne fut tout étonnée de se retrouver dans le décor de sa chambre. Son rêve était si réel! Elle se sentit désemparée. De nouveau, elle ferma les paupières, souhaitant le prolongement de la vision. Cette fois encore, le mirage l'enchanta.

— Merci, papa, murmura-t-elle doucement.

Yvonne se leva, se dirigea vers la chambre où reposait son fils. Elle se pencha et lui chuchota à l'oreille: «Dors, Jean-Baptiste, mon ange chéri. Ton grand-père veille sur toi, sur toi et sur un autre petit bébé qui prend doucement racine dans mon sein... Chut! c'est un secret...»

***

Elle passa la broche dans ses cheveux. Son miroir lui renvoyait l'image d'une femme mûre, aux traits un peu tirés.

— Je devrai dorénavant penser davantage à cette petite fille que toi, papa, tu devras protéger.

Elle ajusta les plis de sa jupe et s'apprêtait à descendre lorsqu'elle se remémora la phrase de son père: «Tu trouveras mon testament dans le tiroir...» Elle bifurqua, se rendit à l'endroit désigné et en sortit une épaisse enveloppe scellée. Au moment de refermer le meuble, elle ne put s'empêcher de penser que son père, il n'y avait pas si longtemps de ça, avait posé ses doigts au même endroit, avait agi pareillement.

Lorsqu'elle arriva dans la cuisine, toute les têtes se tournèrent vers elle.

— Voilà qui est beaucoup mieux, dit Fernand. Viens, on t'a gardé quelques friandises à grignoter.

— Raymond...

— Oui, Yvonne.

— Voilà. Je crois qu'il t'appartient de nous livrer le contenu de ce document.

Il se fit un silence recueilli. Raymond ouvrit l'enveloppe et, d'une voix neutre, fit la lecture du testament de son beau-père.

Les sommes d'argent laissées par sa femme seraient séparées à parts égales entre ses filles.

La maison était léguée à Yvonne, avec ses meubles et ses dépendances.

Le champ de moutarde, redevances et revenus, allait à Raymond et à sa femme Alice, à parts égales.

Le chalet du Rang Croche de Saint-Calixte, meubles compris, allait à Monique.

Son argent liquide devait être placé en fiducie pour une période d'un an et l'usufruit, net de toutes taxes et autres frais serait, alors partagé entre Marie-Anne, Colombe et Henriette.

Quant au capital, il devrait être distribué en parts égales et déposé en fiducie au nom de chacun des petits-enfants, nés ou à naître, dans les neuf mois qui suivraient le règlement de la succession, lesdites sommes et leurs fruits devant leur être versés, sauf dans des cas exceptionnels, dès qu'ils auraient atteint l'âge de vingt-cinq ans.

Suivait une liste détaillée de legs particuliers. Raymond était nommé exécuteur testamentaire.

Un codicille, dûment daté et signé, s'ajoutait au testament; une somme de vingt mille dollars devait être prélevée sur ses avoirs, et ce, au lendemain de ses funérailles. Cette somme devait servir à couvrir les frais et rémunérations de toute personne qui se dévouerait aux soins d'un dénommé Charles-Omer Gratton, présentement immobilisé par la maladie.

Yvonne tressaillit. Elle n'écoutait plus. Elle sentit son sang se figer dans ses veines. Rêvait-elle? Avait-elle bien entendu? Pourquoi, Grand Dieu! pourquoi son père avait-il cru devoir spécifier ou exprimer un tel désir? D'instinct elle saisit la main de Fernand et ferma les yeux. Soudainement, une phrase qu'il avait prononcée lui revint en mémoire: «Merci de m'avoir dit que Mathias était à la maison... J'ai eu si peur...» ou quelque chose du genre.

Yvonne se leva et courut vers sa chambre. On crut que sa peine la troublait. Fernand fit un mouvement pour se lever mais se rassit. (La peine, parfois, aime se cacher...)

L'homme se tut, fit une pause et, d'une voix brisée par l'émotion ajouta:

— Monsieur Gagnon, notre père, était un homme digne de ce nom. Ses dernières volontés, ici exprimées dénotent sa grandeur d'âme, son esprit de justice et l'amour sincère qu'il nous vouait.

***

Là-haut, Yvonne tentait de mettre à leur place les événements et les discours tenus. De qui et de quoi son père s'inquiétait-il si ce n'était de Gratton? Que s'était-il passé au juste? Elle venait d'être informée de l'aisance financière de son père; peut-être avait-il été victime de chantage? Ça lui semblait tout à fait absurde: pas lui, pas un homme de sa trempe! Plus elle réfléchissait, plus tout se brouillait dans son esprit.

Elle finit par s'endormir, recroquevillée sur le pied de son lit. C'est là que Fernand la trouva. Il la regarda dormir. Il avait un goût fou de la prendre dans ses bras. Leur vie intime de couple souffrait de tous les chambardements qui ne cessaient de se multiplier depuis quelque temps. Il avait hâte de goûter aux plaisirs que procure le calme.

Yvonne ouvrit un œil, puis l'autre. Elle sourit, tendit les bras.

— Viens me faire des mamours, j'ai faim de toi. Ferme d'abord la porte.
— Et les enfants?
— Tant pis! Il faut penser aussi à celui-ci.
— Mauvaise fille!
— Laquelle est mauvaise?
— Comprends pas...
— Quelle fille est mauvaise, elle ou sa mère?
— Elle?
— Oui, elle. Et Yvonne pointait son ventre.
— Non! Ah non!
— Ah! Oui.

Chapitre 26

Yvonne descendit à la cuisine, prépara le café. Elle prit la baignoire de Caruso, y fit couler de l'eau et se dirigea vers l'oiseau. La cage était disparue.

Oh! Oh! se dit-elle. Elle se dirigea vers la chambre de Gratton.

Mathias s'y trouvait.

— Maman, c'est génial, Caruso va tenir compagnie à mon ami pendant que je suis à l'école.

— Ce n'est pas à conseiller, Mathias. On ne doit pas garder un oiseau dans la chambre d'une personne malade. C'est malsain pour les deux. Une visite par ci, par là, oui, mais pas plus.

— Bon!

— Viens déjeuner, chaton.

Et Yvonne passa une main affectueuse dans les cheveux de son fils. Elle jeta un œil furtif en direction de Gratton. Elle était sûre que, sous son masque, il devait grimacer de haine et de jalousie!

Le soir du même jour, elle surprit Mathias grimpé sur une chaise, qui s'évertuait à installer une corde qui passait au-dessus de Gratton et descendait ensuite vers lui.

— Que, diable, fais-tu là?

— Regarde, maman. Mon ami peut bouger un doigt. S'il bouge la corde un tout petit peu, la clochette va tinter. J'y pense depuis des jours.

Yvonne se souvint de celle qui était restée prise dans la main de son père. Elle ne dit rien et laissa l'enfant continuer ses prouesses.

***

Lucien vint faire une visite, un après-midi. Il demanda à voir Gratton.
— Suis-moi.
— Brr! Ça vous donne le frisson!
— Cet homme est conscient, tu sais.
— Oui, ça se voit. Ça va, toi? pas trop de surmenage?
— Ça va, Lucien.
— Et rien d'anormal à signaler?
— Que veux-tu dire?
— Pas de téléphone bizarre, de lettre ou de fureteur?
— Qu'est-ce que tu racontes? Avons-nous été tout ce temps-là en danger?
— Mais non, voyons. Mais avec ces oiseaux-là, tu sais, on ne prend jamais trop de précautions.
— Les oiseaux?
— Ceux qui l'ont attaqué, en plein jour, ou presque.
— Toi, tu ne dis pas tout, tu sais quelque chose.
— Non, je t'assure. On continue de croire qu'il y a eu erreur sur la personne. On s'est trompé de bonhomme et c'est celui-ci qui a écopé.

Yvonne tourna le dos, se plaça face à la fenêtre. Devait-elle tout dire, décliner l'identité véritable de celui qui gisait là. Et mettre ainsi un frein à ses inquiétudes? Elle pensa à Mathias.

— Ton père, Yvonne, ça c'était un homme! Quand je pense qu'il a testé en faveur de cet étranger venu choir sous son toit et s'est préoccupé des soins qu'il recevrait. Vingt mille dollars! Une petite fortune.

Yvonne se retourna et regarda Gratton droit dans les yeux. Elle ne sut pas comment interpréter les lueurs qui émanaient de ses prunelles. Haine? Rage? Reconnaissance? Un point noir, d'une brillance extraordinaire, se promenait dans ces yeux qui semblaient vouloir crier.

Le doigt mobile de l'homme se mit à gratter, et, du fond de sa gorge, sortait un son rauque. Elle savait maintenant qu'il rageait. Ce n'était pas la première fois qu'il manifestait ces signes de haine.

L'infirmier s'approcha et les pria de le laisser seul avec le patient.

Lucien passa son bras autour de la taille de sa belle-sœur et s'exclama:

— Eh bien! On prend du volume! C'est pour quand?

***

Après leur départ, Onésime ferma les yeux. Au plus profond de lui-même, une lutte se faisait.

L'oncle aux caramels était mort et avait pris soin de lui, un étranger qu'il ne connaissait pas. Pourquoi s'était-il préoccupé de son sort? «Serait-il venu pendant que je dormais. M'aurait-il reconnu? Sa maudite conscience le fatiguait peut-être avant de mourir et il aura voulu acheter son ciel?»

«Qu'est-ce que ce policier peut bien avoir à faire dans la famille?» se demandait-il. Il semble familier avec Yvonne, s'inquiète pour eux tous. Alors, tout porte à croire que la grande idiote ne me dénoncera pas, alors qu'elle en a l'occasion. Que mes os se ressoudent, ma belle, et tu te repentiras de ta générosité!»

Lorsqu'elle se retrouva seule, Yvonne revint au salon, s'assit devant la fenêtre et regarda de l'autre côté de la rue. Combien de fois, son ex-amant s'était-il caché pour les espionner?

— Le malheur aurait pu être beaucoup plus grand, dit-elle à voix haute, inconsciemment.

— Oui, Madame, répondit l'infirmier qui était tout près d'elle. Il a de la chance.

— Il y a eu bien du remue-ménage ici, dernièrement. Ça n'a pas dû l'aider, dit Yvonne.

— Au contraire, il s'agitait, semblait vouloir tout entendre, participer même. Il ne semblait habituellement se calmer qu'en présence de votre fils. Croyez-moi, la porte du salon fermée fut, pour lui, une dure épreuve. Présentement, il dort.

— À l'aide de médicaments?

— Drogue en capsule, si je puis dire. Bientôt, nous devrons le transporter en ambulance. On doit le conduire à l'hôpital, pour des examens.

Yvonne se leva et sortit de la pièce. Cet oiseau rare cesserait d'être le sujet de toutes les conversations et d'accaparer sa vie! Forte de sa décision, elle calma son impatience en préparant de la pâte à tarte.

— Fernand...

L'homme leva les yeux de son journal et regarda Mathias.

— ...

— Alors?

— Tu es un homme, toi. Peut-être pourrais-tu donner une réponse à mes questions.

Yvonne leva la tête, ouvrit la bouche pour protester, Fernand pliant son journal, enchaîna:

— Si je le peux, Mathias, si je le peux...

L'enfant cherchait ses mots, c'était évident. Les coudes plantés sur la table, le menton appuyé dans la paume de ses mains, son visage affichait une expression des plus sérieuses.

— La souffrance, Fernand, qu'est-ce que c'est la souffrance?

— Physique ou morale?

— Ah!

— La souffrance peut être physique, dans son corps, ou morale, dans son cœur, dans sa tête.

— Et... les deux, en même temps, est-ce possible?

— Oui, bien sûr.

— Qu'est-ce qu'il faut faire?

— Pour aider celui qui souffre?

Fernand savait pertinemment bien que l'enfant pensait à son ami Gratton.

— Oui, pour aider celui qui souffre.

— Le meilleur remède c'est l'amour: aimer et savoir écouter.

— Mais...

— Euh! Si l'autre ne peut pas se confier, alors tu dois t'efforcer de témoigner ton amour, par... des gestes, des mots, des attentions.

— Et, ça va guérir l'autre?

— Peut-être pas tout à fait, mais ça va adoucir sa peine et sa souffrance.

Mathias baissa la tête. Tout à coup, il asséna un coup sur la table, se leva et grimpa les marches quatre à quatre, courut vers sa chambre, revint sur ses pas. Fernand le vit passer en trombe et se diriger vers la chambre de Gratton. D'une main, il tenait sa flûte, de l'autre, son cahier de musique. Et bientôt, de la chambre du grabataire, provenaient des airs de folklore interprétés par l'enfant.

Yvonne tressaillit. Elle dut faire appel à tout son courage, pour ne pas hurler.

— Ça me dépasse! Comment cet enfant a-t-il pu s'attacher aussi profondément à un parfait étranger!, s'exclama Fernand.

Yvonne se cramponna au rebord de la table, se mordit les lèvres, mais ne répliqua pas.

Lorsque Mathias revint, il était surexcité.

— Il est content, oh! mais content!

— Comment le sais-tu?

— Mais, par ses yeux. Ils sont devenus doux comme du velours. Puis, il s'est endormi.

— Comme ça, juste à l'heure où il doit manger!

— *Qui dort dîne*, tu connais le proverbe?

— Le proverbe ne prépare pas la bouillie...

Dans les jours qui suivirent, on eut droit à deux concerts quotidiens: le matin et le soir.

***

C'était dimanche, le soleil brillait de mille feux. Mathias avait déjà donné son récital matinal. Il déjeunait quand on entendit tinter la clochette. Tous levèrent la tête en même temps. Mathias repoussa si violemment sa chaise qu'elle tomba à la renverse. Fernand se leva et se précipita vers le salon, suivi d'Yvonne.

Gratton regardait Mathias avec de grands yeux implorants. L'enfant prit sa flûte et attaqua un air léger.

— Non, dit Yvonne. Retourne à table. Toi aussi, Fernand. Et fermez la porte derrière vous.

Elle avait parlé d'un ton pondéré, presque doux. Mais dès qu'elle se sut seule avec Gratton, elle s'approcha de son lit et planta son regard dans le sien, d'où émanaient des flammèches. Ses yeux flamboyaient.

— Écoute-moi bien, Mathias Gagnon, mon oiseau de malheur. Ne crois pas que je vais m'apitoyer sur ton sort et te prendre avec des pincettes. Je sais exactement de quel bois tu te chauffes et de quelle merde tu es capable. Je vais te rabattre le caquet, tu me comprends, monsieur Michelin? Hein, monsieur Gratton, mon bon monsieur Gratton à grandes culottes flottantes? Ne fais pas semblant de te triturer la cervelle: tu me comprends très bien et tu sais que je ne badine pas. Hein, le trouillard, te voilà plus fortiche d'esprit que de corps. Tes petites stratégies merdeuses, je peux m'en passer! Qu'est-ce que tu préfères? Que je te remette entre les mains de la justice ou que je mette les ciseaux dans ta coquille de coton, et tu vas faire comme de la pâte à crêpes, dans la poêle à frire, le trognon à l'air? Ou bien, mieux encore; je t'isole: la clinique.. Finies alors les crises d'hystérie du bon petit monsieur qui a su mériter des taloches abrutissantes. Ça fait mal hein! Mathias Gagnon? Je ne joue pas les *fofolles*, tu sais *au forçail*, je vais te le prouver. Je crois que tu as compris, mon beau petit coquelicot tout de blanc vêtu, que c'est moi qui tiens le haut du pavé ici. Je résume: Mathias Gagnon, ici je commande, ici je décide, ici tu te soumets. Ne TOUCHE pas à mon fils. Ni à son corps, ni à son esprit. Tu ne me l'empoisonneras pas. Mets ça dans ta belle caboche et baisse les yeux. Contente-toi de gratter ton matelas, gratte... Gratton!

Yvonne sortit, ferma la porte et s'y adossa. L'infirmier la regarda étonné. La voix lui était parvenue, mais assourdie par le capitonnage de la porte de l'étude.

Elle soupira, haussa les épaules et se dirigea vers la cuisine.

— Mon café s'est refroidi.

Mathias, l'air penaud, faisait ses devoirs. Fernand jeta un coup d'œil de biais à sa femme. Il avait la certitude qu'elle venait de faire une mise au point avec la poupée de chiffon.

Chapitre 27

Ce jour-là, Gratton devait être transporté à l'hôpital pour y subir des examens. L'ambulance arriva tôt. Dès que la chambre fut libérée, Yvonne aéra, nettoya, désinfecta. Elle le faisait de façon passive, sans enthousiasme, un peu comme un robot l'eût fait. L'âme n'y était pas.

Le silence qui régnait était apaisant mais si subit, si profond, que ça l'irritait. Elle crut discerner, à travers le bruit que faisait l'aspirateur, la sonnerie du téléphone. Elle se précipita de peur d'arriver trop tard. Essoufflée, elle décrocha et dit.
— J'écoute.
— Occupée, ma grande?
— Non...
— Tu veux de la visite?
— J'en crève d'envie.
— Fais bouillir de l'eau.

Elle sourit: «Tout de même, ça fait chaud au cœur!»
Elle alluma le four, sortit une tarte aux pommes du congélateur, enleva son tablier et se recoiffa.

Alice, Julie et Monique jacassaient comme des pies. Yvonne, habituée à son monde d'hommes, souriait. Les propos de ces dames différaient de ceux habituellement tenus par ses mâles.
— Tu veux voir? Julie sortit une enveloppe de son sac à main. Les photos de son mariage, avec bien sûr, à tout honneur, celle de la jeune épousée, au bras de son mari. Il avait l'air un peu benêt, celui que les hommes affichent tous, ce jour-là, avec sa tête inclinée sur celle de sa femme qui, droite comme un général fier de ses épaulettes, regardait vers l'infini.

La gaieté s'atténua de beaucoup quand on en vint aux photos où figurait Jean-Baptiste.

— Comme il était devenu tout petit! s'exclama Yvonne. Je l'ai toujours vu comme un Goliath. Comme il semble frêle. Seuls ses yeux lui rendent justice. Ce regard franc et droit qui fouillait jusqu'au fond de notre âme: un regard qui disait plus que le plus éloquent des discours!

— Quand j'étais jeune, dit Monique, et que je faisais un mauvais coup, on aurait dit qu'il devinait. Il n'avait qu'à me regarder, je fondais. J'aurais pu passer par le chas d'une aiguille!

— Papa était la franchise même, il ne déduisait pas, n'interprétait pas: il s'en tenait aux faits. Ce qui explique sans doute la justesse de ses propos.

— Mesdames, dit Yvonne, passons à table. Moi, j'ai faim.

— Si papa...

— Non, pas de «si papa». Qu'il me pardonne, mais à partir d'aujourd'hui, je tourne la page.

Ses deux sœurs se regardèrent.

— Que veux-tu dire?

— Je ne veux pas que l'on continue de parler de papa et de maman avec des airs contrits. Nous avons assez de bons souvenirs pour ne pas rebâcher notre amertume et nos peines indéfiniment.

— Mais, notre deuil est si récent!

— Ce qui ne signifie pas qu'on doive nécessairement brailler. Surtout aujourd'hui...

— Pourquoi, surtout aujourd'hui?

Yvonne rougit.

— Ce matin, à mon réveil, j'ai décidé de sortir de cette ambiance morose où nous sommes plongés depuis trop longtemps. On ne voit plus que des visages tristes! Les enfants en souffrent. J'ai un grand malade sur les bras, et... et... Fernand...

— De grâce, parle! Cesse de balbutier...
— Bon, disons que je le fais pour elle...
— Elle?
— Oui, elle.
Et Yvonne pointa vers son ventre.
— Saint-Gérard Majella! s'exclama Marie-Anne.
— Voilà pourquoi j'étais si contente de votre visite surprise. J'avais un grand besoin de parler, de m'épancher.

On félicitait Yvonne. On se prit à compter le nombre des petits-enfants. Malgré elles, elles évoquaient le nom de leurs parents.

Cet enfant serait le dix-septième! Plus un arrière-petit-enfant.

— Tu as raison, Yvonne, même nos parents ne te pardonneraient pas d'être morose. Il faut être joyeuse. Et Fernand, que dit-il de ça?
— Il est fou de joie.
— Papa savait?
— Je crois qu'il l'a su avant moi. J'étais si prise, si préoccupée que j'attribuais mon indisposition à la fatigue.
— Et ton invité?
— Il est présentement à l'hôpital pour quelques jours. C'est assez facile. Je craignais que la tâche ne soit plus pénible. Je prépare ses repas et le linge souillé va à la laverie.

Marie-Anne semblait songeuse.
— À quoi penses-tu, demanda Yvonne?
— Tu en as fait, toi, du chemin depuis quelques années!

La journée se termina dans la gaieté.

***

— Tu es de bien belle humeur, maman.

— Ça se voit?
— Tu chantes.
— Veux-tu que je te dise pourquoi?
Mathias haussa les épaules et baissa la tête.
— Qu'est-ce qui te chagrine?
— Rien.
— Allons, dis, qu'est-ce qui te chagrine? Que je sois joyeuse?
— Non.
— Alors?
— Tu es contente que mon ami soit parti à l'hôpital!
— Non! Mais non, mon chou. Mais non. J'ai une autre raison. Ton ami va revenir bientôt: tu n'as rien à craindre! Je t'assure. Il avait besoin de traitements et d'examens qu'on ne peut faire ici. Je t'ai expliqué tout ça. Ne sois pas triste: il a besoin, lui aussi, de te voir gai. Il n'y a rien de plus désagréable que des visages maussades.

Yvonne passa à un autre sujet. Elle parlait avec Fernand, tout en observant Mathias. Celui-ci, mal à l'aise, s'agitait sur sa chaise. Yvonne continuait de l'ignorer. Elle se leva, servit le dessert mais omit d'en donner un à Mathias. Voyant sa mère se rasseoir, il protesta:
— Et moi, alors?
— Toi, mange ton boudin! Tu veux bouder, être de mauvaise humeur, tu joues toujours au martyr, alors vas-y. Moi, j'ai le goût de chanter, d'être de bonne humeur.

L'enfant se leva en criant:
— Qu'est-ce que j'ai fait?
— Tu ne le sais pas? Tu *fais la baboune*, sans raison, et ça, c'est intolérable. Assieds-toi, le repas n'est pas terminé.

Yvonne servit le café et plaça un verre de lait devant son fils. D'une voix douce, elle lui dit:

— Va, bois ton lait, si tu veux devenir grand et fort.

L'enfant eut un pâle sourire.

— Dis-moi, maman, pourquoi tu chantais aujourd'hui?

— Et tu ne bouderas plus?

Il fit «non» de la tête. «Mon doux!, pensa-t-elle, comme il a mauvais caractère, comme il est orgueilleux! Il faut le forcer à être heureux malgré lui. Si je tolère ses sautes d'humeur, il aura plus tard un tempérament violent qui fera son malheur et celui de son entourage. Je dois à tout prix consacrer plus de temps à cet enfant! Il a un cœur d'or qu'il suffit de réveiller et de stimuler; je dois lui apprendre à penser aux autres!»

Elle leva les yeux. Il l'observait.

— Souris, dit-elle doucement. Et devine.

— Veux-tu que je t'aide, Mathias? demanda Fernand content de voir changer le ton de la conversation.

— Oui.

— C'est... une bonne nouvelle.

— Pour moi?

Fernand surprit le geste impatient d'Yvonne. Il se dépêcha d'enchaîner.

— Bien sûr, pour toi et pour moi et pour tout le monde!

— Pour Caruso? Et pour Jean-Baptiste?...

— Aussi.

— Je ne trouve pas.

— Ça crie, ça pleure.

— Un autre petit frère!

— Non, mais tu l'as presque trouvé: une petite sœur, cette fois.

— Eh! comment le sais-tu?

— Je ne le sais pas, je le devine et je le souhaite.

— Qu'est-ce que je dois dire?

— Ce que tu ressens, toi, ce que tu en penses.

— Ce que j'en pense? Des bébés, on ne peut pas

compter là-dessus, ça prend trop de temps à parler et à marcher. J'ai le temps d'être devenu vieux avant d'avoir de la compagnie pour jouer.

— Tu changeras bien d'idée un jour. Tu verras. Veux-tu me faire plaisir?

— Oh! oui, maman.

— Donne-moi congé, range tout avec Fernand.

— Oui, maman.

Yvonne alla s'asseoir dans la berceuse, qu'elle avait tournée vers la fenêtre. Elle se mit à chanter:

«C'était un p'tit bonheur
Que j'avais ramassé
Il était tout en pleur...»

Mathias tira sur la manche de Fernand et dit à mi-voix: «Attends-moi». Il courut à sa chambre et revint avec sa flûte. Yvonne l'attira à elle et reprit le refrain. Fernand dodelina de la tête: «Ce qu'il en faut, du doigté» pensa-t-il!

***

Onésime fut ramené, avec quelques pansements en moins et une main libérée du plâtre. Il faisait encore plus piètre figure. Sa main violacée, marbrée de jaune, était terrible à voir.

Mathias passa plus de temps qu'à l'accoutumée auprès de son ami. Yvonne fit semblant de ne pas s'en rendre compte. Lorsqu'elle apporta la bouillie, le repas du malade, elle s'adressa à l'infirmier.

— La prochaine fois que vous le changerez de costume, pourquoi ne pas utiliser des bandelettes de couleur? Bleu, blanc, rouge, par exemple?

Mathias pouffa:

— Il ressemblerait alors au drapeau de la France.

— Ou bien aux couleurs de l'arc-en-ciel, ajouta l'infirmier.

— En rouge et blanc, monsieur Gratton ressemblerait à un bonbon.

À travers ses rires, Mathias déclara:

— Non, c'est comme ça que tu es le plus beau, Monsieur Michelin.

Les paupières du blessé papillonnèrent. «Que peut-il bien penser? songea Yvonne. Lui, si orgueilleux doit se sentir bien frustré!» Elle en avait pitié.

— N'oublie pas, Mathias, de remettre le fil en place pour que ton ami puisse utiliser la clochette, au besoin.

Et Yvonne s'éloigna. Elle entendit l'enfant dire:

— Hein! Elle est gentille, ma mère.

Mathias grogna, mais Yvonne était déjà loin.

***

— Coucou, hello! Reviens sur terre. Comme tu étais loin! Dis, il y a du monde sur la lune?

Yvonne sourit.

— Tu tires des plans sur la comète?
— Grand comique! De fait, je fais des projets.
— Peut-on savoir?
— En même temps que les autres.
— Ce qui signifie?
— Dimanche soir prochain, à huit heures.
— Ce qui est assez précis.

***

De bon matin, tous dormaient encore, Yvonne entra dans la chambre qui avait été celle de ses parents et ferma la porte. Elle entreprit de passer en revue ce qui avait appartenu à ses parents et qu'elle voulait distribuer aux membres de la famille.

Les sentiments les plus confus l'assaillaient au moment de manipuler et de classer tous ces objets qui avaient appartenu à des êtres qui lui étaient si chers. Elle connaissait l'attachement tout particulier qu'ils avaient éprouvé pour certains d'entre eux.

Aucune des choses de Marie-Reine, sa mère, n'avait été touchée depuis son décès. Jean-Baptiste dut souvent s'attendrir, dans ce décor si plein de souvenirs. Yvonne se demandait si sa peine avait été soumise à l'usure du temps.

Elle sourit, à la vue du pot de vaseline contenant un cure-dent planté dans la graisse minérale. Elle revoyait encore son père qui faisait, chaque année, le tour de la maison et en enduisait les gonds des portes, «pour les empêcher de grincer et de nous trahir», disait-il.

Certains objets n'avaient d'utilité pour personne, mais valaient qu'on les conservât pour leur valeur sentimentale. Elle les disposait dans un tas, à part. Un jour, elle les classerait. Elle prit le missel de sa mère et laissa ses doigts courir sur la tranche. Le livre s'ouvrit à un endroit où se trouvait une feuille pliée en quatre. Qui l'y avait insérée? Elle la prit, la déplia et reconnut l'écriture de sa mère. Son cœur se troubla. Elle lut:

Le feu crépite avant de mourir,
Les feuilles se colorent avant de tomber;
Le jour se recueille avant de finir.
Le soir, le vent s'apaise,
Les oiseaux se taisent.

C'est demain...
Des larmes de rosée perlent sur les pétales,
Le papillon bat de l'aile,
La nature se fait belle.

Yvonne resta là, pensive. Qu'est-ce qui avait inspiré les mots de ce poème à sa mère? Elle replia le papier et le glissa dans la poche de sa robe de chambre.

«Il doit y en avoir, de ces trésors, enfouis là-haut, au grenier. Il me faudra voir tout ça, l'histoire de notre famille s'enrichira.»

La pendule qui trônait toujours sur le bureau de sa mère sonna. Sans tourner la tête, Yvonne resta là, à compter les coups que le marteau frappait sur le timbre: il était sept heures.

— Bon, j'y vais! dit Yvonne à voix haute.

Elle descendit préparer le café, jeta un coup d'œil vers la cage de l'oiseau. Elle n'était pas là, Mathias se trouvait donc déjà au chevet de son père!

***

Yvonne entreprit de faire tout un remue-ménage. Fernand se demandait bien ce qui se passait. Yvonne continuait de *turluter*. Sa belle humeur était communicative. Au repas du soir, Mathias demanda:

— Pourquoi, maman, bouleverses-tu tout dans ma chambre? Je ne m'y retrouve plus.

— Tu déménages.

— Oh! où est-ce que je vais?

— Dans la chambre de...

Elle suspendit sa phrase en plein milieu. Fernand la regarda. Elle allait dire dans la chambre de ton père.

— Dans la chambre que préférait ton père, corrigea-t-elle. Mais, j'y pense, ça ne marche pas mon affaire!

— Quoi? dit Fernand, intrigué.

— La pouponnière! J'avais projeté que toi et moi, nous déménagerions dans la grande chambre des maîtres, comme il se doit. Mais la chambre du bébé...

— Yvonne, la chambre des maîtres, c'est la nôtre. J'aime ce coin. C'est là que... En fait, c'est notre coin.

— C'est là que vous avez fait vos bébés, dit Mathias, narquois. Moi, je donne la mienne à Jean-Baptiste.

C'est juste assez grand pour un bébé, alors que Mathias, lui, est un homme!

Yvonne se retint pour ne pas pouffer de rire. Fernand lui fit de gros yeux.

— Maman, est-ce que ça fait mal au ventre un bébé?

— Non.

— Tu ne reçois pas de coup de pieds, quand il s'étire là-dedans?

— Parfois. Mais mon ventre est protégé: le bébé est dans une enveloppe.

— Pouf! Je suis content d'être un homme.

***

On soupa tôt. Yvonne confia le nettoyage de la cuisine à ses hommes et les invita ensuite à l'aider. Ensemble, ils installèrent sur la table tout un assortiment d'objets qui avaient appartenu à la grand-mère Imelda, à Marie-Reine et à Jean-Baptiste. En plein milieu, se trouvait un petit paquet, qui intriguait, car des rubans blancs retenaient l'emballage de soie.

Fernand comprit. Tous viendraient choisir l'objet de leur choix, parmi ces trésors. La délicate attention de sa femme le troubla. Un silence respectueux régnait.

Le soir de la réunion, Yvonne s'approcha, prit la clochette que tenait Jean-Baptiste le jour de son décès et la remit à Monique en expliquant à tous:

— Monique avait déjà exprimé ce désir.

Elle prit la veste de mouton blanc, la traditionnelle veste, et la remit à Fernand:

— Ce vêtement appartient aux occupants de la maison. Tu peux l'utiliser. Elle ira ensuite à Mathias.

Discrètement, elle s'éloigna en ajoutant:

— Choisissez; mais, d'abord et avant tout, ceci est

pour toi, Raymond. De tous ceux qui sont ici, tu es le plus vieux, le plus digne, le plus vénérable. Ne proteste pas: ouvre.

Sur un papier fin, Yvonne avait écrit: «D'un grand-père au ciel à un grand-père sur terre.»

Raymond ne put retenir son émotion.

— Ma foi, c'est vrai, je suis le seul grand-père, ici!

Et il ouvrit. Le jonc d'or, usé par les ans, que Jean-Baptiste avait porté à son doigt pendant tant d'années, lui apparut.

D'une voix émue, il dit:

— Je me sens riche, comme Crésus!

— Je peux? dit Marie-Anne. Ce serait pour Luc.

Elle tenait à la main la montre de poche en or du grand-père Théodore. Yvonne ne répondit pas, mais sourit.

— Dis donc, Lucien, selon toi, qu'est-ce que c'est la *brique du four*?

— Hein! Tu me demandes ça. C'est toi le spécialiste en construction. Je n'ai aucune idée de quoi tu parles.

Yvonne avait entendu. Elle s'émut, son mari s'interrogeait toujours sur le sens des derniers mots prononcés par son père. Elle se promit de résoudre l'énigme.

Le blaireau et le rasoir droit, qui avaient vu tant de grimaces, disparurent les premiers vinrent ensuite la pipe, la courtepointe, le fusil de chasse, de vieux bijoux, dont le camée de grand-mère Imelda, des boîtes à pilules, la pendule, la trousse de toilette en argent ciselé, le collier de perles d'eau et des photocopies du livre de recettes de Marie-Reine.

Quand la table fut débarrassée de tous ses objets, Yvonne remit à chacun un papier et un crayon. On y inscrivit son nom. Yvonne ajouta le sien et Raymond fut invité à venir piger.

— Attends, dit-elle.

Elle ouvrit le vaisselier et en sortit le magnifique plateau de cristal, si vieux, si précieux à tous et à chacun. On ne l'avait plus utilisé, par respect pour leur mère, qui le chérissait tant. Le hasard fit bien les choses, le nom d'Yvonne fut choisi. Elle le prit précieusement, ouvrit le vaisselier et remit le trésor en place en disant:

— Je promets à chacun un gâteau froid à la fête de Noël. La réception aura lieu ici, chez nous.

***

Mathias en avait des choses à raconter. Debout devant son ami Gratton, il parla de la réunion de famille, du choix de chacun, brodant toute une histoire autour de la valeur des objets distribués.

— Moi, j'aurai la veste de mouton. Tu la connais, la légende des «Dos blancs», comme on appelait autrefois les habitants de Ville Saint-Laurent? Que je suis bête! Tu en es un, toi aussi, monsieur Gratton, puisque tu habites cette ville.

Mathias baissa les yeux, subitement embarrassé. Son ami ignorait que sa maison et sa belle auto étaient parties en fumée.

— Pour le moment, tu portes une robe de coton blanc. Tu en sortiras avant le printemps. Nous allons te remettre sur pied. Tu auras alors droit à une grande chambre, là-haut. Moi, je déménage: je donne la mienne à mon frère et je vais occuper celle que préférait mon père. Il habitait ici, avec nous, tu sais. Il était beau, fier, ne portait pas de grandes culottes, lui! (Mathias rit, et replongea dans ses souvenirs) Il avait de grands pieds sur lesquels il me faisait asseoir et faisait le bruit d'un train. J'avais peur, mais il me tenait très fort. Alors, je n'avais plus peur... Il riait aux éclats, m'appelait Jojo... Eh! qu'est-ce que tu as? Tu pleures? Il ne faut pas pleurer, monsieur Gratton, je te dis des choses joyeuses. Allons, ne pleure pas...»

Mathias sortit en courant et vint vers sa mère.

— Maman, maman, monsieur Gratton pleure!
— En es-tu sûr?
— Oui, des larmes coulent de ses yeux.
— Console-le de sa peine, joue pour lui les airs qu'il aime, ton pot-pourri, tu sais? Va.

Et Yvonne remit à son fils des mouchoirs de papier.

«Ça alors! pensa-t-elle, qu'a-t-il bien pu lui raconter pour qu'il s'attriste ainsi?»

Un air enlevant lui parvint. À son tour, elle se laissa émouvoir.

Une fois seul, Onésime repassa dans sa tête tout ce qu'il avait entendu: on se partageait les biens de Jean-Baptiste et la veste de mouton est réservée au petit. En dehors de la présence de son fils à ses côtés, rien n'aurait pu lui faire plus plaisir. «Mathias se trompe, quand il affirme qu'on me donnera une plus grande chambre, quand je serai guéri...» Les projets d'Onésime étaient tout autres. Il avait toujours sa fortune bien cachée... Oui, il connaîtrait encore des beaux jours.

Cette nuit-là, il connut un sommeil plus calme.

***

«Cette chambre a besoin d'être rafraîchie!» Yvonne enleva les rideaux, les couvertures du lit et commença à nettoyer les meubles. Quelques objets ayant appartenu à Onésime se trouvaient encore là. Des bricoles. Elle décida de tout jeter. Rien dans tout ça n'avait de valeur pour Mathias. Les tiroirs, vidés de leur contenu, furent empilés les uns sur les autres. De l'un d'eux, s'échappa une feuille froissée. Au moment de jeter le papier chiffonné, elle eut une hésitation. Elle lut: des phrases sans logique apparente y étaient tracées. Elle relisait et essayait de comprendre. On eût dit les grandes lignes d'un sujet à élaborer. «Peut-être préparait-il ainsi ses sermons, alors qu'il prêchait? Tout en bas du texte, une corde avec nœud coulant était dessinée enlaçant les lettres L.P.G. et J.B.G. «Des initiales, pensa-t-elle. J.B.G. pour Jean-Baptiste Gagnon?» Accroupie, elle restait là, à penser. «Et tous ces *barbots*, comme s'il avait voulu couvrir quelque chose par des taches d'encre. Il devait être de bien mauvaise humeur, ce jour-là; le papier est presque perforé. Qu'est-ce qui se cache là-dessous? Cet homme a un de ces sales caractères! Heureusement que je...»

Yvonne se figea. Elle se souvenait clairement: peu avant le décès de son père, elle lui avait confié ses inquiétudes au sujet du tempérament pointilleux de son fils, qui, sur ce point, ressemblait beaucoup à son père. Elle se remémorait maintenant sa réponse, qui, sur le coup, l'avait réconfortée: «Son père, c'est autre chose: sa mère était faible. Elle n'a pas su le mater... Son père... sa mère était faible... Il la connaissait donc? Mais comment? Elle se leva péniblement, sortit de la chambre, courut vers la sienne et se laissa tomber sur son lit. Elle essayait de se souvenir de la suite de cette conversation. Peine perdue, néant. «Pourquoi ne me suis-je pas attardée à ses mots? Qu'aurais-je appris?» Elle pleura. Elle avait une envie folle de se rendre auprès de ce moribond qui gisait en bas, de le secouer, de tout lui faire avouer. Mais c'eût été inutile. «Qu'il guérisse un peu, qu'on me le développe, qu'il retrouve l'usage de la parole et il va la cracher la vérité, toute la vérité! Je vais le faire grogner, moi!»

Le désespoir avait succédé au chagrin et à la colère. Elle s'endormit.

«Quel est ce gros chagrin?» Monique se trouvait auprès d'elle, et délicatement, décollait les mèches de cheveux que les larmes avaient fait adhérer à son visage.

Le jeune Jean-Baptiste grimpait sur sa mère en *jargonnant*.

— J'ai trouvé ton fils, qui descendait l'escalier à reculons, comme un brave! Qu'y a-t-il, Yvonne?

Celle-ci, le regard égaré par son réveil subit, prit un peu de temps à remettre de l'ordre dans ses idées.

— Descendons, dit-elle enfin.

En silence, Yvonne prépara le goûter de son fils. Monique ébouillanta le thé. Donnant une tape sur la théière, elle dit, moqueuse:

— Infuse-toi, toi!

Et se tournant vers sa sœur:

— Et, toi, confesse-toi.

— Il n'y a rien à confesser.

— Alors? Raconte.

— Dis-moi, Monique, est-ce que papa t'a confié certains secrets concernant... tu sais qui?

— Que veux-tu dire?

— Ne réponds pas à mes questions par des questions. Tu sais très bien ce que je veux dire. Tu étais toujours auprès de papa quand il faisait ses... (Yvonne s'arrêta) quand il a pris ses décisions en ce qui avait trait au père de mon enfant. Monique baissa la tête.

— Pourquoi aujourd'hui, Yvonne?

— Parce qu'avant aujourd'hui je n'avais aucune raison de me soucier de tout ça.

— Alors qu'aujourd'hui?

Monique se sentait coincée, mal à l'aise. En réalité elle ne savait rien, sauf les démarches que son père avait faites et qui l'avait conduit à la mort suspecte de l'homme. Devait-elle mentionner l'existence de l'ami de son père, qui était le seul, sans doute, à détenir la clef du mystère? Ça mènerait à quoi?

— Te voilà bien songeuse?

— Je réfléchis.

— Confie-moi tes pensées.

— Yvonne, ça ne rime à rien. Pourquoi remuer le passé?
— Je veux savoir, pour moi, pour mon fils. J'ai le droit, c'est mon droit le plus strict.
— Mais puisqu'il est mort!
— Je vis, moi! dit-elle sur un ton amer.
— Tu as vécu auprès de papa, dans son intimité, longtemps, très longtemps, jusqu'à sa mort. Crois-tu, Yvonne, que si tu avais dû savoir des choses importantes, papa te les aurait cachées? Voyons! Raisonne un peu. Supposons que tout ça dissimule un mystère. Si papa a jugé qu'il fallait n'en rien dire, c'est qu'il valait mieux ainsi. Et j'irai plus loin dans mon raisonnement: si papa s'est tu, c'était sûrement pour ta protection et celle de ton fils. Qu'est-ce que ça donnerait de réveiller de sales histoires qui ne pourraient que rejaillir sur toi et sur Mathias. Il y a Fernand aussi, dans toute cette affaire. Crois-moi, aie confiance en la sagesse et en l'esprit de justice de papa. Tu te fais un mal fou, inutilement.
— Vu sous cet angle, tu as raison.
— Il y a un vieux proverbe qui dit: *Il faut qu'une porte soit ouverte ou fermée.*
L'arrivée de Fernand mit un terme à leur conversation.

***

«Monique a raison, pensait Yvonne, mais Monique ignore qu'il vit toujours.»
Elle réfléchirait, elle attendrait, elle garderait l'œil ouvert.
Un autre souvenir vint troubler Yvonne: le jour où son père avait piqué une colère et crié «Je crois que je vais faire un meurtre.» Marie-Anne avait répliqué: «Et tu seras pendu, Jean-Baptiste Gagnon...» Sa mère était

là, sa grand-mère également. Elle revoyait encore le visage sidéré de son père... Elle regarda la feuille, grava les lettres dans sa mémoire, s'attarda au dessin de la corde, relut le texte où il était question de générosité de paix et d'amour. «Les grands thèmes de ses harangues, des mots dont il ne connaissait même pas le sens!» Elle déchira la feuille en mille miettes et la jeta dans la poubelle.

«Monique a raison, papa a voulu m'épargner de grands tourments, des tourments qui l'ont sans doute fait énormément souffrir! C'est le passé. Je dois, pour le moment, m'occuper de ma famille, de toi, ma petite fille. Quant à l'autre, il n'est plus en état de nuire et je sais où il se trouve. Sadique comme il est, il serait trop heureux de me voir souffrir! Si les choses se corsent, je dirai tout à Fernand.»

Comme autrefois, elle confiait ses peines à son fils Mathias qui grandissait dans son sein, aujourd'hui c'était à sa fille que s'adressaient ses pensées et ses inquiétudes. Elle y trouvait un grand réconfort moral.

Peu à peu Yvonne, retrouvait son courage et sa paix. Elle cousait dans du tissu rose. Pas un instant, elle ne douta du sexe de l'enfant à naître. Parfois, un jour entier se passait sans qu'elle ne pensât à l'occupant du *pinero*.

***

La maisonnée était endormie, le soleil pâle pointait à peine. Yvonne se réveilla, se retourna, allait se rendormir, quand elle entendit le tintement de la clochette. Elle sauta en bas du lit, se rendant compte que c'était ce bruit qui l'avait d'abord réveillée. Elle saisit sa robe de chambre et descendit en courant. L'infirmier était auprès du blessé et s'affairait.

— Ça ne va pas? demanda-t-elle.

L'homme ne répondit pas tout de suite. Yvonne posa de nouveau la question. Il fit non de la tête.
— Vous avez appelé l'ambulance.
— Oui.

Yvonne sortit de la chambre, gravit l'escalier à la course, se rendit auprès de son fils et lui dit:
— Viens, Mathias, viens vite mon fils. Ton ami a besoin de toi.

L'enfant saisit sa flûte et, devançant sa mère dans l'escalier, se précipita vers la chambre de Gratton.

Oubliant toute recommandation, il se pencha sur lui et cria.

«Je t'aime, vieille branche. Tiens fort, tiens le coup, je t'en supplie, monsieur Gratton.»

Et l'enfant vit le regard désespéré et suppliant de l'homme.

Mathias, refoulant ses pleurs, contourna le lit de son ami, se plaça devant la fenêtre et des larmes plein les yeux, souffla dans l'instrument.

Les phrases de monsieur Gratton lui revenaient en mémoire:

«Tout doux, mon enfant...

Ton pouce, mon petit...

Au clair de la lune...

Avec animation!...

La flûte est un instrument gai, l'exécution doit être vive.»

Et Mathias, le cœur serré, le visage inondé de larmes jouait, jouait.

«Un octave plus haut

Ton pouce...

Pater Noster, Ave Maria, priait la flûte.

Tout doux petit, tout doux... mon petit...»

Le son strident de la sirène se mêla à la musique, des brancardiers entrèrent dans la chambre, on se penchait sur le moribond.

«À la claire fontaine
M'en allant promener...»

Mathias n'entendait plus, ne voyait plus: son cœur chavirait, mais sa flûte chantait.

Monsieur Gratton n'était plus, son âme avait quitté ce monde, transportée dans l'au-delà sur les ailes de la musique jouée par un petit garçon, un petit ange terrestre, que Dieu avait peut-être placé sur sa route pour adoucir ses derniers moments.

***

Fernand prit Mathias dans ses bras. Celui-ci entoura son cou, cacha sa tête dans le creux de la large épaule et sanglota longtemps.

Après que l'enfant se fût calmé, il vint le déposer sur les genoux d'Yvonne, qui était assise bien droite dans la vieille berceuse. Nul ne ressentait le besoin de parler. Ce fut Fernand qui ouvrit la fenêtre de la chambre où un inconnu venait de décéder...

Lorsque Mathias se fut apaisé, il se leva et, doucement, monta à sa chambre. Yvonne frissonna.

— Couvre-toi, lui dit Fernand.

Et il tendit à sa femme le peignoir qu'elle avait négligé d'enfiler. Yvonne s'en revêtit.

Là-haut les planches couinèrent un instant, puis ce fut à nouveau le silence.

Machinalement, Yvonne mit la main dans sa poche. Elle en sortit le bout de papier qui s'y trouvait. Elle le déplia et relut les mots tracés par sa mère, il y avait de ça des années:

Le feu crépite avant de mourir,
Les feuilles se colorent avant de tomber;
Le jour se recueille avant de finir,

Le soir, le vent s'apaise,
Les oiseaux se taisent.

C'est demain...
Des larmes de rosée perlent sur les pétales,
Le papillon bat de l'aile,
La nature se fait belle.

Yvonne ferma les yeux. Elle n'aurait pas su analyser les émotions qui l'étreignaient mais elle avait le sentiment très vif qu'un voile venait de tomber sur le passé. Des mystères et des peurs s'estompaient. De cet homme qu'elle avait aimé, il ne restait plus que le meilleur: un enfant.

«C'est demain», songea-t-elle. «Si seulement, je pouvais expliquer ces mots à mon fils! Sa peine est si grande! Comme il faudra l'aimer!»

***

Quelques mois plus tard, une jolie petite fille naissait. On lui donna le prénom de Fernande.

Ce livre est imprimé sur
du papier contenant plus
de 50% de papier recyclé
dont 10% de fibres recyclées.

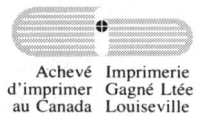

Achevé   Imprimerie
d'imprimer Gagné Ltée
au Canada Louiseville

MARTHE GAGNON-THIBAUDEAU

PURE LAINE PUR COTON

ROMAN

éditions

MARTHE GAGNON-THIBAUDEAU

Chapputo

ROMAN

JCL
éditions